SCIENCE-FICTION

Collection dirigée par Bénédicte Lombardo

STEPHEN R. DONALDSON

LES CHRONIQUES DE THOMAS COVENANT 1

LA MALÉDICTION DU ROGUE

Traduit de l'américain
par Isabelle Troin

LE PRÉ AUX CLERCS

Titre original :
The Chronicles of Thomas Covenant
The Unbeliever – Book One – Lord Foul's Bane

Édition publiée avec l'autorisation de Ballantine Books,
une marque de Random House Publishing Group,
un département de Random House, Inc.

ISBN 978-2-266-17829-7

Pour le Dr James R. Donaldson, M. D.,
dont la vie a exprimé la compassion
et le dévouement mieux que n'importe quels mots.

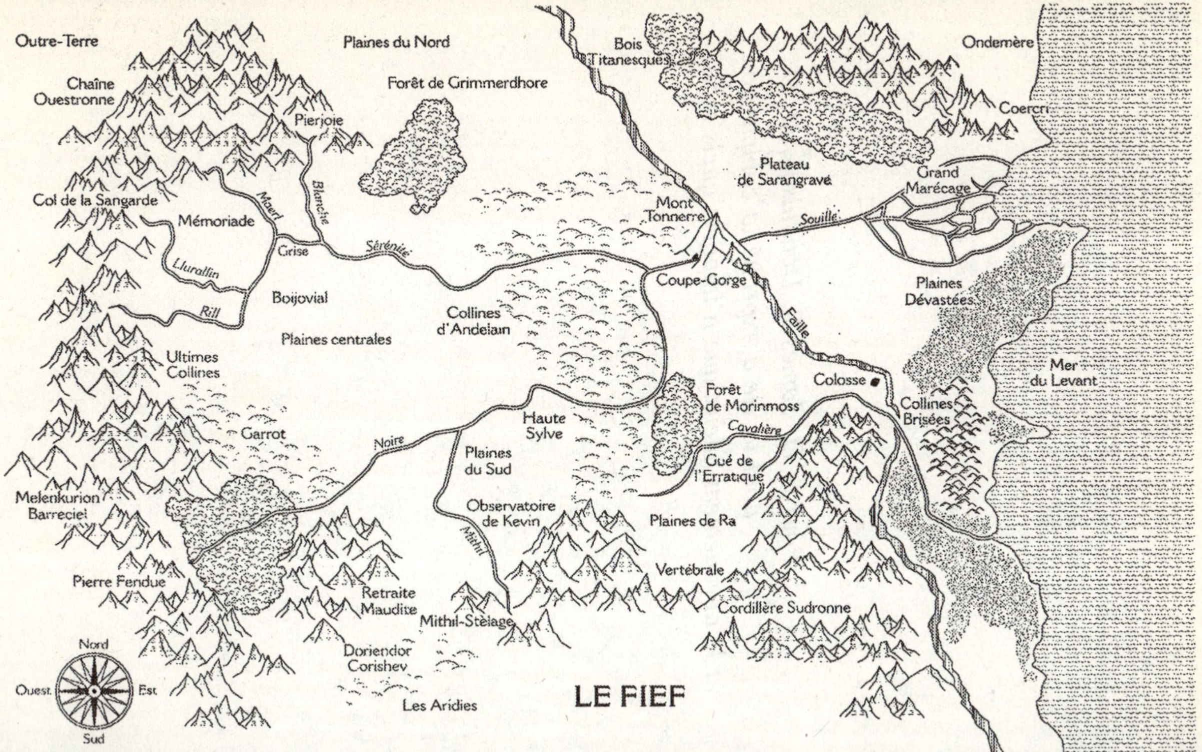

Outre-Terre
Plaines du Nord
Chaîne Ouestronne
Forêt de Grimmerdhore
Pierjoie
Bois Titanesques
Ondemère
Coercri
Plateau de Sarangravé
Grand Marécage
Col de la Sangarde
Mémoriade
Maerl
Blanche
Mont Tonnerre
Souille
Grise
Sérénité
Lluralllin
Rill
Boijovial
Coupe-Gorge
Plaines Dévastées
Collines d'Andelain
Faille
Plaines centrales
Ultimes Collines
Mer du Levant
Colosse
Forêt de Morinmoss
Collines Brisées
Haute Sylve
Cavalière
Garrot
Noire
Plaines du Sud
Gué de l'Erratique
Melenkurion Barreciel
Observatoire de Kevin
Plaines de Ra
Mithil
Vertébrale
Pierre Fendue
Retraite Maudite
Cordillère Sudronne
Mithil-Stèlage
Nord
Doriendor Corishev
Ouest
Est
Sud
Les Aridies

LE FIEF

1

L'Enfant doré

Elle sortit du magasin juste à temps pour voir son jeune fils jouer sur le trottoir – droit sur le passage de l'homme gris et émacié qui descendait la rue à grandes enjambées raides, telle une épave mécanique. L'espace d'un instant, son cœur défaillit. Puis elle bondit en avant, saisit l'enfant par le bras et le tira vers elle, à l'écart de la menace.

L'homme passa sans tourner la tête. Tandis qu'il s'éloignait, elle siffla dans son dos :

— Allez-vous-en ! Filez d'ici ! Vous devriez avoir honte !

Thomas Covenant continua à marcher avec la régularité d'un mécanisme d'horloge remonté à bloc. Mais en lui-même, il s'exclama : « Je devrais avoir honte ? » Son visage se tordit en une grimace féroce. « Prenez garde à l'impur ! »

Il voyait bien que les gens qu'il croisait – ces gens qui le connaissaient, et dont le nom, la maison et la poignée de main lui étaient familiers – faisaient un écart pour l'éviter. Certains d'entre eux semblaient retenir leur souffle. L'indignation de Covenant retomba. Ceux-là n'avaient pas besoin de l'ancien avertissement rituel. Il se concentra pour réprimer le rictus spasmodique qui s'attardait sur ses traits et laissa la machinerie de sa volonté l'emporter plus loin, un pas après l'autre.

Tout en avançant, il s'examina de haut en bas, vérifiant qu'il n'y avait pas de nouveaux accrocs sur ses vêtements ou d'égratignures sur ses mains, s'assurant que la cicatrice qui courait depuis le bas de sa paume droite jusqu'aux moignons de ses deux derniers doigts ne s'était pas rouverte. Il entendait encore la voix de ses médecins. « La SVE, monsieur Covenant. La surveillance visuelle des extrémités. Votre santé en dépend. Vos nerfs morts ne repousseront jamais. Si vous ne prenez pas l'habitude de vérifier, vous ne vous rendrez pas compte que vous vous êtes blessé. Pensez-y constamment. La prochaine fois, vous ne serez peut-être pas aussi chanceux. »

SVE. Ces initiales résumaient toute sa vie dorénavant.

« Les médecins ! » songea-t-il amèrement. Mais sans eux, il n'aurait sans doute pas pu survivre jusqu'à présent. Il avait été si inconscient du danger qui le menaçait… Sa propre négligence aurait pu le tuer.

En observant les visages surpris, effrayés ou insouciants qui l'entouraient – bien qu'il vécût dans une petite ville, beaucoup d'habitants n'étaient pas au courant de son état –, il regretta de ne pouvoir s'assurer que lui-même arborait une expression de dédain adéquate. Les nerfs de ses joues ne semblaient plus que vaguement réactifs, même si les spécialistes lui assuraient que c'était une illusion à ce stade de la maladie, et il n'était jamais certain de la façade qu'il interposait entre lui et le reste du monde. Alors que les femmes, qui discutaient autrefois de son roman dans leur club littéraire, frémissaient à sa vue comme s'il était devenu une goule ou quelque autre horrible apparition, un chagrin insidieux s'empara de lui. Il étouffa impitoyablement cette émotion, avant qu'elle puisse compromettre son équilibre.

Il approchait de sa destination, le but de la quête qu'il s'était fixée. Deux pâtés de maisons plus loin, il apercevait l'enseigne de la compagnie téléphonique Bell. Il avait parcouru à pied les trois kilomètres qui séparaient le Refuge du centre pour payer sa facture. Évidemment, il aurait pu envoyer un chèque, mais il avait appris à considérer ce genre d'acte comme une reddition, une capitulation face au rejet grandissant dont il faisait l'objet.

Pendant son traitement, sa femme, Joan, avait demandé le divorce. Elle avait quitté l'État en emmenant leur bébé. La seule possession de Covenant à laquelle elle osait encore toucher était sa voiture, qu'elle avait prise. En revanche, elle avait laissé la plupart de ses vêtements. Puis leurs voisins les plus proches, qui habitaient à environ un kilomètre de la ferme, s'étaient aigrement insurgés contre sa présence. Lorsque Covenant avait refusé de vendre sa propriété, l'un d'eux avait déménagé. Trois semaines après son retour, l'épicerie locale – il passait en ce moment devant ses vitrines pleines de publicités criardes –

avait commencé à lui livrer ses courses, qu'il ait commandé ou non. Et qu'il soit prêt à payer ou non, soupçonnait-il.

Il longea le tribunal, dont les colonnes grises soutenaient fièrement leur fardeau de justice et de loi. C'était l'endroit où on lui avait retiré sa famille – en le dispensant d'assister à l'audience, évidemment. Même ses marches étaient polies, comme si l'on avait voulu les imperméabiliser contre la misère humaine. Le divorce avait été prononcé parce que aucun magistrat doué de compassion ne pouvait forcer une femme à élever son enfant avec un homme comme lui. « As-tu pleuré ? demanda Covenant au souvenir de Joan. As-tu été courageuse, ou seulement soulagée ? » Il réprima une forte envie de prendre ses jambes à son cou. Les têtes sculptées géantes qui surplombaient les piliers de pierre semblaient sur le point de lui vomir dessus.

Dans une ville d'à peine cinq mille âmes, le quartier commerçant n'était pas très étendu. Covenant traversa en face du grand magasin ; par la vitrine, il aperçut plusieurs lycéennes qui étiquetaient des bijoux en toc. Elles étaient penchées au-dessus des comptoirs en une attitude provocante et, malgré lui, Covenant sentit sa gorge se serrer. Il se surprit à haïr les hanches et les seins de ces filles, ces courbes réservées aux caresses d'autres que lui. Désormais, il était impuissant. La pourriture de ses nerfs n'avait épargné aucun de ses membres. Même le soulagement de ses pulsions lui était refusé ; il pouvait conjurer des désirs charnels jusqu'à se rendre fou, mais plus les mener jusqu'à leur conclusion naturelle.

Sans crier gare, un souvenir de sa femme embrasa son esprit, oblitérant presque l'éclat du soleil, le trottoir et les passants devant lui. Il la revit dans une des nuisettes opaques qu'il lui avait achetées, ses seins, deux invitations rondes et saillantes sous le mince tissu. « Joan ! cria son cœur. Comment as-tu pu faire ça ? Un corps malade est-il plus important que tout le reste ? »

Redressant les épaules comme un lutteur, il effaça cette image. De telles pensées étaient une faiblesse, un luxe qu'il ne pouvait plus s'offrir. Il devait les anéantir. Mieux valait être amer. L'amertume survivait toujours, elle. C'était la seule saveur qu'il parvenait encore à déceler dans ses aliments.

Avec consternation, il réalisa qu'il s'était immobilisé au milieu du passage, les poings serrés, tremblant. Au prix d'un gros effort, il s'obligea à se remettre en mouvement. Et, ce faisant, il percuta quelqu'un.

« Prenez garde à l'impur ! »

Il aperçut une tache ocre ; la personne qu'il venait de bousculer portait une robe sale, d'un brun rougeâtre. Mais il ne s'arrêta pas pour s'excuser. Peu désireux d'affronter la peur et le mépris de l'individu, il continua à avancer sans se retourner. Au bout d'un moment, sa démarche reprit sa régularité monotone et mécanique.

Il arrivait en vue des bureaux de la compagnie d'électricité. Deux mois plus tôt, il lui avait envoyé un chèque, d'un montant peu élevé, car il n'utilisait pas beaucoup de courant ; il lui avait été retourné. En fait, l'enveloppe n'avait même pas été décachetée. Une note jointe expliquait que sa consommation avait été couverte anonymement pour un an au moins.

Après y avoir longuement réfléchi, il avait compris que, s'il cédait, il n'aurait bientôt plus aucun motif de fréquenter ses congénères. Voilà pourquoi il venait de faire trois kilomètres à pied afin de s'acquitter de ses dépenses de téléphone : pour prouver à ses pairs qu'il n'avait pas l'intention de se laisser déposséder de son humanité. Enragé par sa mise à l'écart, il entendait bien la récuser et faire valoir ses droits. « Et si j'arrivais trop tard ? s'inquiéta-t-il. Si ma facture avait été soldée ? Alors, j'aurai fait le déplacement, je serai venu en personne pour rien. »

Cette idée lui donnait des palpitations. Il effectua rapidement sa SVE avant de reporter son attention sur l'enseigne de la compagnie Bell, un demi-pâté de maisons plus loin. Comme il se dirigeait vers l'entrée, conscient de son besoin d'agir pour supprimer son anxiété, il se rendit compte qu'une ritournelle s'égrenait dans sa tête au rythme de ses pas. Puis il se souvint des paroles :

Enfant doré aux pieds d'argile
Laisse-moi te prendre par la main
Si je te guide, tu iras loin
Mais que tu es maladroit et fragile !

Les vers de mirliton grinçaient comme une satire, leur cadence simplette le martelant telle une insulte accompagnée par une musique racoleuse. Il se demanda si, quelque part dans les cieux mystiques de l'univers, une déesse gironde n'était pas en train de chantonner son burlesque destin. « Si je te guide, tu iras loin [grimace lascive], mais que tu es maladroit et fragile [consternation moqueuse] ! »

Même l'ironie ne pouvait venir à bout de cette idée, car à une période, Covenant avait vraiment été un enfant doré, un être béni du destin. Il avait été marié et heureux en ménage. Il avait eu un fils. Son roman, écrit dans la béatitude et l'ignorance, était resté dans la liste des meilleures ventes pendant un an. Et grâce à cela, il était désormais très à l'aise financièrement.

« Je l'aurais été encore plus si j'avais su que j'écrivais ce genre de livre. » Mais, sur le coup, il ne s'en était pas douté. Il n'avait même pas pensé qu'il réussirait à trouver un éditeur. Il venait juste d'épouser Joan, et ni lui ni elle ne faisaient une fixation sur l'argent et la célébrité. La pureté de l'acte de création avait embrasé l'imagination de Covenant et la chaude admiration de Joan alimenté ses flammes – pas pendant les quelques heures que dure un brasier, mais pendant cinq mois, en un feu ardent et soutenu dont l'éclat lui avait révélé tout un univers : collines et falaises, arbres ployés par un vent hurlant, êtres enténébrés, amenés à la vie par l'éclair aveuglant jailli de sa plume. Le livre terminé, il s'était senti aussi vide et béat que s'il avait exprimé tout l'amour du monde en un seul acte.

Cela n'avait pas été une période facile. Il y avait eu dans la perception des hauteurs et des abîmes une angoisse qui avait donné à l'encre de ses mots l'aspect du sang séché. Et il n'était pas amateur de vertiges ; il avait toujours eu du mal à exprimer ses émotions. Pourtant, l'expérience s'était révélée glorieuse et étourdissante, et d'une intensité qui lui avait paru la chose la plus pure qui lui soit jamais arrivée. La digne frégate de son âme avait vogué sur un océan profond et dangereux. Quand il avait envoyé son manuscrit, il l'avait fait avec la confiance sereine d'un homme arrivé à bon port.

Durant les mois d'écriture, puis d'attente, ils avaient vécu sur les revenus de sa femme. Joan Macht Covenant était une créature discrète, qui s'exprimait davantage avec les yeux que par les paroles. L'éclat doré de son teint la faisait paraître aussi précieuse qu'une sylphide. Elle n'était ni grande ni musclée, et Covenant s'était toujours émerveillé de ce qu'elle puisse gagner leur vie à tous les deux en dressant des chevaux.

Le terme « dresser », toutefois, ne rendait pas justice à son talent. Avec elle, il n'y avait jamais de démonstration de force, d'étalon rétif aux yeux fous et aux naseaux écumants. Elle ne domptait pas tant les animaux qu'elle ne les séduisait. Ses caresses insufflaient le calme à leurs muscles tendus. Son murmure effaçait toute tension dans l'angle de leurs oreilles. Quand elle les montait à cru, la pression de ses cuisses dissipait la violence brute de leur panique. Chaque fois qu'un cheval échappait à son contrôle, elle se contentait de sauter à terre et de le laisser tranquille jusqu'à ce que ses spasmes nerveux se soient apaisés. Alors, elle recommençait et, à la fin, le lançait au galop autour du Refuge, pour lui montrer qu'il pouvait pousser jusqu'à ses limites sans surpasser sa maîtrise. Covenant avait toujours été stupéfié par ses capacités. Même après qu'elle lui eut appris à monter, il n'avait jamais réellement vaincu sa peur de ces bêtes.

Le travail de Joan n'était pas très lucratif, mais il leur avait permis de subvenir à leurs besoins jusqu'au jour où la lettre d'acceptation de l'éditeur était arrivée. Alors, la jeune femme avait décidé que le moment était venu de devenir mère.

À cause des délais de publication habituels, ils avaient dû vivre pendant presque un an sur l'avance des droits d'auteur reçue par Covenant. Joan avait poursuivi son activité tant que cela ne menaçait pas l'enfant qu'elle portait. Dès que son corps avait commencé à donner des signes de fatigue, elle avait arrêté. Elle s'était repliée sur elle-même, se focalisant sur la tâche de nourrir et protéger le bébé avec une telle concentration qu'elle semblait ne plus voir le monde extérieur.

Après la naissance, elle avait annoncé que le petit s'appellerait Robin, comme son père et son grand-père. « Robin ! » grogna intérieurement Covenant en se dirigeant vers la compagnie téléphonique. Il n'avait jamais aimé ce prénom. Mais à la vue de son fils, si minuscule et si parfait, si humain et si complet, son cœur s'était gonflé d'amour et de fierté. Oui, de fierté : n'avait-il pas participé à la conception de ce mystère ? À présent, Robin était parti, et il ne savait même pas où. Alors, pourquoi était-il incapable de pleurer ?

Soudain, une main le tira par la manche.

— Monsieur, appela une petite voix craintive et pressante. Hé, monsieur !

Covenant pivota, un hurlement au bord des lèvres. « Ne me touche pas ! Prends garde à l'impur ! » Mais l'expression du petit garçon qui lui tenait le bras l'arrêta net. Il ne devait pas avoir plus de huit ou neuf ans. Trop jeune pour avoir peur à ce point. Son visage était livide, comme si on l'avait forcé à faire quelque chose qui le terrifiait.

— Tenez, monsieur, implora-t-il faiblement. Prenez ça. (Il fourra un morceau de papier entre les doigts gourds de Covenant.) Il m'a dit de vous le donner. Vous devez le lire. S'il vous plaît, monsieur…

La main de Covenant se referma involontairement sur le message. « Il ? » songea-t-il, perplexe, en fixant le gamin.

— Qui ça, il ?

— Lui.

Le bambin tendit un doigt tremblant vers la direction d'où Covenant venait. Un demi-pâté de maisons plus loin se tenait un vieillard vêtu d'une robe ocre crasseuse. Il marmonnait une chanson indistincte ; sa bouche était ouverte, mais ni ses mâchoires ni ses lèvres ne remuaient. La brise faisait voleter ses longs cheveux emmêlés et sa barbe broussailleuse. Le visage levé vers le ciel, il semblait fixer le soleil. Dans sa main gauche, il serrait une sébile. Sa main droite agrippait un long bâton de bois, au sommet duquel était fixée une pancarte ne portant que deux mots : « Prenez garde. »

Prenez garde ?

L'espace d'un curieux instant, le panonceau parut menacer Covenant. On aurait dit que de terribles dangers en jaillissaient pour se jeter sur lui, des périls monstrueux qui fusaient dans les airs en criant comme des vautours. Et au milieu du tumulte, deux yeux étaient posés sur lui. Leur regard froid, aussi perçant et affamé que des crocs, dégoulinait de malveillance. Pendant cet instant, Covenant eut l'impression qu'il était la proie, la charogne convoitée. Une terreur inexplicable le saisit.

Prenez garde !

Mais ce n'était qu'une pancarte, un panneau aveugle attaché à un bâton. Covenant frissonna et ses visions s'évanouirent.

— Vous devez le lire, répéta le jeune garçon.

— Ne me touche pas, murmura Covenant. Je suis lépreux.

Quand il baissa les yeux, l'enfant avait disparu.

2

« Il est inutile d'espérer »

Stupéfait, Covenant regarda autour de lui, mais l'enfant s'était volatilisé. Comme il pivotait vers le vieux mendiant, il aperçut les lettres dorées qui se détachaient sur la porte : « Compagnie téléphonique Bell. » Une brusque poussée d'angoisse lui fit oublier toute distraction. *Supposons que...* C'était sa destination. Il était ici pour revendiquer son droit à payer ses factures. *Mais supposons...*

Il se secoua. Il était lépreux ; il ne pouvait s'offrir le luxe des suppositions. Inconsciemment, il fourra le morceau de papier dans sa poche. Avec une détermination amère, il procéda à une SVE, redressa les épaules et se dirigea vers la porte.

Un homme qui sortait faillit le bousculer. Il le reconnut et recula précipitamment, le visage blême d'appréhension. Coupé dans son élan, Covenant faillit glapir : « Lépreux ! Impur ! » Il s'immobilisa de nouveau et s'accorda quelques instants pour se ressaisir. Cet homme était l'avocat que Joan avait engagé pour la représenter durant la procédure de divorce : un petit individu replet, plein de cette bonhomie propre aux gens d'Église et de loi. Covenant avait besoin de cette pause pour se remettre de la frayeur qu'il avait lue dans ses yeux. Une partie de lui avait honte d'être la cause d'une telle réaction. L'espace d'une seconde, la conviction qui l'avait amené en ville s'évapora.

Mais, presque aussitôt, il se mit à fulminer, l'humiliation et la rage se mêlant inextricablement en lui. « Je ne les laisserai pas me faire ça. Par l'enfer, ils n'ont pas le droit ! » Pourtant, il ne parvenait pas à effacer de sa mémoire l'expression de l'homme de loi de Joan. Cette répulsion était un fait accompli – comme la lèpre –, imperméable à toute notion de droit ou de justice. Et s'il était une chose qu'un lépreux ne pouvait se permettre d'oublier, c'était la réalité cruelle des faits.

« Je devrais écrire un poème », songea-t-il.

Telle est la mort pâle que les hommes qualifient de vie :
Malgré le doux parfum des jeunes pousses vertes,
Chaque souffle n'est qu'une exhalaison de la tombe.
Les corps tressautent comme de macabres marionnettes
Et l'enfer s'avance en riant...

« En riant. Ça, c'est bien vu. Les feux de l'enfer... Ai-je vraiment ri pour toute une vie durant ce bref laps de temps ? » Il lui semblait que c'était une question importante. Il avait ri lorsque son roman avait été accepté ; en voyant les ombres de pensées profondes et silencieuses faire onduler les traits de Robin tels des courants sous-marins ; en recevant le premier exemplaire de son livre ; ri de sa présence dans la liste des meilleures ventes. Des milliers de choses grandes et petites l'avaient rempli d'allégresse. Quand Joan lui avait demandé ce qu'il trouvait si drôle, il avait répondu que chaque inspiration lui apportait de nouvelles idées pour son prochain roman. Ses poumons débordaient d'énergie. Quand il ne pouvait plus contenir sa joie, il se mettait à glousser.

Mais Robin avait déjà six mois lorsqu'il était devenu célèbre et, six mois plus tard, il n'avait toujours pas recommencé à écrire. Il avait trop d'idées. Il n'arrivait pas à faire le tri.

Son oisiveté avait irrité Joan. Elle avait fait sa valise et celle de leur fils, puis avait laissé son mari dans leur nouvelle maison – où il avait installé son bureau dans une minuscule cabane surplombant le ruisseau qui traversait les bois, au fond de leur propriété –, avec l'ordre strict de se remettre à la tâche tandis qu'elle présenterait Robin à sa famille.

Cela avait été le signal : le moment où la pierre s'était mise à rouler vers ses pieds d'argile et l'amputer aussi sûrement que le scalpel d'un chirurgien. Il avait entendu l'avertissement mais, faute de comprendre sa signification, l'avait ignoré.

Au lieu de chercher la cause de cette menace, il avait dit au revoir à Joan avec un respect mêlé de regret. Il savait qu'elle avait raison, qu'il ne se remettrait pas au travail à moins d'être seul pendant un moment ; il avait admiré sa capacité à agir alors même que son cœur souffrait déjà du fardeau de leur séparation. Après avoir vu son avion disparaître, il était rentré au Refuge, s'était barricadé dans son bureau, avait allumé sa machine à écrire électrique et rédigé la dédicace de son prochain roman : « Pour Joan, qui a été ma gardienne des possibles. »

Ses doigts effleuraient maladroitement les touches et il avait dû s'y reprendre à trois fois pour produire un texte parfait. Mais il n'était pas encore assez bon marin pour déceler l'approche de la tempête imminente.

Il avait également ignoré la douleur sourde dans ses poignets et ses chevilles, se contentant de taper des pieds pour briser la gangue de glace qui semblait les envelopper. Quand il avait découvert une tache violette près de la base de son auriculaire droit, il avait très vite repoussé l'information dans un coin de son esprit.

Vingt-quatre heures après le départ de Joan, il était déjà plongé dans le futur scénario. Des images se bousculaient dans sa tête. Ses mains hésitaient, butaient sur les mots les plus simples, mais son imagination était toujours aussi assurée et précise. Il n'avait pas d'attention à accorder à la petite plaie suppurante qui grandissait au milieu de cette tache violette.

Joan avait ramené Robin à la maison au bout de trois semaines de visites familiales. Elle n'avait rien remarqué jusqu'au soir, jusqu'à ce qu'elle s'asseye sur les genoux de son mari après avoir couché leur fils. Les volets étaient fermés, la maison calfeutrée contre le vent d'hiver glacial. Dans l'air immobile du salon, elle avait capté l'odeur douceâtre et ténue de l'infection.

Des mois plus tard, en fixant les murs de sa chambre dans la léproserie, Covenant s'était maudit de ne pas avoir mis de teinture d'iode sur la lésion. Ce n'était pas la perte de son annulaire et de son auriculaire qui l'affectait le plus. L'amputation n'était qu'un minuscule symbole du coup qui l'avait séparé de sa propre vie, excisé de son monde comme une tumeur maligne. Lorsqu'il souffrait à l'emplacement de ses doigts perdus, la douleur n'était pas pire qu'elle aurait dû l'être. Non. Il maudissait son imprudence parce qu'elle l'avait privé d'une dernière étreinte avec Joan.

Cette nuit-là, alors qu'il tenait sa femme dans ses bras, jouissant de son contact, de la fermeté de sa chair, de l'odeur de ses cheveux et de sa douce tiédeur, il lui avait parlé à voix basse de son nouveau roman. La brusquerie de sa réaction l'avait fait sursauter. Avant qu'il comprenne ce qui l'avait perturbée, elle s'était redressée et l'avait arraché du canapé. Elle avait tenu sa main droite entre eux, examiné son infection et demandé d'une voix vibrante de colère et d'inquiétude : « Oh, Tom ! Pourquoi ne t'es-tu pas soigné ? »

Après cela, elle n'avait pas perdu de temps. Elle avait confié Robin à un de leurs voisins, puis conduit son mari aux urgences, dans la neige légère de février. Elle ne l'avait pas quitté avant que les médecins lui aient attribué une chambre et qu'une date ait été fixée pour l'opération.

Gangrène, tel avait été le diagnostic préliminaire.

Joan avait passé presque toute la journée du lendemain avec lui, pendant les moments où l'on ne lui faisait pas d'examens. Le matin suivant, à six heures, il avait été emmené sur un brancard. Quand il avait repris connaissance dans son lit, trois heures plus tard, deux de ses doigts avaient disparu. Les brumes de l'anesthésie avaient mis un moment à se dissiper et

Joan ne lui avait pas manqué jusqu'en début d'après-midi.

Ce jour-là, elle ne lui avait pas rendu visite. Quand elle était venue le lendemain, elle avait complètement changé. Son teint était blême, comme si son cœur retenait tout son sang, et les os de son front semblaient vouloir transpercer sa peau. Son expression était celle d'un animal pris au piège. Elle avait ignoré la main tendue de son mari. Sa voix était basse, étranglée ; elle devait se forcer pour lui donner ne fût-ce que cette infime part d'elle-même. Plantée à l'autre extrémité de la pièce, le plus loin possible de lui, elle lui avait appris la nouvelle en fixant par la fenêtre les rues enneigées.

Les médecins avaient découvert qu'il avait la lèpre.

— Tu plaisantes ! s'était exclamé Covenant, abasourdi.

Alors, elle s'était tournée vers lui, le visage baigné de larmes.

— Ne fais pas l'idiot ! Pas avec moi, pas maintenant ! Le docteur voulait t'en parler ; je lui ai dit que je m'en chargerais. Mais je ne peux pas… Je ne peux pas le supporter. Tu as la lèpre ! Ignores-tu ce que ça signifie ? Tes mains et tes pieds vont pourrir, tes bras et tes jambes se déformer, et ton visage se couvrira de champignons. Tu attraperas des ulcères aux yeux et tu deviendras aveugle. Ça ne fera aucune différence pour toi, parce que tu ne sentiras plus rien. Mais le pire… Oh, Tom. Tom ! C'est contagieux !

— Contagieux ? avait-il répété sans comprendre.

— Oui, avait sifflé Joan. La plupart des gens qui contractent la lèpre… (Un instant, la peur qui avait motivé son éclat parut sur le point de l'étouffer.)

… ont été exposés quand ils étaient petits. Les enfants sont plus vulnérables que les adultes. Robin… Je ne peux pas courir le risque… Je dois protéger Robin contre ta maladie !

Et alors qu'elle sortait en courant, qu'elle le fuyait, il avait répondu machinalement : « Oui, bien sûr. » Parce qu'il n'avait rien d'autre à dire. Il ne comprenait toujours pas, n'éprouvait qu'hébétude. Il lui avait fallu plusieurs semaines pour réaliser l'ampleur de ce qui, en lui, avait été balayé par la tempête du soudain emportement de Joan. Alors, il s'était simplement effondré.

Quarante-huit heures après l'intervention, le chirurgien le déclara transportable et l'envoya dans une léproserie, en Louisiane. Pendant le trajet en voiture, le médecin qui l'avait accueilli à sa descente d'avion lui exposa sur un ton clinique divers aspects superficiels de la maladie. La *Mycobacterium leprae* avait été identifiée, mais l'étude du bacille avait été entravée par l'impossibilité de réaliser deux des quatre étapes d'analyse de Koch : personne n'avait réussi à développer artificiellement le micro-organisme ni découvert comment il se transmettait.

Covenant n'avait écouté qu'à moitié. Il entendait des vibrations d'horreur abstraite dans le mot « lèpre », mais elles ne portaient aucun sens. Elles ne l'affectaient pas davantage qu'une menace dans une langue étrangère : au-delà de leur intonation, les mots eux-mêmes ne signifiaient rien pour lui. Il avait fixé le visage bienveillant du docteur comme il avait assisté à l'incompréhensible crise de Joan : sans réagir.

Lorsqu'il fut installé dans sa chambre à la léproserie – une cellule carrée, au lit blanc et aux murs aseptisés –, le médecin changea de ton :

— Monsieur Covenant, lui dit-il brusquement, vous ne semblez pas comprendre les enjeux de votre pathologie. Venez avec moi. Je veux vous montrer quelque chose.

Covenant l'avait suivi dans le couloir. Pendant qu'ils marchaient, l'autre expliqua :

— Vous présentez ce que nous appelons un cas primaire de la maladie de Hansen : un cas natif, qui ne semble pas posséder de… de généalogie. Quatre-vingts pour cent des patients aux États-Unis sont des immigrants ou des expatriés, qui ont été confrontés à l'infection dans leur enfance dans un pays étranger – généralement sous un climat tropical. Du moins savons-nous où ils l'ont contractée, à défaut de pourquoi ou de comment.

« Bien entendu, primaire ou secondaire, leur affection évolue plus ou moins de la même façon. Mais les cas secondaires ont grandi dans des endroits où le mal était plus fréquent, donc plus connu qu'ici. Ils comprennent ce qui leur arrive dès l'apparition des premiers symptômes. Ce qui signifie qu'ils ont plus de chances d'être traités à temps.

« Je veux vous faire rencontrer un autre de nos malades. Il est le seul cas primaire que nous ayons ici actuellement. Autrefois, il vivait en ermite dans les montagnes de l'ouest de la Virginie. Il n'a pas compris ce qui lui arrivait jusqu'à ce que l'armée le contacte pour le prévenir que son fils avait été tué pendant la guerre. Dès qu'un officier l'a vu, il a appelé le service de santé publique, qui nous l'a envoyé.

Le médecin s'arrêta devant une porte identique à celle de la cellule de Covenant. Il frappa mais n'attendit pas de réponse. Ouvrant le battant, il saisit Covenant par le coude et l'entraîna à l'intérieur.

Comme il franchissait le seuil, une puanteur tenace, mélange de pourriture et d'effluves de latrines – qui mettait l'acide phénique au défi de la masquer – assaillit ses narines. Elle provenait d'une silhouette grotesque, recroquevillée sur le lit blanc.

— Bonjour, lança le docteur. Voici Thomas Covenant. Il présente un cas primaire de lèpre et ne semble pas comprendre le danger qu'il court.

Lentement, la forme leva les bras, comme pour étreindre le visiteur. Ses mains n'étaient plus que des moignons boursouflés, des tronçons de chair rosâtre couverts de fissures et d'ulcérations desquelles suintait du pus. Elles pendaient au bout de membres tordus, semblables à de pauvres brindilles. Quant à ses jambes, bien que dissimulées par le pantalon de pyjama, elles ressemblaient à des branches rabougries. La moitié d'un de ses pieds avait disparu, rongée par la gangrène, et à la place de l'autre, il ne restait qu'une plaie qui ne guérirait jamais.

Puis l'alité remua les lèvres pour parler et Covenant reporta son attention sur son visage. Les yeux, voilés par la cataracte, étaient enchâssés dans leurs orbites. La peau des joues, aussi blanche que celle d'un albinos, formait des plis tombants pareils à de la cire fondue et refroidie. Le long de ces vaguelettes de chair se détachaient d'épais nodules tuberculeux.

— Suicidez-vous, souffla-t-il d'une voix rauque. Tout plutôt que cela.

Covenant se dégagea et battit précipitamment en retraite dans le couloir, où le contenu de son estomac éclaboussa le sol et les murs immaculés, en une protestation outrée. Il avait décidé de réagir.

Il resta plus de six mois à la léproserie. Il passait son temps à errer dans les corridors tel un spectre hébété, pratiquant la SVE et autres techniques de survie, endurant avec une mine sombre des heures de conférences médicales, écoutant d'une oreille sceptique des discours sur la thérapie et la réhabilitation. Il découvrit bientôt que, selon les docteurs, la psychologie était la clé du traitement de la lèpre. Ils voulaient le faire parler de lui pour mieux le conseiller, mais il s'y refusait obstinément. Tout au fond de lui grandissait un noyau de fureur intransigeante.

Ses nerfs lui jouaient de sales tours ; les deux doigts qu'il avait perdus lui semblaient plus vivants que les huit qu'il possédait encore. Souvent, son pouce droit les cherchait inconsciemment, et ne trouvait que leur cicatrice. À ses yeux, l'aide des médecins relevait d'un phénomène identique. Les rares images d'espoir stériles qu'ils avaient à lui offrir lui apparaissaient comme les tâtonnements d'une imagination maladroite. Ainsi les séances curatives se réduisaient-elles toujours à de longs monologues débités par des experts sur les problèmes que lui, Thomas Covenant, devrait affronter. Pendant des semaines, ils lui tinrent le même langage, comme s'ils voulaient le lui enfoncer de force dans le crâne, jusqu'à ce qu'il s'en imbibe. Leurs admonestations envahirent le terrain de jeu ravagé de son esprit. Plutôt que d'histoires et de passions, il rêvait désormais de péroraisons.

« La lèpre, entendait-il nuit après nuit dans ses songes, est peut-être la plus inexplicable de toutes les afflictions humaines. C'est un mystère, au même titre que la différence entre matière vivante et inerte. Oh ! nous savons certaines choses à son sujet : elle n'est ni fatale ni contagieuse au sens conventionnel du terme ; elle opère en détruisant les nerfs, généralement dans les extrémités et la cornée ; elle provoque des difformités, parce qu'elle annihile la capacité du corps à se protéger en éprouvant de la douleur et en y réagissant ; elle peut entraîner une perte de motricité et une cécité totales ; et elle est irréversible, dans la mesure où les terminaisons nerveuses mortes ne peuvent être régénérées.

« Nous savons également que, dans presque tous les cas, un traitement à base de DDS – diamino-diphénylsulfone – et de nouveaux antibiotiques synthétiques peut enrayer sa propagation et qu'une fois la détérioration neuronale interrompue, les médicaments et une thérapie adéquate permettent de la garder sous contrôle pendant le reste de la vie du patient. Ce que nous ignorons, c'est pourquoi ou comment une personne donnée contracte la lèpre. À notre connaissance, elle surgit de nulle part et sans raison. Et une fois qu'on l'a attrapée, il est inutile d'espérer un remède. »

Les mots qu'il percevait n'étaient pas exagérés – ils auraient pu sortir directement de la bouche d'un des nombreux experts qu'il avait rencontrés –, mais sonnaient comme l'annonce d'une déchéance si insupportable qu'ils n'auraient jamais dû être prononcés.

La voix impersonnelle du médecin poursuivait :

« Ce que nous ont appris des années de recherche, c'est que la maladie de Hansen implique des difficultés liées entre elles, qui ne se manifestent pas dans le cas d'autres atteintes et qui rendent l'état mental des malades plus crucial que leur état physique.

« La première concerne les relations avec l'entourage. Contrairement à la leucémie aujourd'hui ou la tuberculose au siècle dernier, la lèpre n'est pas – et n'a jamais été – un mal “romantique”. Il est impossible de la poétiser. Même dans les sociétés qui ne haïssent pas autant les malades que la nôtre, les lépreux ont toujours été méprisés et craints, rejetés par leurs proches à cause d'un bacille rare que nul ne peut contrôler. Ils ne meurent pas de leur affection et, en moyenne, leur espérance de vie peut atteindre trente ou cinquante ans. Ce fait, combiné aux handicaps grandissants qu'entraîne leur pathologie, implique qu'ils ont un immense besoin de soutien humain. Mais virtuellement, toutes les cultures les condamnent à l'isolement et au désespoir. Elles les dénoncent comme des criminels et des dégénérés, les rejettent pour l'unique raison que la science n'a pas encore réussi à percer le mystère de leur affliction. Partout et depuis toujours, les ladres personnifient ce que l'humanité redoute et abhorre, tant au niveau individuel que communautaire.

« Les gens réagissent de cette façon pour plusieurs raisons. D'abord, la maladie provoque une hideur et une puanteur indéniablement très déplaisantes. Ensuite, malgré les efforts de générations de chercheurs, ils refusent de croire qu'une infection si ravageuse et si mystérieuse ne soit pas contagieuse. L'incapacité à répondre aux questions concernant le bacille renforce leur appréhension naturelle : on ne peut affirmer avec certitude que la lèpre ne se transmet pas par le contact physique, l'air, la nourriture, voire la compassion. En l'absence d'explication naturelle et irréfutable, chacun imagine des facteurs déclenchants tous plus terrifiants les uns que les autres – le mal serait le signe d'une perversion corporelle, psychologique ou spirituelle, la marque de la corruption ou de la culpabilité, la punition divine. Malgré les statistiques, la crainte de l'attraper perdure. Aussi, beaucoup d'entre vous vont-ils devoir vivre sans personne pour les aider à porter leur fardeau.

« Il existe une raison pour laquelle nous insistons beaucoup sur la thérapie psychologique : nous voulons vous apprendre à supporter la solitude. La plupart des patients qui quittent cette institution meurent avant l'heure. Choqués par leur isolement, ils perdent toute motivation, négligent leur traitement et deviennent suicidaires, activement ou passivement. Très peu d'entre eux reviennent ici à temps. Les rares qui survivent sont ceux qui finissent par trouver quelqu'un qui soit prêt à les soutenir et à leur redonner le goût de vivre. Ou ceux qui puisent en eux-mêmes la force de continuer.

« Quel que soit le chemin que vous emprunterez, une constante demeure : à partir de maintenant et jusqu'au jour de votre mort, la lèpre dominera votre existence. Elle contrôlera le moindre détail de votre quotidien. Depuis le moment où vous vous lèverez jusqu'à celui où vous vous coucherez, vous devrez prêter une attention totale et constante aux multiples pièges de l'existence. Elle ne vous laissera aucun répit. Vous ne lui échapperez pas en rêvassant ou en pensant à autre chose. Tout ce qui coupe, pique, brûle, meurtrit ou casse peut vous mutiler ou même vous tuer. Et songer à ce qui vous est désormais interdit risque de vous pousser au désespoir et au suicide. J'ai souvent vu cela. »

Le cœur de Covenant battait la chamade et la sueur collait les draps à sa peau. La voix de son cauchemar n'avait pas changé ; elle ne faisait aucun effort pour le terrifier, ne tirait aucun plaisir de sa peur, mais à présent, ses mots étaient aussi noirs que la haine et derrière eux béait un gouffre vertigineux, pareil à une plaie fraîchement ouverte.

« Cela nous amène au second problème. Il a l'air très simple, mais vous vous rendrez vite compte qu'il peut être dévastateur. La plupart d'entre nous dépendent énormément de leur sens du toucher. En fait, la structure de nos réactions à la réalité s'organise autour de lui. Nous pouvons douter de nos yeux et de nos oreilles, mais quand nous effleurons quelque chose, nous savons que c'est réel. Et ce n'est pas un hasard si nous décrivons la partie la plus intime de nous-mêmes – nos émotions – à l'aide de verbes de contact. Les situations pénibles nous *irritent* ou nous *blessent*. Les histoires tristes nous *touchent*. C'est la résultante inévitable de notre condition d'organismes biologiques.

« Vous devez lutter contre cette orientation et vous efforcer de la modifier. Vous êtes des créatures intelligentes – chacun de vous possède un cerveau. Utilisez-le. Servez-vous-en pour identifier le danger et pour apprendre à rester en vie. »

Alors, Covenant se réveillait seul dans son lit, trempé de sueur, le regard fixe, les lèvres frémissantes de gémissements qui tentaient de franchir ses dents serrées. Rêve après rêve, semaine après semaine, la scène se répétait à l'identique. Jour après jour, il devait se fustiger pour se forcer à quitter le sanctuaire de sa cellule.

Mais sa décision fondamentale tenait toujours. Il rencontra des patients qui avaient déjà effectué plusieurs séjours à la léproserie, des récidivistes qui ne pouvaient satisfaire à l'exigence la plus essentielle de leur tourment : la nécessité de s'accrocher à la vie, sans désirer aucune des récompenses qui faisaient sa valeur. Leur dégénérescence cyclique lui enseigna que son cauchemar contenait la matière première de sa survie. Nuit après nuit, il le matraquait avec la loi brutale et irrémédiable de la lèpre ; coup après coup, il lui démontrait qu'une dévotion absolue envers elle était sa seule défense contre la suppuration, la gangrène et la cécité.

Durant les deux derniers mois qu'il passa à la léproserie, il pratiqua la SVE et autres exercices avec une diligence confinant à la maniaquerie. Il fixa les murs de sa cellule comme s'il voulait s'hypnotiser. Dans un coin de son esprit, il comptait les heures entre les prises des médicaments. Et chaque fois qu'il trébuchait en chemin, qu'il loupait une note de sa partition défensive, il se purifiait à grand renfort de jurons.

Au début du septième mois, les médecins se déclarèrent convaincus que sa diligence n'était pas une phase temporaire et que la progression de la maladie avait été enrayée. Ils le renvoyèrent chez lui.

Lorsqu'il regagna le Refuge, à la fin de l'été, il pensait s'être préparé à tout. Il s'était blindé contre l'absence de communication avec Joan, contre la répulsion alarmée de ses anciens amis et associés – même si ces réactions lui causaient toujours une montée de rage et de dégoût de lui-même. La vue des affaires de Joan et de Robin dans la maison, le vide des écuries, l'absence des chevaux avaient rongé son cœur meurtri, comme de l'acide. Mais il s'était conditionné pour résister à de telles douleurs.

Pourtant, il n'était pas aussi apte à résister qu'il le croyait. Le choc suivant avait failli pulvériser ses défenses. Après avoir vérifié trois fois qu'il n'avait reçu aucun message de Joan et avoir téléphoné à l'avocate qui gérait ses affaires – dont la voix, à l'autre bout de la ligne trahissait la gêne –, il s'était rendu dans la cabane au fond des bois pour relire le début de son nouveau roman.

L'indigence aveugle de son texte l'avait consterné. Le qualifier de ridiculement naïf eût été un compliment. Il n'arrivait pas à croire qu'il ait pu pondre ces âneries arrogantes.

Ce soir-là, il relut également sa première œuvre. Puis, avec une extrême prudence, il alluma un feu dans la cheminée et brûla à la fois le best-seller et le manuscrit inédit. « Le feu, songea-t-il. La purification. Dussé-je ne plus jamais écrire un seul mot, je purgerai ma vie de ces mensonges. L'imagination ! Comment ai-je pu me montrer aussi complaisant ? » Et tandis qu'il regardait les pages se changer en cendres, il incinéra en lui toute velléité de poursuivre une carrière d'écrivain. Pour la première fois, il comprenait une partie de ce que les médecins avaient dit. Il devait étouffer son inventivité. Il ne pouvait s'offrir le luxe d'une faculté qui animerait en lui des visions de Joan, de joie et de santé. En se tourmentant avec des désirs inaccessibles, il ne réussirait qu'à affaiblir sa prise sur la règle qui lui permettait de survivre. Sa créativité finirait par le tuer ou le pousser au suicide : penser à ce qu'il ne pouvait plus avoir le conduirait immanquablement au désespoir.

Lorsque le feu s'éteignit, il piétina les cendres, comme pour rendre leur consumation encore plus définitive.

Le lendemain matin, il entreprit d'organiser son existence quotidienne. D'abord, il retrouva son vieux rasoir mécanique. La longue lame d'acier inoxydable étincelait dans la lumière fluorescente de la salle de bains, mais il l'affûta délibérément, s'enduisit le visage de mousse, se cala contre le lavabo et posa le tranchant sur sa gorge. C'était comme une ligne de feu froid en travers de sa jugulaire, une menace aiguë de blessure, de gangrène et de lèpre réactivée. Si sa main mutilée glissait ou tremblait, les conséquences pourraient être désastreuses. Mais il prit consciemment le risque de se discipliner, de raffermir son acceptation des termes brutaux de sa survie et de mortifier sa peur. Se raser de cette manière-là devint un rituel, une confrontation journalière avec sa condition.

Pour la même raison, il prit l'habitude de se promener avec un canif. Chaque fois qu'il sentait sa résolution vaciller, que l'amour, le souvenir ou l'espoir revenaient à la charge, il sortait le petit couteau et en testait le tranchant sur son poignet.

Il s'attaqua aussi à la maison. Il arrangea différemment les meubles pour minimiser le danger des coins saillants, des bords coupants et des obstacles dissimulés ; il élimina tout ce sur quoi il aurait pu trébucher ou se faire mal, de façon à pouvoir naviguer en toute tranquillité, même dans le noir ; bref, il rendit son lieu d'habitation le plus semblable possible à la cellule de la léproserie. Il transporta ce qui n'était pas sûr dans la chambre d'amis, et quand il eut terminé, verrouilla la porte et jeta la clé.

Après cela, il retourna à la cabane et la boucla également. Puis il enleva les fusibles pour prévenir tout risque d'incendie.

Enfin, il lava ses mains moites de sueur, les frottant avec une détermination obsessionnelle, sans pouvoir s'en empêcher ; l'impression physique de saleté, de souillure était trop forte. *Lépreux, impur.*

Il passa l'automne à tituber sur les contours de la folie. Une sombre violence pulsait en lui, banderille plantée entre ses côtes, qui l'aiguillonnait sans lui fournir de but. Il éprouvait un insatiable besoin de sommeil, mais ne pouvait y céder parce que ses rêves s'étaient changés en cauchemars de gangrène. Malgré son engourdissement, il avait l'impression de se sentir dévoré vif. Et la veille le confrontait à un paradoxe aussi vicieux qu'irréparable. Sans le soutien et les encouragements d'autrui, il ne pensait pas pouvoir endurer le fardeau de sa lutte contre l'horreur et la mort ; pourtant, celles-ci expliquaient – rendaient compréhensible, justifiaient presque – le rejet général dont il faisait l'objet. Sa lutte prenait sa source dans les passions mêmes qui provoquaient son isolement. Thomas Covenant haïssait ce qu'il deviendrait s'il ne se battait pas. Il se détestait pour avoir à livrer une guerre aussi vaine qu'interminable. Mais il ne parvenait pas à exécrer ceux qui rendaient sa solitude morale si absolue : après tout, ils ne faisaient que partager sa propre peur.

Emporté dans le tourbillon de son dilemme, la seule réaction qui le stabilisait était la colère. Il s'accrochait à son amertume vitriolée comme à une ancre, pour sa santé mentale ; il avait besoin de sa fureur pour survivre, pour conserver sur son existence une prise pareille à un étranglement. Certains jours, le soleil se couchait et se levait à nouveau sans que sa rage lui ait laissé le moindre repos.

Au fil du temps, pourtant, même ce sentiment-là finit par s'atténuer. Sa mise en quarantaine faisait partie de la règle ; c'était un fait inéluctable, aussi réel que l'engourdissement ou la pestilence. S'il ne réussissait pas à entrer dans le moule, il ne survivrait pas.

Lorsqu'il balayait le Refuge du regard, les arbres qui bordaient la propriété du côté de la route lui semblaient si lointains qu'aucun pont n'aurait pu franchir l'abîme qui l'en séparait.

C'était une contradiction insoluble. Elle agitait ses doigts de tics nerveux, si bien qu'il manquait se couper en se rasant. Sans émotions, il ne pouvait pas se battre ; pourtant, chacune d'elles se retournait contre lui. Durant l'automne, il se surprit à jurer de moins en moins souvent contre les impossibilités qui l'emprisonnaient. Il prit l'habitude de déambuler dans les bois derrière chez lui, grande silhouette décharnée aux yeux hagards, à la démarche mécanique et à la main droite mutilée. Chaque piste broussailleuse, chaque pierre pointue, chaque pente abrupte lui rappelait qu'il ne devait sa survie qu'à la prudence, qu'il lui suffirait de relâcher son attention un instant pour que ses problèmes disparaissent avec lui, sans que personne ne le pleure.

Quand il touchait l'écorce d'un arbre et ne sentait rien, cela ne faisait qu'accroître son chagrin. Il voyait déjà la fin qui l'attendait ; son cœur deviendrait aussi gourd que son corps et il serait perdu pour de bon.

Néanmoins, la nouvelle que quelqu'un avait payé sa facture d'électricité raviva sa détermination, fouetta ses sentiments à l'agonie et lui fournit une nouvelle raison de lutter, comme s'il venait d'identifier un ennemi. Cette faveur inattendue lui fit brusquement comprendre ce qui se passait. Ses concitoyens ne se contentaient plus de l'ignorer : ils éliminaient délibérément les motifs dont il aurait pu se servir pour paraître parmi eux.

Quand il comprit le danger, sa première réaction fut d'ouvrir une fenêtre et de hurler dans le vent hivernal : « Allez-y ! Par l'enfer, je n'ai pas besoin de vous ! »

Mais le problème n'était pas assez simple pour qu'une seule bravade puisse en venir à bout. Début mars, alors que le printemps pointait son nez en avance, il devint convaincu de la nécessité d'agir. Il était une personne – un humain comme les autres, maintenu en vie par un cœur qui n'appartenait qu'à lui. Il n'avait pas l'intention de rester les bras ballants pendant qu'on l'amputerait de la société. Cela reviendrait à approuver sa mise à l'écart.

Du coup, quand sa note de téléphone arriva, il rassembla son courage, se rasa laborieusement, enfila des vêtements solides et des bottes confortables pour se rendre à l'agence Bell. Debout devant la porte aux lettres dorées, en proie à l'agitation, il se répéta mentalement : « Telle est la mort pâle… » et s'interrogea sur le rire. Au bout d'un moment, il se ressaisit, ouvrit le battant avec la violence d'une bourrasque et se dirigea vers la réceptionniste d'un pas aussi vindicatif que si elle l'avait défié en combat singulier.

Il posa les mains sur le comptoir pour ne pas qu'elles tremblent. Un rictus féroce découvrit ses dents.

— Je m'appelle Thomas Covenant.

La fille avait une tenue impeccable ; elle croisait les bras sous sa poitrine pour soutenir ses seins et les montrer sous leur jour le plus avantageux. Covenant se força à lever les yeux vers son visage. Elle fixait un point derrière lui, d'un air morne. Comme il scrutait ses traits en quête d'un frémissement de répulsion, elle se décida enfin à le regarder et lança sur un ton ennuyé :

— Oui ?

— Je suis venu payer ce que je dois.

« Elle n'est pas au courant. Elle n'a pas entendu parler de moi », songea Covenant.

— Certainement, monsieur. Quel est votre numéro ?

Il le lui dit et elle passa nonchalamment dans une pièce voisine pour consulter les fichiers.

Le suspense découlant de son absence serra la gorge de Covenant. Il avait besoin de se distraire, d'occuper son attention. Brusquement, il fourra la main dans sa poche et en sortit le morceau de papier que le petit garçon lui avait donné. « Vous devez le lire. » Il le lissa sur le comptoir et le parcourut des yeux.

> Un homme réel – selon les critères par lesquels nous définissons la réalité – se trouve soudain retranché du monde et transporté dans un environnement physique inconcevable : les sons y possèdent un arôme, les odeurs une couleur et un relief, les images une texture et les attouchements un timbre. Une voix désincarnée l'informe qu'il a été amené là pour devenir le

champion de sa sphère d'origine. Il doit se battre en combat singulier contre le représentant d'un autre monde. S'il est vaincu, il mourra et son univers sera détruit parce qu'il aura prouvé son incapacité à survivre.

Le héros décide qu'on lui ment. Il affirme qu'il est en train de rêver ou d'halluciner et refuse de livrer un duel à mort en l'absence de danger avéré. Il se montre implacable dans sa détermination à réfuter sa position apparente et ne se défend pas lorsqu'il est attaqué par son adversaire.

Question : cet homme fait-il preuve de courage ou de lâcheté ? Telle est l'interrogation fondamentale de l'éthique.

« L'éthique ! ricana Covenant par-devers lui. Qui diable a inventé une fable pareille ? »

L'instant d'après, la fille revint, avec une expression interrogatrice.

— Vous êtes bien Thomas Covenant, domicilié au Refuge ? Une somme d'argent couvrant votre consommation pour plusieurs mois a été déposée sur votre compte. Vous nous avez envoyé un chèque récemment ?

Covenant vacilla comme si l'on venait de le frapper. Il se rattrapa au comptoir, penchant sur le côté tel un galion échoué. Inconsciemment, il serra le papier dans sa main. La tête lui tourna et des mots se bousculèrent dans son esprit. « Virtuellement toutes les cultures condamnent les lépreux à l'isolement, les dénoncent comme des criminels, les rejettent… Il est inutile d'espérer. »

Luttant pour réprimer la violence qui menaçait de le submerger, il focalisa son attention sur ses pieds gelés et ses chevilles douloureuses. Avec une prudence calculée, il déposa le morceau de papier froissé sur le comptoir, devant l'hôtesse.

— Ce n'est pas contagieux, vous savez, dit-il sur un ton qui se voulait badin. Vous ne risquez pas de l'attraper à cause de moi. Ce n'est pas transmissible – sauf aux enfants.

La fille cligna des yeux, comme stupéfiée par la vacuité de ses propres pensées.

Les épaules de Covenant se voûtèrent. Il étrangla la fureur dans sa gorge, se détourna avec toute la dignité qu'il put rassembler et sortit dans la lumière du jour, laissant la porte claquer derrière lui. « Par les feux de l'enfer ! jura-t-il intérieurement. Par les feux de l'enfer et la damnation éternelle ! »

Étourdi par la rage, il balaya la rue du regard. De là où il se tenait, il pouvait voir toute la sinistre longueur de la ville. En direction du Refuge, de chaque côté de la route, les boutiques se serraient les unes contre les autres telles des dents menaçantes. La vive clarté lui donnait l'impression d'être vulnérable et très seul. Il examina rapidement ses mains, en quête d'égratignures ou de traces d'abrasion, puis s'engagea dans le goulet d'un pas incertain, comme si le trottoir était glissant sous ses pieds engourdis. Il lui sembla qu'il faisait preuve d'un grand courage en ne s'enfuyant pas à toutes jambes.

Quelques instants plus tard, le tribunal surgit devant lui. Le mendiant était toujours debout au bas des marches, statufié, fixant le soleil en marmonnant. Sa pancarte continuait de proclamer : « Prenez garde », comme un avertissement arrivé trop tard.

En s'approchant de lui, Covenant fut frappé par son apparence miséreuse. Les gueux, les fanatiques et les prophètes de l'Apocalypse n'avaient pas leur place dans cette rue éclatante de lumière ; le regard hautain et méprisant des têtes de pierre n'exprimait aucune tolérance pour ce genre d'exaltés. Et les quelques pièces que l'homme avait récoltées ne suffiraient même pas à lui procurer un repas. À cette vue, une étrange compassion serra le cœur de Covenant. Presque malgré lui, il s'arrêta devant le bonhomme.

Celui-ci ne fit pas le moindre geste. Il n'interrompit pas sa contemplation du soleil, mais sa voix s'altéra et un mot se détacha au milieu de sa psalmodie inintelligible.

— Donne.

L'ordre semblait adressé à Covenant. Ce dernier baissa docilement les yeux vers la sébile. L'exigence du vieillard fit rejaillir sa colère. « Je ne vous dois rien », aboya-t-il silencieusement.

Avant qu'il puisse s'éloigner, l'autre parla de nouveau.

— Je t'ai prévenu.

Contre toute attente, cette déclaration frappa Covenant comme un éclair de lucidité, un résumé intuitif de ses expériences de l'année écoulée. À travers la fureur, sa décision s'imposa immédiatement. Le visage tordu par un rictus, il porta la main à son alliance.

Jusqu'alors, il n'avait encore jamais retiré l'anneau d'or blanc – malgré son divorce et le fait que Joan le laissait sans nouvelles depuis. C'était un symbole de son existence passée ; un rappel de ce qu'il avait été et de ce qu'il était devenu ; un souvenir de promesses faites et brisées, d'amour perdu et d'impuissance ; son dernier vestige d'humanité. Pourtant, il l'arracha à son annulaire gauche et la laissa tomber dans la sébile.

— Ça vaut bien davantage que quelques pièces, dit-il avant de se détourner.

— Attends !

Le mot était empreint d'une telle autorité qu'une fois de plus, Covenant s'arrêta. Il demeura immobile, bouillant de rage, jusqu'à ce qu'il sente la main du vieillard se poser sur son bras. Alors, il pivota et découvrit des yeux bleu pâle, aussi vides et inexpressifs que s'ils étudiaient encore le feu secret du soleil. Une aura de puissance faisait paraître le misérable bien plus grand qu'il n'était en réalité.

Une brusque insécurité – l'impression de se trouver trop près de choses qu'il ne comprenait pas – assaillit Covenant, mais il la repoussa hargneusement.

— Ne me touchez pas. Je suis lépreux.

Le regard creux semblait ne pas le voir, comme s'il n'existait pas ou comme si les yeux étaient aveugles. Ce fut néanmoins d'une voix claire et forte que l'autre affirma :

— Tu es en perdition, mon fils.

Covenant s'humecta les lèvres de la langue et répondit :

— Non, grand-père. C'est normal. Les êtres humains sont ainsi : futiles.

Comme s'il venait de découvrir une nouvelle loi de la lèpre, il récita mentalement : « La futilité est la caractéristique déterminante de la vie. »

— La vie est ainsi, poursuivit-il. Dans la mienne, il y a simplement moins de bric-à-brac pour obscurcir les faits que dans celle de la plupart des gens.

— Si jeune et déjà si amer…

Cela faisait longtemps que personne n'avait témoigné de sympathie à Covenant et les paroles de l'inconnu le touchèrent profondément. Sa colère céda, lui laissant la gorge nouée.

— Allons, grand-père, dit-il d'une voix plus douce. Nous n'avons pas créé le monde. Tout ce que nous avons à faire, c'est d'y vivre. Nous sommes tous dans la même galère, d'une façon ou d'une autre.

— Nous ne l'avons pas créé ? Vraiment ?

Sans attendre de réponse, le miséreux recommença à fredonner son étrange mélodie. Covenant resta face à lui, comme hypnotisé, jusqu'à ce qu'il finisse le couplet. Alors, la voix prit un ton agressif, qui s'engouffra dans la brèche de sa vulnérabilité.

— Pourquoi ne pas te détruire ?

La pression enfla dans la poitrine de Covenant, lui comprimant le cœur. Les yeux clairs exerçaient une curieuse emprise sur lui. L'anxiété le taraudait. Il voulait s'arracher à la contemplation de ce visage âgé, effectuer une SVE et s'assurer qu'il était en un seul morceau, mais il ne le pouvait pas ; le regard vide le tenait et ne semblait pas décidé à le lâcher.

— Parce que c'est trop facile, articula-t-il enfin.

Le vieillard ne riposta pas, mais la tension de Covenant s'accrut. Accablé par la volonté de son interlocuteur, il se tenait au bord du précipice de son avenir, contemplant les périls qui l'attendaient. Il reconnut en eux les diverses morts possibles des lépreux. Le panorama le calma quelque peu, pierre d'angle familière dans une situation fantastique, qui le ramena en terrain connu. Il se détourna de sa peur et demanda :

— Je peux faire quelque chose pour vous ? Vous offrir à manger, un lit pour la nuit ? Tout ce qui m'appartient est à votre disposition.

Comme si Covenant venait de prononcer un mot de passe, le regard du malheureux perdit son aspect dangereux.

— Tu en as déjà trop fait. Je n'accepte jamais ce genre de dons. (Il tendit sa sébile à Covenant.) Reprends ton anneau. Et sois fidèle à toi-même. Tu n'es pas forcé d'échouer.

L'accent autoritaire avait disparu. À la place, Covenant entendit une douce supplication dans la voix. Il hésita, se demandant quel rapport le mendiant avait avec lui. Mais il fallait bien qu'il réagisse. Il saisit son alliance et la remit à son annulaire gauche. Puis il dit :

— Tous les autres échouent. Mais je vais survivre, aussi longtemps que je pourrai.

Les épaules du bonhomme s'affaissèrent, comme s'il venait de se décharger du fardeau d'une prophétie ou d'un commandement.

— Comme il se doit, acquiesça-t-il d'une voix ténue.

Sans rien ajouter, il se détourna et s'éloigna en s'appuyant lourdement sur son bâton, prophète épuisé par des visions. Le bois produisait un drôle de bruit en heurtant le trottoir, un bruit qui le faisait paraître plus dur que le ciment.

Covenant suivit des yeux le vieillard, dont le vent faisait onduler la robe ocre et les cheveux, jusqu'à ce qu'il tourne au coin de la rue et disparaisse. Alors, il se secoua et entama une SVE. Mais son regard s'arrêta sur l'anneau à son doigt, qui semblait trop grand pour lui. « En perdition, songea-t-il. "Une somme d'argent a été déposée sur votre compte." Je dois faire quelque chose avant qu'ils barricadent les rues pour m'empêcher d'y accéder. »

Pendant un moment, il resta planté sur le trottoir, cherchant une solution. Distraitement, il leva les yeux vers les sculptures du tribunal, aux visages figés en un rictus de dégoût perpétuel. Leur vision lui donna une idée. Les maudissant en silence, il se remit à marcher. Il avait décidé de voir son avocate pour lui demander de trouver un recours légal contre la funeste charité qui le coupait de ses semblables. « Je vais faire annuler ces paiements. Nul ne peut régler mes dettes sans mon consentement. »

Son conseil avait son bureau dans un bâtiment au coin d'un carrefour. Une minute de marche à vive allure amena Covenant à l'angle de la rue, où se dressait l'unique feu de circulation de la ville. Il éprouvait le besoin de se dépêcher, de mettre son plan à exécution avant que sa méfiance innée envers l'administration le convainque que sa détermination n'était que folie.

Il n'avait pas fait trois pas sur la chaussée qu'il entendit une sirène. Son gyrophare jetant des éclairs rouges, une voiture de police jaillit d'une ruelle et déboula dans la rue principale. Emportée par la vitesse, elle fit une embardée, puis redressa et fonça droit vers Covenant qui se figea, comme pris dans l'étreinte d'un étau invisible. Il voulait bouger mais restait immobile, suspendu dans le temps, coincé, fixant le capot du véhicule qui fondait sur lui. Un hurlement de freins strident déchira ses tympans. Puis il s'écroula.

Tandis que ses jambes se dérobaient, il eut la vague impression qu'il tombait trop tôt, qu'il n'avait pas encore été touché. Mais il ne pouvait pas s'en empêcher : il avait trop peur d'être écrasé. Mourir ainsi, après toutes les précautions qu'il avait prises pour se protéger !

Soudain, il eut conscience d'une monstrueuse obscurité tapie derrière le soleil, les vitrines étincelantes et la protestation aiguë des pneus. La lumière et l'asphalte sous sa tête lui apparaissaient comme de vulgaires images peintes sur un fond noir, qui l'enveloppait et le plaquait à terre. Les ténèbres irradiaient à travers l'éclat du soleil, tel un rayon de nuit froide.

Sans doute n'était-ce qu'une hallucination ? De façon absurde, il entendit la voix du vieillard dans sa tête. « Sois fidèle à toi-même. Tu n'es pas forcé d'échouer. »

L'obscurité l'enveloppa, oblitérant le jour. La seule chose que Covenant fut certain de voir, ce fut le faisceau rouge du gyrophare, éclair brûlant et meurtrier, qui lui transperça le front comme une lance.

3

Invitation à une trahison

Pendant un très long moment, Covenant demeura dans le noir. La lumière rouge qui le transperçait était l'unique point fixe dans un univers en proie au chaos. Si seulement il avait su où regarder, il aurait sans doute pu assister à un chamboulement massif des cieux et de la terre. Mais le rayon brûlant l'empêchait de bouger et il ne put observer les courants qui bouillonnaient autour de lui.

Sous la pression lumineuse, il sentait chaque pulsation de son sang dans ses tempes, comme si son esprit, et non son cœur, scandait sa vie. Les battements étaient lents – trop, par rapport à l'appréhension qu'il éprouvait. Il ne comprenait pas ce qui lui arrivait, mais chaque coup l'ébranlait ; la structure même de son cerveau semblait assaillie.

Soudain, le faisceau faiblit, puis se scinda en deux taches flamboyantes : des yeux.

L'instant d'après, Covenant entendit un rire aigu, perçant, plein de triomphe et de mépris. Une voix gloussa, tel un coq maléfique annonçant l'aube de la fin du monde, et le pouls de Covenant s'affola.

— J'ai réussi ! jubila la voix. Moi ! Il m'appartient !

Elle s'esclaffa de plus belle.

Covenant était à présent assez près pour distinguer les yeux. Ils n'avaient ni blanc ni pupille ; des cercles rouges, aussi luisants que la lave en fusion, emplissaient leurs orbites. Leur chaleur était si intense qu'elle lui brûlait le front.

Ils étincelèrent et l'air parut s'embraser autour d'eux. Des flammes jaillirent, enveloppant Covenant d'une lueur infernale.

Il vit qu'il se trouvait dans une caverne profonde, dont les parois captaient et retenaient la lumière. La roche était lisse mais piquetée de centaines de facettes irrégulières, comme si elle avait été sculptée par un couteau maladroit. Des ouvertures béaient sur toute la circonférence. Très haut au-dessus de la tête de Covenant, le plafond s'agglomérait en une épaisse forêt de stalactites ; par contraste, le sol semblait plat et usé, presque érodé par le piétinement d'innombrables passants. Des reflets ricochaient sur les concrétions, créant une nuée d'éclats rouges.

Une odeur fétide planait dans l'air : une puanteur âcre, à laquelle se mêlaient des relents de soufre et de chair en décomposition. Covenant fut pris d'un haut-le-cœur en l'inspirant et, plus encore, en détaillant la chose dont le regard l'avait paralysé.

Au centre de la grotte, une créature décharnée, aux membres trop longs et à la tête semblable à celle d'un bélier, était accroupie sur une petite estrade. Dans cette position, les genoux lui remontaient presque jusqu'aux oreilles. Une de ses mains, aussi large qu'une pelle, était posée sur la pierre devant elle ; l'autre agrippait un bâton de bois ferré et sculpté. La bouche était figée en un rictus hilare.

— Ha ! J'ai réussi ! glapit-elle. L'ai appelé. Avec mon pouvoir. Vais tous les tuer ! (De la salive coulait des coins de sa bouche, comme si elle était affamée.) Seigneur Sialon ! Maître ! Moi !

La créature bondit et sautilla jusqu'à sa victime. Mû par une incontrôlable répugnance, Covenant recula.

— Je vais te tuer ! hurla la chose. Prendre ton pouvoir ! Tous les écraser ! Devenir le seigneur Sialon !

Elle empoigna son bâton à deux mains et le brandit comme pour frapper Covenant, lorsqu'une autre voix retentit soudainement. Elle était assez sonore pour emplir tout l'espace sans effort et aussi profonde que l'abysse.

— Arrière, Larvae ! tonna-t-elle. Cet homme est une proie trop grosse pour toi. Il m'appartient.

La créature leva la tête vers le plafond.

— Non, il est à moi ! protesta-t-elle. C'est mon bâton qui l'a appelé ! Vous l'avez bien vu !

Covenant suivit la direction de son regard, mais ne distingua rien d'autre que le clair-obscur étourdissant des aiguilles de pierre.

— Tu as eu de l'aide, répliqua la voix sépulcrale. Le Bâton était trop puissant pour toi. Dans ta colère, tu l'aurais détruit, si je ne t'avais pas enseigné certains de ses usages. Et mon appui a un prix. Tu peux faire tout ce que bon te semblera par ailleurs, mais je revendique ce trophée-là. Il m'appartient.

La rage de la créature retomba, comme si elle venait soudain de se rappeler qu'elle possédait un avantage.

— Mon bâton, grommela-t-elle d'un air sombre. Je l'ai toujours. Vous n'êtes pas en sécurité.

— Tu oses me menacer ? rugit la voix. Prends garde à toi, Sialon Larvae ! Ta chute se précise. Fais bien attention, car elle a déjà commencé !

Il y eut un raclement grinçant, pareil à des dents énormes frottant les unes contre les autres. Puis une brume glaciale s'abattit, tourbillonnant et s'épaississant jusqu'à ce que Larvae disparaisse à la vue de Covenant. Elle refléta la lumière des pierres brillantes, puis son éclat rougeâtre céda la place au gris humide et universel du brouillard. La vile puanteur se délita en l'odeur plus douce de l'essence de rose, parfum des funérailles. Malgré les vapeurs aveuglantes, Covenant sentit qu'il ne se trouvait plus dans la caverne de Larvae.

Ce changement ne lui apporta aucune délivrance. La frayeur et l'ahurissement le tiraillaient aussi sûrement que s'il s'enfonçait dans un cauchemar. La voix désincarnée l'anéantissait. Lorsqu'il fut entièrement noyé dans la brume, ses jambes faiblirent et il tomba à genoux.

— Tu fais bien de te prosterner devant moi, clama la voix. Il n'est nul autre espoir et nul autre secours pour un homme au destin aussi funeste que le tien. Mon ennemi ne t'aidera pas. C'est lui qui t'a choisi pour endurer cette affliction. Il ne donne pas : il prend. (Un mépris brûlant passa dans l'intonation, embrasant les nerfs de Covenant.) Oui, tu fais bien de t'incliner.

Je pourrais te soulager de ton fardeau. Demande-moi la santé ou la force, il est en mon pouvoir de te les accorder. Car j'ai lancé mon attaque contre cette époque et l'avenir m'appartient. Je n'échouerai pas une nouvelle fois.

L'esprit de Covenant était terrassé par la voix, cependant l'offre qu'elle proposait le pénétra et son cœur fit un bond dans sa poitrine. Il le sentit battre puissamment, lutter contre l'étau de la peur, mais il était encore trop accablé pour répondre.

Comblant son silence, la voix poursuivit :

— Kevin était un imbécile, un fou gâteux et lâche. Ce sont tous des imbéciles. Regarde-toi, vermisseau. Le puissant haut seigneur Kevin, fils de Loric et arrière-petit-fils de Berek, le détestable père fondateur, s'est tenu là où tu rampes et a cherché à me détruire. Après m'avoir fait siéger à sa droite pendant de longues années, sans conscience du péril qui le menaçait, il a découvert mes intentions et entrevu ma véritable nature. Alors, la guerre a éclaté entre nous, qui a ravagé l'ouest et menacé jusqu'à sa précieuse Citadelle. Le poing qui l'aurait fait tomber était le mien et il le savait. Lorsque ses armées ont chancelé et son pouvoir défailli, il s'est abandonné au désespoir et, ce faisant, est devenu mien. Mais il pensait encore pouvoir me vaincre. Aussi est-il venu à moi, dans cette caverne dont je viens de te tirer : Kiril Threndor, le Cœur du Tonnerre.

« Sialon Larvae ignore la noirceur de la pierre sur laquelle il se tient – et bien d'autres choses encore. Je ne lui dévoilerai pas les ramifications de mon plan. À sa manière, il me sert efficacement… bien qu'involontairement. De la même façon, toi et ces seigneurs timorés me servirez, que vous le vouliez ou non. Qu'ils continuent à sonder leurs mystères superficiels sans se soucier de moi – ou si peu ! Ils n'ont pas encore réussi à maîtriser le septième de la Sagesse morte de Kevin, que déjà ils osent se donner le nom de Terramis, les serviteurs de la paix. Ils sont trop aveugles pour percevoir leur propre arrogance. Mais je leur apprendrai à voir.

« En vérité, il est déjà trop tard pour eux. Ils viendront à Kiril Threndor et je leur enseignerai des choses qui obscurciront leur âme. Ce n'est que justice. Après tout, c'est là que Kevin m'a défié dans son désespoir. Et c'est là que j'ai accepté d'effectuer le rituel. Je riais si fort que j'ai eu du mal à prononcer l'incantation. Cet imbécile pensait que le sort pourrait me délier…

« Mais le pouvoir qui me nourrit existe depuis la nuit des temps. Alors, quand Kevin m'a proposé de libérer les forces qui réduiraient en poussière le Fief et toutes ses créations maudites, j'ai relevé le défi. Oui, et j'ai ri jusqu'à ce que le doute s'inscrive sur son visage. Sa folie a provoqué la fin de l'âge des vénérables. Mais je suis resté. Ensemble, nous sommes demeurés à Kiril Threndor, Kevin l'aveugle et moi. Ensemble, nous avons lancé le rituel de profanation. Ah, l'imbécile ! Il était déjà mon esclave et il ne s'en rendait pas compte. Fier de sa Sagesse, il ignorait que la loi même qu'il servait me protégerait durant ce cataclysme, alors que la plupart de ses gens périraient et que ses œuvres seraient détruites.

« Certes, j'ai été affaibli pour un temps. J'ai passé un millénaire à ruminer mes désirs. Le prix de ma patience reste à payer : pour cela et pour bien d'autres choses, j'exigerai rétribution. Mais je n'ai pas été anéanti. Quand Sialon a trouvé et identifié le Bâton, quand il s'est aperçu qu'il ne pouvait pas l'utiliser, j'ai saisi ma chance. L'avenir m'appartiendra, et je pourrai le préserver ou le gaspiller comme bon me semblera. Alors, prosterne-toi devant moi, vermisseau. Rejette le destin que mon ennemi a façonné pour toi. Tu n'auras pas d'autre chance de te repentir.

Le brouillard et les effluves de rose affaiblissaient Covenant, comme s'ils aspiraient ses forces, mais son cœur battait toujours et ses pulsations constituaient son seul rempart contre la peur. Il s'enveloppa de ses bras et se recroquevilla pour se protéger du froid.

— Quel destin ? se força-t-il à articuler d'une voix pitoyable, étouffée.

— Il veut faire de toi mon dernier adversaire. Il t'a choisi pour me détruire : toi, la larve, qui détiens une puissance dont aucun mortel n'a jamais disposé. Mais il découvrira à ses dépens que je ne suis pas si facile à vaincre. Même si la magie sauvage te protège pour l'instant, tu ne comprendras jamais sa nature. Le moment venu, tu seras incapable de m'affronter. Non, tu es la victime des attentes de mon rival et je ne peux te libérer en te tuant – pas encore. Si nous retournons cette force contre lui, nous le priverons entièrement de la Terre.

— La santé, balbutia Covenant en levant les yeux. Vous avez parlé de santé.

— Celle qui te fait défaut, vermisseau, quelle qu'elle soit. Contente-toi de m'adresser tes prières avant que ma patience atteigne ses limites.

Le mépris de la voix, tranchant, atteignait profondément Covenant. Sa violence intérieure s'accumula et il commença à lutter. « Non, je ne suis pas un vermisseau », songea-t-il en se redressant avec difficulté. Les dents serrées pour s'empêcher de trembler, il demanda :

— Qui êtes-vous ?

Comme si elle avait compris son erreur, la voix s'adoucit.

— J'ai beaucoup de noms. Pour les seigneurs de Pierjoie, je suis Turpide le Rogue ; pour les géants d'Ondemère, Sanguinaire ou Pulverâme. Le peuple de Ra m'appelle Crochal l'Équarrisseur. Dans les rêves des sangardes, je suis la Corruption. Mais les habitants du Fief me nomment le Tueur Gris.

— Ça suffit ! dit fermement Covenant.

— Imbécile ! gronda la voix.

Sa puissance jeta Covenant à terre. Le front pressé contre la pierre, il attendit, terrifié et immobile, que la colère de Turpide l'anéantisse.

— Je n'ai pas besoin de ton consentement. Et je n'oublierai pas. Je vois que ton orgueil est offensé par mon dédain, vermisseau ! Avant d'en finir avec toi, je t'enseignerai la véritable portée de ce sentiment. Pas maintenant, cela ne cadre pas avec mes plans. Bientôt, je serai assez fort pour t'arracher ta magie sauvage ; alors, tu apprendras à tes dépens que mon indifférence est sans limite et mon avidité sans fond.

« J'ai déjà assez perdu de temps. Venons-en au fait. Écoute-moi bien. J'ai une mission à te confier. Tu vas porter un message de ma part à Pierjoie. Dis au conseil des seigneurs et au haut seigneur Prothall fils de

Dwillian[1] que la limite absolue de leur espérance de vie dans le Fief est de sept fois sept années à compter de ce jour. Avant la fin de cette période, je détiendrai le contrôle de la vie et de la mort. Pour prouver la véracité de mes propos, annonce-leur ceci : Sialon Larvae, lémure du mont Tonnerre, a retrouvé le Bâton de la Loi que Kevin perdit voilà dix fois un siècle, durant le rituel de profanation. Informe-les que la tâche qui échoit à leur génération sera de le récupérer. Sans lui, ils seront incapables de me résister et ma victoire totale surviendra six fois sept ans avant la date annoncée.

« Quant à toi, vermisseau, tu ferais mieux de ne pas te dérober à ta charge. Sinon, chaque occupant humain du Fief périra avant que dix saisons se soient écoulées. Tu ne peux le comprendre, mais Sialon Larvae a le Bâton et c'est une cause de terreur en soi. Si tu ne délivres pas cette information, il montera sur le trône de la Citadelle dans deux ans. Déjà, les lémures se sont mis en marche sur son ordre, et les loups et les ur-vils répondent à l'appel du Bâton.

« Mais la guerre n'est pas le plus redoutable des dangers. Sialon s'enfonce dans les entrailles noires du mont Tonnerre – Gravin Threndor, le pic des Lions de Feu. Là, au plus profond, sont ensevelis des fléaux bien trop terribles pour qu'un quelconque mortel puisse les contrôler, qui changeraient l'univers en enfer à tout jamais. Pourtant, Sialon cherche l'un d'entre eux : la Pierre de Maleterre. S'il devient son

1. Tournure de phrase particulière aux gens du Fief. Aucune ponctuation ne sépare le nom du lien de parenté. Exemple : Atiaran ma mère ; Trell mon père, etc. *(N.d.T.)*

maître, malheur aux grands comme aux humbles ! Ils souffriront mille morts jusqu'à la fin des temps.

« N'échoue pas dans ta mission, vermisseau. Tu as rencontré Sialon. As-tu envie de périr entre ses mains ?

La voix marqua une pause et Covenant se prit la tête à deux mains pour faire taire l'écho de ses menaces. « C'est un rêve, songea-t-il. Un rêve ! » Mais la brume l'emprisonnait. Son désir de s'échapper et de se réchauffer était si intense qu'il frissonna.

— Allez-vous-en ! Fichez-moi la paix !

— Encore une chose, lâcha le Rogue. Un dernier avertissement. N'oublie pas qui tu dois redouter par-dessus tout. Jusqu'à présent, j'ai dû me contenter de tuer et de tourmenter mes proies. Désormais mes plans sont arrêtés et j'ai commencé à les mettre en œuvre. Je ne prendrai plus de repos avant d'avoir éradiqué tout espoir sur la Terre. Penses-y, et tremble !

Ce dernier mot s'attarda, suspendu dans les airs, tandis qu'autour de lui s'amplifiait le grondement d'énormes rochers broyant des pierres plus petites. Le vacarme s'abattit sur Covenant, le submergea puis s'éloigna, le laissant prostré, toute pensée annihilée par la panique. Il resta immobile, pétrifié, jusqu'à ce que le roulement s'évanouisse et que le léger bruissement du vent résonne à travers le silence revenu. Alors, il ouvrit craintivement les yeux et vit la lumière du jour.

4

L'observatoire de Kevin

Il s'affala sur le ventre et demeura immobile un long moment, savourant la tiédeur du soleil qui réchauffait ses os glacés jusqu'à la moelle. Autour de lui, le vent sifflait doucement mais ne l'effleurait pas ; peu de temps après que le tumulte déclenché par le départ de Turpide eut pris fin, il entendit un chant d'oiseau dans le lointain. Il prit une profonde inspiration, insufflant une nouvelle force à ses membres et se réjouissant que son cauchemar soit terminé.

Au bout d'un moment, il se rappela que plusieurs personnes se trouvaient à proximité quand il avait été accidenté. Pourtant, aucune d'entre elles ne se manifestait ; la rue et le reste de la ville semblaient étrangement silencieux. Il devait être plus gravement blessé qu'il ne le pensait. L'anxiété le poussa à se mettre à quatre pattes.

Il se trouvait sur une dalle de pierre plus ou moins circulaire, d'environ dix pieds de circonférence et entourée par un muret de trois pieds de haut. Au-dessus de lui, une vaste étendue de ciel azuré, que ne venait souiller aucun nuage, dessinait un dôme d'un bord à l'autre du parapet, comme si la dalle flottait dans les airs, au mépris de la loi de la gravité.

Non. Son souffle resta coincé dans sa gorge. *Où… ?*

Puis une voix haletante, étouffée par la distance, appela :

— Vous, là-haut !

Le cœur de Covenant défaillit. « Qu'est-ce que c'est ? »

— Vous, sur l'observatoire de Kevin ! Avez-vous besoin d'aide ?

« Que diable se passe-t-il ? »

Soudain, un bruit d'escalade se fit entendre derrière lui. Ses muscles tressaillirent. Il plongea vers le muret et s'y adossa.

Face à lui, au-delà du vide qui l'environnait, se dressait une énorme montagne. Ses falaises abruptes se trouvaient au niveau de son perchoir ; son pic enneigé étincelait dans la lumière du soleil et ses flancs rocheux emplissaient presque tout l'horizon. Covenant eut d'abord l'impression qu'elle était proche, puis il comprit qu'un bon jet de pierre les séparait.

Une brèche s'ouvrait dans le parapet de ce côté-ci. Le bruit d'escalade semblait en provenir. Covenant aurait voulu traverser la dalle pour découvrir sa source, mais son cœur battait la chamade et il ne pouvait pas bouger. Il avait trop peur de ce qu'il risquait de voir.

Le son se rapprocha. Avant que Covenant puisse réagir, une jeune fille passa la tête et les épaules dans l'ouverture, calant ses avant-bras sur la plaque. Quand elle l'aperçut, elle s'immobilisa.

La brise faisait voleter sa longue chevelure brune parsemée de mèches couleur miel. Sa peau était hâlée et un motif de feuilles blanches se détachait sur le tissu bleu marine de sa robe, au niveau des épaules. Elle était rouge et essoufflée, comme au terme d'une ascension ardue ; pourtant, elle soutint le regard de Covenant avec un étonnement et un intérêt qu'elle ne cherchait pas à dissimuler.

Elle ne devait pas avoir plus de seize ans.

Son attitude franche et directe ne fit que raviver la détresse de Covenant. Il la fixa comme s'il s'agissait d'une apparition.

Elle hésita quelques instants avant de demander :

— Vous allez bien ? (Puis l'excitation accéléra son débit.) Je me promenais dans les collines quand j'ai aperçu un nuage gris au-dessus de l'observatoire de Kevin. On aurait dit qu'une bataille faisait rage à l'intérieur. Je vous ai vu vous redresser et tomber. Je ne savais pas si je devais monter moi-même ou aller chercher du secours. J'ai pensé qu'il valait mieux un peu d'aide très vite que beaucoup, plus tard ; alors, je suis venue. (Elle s'interrompit avant de répéter :) Vous allez bien ?

Bien ? Il avait été renversé par une voiture ! Ses mains étaient écorchées et meurtries, comme s'il s'en était servi pour amortir sa chute. Le choc de l'impact résonnait encore dans sa tête, mais ses vêtements ne présentaient ni déchirure ni trace témoignant qu'il avait roulé sur la chaussée.

De ses doigts gourds, il se tâta la poitrine, l'abdomen et les jambes. Aucune douleur aiguë ne répondit à ses explorations. Apparemment, il était indemne. Pourtant, le véhicule avait dû le heurter…

Bien ? Covenant dévisagea l'inconnue comme si ce mot n'avait pas de signification pour lui.

Confrontée à son silence, celle-ci rassembla son courage et se hissa par la brèche. Lorsque sa silhouette fine se découpa sur le fond montagneux, il vit qu'elle portait non pas une robe, mais une longue tunique bleu marine nouée à la taille par un cordon blanc et des sandales dont les lanières s'enroulaient autour des chevilles. Dans son visage délicat, ses yeux étaient écarquillés en un mélange d'appréhension et de bonne volonté. Elle fit deux pas hésitants vers lui, comme s'il pouvait être dangereux, puis s'agenouilla pour l'examiner de plus près.

« Par l'enfer, que se passe-t-il ? », pensa-t-il.

Sur un ton prudent et respectueux, la jeune fille demanda :

— Comment puis-je vous aider ? Vous êtes étranger au Fief, je le vois bien. Vous venez de combattre un nuage ténébreux. Ordonnez, et j'obéirai.

Le silence de Covenant parut la décourager. Elle baissa les yeux.

— N'allez-vous pas me répondre ?

— Que m'arrive-t-il ? lâcha le lépreux d'une voix rauque.

Son interlocutrice hoqueta et, bouche bée, tendit un doigt vers sa main droite.

— Demi-Main ! Les légendes ressusciteraient-elles ? (Une expression émerveillée éclaira son visage.) Berek Demi-Main, souffla-t-elle. Est-ce vrai ?

« Berek ? » Au début, Covenant ne se rappela pas où il avait déjà entendu ce nom. Puis cela lui revint.

Berek ! Saisi d'une panique glaciale, il comprit que son cauchemar n'était pas terminé, que cette fille et le seigneur Turpide le Rogue faisaient tous deux partie de la même hallucination.

De nouveau, il entrevit l'obscurité tapie derrière le ciel étincelant. Elle le surplombait de toute sa masse, fondait sur lui.

Où... ?

Maladroitement, comme si ses articulations étaient à demi paralysées par l'angoisse, Covenant se redressa.

Aussitôt, un immense panorama jaillit en contrebas, assaillant sa vision tel un coup de massue – un spectacle qui l'enchanta autant qu'il l'épouvanta. Il se tenait sur une plate-forme rocheuse, plus de trois mille pieds au-dessus du sol. Des oiseaux planaient et tournoyaient sous son perchoir. L'air était aussi pur que du cristal et le point de vue semblait si vaste que ses yeux n'arrivaient pas à l'embrasser tout entier. Des collines se dressaient au pied de la montagne ; des plaines ondulaient vers l'horizon des deux côtés ; le ruban argenté d'une rivière serpentait sur sa gauche. Une luminosité printanière baignait l'ensemble du paysage, comme si celui-ci venait juste de naître dans la rosée matinale.

Par l'enfer !

La hauteur étourdissante déséquilibrait Covenant. Les ailes des ténèbres lui giflaient les tempes. Le vertige l'enveloppa en un tourbillon, faisant tanguer le sol sous ses pieds.

Covenant ne savait pas où il était. Il n'avait encore jamais contemplé cet endroit. Comment était-il arrivé là ? Il avait été renversé par une voiture de police et Turpide l'avait amené ici. Mais… où ?

« Il m'a amené ici ? Indemne ? » Terrifié, Covenant recula vers l'inconnue et la montagne. Trois pas chancelants le conduisirent jusqu'à la brèche du parapet. Alors, il vit qu'il se tenait sur la pointe d'une aiguille de pierre, d'au moins quatre cent cinquante pieds de long, qui jaillissait à l'oblique depuis la base d'une falaise, doigt accusateur pointé vers le ciel. Des marches avaient été taillées sur le dessus, mais l'escalier qu'elles formaient était presque aussi raide qu'une échelle.

L'espace d'un instant, il songea vaguement : « Il faut que je fiche le camp. Rien de tout cela n'est réel. » Puis la démence de la situation s'abattit sur lui, comme les serres d'un rapace. Il vacilla et la gueule béante du vide vint à sa rencontre. Il poussa un hurlement silencieux : « Noooooon ! »

Alors qu'il basculait, la jeune fille lui saisit le bras et le tira en arrière. Il pivota et s'écroula sur la dalle. Ramenant ses genoux contre sa poitrine, il se couvrit la tête de ses bras. « C'est fou ! Je suis fou ! » balbutia-t-il intérieurement. Dans son crâne, l'obscurité bouillonnait. Des visions cauchemardesques et brûlantes dansaient dans son esprit. « Comment… ? Impossible. » Il était en train de traverser la rue, insista-t-il désespérément. Le feu était vert pour les piétons.

Où… ?

Il avait été renversé par une voiture de police. Elle lui avait foncé droit dessus, comme si elle visait son cœur, et l'avait percuté. Sans le blesser ? « Fou. Je suis en train de devenir fou, fou, fou, songea-t-il. Rien de tout ceci n'est réel, réel, réel. »

Dans le tourbillon de sa détresse, une autre main agrippa soudain la sienne. Ferme et impérieuse, elle le retint telle une ancre.

« C'est un cauchemar. Je suis en train de rêver, de rêver, de rêver. » Cette idée flamboya à travers sa panique, sorte d'illumination, de révélation. Bien sûr qu'il était en train de rêver ! Avec une détermination féroce, il entreprit d'assembler les pièces du puzzle. Il avait été heurté par un véhicule de police. Le choc avait dû l'assommer. S'il souffrait d'une commotion, il ne reprendrait peut-être pas connaissance avant plusieurs heures – voire plusieurs jours. Et pendant son évanouissement, il délirait.

C'était l'explication dont il avait besoin. Il s'y accrocha, ainsi qu'à la main de la jeune fille ; elle chassa son vertige et atténua sa peur, mais ce n'était pas suffisant. Le noir le convoitait toujours, semblable à une charogne que Turpide aurait laissée derrière lui.

« Comment… ? D'où tire-t-on ce genre de rêve ? »

Covenant ne supportait pas d'y réfléchir ; sinon, il deviendrait fou. Alors, il se barricada contre ses pensées. « N'y songe pas. N'essaie pas de comprendre. La folie – voilà le seul danger. Survis ! Remue-toi. Fais quelque chose. Ne regarde pas en arrière. »

Il se força à ouvrir les yeux. Tandis qu'il se concentrait sur la lumière du jour, l'obscurité céda, battit en retraite dans le lointain et vint planer lentement derrière lui, comme si elle attendait qu'il se retourne et succombe face à elle.

L'inconnue était agenouillée près de lui. Elle tenait sa main amputée entre les siennes et l'inquiétude brillait dans ses yeux.

— Berek, murmura-t-elle sur un ton chagriné alors qu'il croisait son regard. Oh, Berek. Quel mal vous ronge ? Je ne sais pas quoi faire.

Elle en avait déjà bien assez fait : elle l'avait aidé à se ressaisir, à résister à l'attraction des questions dangereuses auxquelles il ne pouvait répondre. Mais ses doigts étaient gourds ; par endroits, il ne sentait pas du tout la pression de ceux de sa libératrice. Il se hissa en position assise et ce simple mouvement lui fit tourner la tête.

— Je suis lépreux, souffla-t-il faiblement. Ne me touche pas.

Son interlocutrice hésita avant de relâcher son étreinte, comme si elle n'était pas sûre qu'il soit sincère ou comme s'il fallait qu'elle réfléchisse à ce qu'il disait.

Au prix d'un effort qui lui parut considérable, Covenant se dégagea.

Blessée, la jeune fille se mordilla la lèvre inférieure. Craignant de l'avoir offensé, elle s'écarta de lui et alla s'asseoir à l'opposé, dos au parapet. Covenant voyait bien que la curiosité la dévorait. Elle ne garderait pas le silence très longtemps. Et de fait, quelques instants plus tard, elle demanda d'une voix douce :

— Est-il inconvenant de vous toucher ? Je ne vous veux pas de mal. Vous êtes Berek Demi-Main, le père fondateur. Un mal invisible à mes yeux vous assaille. Comment pourrais-je supporter votre tourment ?

— Je suis lépreux, répéta Covenant, qui souhaitait économiser ses forces. (Devant l'expression de l'inconnue, il comprit que ce mot ne signifiait rien pour elle.) Je suis malade. Tu ignores le danger auquel tu t'exposes.

— Si je vous touche, je deviendrai « malade », moi aussi ?

— Qui sait ? (Puis, parce qu'il avait du mal à en croire ses yeux et ses oreilles, il demanda :) Tu n'as jamais entendu parler de la lèpre ?

— Non, répondit la fille avec un regain d'étonnement. Non. (Elle secoua la tête et ses cheveux se balancèrent autour de son visage.) Mais je n'ai pas peur.

— Tu devrais, répliqua Covenant d'une voix rauque.

L'innocence de cette gamine le rendait véhément.

— C'est une maladie qui te dévore. Elle te ronge jusqu'à ce que tes doigts et tes orteils, tes mains et tes pieds, tes bras et tes jambes pourrissent et tombent. Elle te rend aveugle et difforme.

— Peut-on la guérir ? Peut-être que les seigneurs…

— Il n'existe pas de remède.

Covenant voulait continuer sur sa lancée, cracher un peu de l'amertume que Turpide avait laissée en lui, mais il était trop fatigué pour alimenter sa colère. Il avait besoin de se reposer et de réfléchir, d'explorer les implications de son dilemme.

— Dans ce cas, comment puis-je vous aider ? Vous êtes Berek Demi…

— Non, soupira Covenant. (La fille sursauta et à sa grande surprise, il répéta :) Non, je ne suis pas celui que tu crois.

— Alors, qui êtes-vous ? Les légendes affirment que Berek Terramis pourrait revenir un jour et vous portez le signe qui le caractérise. Êtes-vous un seigneur ?

Avec un geste las, Covenant repoussa la question. Il avait besoin de réfléchir. Quand il ferma les yeux et laissa aller sa tête contre le garde-corps, il sentit la peur croître de nouveau en lui. Il devait bouger, avancer, fuir le long du chemin de son rêve.

Il reporta son attention sur l'inconnue. Pour la première fois, il remarqua qu'elle était jolie. Même la révérence qu'il lui inspirait, la façon dont elle était suspendue à ses lèvres, avait quelque chose de naïvement touchant. Et elle ne craignait pas les lépreux.

Après une dernière hésitation, il lâcha enfin :

— Je m'appelle Thomas Covenant.

— Thomas Covenant ? (Le nom paraissait presque trop dur dans cette bouche ravissante.) C'est étrange, ainsi que vos vêtements. Thomas Covenant.

Elle inclina la tête comme pour le saluer.

« Étrange », songea-t-il. C'était un sentiment mutuel. Il n'avait toujours pas la moindre idée de ce qu'il aurait à affronter dans ce rêve. Il devait découvrir de quoi il retournait. Aussi demanda-t-il :

— Et toi, qui es-tu ?

— Je suis Léna, répondit l'adolescente sur un ton cérémonieux, fille d'Atiaran et de Trell. Mon père est un ignessire du *rhadhamaerl*. Nous habitons à Mithil-Stèlage. Avez-vous déjà visité notre stèlage ?

— Non. (Covenant fut tenté de lui demander ce qu'était un stèlage, mais il avait une question plus importante à lui poser.) Où… (Le mot s'étrangla dans sa gorge, telle une dangereuse concession à l'obscurité.) Où sommes-nous ?

— Sur l'observatoire de Kevin. (Se levant souplement, Léna écarta les bras, embrassant la terre et le ciel.) Regardez.

Les dents serrées, Covenant pivota et s'agenouilla, appuyé au parapet. La poitrine calée contre le muret, il se força à baisser les yeux.

— Ceci est le Fief, lança joyeusement Léna, comme si le territoire qui s'étendait en contrebas exerçait sur elle un pouvoir enchanteur. Il s'étend bien plus loin que ne porte le regard vers le nord, l'ouest et l'est, même si les chansons d'antan affirment que, d'ici, le haut seigneur Kevin pouvait le surveiller dans son ensemble, ainsi que ses habitants. C'est pourquoi cet endroit se nomme l'observatoire de Kevin. Est-il possible que vous l'ignoriez ?

Malgré la fraîcheur de la brise, Covenant transpirait abondamment. Le vertige l'envahissait et seul le rebord de pierre qui appuyait contre sa poitrine lui permettait de le contrôler.

— Je ne sais rien, grogna-t-il dans le vide béant.

Léna lui jeta un coup d'œil anxieux, puis reporta son attention sur le Fief. Pointant la main vers le nord-ouest, elle continua :

— Cette rivière, c'est la Mithil. Notre stèlage se dresse sur sa rive, derrière la montagne. Elle prend sa source dans la cordillère Sudronne et va se jeter dans la Noire. Celle-ci marque la frontière septentrionale des plaines du Sud, où la terre est aride et la population rare. On n'y compte que cinq stèlages. Mais dans ces collines qui s'échelonnent vers le nord vivent des sylvestres.

« À l'est se déploient les plaines de Ra. (De l'allégresse pétillant dans la voix, elle expliqua :) C'est l'habitat naturel des chevaux sauvages, les ranyhyn, sur lesquels veille le peuple de Ra. Ils galopent librement sur cinquante lieues et ne servent que ceux qu'ils ont choisis eux-mêmes. Ah, Thomas Covenant, soupira-t-elle, c'est mon rêve de les rencontrer un jour. Ceux de mon stèlage se satisfont de peu. Ils ne sont pas curieux, ne voyagent guère et n'ont jamais contemplé un sylvestre de leurs propres yeux. Mais moi, j'aspire à arpenter les étendues sur lesquelles s'ébattent les ranyhyn. (Elle marqua une longue pause, puis reprit :) Ces montagnes, c'est la cordillère Sudronne. Derrière se trouvent les Aridies et le désert Gris. Là, il n'est nulle vie et nulle route. Tout le Fief s'étend au nord, à l'ouest et à l'est de nous. Là où nous nous tenons, les plus puissants des vénérables livrèrent leur dernière bataille avant l'arrivée de la Désolation. Notre peuple s'en souvient encore ; il considère l'observatoire comme un endroit maudit et l'évite autant que possible. Mais ma mère m'a amenée ici pour m'enseigner la géographie et l'histoire du Fief. Dans deux ans, j'aurai l'âge de me rendre à la Loge et d'apprendre, comme elle autrefois. Savez-vous, demanda-t-elle fièrement, qu'elle a étudié avec les gardiens de la Sagesse ?

Elle fixa Covenant, s'attendant à ce qu'il soit impressionné. Puis elle baissa humblement les yeux et murmura :

— Mais vous êtes un seigneur et vous connaissez déjà toutes ces choses. Vous ne m'écoutez que pour pouvoir rire de mon ignorance.

Sous l'envoûtement de sa voix et la pression du vertige, Covenant entrevit ce à quoi le Fief avait dû ressembler après le rituel de profanation. À travers la matinée lumineuse, il distingua des collines dévastées, des plaines noircies, de l'eau saumâtre clapotant dans de sombres marécages et, par-dessus tout cela, un épais linceul de silence – ni oiseaux, ni insectes, ni animaux, ni humains, aucune créature vivante pour s'épouvanter des dégâts ou tenter d'y remédier. Puis de la sueur coula dans ses yeux, brouillant sa vision comme des larmes. Il s'arracha à la contemplation du panorama et se rassit dos au parapet.

— Non, répondit-il dans un souffle. (« Tu ne comprends pas », pensait-il.) J'ai fini de rire depuis bien longtemps.

À présent, il connaissait un moyen d'avancer, de fuir la sombre folie qui planait au-dessus de lui. Durant sa brève vision de la Désolation, il avait découvert le chemin du rêve. Évitant toute explication pour ne pas devoir poser certaines questions gênantes ou y répondre, il annonça :

— Je dois me rendre au conseil des seigneurs.

Il lut sur les traits de Léna qu'elle voulait lui demander pourquoi. De toute évidence, elle pensait qu'il ne lui appartenait pas de s'en mêler. Le fait qu'il ait mentionné l'assemblée ne fit que confirmer son statut à ses yeux. Elle se dirigea vers l'escalier.

— Venez. Je vais vous emmener au stèlage. On y trouvera le moyen de vous conduire à Pierjoie.

Elle semblait avoir envie de l'accompagner.

Les marches faisaient peur à Covenant. Comment pourrait-il négocier une descente aussi abrupte ? Il n'arrivait même pas à regarder par-dessus le parapet sans que la tête lui tourne. Quand Léna répéta son invite, il secoua la tête. Le courage lui manquait. Pourtant, il devait agir d'une façon ou d'une autre.

— Cette Désolation… Quand s'est-elle produite ? s'enquit-il, à la surprise de Léna.

— Je l'ignore, répondit-elle sobrement. Mais les gens des plaines du Sud sont revenus des Aridies voilà douze générations. On raconte qu'ils avaient été prévenus par le haut seigneur Kevin, s'étaient échappés et avaient vécu cinq cents ans en exil, dans les étendues sauvages où ils avaient lutté bec et ongles, et utilisé leur connaissance du *rhadhamaerl* pour éviter l'extinction. Nous n'avons pas oublié leur héritage. À l'âge de quinze ans, chacun de nous prête le serment de paix. Nous ne vivons que pour la pérennité et la beauté du Fief.

C'était à peine si Covenant l'entendait. Ce qu'elle racontait ne l'intéressait pas vraiment. Il avait juste besoin du son de sa voix pour le stabiliser pendant qu'il cherchait en lui la force nécessaire. Laborieusement, il trouva une autre question à lui poser. Après une profonde inspiration, il demanda :

— Que faisais-tu dans les montagnes ? Pourquoi te trouvais-tu à une telle altitude ?

— J'étais en quête de roc, révéla Léna. J'apprends le *suru-pa-maerl*. Connaissez-vous cette technique ?

— Non, lâcha Covenant. Explique-moi en quoi elle consiste.

— Je l'apprends d'Acence, la sœur de ma mère, qui l'a apprise de Tomal, le maître le plus accompli que notre stèlage ait jamais connu. Lui aussi a étudié à la Loge pendant un temps. Le *suru-pa-maerl* est l'art de créer des images avec de la pierre, sans fixer ni sculpter celle-ci. J'arpente les collines en cherchant des rochers et des cailloux. Quand j'en découvre un dont la forme m'inspire, je le rapporte chez moi et lui trouve une place ; je l'équilibre ou l'entremêle avec d'autres jusqu'à ce que j'obtienne un élément inédit.

Parfois, quand je suis d'humeur audacieuse, je lisse les aspérités pour consolider la jonction des blocs. De cette façon, je reconstitue les secrets brisés de la terre et offre leur beauté à mon peuple.

— Ça doit être difficile, murmura vaguement Covenant. Imaginer un relief, puis trouver des pierres qui y correspondent…

— Ce n'est pas ainsi que ça fonctionne, le détrompa Léna. J'observe les matériaux et cherche les lignes qu'ils contiennent. Je ne demande pas à la terre de me donner une création aboutie. Tout l'art du *surupa-maerl*, c'est d'apprendre à voir ce qu'elle choisit d'offrir.

— J'aimerais voir ton travail, dit Covenant sans réfléchir.

Les marches l'attiraient, comme le séduisant visage de l'oubli dans lequel les lépreux aiment se perdre.

Mais il était en train de rêver. La meilleure façon d'endurer un rêve, c'était de se laisser porter par lui jusqu'à ce qu'il se termine. Il devait effectuer cette descente pour survivre. Ce besoin outrepassait toute autre considération.

D'un mouvement brusque, presque convulsif, Covenant se redressa. Planté au centre de la dalle, il ignora la montagne, le ciel et le vide qui béait au-dessous de lui pour procéder à un examen méticuleux. Tremblant de la tête aux pieds, il titilla ses nerfs encore vivants, chercha des accrocs ou des déchirures sur ses vêtements et inspecta ses mains engourdies.

Il devait laisser cet escalier derrière lui. Il survivrait à cette épreuve, irréelle – même une chute ne le tuerait pas –, et ne supportait plus l'obscurité, dont les battements assaillaient ses tympans.

— Écoute, aboya-t-il en se tournant vers Léna. Je dois passer le premier. Et ne me regarde pas avec cette mine perplexe. Je t'ai déjà dit que j'étais lépreux. Je n'ai plus aucune sensation dans les extrémités. Je ne peux utiliser ni mes mains ni mes pieds pour m'accrocher. Et j'ai… j'ai le vertige. Il est possible que je tombe. Je ne veux pas que tu sois en dessous de moi. Tu… (Il hésita, puis continua sur un ton bourru :) Tu as été gentille avec moi et ça ne m'était pas arrivé depuis longtemps.

La jeune fille frémit comme s'il l'avait giflée.

— Pourquoi êtes-vous en colère ? En quoi vous ai-je offensé ?

« En me traitant décemment ! », tempêta Covenant en lui-même. Le visage gris de peur, il pivota, se laissa tomber à quatre pattes et recula à travers la brèche du parapet.

Étourdi par ses efforts, il tâtonna d'abord les yeux fermés en quête des marches. Mais il ne pouvait pas descendre à l'aveuglette ; son habitude de s'observer et de faire preuve de vigilance était beaucoup trop ancrée en lui. Pourtant, quand il avait les yeux ouverts, la hauteur lui faisait tourner la tête. Aussi s'efforça-t-il de garder le regard rivé sur la pierre devant lui.

Dès le premier degré, il comprit que le plus grand danger qui le menaçait était l'absence de sensation dans ses pieds. À cause de l'engourdissement de ses mains, il doutait de la solidité de ses prises et avant d'avoir parcouru quarante-cinq pieds, il agrippait le bord des marches si fort qu'une crampe naquit dans ses épaules. Il pouvait voir ses doigts, constater qu'ils serraient la matière, que la douleur sourde de ses poignets et de ses coudes n'avait rien de mensonger.

En revanche, ses pieds échappaient à son contrôle – à moins qu'il ne baissât les yeux. Il ne sentait que l'un d'eux s'était posé sur une nouvelle marche que lorsque sa cheville éprouvait la pression de son poids. Chaque fois qu'il descendait, il prenait appui sur une supposition. Quand ses tendons ployaient selon un angle trop aigu, il devait se rattraper avec les bras et ramener son talon sur la surface invisible. Il tenta de balancer les pieds vers l'avant, pour que la secousse du contact le prévienne que ses orteils touchaient le bord du degré précédent ; mais s'il évaluait mal la distance, son tibia ou son genou cognaient contre la roche et un élancement manquait faire céder sa jambe sous lui.

Fixant ses doigts malgré la sueur qui lui dégoulinait dans les yeux, il maudit le destin, qui l'avait privé de deux d'entre eux – bien utiles pour le sauver si ses pieds le trahissaient. En outre, leur absence affaiblissait sa prise droite et lui donnait l'impression de pencher vers la gauche. Pour compenser, il tendait les pieds vers la droite et risquait de manquer les marches de ce côté.

La transpiration le brûlait et l'aveuglait, mais il répugnait à se lâcher d'une main pour s'essuyer le front ou même à secouer la tête, de peur de perdre l'équilibre. Des crampes tourmentaient son dos. Il dut serrer les dents pour s'empêcher d'appeler au secours.

Comme si elle avait perçu sa détresse, Léna cria :

— Vous êtes à mi-chemin !

Il continua à ramper en arrière et vers le bas, une marche après l'autre.

Sans rien pouvoir y faire, il sentit que sa descente s'accélérait. Ses muscles donnaient des signes de lassitude ; la pression sur ses genoux et ses coudes était trop forte, et à chaque pas, il perdait une fraction de contrôle supplémentaire. Il s'obligea à s'arrêter pour se reposer, même si la terreur lui hurlait d'en finir au plus vite. L'espace d'un instant démentiel, il crut qu'il allait se retourner et sauter, en espérant survivre à la chute.

Puis il entendit les pieds de Léna s'approcher de son crâne. Il voulut tendre un bras et lui saisir la cheville, la forcer à le sauver. Cet espoir semblait futile et il resta prostré là où il était, tremblant de tous ses membres. Son souffle filtrait entre ses dents serrées et il ne comprit pas tout de suite les paroles de la jeune fille lorsqu'elle lui lança :

— Thomas Covenant ! Tenez bon ! Il ne reste qu'une cinquantaine de marches !

Avec un frisson qui l'arracha presque à la pierre, il recommença à descendre.

Les derniers degrés se succédèrent dans un tumulte chaotique de crampes et de vue brouillée. Enfin il atteignit le bas de l'escalier et se retrouva à plat ventre sur le sol, haletant de douleur. Il se couvrit le visage des mains et, pendant un long moment, écouta l'air qui entrait et ressortait en sanglots étranglés de ses poumons, jusqu'à ce que le son s'apaise et qu'il puisse respirer plus calmement.

Quand il leva les yeux, il vit le ciel bleu, le doigt noir de l'observatoire de Kevin qui désignait le soleil de midi, la pente abrupte de la montagne et Léna qui se penchait sur lui, ses cheveux lui effleurant le visage.

5

Mithil-Stèlage

Covenant se sentait étrangement libéré, comme s'il venait de triompher d'une épreuve rituelle fondée sur le vertige. Il avait vaincu l'escalier. Dans son soulagement, il était certain d'avoir trouvé la bonne réaction face à la nouvelle folie qui le menaçait : le besoin d'une explication logique qui l'avait assailli sur l'observatoire de Kevin. Il leva les yeux vers le ciel, qui lui apparut radieux de pureté, comme s'il n'avait jamais été souillé par la présence de charognards.

« Avance, s'exhorta-t-il. Ne réfléchis pas : survis. » Il croisa le doux regard brun de Léna et vit qu'elle souriait.

— Vous allez bien ? lui demanda-t-elle.

— Bien ? répéta-t-il. Ce n'est pas une question facile.

Il se redressa en position assise. Examinant ses mains, il découvrit du sang sur ses paumes et sur l'extrémité de ses doigts. Des écorchures avaient mis sa chair à vif, et quand il tâta ses genoux et ses mollets, une brûlure lui traversa les jambes. Ignorant les protestations de ses muscles endoloris, il se releva.

— Léna, il faut que je me lave les mains. C'est très important.

La jeune fille se redressa elle aussi, mais il sentit qu'elle ne comprenait pas.

— Regarde ! dit-il en lui brandissant ses lésions sous le nez. Je suis lépreux. Je me suis blessé et je ne le sens pas. (Comme elle le fixait d'un air perplexe, il poursuivit :) C'est ainsi que j'ai perdu mes doigts. Je me suis coupé ; la plaie s'est infectée et il a fallu m'amputer. J'ai besoin d'eau et de savon.

Touchant la cicatrice de sa main droite, Léna demanda :

— C'est à cause de votre maladie ?

— Oui !

— Il y a un torrent sur le chemin du stèlage.

— Allons-y.

D'un geste brusque, Covenant l'invita à passer devant. Léna, percevant l'urgence de son besoin, se mit aussitôt en route.

Depuis la base de l'observatoire de Kevin, la piste partait en direction de l'ouest, suivant une corniche sur le flanc abrupt de la montagne. Covenant, dont les muscles étaient encore raides et contractés, imita maladroitement Léna tandis qu'elle longeait un ravin broussailleux, puis descendit derrière elle un escalier grossièrement taillé dans une fissure. Lorsqu'ils en atteignirent le fond, ils entreprirent de la remonter, négociant les éboulis qui jonchaient le sol pendant que la fente de ciel rétrécissait et que les parois se rapprochaient au-dessus de leur tête. Une odeur lourde et humide les enveloppait ; les ombres fraîches s'épaissirent jusqu'à ce que la tunique de Léna se change en tache diffuse dans la pénombre.

Puis la faille tourna brusquement vers la gauche et s'ouvrit sans crier gare sur une petite vallée baignée par le soleil. Un ruisseau scintillant coulait en son centre et des pins majestueux se déployaient autour.

— Là, annonça Léna avec un sourire réjoui. Rien ne pourrait vous guérir mieux que ça.

Soulagé, Covenant s'immobilisa pour contempler la combe. Elle ne faisait pas plus de cent cinquante pieds de long ; à son autre extrémité, le torrent s'incurvait vers la gauche et disparaissait entre deux à-pics. Dans cette minuscule poche au cœur de la montagne, isolée des paysages grandioses qui entouraient la base de l'observatoire, le sol était verdoyant, et l'air à la fois frais et tiède, chargé d'une odeur printanière de sève. Tandis qu'il s'en remplissait les poumons, Covenant frémit de chagrin au souvenir de sa maladie.

Il fit quelques pas afin de soulager la pression dans sa poitrine. Sous ses pieds, l'herbe était si épaisse et si élastique qu'il la sentait à travers ses ligaments tendus. Elle semblait l'encourager, le guider vers le ruisseau, gage de la purification de ses blessures.

L'eau serait sûrement glaciale, mais cela ne l'inquiétait pas. Ses mains étaient trop engourdies pour que le froid les affecte. Accroupi sur une pierre plate, il les plongea dans le courant et commença à les frotter l'une contre l'autre. Un étau glacé se referma aussitôt sur ses poignets, mais ses doigts ne sentirent rien et il n'éprouva aucune douleur tandis qu'il frictionnait ses écorchures.

Il eut vaguement conscience que Léna s'éloignait le long de la berge, comme si elle cherchait quelque chose, mais il était trop préoccupé pour se demander ce qu'elle faisait. Lorsqu'il fut satisfait de ses ablutions, il remonta ses manches pour examiner ses coudes : ils étaient rouges et meurtris, mais ne présentaient pas la moindre égratignure.

Quand il releva les jambes de son pantalon, il vit que ses mollets et ses genoux ne s'en étaient pas aussi bien tirés. Les ecchymoses s'assombrissaient déjà et vireraient au noir violacé d'ici peu de temps. Mais le tissu épais l'avait protégé et, là encore, il ne découvrit aucune écorchure. À leur façon, les bleus étaient aussi dangereux que les plaies pour lui, mais ils ne pouvaient se résorber sans un traitement approprié.

Réprimant son anxiété, il reporta son attention sur ses mains. Du sang suintait encore de ses paumes et de l'extrémité de ses doigts ; quand il l'eut nettoyé, il découvrit que des saletés s'étaient profondément incrustées dans certaines coupures. Avant qu'il puisse tenter de les déloger, Léna revint. Ses mains en coupe étaient pleines d'une épaisse boue marron.

— C'est de la panseglaise, dit-elle sur un ton respectueux, comme si elle parlait d'une substance rare et précieuse. Appliquez-en sur vos plaies.

— De la boue ? s'exclama Covenant, affolé. J'ai besoin de savon, pas de crasse en plus !

— C'est de la panseglaise, répéta Léna. Elle guérira vos blessures.

Elle s'approcha de lui et laissa tomber la matière sur le sol. Covenant crut voir des particules d'or y scintiller. Il la fixa d'un air choqué.

— Vous devez l'utiliser, insista Léna. Je sais ce que je fais. Écoutez... Trell mon père est un ignessire du *rhadhamaerl*. Il travaille avec les pierres de feu et laisse la médecine aux guérisseurs. Mais en tant que *rhadhamaerl*, il connaît les différentes sortes de roches et de terres. Il m'a montré comment me soigner en cas de besoin. Il m'a appris à identifier et à localiser la panseglaise. C'est de la boue qui guérit. Vous devez l'utiliser.

Covenant la foudroya du regard. « De la boue ? Dans mes blessures ? Veux-tu que je devienne infirme ? »

Sans lui laisser le temps de réagir, Léna s'agenouilla devant lui et déposa une poignée de glaise sur son genou dénudé. Elle l'étala le long de son tibia, puis récupéra le reste et l'appliqua sur son autre mollet.

Sous les yeux de Covenant, le scintillement doré parut s'intensifier. L'emplâtre était frais et calmant ; il semblait étreindre tendrement ses jambes et absorber la douleur de ses ecchymoses. Le soulagement qui se communiquait à ses os lui procura un plaisir qu'il n'avait jamais ressenti auparavant. Abasourdi, il tendit ses mains à Léna, la laissant enduire ses écorchures avec la matière miraculeuse.

Aussitôt, l'apaisement se propagea à ses poignets et ses coudes. Ses paumes se mirent à le picoter, comme si la glaise pénétrait jusqu'à ses nerfs morts et tentait de les réveiller. Le même picotement étrange dansait le long de ses chevilles. Il les fixa avec une stupeur mêlée de respect.

La terre humide sécha très vite ; sa lumière se résorba et elle reprit une couleur terne des plus ordinaires. Léna attendit encore quelques instants, puis frotta les jambes de Covenant pour les nettoyer. Alors, il vit que les taches cutanées avaient presque disparu : elles étaient déjà au stade jaunâtre, qui précède la guérison totale.

Il plongea ses mains dans le ruisseau, les frotta vigoureusement et examina ses doigts. Ils étaient de nouveau intacts. Ses paumes ne présentaient plus aucune écorchure et les traces d'abrasion sur ses avant-bras s'étaient effacées. Interloqué, il ne put que contempler le résultat en se répétant : « Par les feux de l'enfer ! Par les feux de l'enfer et la damnation éternelle ! Que m'arrive-t-il ? »

Au bout d'un long moment, il chuchota :

— Ce n'est pas possible.

Pour toute réponse, Léna lui adressa un large sourire.

— Qu'y a-t-il de si drôle ? lança Covenant sur un ton de reproche.

Tentant d'imiter sa voix, la jeune fille aboya :

— « J'ai besoin de savon, pas de crasse en plus ! »

Puis elle éclata de rire, les yeux pétillants de bonne humeur. Mais Covenant était trop surpris pour se laisser distraire.

— Je suis sérieux. Comment est-ce possible ?

Léna baissa les yeux et répondit tout bas :

— Il y a du pouvoir dans la terre – et de la vie. Vous devez le savoir. Atiaran ma mère dit que les choses comme la panseglaise, les prodiges et les mystères, sont présentes partout dans le sol, mais que nous ne les voyons pas parce que nous ne partageons pas assez, avec le Fief et entre nous.

— Il existe d'autres… phénomènes semblables à cette boue miraculeuse ?

— Des tas. Mais je n'en connais que quelques-uns. Si vous vous rendez au conseil, les seigneurs vous les enseigneront peut-être. En attendant… En voici un. (Elle se releva souplement.) Vous avez faim ? Venez.

Comme provoqué par la question de la jeune fille, un vide s'ouvrit dans l'estomac de Covenant. Depuis combien de temps n'avait-il rien avalé ? Il rajusta son pantalon, déroula ses manches et se redressa en roulant des épaules. Son émerveillement s'accrut encore lorsqu'il réalisa que ses muscles n'étaient presque plus endoloris. Secouant la tête d'un air incrédule, il suivit Léna vers un des côtés de la vallée.

Dans l'ombre des pins, elle s'arrêta près d'un buisson rabougri, mais constellé de bourgeons verts, qui lui arrivait à la taille. Ses feuilles étaient aussi plates et piquantes que celles du houx, et sous certaines d'entre elles se nichaient des fruits bleu-vert gros comme des mûres.

— C'est de l'*aliantha*, expliqua Léna. Des baies prodigieuses.

Détachant une grappe d'une branche, elle fourra quatre ou cinq grains dans sa bouche, puis cracha les pépins dans sa paume et les jeta derrière elle.

— On raconte que si quelqu'un arpente le Fief de long en large en ne se nourrissant que d'*aliantha*, il rentrera chez lui plus fort et en meilleure santé qu'auparavant. Ces végétaux sont un précieux don de la Terre. Ils fleurissent et fructifient en toute saison. On les trouve partout dans le Fief, sauf peut-être dans les plaines Dévastées, à l'est. Ce sont les plus robustes des plantes, les dernières à mourir et les premières à repousser. C'est ma mère qui m'a raconté tout cela, parce que ça fait partie du savoir de notre peuple.

Tenez, dit-elle en tendant des baies à Covenant. Mangez et répandez les graines sur le sol, pour que l'espèce se propage.

Covenant ne fit pas un geste pour prendre le présent, fasciné par l'étrange pouvoir du Fief, oubliant que le danger le menaçait.

Voyant son regard perdu dans le vague, Léna prit un fruit et le lui glissa entre les lèvres. Par réflexe, il creva la peau avec ses dents ; aussitôt, sa bouche s'emplit d'un goût à la fois sucré et légèrement acide, proche de celui du jus de pêche relevé avec un peu de sel et de citron vert. Quelques instants plus tard, il dévorait goulûment les grains, ne se rappelant de cracher les pépins qu'à l'occasion.

Il en mangea jusqu'à ce qu'il ait dépouillé le buisson, puis en chercha un autre du regard. Léna posa une main sur son bras pour l'arrêter.

— Les *aliantha* sont très nourrissantes, vous n'avez pas besoin d'en manger beaucoup pour être rassasié ; quant à leur goût, il est meilleur si vous prenez le temps de les savourer au lieu de les engloutir.

Mais Covenant était encore affamé. Il ne se souvenait pas d'avoir jamais désiré un aliment autant que celui-ci – les sensations procurées étaient si vivaces, si fortes… Il se dégagea brutalement, comme s'il voulait frapper la jeune fille, puis se ressaisit. « Que se passe-t-il ? Que m'arrive-t-il ? »

Avant de pouvoir s'interroger sur son comportement, il prit conscience d'une nouvelle sensation : une irrésistible somnolence. Sans transition, il passa d'une faim dévorante à un énorme bâillement, qui parut consumer ses dernières forces. Il tenta de se retourner et trébucha.

— C'est à cause de la glaise, dit Léna, mais je ne m'attendais pas à ce qu'elle vous fasse cet effet. Quand les blessures sont mortelles, elle induit le sommeil pour accélérer la guérison. Mais on ne succombe pas à des coupures aux mains. Avez-vous d'autres lésions que vous ne m'avez pas montrées ?

« Oui, songea Covenant à travers un nouveau bâillement. Je suis malade à en crever. » Et il s'endormit avant de toucher l'herbe.

Lorsqu'il revint lentement à lui, la première chose dont il prit conscience fut la fermeté des cuisses de Léna sous sa tête. Puis petit à petit, il perçut l'ombre des arbres transpercée par les rayons du soleil couchant, l'arôme des pins, le murmure du vent, l'herbe épaisse qui lui faisait un berceau, une douce mélodie, et le picotement irrégulier qui allait et venait dans ses paumes. Mais la tiédeur du giron de Léna lui semblait plus importante. Pour l'instant, son seul désir était de serrer la jeune fille dans ses bras et de presser son visage contre sa chair. Il y résista en écoutant sa chanson :

Il y a dans la beauté quelque chose
Qui pousse dans l'âme de l'observateur
Comme une fleur :
Fragile, car nombreux sont les fléaux
Qui menacent la beauté ou l'observateur
Et impérissable, car si la beauté,
L'observateur et le monde peuvent mourir,
L'âme dans laquelle croît la fleur survivra.

La voix de Léna tissait autour de lui un charme réconfortant qu'il aurait souhaité prolonger à l'infini.

Après une pause pleine de l'odeur des résineux et du chuchotement de la brise, il dit tout bas :

— J'aime bien ta mélodie.

— Vraiment ? J'en suis ravie. Elle a été écrite par maître Tomal pour son mariage avec Imoiran Moiranfie. Mais parfois, la beauté d'un air réside dans son interprétation et je ne suis pas une chanteuse – contrairement à Atiaran ma mère. Ce soir, elle se produira peut-être devant le stèlage. Elle est bien plus douée que moi.

Covenant ne répondit pas. Il resta immobile, n'aspirant qu'à se nicher dans l'oreiller de chair le plus longtemps possible. Le picotement de ses paumes semblait l'inciter à étreindre Léna ; il savoura ce désir tout en se demandant où il trouverait le courage de le mettre à exécution.

Puis la jeune fille se remit à fredonner. La ritournelle lui parut familière et, derrière elle, Covenant entendit un bruissement d'ailes sombres. Soudain, il se rendit compte que l'air était très proche de celui de *L'Enfant doré*.

Il était en train de traverser la ville pour se rendre à l'agence de la compagnie Bell…

Dans un sursaut, il s'arracha au giron de Léna et se releva. Une brume de violence obscurcissait sa vision.

— C'est quoi, cette chanson ? demanda-t-il d'une voix enrouée.

Surprise, Léna répondit :

— Ce n'est rien. Une simple invention. Elle ne vous plaît pas ?

Le ton de sa voix calma Covenant – elle semblait si désarçonnée, si chagrinée par son brusque éclat de colère ! Les mots lui manquèrent et la tension se dissipa. « C'est injuste, songea-t-il. C'est injuste de m'en prendre à elle. Elle n'y est pour rien. » Il lui tendit les mains et l'aida à se redresser. Il tenta de sourire, mais ses lèvres figées n'esquissèrent qu'un rictus.

— Où allons-nous, à présent ?

La tristesse s'évanouit du regard de Léna. Elle secoua la tête.

— Vous êtes bizarre, Thomas Covenant.

Grimaçant, il répliqua :

— J'ignorais que c'était à ce point.

Pendant un moment, ils se regardèrent sans bouger. Puis Léna rougit et lui lâcha les mains. Sur un ton tremblant d'excitation, elle répondit :

— Nous allons au stèlage. Vous allez étonner mes parents.

Gaiement, elle se détourna et s'élança à travers la vallée.

Ses foulées étaient souples, légères et gracieuses. Covenant la suivit des yeux, ruminant les sentiments nouveaux et étranges qui s'agitaient en lui. Il avait la curieuse impression que le Fief pouvait bannir son impuissance, lui offrir une résurrection à laquelle il arriverait à se raccrocher après son réveil, après que ce monde se serait estompé tels les miasmes d'un songe à demi oublié. Cet espoir ne nécessitait pas que le Fief soit réel, qu'il possède une existence physique indépendante de ses songes. Non : la lèpre était incurable et s'il ne mourait pas des suites de son accident, il devrait vivre avec. Mais un rêve pouvait apaiser d'autres afflictions. Il emboîta le pas à Léna avec vigueur et impatience.

À présent, le soleil était assez bas dans le ciel pour abandonner à l'ombre le fond de la vallée. Devant lui, Covenant vit Léna lui faire signe ; il longea le ruisseau pour la rejoindre, savourant l'élasticité du sol sous ses pieds. Il se sentait plus grand qu'avant, comme si la glaise avait fait bien plus que guérir ses coupures et ses écorchures. En approchant de la jeune fille, il découvrit des détails qui lui avaient jusqu'alors échappé : ses oreilles délicates, que le vent dévoilait en soulevant ses cheveux, la façon dont sa tunique moulait ses seins et ses hanches ou soulignait sa taille fine… À sa vue, le picotement dans ses paumes s'intensifia.

Léna lui sourit, puis le guida vers la sortie de la vallée en suivant le cours d'eau. Ils enfilèrent un canyon torturé, longeant des parois abruptes jusqu'à ce que la fente étroite du ciel se découpe, des centaines de pieds au-dessus de leurs têtes. La piste était rocailleuse et Covenant devait constamment regarder où il mettait les pieds pour conserver l'équilibre. Cet effort parut rallonger le chemin, mais six cents pieds plus loin, ils atteignirent une crevasse qui montait sur la droite. Ils y pénétrèrent et l'escaladèrent. Peu de temps après, le terrain s'aplanit, puis se mit à descendre en serpentant de telle sorte que Covenant ne voyait pas vers quoi ils se dirigeaient.

Un dernier virage et ils débouchèrent sur le flanc d'une falaise, très haut au-dessus de la vallée. Ils faisaient face à l'ouest, où le soleil se couchait derrière les pics. La rivière émergeait des monts sur leur gauche et s'écoulait dans les plaines sur leur droite.

— C'est la Mithil, annonça Léna. Et voici Mithil-Stèlage.

Covenant aperçut un minuscule groupement de huttes sur la berge est.

— Nous ne sommes plus très loin, poursuivit la jeune fille, mais le chemin remonte dans le val avant de filer en suivant la Mithil. Nous n'arriverons pas au stèlage avant la tombée de la nuit. Venez.

Covenant eut un léger malaise en observant le versant montagneux – ils se trouvaient encore à plus de deux mille pieds au-dessus de la cuvette –, mais il se ressaisit et suivit Léna en direction du sud.

Bientôt, ils laissèrent les falaises derrière eux. La voie se coulait le long de pentes herbeuses et de contreforts rocheux, à travers des combes, des ravins et des labyrinthes d'éboulis. Plus elle descendait, plus l'air gagnait en douceur et en richesse mais perdait en pureté. Les odeurs aussi changeaient ; elles devenaient plus verdoyantes. Les pins et les peupliers cédaient la place à la terre meuble des prairies. Covenant avait l'impression de percevoir chaque nuance de la modification graduelle qui accompagnait la perte d'altitude. Grâce à cette nouvelle acuité sensorielle, la descente lui parut très courte. Avant peu, la piste dévala une colline, rejoignit la rivière et s'infléchit en direction du nord, rasant la rive.

À cet endroit, la Mithil était étroite et rapide, mais comme elle s'acheminait vers les plaines, elle s'élargit et ralentit. Son monologue sourd et grondant prit des accents modérés. Bientôt, sa voix ne remplit plus totalement l'air et elle continua à raconter ses histoires tout bas en s'éloignant vers l'objet de sa quête : la mer.

Sous le charme, Covenant prit peu à peu conscience de la solidité rassurante du Fief. Ce n'était pas un paysage onirique et intangible, mais un monde concret, qui ne se dérobait pas à son examen. Évidemment, c'était une invention de son esprit malade et affligé, mais pour une illusion, elle était curieusement réconfortante. Le Fief semblait lui promettre qu'il ne marchait pas vers l'horreur et le chaos, qu'il avait affaire à un univers cohérent, et que quand il aurait maîtrisé ses lois et ses particularités, il pourrait suivre sans encombre le chemin de ses rêves et conserver sa prise sur sa raison. Cette perspective le mit d'humeur presque joyeuse tandis qu'il suivait le dos mince de Léna et le balancement enchanteur de ses hanches.

Pendant qu'il éprouvait ces émotions si peu familières, l'ombre s'abattit sur la Mithil. Le soleil disparut derrière les pics, à l'ouest, et bien que sa lumière s'attardât encore sur les plaines lointaines, un mince voile de ténèbres s'épaissit dans la vallée. Sur la droite de Covenant, la bordure sombre s'étira à la verticale, escaladant les montagnes comme une marée affamée qui engloutirait les rivages du jour. À la faveur du crépuscule, il sentit le danger qui le menaçait s'approcher furtivement, même s'il ignorait toujours sa nature exacte.

Puis l'obscurité engloutit la dernière crête et la maigre lueur qui baignait encore les plaines commença à s'estomper.

Léna s'arrêta, toucha le bras de Covenant et tendit un doigt.

— Regardez, dit-elle. Voici Mithil-Stèlage.

Ils se tenaient au sommet d'une colline en pente douce, au pied de laquelle se blottissait le village. Malgré l'éclairage déclinant, Covenant distinguait parfaitement les maisons. À l'exception du large cercle dégagé qui s'ouvrait au milieu d'elles, elles semblaient disposées au hasard, comme si elles étaient tombées des hauteurs peu de temps auparavant. Mais leur toit plat et leurs murs lisses démentaient cette impression. En y regardant de plus près, Covenant constata que le stèlage n'était pas si désorganisé. Tous les bâtiments faisaient face au centre. Ils étaient en pierre et de plain-pied, coiffés par une grande dalle ; mais leur forme et leur taille variaient considérablement. Certains étaient ronds, d'autres carrés ou rectangulaires, d'autres encore si irréguliers qu'ils ressemblaient davantage à des rochers creux qu'à des constructions.

Tandis que Covenant et Léna entamaient la dernière descente, elle annonça :

— Cinq fois cent habitants des plaines du Sud vivent ici – *rhadhamaerl*, bergers, bouviers, fermiers et pratiquants de l'art. Mais seule Atiaran ma mère s'est rendue à la Loge. La maison de ma famille se trouve là-bas, ajouta-t-elle en la désignant. C'est la plus proche de la rivière.

Marchant côte à côte, Covenant et Léna contournèrent le stèlage et prirent la direction indiquée par la jeune fille.

6

La légende de Berek Demi-Main

L'ombre s'épaississait dans la vallée. Des oiseaux revenaient se percher dans les arbres pour y passer la nuit. Ils chantèrent et s'interpellèrent énergiquement pendant quelques minutes, mais leurs pépiements aigus s'apaisèrent bientôt pour se changer en un calme murmure. Alors que Léna et Covenant longeaient les habitations qui bordaient le stèlage, ils purent de nouveau entendre le monologue de la rivière, au loin. La jeune fille se taisait, comme si elle luttait pour contenir son excitation, et Covenant était trop fasciné par les bruits qui l'enveloppaient pour dire quoi que ce soit. La nuit qui enflait autour d'eux résonnait de doux échanges – des remèdes contre la solitude de l'obscurité. Aussi est-ce en silence qu'ils poursuivirent jusqu'à leur but.

C'était une structure rectangulaire, plus grande que les autres bâtisses du stèlage, mais aux murs tout aussi bien polis. Une douce lumière jaune filtrait par les fenêtres. Covenant vit une large silhouette passer devant l'une d'elles et se diriger vers une pièce située dans le fond.

Arrivée à l'angle, Léna s'arrêta pour prendre la main de son compagnon et la pressa nerveusement avant de le conduire jusqu'à l'entrée, masquée par un lourd rideau. Elle l'écarta et entraîna Covenant à l'intérieur.

Promenant un regard rapide autour de lui, il vit que la salle dans laquelle ils venaient de pénétrer courait sur la profondeur de la maison. Deux arches munies de tentures se découpaient dans chacun des murs latéraux. Une table de pierre et des bancs assez spacieux pour accueillir six ou huit personnes occupaient le centre, sans toutefois dominer l'espace, tant il était vaste. Des tabourets étaient éparpillés çà et là. Des étagères, taillées dans les parois, étaient couvertes de pots de pierre et de divers ustensiles. Certains servaient visiblement à faire la cuisine et à se nourrir, mais Covenant ne put deviner la fonction des autres.

La lumière jaune emplissait le lieu, se reflétant sur les surfaces lisses, et faisant ressortir la couleur et la texture du matériau. Elle provenait de plusieurs feux qui brûlaient dans des vasques rocheuses – une dans chaque angle et une autre au milieu de la table –, mais ne vacillait pas comme celle des flammes. Une légère odeur de terre fraîchement retournée l'accompagnait.

Covenant fixa son attention sur le fond de la pièce. Là, un énorme chaudron de granit reposait sur une dalle. Penché au-dessus, un homme aussi imposant qu'une statue, aussi solide qu'un rocher, en examinait attentivement le contenu. Il tournait le dos aux arrivants et ne semblait pas conscient de leur présence. Il portait un pantalon marron et une courte tunique assortie, aux épaules brodées du même motif que celui qui ornait la tenue de Léna. Sous le tissu, ses muscles saillants se gonflèrent tandis qu'il faisait tourner le récipient. Celui-ci semblait prodigieusement lourd, mais Covenant s'attendait presque à ce que le colosse le soulève par-dessus sa tête pour le renverser.

Au-dessus planait une ombre, que la luminosité environnante ne parvenait pas à pénétrer. Pendant un temps, l'homme la scruta, l'étudia. Puis il se mit à chanter. Sa voix était trop basse pour que Covenant distingue les paroles, mais en tendant l'oreille, il crut déceler une sorte d'invocation, comme si le chaudron contenait une substance magique.

Soudain, l'ombre commença à s'estomper. Covenant pensa d'abord que l'éclairage avait évolué mais, bientôt, il vit la clarté enfler et s'intensifier, jusqu'à faire pâlir les autres points lumineux en comparaison.

Le gaillard marmonna une dernière fois au-dessus de son ouvrage, puis se redressa et pivota. Dans le vif éclat du récipient, il semblait encore plus grand et plus massif, comme si ses membres, ses épaules et sa large poitrine en tiraient force et stature ; son front rougeoyait. Apercevant Covenant, il sursauta. Un éclair d'inquiétude passa dans ses yeux et il porta la main droite à son épaisse barbe rousse. Puis il la tendit à Covenant, paume en avant, et lança à Léna :

— Alors, ma fille, tu nous amènes un invité ? Mais pour ce soir, ce sera à toi seule de t'acquitter des devoirs de l'hospitalité.

Une étrange puissance résonna dans sa voix, puis s'évanouit. Il s'exprimait comme un individu avare de paroles. Sous la sévérité avec laquelle il s'était adressé à Léna, le ton était calme.

— Tu sais que j'ai promis d'apporter des ignescentes aujourd'hui, et qu'Atiaran ta mère aide à mettre au monde le bébé d'Odona Murrin-mie. Ton invité sera offensé par notre accueil, car aucun repas n'a été préparé pour saluer la fin de sa journée.

Tandis qu'il réprimandait Léna, ses yeux étudiaient soigneusement Covenant.

La jeune fille inclina la tête, feignant – Covenant en était sûr – la contrition pour apaiser son père. Un instant plus tard, elle traversa la pièce en courant et se suspendit au cou du colosse, qui se radoucit et lui sourit. Radieuse, elle se tourna vers Covenant et annonça :

— Trell mon père, j'amène un étranger au stèlage. Je l'ai trouvé sur l'observatoire de Kevin.

Malgré son ton cérémonieux, une lueur malicieuse pétillait dans son regard.

— Vraiment ? répliqua Trell. Que cet homme ne soit pas des nôtres, je m'en serais douté. Et je me demande ce qui le conduit dans cet endroit retiré…

— Il s'est battu contre un nuage gris, révéla Léna.

En fixant le gaillard dont le bras musclé reposait avec tant de ferme douceur sur l'épaule de sa fille, Covenant s'attendit à ce que cette idée absurde de combat contre une nuée le fasse éclater de rire. Trell avait quelque chose d'imperturbable et de terre à terre, comme s'il était le bon sens personnifié, qui réduirait le cauchemar de Turpide à une invention absurde. Aussi fut-il déstabilisé de l'entendre demander avec un parfait sérieux :

— Et qui a gagné ?

Cette question força Covenant à revoir sa position. Il n'était pas prêt à affronter le souvenir du seigneur Turpide mais, en même temps, il avait l'obscure certitude qu'il ne pouvait pas mentir à Trell. La gorge sèche, il répondit maladroitement :

— J'ai survécu.

Trell ne réagit pas tout de suite, mais dans le silence qui suivit, Covenant comprit que sa réponse avait augmenté le malaise de son interlocuteur. Celui-ci détourna les yeux, puis ramena son attention sur lui et lâcha :

— Je vois. Et quel est votre nom, étranger ?

Léna sourit à son invité.

— Thomas Covenant, dit-elle promptement. Covenant, de l'observatoire de Kevin.

— Et alors, fillette ? Es-tu une prophétesse, pour t'exprimer à la place de plus haut placé que toi ? (De nouveau, Trell dévisagea Covenant.) Eh bien, Thomas Covenant, de l'observatoire de Kevin, avez-vous d'autres noms ?

Covenant était sur le point de répondre par la négative quand il aperçut une lueur d'intérêt dans les yeux de Léna. Il hésita. Dans un éclair de lucidité, il comprit qu'elle le trouvait aussi excitant que s'il avait vraiment été Berek Demi-Main, et que pour cette adolescente assoiffée de mystères et de prodiges, de seigneurs omniscients et de batailles avec le nuage, il personnifiait, du fait de son étrangeté et de son apparition inexpliquée, de grands événements d'un passé héroïque. Le message de son regard lui apparut tout à coup très clairement ; elle était suspendue à l'espoir qu'il se révélerait à elle, qu'il lui laisserait entrevoir sa mission épique et apaiserait ainsi sa curiosité.

Cette idée l'emplit d'étranges réflexions. Il n'était pas habitué à de telles flatteries ; elles lui offraient tout un éventail de possibilités si nouvelles, si enivrantes ! Il chercha un noble titre à s'attribuer, un nom par lequel il pourrait satisfaire Léna sans se présenter à Trell de manière mensongère. Soudain, il fut saisi par une inspiration.

— Thomas Covenant l'Incrédule, lança-t-il comme en réponse à un défi.

Immédiatement, il sentit qu'en se qualifiant ainsi, il venait de prendre un engagement dont il ne pouvait pas encore mesurer l'ampleur. Il trouva cela plutôt prétentieux de sa part, mais Léna le récompensa d'un regard rayonnant et Trell accepta sa déclaration d'un air grave.

— Thomas Covenant, soyez le bienvenu à Mithil-Stèlage. Je vous en prie, acceptez l'hospitalité de cette demeure. Je dois livrer mes ignescentes, comme je l'ai promis, mais Atiaran ma femme ne devrait plus tarder à revenir ; si vous insistez, Léna pensera peut-être à vous offrir des rafraîchissements en mon absence.

Pendant qu'il parlait, Trell s'était retourné vers le chaudron. Il le saisit à bras-le-corps et le souleva. Le reflet des flammes rouges et dorées dansant dans ses cheveux et dans sa barbe, il se dirigea vers la porte. Léna le précéda hâtivement pour lui tenir le rideau et, la seconde d'après, le colosse avait disparu, laissant à Covenant une vision fugitive du contenu du récipient : de petits cailloux ronds incandescents, pareils à du gravier.

— Enfer et damnation, souffla-t-il. Combien de tonnes ce truc peut-il peser ?

— Trois hommes n'arrivent pas à le soulever quand il est vide, répliqua fièrement Léna. Mais quand les ignescentes brûlent, mon père y parvient aisément. C'est un ignessire du *rhadhamaerl*, imprégné de la tradition de la pierre.

Covenant fixa l'entrée un long moment, abasourdi par la force de Trell.

— Maintenant, il ne faut pas que j'oublie de vous offrir à boire, s'exclama Léna. Voulez-vous prendre un bain ? Avez-vous soif ? Nous avons un excellent guinguet.

La voix de la jeune fille le tira de son effarement. Sa méfiance instinctive envers la puissance de Trell se dissipa en même temps qu'il comprenait qu'il possédait un pouvoir bien à lui. Ce monde l'acceptait ; il lui accordait de l'importance. Des gens comme Léna et son père étaient prêts à le prendre au sérieux. Tout ce qu'il avait à faire, c'était continuer à avancer et suivre le chemin de son rêve jusqu'à Pierjoie, quoi que ce terme puisse désigner. Cette perspective lui fit tourner la tête. Dans l'impulsion du moment, il résolut de savourer sa dimension, d'en profiter aussi longtemps qu'elle durerait.

Pour masquer les émotions nouvelles qui se bousculaient en lui, il dit à Léna qu'il aimerait faire sa toilette. La jeune fille le conduisit dans une pièce voisine, où de l'eau se déversait continuellement par un tuyau dans le mur. Une valve mobile permettait de la diriger soit vers une cuvette, soit vers une large baignoire, toutes deux en pierre. Léna lui désigna un petit tas de sable fin qu'il pourrait utiliser comme savon, puis le laissa. L'eau était froide, mais il y plongea la tête et les mains avec enthousiasme.

Lorsqu'il eut terminé ses ablutions, il chercha une serviette du regard et n'en trouva aucune. Il tendit alors une main vers le pot scintillant qui éclairait l'espace. La tiède lumière jaune sécha rapidement ses doigts ; aussi se pencha-t-il au-dessus en se frottant le visage et le cou. Bientôt, même ses cheveux furent secs. Par habitude, il procéda à une SVE, examinant les marques presque invisibles aux endroits où il s'était coupé. Puis il écarta le rideau et regagna la grande salle.

Une femme avait rejoint Léna. Il entendit la jeune fille déclarer :

— Il dit qu'il ne sait rien de nous.

L'inconnue tourna son attention vers lui et il devina aussitôt que c'était Atiaran. Les feuilles brodées sur les épaules de sa longue robe brune évoquaient une sorte d'emblème familial, mais Covenant n'avait pas eu besoin de cet indice pour percevoir le lien de parenté qui unissait l'arrivante et Léna, tant dans la façon dont Atiaran tenait le bras de Léna avec affection, que dans la ressemblance de leur allure.

Si Léna était fraîche et mince, pleine d'une jeunesse exubérante que rien n'était encore venu souiller, Atiaran semblait plus complexe. Sa chair molle et sa silhouette épanouie paraissaient en contradiction avec la rude expérience de l'existence qui devait être la sienne, et dont les signes se lisaient sur ses traits : son front était prématurément ridé, et ses grands yeux profonds semblaient s'ouvrir sur un champ de bataille intérieur de doutes et de réconciliations précaires. En la regardant, Covenant reçut une double impression d'inquiétude – parce qu'elle savait et redoutait davantage de choses que les autres – et de beauté absente, qui éclairerait son visage si seulement elle se décidait à sourire.

Après une brève hésitation, elle porta une main à son cœur, puis la tendit à Covenant, comme Trell auparavant.

— Salut à vous, invité, et bienvenue. Je suis Atiaran Trell-mie. J'ai parlé avec Trell mon mari et Léna ma fille. Vous n'avez pas besoin de vous présenter, Thomas Covenant. Faites ici comme chez vous.

Se souvenant de ses bonnes manières et de ses récentes résolutions, Covenant répondit :

— J'en serai très honoré.

Atiaran s'inclina légèrement.

— Accepter ce qui est offert honore le donneur. Et la courtoisie est toujours la bienvenue.

Puis elle parut hésiter de nouveau, se demandant sans doute comment elle devait procéder. Covenant lut le retour de conflits anciens dans ses yeux et songea que son regard aurait une puissance extraordinaire s'il n'était pas à ce point tourné vers l'intérieur. Très vite, elle prit sa décision et poursuivit :

— Il n'est pas dans nos habitudes de bombarder un hôte d'interrogations difficiles avant le repas. Mais la nourriture n'est pas prête… (Elle jeta un coup d'œil à Léna.) Je vous trouve étrange, Thomas Covenant, étrange et inquiétant. J'aimerais m'entretenir avec vous pendant que Léna préparera le dîner. Vous semblez porter un fardeau qui ne saurait attendre.

Covenant se contenta de hausser les épaules, observant une prudente réserve. Un peu anxieux à l'idée des questions qu'elle voulait lui poser, il se prépara à y répondre du mieux qu'il pourrait, sans perdre son équilibre nouvellement acquis.

Dans le silence qui suivit, Léna commença à s'affairer. Elle alla prendre des assiettes et des bols sur les étagères, puis disposa plusieurs plats sur une dalle de pierre qu'un plateau rempli d'ignescentes chauffait. Tout en se déplaçant dans la pièce, elle jetait de fréquents coups d'œil à Covenant, mais celui-ci ne s'en apercevait pas toujours. Atiaran mobilisait son attention.

— Je ne sais pas trop par où commencer, murmura-t-elle. Ça fait si longtemps, et j'ai appris si peu de la sagesse des seigneurs… Mais ce dont je dispose devra me suffire. Personne d'autre ici ne peut prendre ma place. (Elle releva les épaules.) Puis-je voir vos mains ?

Se remémorant la réaction initiale de Léna, Covenant leva la droite. Atiaran contourna la table et se dirigea vers lui. Elle ne s'arrêta que lorsqu'elle fut assez près pour le toucher en tendant le bras, mais se contenta de le dévisager intensément.

— Demi-Main. Ainsi, Trell disait vrai, constata-t-elle. Et certains affirment que Berek Terramis, Cœur-Vaillant et père fondateur, reviendra lorsque le Fief aura besoin de lui. Êtes-vous au courant de ces choses ?

— Non, répondit Covenant sur un ton bourru.

Sans le quitter du regard, Atiaran réclama :

— Votre autre main.

Il leva la gauche. Quand elle la vit, Atiaran hoqueta, se mordit la lèvre et recula. Un instant, elle parut inexplicablement terrifiée. Elle se ressaisit très vite et demanda, avec un léger tremblement dans la voix :

— De quel métal est fait votre anneau ?

— Quoi ? Mon alliance ?

Sa propre réaction surprit Covenant et fit jaillir dans son esprit le double souvenir de Joan récitant : « Par cette alliance, je te prends pour époux », et du vieux mendiant en robe ocre répliquant : « Sois fidèle à toi-même. » L'obscurité menaçait de l'engloutir. Il s'entendit répondre comme s'il était quelqu'un d'autre, qui ne connaissait ni la lèpre ni le divorce :

— C'est de l'or blanc.

Atiaran gémit et se prit la tête à deux mains. De nouveau, elle se reprit et un courage résigné se décela dans ses yeux.

— Moi seule, souffla-t-elle. Moi seule à Mithil-Stèlage connais la signification de ceci. Même Trell l'ignore. Et j'en sais encore trop peu. Thomas Covenant, est-ce bien vrai ?

« J'aurais dû la jeter, songea-t-il, maussade. Un lépreux n'a pas le droit d'être sentimental. »

L'intensité de la voix et du regard d'Atiaran l'arracha à ses ruminations. De toute évidence, elle en connaissait bien davantage que lui sur ce qui lui arrivait, car pour sa part, il savait juste qu'il évoluait dans un monde qui, d'une façon obscure et inquiétante, avait été préparé à sa venue.

— Bien sûr que c'est vrai, aboya-t-il. Où est le problème ? Ce n'est qu'un anneau !

— C'est de l'or blanc, répliqua Atiaran sur un ton aussi chagriné que si elle venait de perdre un être cher.

— Et alors ? (Covenant ne comprenait pas ce qui la perturbait à ce point.) Ça ne veut rien dire. Joan…

Joan préférait l'or blanc au jaune. Ce qui ne l'avait pas empêchée de le quitter.

— C'est de l'or blanc, insista Atiaran. Les seigneurs chantent une ancienne prophétie concernant celui qui en arbore. Je ne me souviens que d'une petite partie. Voyons…

Elle prit une inspiration et se lança :

Et celui qui porte l'or blanc de la magie sauvage
Est un paradoxe :
Car il est tout et rien,
Héros et imbécile,
Puissant et faible.
D'un mot de vérité ou de trahison,
Il sauvera ou condamnera la Terre,
Car il est fou et sain d'esprit,
Froid et passionné,
Perdu et retrouvé.

— Avez-vous déjà entendu cette chanson, Covenant ? Il n'y a pas d'or blanc dans le Fief. Personne n'en a jamais trouvé dans la terre, même si l'on raconte que Berek connaissait son existence et qu'il a écrit cet air. Vous venez d'un autre monde. Quelle terrible quête vous amène ici ?

Covenant sentit qu'elle le sondait du regard, cherchant à déceler en lui quelque faille ou mensonge qui dissiperait ses craintes. Il se raidit. « Même si la magie sauvage te protège pour l'instant, avait dit le Rogue, tu ne comprendras jamais sa nature. » L'idée que l'alliance soit une sorte de talisman donna la nausée à Covenant, comme l'odeur de l'essence de rose. Il fut saisi par un violent désir de hurler : « Rien de tout cela n'est réel ! » Mais il ne connaissait qu'une réaction appropriée. « N'y pense pas, suis le chemin et survis. » Il se porta à la rencontre d'Atiaran sur son propre terrain.

— Toutes les quêtes sont terribles. J'ai un message pour le conseil des seigneurs.

— Lequel ? interrogea-t-elle.

Il hésita brièvement avant de répondre :

— « Le Tueur Gris est de retour. »

Quand elle l'entendit prononcer ce nom, Léna lâcha le bol qu'elle tenait et se jeta dans les bras de sa mère.

Covenant baissa les yeux vers les débris du récipient. Le liquide qu'il contenait scintillait sur le sol de pierre lisse. Atiaran haleta, sur un ton horrifié :

— Comment le savez-vous ?

Il releva la tête. Léna et sa mère s'accrochaient l'une à l'autre comme des enfants confrontées au démon de leurs pires cauchemars. « Lépreux, impur ! », songea-t-il amèrement.

Tandis qu'il observait Atiaran, elle parut reprendre le contrôle d'elle-même. Elle serra les dents et son regard se durcit. Malgré sa peur, elle était une femme forte réconfortant le fruit de ses entrailles et se préparant à affronter le danger.

— Comment le savez-vous ? répéta-t-elle.

— Je l'ai rencontré sur l'observatoire de Kevin, répondit Covenant, sur la défensive.

— Ah, malheur ! s'écria Atiaran en serrant sa fille contre elle. Malheur aux enfants de ce monde ! La chute du Fief est sur eux. Des générations entières vont agoniser, et il n'y aura que guerre, terreur et douleur pour les survivants ! Hélas, Léna ma fille ! Tu es née en une époque funeste et tu ne connaîtras ni paix ni réconfort lorsque la bataille éclatera. Ah, Léna, Léna !

Son désarroi toucha le cœur de Covenant et sa gorge se serra. La voix d'Atiaran emplissait sa propre vision de la Désolation d'un chant funèbre qu'il n'avait jamais entendu jusqu'alors. Pour la première fois, il sentit que le Fief contenait une chose précieuse, qui était menacée de destruction.

Ce mélange de compassion et de colère augmenta encore sa tension nerveuse. Une note de plus en plus aiguë le fit vibrer. Quand il dévisagea Léna, il vit qu'une admiration nouvelle prenait le dessus sur sa panique. Dans ses yeux, l'offre inconsciente brûlait de manière plus dérangeante que jamais.

Covenant garda le silence jusqu'à ce qu'Atiaran et Léna se séparent. Alors, il demanda :

— Que savez-vous de ce qui est en train de m'arriver ?

Avant qu'Atiaran puisse répondre, une voix appela de dehors :

— Salutations ! Atiaran Trell-mie, Trell l'Ignessire nous a dit que tu avais fini de travailler pour aujourd'hui. Viens chanter devant le stèlage !

Pendant quelques instants, Atiaran demeura immobile, se recroquevillant en elle-même. Puis elle soupira :

— En vérité, le travail de ma vie ne fait que commencer. (Elle se tourna vers la porte et, écartant le rideau, lança dans la nuit :) Nous n'avons pas encore dîné. Je vous rejoindrai plus tard. Mais après le rassemblement, il faudra que je parle au cercle des anciens.

— Ils en seront informés, déclara la voix.

— Parfait.

Au lieu de revenir vers Covenant, Atiaran resta plantée sur le seuil, fixant les ténèbres. Quand elle abaissa enfin la tenture et se tourna vers lui, ses yeux étaient humides, pleins de ce que le lépreux prit d'abord pour de la défaite. Puis il comprit que ce n'était qu'un souvenir d'échec.

— Non, Thomas Covenant, lâcha-t-elle tristement. Je ne sais rien de votre destin. Si j'étais restée plus longtemps à la Loge – si j'en avais eu la force –, peut-être que… Mais j'avais dépassé mes limites et je suis rentrée chez moi. Je connais une petite partie de l'ancienne sagesse que Mithil-Stèlage ne peut même pas imaginer, mais c'est bien peu. Tout ce que je puis vous offrir, ce sont des allusions à une magie sauvage qui détruit la paix, « que l'or blanc pourra libérer ou contrôler ». Hélas ! j'ignore la signification exacte de ces mots. Cela me donne une raison supplémentaire de vous conduire au conseil. (Elle le fixa droit dans les yeux.) Je vous préviens, Thomas Covenant : si vous êtes venu pour trahir le Fief, seuls les seigneurs auront une chance de vous arrêter.

Trahir le Fief ? Il mit un instant à comprendre ce qu'Atiaran insinuait. Avant qu'il puisse protester, Léna s'écria :

— Mère ! Il a combattu un nuage gris sur l'observatoire de Kevin ! Je l'ai vu ! Comment peux-tu douter de lui ?

Le fait qu'elle prenne sa défense aida Covenant à se contrôler. Sans le vouloir, elle venait de le placer dans une position mensongère. Il n'avait pas été jusqu'à lutter contre le seigneur Turpide.

Le retour de Trell empêcha Atiaran de répondre. Le colosse s'immobilisa dans l'entrée, dévisageant tour à tour Atiaran, Léna et Covenant.

— Alors, lança-t-il sur un ton brusque. Il semble qu'une ère difficile nous guette.

— En effet, murmura Atiaran. Une ère difficile.

Puis les yeux de Trell se posèrent sur les débris du bol.

— D'autant plus rude, dit-il sur un ton taquin, qu'on brisera la vaisselle et qu'on laissera les morceaux se changer en poussière sur le sol.

Cette fois, Léna fut sincèrement honteuse.

— Je suis désolée, père, bredouilla-t-elle. J'ai eu peur et l'objet m'a échappé.

— Ce n'est pas grave. (Trell s'approcha d'elle et posa doucement ses mains sur ses épaules.) Certaines blessures peuvent être guéries. Je me sens fort, aujourd'hui.

Alors, Atiaran leva vers lui un regard rempli d'adoration, comme s'il venait d'entreprendre une tâche héroïque.

— Asseyez-vous, invité, dit-elle à Covenant. Le repas sera bientôt prêt. Viens, Léna.

Toutes deux commencèrent à s'affairer autour de la pierre de cuisson.

Covenant regarda Trell ramasser les fragments du bol en entonnant une vieille chanson d'une voix rocailleuse. Il les porta délicatement jusqu'à la table, les déposa près de la lampe et s'assit sur l'un des bancs. Covenant s'installa près de lui en se demandant ce qu'il allait faire.

Trell commença à assembler les éclats, comme si l'ustensile était un puzzle. Il le reconstitua pièce par pièce et bien qu'il n'ait utilisé aucun adhésif, chacune se fixa à l'endroit où il l'avait placée. Il procédait avec une lenteur minutieuse ; pourtant, l'ensemble se reformait rapidement entre ses mains. Les débris se soudaient les uns aux autres, ne laissant qu'un réseau de fines lignes noires à l'endroit des brisures.

Lorsque l'assemblage fut achevé, l'incantation de Trell adopta une nouvelle cadence. Il se mit à caresser la matière et partout où ses doigts se posaient, les traces de fracture disparaissaient, comme s'il les avait effacées. Quand il en eut terminé avec l'extérieur, il s'attaqua à la surface intérieure. Puis il souleva le récipient et effleura sa base. Le tenant à deux mains, il le fit tourner pour s'assurer qu'il n'avait rien oublié. Enfin, il se tut et déposa prudemment son œuvre sur la table. Elle était aussi intacte et solide que si elle n'avait jamais été brisée.

Covenant s'arracha à sa contemplation pour lever un regard stupéfait vers le visage de Trell. Celui-ci avait les traits tirés par l'épuisement et ses joues hâlées étaient striées de larmes.

— Réparer est plus ardu que détruire, grommela-t-il. Je ne pourrais pas faire ça tous les jours.

Il croisa les bras sur la table et y enfouit la tête.

Atiaran se plaça derrière lui pour lui masser les épaules. Ses yeux brillaient de fierté et d'amour. Quelque chose dans son expression fit sentir à Covenant qu'il venait d'un monde bien pauvre, où personne ne se souciait de « guérir » les objets usuels. Il tenta de se dire qu'il rêvait mais n'avait pas envie de s'écouter.

Après un silence respectueux, Léna entreprit de mettre le couvert. Atiaran alla chercher les plats qui achevaient de chauffer. Lorsque tout fut prêt, Trell se redressa péniblement.

— La coutume de notre peuple veut que nous restions debout quelques instants avant de passer à table, pour manifester notre respect à la terre, d'où proviennent la vie, la nourriture et le pouvoir, expliqua Atiaran.

Covenant se leva à son tour, se sentant emprunté et déplacé. Trell, Atiaran et Léna fermèrent les yeux et inclinèrent la tête en une prière muette. Puis ils prirent place. Dès que Covenant les eut imités, ils firent passer les mets.

C'était un repas abondant : du bœuf froid et salé, couvert de sauce fumante, du riz sauvage, des pommes séchées, du pain noir et du fromage. Pour arroser le tout, Covenant reçut une grande chope pleine de ce que Léna appelait du guinguet, boisson aussi claire que l'eau et légèrement effervescente. Son odeur lui rappela celle de l'*aliantha*, mais son goût était celui d'une bière délicieuse, dépourvue d'amertume. Il en engloutit une bonne quantité avant de se rendre compte qu'elle accentuait la tension de ses nerfs : il sentit son corps se contracter sous l'afflux de pressions auxquelles il n'était pas habitué. Bientôt, il fut impatient que le dîner s'achève, aspirant à quitter la maison et à retrouver l'air de la nuit.

Léna et ses parents se restauraient lentement, comme si ce moment marquait la fin de leur bonheur familial et qu'ils voulaient le faire durer le plus longtemps possible. Covenant, réalisant que leur silence accablé était dû à sa présence, se sentit mal à l'aise. Afin de lutter contre sa gêne, il décida d'en apprendre un peu plus sur le monde dans lequel il se retrouvait.

— J'ai une question. (Il fit un large geste, comme pour englober l'ensemble du stèlage.) Cette vallée regorge d'arbres, mais je ne vois de bois nulle part. Vous ne semblez pas en utiliser. Les végétaux sont-ils sacrés pour vous ?

Atiaran mit un moment à répondre.

— Sacrés ? Je connais ce mot, mais sa signification m'est obscure. Il y a du pouvoir dans la terre, les arbres, les rivières et les pierres, et nous le respectons pour la vie qu'il génère. Aussi avons-nous prêté le serment de paix. Nous avons perdu le *lillianril*, la tradition du bois, et n'avons pas cherché à le retrouver. Durant l'exil de notre peuple, lorsque la Désolation régnait sur le Fief, nous avons oublié beaucoup de choses précieuses. Dans la cordillère Sudronne et les Aridies, nos ancêtres se sont raccrochés au *rhadhamaerl* – la technique de la pierre –, qui leur a permis de survivre. Le *lillianril* ne leur servant à rien, ils l'ont abandonné.

« À présent que nous avons regagné le Fief, le *rhadhamaerl* continue à nous suffire. Mais d'autres peuples ont préservé le *lillianril*. J'ai déjà contemplé la Haute Sylve, qui s'étend dans les collines très loin d'ici, au nord-est. C'est un endroit magnifique, dont les habitants comprennent le bois et prospèrent grâce à lui. Nous échangeons certaines choses avec eux, mais jamais ni bois ni pierre.

Lorsqu'elle se tut, Covenant sentit que la nature du silence avait changé. Au bout de quelques instants, il perçut un brouhaha à l'extérieur.

— Ah ! le rassemblement, lâcha Atiaran en se tournant vers Trell. J'ai promis de chanter, ce soir.

Elle se leva et son époux l'imita.

— Très bien, acquiesça-t-il. Quand tu auras fini, tu parleras au cercle des anciens. De mon côté, j'ai des préparatifs à effectuer pour demain. Regarde. (Il tendit un doigt vers la table.) Ce sera une belle journée : il n'y a pas d'ombre sur le cœur de la pierre.

Presque malgré lui, Covenant observa l'endroit qu'il venait de désigner, mais ne vit rien.

Remarquant son expression perplexe, Atiaran dit doucement :

— Ne soyez pas surpris, Thomas Covenant. Seul un *rhadhamaerl* peut prédire le temps dans des roches comme celle-ci. Venez avec moi, si vous le voulez bien, et je vous chanterai la légende de Berek Demi-Main. (Tout en parlant, elle saisit le pot d'ignescentes sur la table pour l'emporter.) Léna, tu voudras bien faire la vaisselle ?

Covenant jeta un coup d'œil à Léna, qui acquiesçait d'un air maussade ; de toute évidence, elle aurait souhaité les accompagner. Son expression n'échappa pas à Trell, qui lança :

— Va avec notre invité, Léna ma fille. Je trouverai bien le temps de m'acquitter de ta tâche.

Le visage de l'adolescente s'illumina. Elle se jeta au cou de son père. Trell lui rendit son étreinte, puis la déposa sur le sol. Elle rajusta coquettement sa tunique et rejoignit sa mère, qui secoua la tête.

— Trell… Si tu continues à la traiter ainsi, elle finira par se prendre pour une reine.

Mais elle saisit la main de sa fille pour lui montrer qu'elle n'était pas fâchée et toutes deux sortirent de la maison.

Covenant les suivit promptement. Il émergea dans la nuit étoilée avec un sentiment de libération. Dehors, il aurait plus de place pour faire le point. Il en avait besoin, car il ne parvenait pas à comprendre ni à rationaliser son excitation croissante. Le guinguet qu'il avait bu semblait focaliser son énergie. De façon inexplicable, il se sentait assailli par une inspiration brutale, comme s'il était la victime plutôt que la source de son songe. « De l'or blanc ! cracha-t-il mentalement aux ténèbres qui enveloppaient le stèlage. De la magie sauvage ! Me prennent-ils pour un fou ? »

Peut-être l'était-il effectivement. En ce moment même, peut-être était-il en train d'arpenter le monde de sa propre démence, de se torturer avec des exigences et des chagrins illusoires. Cela arrivait parfois aux lépreux. « Mais pas à moi ! se retint-il de hurler à voix haute. Je connais la différence ; je sais que je suis en train de rêver. »

Ses doigts tressaillirent d'une violence mal contenue, mais il se remplit les poumons d'air frais et abandonna ses craintes. Il savait comment survivre à un rêve. La folie était le seul danger.

Tandis qu'ils marchaient côte à côte, le doux bras de Léna effleura le sien. Il lui sembla que sa peau s'embrasait à son contact.

Le bruit s'intensifia rapidement. Bientôt, Atiaran, Léna et Covenant atteignirent la place centrale. La lumière de plusieurs dizaines de pots remplis d'ignescentes éclairait une foule d'hommes, de femmes et d'enfants, qui s'étaient disposés en un large cercle. Covenant devina que toute la population du stèlage, ou presque, s'était déplacée pour entendre chanter Atiaran.

La plupart des gens étaient plus petits que lui, et beaucoup plus que Trell. Contrairement au colosse, ils avaient les cheveux sombres – bruns ou noirs. Mais tous étaient trapus et larges d'épaules ; même les femmes et les enfants donnaient une impression de force physique, comme si des siècles passés à travailler la pierre avaient façonné ce peuple pour le rendre encore plus apte à sa tâche. Comme Trell, ils inspirèrent une vague crainte à Covenant. Ils étaient trop costauds par rapport à lui, qui ne disposait que de son étrangeté pour se défendre, si jamais ils se retournaient contre lui.

Pour l'heure, ils étaient occupés à bavarder, sans doute pour tuer le temps jusqu'à la prestation d'Atiaran. Ils ne semblaient pas avoir remarqué Covenant. Répugnant à attirer leur attention, il demeura un peu en retrait. Léna s'arrêta près de lui. Atiaran remit la lampe à sa fille, puis fendit la foule et se dirigea vers le centre du cercle.

Léna était tout près de Covenant. Le sommet de son crâne lui arrivait à peine au menton et elle tenait la source lumineuse au niveau de sa taille, de sorte que l'éclat soulignait le renflement de ses seins. Visiblement, elle n'était pas consciente de l'effet produit, mais les paumes du lépreux le picotèrent, sous l'effet d'un désir avide, malgré sa crainte de la toucher.

Comme si elle avait perçu ses pensées, Léna leva les yeux vers lui, avec une expression à la fois grave et douce, qui fit bondir son cœur. Gêné, il détourna la tête et balaya l'assemblée du regard sans rien voir. Quand il reporta son attention sur la jeune fille, elle faisait elle aussi semblant de regarder ailleurs. Il serra les dents et se força à attendre la suite.

Bientôt, le silence s'installa. Au centre de la place, Atiaran monta sur une petite estrade de pierre. Elle inclina la tête pour saluer les stèlagiens, qui répondirent en levant leurs lampes à bout de bras. La lumière parut se concentrer autour d'elle comme un halo. Puis les pots d'ignescentes furent abaissés et Atiarian commença.

— Ce soir, j'ai l'impression d'être une vieille femme. Ma mémoire me paraît embrumée et j'ai oublié une partie de l'air que j'aimerais vous interpréter. Mais je vais vous chanter ce dont je me souviens et je raconterai l'histoire qui l'accompagne – comme je l'ai déjà fait auparavant –, pour vous faire partager le peu de sagesse que j'ai acquise.

Des rires s'élevèrent de l'auditoire, en hommage au savoir supérieur d'Atiaran. La tête baissée pour masquer la peur qui accompagnait cette connaissance, Atiaran attendit que le silence revienne. Puis elle leva les yeux et annonça :

— Je vais vous conter la légende de Berek Demi-Main.

Après une dernière pause, elle confia la mélodie à l'écrin velouté de la nuit, tel un joyau rare et précieux.

En temps de guerre, nous passons comme des fantômes
Qui souillent l'herbe en y abandonnant leur vie ;
Pendant que la terre pleure le vert par le rouge englouti
S'évanouissent les murmures et les rêves des hommes.
Dans l'ombre cramoisie par le malin jetée,
Dans la flaque écarlate qui s'élargit à ses pieds,
Berek fauche les infâmes comme de lourds épis de blé.
De tous les gardiens de la beauté, il est le dernier :
Le dernier à subir la charge du désespoir,
Le dernier à passer dans l'ombre de la défaite,
Le dernier à déposer les armes face à la bête
Et à tourner les talons dans l'air du soir.

Alors, les traîtres déferlent sur le Fief enténébré
Tandis que Berek, le héros à la main mutilée,
S'enfuit à toutes jambes devant cette sombre marée
Et sur le flanc du mont Tonnerre se réfugie pour pleurer.
Berek ! Viens à notre secours, Terramis !
La terre donne et répond à l'appel du pouvoir.
Berek ! Guéris-nous, rends-nous la lumière et l'espoir,
Purge le Fief de la mort sanglante et de ses ennemis !

La chanson fit frissonner Covenant, comme si elle dissimulait un spectre qu'il aurait dû être capable de reconnaître. La voix d'Atiaran l'envoûtait. Aucun instrument ne l'accompagnait, mais avant qu'elle finisse le premier couplet, il comprit qu'elle n'en avait pas besoin. Son timbre très pur était tissé de résonances inattendues, d'harmonies implicites et d'échos silencieux, de sorte qu'à chaque crescendo on eût imaginé qu'il y avait trois ou quatre interprètes, dotés d'intonations, distinctes mais unies.

L'air démarra sur le mode mineur, qui retentit dans la nuit dorée comme un hymne funèbre ; à travers les notes soufflait un vent de chagrin, dans lequel les choses aimées semblaient vaciller et s'éteindre telle la flamme d'une bougie. Covenant eut l'impression qu'Atiaran, par son art, arrachait un sanglot muet au stèlage tout entier.

Mais la peine ne subsista pas longtemps dans sa voix. Après une pause qui se déploya dans la nuit comme une révélation, elle entonna le refrain – « Berek ! Viens à nous, Terramis ! » – et le changement de ton l'emmena très haut, dans une modulation majeure qui aurait été trop déchirante pour une voix moins suggestive et moins riche que la sienne.

L'émotion de la foule conserva toute son intensité mais, en un instant, elle bascula de la tristesse vers la joie et la gratitude. Tandis que la dernière note aiguë d'Atiaran jaillissait de sa gorge tel un salut adressé aux montagnes et aux étoiles, les stèlagiens levèrent leurs lampes et crièrent à l'unisson :

— Berek ! Nous te saluons, Terramis !

Puis, lentement, ils les abaissèrent et s'avancèrent, s'approchant d'Atiaran pour mieux entendre son récit. L'impulsion collective était si forte que Covenant fit lui aussi quelques pas avant de se ressaisir. Sursautant, il regarda autour de lui, se concentrant sur le faible éclat des étoiles et le parfum pénétrant des ignescentes. La réaction unanime des stèlagiens l'effrayait ; il ne pouvait pas se permettre de se laisser emporter. Il voulait se détourner, mais avait besoin d'entendre l'histoire de Berek Demi-Main ; aussi resta-t-il là où il était.

Dès que son public se fut immobilisé autour d'elle, Atiaran prit la parole :

— Jadis, à l'époque qui marque le commencement de la mémoire de l'humanité – avant que les vénérables voient le jour et que les géants traversent la mer du Levant pour former l'alliance des frères de roc, avant le serment de paix, la Désolation et la dernière bataille du seigneur Kevin –, une guerre éclata. En ce temps-là, les vils étaient une race noble et hautaine, et les lémures forgeaient des métaux magnifiques, qu'ils échangeaient avec les autres peuples. Le Fief était une grande nation unie, sur laquelle régnaient un roi et une reine. Ils formaient un couple solide, riche d'amour et d'honneur et, pendant de nombreuses années, ils gouvernèrent dans la concorde et la paix.

« Mais au bout d'un moment, une ombre s'empara du cœur du souverain. Il goûta le pouvoir de vie et de mort, et conçut pour lui un vif désir. Bientôt, la domination lui devint aussi nécessaire que la nourriture. La nuit, il effectuait des quêtes ténébreuses pour augmenter son pouvoir et, le jour, exerçait celui-ci sur ses sujets avec une avidité sans cesse croissante, une soif que rien ne pouvait apaiser.

« La souveraine était atterrée. Elle n'aspirait qu'au retour de l'harmonie d'antan. Mais ni ses supplications ni ses appels à la raison ne purent briser l'étau de cruauté aveugle qui emprisonnait le cœur du monarque. Quand elle comprit que tout ce qu'il y avait de bon dans le Fief périrait si personne n'arrêtait son époux, elle décida de se dresser contre lui.

« Ce fut alors que la guerre éclata dans le Fief. Beaucoup de gens qui avaient souffert sous le joug royal se joignirent à la reine, et beaucoup de ceux qui méprisaient le meurtre et vénéraient la vie en firent autant. Parmi eux se trouvait Berek, le plus vaillant et le plus sage des champions. Mais le Fief tremblait devant le roi, et des cités entières se rallièrent à lui, tuant pour préserver leur propre esclavage.

« Pendant un moment, il sembla que la reine allait prévaloir. Ses héros étaient puissants, et aucun davantage que Berek, qui aurait fait un adversaire de valeur pour n'importe quel souverain. Durant la bataille, une ombre, un nuage gris venu de l'est, s'abattit sur les défenseurs de la reine ; ils furent frappés en plein cœur et leur force les abandonna. En revanche, leurs rivaux puisèrent dans l'ombre le pouvoir de la folie. Oubliant leur humanité, ils tranchèrent, piétinèrent, griffèrent, mordirent, mutilèrent et profanèrent, jusqu'à ce que leur assaut dément submerge les camarades de Berek, et qu'ils succombent un par un au désespoir et à la mort.

« Ainsi la bataille se poursuivit-elle jusqu'à ce que Berek soit le seul opposant encore en vie. Pourtant, il continua à lutter sans se soucier du nombre de ses ennemis, qui tombèrent à ses pieds telles les feuilles d'automne balayées par la tempête. À la fin, le roi en personne vint le défier et ils s'affrontèrent. Berek frappait puissamment, mais l'ombre ne cessait de détourner ses coups. Le combat continua jusqu'à ce que la hache royale eût tranché la main de Berek. Son épée lui échappa et il regarda autour de lui ; il vit alors les cadavres de ses braves compagnons, poussa un grand cri de désespoir et, tournant les talons, s'enfuit du champ de bataille.

« Pendant trois jours, il courut sans jamais s'arrêter ni se reposer ; pendant trois jours, la mort et le souvenir de l'ombre le pourchassèrent. La horde du monarque le talonnait, semblable à une bête féroce et assoiffée de sang. À bout de forces et d'espoir, il arriva au mont Tonnerre. L'escaladant, il se jeta sur un gros rocher et sanglota :

« — Malheur pour la Terre ! Nous sommes vaincus et n'avons plus d'amis pour nous porter secours. La beauté va disparaître à jamais du Fief.

« Mais la roche sur laquelle il gisait lui répondit :

« — Il restera toujours un ami pour le cœur qui aura la sagesse de le reconnaître.

« — Les pierres ne sont pas mes amies ! se lamenta Berek. Vois : mes ennemis arpentent le Fief, et aucune secousse ne dérobe le sol à leurs pieds infâmes.

« — C'est possible, concéda le caillou. Ils sont aussi vivants que toi et ont besoin d'un sol sur lequel se tenir. Pourtant, la terre renferme un ami pour toi et te l'enverra si tu dédies ton âme à sa guérison.

« Berek se redressa et balaya du regard ses ennemis qui approchaient. Il prêta serment et le scella avec le sang de sa main blessée. La terre lui répondit par un grondement de tonnerre. Depuis les hauteurs de la montagne fondirent d'immenses lions de feu, qui dévorèrent tout sur leur passage. Le roi et sa horde furent anéantis, et Berek seul demeura perché sur l'éminence, tel un vaisseau voguant sur une mer de carnage.

« Lorsque le tumulte fut retombé, il rendit hommage aux fauves du mont Tonnerre, leur promettant son respect et ses services, ainsi que ceux de toutes les générations qui lui succéderaient dans le Fief. À l'aide du pouvoir de la terre, il sculpta le Bâton de la Loi dans le bois de l'Arbre primordial et s'en servit pour commencer à guérir le Fief. Plus tard, Berek Demi-Main fut nommé Cœur-Vaillant et devint le père fondateur, le premier des vénérables. Ceux qui suivirent sa voie prospérèrent dans le Fief pendant deux millénaires. »

Atiaran se tut et le silence retomba. Puis, comme si un même cœur battait dans toutes les poitrines, les stèlagiens s'avancèrent vers elle en tendant les mains. Elle écarta les bras pour en étreindre le plus grand nombre possible et ceux qui ne purent l'approcher s'embrassèrent, savourant l'harmonie du moment.

7

Léna

Seul dans la nuit – parce qu'il était incapable de partager l'étreinte spontanée et collective des stèlagiens –, Covenant se sentit tout à coup prisonnier, menacé. La poigne de l'obscurité comprimait ses poumons, l'empêchant de respirer. La claustrophobie, propre à sa maladie, l'assaillait, cette crainte de la foule et des comportements imprévisibles. « Berek ! », songea-t-il avec une amertume mordante. Ces gens voulaient qu'il soit un héros. Dans un sursaut de refus, il tourna le dos au groupe et s'éloigna à grands pas, comme si les stèlagiens l'avaient insulté.

Berek ! La magie sauvage ! C'était ridicule. Ces êtres ignoraient-ils qu'il était lépreux ? Rien n'était plus hors de sa portée que le genre d'héroïsme qu'ils voyaient en Berek Demi-Main. Pourtant, le seigneur Turpide avait dit : « Il veut faire de toi mon dernier adversaire. Il t'a choisi pour me détruire. » Consterné,

Covenant aperçut la fin vers laquelle le chemin de son rêve le conduisait ; il se sentit irrésistiblement attiré vers une confrontation avec le Rogue.

Il était coincé. Bien entendu, il ne pouvait pas jouer au brave dans une guerre onirique, s'oublier à ce point : ce serait synonyme de suicide. Il ne parviendrait pas à s'échapper de ce songe sans le traverser ni à regagner la réalité sans se réveiller. Il savait ce qu'il deviendrait s'il demeurait immobile et tentait de se raccrocher à la raison. Il n'était pas si loin des lumières de l'assemblée et, déjà, il sentait les ailes noires de la nuit plonger vers lui, tournoyer au-dessus de sa tête.

Il vacilla, s'arrêta et se dirigea en titubant vers un mur, contre lequel il s'adossa.

— Je ne peux pas… haleta-t-il en plaquant les mains sur ses tempes.

Tous ses espoirs que le Fief ferait disparaître son impuissance et guérirait son cœur endolori se réduisirent en cendres. « Je ne peux pas continuer. Je ne peux pas m'arrêter. Que m'arrive-t-il ? »

Soudain, il entendit un bruit de pas précipités et se redressa vivement. Léna courait vers lui, le balancement du pot d'ignescentes projetant des ombres folles sur sa figure. Elle le rejoignit en quelques enjambées et leva la lampe pour mieux le voir.

— Thomas Covenant ? appela-t-elle sur un ton hésitant. Vous n'allez pas bien ?

— Non, aboya-t-il, je ne vais pas bien ! Rien ne va bien, et ça dure depuis… (Les mots s'étranglèrent dans sa gorge.) Depuis mon divorce.

Il la foudroya du regard, comme pour la mettre au défi de lui demander de quoi il s'agissait.

La façon dont elle brandissait la source lumineuse laissait l'essentiel de son visage dans l'ombre, si bien qu'il ne vit pas comment elle encaissait sa colère. Quand elle parla, ce ne fut pas pour raviver son chagrin par des questions ou des condoléances maladroites. Doucement, elle dit :

— Je connais un endroit où vous pourrez être seul.

Covenant acquiesça avec vigueur. C'était une bonne idée. Il avait l'impression que ses nerfs étaient sur le point de craquer. La fureur lui nouait la gorge. Il ne voulait pas que quiconque soit témoin de son désarroi.

Léna lui prit le bras et l'entraîna vers la rivière, qu'ils longèrent en direction de l'aval. Un quart de lieue plus loin, Covenant aperçut un vieux pont de pierre qui brillait d'une lueur noire et humide, comme s'il venait de jaillir de l'eau juste pour lui permettre de passer. Cette probabilité l'arrêta net. L'arche lui apparaissait comme un seuil qui le conduirait vers de nouvelles menaces tapies entre les collines sombres, sur la rive d'en face.

— Où allons-nous ? demanda-t-il d'un ton brusque.

S'il traversait, il craignait de ne plus se reconnaître quand il reviendrait.

— De l'autre côté, répondit Léna. Là-bas, vous serez tranquille. Les stèlagiens s'aventurent rarement à l'ouest de la Mithil – on raconte que les montagnes y sont hostiles, que le fléau de la retraite maudite qui se tapit derrière elles a affecté leur esprit. Mais j'ai souvent arpenté les vallées dans ma quête d'images et il ne m'est jamais rien arrivé. Je connais un endroit où vous serez en paix.

Malgré son ancienneté apparente, l'ouvrage n'inspirait pas confiance à Covenant. Aucun mortier ne scellait les pierres, que seules des ombres ténues semblaient maintenir en place. Il s'attendait que son pied glisse quand il le poserait dessus ou qu'elles tremblent sous son poids. Mais rien de tel ne se produisit. Arrivé au milieu de l'arche, il s'accouda au parapet et baissa les yeux vers la rivière.

L'eau noire coulait sous lui en marmonnant son interminable litanie vers la mer. Il y plongea le regard, comme pour l'implorer de lui donner du courage. Ne pouvait-il tout simplement ignorer la folie, l'impossibilité et les contradictions inhérentes à sa situation, rentrer au stèlage et prétendre, avec une réelle fourberie, qu'il était la réincarnation de Berek Demi-Main ?

Non ! Étant lépreux, il devait s'abstenir de certains mensonges.

La nausée lui tordit l'estomac, et il réalisa qu'il martelait le garde-corps de ses poings. Il leva les mains et tenta de les examiner pour voir s'il s'était blessé, mais la maigre lueur des étoiles ne lui révéla rien. Grimaçant, il pivota et suivit Léna sur la berge opposée de la Mithil.

Bientôt, ils atteignirent leur destination. Ils marchèrent plein ouest pendant un moment, puis gravirent une colline escarpée et descendirent au fond d'un ravin qui revenait vers la rive. Prudemment, ils se frayèrent un chemin sur le sol accidenté, comme s'ils étaient en équilibre sur la quille d'un navire dont la coque brisée s'élevait autour d'eux, rétrécissant leur horizon. Quelques arbres jaillissaient sur les côtés tels des espars ; tout près, la proue gisait sur un banc de sable précédant une saillie rocheuse qui s'avançait dans l'eau. La Mithil se lamentait autour de cette dernière, comme agacée par ce bref étranglement du passage, et son murmure soufflait dans la gorge comme une brise marine gémissant à travers une épave échouée.

Léna s'agenouilla sur le sable et y creusa un trou peu profond, dans lequel elle renversa le pot d'ignescentes. Une lumière jaune se répandit et, peu après, Covenant sentit une douce tiédeur émaner des pierres de feu. Sa caresse lui fit prendre conscience que la nuit était fraîche – moment idéal pour se prélasser devant le feu. Il s'accroupit, secoué de frissons.

Léna se redressa et s'éloigna en direction de la rivière. Sur le promontoire, la source lumineuse l'atteignait à peine, mais Covenant vit que son visage était levé vers les cieux.

Il suivit son regard. La lune émergeait derrière les monts. Sa lueur argentée faisait pâlir les étoiles et projetait une ombre sur les collines ; bientôt, celle-ci survola le ravin et se répandit sur l'eau, lui donnant l'apparence du vieil argent. Tandis que le disque blafard s'élevait au-dessus des pics, son éclat accrocha Léna, nimbant sa tête et ses épaules de blancheur. À sa vue, Covenant éprouva une étrange jalousie, comme si la jeune fille se tenait au bord d'un précipice qui lui appartenait.

Lorsque l'astre nocturne eut traversé la Mithil et se fut déplacé dans la vallée, à l'est, Léna revint vers la fosse incandescente. Évitant le regard de Covenant, elle demanda à voix basse :

— Souhaitez-vous que je m'en aille ?

Les paumes du lépreux le démangèrent, comme s'il voulait la frapper pour avoir suggéré qu'elle pourrait rester. D'un autre côté, la nuit lui faisait peur ; il ne voulait pas l'affronter seul. Il se releva maladroitement et s'écarta de Léna. Les sourcils froncés et les yeux rivés sur l'extrémité du ravin, il s'efforça de prendre un ton neutre.

— Et toi, que souhaites-tu ?

— Mieux vous connaître, répondit Léna d'une voix douce mais ferme.

Covenant frémit et rentra la tête dans les épaules comme si des griffes invisibles venaient de le lacérer. Puis il se redressa brusquement.

— Vas-y, interroge-moi.

— Êtes-vous marié ?

Il pivota vers Léna, comme si elle l'avait poignardé dans le dos. Confrontée à son regard brûlant et à son rictus grimaçant, elle se détourna. Alors, il devina que son expression l'avait encore trahi. Il n'avait pas voulu que la rage déforme ses traits. Il désirait contenir ses émotions, non les étaler ainsi ; surtout pas devant elle, qui ravivait sa détresse plus que tout être qu'il eût jamais rencontré. Luttant pour se ressaisir, il cria :

— Oui. Non. Ça n'a pas d'importance. Qu'est-ce que ça peut bien te faire ?

Comme il la dévisageait, elle s'accroupit près des ignescentes et, sans répondre, lui jeta un coup d'œil par en dessous. Il se mit à faire les cent pas le long du banc de sable, tripotant son alliance et la faisant tourner autour de son doigt. Au bout d'une minute, la jeune fille lança sur un ton désinvolte :

— Il y a un homme qui désire m'épouser : Triock fils de Thuler. Bien que je n'aie pas encore l'âge de me marier, il me courtise afin que je n'en choisisse pas un autre. Même si le moment était venu, je ne l'épouserais pas. Oh, c'est un bon parti : un excellent bouvier, très courageux quand il s'agit de défendre ses bêtes, et plus grand que la moyenne. Mais il y a trop de merveilles en ce monde, trop de pouvoirs à découvrir, trop de beauté à créer et à partager. Et je n'ai encore jamais vu les ranyhyn. Je ne pourrais pas m'unir à un bouvier qui ne désire rien d'autre qu'une *suru-pa-maerl* pour femme. Je préférerais me rendre à la Loge, comme ma mère ; j'y resterais et je ne faillirais pas, quelles que soient les épreuves qui se présenteraient à moi, jusqu'à ce que je devienne un seigneur. On raconte que de telles choses sont possibles. Y croyez-vous ?

C'était à peine si Covenant l'avait entendue. Furieux et blessé par le souvenir de Joan, il continuait à piétiner, afin d'apaiser son agitation. À côté de son amour perdu, Léna et la nuit argentée du Fief ne signifiaient rien. La vacuité de son rêve s'imposa soudain à lui, paysage sauvage brusquement dévoilé, nouveau visage de la désolation liée à la lèpre. Tout cela n'était pas réel ; c'était un tourment que son subconscient lui infligeait, une révolte involontaire contre la maladie et le chagrin. « Est-ce l'isolement qui me fait cet effet ? Mon exclusion de la société m'a-t-elle choqué à ce point ? Par l'enfer ! J'avais déjà bien assez de soucis ! »

Il sentit qu'il était sur le point de se mettre à hurler. Dans un effort pour se contrôler, il se laissa tomber sur le sable, tournant le dos à Léna, et serra ses genoux contre sa poitrine. Sans se soucier du tremblement de sa voix, il demanda :

— Comment se marient les gens de ton peuple ?

— C'est très simple. Quand un garçon et une fille se sont choisis, ils informent le cercle des anciens qu'ils désirent s'unir. Ceux-ci laissent passer une saison pour s'assurer que leur affection est stable, qu'elle ne renferme aucune jalousie dissimulée et ne s'appuie sur nulle promesse intenable, susceptible de menacer le couple au fil des ans. Puis tout le monde se rassemble au centre du stèlage ; les anciens prennent les jeunes gens dans leurs bras et leur demandent : « Voulez-vous partager votre vie, dans la joie comme dans la peine, dans le travail comme dans le repos, dans la paix comme dans la lutte, pour guérir la Terre ? » Et l'homme et la femme répondent : « Par le lien de la vie, nous choisissons de partager les bénédictions et le service de la Terre. » (Elle marqua une pause, puis poursuivit :) Alors, les stèlagiens hurlent tous ensemble : « Qu'il en soit ainsi ! Que la joie et le pouvoir soient vôtres jusqu'à la fin de vos jours ! » Le reste de la journée est consacré aux festivités ; les nouveaux époux enseignent des jeux, des danses et des chansons à leurs amis et voisins, afin que la communion et le plaisir ne viennent jamais à manquer dans le Fief. (De nouveau, elle s'interrompit.) Le mariage de mes parents fut mémorable entre tous. Les anciens en parlent encore. À cette époque, la sécheresse sévissait dans les plaines du Sud et la famine menaçait. Chaque jour durant la saison précédant leur union, Trell mon père arpenta les montagnes ; il explora des chemins oubliés, des cavernes dissimulées et des crevasses fraîchement ouvertes en quête d'une *orcrest* – une pierre aux multiples vertus.

« La veille de la cérémonie, il trouva son trésor. Après la fin des rituels, Atiaran ma mère et lui sauvèrent le stèlage. Pendant qu'elle chantait une prière à la Terre connue de la Loge, mais depuis longtemps oubliée par notre peuple, il tint l'*orcrest* dans sa main et la brisa par la seule force de ses doigts. Comme la roche tombait en poussière, le tonnerre gronda, bien qu'il n'y eût pas le moindre nuage dans le ciel, et un éclair jaillit de sa main. L'azur s'assombrit instantanément et la pluie se mit à tomber. Ainsi la famine fut-elle évitée et, durant les jours qui suivirent, les stèlagiens, ressuscités, retrouvèrent le sourire.

Covenant avait beau serrer les jambes, il ne parvenait pas à maîtriser la rage qui l'étourdissait. Joan ! Le récit de Léna semblait tourner en dérision sa douleur et ses échecs.

— Je ne peux pas… articula-t-il, la mâchoire inférieure tremblant de l'effort qu'il faisait pour parler.

Puis il se releva brutalement et s'élança vers la rivière. Arrivé sur le promontoire, il se baissa, ramassa un caillou et le projeta dans l'eau de toutes ses forces. « Je ne peux pas ! »

Un léger bruit d'éclaboussement lui répondit, mais la plainte indifférente de la Mithil l'engloutit aussitôt et le courant effaça les ondulations à la surface.

— En guise de cadeau de mariage, j'ai offert des bottes d'équitation à Joan, dit-il tout bas. (Puis, agitant les poings, il hurla :) Des bottes d'équitation ! Mon impuissance t'étonne ?

Surprise par sa brusque agitation, Léna se leva et se dirigea vers lui, une main tendue en avant, comme pour lisser la tension qui nouait son dos. Mais elle s'immobilisa à quelques pas de lui, cherchant les mots justes.

— Qu'est-il arrivé à votre femme ? finit-elle par souffler.

Les épaules de Covenant tressautèrent.

— Elle est partie, répondit-il d'une voix enrouée.

— Comment est-elle morte ?

— C'est moi qui suis mort, pas elle. Elle m'a quitté. Elle a demandé le divorce. Elle m'a abandonné au moment où j'avais le plus besoin d'elle.

— Pourquoi a-t-elle fait ça ? s'indigna Léna. Tant qu'il y a de la vie, il y a de l'espoir.

— Je ne suis plus vivant, cracha Covenant. Je suis lépreux, impur. Les lépreux sont sales et hideux, des abominations.

Ses paroles emplirent Léna d'horreur et d'incompréhension.

— Comment est-ce possible ? gémit-elle. Vous n'êtes pas une horreur. Quel est ce monde qui ose vous traiter ainsi ?

Les épaules de Covenant se contractèrent davantage, comme s'il tentait d'étrangler le démon qui le tourmentait.

— Le réel. C'est un fait – le genre de choses qui te tuent si tu refuses d'y croire. (Avec un geste violent en direction de la Mithil, il hoqueta :) Ça, c'est un cauchemar.

— Je ne vous crois pas ! protesta Léna dans une brusque flambée de courage. Votre sphère est peut-être… Mais le Fief est bien vrai.

Le dos de Covenant se raidit. Avec un calme inquiétant, il demanda :

— Essaies-tu de me rendre fou ?

Son ton funeste fit sursauter Léna, la glaça jusqu'à la moelle. Son courage s'évanouit ; elle sentit la rivière et le ravin se refermer sur elle, semblables aux mâchoires d'un piège.

Covenant se retourna et la gifla brutalement. La force du coup la fit tituber en arrière, dans la lumière des ignescentes. Le lépreux bondit, le visage déformé par la violence. Comme elle reprenait son équilibre et lui jetait un coup d'œil terrifié, elle eut la certitude qu'il voulait la tuer. L'idée la paralysa et elle ne put que le fixer, hébétée et impuissante, tandis qu'il approchait d'elle.

Lorsqu'il la rejoignit, il empoigna le devant de sa tunique et le déchira tel un simple voile. L'espace d'un instant, il contempla les seins haut perchés et la courte combinaison, les yeux étincelant d'un triomphe amer, comme s'il venait juste d'exposer au grand jour un immonde complot. Puis il lui saisit l'épaule de la main gauche, lui arracha son vêtement de la droite et la força à s'allonger sur le sable.

Léna voulait résister, mais ses membres refusaient de lui obéir. L'angoisse l'empêchait de se débattre.

La seconde d'après, Covenant se laissa tomber sur elle de tout son poids, et le bas-ventre de la jeune fille fut traversé par une lance de feu qui brisa son silence. Alors même qu'elle hurlait, elle sut qu'il était trop tard. Une chose que son peuple considérait comme un cadeau venait de lui être arrachée de force.

Covenant n'avait pourtant pas l'impression d'être un voleur. Sa jouissance le submergea, rivière de fureur bouillonnante. Suffoqué par la passion, il faillit s'évanouir. Puis les flots du temps s'écoulèrent autour de lui sans l'emporter et il demeura immobile pendant quelques instants qui lui parurent durer des heures. Son monde aurait alors pu s'écrouler sans qu'il s'en soucie.

Enfin, il prit conscience de la douceur du corps de Léna sous le sien, perçut le tremblement de ses sanglots. Il se redressa au prix d'un gros effort.

Baissant les yeux vers la jeune fille, il vit le sang qui la souillait à la lueur des ignescentes. La tête lui tourna, comme s'il se tenait au bord d'un précipice. Il s'éloigna d'un pas chancelant et, se jetant à plat ventre sur le promontoire, régurgita le poids qui lui comprimait les entrailles. La Mithil engloutit ses vomissures.

Épuisé par sa rage qui s'estompait, il demeura immobile un long moment. Il n'entendit pas Léna se lever et ramasser sa tenue en lambeaux, pas plus qu'il ne perçut ce qu'elle lui dit avant d'escalader la paroi rocheuse. Il ne discernait que la longue plainte de la rivière, n'avait conscience que des cendres de sa pulsion consumée, ne sentait que l'humidité de la pierre, pareille à des larmes sur ses joues.

8

L'aube du message

Lentement, Thomas Covenant émergea de ses rêves d'étreintes. Il se laissa dériver sur le courant de l'aube, gisant sur la pierre austère, entouré par le monologue inquisiteur de la Mithil, les odeurs fraîches du jour nouveau et les cris des oiseaux qui s'élançaient dans le ciel. Tandis que sa conscience s'éveillait, il se sentit en paix, en harmonie avec l'environnement ; et même la dureté de sa couche lui sembla appropriée, car elle faisait partie intégrante de son expérience matinale.

Son premier souvenir de la veille fut celui d'un orgasme, d'une libération bienfaisante et d'une satisfaction si précieuse qu'il aurait vendu son âme pour les intégrer à sa vie réelle. Pendant un long moment, il se remémora ses sensations. Puis il se rappela que, pour les obtenir, il avait dû faire du mal à Léna.

« Léna ! »

Il roula sur le dos et s'assit. Les montagnes dissimulaient encore le soleil, mais la lumière qui se reflétait sur les plaines éclairait suffisamment la vallée pour lui permettre de voir que la jeune fille était partie.

Elle avait laissé les ignescentes brûler dans le sable. Covenant se redressa maladroitement, scrutant le ravin et les rives de la Mithil, en quête de sa victime – ou de stèlagiens venus réclamer vengeance, songea-t-il, dans un sursaut d'imagination. Son cœur se mit à battre la chamade. Ces gens aussi robustes que des rochers ne seraient intéressés ni par ses explications ni par ses excuses. Tel un fugitif, il chercha des traces de poursuite. Mais l'aube était aussi calme que si elle n'abritait aucun être humain, aucun crime, aucun désir de châtiment.

Peu à peu, la panique de Covenant reflua. Après un dernier coup d'œil à la ronde, il se prépara à affronter ce qui l'attendait.

Il savait qu'il aurait dû se mettre en route immédiatement et longer la rivière vers des plaines plus sûres. Mais compte tenu de son état de santé, il ne pouvait pas entreprendre un voyage en solitaire à la légère. Il avait besoin de s'organiser.

Il s'efforçait de ne pas penser à Léna : instinctivement, il sentait qu'il ne pouvait pas se le permettre. Il avait trahi sa confiance et celle du stèlage ; de la rage de la nuit précédente, voilà tout ce qu'il devait conserver. C'était un événement passé, irrévocable – et illusoire, comme le reste de son songe. Au prix d'un effort qui le fit trembler, il le mit de côté.

Sur l'observatoire de Kevin, il avait accidentellement découvert la seule réaction valable face à une telle folie : « Continue à avancer, n'y pense pas, survis. » À présent, cette réaction était plus cruciale que jamais. Les craintes que la légende de Berek lui avait inspirées, la veille au soir, lui semblaient relativement dérisoires. Sa ressemblance avec un héros légendaire n'était qu'une partie de son rêve, pas un fait ou une exigence à laquelle il ne pouvait se dérober. Il la laissa également de côté. Puis il procéda à une SVE.

Quand il fut certain de n'avoir pas de blessures cachées ni de dangereuses taches violettes, il s'avança vers la pointe du promontoire. Il tremblait toujours. Il avait besoin de plus de discipline, de mortification ; sans son rasage rituel, il ne parvenait pas à apaiser les spasmes de ses mains. Le canif qu'il transportait dans sa poche n'était pas un outil adéquat. Prenant une profonde inspiration, il se laissa tomber tout habillé dans la rivière.

Le courant le ballottait d'une manière aguichante, l'invitant à se laisser flotter sous le ciel azuré d'un jour de printemps. Mais l'eau était trop froide ; il ne put s'y ébattre qu'une minute ou deux. Puis il se hissa sur l'avancée rocheuse et se releva en s'ébrouant. Ses cheveux trempés lui dégoulinèrent dans les yeux, l'empêchant de voir qu'Atiaran se tenait près des ignescentes. Elle le fixait avec gravité.

Il l'aperçut enfin et se figea, comme si elle l'avait pris en flagrant délit. Pendant quelques instants, ils se jaugèrent en silence. Quand elle prit la parole, il frémit intérieurement, s'attendant à ce qu'elle l'insulte et le condamne. Mais elle se contenta de dire :

— Approchez. Vous devez vous sécher.

Il eut beau disséquer le ton de sa voix avec toute l'acuité de ses perceptions, il n'y perçut rien d'autre que de la détermination et du calme empreint de tristesse. Alors, il comprit qu'elle ignorait ce qui était arrivé à sa fille.

Inspirant profondément pour contrôler les battements de son cœur, il se dirigea vers elle et s'assit près de la fosse aux ignescentes. D'improbables spéculations se bousculaient dans son esprit, mais il savoura la tiédeur des pierres de feu sur son visage et garda le silence, espérant qu'Atiaran dirait quelque chose qui lui permettrait de découvrir où il en était.

— Je savais où vous trouver, murmura-t-elle. Pendant que je m'entretenais avec le cercle des anciens, Léna a dit à Trell qu'elle vous avait amené ici.

Covenant se força à demander :

— Il l'a vue ?

Il savait que c'était une question louche, mais Atiaran répondit simplement :

— Non. Elle est allée dormir chez une amie. Elle lui a crié son message en passant devant chez nous.

Covenant en resta sans voix, stupéfait. Léna s'était bien gardée de se montrer à ses parents et ne l'avait pas dénoncé. Le soulagement l'envahit. Par sa réticence, Léna lui avait offert une longueur d'avance : un temps précieux. Visiblement, les habitants du Fief étaient prêts à consentir des sacrifices…

Puis il comprit que Léna n'avait pas agi ainsi pour lui. Il était impossible qu'elle se soucie de sa sécurité. Non : elle avait choisi de le protéger parce qu'il était, selon elle, la réincarnation de Berek, le porteur d'un message destiné aux seigneurs. Elle ne voulait pas que la justice du stèlage l'empêche de mener à bien sa mission. C'était sa contribution à la défense du Fief contre Turpide le Rogue.

C'était héroïque. Malgré sa discipline et ses craintes, Covenant devinait quelle violence Léna avait dû se faire dans l'intérêt général. Il eut une vision d'elle, blottie derrière un rocher pendant cette sombre nuit, se dérobant pour la première fois de sa jeune existence à l'étreinte chaleureuse de sa communauté – endurant seule la honte et la douleur, pour qu'il n'ait pas à répondre de les lui avoir infligées. Le souvenir du sang qui avait souillé son bas-ventre s'imposa à lui. Ses épaules se contractèrent. Les dents serrées, il tenta de se raisonner. « Je dois aller voir le conseil. »

Une fois calmé, il demanda :

— Qu'ont dit les anciens ?

— Pas grand-chose, répondit Atiaran sur un ton morne. Je leur ai rapporté ce que je savais de vous et du danger qui menace le Fief. Ils ont admis que je devais vous guider jusqu'à la Citadelle. C'est pourquoi je suis venue vous rejoindre. Voyez… (Elle indiqua deux balluchons posés à ses pieds.) Je suis prête. Trell mon mari m'a donné sa bénédiction. Ça me chagrine de partir sans avoir embrassé Léna ma fille, mais le temps presse. Même si vous ne m'avez pas révélé la totalité de votre message, je sens qu'à partir de maintenant, tout délai pourrait être dangereux. En notre absence, les anciens réfléchiront au meilleur moyen de défendre les plaines.

Covenant soutint son regard et, cette fois, comprit la triste détermination qui brillait dans ses yeux. Atiaran avait peur : elle craignait de ne pas survivre au voyage et de ne jamais revoir sa famille. Pris de pitié, il tenta de la rassurer.

— La situation n'est peut-être pas si grave ! Un lémure a trouvé le Bâton de la Loi et, d'après ce que j'ai compris, il ne sait pas vraiment s'en servir. D'une façon ou d'une autre, les seigneurs doivent le lui reprendre, voilà tout.

Sa tentative échoua. Atiaran se raidit.

— Alors, la vie du Fief dépend de notre rapidité, déclara-t-elle. Malheureusement, nous ne pouvons pas demander aux ranyhyn de nous aider. Le peuple de Ra ne s'intéresse que très peu aux affaires du Fief et, depuis le début de cet âge, nul autre que les seigneurs et les sangardes n'a monté un ranyhyn. Nous devrons marcher, Thomas Covenant, et Pierjoie se trouve à trois cents lieues d'ici. Vos vêtements sont-ils secs ? Nous devons nous mettre en route sur-le-champ.

Covenant était prêt, et impatient de s'éloigner de cet endroit. Il se redressa.

— Très bien. Allons-y.

Atiaran ne bougea pas, se contentant de le fixer avec hésitation. À voix basse, comme si elle se mortifiait, elle lui demanda :

— Vous fiez-vous à moi pour vous guider, Thomas Covenant ? Vous ne me connaissez pas. J'ai échoué à la Loge.

Ses paroles semblaient impliquer qu'il avait le droit de la juger. « Comme si j'étais en position de juger quiconque… »

— Oui, je vous fais confiance, répondit-il. Pourquoi en serait-il autrement ? Vous avez dit vous-même que j'étais venu pour sauver ou condamner le Fief.

— C'est exact, admit Atiaran. Mais vous ne dégagez pas la puanteur d'un séide du Tueur Gris. Mon cœur me dit que le Fief doit placer sa foi en vous et remettre son destin entre vos mains, pour le meilleur ou pour le pire.

— Dans ce cas, c'est réglé.

Covenant prit le paquetage qu'elle lui tendait. Il glissa ses bras dans les bretelles et roula des épaules pour les ajuster sur son dos.

Atiaran s'agenouilla dans le sable. Passant les mains au-dessus des ignescentes, elle se mit à fredonner tout bas. Elle ne devait pas avoir l'habitude de chanter cette mélodie, car elle buta à plusieurs reprises sur les notes. Néanmoins, la lumière jaune s'estompa. Les pierres de feu virèrent au gris pâle, comme si Atiaran venait de les endormir à l'aide d'une berceuse, et leur chaleur se dissipa. Lorsqu'elles furent froides, elle les remit dans le pot, le couvrit et le rangea dans ses affaires. Cela rappela à Covenant combien le monde de son rêve était encore mystérieux pour lui.

— Je ne vous demande qu'une chose, lui lança-t-il tandis qu'elle se relevait. Je veux que vous me parliez, que vous me racontiez tout ce que vous savez sur la Loge, les seigneurs et n'importe quel autre sujet susceptible de m'intéresser. (Puis, parce qu'il ne pouvait pas lui expliquer la raison de son intérêt, il conclut maladroitement :) Ça fera passer le temps.

Tout en calant son ballot sur son dos, Atiaran lui jeta un coup d'œil intrigué.

— Vous êtes bizarre, Thomas Covenant. À mon avis, vous cherchez juste à tester l'étendue de mon ignorance. Mais je consens à vous dire ce que je sais, même si, malgré votre tenue et votre façon de parler, j'ai du mal à croire que vous êtes totalement étranger au Fief. Maintenant, venez. Ce matin, nous trouverons quantité d'*aliantha* sur notre chemin, qui nous serviront de petit déjeuner. Nous devons garder nos provisions pour le moment où la nature ne pourra plus nous en fournir.

Covenant acquiesça et lui emboîta le pas tandis qu'elle entreprenait l'escalade du ravin. Il était soulagé de se remettre en mouvement.

Le terrain lui parut défiler très vite sous ses pieds. Bientôt, ils atteignirent le pont. Atiaran s'y engagea d'un pas décidé, mais arrivée au sommet de l'arche, elle s'immobilisa. Elle attendit que Covenant la rejoigne et désigna les plaines qui s'étendaient au nord.

— Je vous le dis franchement, Thomas Covenant : je n'ai pas l'intention de prendre la route la plus directe vers la Citadelle. Pierjoie se dresse au nord-ouest du Fief, à trois cents lieues à vol d'oiseau de l'autre côté des plaines centrales. Beaucoup de gens y vivent, dans des stèlages ou dans la Haute Sylve ; il se pourrait que nous y trouvions des chemins et de l'aide pour nous conduire à destination. En revanche, nous n'avons aucun espoir de nous y procurer des chevaux. Ils sont rares dans le Fief et hormis les habitants de Pierjoie, peu de gens en possèdent.

« Je suis convaincue que nous gagnerons du temps en prenant plein nord, en traversant la Mithil à l'endroit où son cours s'infléchit vers l'est et en longeant les douces collines d'Andelain, qui sont le fleuron de toutes les beautés de la Terre. Lorsque nous atteindrons la Sérénité, peut-être trouverons-nous un bateau qui nous emmènera vers son amont, au-delà de la Mémoriade, où sont tenues les promesses des seigneurs, et jusqu'à la Citadelle elle-même. De la sorte, notre périple touchera plus rapidement à sa fin ;

et tous les voyageurs sont bénis par les courants de la Sérénité.

« Mais cela nous obligera à passer à moins de cinquante lieues du mont Tonnerre. (Sa voix frémit lorsqu'elle prononça ce nom archaïque.) C'est forcément là que le Bâton de la Loi a été retrouvé et je répugne à m'approcher autant du porteur d'une telle puissance, s'il est animé de mauvaises intentions. (Elle marqua une pause, puis poursuivit :) Nos malheurs ne connaîtraient plus de fin, si un lémure corrompu entrait en possession de votre anneau – les plus maléfiques n'hésitent pas à déchaîner des forces aussi incontrôlables que celle de la magie sauvage. Même s'il se trouvait incapable de l'utiliser, le risque viendrait des ur-vils, dont je crains qu'ils ne vivent toujours sous le mont Tonnerre. Ils maîtrisent les traditions et sauraient quoi faire de l'or blanc.

« Cependant, le temps presse et nous devons l'économiser autant que possible. Sans compter que j'ai une autre raison de vouloir passer par Andelain à cette période de l'année. Mais je préfère ne pas vous en parler. Si aucun obstacle ne nous ralentit en chemin, vous la contemplerez de vos propres yeux et vous en réjouirez.

Elle fixa Covenant avec intensité et, comme la veille, il eut l'impression qu'elle le sondait, en quête de faiblesses cachées. Redoutant qu'elle lise son méfait nocturne sur ses traits, il lutta pour ne pas détourner les yeux jusqu'à ce qu'elle lance :

— Maintenant, Thomas Covenant, dites-moi si vous êtes prêt à me suivre, où que je vous emmène.

À la fois honteux et soulagé, il acquiesça.

— Assez bavardé. Je suis prêt.

— Tant mieux.

Atiaran se dirigea vers l'extrémité est du pont. Covenant passa encore un moment à observer la rivière en contrebas. Les échos de sa douce plainte semblaient lui renvoyer ses paroles à la figure. « Mon impuissance t'étonne ? » Une ombre troublée passa sur son visage, mais il se ressaisit aussitôt, frotta son alliance et suivit Atiaran, laissant la Mithil poursuivre sa course tel un torrent d'oubli.

Tandis que le soleil grimpait dans le ciel au-dessus des montagnes, Atiaran et Covenant progressèrent en direction des plaines centrales. Au début, ils marchèrent en silence. Covenant s'écartait fréquemment de la berge pour s'aventurer dans les collines et y ramasser de l'*aliantha*, dont la saveur le ravissait toujours autant – au point de changer la faim et la soif en sensations presque poignantes. Il se retenait de cueillir toutes les baies d'un buisson et répandait docilement leurs graines sur le sol, comme Léna le lui avait enseigné. Après quoi, il accélérait pour rattraper son guide, qui avançait droit devant elle, sans jamais ralentir.

Lorsqu'il s'estima enfin rassasié, il avait parcouru près d'une lieue, et la vallée s'était élargie de façon perceptible. Il s'arrêta une dernière fois pour boire un peu d'eau à la rivière, puis rejoignit Atiaran et calqua son allure sur la sienne.

Quelque chose dans l'expression de la stèlagienne le dissuada d'engager la conversation ; aussi se concentra-t-il sur des exercices de survie pour se contraindre au silence. Il s'efforça de retrouver la démarche mécanique qui l'avait conduit si loin du Refuge. Atiaran semblait résignée à couvrir trois cents lieues à pied, mais c'était loin d'être son cas. Il sentait qu'il aurait besoin de tout son talent pour marcher ne serait-ce qu'une journée sans se blesser. En s'imposant une cadence constante, il luttait pour maîtriser les imprévus de la situation. Tôt ou tard, il devrait expliquer à Atiaran les dangers inhérents à sa condition physique. Il aurait sans doute besoin qu'elle l'aide, ou du moins qu'elle le comprenne. Mais pas encore. Son contrôle n'était pas suffisant.

Au bout d'un moment, Atiaran changea de direction, s'écartant de la Mithil pour s'engager dans les collines qui se dressaient sur leur droite. Elle ne suivait aucune piste visible ; derrière elle, Covenant gravissait les pentes escarpées en trébuchant et les dévalait en titubant. Bientôt, le poids de son paquetage lui donna des crampes dans le cou et des spasmes douloureux dans les épaules. Il se mit à haleter et à vitupérer entre ses dents.

En milieu de matinée, Atiaran fit halte dans une descente. Les muscles de Covenant tremblaient de fatigue et il se laissa tomber sur le sol en respirant bruyamment. Lorsqu'il eut repris son souffle, il demanda :

— Pourquoi n'avons-nous pas contourné ces coteaux ? Ça nous aurait épargné l'escalade.

— Pour deux raisons, répondit sèchement Atiaran. Un peu plus au nord se trouve un défilé qui nous fera gagner beaucoup de temps. Et, avec de la chance, semer un éventuel poursuivant. (Elle regarda autour d'elle.) Depuis le pont, j'ai l'impression que nous sommes pistés.

Covenant sursauta.

— Par qui ?

— Je l'ignore. Il se peut que les espions du Tueur Gris soient déjà en mouvement. On raconte que ses plus puissants serviteurs, les ravageurs, ne mourront pas aussi longtemps qu'il vivra. Comme ils ne possèdent pas de corps, leur esprit erre jusqu'à ce qu'il trouve une créature pour lui servir d'hôte. Ainsi se manifestent-ils indifféremment sous une forme humaine ou animale pour corrompre le Fief et ses habitants. Quoi qu'il en soit, j'espère que personne ne réussira à nous talonner. Vous êtes-vous suffisamment reposé ? Nous devons repartir.

Après avoir rajusté sa robe, elle recommença à descendre. Covenant se redressa et l'imita en grognant.

Pendant le reste de la matinée, il se força à avancer malgré l'épuisement. La fatigue engourdissait ses jambes et le poids de son ballot l'empêchait de respirer normalement, de sorte qu'il avait l'impression de suffoquer. N'ayant jamais été sportif, il butait fréquemment. À plusieurs reprises, ses bottes et son pantalon épais l'empêchèrent de se blesser. Atiaran, pour sa part, ne faisait pas le moindre faux pas et ne gaspillait pas d'énergie en mouvements inutiles, mue par une détermination qui l'entraînait toujours plus loin.

Aux alentours de midi, ils descendirent au fond d'une gorge, plaie béante à travers les collines qui filait vers le nord aussi loin que portait la vision de Covenant. Un ruisseau coulait en son centre ; les voyageurs firent halte près de l'eau pour boire, se nettoyer le visage et se reposer. Cette fois, tous deux ôtèrent leur paquetage. Puis Covenant s'allongea sur le sol et ferma les yeux. Il se détendit, écoutant son souffle rauque jusqu'à ce qu'il s'apaise et que le doux murmure de la brise parvienne à ses oreilles. Alors, il ouvrit les yeux.

Quatre mille pieds au-dessus de lui se découpait la sombre silhouette de l'observatoire de Kevin.

Surpris, il se redressa, comme pour l'examiner de plus près. L'aiguille de pierre noire qui jaillissait de la falaise, au sud-est, avait à cette distance un aspect sinistre et semblait surplomber le défilé. Elle lui rappela le Rogue et l'obscurité aux ailes de vautour.

— C'est bien l'endroit où Kevin le Dévastateur, descendant direct de Berek Demi-Main, livra sa dernière bataille contre le Tueur Gris. Le lieu où, selon la légende, il connut la défaite, le chagrin et la folie. Submergé par les ténèbres qui s'étaient emparées de son cœur, le plus puissant champion auquel le Fief ait jamais donné naissance provoqua la Désolation – la fin de toutes choses en ce monde pour de nombreuses générations. Ce n'est pas un bon présage que vous soyez apparu ici, lâcha Atiaran.

Reportant son attention sur elle, Covenant vit que son regard était tourné non vers la saillie rocheuse, mais vers les terres, comme si elle imaginait l'ampleur de son propre échec, eût-elle été à la place de Kevin. Brusquement, elle se ressaisit et se releva.

— Nous ne pouvons rien y faire. Notre chemin nous obligera à passer dans l'ombre du promontoire pendant bien des lieues. Venez.

Covenant poussa un gémissement.

— *Venez*, répéta Atiaran sur un ton impérieux. Nous ne pouvons pas nous permettre de traîner en route, de crainte d'arriver trop tard. Notre progression sera plus facile à partir de maintenant. Et si ça peut vous aider, je vous parlerai du Fief en marchant.

— Nous sommes toujours suivis ?

— Je n'en sais rien. Je n'ai ni vu ni entendu qui que ce soit. Pourtant, mon cœur me met en garde. Je sens que nous rencontrerons le danger avant la fin de la journée.

Covenant chargea son ballot sur son dos et se releva en tremblant. Son intuition aussi l'alertait, mais pas forcément contre la même chose. Le murmure du vent l'oppressait. Courbé sous le poids de son fardeau, il emboîta le pas à Atiaran.

Le goulet n'était ni tortueux ni accidenté. Même s'il ne mesurait pas plus de quinze pieds de large, Covenant et Atiaran avaient la place de marcher côte à côte. Tandis qu'ils avançaient, s'arrêtant de temps à autre près d'un buisson d'*aliantha* pour se restaurer, Atiaran entreprit de combler certaines lacunes du savoir de Covenant.

— J'ignore par où commencer. Tout est imbriqué et chaque question à laquelle je répondrais en susciterait trois au sujet desquelles je ne saurais que dire. Mes connaissances se limitent à ce que n'importe qui peut apprendre durant ses premières années à la Loge. Mais je vais faire mon possible.

« Le fils de Berek était Damelon Gigamis et celui de ce dernier Loric Vilmotu, qui endigua la corruption des démondims en les rendant impuissants.

La voix d'Atiaran adopta une cadence mélodieuse, presque chantante. Elle ne se contentait pas de réciter des faits ; elle narrait une histoire d'une importance capitale pour elle et pour l'ensemble du Fief.

— Et Kevin, que nous surnommons le Dévastateur par pitié envers lui plutôt que pour le condamner, était né de Loric – l'héritier de son titre de haut seigneur et du Bâton. Pendant un millénaire, il a siégé à la tête du conseil et a étendu l'amitié de la Terre bien davantage que quiconque avant lui. Tous l'honoraient et le respectaient.

« Dans son jeune âge, il était aussi sage que puissant et cultivé. Quand il perçut les premiers signes du retour de l'ombre archaïque, il examina le futur probable et ce qu'il vit lui fit peur. Aussi enferma-t-il sa Sagesse dans sept tabernacles, qu'il dissimula afin que son savoir ne soit pas perdu, même si les vénérables et lui venaient à tomber.

« Pendant de longues années, le Fief vécut en paix et le Tueur Gris se manifesta sous la forme d'un ami. Kevin se laissa aveugler par sa duplicité et l'accueillit au sein du conseil. Pour cette raison, les seigneurs et leur œuvre disparurent de la Terre.

« Bien des générations plus tard, lorsque le Fief commença à guérir, il attira les peuples qui s'étaient exilés dans les Aridies et la chaîne Ouestronne. L'un après l'autre, ils le réintégrèrent. Le temps passa. Les maisons et les villages redevinrent sûrs ; les gens se remirent à voyager, à explorer le Fief, en quête de légendes à demi oubliées. Quand ils se décidèrent enfin à braver les bois Titanesques, ils arrivèrent à Ondemère et découvrirent que les géants, leurs frères de roc, avaient survécu au rituel de profanation.

« Maintes chansons, anciennes ou récentes, louent la fidélité de ces derniers – à juste titre. Lorsqu'ils apprirent le retour des peuples du Fief, ils entreprirent un long voyage, rendant visite aux divers stèlages et sylves pour enseigner l'histoire de la défaite de Kevin et ressusciter l'ancienne fraternité. Puis, emmenant ceux qui avaient choisi de les accompagner, ils achevèrent leur périple à Pierjoie, la Citadelle sans âge qu'ils avaient taillée à même la montagne pour le haut seigneur Damelon, en témoignage du lien qui les unissait.

« Là, ils firent un cadeau aux fidèles qui s'étaient rassemblés autour d'eux. Ils leur révélèrent le premier tabernacle, le fondement de la Sagesse de Kevin, que celui-ci leur avait confié avant la dernière bataille. Les personnes présentes acceptèrent le présent et prêtèrent le serment d'amitié de la Terre – un vœu de loyauté envers le Fief –, ainsi que celui de paix, s'engageant à conserver leur sérénité en toutes circonstances, afin de protéger le Fief contre le type d'émotions destructrices qui avaient fait basculer Kevin dans la folie. Car il était clair pour chacune d'elles que le pouvoir est une chose redoutable, dont la possession trouble la vue des plus sages. Lorsqu'elles contemplèrent le premier tabernacle, elles craignirent une nouvelle Désolation. Elles jurèrent donc de maîtriser la Sagesse pour pouvoir guérir la Terre et de se maîtriser pour ne jamais succomber à la colère ou au désespoir, qui avaient fait de Kevin son pire adversaire.

« Ces promesses furent rapportées à l'ensemble des peuples du Fief, qui y souscrivirent à leur tour. Puis ceux qui avaient été élus à Pierjoie emportèrent le tabernacle à Kurash Plenethor, la Pierre Rompue, où l'ultime combat avait fait les plus gros dégâts. En souvenir de leur engagement, ils nommèrent la région la Mémoriade et y fondèrent la Loge : une école où ils s'efforceraient de recouvrer la connaissance des vénérables et s'entraîneraient à respecter le serment de paix.

Atiaran se tut. Covenant et elle continuèrent à marcher dans un silence que seuls troublaient le murmure du ruisseau et le gazouillis des oiseaux. Covenant réalisa que le récit de sa compagne l'avait bel et bien aidé à tenir l'allure, lui permettant d'oublier la douleur sourde dans ses épaules et ses pieds. La voix d'Atiaran semblait lui insuffler de la force ; son récit sonnait comme le gage que toute énergie dépensée au service du Fief ne serait pas gaspillée.

Au bout d'un moment, il la pressa de continuer.

— Pouvez-vous me parler de la Loge ?

L'amère véhémence de la réponse le surprit.

— Cherchez-vous à me rappeler que je suis indigne d'évoquer ces choses-là ? Thomas Covenant l'Incrédule, vous le porteur d'or blanc, est-ce un reproche que vous m'adressez ? (Il la fixa sans comprendre.) Je n'ai pas besoin de vos critiques, fulmina Atiaran. (L'instant d'après, elle braqua son regard vers le nord et se radoucit.) Vous auriez pourtant raison de m'en faire. L'idée que le monde entier soit au courant de mon échec me blesse beaucoup trop. En tant que coupable, j'ai du mal à croire à l'innocence d'autrui. Je vous prie de me pardonner ; vous ne méritez pas que je vous traite ainsi. (Avant que Covenant puisse réagir, elle poursuivit :) Voici comment je décris la Loge. C'est une communauté d'étudiants et d'érudits sise à la Mémoriade, dans la vallée des Deux Rivières. Ceux qui souhaitent se consacrer à l'amitié de la Terre et à la sagesse des vénérables y sont les bienvenus.

« C'est là un vaste sujet, que nul n'a encore réussi à maîtriser dans son ensemble malgré le temps et les efforts qui lui ont été consacrés. Le plus gros problème qui se pose est celui de la traduction, car le langage des maîtres ne ressemble pas au nôtre. Une fois les textes traduits, il faut encore les interpréter et acquérir les compétences nécessaires à leur mise en application. Lorsque je… (Sa voix s'étrangla.) Lorsque j'étudiais là-bas, les gardiens de la Sagesse m'ont dit que la Loge se bornait à effleurer les insondables connaissances de Kevin, qui ne sont qu'un septième du tout.

Dans les mots d'Atiaran, Covenant entendit un écho du mépris de Turpide et cela lui fit dresser l'oreille.

— La tradition de la guerre, qui regroupe les arts du combat, est facile à traduire, mais son application nécessite beaucoup de talent. Par conséquent, une partie de la Loge s'occupe exclusivement de ceux qui veulent pratiquer l'Épée et intégrer la milice de la Citadelle. Comme il n'y a pas eu de guerre depuis bien longtemps, peu d'hommes en font partie – à peine deux mille, durant mon séjour à la Loge.

« Aussi la mission principale de l'institution consiste-t-elle à analyser et à enseigner le pouvoir de la Terre. Les nouveaux élèves apprennent d'abord l'histoire du Fief, les prières, les chansons, les légendes – bref, tout ce que nous savons des vénérables et de leur lutte contre le Tueur Gris. Ceux qui possèdent l'ensemble de ces connaissances deviennent des gardiens de la Sagesse. Ils transmettent leur savoir aux autres ou continuent à travailler, en quête de découvertes et de pouvoirs nouveaux.

« Le prix d'une telle érudition est élevé : la Sagesse de Kevin exige beaucoup de pureté, de détermination, de lucidité et de courage ; et certains ne possèdent pas ces qualités. (Atiaran semblait résolue à ne pas se ménager.) J'ai échoué lorsque les gardiens m'ont fait entrevoir une fraction du Mépris du Tueur Gris et que mon cœur a défailli. Incapable de supporter ce que je venais d'apprendre, j'ai mis fin à mon séjour à la Loge pour rentrer chez moi et servir mon peuple à l'aide de mes maigres acquis. Et c'est maintenant qu'on me met à l'épreuve, alors que j'ai oublié tant de choses…

Elle poussa un profond soupir, comme si cela la chagrinait de devoir se plier à son destin.

— Mais ça n'a pas d'importance. À la Loge, ceux qui dominent à la fois l'Épée et le Bâton, qui gagnent leur place dans la milice ou parmi les gardiens de la Sagesse, et ne s'en détournent pas pour poursuivre leurs objectifs personnels dans l'isolement, comme le font les affranchis, ces âmes courageuses reçoivent le titre de seigneur et intègrent le conseil. En son sein, ils élisent un haut seigneur, qui agit au nom de tous, ainsi que l'exige la Sagesse : « Exerce la Loi et préserve le noyau du pouvoir de la Terre contre la corruption. »

« Durant mon séjour à la Loge, Varil Tamarantha-mi fils de Pentil occupait cette fonction. Même pour un seigneur, il était vieux – car ceux-ci vivent beaucoup plus longtemps que le commun des mortels. Notre stèlage n'ayant pas reçu de nouvelles de Pierjoie ni de la Loge depuis de nombreuses années, j'ignore qui dirige le conseil à présent.

— Prothall fils de Dwillian, lança Covenant sans réfléchir.

— Ah ! hoqueta Atiaran. Il me connaît. Il m'a enseigné mes premières prières. Il se rappellera que j'ai échoué et n'aura pas confiance en moi. (Elle secoua la tête et, après un instant de réflexion, ajouta :) Et vous le savez. Vous savez tout. Vous ne cherchez qu'à m'humilier en soulignant mon ignorance. Je trouve votre attitude bien cruelle.

— Par les feux de l'enfer ! cria Covenant. Depuis mon arrivée, vous et... (Il ne put se résoudre à prononcer le nom de Léna.) Tout le monde m'accuse d'être un expert et de ne pas vouloir l'avouer. Je vous le répète : je ne sais rien que l'on ne m'ait expliqué. Je ne suis pas votre fichu Berek.

Comme Atiaran le fixait d'un air sceptique – conséquence de longues années passées à douter d'elle-même –, il ressentit le besoin impérieux de lui prouver qu'il ne mentait pas. Il s'arrêta et, malgré le poids de son paquetage, se redressa de toute sa hauteur.

— Voici le message du seigneur Turpide le Rogue. « Dis au conseil des seigneurs et au haut seigneur Prothall fils de Dwillian que la limite absolue de leur espérance de vie dans le Fief est de sept fois sept années à compter de ce jour. Avant la fin de cette période, je détiendrai le contrôle de la vie et de la mort. »

Il s'interrompit brusquement. Les mots semblaient s'engouffrer dans le défilé tels des corbeaux et la honte lui brûlait les joues, comme s'il venait de souiller cette belle journée printanière. L'espace d'un instant, un silence absolu l'enveloppa. On aurait dit que le ruisseau s'était figé et que les oiseaux avaient dégringolé du ciel. Dans la chaleur de midi, Covenant était trempé de sueur.

Pendant tout ce temps, Atiaran le contempla, bouche bée. Puis elle s'écria :

— *Melenkurion abatha !* Ne prononcez pas les paroles de Turpide le Rogue à moins d'y être obligé ! Je ne peux nous protéger contre un tel fléau.

La vie reprit. Le cours d'eau se remit à fredonner et un passereau fila au-dessus de leur tête. Covenant s'essuya le front d'une main tremblante.

— Alors, cessez de me traiter comme quelqu'un que je ne suis pas.

— Comment le pourrais-je ? se lamenta Atiaran. Vous m'êtes fermé, Thomas Covenant. Je ne vous vois pas.

— Comment ça, vous ne me *voyez pas* ? répliqua-t-il sur un ton hargneux. Je me tiens devant vous.

— Vous m'êtes fermé, répéta Atiaran. J'ignore si vous êtes sain ou malsain.

Covenant cligna des yeux, puis comprit qu'elle venait involontairement de lui tendre une perche. Mû par la colère, il la saisit.

— Malsain, bien sûr. Ou tout du moins, malade. Je suis lépreux.

Atiaran grogna, comme s'il venait de confesser un crime.

— Alors, malheur au Fief, car vous détenez l'or blanc et pouvez causer notre perte à tous.

— Voulez-vous arrêter avec ça ? (Brandissant son poing gauche, il cracha :) Ce n'est qu'un anneau, un souvenir de ce que j'ai perdu. Il ne contient pas davantage de… magie sauvage qu'un caillou.

— La terre est source de pouvoir, chuchota Atiaran.

Covenant dut faire un gros effort pour ne pas se mettre à hurler. Elle réagissait comme si ses déclarations possédaient un sens qu'il n'y avait pas mis.

— Une petite minute ! s'exclama-t-il. Revenons en arrière. J'ai dit que j'étais *malade*. Qu'est-ce que ça signifie pour vous ? N'y a-t-il pas de maladies dans votre monde ?

Les lèvres d'Atiaran remuèrent, formant le mot « maladies ». Puis la peur figea son expression et son regard se posa sur un point au-delà de l'épaule gauche de Covenant.

Celui-ci se retourna pour voir ce qui l'avait effrayée. Il n'y avait rien derrière lui, mais comme il scrutait le bord ouest du défilé, il entendit un bruit. Des cailloux et de la poussière tombèrent dans le ravin.

— Notre poursuivant ! s'écria Atiaran. Courez !

Son affolement gagna Covenant. Oubliant sa faiblesse, la chaleur et le poids du ballot, il s'élança sur les talons de son guide aussi vite que ses jambes pouvaient le porter. Bientôt, ses poumons lui semblèrent sur le point d'exploser et il commença à perdre l'équilibre. Quand il trébucha, son corps fragile faillit s'écrouler.

— Courez ! s'époumona Atiaran.

Au lieu de l'écouter, il se redressa et, tremblant de tous ses membres, pivota pour affronter l'adversaire.

Une silhouette bondit par-dessus le bord du goulet et se laissa tomber sur lui. Comme il esquivait en levant les bras pour se protéger, il sentit quelque chose lui entailler les jointures. Son agresseur heurta le sol, roula sur lui-même et se releva d'un bond, dos à la paroi est.

La lumière du soleil faisait violemment ressortir les contrastes du paysage, soulignant les aspérités de la roche et les ombres. L'assaillant, un jeune homme à la carrure puissante et aux cheveux noirs – à n'en pas douter, un stèlagien, même s'il semblait plus grand que la moyenne –, brandissait un couteau de pierre. L'emblème de sa famille, un motif d'éclairs entrecroisés, se détachait sur les épaules de sa tunique. La rage et la haine déformaient ses traits, comme si son crâne était sur le point d'éclater.

— Ravageur ! hurla-t-il. Ravisseur !

Il s'approcha en agitant son arme d'un air menaçant. Covenant fut forcé de battre en retraite jusqu'au ruisseau, où l'eau froide se referma sur ses chevilles.

Atiaran accourait, mais elle était encore trop loin pour s'interposer entre eux. Du sang dégoulinait sur le dos de la main de Covenant et ses coupures le brûlaient.

Atiaran hurla :

— Triock !

Le couteau approchait. Covenant le vit fendre l'air aussi clairement que si sa trajectoire était gravée sur ses rétines.

Le jeune homme se ramassa sur lui-même, prêt à bondir pour porter le coup de grâce.

— Triock ! s'égosilla Atiaran. Qu'est-ce qui te prend ? Tu as prêté le serment de paix !

Soudain, Covenant se rendit compte qu'il sentait son pouls battre à l'extrémité de ses doigts. Il les leva et les examina. Mais la stupeur brouillait sa vision. Il n'arrivait pas à assimiler ce qui lui arrivait. « C'est impossible, songea-t-il. Impossible. »

La douleur enflammait ses extrémités gourdes, rongées par la lèpre.

Atiaran arriva au niveau des deux hommes. Elle s'immobilisa et laissa tomber son paquetage sur le sol. Comme pris dans un étau invisible, Triock secoua la tête et se débattit.

— Je vais le tuer ! C'est un ravageur !

— Je te l'interdis ! contra Atiaran.

L'intensité de l'ordre frappa Triock tel un coup de poing. Reculant d'un pas, il rejeta la tête en arrière et poussa un rugissement de frustration.

— Et ta loyauté ? le rabroua Atiaran sur un ton cinglant. Tu as prêté le serment de paix. Veux-tu damner le Fief ?

Triock frissonna. D'un mouvement convulsif, il projeta son couteau à ses pieds avec tant de force que la lame se planta dans la terre jusqu'au manche. Puis il se redressa fièrement et siffla :

— Il a ravi Léna. La nuit dernière.

Covenant était sourd et aveugle à ce qui se passait autour de lui. La souffrance était une sensation, une splendeur qu'il avait oubliée. Il ne prêtait même pas attention au sang qui dégoulinait le long de son poignet.

— Impossible. Impossible, se contentait-il de répéter.

Un spasme tordit ses traits. L'obscurité se massa autour de lui et l'air se mit à frémir, comme s'il grouillait d'ailes en train de battre, de griffes qui fonçaient vers son visage.

— Impossible, grogna-t-il encore une fois.

Mais les deux stèlagiens n'avaient d'yeux que l'un pour l'autre ; leurs regards l'évitaient comme la peste. Comprenant la portée des paroles de Triock, Atiaran tomba à genoux, se couvrit le visage des mains et inclina la tête jusqu'au sol. Tandis que des sanglots silencieux secouaient ses épaules, Triock expliqua amèrement :

— Tu connais mes sentiments pour elle. Hier soir, je l'ai observée pendant le rassemblement et je n'ai pas aimé la façon dont elle regardait cet étranger. Ça m'a brisé le cœur qu'elle se laisse éblouir par un homme dont personne ne saura jamais rien. En fin de soirée, je suis allé voir Trell ton mari et il m'a dit qu'elle devait dormir chez une de ses amies – Teras fille d'Annoria. Alors je suis allé la voir, mais elle n'était au courant de rien. L'ombre de la peur s'est abattue sur moi : depuis quand les gens de notre peuple sont-ils des menteurs ?

« J'ai cherché Léna toute la nuit. Et aux premières lueurs du jour, je l'ai trouvée dans les collines. Sa tunique était déchirée et couverte de sang. Elle a voulu s'enfuir, mais elle était affaiblie par le froid, la douleur et le chagrin. Finalement, elle s'est abandonnée dans mes bras et m'a raconté ce que ce… ce ravageur lui avait fait.

« Je l'ai ramenée à Trell son père. Et pendant qu'il s'occupait d'elle, je me suis mis en quête de l'étranger pour le tuer. Lorsque je t'ai vue, je t'ai suivie, pensant que telle était également ton intention – que tu emmenais l'infâme dans les collines pour te débarrasser de lui. Mais tu n'aspires qu'à le sauver : lui, le ravisseur de Léna ta fille ! Comment a-t-il corrompu ton cœur ? Tu m'interdis de l'éliminer ? Atiaran Trell-mie ! Léna est une enfant si douce que je pourrais pleurer de joie en la contemplant, et il l'a brisée sans son consentement. Réponds-moi : que nous importe encore notre serment ?

Le frémissement sauvage des ailes noires força Covenant à s'accroupir dans le ruisseau, les bras repliés au-dessus de la tête. Des images se succédaient dans son esprit – souvenirs de la léproserie et des médecins lui affirmant qu'il était inutile d'espérer, de son expédition en ville et de son accident. D'une voix horrifiée, il chuchota :

— C'est impossible. Ce n'est pas réel.

Lentement, Atiaran se redressa et écarta les bras, comme pour exposer sa poitrine à une lance tombée du ciel. La souffrance creusait ses traits ; ses yeux sombres, pareils à deux abîmes de chagrin, trahissaient son profond désespoir.

— Trell, aide-moi, souffla-t-elle. (Puis sa voix se raffermit et son angoisse parut se communiquer à l'air qui l'entourait.) Malheur ! Malheur aux enfants de ce monde ! Pourquoi le fardeau de la haine est-il si dur à porter ? Ah ! Léna ma fille ! Je comprends ce que tu as fait. C'est un acte courageux, digne de louanges. Je suis fière de toi. Pardonne-moi de ne pouvoir être à ton côté pour t'aider dans l'épreuve.

Au bout d'un moment, son regard s'attacha de nouveau au monde extérieur. Elle se redressa maladroitement et vacilla, avant de lâcher d'une voix rauque :

— Notre loyauté est due. Triock, je t'interdis de te venger.

— N'y aura-t-il pas de châtiment pour lui ? protesta-t-il.

— Un danger menace le Fief, répliqua Atiaran sur un ton tranchant. Les seigneurs se chargeront de le punir. Ils sauront quoi penser d'un étranger qui s'en prend aux innocents. (Puis la faiblesse revint à la charge.) Son sort ne dépend pas de nous. Triock, souviens-toi du serment que tu as prêté.

Croisant les bras sur sa poitrine, elle s'agrippa les épaules et enfonça ses doigts dans le motif brodé sur sa robe, comme pour contenir sa détresse.

Brisé, Triock se tourna vers Covenant.

— Je te connais, l'Incrédule, gronda-t-il. Nous nous reverrons.

Puis il se détourna et s'éloigna d'un pas rapide, accélérant jusqu'à ce que ses talons semblent écraser ses reproches sur le sol du défilé. En quelques secondes, il atteignit un éboulis le long de la pente ouest et disparut.

— Impossible, murmura Covenant. Les nerfs ne se régénèrent pas.

Mais ses doigts lui faisaient mal comme si quelqu'un les broyait dans un étau. Apparemment, les terminaisons nerveuses repoussaient bel et bien, dans le Fief. Covenant voulait hurler sa terreur de l'obscurité, mais paraissait avoir perdu tout contrôle sur ses cordes vocales et sur lui-même.

D'une voix rendue lointaine par la haine ou la pitié, Atiaran lança :

— Vous venez de dévaster mon cœur.

La gorge de Covenant se serra.

— Les nerfs ne régénèrent pas, bredouilla-t-il.

— Cela vous absout-il ? répliqua amèrement Atiaran. Cela justifie-t-il votre crime ?

— Mon crime ? répéta Covenant. (Le mot résonna comme le sifflement d'un couteau lancé à travers la nuée d'ailes noires.) *Mon crime ?*

Le sang coulait de ses coupures, comme chez un homme normal, mais le flux se tarissait peu à peu. Un frisson le parcourut.

— Je souffre ! se lamenta-t-il.

Son gémissement étranglé le fit sursauter et l'obscurité tourbillonnante parut battre en retraite. La douleur équivalait à un pont lancé au-dessus du gouffre de la maladie. Elle était réservée aux gens en bonne santé, dotés de nerfs indemnes. « Ce n'est pas réel. Ça ne peut pas être réel. Ça prouve bien que j'avais raison ; tout cela n'est qu'un rêve. »

Tout à coup, Covenant ressentit le besoin aigu de se mettre à pleurer. Mais il avait passé trop de temps à se discipliner, à apprendre à réprimer ses émotions. L'apitoiement était un luxe qu'un lépreux ne pouvait s'offrir. Saisi de tremblements, il plongea sa main atteinte dans le ruisseau.

— Que m'importe ce que vous endurez ? cracha Atiaran. Vous avez commis un acte méprisable, Thomas Covenant – violent et cruel, dénué d'engagement et de partage. Vous m'avez infligé une blessure que ni le sang ni le temps ne pourront guérir. Et Léna ma fille… Ah ! je prie pour que les seigneurs vous punissent !

L'eau était limpide. Les doigts de Covenant se mirent à le brûler et l'engourdissement gagna jusqu'à son poignet. De petites traînées rouges s'échappaient des entailles et se diluaient dans l'onde glaciale. Bientôt, le saignement cessa. Tandis que Covenant regardait ses plaies se nettoyer, son chagrin et sa peur se changèrent en colère. Parce que Atiaran était sa seule compagne, il grogna :

— Pourquoi devrais-je vous suivre ? Rien de toute cette histoire ne me concerne ; je me fiche de votre précieux Fief comme d'une guigne !

— Par les sept tabernacles ! (Le ton tranchant de la stèlagienne sembla sculpter les mots dans l'air.) Vous irez à Pierjoie, même si je dois vous y traîner de force.

Covenant leva sa main pour l'examiner. Le couteau de Triock l'avait entamée aussi proprement qu'une lame de rasoir ; les bords très nets des coupures ne retenaient aucune saleté. Mais le majeur et l'index étaient ouverts jusqu'à l'os, et un filet rose suintait toujours de leurs jointures.

Il se releva et, pour la première fois depuis que Triock l'avait attaqué, regarda Atiaran.

Elle se tenait à quelques pas de lui, les paumes pressées sur le cœur, comme si ses battements la faisaient souffrir. Elle le foudroyait du regard et une détermination sauvage se lisait sur ses traits. Covenant comprit qu'elle était prête à se battre contre lui, si nécessaire, mais que, d'une façon ou d'une autre, elle l'emmènerait à Pierjoie.

Elle ne réussit qu'à aggraver sa colère. Rageusement, il lui agita ses doigts sous le nez.

— J'ai besoin d'un pansement.

Elle le dévisagea comme si elle allait se jeter sur lui. Elle se ressaisit et ravala sa fierté. Se dirigeant vers son paquetage, elle l'ouvrit et en sortit un rouleau de tissu blanc dont elle déchira un morceau. Puis elle revint vers Covenant, lui saisit prudemment le poignet, examina la blessure et, hochant la tête d'un air satisfait, apposa le bandage.

— Je n'ai pas de glaise à cicatriser dans mon sac et je refuse de prendre du temps pour en chercher. La plaie a l'air propre et devrait bien cicatriser.

Quand elle eut terminé, elle retourna vers son ballot et le chargea sur son dos.

— Venez. Nous avons déjà assez traîné.

Sans prêter plus d'attention à Covenant, elle s'éloigna au fond du défilé.

Pendant un moment, le lépreux demeura immobile, concentré sur sa douleur. L'obscurité avait quelque peu diminué et il arrivait à regarder autour de lui sans paniquer. Pourtant, il avait toujours peur. Il rêvait de nerfs sains ; il n'avait pas senti qu'il était si près de l'effondrement. Tandis qu'il gisait quelque part, inconscient et impuissant, ses capacités de survie étaient mises à l'épreuve. Pour surmonter cette crise, il aurait besoin de toute la discipline et de toute l'intransigeance qu'il parviendrait à rassembler.

Mû par une brusque impulsion, il se baissa et saisit le couteau de Triock. Ses doigts glissèrent quand il tenta de l'arracher du sol à la verticale, mais en le secouant un peu, il parvint à le dégager. L'arme avait été taillée d'un bloc dans la pierre ; une lanière de cuir était nouée autour du manche pour assurer une meilleure prise et la lame semblait assez affûtée pour servir de rasoir. Covenant la testa sur son avant-bras gauche et constata qu'elle soulevait ses poils avec autant de facilité que si elle avait été lubrifiée.

Il la glissa à sa ceinture. Puis il ajusta son balluchon et suivit Atiaran.

9

Jehannum

Avant la fin de l'après-midi, Covenant s'abandonna aux pulsations hypnotiques de la douleur. Les bretelles de son ballot gênaient la circulation du sang dans ses bras, aggravant la sensation de brûlure de sa main ; ses chaussettes, trempées, lui donnaient des ampoules qu'il n'aurait pas dû sentir et qui lui enflammaient pourtant les orteils ; l'épuisement changeait ses muscles en plomb. Mais Atiaran continuait à avancer droit devant elle et il la suivait, comme si sa volonté l'y contraignait.

La fatigue brouillait sa vision ; petit à petit, il perdit toute notion de temps et de mouvement – toute notion de ce qui n'était pas le mal. Ce fut à peine s'il se rendit compte qu'il était en train de s'endormir et éprouva une surprise détachée, presque impersonnelle, quand son guide le réveilla en le secouant.

Il découvrit qu'il était allongé au fond du défilé et que la nuit tombait. Atiaran lui tendit un bol de soupe chaude. Hébété, il l'engloutit machinalement. Puis elle lui offrit une flasque de guinguet, qu'il vida d'un trait. Des doigts apaisants parurent irradier de son estomac pour caresser et détendre chacun de ses muscles à vif. Bientôt, il ne fut même plus capable de rester assis. Il cala son paquetage sous sa tête et s'allongea pour se rendormir. Avant que ses paupières se ferment, il nota qu'Atiaran, assise dans l'ombre du crépuscule, de l'autre côté du pot d'ignescentes, gardait le visage obstinément tourné vers le nord.

Le lendemain matin, elle le réveilla alors que les ténèbres s'évanouissaient dans le ciel, cédant la place à une aube fraîche et claire. Il se redressa péniblement et se frotta le visage. Un moment s'écoula avant qu'il prenne conscience de la sensibilité retrouvée de ses nerfs ; alors, il fléchit ses mains et les contempla comme s'il les voyait pour la première fois. Elles étaient vivantes.

Vivantes !

Il repoussa la couverture qui dissimulait ses jambes. Quand il remua les orteils dans ses bottes, la douleur émanant de ses ampoules apporta une réponse aiguë à sa question. Ses pieds étaient, eux aussi, réactifs. La nausée lui tordit l'estomac. Il poussa un grognement. « Combien de temps cela va-t-il durer ? » Il ne pensait pas pouvoir le supporter très longtemps.

Puis il se rappela qu'il n'avait pas de couverture quand il s'était couché, la veille. Atiaran avait dû la mettre sur lui. Frissonnant, il évita son regard et, d'une démarche raide, se traîna jusqu'au ruisseau pour se laver le visage. Où Atiaran trouvait-elle le courage de prendre soin de lui ? Tandis qu'il s'aspergeait les joues d'eau froide, il sentit qu'il avait à nouveau peur d'elle.

Pourtant, l'attitude de la stèlagienne n'avait rien de menaçant. Elle lui donna à manger, vérifia que son bandage tenait toujours et leva le camp comme s'il était un fardeau auquel elle s'était habituée. Seuls ses cernes et ses lèvres pincées trahissaient l'effort qu'elle faisait pour se contenir.

Quand elle fut prête à partir, Covenant procéda à une SVE soigneuse, puis chargea son ballot et la suivit – silhouette au dos raide, symbole d'exigence à laquelle il ne pouvait se dérober. Avant la fin de la journée, il la connaissait par cœur. Elle trahissait celle qui ne s'abaissait jamais au moindre compromis, n'admettait aucune contestation de son autorité et n'offrait pas la moindre commisération.

Les muscles de Covenant étaient aussi rigides que des os ; les crampes de ses épaules le forçaient à courber l'échine tel un bossu ; chaque lieue aggravait le mal de ses pieds et accentuait son boitillement. Pourtant, le dos de sa compagne l'entraînait comme un ultimatum : « Continue à avancer ou sombre dans la folie ; je ne t'offre pas d'autre alternative », semblait-il lui dire. Il ne pouvait pas lui désobéir. Atiaran fendait l'air telle une figure de proue et il la suivait comme si elle détenait la clé de son existence.

En fin de matinée, ils atteignirent l'extrémité du goulet et se retrouvèrent sur le flanc d'une colline. Les plaines du Sud s'étendaient sur leur gauche et le ruisseau poursuivait sa route vers la Mithil. Atiaran et Covenant se frayèrent un chemin le long de pistes rudimentaires et à travers les pâturages.

À l'ouest, la prairie se hérissait de fougères auxquelles le soleil conférait des reflets pourpres. À l'est, les coteaux ondulaient paisiblement, culminant quelques centaines de pieds au-dessus d'eux. Bruyères et larges bandes d'agropyrum y alternaient. Des fleurs sauvages poussaient autour d'acacias touffus et de bosquets de feuillus – chênes, sycomores, ormes et érables aux feuilles dorées, qu'Atiaran appelait « vermeils ». Les couleurs de la végétation et l'azur du ciel vibraient de l'énergie trépidante du printemps, cette résurrection exubérante du monde. Mais Covenant n'avait pas la force de les admirer. Il était aveugle et sourd d'épuisement, de douleur et d'incompréhension. Comme un pénitent, il continua à se traîner tout l'après-midi derrière Atiaran.

Enfin, la journée s'acheva. Il couvrit la dernière lieue d'un pas gourd et chancelant. Lorsque Atiaran s'arrêta et déposa son paquetage sur le sol, il s'écroula dans l'herbe, tel un arbre abattu. Ses muscles surmenés étaient secoués de frissons et il n'arrivait pas à les faire tenir tranquilles. Incapable de se détendre, il aida sa compagne en sortant les couvertures pendant qu'elle préparait leur dîner. Tandis qu'ils se restauraient, le soleil se coucha de l'autre côté des plaines, nimbant le paysage d'ombres lavande. Quand les étoiles apparurent dans le ciel, Covenant s'allongea sur le dos pour les observer et le guinguet qu'il avait bu apaisa enfin les tremblements qui l'agitaient.

Il finit par s'endormir, mais son sommeil fut troublé. Il rêva qu'il progressait péniblement dans un désert, tandis qu'une voix sardonique l'invitait à savourer la fraîcheur de l'herbe. La scène obsédante se répéta jusqu'à ce qu'il ait l'impression de déborder de colère. Quand l'aube le réveilla, il l'accueillit comme un affront à sa santé mentale.

Il s'aperçut que ses pieds s'endurcissaient déjà et que sa main blessée était presque guérie. La douleur s'estompait, mais ses nerfs étaient toujours aussi vivants. Il sentait le bout de ses chaussettes contre ses orteils et le souffle de la brise sur ses doigts. L'acuité de ces inexplicables sensations attisa sa fureur. C'étaient des preuves d'une vitalité à laquelle il lui avait fallu de longs mois pour renoncer, et leurs implications terrifiantes le submergeaient. Elles semblaient nier la réalité de sa maladie.

Mais c'était impossible. « C'est l'un ou l'autre, pensa-t-il rageusement. Pas les deux. Ou je suis lépreux, ou je ne le suis pas. Ou Joan m'a quitté, ou elle n'a jamais existé. Il n'y a pas de solution intermédiaire. » Avec un effort qui le fit grincer des dents, il se répéta : « Je suis lépreux. Je suis en train de rêver. C'est un fait. »

L'alternative lui était insupportable. S'il n'était pas dans le réel, il avait une chance de conserver la raison et de survivre. Mais si le Fief était vrai, alors, la disparition de la lèpre était un songe et il était déjà irrémédiablement fou. Tout valait mieux que ça. Il préférait lutter pour sa santé mentale plutôt que de croire à sa santé physique, inexplicable.

Lieue après lieue, il s'acharna sur ces pensées tel un chien rongeant un os, mais chaque argument le ramenait au point de départ. Le mystère de sa maladie était le seul qu'il pouvait tolérer, accepter comme un fait. Il déterminait sa réaction et le faisait avancer sur les talons d'Atiaran.

Cependant, son dilemme lui fut bénéfique sur un point. Sa présence et sa tangibilité érigeaient un mur entre lui et les craintes qui l'avaient assailli jusqu'alors. Elles maintenaient à distance certains souvenirs de violence et de sang. Et, sans la honte pour aiguillon, la colère demeurait gérable, discrète. Elle ne le poussait pas à se rebeller contre l'infaillible détermination d'Atiaran.

Durant toute cette troisième journée, la silhouette de cette dernière continua d'exercer son emprise sur lui, bien qu'il fût récalcitrant et eût l'esprit en ébullition. Elle lui fit escalader et descendre des collines, traverser des vallées et contourner des bosquets. En début d'après-midi, elle se figea brusquement et se tourna de-ci de-là, comme si un cri avait retenti dans le lointain. Cette manifestation d'anxiété étonna Covenant. Avant qu'il puisse demander ce qui se passait, elle redémarra bille en tête.

Un peu plus tard, Atiaran s'immobilisa de nouveau. Cette fois, Covenant vit qu'elle reniflait, comme si la brise lui apportait quelque odeur maléfique et ténue. Il huma l'air à son tour, mais ne sentit rien.

— Q'y a-t-il ? Sommes-nous encore suivis ?

Atiaran ne lui accorda pas même un regard.

— Si seulement Trell était là, murmura-t-elle. Peut-être saurait-il pourquoi le Fief est si troublé.

Sans autre explication, elle repartit en direction du nord.

Ce soir-là, elle fit halte plus tôt que d'habitude. En fin d'après-midi, Covenant remarqua qu'elle cherchait un signe dans l'herbe et dans les arbres. Mais elle ne lui fournit pas d'explication ; aussi dut-il se contenter de la suivre et d'observer. Soudain, elle vira vers la droite et s'engagea dans un vallon encaissé entre deux collines. Tous deux longèrent son flanc ouest pour éviter le tapis de ronces qui en recouvrait le fond. Quelques centaines de pieds plus loin, ils atteignirent un gros bosquet. Atiaran fit mine de le contourner, puis disparut à l'intérieur sans crier gare.

Surpris, Covenant pressa le pas. À l'endroit où la végétation avait englouti son guide, il avisa un chemin si étroit qu'il fut forcé de l'emprunter de profil. Au bout d'une trentaine de pieds, il déboucha sur une clairière rectangulaire, pareille à une salle découpée au milieu des bois. La lumière du soleil filtrait à travers le feuillage des jeunes arbres, qui poussaient tout près les uns des autres. Une brise légère les agitait, et leurs branches entremêlées formaient un toit solide.

L'endroit était assez vaste pour accueillir trois ou quatre personnes. Des monticules couverts d'herbe, qui faisaient vaguement penser à des lits, le garnissaient. Un arbre mort se dressait dans un coin ; les étagères qui y avaient été taillées supportaient une multitude de récipients de pierre ou de bois. Il se dégageait de l'ensemble une atmosphère douillette et accueillante.

Tandis que Covenant regardait autour de lui, Atiaran déposa son paquetage sur une des couches végétales et annonça sèchement :

— C'est un gîte. (Voyant l'expression interrogatrice de son compagnon, elle précisa :) Un lieu où les voyageurs peuvent boire, manger et se reposer.

Puis elle entreprit d'inspecter le contenu des pots laissés sur place, forçant Covenant à garder ses questions pour lui jusqu'à ce qu'elle en ait terminé. Mais pendant qu'elle fourrait des provisions dans son sac et préparait leur repas, il comprit qu'elle faisait en sorte de se rendre indisponible, et il n'était pas d'humeur à rester dans l'ignorance. Aussi, dès qu'elle eut fini de dîner et se fut installée pour la nuit, il lui demanda le plus gentiment possible :

— Dites-m'en davantage sur cet endroit. Ça pourra peut-être m'être utile, plus tard.

Atiaran avait tourné la tête de l'autre côté pour ne pas le voir. Pendant un moment, elle resta silencieuse dans l'obscurité grandissante, comme si elle rassemblait son courage. Enfin, elle soupira.

— Allez-y, interrogez-moi.

Agacé par ce délai, Covenant entra directement dans le vif du sujet.

— Y a-t-il beaucoup de places comme celle-là ?

— Des tas, un peu partout dans le Fief.

— Pourquoi ? Qui les a créées ?

— C'était une idée des seigneurs. Ils habitent à Pierjoie, mais leur peuple est éparpillé à travers le Fief et ils voulaient lui donner le moyen de voyager plus facilement, pour qu'il puisse venir jusqu'à eux ou entretenir des contacts en son sein.

— Qui s'occupe de l'entretien et reconstitue les réserves de nourriture ?

Atiaran soupira de nouveau, comme s'il lui en coûtait de répondre. À présent, la nuit était tombée, et Covenant ne distinguait plus que l'ombre de son interlocutrice.

— Parmi les rejetons des démondims qui survécurent à la Désolation, certains étaient reconnaissants envers Loric Vilmotu, expliqua-t-elle sur un ton las. Ils se retournèrent contre les ur-vils et demandèrent aux seigneurs de leur confier une mission pour expier les péchés de leurs semblables. Ces repentis s'occupent des gîtes, aident les arbres à pousser et s'assurent qu'il y ait toujours des vivres en abondance. Mais le lien qui unit ces créatures aux humains est fragile et vous ne les verrez jamais. Ce n'est pas par amour pour nous qu'elles servent la Terre. Elles s'efforcent juste de se racheter.

Malgré son irritation, Covenant sentait le sommeil le gagner. Il posa quand même une dernière question.

— Comment avez-vous trouvé ce lieu ? Existe-t-il une carte ?

— Non. Ces emplacements sont une bénédiction, un gage de la santé et de l'hospitalité du Fief. Les voyageurs les croisent là où ils ont besoin d'eux. Les repentis laissent des signes aux alentours.

Dans la voix d'Atiaran, Covenant crut entendre une note d'approbation qui contrastait avec sa répugnance. Cela lui rappela les conflits perpétuels qui semblaient la tourmenter : la conviction de sa faiblesse face aux besoins impérieux du Fief, ou son désir de le préserver et de le punir tout à la fois. Bientôt, il oublia ces considérations et, enveloppé par l'odeur de l'herbe fraîchement coupée, s'assoupit aisément.

Le lendemain, le temps avait changé. Une aube maussade se leva sous le couvert de gros nuages pansus, qu'un vent violent poussait devant lui depuis le nord. Covenant l'accueillit avec un froncement de sourcils. Il se réveilla avant qu'Atiaran le secoue. Bien qu'il ait dormi d'un profond sommeil, il se sentait aussi fatigué que s'il avait passé la nuit à s'invectiver.

Tandis que sa compagne préparait le petit déjeuner, il sortit le couteau de Triock, puis fouilla les étagères, où il découvrit une cuvette et un petit miroir. En revanche, il ne dénicha pas de savon – les repentis devaient, eux aussi, utiliser du sable fin pour leur toilette. Aussi se prépara-t-il à se raser à sec. L'arme de Triock était lourde dans sa main amputée et malhabile et il ne put se défendre contre la vision d'une plaie béante en travers de sa gorge.

Pour se donner du courage, il s'étudia dans le miroir. Ses cheveux étaient ébouriffés et, avec sa barbe de quatre jours, il ressemblait à un prophète hagard. Ses lèvres minces et pincées lui faisaient penser à la bouche d'un oracle, et ses yeux hantés étaient pleins de salissures. Il ne lui manquait qu'une touche de démence pour compléter le portrait.

— Mais ça viendra sûrement, marmonna-t-il en portant la lame à sa joue.

À sa grande surprise, elle glissa presque toute seule sur sa peau et trancha les poils à ras du premier coup. Il ne lui fallut que quelques minutes pour retrouver une apparence présentable sans se couper une seule fois. Adressant un hochement de tête sardonique à son reflet, il rangea le rasoir improvisé dans ses affaires et commença à manger.

Bientôt, Atiaran et lui furent prêts à démarrer. Elle lui fit signe de passer devant. Quelques enjambées plus loin, il s'arrêta pour regarder ce qu'elle faisait. En sortant de la chambre végétale, elle leva la tête vers le plafond et dit tout bas :

— Nous sommes reconnaissants pour l'hospitalité de ce gîte. C'est un cadeau qui nous honore et, en l'acceptant, nous célébrons celui qui nous l'a fait. Nous partons en paix.

Puis elle rejoignit Covenant.

Quand ils atteignirent le vallon, des nuages noirs le surplombaient. Atiaran leur jeta un coup d'œil inquiet et renifla. La pluie, imminente, semblait la préoccuper. Sa réaction mit Covenant mal à l'aise. Tandis qu'elle s'éloignait en direction du chemin abandonné la veille, il accéléra pour la rattraper.

— Que se passe-t-il ?

— Le mal approche, lui lança-t-elle par-dessus son épaule. Ne le sentez-vous pas ? Le Fief est troublé.

— Quel est le problème ? insista Covenant.

— Je l'ignore, murmura Atiaran, si bas qu'il l'entendit à peine. Il y a une ombre dans l'air. Et cette pluie…

— Qu'a-t-elle de si incongru ? N'en avez-vous pas, au printemps ?

— Pas en provenance du nord. D'habitude, elle vient du sud-ouest. Mais celle-ci arrive droit de Gravin Threndor. Le lémure qui s'est emparé du Bâton est en train de tester ses pouvoirs, j'en suis certaine. Nous arrivons trop tard.

La stèlagienne se raidit face au vent et Covenant continua à avancer derrière elle. Comme les premières gouttes s'abattaient sur son front, il demanda :

— Ce Bâton contrôle-t-il vraiment le temps ?

— Les vénérables ne l'utilisaient pas dans ce but ; ils n'avaient aucun désir de perturber l'équilibre naturel du Fief. Mais qui sait ce qu'un tel pouvoir est capable d'accomplir ?

Puis la tempête se déchaîna. Un souffle violent poussait le grain vers le sud, comme si le ciel voulait fouetter les créatures sans défense qui peuplaient le Fief. Bientôt, sa férocité se déverserait sur les collines. Des bourrasques courbaient les arbres, déchiquetaient les buissons et aplatissaient l'herbe. Des éclairs plus aveuglants que le jour plongeaient la terre dans une nuit surnaturelle.

En l'espace de quelques secondes, Atiaran et Covenant se retrouvèrent trempés jusqu'aux os, grelottant sous le déluge. Ils maintenaient le cap en affrontant la sombre fureur des éléments, mais ne voyaient plus rien de ce qui les entourait. Ils dévalaient des pentes boueuses, pataugeaient dans des torrents en crue, titubaient à travers des fourrés dégoulinants. La bourrasque contre laquelle ils luttaient ressemblait à un flot tumultueux vomi par l'abysse.

Pourtant, la détermination d'Atiaran ne flanchait pas et la peur de la perdre forçait Covenant à rester sur ses talons. Mais il se fatiguait rapidement. Au prix d'un effort qui lui comprima la poitrine, il la rattrapa, la saisit par l'épaule et lui hurla dans l'oreille :

— Nous devons nous arrêter !

— Pas question ! protesta Atiaran. Il est déjà trop tard !

Le mugissement de l'air couvrit presque sa voix. Elle fit mine de se dégager et Covenant la tint un peu plus fort pour l'en empêcher.

— Nous n'avons pas le choix ! Nous allons nous tuer !

La pluie le cinglait brutalement ; un instant, il faillit lâcher prise. Il passa son autre bras autour d'Atiaran et la força à tourner son visage ruisselant vers lui.

— Il faut nous abriter !

Atiaran avait une expression de noyée.

— Jamais ! Nous n'avons pas le temps !

Elle le repoussa de toutes ses forces et le fit tomber. Avant qu'il puisse se relever, elle lui prit la main droite et le traîna derrière elle sur l'herbe. Son désespoir la rendait si vigoureuse que Covenant parcourut une certaine distance avant de réussir à ramener ses pieds sous lui. Comme il enfonçait ses talons dans le sol, les doigts d'Atiaran glissèrent sur sa main et son élan l'emporta loin de lui.

— Par l'enfer, s'exclama-t-il, nous allons nous arrêter, que ça vous plaise ou non !

Il voulut se jeter sur elle, mais elle l'esquiva et s'éloigna en chancelant, ballottée par la tempête.

Il s'élança à sa suite, mais une force insensée galvanisait Atiaran et, bientôt, il commença à perdre du terrain. Il avait l'impression d'essayer de courir sur une lame de fond en train de se briser.

Soudain, sa cheville céda sous lui et il dévala la colline à plat ventre. Quand il leva les yeux, la tourmente avait englouti Atiaran, comme pour la protéger contre la terreur qu'il lui inspirait, lui épargner un nouveau contact physique avec lui.

Il se mit debout en vacillant et brandit le poing.

— Par les feux de l'enfer ! rugit-il, le visage levé vers les nuages. Vous ne pouvez pas me faire ça !

À l'instant où sa fureur atteignait son comble, il y eut une explosion blanche tout près de lui. Il sentit qu'un éclair venait de frapper sa main gauche.

La déflagration le projeta un peu plus haut sur le flanc de la colline. Pendant un temps infini, il resta allongé là où il s'était écrasé. À demi assommé, il n'avait conscience que d'une chose : la douleur brûlante dans sa paume. Son alliance semblait être en feu. Mais quand il eut suffisamment recouvré ses esprits pour s'examiner, il ne vit aucune marque sur ses doigts et le mal se dissipa tandis qu'il en cherchait la source.

Secouant la tête, il s'assit. Autour de lui, il n'y avait pas le moindre signe de l'incident. Il sentait vaguement que quelque chose avait changé, mais sa confusion était telle qu'il ne pouvait le définir.

Il se leva péniblement et promena un regard à la ronde. Non loin de là, Atiaran gisait sur le dos. Malgré son étourdissement, il tituba jusqu'à elle. Elle ne semblait pas blessée. Elle le fixa et demanda sur un ton émerveillé :

— Qu'avez-vous fait ?

Le son de sa voix aida Covenant à focaliser son attention.

— Moi ? parvint-il à articuler. Je ne... Rien du tout.

Atiaran se redressa. Debout face à lui, elle l'étudia d'un air grave.

— Quelque chose nous a aidés, affirma-t-elle. Voyez, la tempête retombe et le vent a tourné ; maintenant, il souffle dans le bon sens. Gravin Threndor ne menace plus le Fief. Si ce n'est pas grâce à vous, l'Incrédule, vous devriez remercier la terre.

— Évidemment que ce n'est pas grâce à moi, murmura Covenant sans aucune agressivité. Je ne contrôle pas les éléments.

Il était surpris de n'avoir pas remarqué lui-même le changement météorologique. Mais Atiaran avait dit vrai. La bourrasque avait considérablement faibli et la pluie avait perdu sa force initiale ; à présent, il s'agissait d'une ondée printanière ordinaire.

Covenant secoua la tête. Il se sentait étrangement incapable de comprendre ce qui lui arrivait. Mais lorsque Atiaran lui demanda s'ils pouvaient se remettre en route, il perçut une note de respect involontaire dans sa voix. Malgré ses dénégations, elle croyait qu'il était responsable du revirement du temps.

— Bien sûr, allons-y, marmonna-t-il.

Il lui emboîta le pas à nouveau.

Pendant le reste de la journée, ils progressèrent sous les gouttes. L'hébétude de Covenant persistait ; l'humidité et le froid le pénétraient. Trempé et glacé jusqu'à la moelle, il avançait mécaniquement, sans remarquer le temps qui s'écoulait ni rien de ce qui l'entourait. À la tombée de la nuit, il s'était suffisamment ressaisi pour se réjouir lorsque Atiaran découvrit un gîte et il inspecta soigneusement son corps pendant que ses vêtements séchaient près des ignescentes. Il ne saisissait toujours pas ce qui s'était passé et ne pouvait se défendre contre la curieuse impression que la force qui avait altéré la violence de la tempête avait également atteint quelque chose en lui.

Le lendemain matin, le soleil se leva sur une journée claire et radieuse. Atiaran et lui quittèrent leur retraite à l'aube. Après l'éprouvante progression de la veille, Covenant avait une conscience aiguë de la fraîcheur de l'air, du scintillement de la rosée dans l'herbe, du vert brillant des fougères et du goût délicieux des *aliantha*. La beauté du Fief le frappait comme jamais encore auparavant. Sa vitalité lui paraissait presque tangible. Il lui semblait voir le printemps s'épanouir à l'intérieur des arbres et des plantes, discerner l'excitation dans le chant des oiseaux, humer la tendreté des bourgeons.

Soudain, Atiaran s'arrêta et regarda autour d'elle. Une grimace de dégoût et d'inquiétude figea ses traits tandis qu'elle reniflait la brise. Elle tourna lentement la tête, comme si elle tentait de localiser la source d'une menace.

Covenant l'imita et un frisson le parcourut. Il sentait quelque chose de malsain dans l'atmosphère. Cela ne provenait pas de leur voisinage immédiat, mais se tapissait derrière les odeurs naturelles de la terre et de la végétation, comme une infection lointaine. Il comprit instinctivement que c'était la pestilence de la maladie – celle d'une corruption préméditée.

L'instant d'après, le vent changea de direction et la puanteur diffuse s'évanouit. Mais elle avait affûté les perceptions de Covenant. Il voulut en profiter pour disséquer le changement qui s'était opéré en lui. D'une façon qu'il ne s'expliquait pas, ses sens avaient acquis une nouvelle dimension. Il regarda l'herbe, aspira sa fraîcheur et *vit* sa vigueur. Tournant son attention vers un buisson d'*aliantha*, il reçut une impression de puissance qui le confondit.

Ses pensées regimbèrent et tâtonnèrent. Soudain, une image de *santé* se cristallisa dans sa tête. Il distinguait l'énergie de tout ce qui l'entourait, vibrante et palpable, comme si l'esprit du Fief s'était incarné – ou comme s'il venait, sans s'en rendre compte, de franchir un seuil et de pénétrer dans un univers différent. Même Atiaran, qui l'observait d'un air étonné, était manifestement saine et robuste malgré le doute, les regrets et la douleur qui tourmentaient son existence.

« Par l'enfer, songea Covenant. Ma maladie est-elle si évidente pour elle ? Et si c'est le cas, pourquoi ne comprend-elle pas… ? » Il se déroba à son regard, cherchant un moyen de tester sa vision et celle de la stèlagienne. Au sommet d'une colline, il repéra un vermeil qui lui parut bizarre : il semblait normal et vigoureux, pourtant, il émanait de lui une impression de pourriture intérieure, de détresse, que Covenant pouvait percevoir. Il le désigna et demanda à Atiaran ce qu'elle voyait.

— Je ne suis pas une *lillianrill*, répondit-elle sobrement, mais je remarque que cet arbre est mourant. Un fléau a frappé son cœur. N'aviez-vous jamais perçu ce genre de choses auparavant ?

Covenant secoua la tête.

— Alors, comment vit le monde d'où vous venez ? s'étonna Atiaran.

Elle semblait consternée par l'idée d'un endroit où la santé était invisible.

Pour toute réponse, Covenant haussa les épaules. Il voulait la mettre au défi, l'interroger sur ce qu'elle décelait en lui. Puis il se souvint de ce qu'elle lui avait dit. « Vous m'êtes fermé. » À présent, il comprenait ses propos, ce qui lui procura un intense soulagement. L'intimité de son mal restait intacte, inviolée.

Il fit signe à Atiaran qu'ils pouvaient se remettre en route et avança avec plaisir. Pendant un long moment, il s'abîma dans la contemplation des effets du printemps.

Petit à petit, alors que la journée avançait et que la lumière baissait à l'approche de la nuit, il s'habitua à repérer la vie derrière les couleurs et les formes qui s'offraient à ses yeux. Par deux fois, ses narines captèrent l'odeur infecte et fuyante, mais il ne la sentit nulle part dans la crique près de laquelle Atiaran dressa leur camp et pensa qu'il dormirait paisiblement.

Pourtant son doux rêve de beauté se transforma en cauchemar, d'où des esprits s'échappèrent de leur corps, révélant leur hideur, leur corruption et leur mépris. Il fut ravi de se réveiller et, même, de prendre le risque de se raser sans l'aide d'un miroir.

Le sixième jour, le relent se fit plus persistant et s'intensifia tandis que les voyageurs cheminaient vers le nord en longeant les collines. En milieu de matinée, une brève averse printanière trempa leurs vêtements sans réussir à dissiper les remugles qui planaient dans l'air. Cette pestilence mettait Covenant mal à l'aise, exacerbant son anxiété et lui donnant l'impression qu'une lame glaciale s'apprêtait à lui transpercer le cœur. Pourtant, il ne parvenait toujours pas à la localiser ni à l'identifier. Elle se dissimulait derrière la fraîcheur de l'herbe, le parfum piquant des fougères et l'arôme acide de l'*aliantha*, comme la fétidité d'un corps en décomposition à la limite de la portée de son odorat.

Quand il ne supporta plus de l'endurer en silence, il pressa le pas pour rattraper Atiaran et lui demanda :

— Vous sentez cette puanteur ?

Sans même le regarder, elle répondit sur un ton funeste :

— Oui, l'Incrédule. Et je la comprends.

— Que signifie-t-elle ?

— Que nous nous dirigeons vers un grand péril. Ne le soupçonniez-vous pas ?

« Par les feux de l'enfer ! » jura Covenant en son for intérieur. Puis il reformula sa question :

— Mais d'où vient-elle ? Quelle est sa source ?

— Comment pourrais-je le savoir ? répliqua Atiaran. Je ne suis pas devin.

Au prix d'un gros effort, Covenant se retint d'exploser.

— Alors, qu'est-ce exactement ?

— Le signe du meurtre, lâcha sèchement Atiaran.

Et elle allongea le pas pour s'éloigner de lui. « Ne me demandez pas d'oublier », semblait dire son dos, aussi Covenant dut-il se contenter de la suivre en fulminant, tandis que la lame glaciale approchait de son cœur.

En milieu d'après-midi, il réalisa que son malaise croissait à chaque pas. Il balayait les collines du regard, comme s'il s'attendait à découvrir la source de l'infection d'un instant à l'autre. Ses sinus en étaient tellement imprégnés qu'ils lui faisaient mal. Mais il n'y avait autour de lui rien qu'il puisse percevoir, à l'exception d'Atiaran, qui évoluait dans les creux et sur les bosses du terrain, des arbres, des fourrés et des fleurs éclatants de vie. La menace obscure et poignante s'intensifiait dans l'air et il avait le pressentiment que sa cause justifierait bien des lamentations.

Pendant plusieurs heures, l'inexprimable sensation continua à augmenter sans la moindre explication. Soudain, un changement dans la tension du dos d'Atiaran avertit Covenant de se préparer au pire avant même qu'elle lui intime l'ordre de s'arrêter. Elle venait de contourner un coteau et de découvrir la vallée qui s'étendait au-delà. Un instant, elle demeura figée, ramassée sur elle-même comme si elle voulait s'enfuir. Puis elle dévala la pente.

Covenant bondit. En trois enjambées, il atteignit l'endroit où elle s'était immobilisée. En contrebas, au fond de la combe, se dressait un bosquet pareil à un îlot au milieu d'un océan de verdure. Il ne vit rien de spécial, mais son odorat le lancinait et Atiaran fonçait droit vers le boqueteau. Il s'élança à sa suite.

Arrivée à la lisière des arbres, Atiaran ralentit. En frissonnant, elle regardait autour d'elle avec une expression de terreur et de haine mêlées, comme si elle ne trouvait pas le courage d'entrer sous le couvert végétal. Tout à coup, elle sursauta et s'exclama :

— Repenti ? *Melenkurion !* Ah ! par les sept tabernacles, quel crime !

Lorsque Covenant la rejoignit, elle fixait un point droit devant elle. Ses deux mains étaient plaquées sur sa bouche grande ouverte en un cri silencieux et ses épaules tremblaient.

Un sentier étroit s'ouvrait dans la verdure. Impulsivement, Covenant s'y engagea. Cinq pas plus loin, il se retrouva dans une clairière semblable à celles dans lesquelles il avait déjà dormi – à ceci près qu'elle était éclaboussée de sang et qu'une silhouette gisait en son centre. Il sursauta en constatant qu'il s'agissait d'une créature non humaine.

Elle avait une forme humanoïde, mais son torse était démesurément long et ses membres courts, d'une longueur identique, indiquaient qu'elle pouvait se déplacer debout ou à quatre pattes. En revanche, son visage ne ressemblait à rien que Covenant eût déjà contemplé. Un cou long et flexible reliait sa tête chauve au reste de son corps. Deux oreilles pointues étaient perchées très haut de chaque côté de son crâne. Sa bouche mince se réduisait à une fente. Deux narines béantes, entourées par une épaisse membrane de chair, occupaient le centre de son visage. Et c'était tout. Elle n'avait pas d'yeux.

Une lance métallique lui traversait la poitrine, la clouant au sol.

Le gîte empestait la violence ; au bout de quelques instants, Covenant commença à suffoquer. Il voulut s'enfuir. Du fait de sa maladie, il devait se méfier même des choses mortes. Mais il se força à rester le temps d'analyser une étrange impression. En découvrant la victime, il avait d'abord pensé que le Fief était débarrassé d'un monstre répugnant. Ses yeux et son nez ne tardèrent pas à le détromper. Le mal qui assaillait ses perceptions était dû au crime, non à la proie assassinée. De son vivant, elle avait été naturelle et légitime – une partie intégrante de la vie du Fief.

Pris d'un haut-le-cœur, Covenant se détourna et ressortit en courant. En émergeant dans la lumière du soleil, il vit qu'Atiaran s'éloignait en direction du nord. Déjà, elle avait presque atteint l'extrémité de la vallée. Il n'eut pas besoin qu'elle lui crie de se dépêcher ; tout son être n'aspirait qu'à mettre le plus de distance possible entre lui et le lieu profané. Il s'élança comme si des mâchoires pleines de crocs claquaient sur ses talons.

Pendant le reste de la journée, les lieues qui défilaient sous ses pieds lui procurèrent un certain soulagement. L'odeur malsaine s'émoussa peu à peu, sans s'évanouir complètement. Quand la fatigue et l'obscurité obligèrent les voyageurs à faire halte pour la nuit, Covenant eut la certitude qu'un péril les attendait encore sur la route – le meurtrier du repenti les précédait. Sa compagne devait être du même avis, car elle lui demanda s'il savait se servir de son couteau.

Comme le sommeil le fuyait, il se força à suggérer :

— N'aurions-nous pas dû… l'enterrer ?

— Ses semblables n'auraient pas apprécié notre intervention, répondit Atiaran depuis sa couche, de l'autre côté de la sourde lueur des ignescentes. Ils s'occuperont de lui. Mais je crains qu'à cause de ce crime, ils ne rompent leur lien avec les seigneurs.

Cette perspective inspira à Covenant une peur inexplicable et, pendant la moitié de la nuit, il demeura les yeux grands ouverts sous l'éclat moqueur des étoiles.

Le lendemain, ils durent se contenter de maigres rations. Atiaran avait prévu de reconstituer leurs réserves au gîte ; il ne leur restait plus de guinguet, et très peu de pain ou d'autres provisions. Les buissons d'*aliantha* qui poussaient en abondance au bord du chemin leur épargneraient la faim, mais ils partirent sans avoir rien avalé de chaud pour se réconforter après la froideur de la nuit. Et le fait de voyager dans la même direction qu'un assassin n'était pas pour les tranquilliser.

Covenant se mit en route d'un pas furieux, comme si le meurtre avait été perpétré à son intention. Pour la première fois depuis son départ du stèlage, il s'autorisa à penser à Sialon Larvae et au seigneur Turpide. Il savait chacun d'eux capable de tuer gratuitement un repenti. Et le Rogue, à tout le moins, saurait le localiser.

Pourtant, la journée se déroula sans incident. Le malaise diffus qui planait dans l'air ne s'amplifia pas et l'*aliantha* continua à abonder. Au fil des lieues, la colère de Covenant s'estompa. Il se perdit dans la contemplation de la vie qui l'entourait, observa avec un émerveillement sans cesse renouvelé les chênes majestueux, les ormes dignes, les vermeils chatoyants, les mimosas au fin filigrane, les acacias vigoureux et les collines usées aux paisibles contours, pareilles à des têtes ensommeillées posées sur l'oreiller des plaines. Cela aiguisa sa perception du Fief, de sa sève ardente et de ses pierres immobiles. Par contraste, les exhalaisons de pourriture semblaient à la fois insignifiantes – à côté de la fécondité du paysage – et viles, comme un acte de cruauté commis envers un enfant.

Le matin suivant, Atiaran infléchit la trajectoire, virant vers l'est et entraînant Covenant au cœur des coteaux. Ils empruntèrent une piste sinueuse qui louvoyait dans les vallées, mais conservait toujours plus ou moins la direction du nord. Quand le soleil fut assez bas pour plonger les pentes dans l'ombre, sur leur droite, ils arrivèrent en vue de la Haute Sylve.

Leur approche donna à Covenant tout le temps nécessaire pour contempler le village niché dans un arbre, de l'autre côté d'une vaste clairière. Il estima que l'arbre devait mesurer près de quatre cents pieds de haut sur une trentaine de diamètre à la base. Sur les cinquante premiers, le tronc était nu ; puis d'énormes branches en jaillissaient à l'horizontale, formant un demi-ovale surmonté par une pointe aplatie. Le feuillage était si dense qu'il dissimulait la plupart des habitations, mais Covenant aperçut quelques échelles reliant les ramifications entre elles et des masses sombres trop grosses pour être de vulgaires nœuds.

— Voici la Haute Sylve, annonça Atiaran : un foyer pour le peuple du *lillianrill*, comme Mithil-Stèlage pour celui du *rhadhamaerl*. J'y suis déjà passée une fois, alors que je revenais de la Loge. Même si je ne comprends pas la tradition du bois des sylvestres, ceux-ci sont des gens accueillants. Ils nous donneront un endroit où dormir, de la nourriture – et peut-être nous offriront-ils leur aide. On dit toujours

« Adressez-vous aux *rhadhamaerl* si vous cherchez la vérité et aux *lillianrill* si vous avez besoin de conseils. » Or, c'est mon cas en ce moment. Venez.

Elle traversa la clairière et se dirigea vers le pied de l'arbre gigantesque. En le contournant, Covenant et elle découvrirent une ouverture naturelle peu profonde et juste assez large pour abriter un escalier en colimaçon dans l'écorce rugueuse. Au-dessus de la première grosse branche, plusieurs échelles montaient en diagonale. Covenant frissonna. Depuis l'épreuve qu'il avait subie sur l'observatoire de Kevin, il avait presque oublié son vertige. À présent, celui-ci revenait à la charge, l'empêchant de tenter toute escalade.

Mais apparemment, cette peine allait lui être épargnée. L'accès dans le tronc était barré par un lourd portail de bois et il n'y avait personne pour l'ouvrir. En fait, l'endroit semblait beaucoup trop calme pour un village humain. La nuit tombait, mais aucune lumière ne trouait la pénombre, aucune voix ne brisait le silence. Covenant jeta un coup d'œil à Atiaran, qui affichait une mine perplexe.

— Ça ne me plaît pas, Thomas Covenant. Lors de mon dernier passage, il y avait des enfants dans la clairière, des adultes sur les marches, et pas de porte pour maintenir les visiteurs à distance. Quelque chose cloche. Pourtant, je ne perçois pas de mal ici – pas plus que n'importe où ailleurs le long de notre chemin. (Reculant, elle leva la tête et appela :) Salut à vous, habitants de la Haute Sylve ! Nous sommes des voyageurs, des gens du Fief ! Notre route est longue et notre avenir sombre. Que vous est-il arrivé ? (Ne recevant pas de réponse, elle poursuivit sur un ton exaspéré :) Je suis déjà venue ici ! À l'époque, on affirmait que l'hospitalité des sylvestres était sans égale ! Est-ce ainsi que vous témoignez votre amitié au Fief ?

Soudain, ils entendirent une succession de légers bruits de chute derrière eux. Pivotant, ils se retrouvèrent encerclés par sept ou huit hommes et reculèrent instinctivement. Les autres approchèrent sans les quitter des yeux.

— La notion d'amitié évolue avec le temps, affirma l'un d'eux, qui tenait une torche dans sa main libre. Nous avons vu les ténèbres et entendu de funestes augures. Nous n'accueillons plus n'importe qui.

Covenant détailla les sylvestres. Ils étaient grands, minces et athlétiques, avec les cheveux et les yeux clairs. Ils portaient une cape dans les tons verts ou bruns, qui leur moulait les membres comme pour leur éviter de s'accrocher aux branches, et brandissaient une dague de bois poli, qui luisait faiblement dans la lumière des flammes.

Covenant ne savait pas comment réagir, mais Atiaran serra sa robe autour d'elle et lança sur un ton sévère :

— Nous ne sommes pas n'importe qui. Je suis Atiaran Trell-mie, de Mithil-Stèlage, et voici Thomas Covenant l'Incrédule, porteur d'un message pour les seigneurs. Les liens de sympathie et le besoin nous ont conduits à vous ; nous sommes venus chercher votre protection et votre aide. J'ignorais qu'il était dans vos habitudes de considérer les étrangers comme des prisonniers.

L'homme à la torche s'avança et s'inclina gravement.

— Quand nous serons certains de votre identité, nous vous demanderons pardon de vous avoir traités ainsi. En attendant, vous devez m'accompagner dans un endroit où nous procéderons aux vérifications nécessaires. Nous avons déjà vu bien des choses étranges et, apparemment, ce n'est pas terminé. (Du menton, il indiqua Covenant.) Nous refusons de pécher par excès de confiance ou de méfiance. Voulez-vous bien me suivre ?

— Soit, soupira Atiaran. Mais vous ne seriez pas traités ainsi à Mithil-Stèlage.

— Quand les stèlagiens auront connu les mêmes problèmes que nous, ils pourront se permettre de nous juger et de nous condamner, répliqua le sylvestre. Maintenant, venez avec moi.

Il se dirigea vers le portail.

Derrière lui, Covenant se raidit. Il n'était pas prêt à escalader un arbre aussi haut dans le noir. Il aurait déjà eu du mal à le faire de jour, en voyant où il mettait les pieds, et la seule idée de prendre ce risque en pleine nuit affolait son pouls.

— Pas question, bredouilla-t-il en s'écartant d'Atiaran.

Avant qu'il puisse réagir, deux gaillards le saisirent. Il tenta de se dégager, mais ils le tenaient solidement. Tandis qu'ils lui immobilisaient les poignets, le faisceau de la torche tomba sur ses avant-bras. Ils fixèrent l'alliance à sa main gauche et la cicatrice à la droite, comme s'il était une goule.

— Amenez-le, aboya leur chef.

— Non ! s'exclama Covenant. Vous ne comprenez pas. Je ne suis pas un bon grimpeur. Je tomberai sûrement. (Alors que les sylvestres l'entraînaient, il hurla :) Par les feux de l'enfer ! Vous essayez de me tuer !

Ses ravisseurs se figèrent. Il entendit une série de cris, mais sa panique l'empêcha de les comprendre. Le meneur se radoucit.

— Si vous ne savez pas grimper, nous ne vous demanderons pas de le faire.

Il lança un ordre et l'extrémité d'une corde tomba aux pieds de Covenant. Deux hommes s'en servirent pour lui attacher les poignets. Avant qu'il réalise ce qui lui arrivait, il se sentit soulevé dans les airs comme un vulgaire sac de patates.

Il crut entendre Atiaran protester, mais en vain. Jurant intérieurement, il crispa les épaules pour résister à la traction et leva un regard affolé vers les ténèbres qui le surplombaient. Il ne vit personne le haler ; l'éclat de la torche ne montait pas jusque-là et l'abîme semblait engloutir l'autre extrémité du filin. Cela ne fit qu'accroître sa terreur.

Puis la lumière disparut en contrebas. L'instant d'après, un bruissement avertit Covenant qu'il arrivait au niveau des premières branches. Il aperçut une lueur jaune au sommet de l'escalier, mais la corde continua à l'emporter vers les hauteurs du village.

Ses gestes nerveux lui avaient imprimé un mouvement de balancier ; de temps en temps, il effleurait les feuilles. C'était son seul contact avec l'arbre. Il voyait des éclairages mais n'entendait pas de voix. La sombre masse végétale défilait autour de lui comme s'il était aspiré par le ciel.

Bientôt, des ondes de douleur aiguë traversèrent ses épaules et ses bras s'engourdirent. Tête renversée, il contemplait le néant en gémissant comme s'il se noyait.

Soudain, il s'immobilisa. Avant qu'il puisse se ressaisir, le rayonnement d'une torche embrasa son champ de vision, révélant trois hommes perchés sur une branche. Dans son éblouissement, ils lui parurent identiques à ceux qui l'avaient capturé, mais un petit diadème de feuilles ceignait le front de l'un d'eux. Les deux autres l'examinèrent un moment. Puis ils lui tendirent la main, le saisirent par sa chemise et l'amenèrent vers eux. Comme les pieds de Covenant touchaient la surface dure du bois, le cable se détendit et ses bras retombèrent.

Malgré ses poignets toujours entravés, Covenant agrippa l'épaule d'un des sylvestres pour se retenir. Il ne sentait plus ses membres ; c'était tout juste s'il pouvait les remuer. Au-dessous de lui, les ténèbres béaient telle la gueule d'une bête affamée. Haletant, il plongea vers ses kidnappeurs qui le retinrent sans douceur. Ne pouvant porter son propre poids, il les obligea à le traîner le long de la branche jusqu'à une ouverture ménagée dans le tronc. Celui-ci avait été évidé pour former une vaste salle. Covenant se laissa tomber sur le sol, tremblant de soulagement.

Des gens commencèrent à s'affairer autour de lui. Il ne leur prêta aucune attention ; les yeux fermés, il se concentra sur la stabilité réconfortante du plancher et le rétablissement de sa circulation sanguine. La douleur était atroce, mais il l'endura dans un silence crispé. Bientôt, ses mains le picotèrent et une chaleur brûlante gagna ses doigts. Il les replia comme des griffes.

— Par les feux de l'enfer et la damnation éternelle, grogna-t-il, les dents serrées, tandis que son cœur battait sauvagement dans sa poitrine.

Il ouvrit les yeux.

Il gisait sur un plancher poli, au centre des cercles de l'écorce qui indiquaient l'âge de l'arbre et semblaient le désigner comme s'il était étendu sur une cible. Prenant appui sur ses bras encore gourds, il se redressa maladroitement. Puis il examina ses poignets, rougis par le frottement de la corde. Ils ne saignaient pas. « Salauds ! » Il leva la tête et promena à la ronde un regard flamboyant de colère.

La pièce faisait environ vingt pieds de large et devait occuper tout le diamètre du tronc. Sa seule ouverture était celle par laquelle Covenant était arrivé et il voyait l'obscurité au-dehors. L'intérieur était vivement éclairé par des torches, qui brûlaient sans dégager de fumée ni paraître se consumer. Les murs scintillaient comme s'ils étaient vernis ; le haut plafond, lui, était en matériau brut.

Cinq sylvestres se tenaient autour de Covenant : trois hommes, dont celui qui portait le diadème de feuilles, et deux femmes. Ils étaient vêtus de la cape moulante, étaient plus grands que lui, ce qui avait quelque chose de menaçant ; aussi Covenant se releva-t-il en laissant glisser son paquetage sur le sol.

Quelques instants plus tard, le chef de ceux qui l'avaient capturé entra dans la salle, suivi par Atiaran. Elle semblait indemne, mais lasse et déprimée, comme si l'escalade et la méfiance des sylvestres avaient sapé ses forces. Apercevant Covenant, elle le rejoignit.

— Ils ne sont que deux, Sorenal ? s'enquit l'une des femmes.

— Oui, répondit l'escorte d'Atiaran. Nous avons fouillé les environs. Il n'y a personne de l'autre côté de la clairière sud et nos guetteurs n'ont trouvé aucun autre étranger dans les collines.

— Vos *guetteurs* ? répéta Atiaran. J'ignorais que les gens du Fief en avaient besoin.

La sylvestre fit un pas en avant.

— Atiaran Trell-mie… Depuis notre retour dans le Fief, nous entretenons des rapports cordiaux avec les habitants de Mithil-Stèlage. Et certains d'entre nous se rappellent ta précédente visite. Nous connaissons nos amis et la valeur de l'amitié.

— Alors, qu'est-ce qui nous vaut d'être traités ainsi ? répliqua Atiaran. Nous sommes venus en quête d'amis.

Son interlocuteur ne répondit pas directement à la question.

— Parce que nous sommes tous des créatures du Fief et que le péril qui nous menace pourrait s'étendre à l'ensemble de ses habitants, je vais tenter d'atténuer l'affront de notre impolitesse en vous expliquant la cause de nos actions. Les personnes présentes dans ce duramen sont les aubiers de la Haute Sylve, nos chefs. Je suis Llaura fille d'Annamar. Et voici… (Elle indiqua tour à tour chacun de ses compagnons.) … Omournil fille de Mournil, Sorenal fils de Thiller, Padrias fils de Mill, Malliner fils de Veinnin et Baradakas, magistère du *lillianrill*. (Elle désigna l'homme au diadème de feuilles.) Nous avons pris la décision de nous méfier de vous et allons vous expliquer pourquoi.

« Je vois que vous vous impatientez, lâcha-t-elle sur un ton amer. Aussi, je ne vous infligerai pas l'histoire du vent dévastateur que Gravin Threndor nous envoie périodiquement. Je vous épargnerai la description des violentes tempêtes qui nous ont assaillis ; je m'abstiendrai de vous montrer le corps de l'oiseau à trois ailes mort au sommet de notre sylve ou de discuter la véracité des rumeurs de meurtre parvenues à nos oreilles. Par les sept tabernacles ! Bien des chansons coléreuses seraient de mise – mais je ne les chanterai pas maintenant. En revanche, je vous dirai ceci : tous les serviteurs du Tueur Gris n'ont pas disparu. Nous avons l'intime conviction qu'un ravageur est passé parmi nous.

Ce nom contenait un éclat de danger, qui poussa Covenant à regarder autour de lui pour tenter de localiser sa source. L'espace d'un instant, il ne comprit pas ce que Llaura avait voulu dire. Puis il sentit qu'Atiaran s'était raidie, vit qu'un muscle tressaillait au coin de sa mâchoire et sentit frémir sa peur dans son silence. Alors, il comprit. Les sylvestres craignaient qu'ils ne soient tous deux des ravageurs.

Sans réfléchir, il s'écria :

— C'est ridicule !

Les aubiers l'ignorèrent. Après une courte pause, Sorenal poursuivit l'explication de Llaura :

— Il y a deux jours, en milieu d'après-midi, alors que nos gens vaquaient à leurs occupations habituelles et que les enfants jouaient dans les branches, un étranger est arrivé à la Haute Sylve. Deux jours plus tôt, la dernière bourrasque funeste en provenance du mont Tonnerre avait cessé brusquement et le beau temps était revenu. Lorsque l'inconnu s'est présenté, nous avions le cœur en joie, convaincus qu'une bataille dont nous ignorions tout venait d'être remportée au nom du Fief. Il avait l'apparence d'un stèlagien et nous a dit s'appeler Jehannum. Nous l'avons accueilli avec l'hospitalité qui fait la douceur du Fief. Nous n'avions aucune raison de douter de lui, même si nos enfants tremblaient devant lui et le fuyaient en poussant des cris apeurés. Hélas pour nous ! les jeunes sont parfois plus clairvoyants que leurs aînés.

« Jehannum est passé parmi nous le mépris à la bouche ; il a proféré de sombres allusions, et ridiculisé nos traditions et nos coutumes. Mais nous pensions à la paix et n'avons pas réagi pendant une journée. Durant ce laps de temps, ses insinuations se sont changées en prédictions de catastrophe. Finalement, nous l'avons convoqué dans le duramen, devant l'assemblée des aubiers. Nous avons écouté les mots qu'il choisissait de prononcer, hargneux et injurieux envers le Fief. Alors, nos yeux se sont dessillés et nous avons voulu le soumettre au test du *lomillialor*.

— Tu as entendu parler du *lomillialor*, le haut bois, n'est-ce pas, Atiaran ? intervint Baradakas. Son pouvoir est équivalent à celui de l'*orcrest* des *rhadhamaerl*. Il est issu de l'Arbre primordial, dans lequel fut taillé le Bâton de la Loi.

— Nous n'avons pas pu effectuer l'épreuve, poursuivit Sorenal. Lorsque Jehannum a vu le haut bois, il a tourné les talons et s'est enfui. Nous l'avons poursuivi, mais il nous avait pris par surprise – nous étions trop paisibles, trop peu préparés à affronter un tel mal – et sa rapidité surpassait de loin la nôtre. Il nous a semés et a continué sa route vers l'est. (Avec un soupir, il conclut :) Depuis, nous avons commencé à réapprendre la défense du Fief.

Au bout d'un moment, Atiaran murmura :

— Je comprends. Pardonnez ma colère ; j'ai parlé trop hâtivement, et dans l'ignorance. Mais vous devez sûrement voir que nous ne sommes pas des amis du Tueur Gris.

— Nous voyons beaucoup de choses en toi, Atiaran Trell-mie, acquiesça Llaura, le regard rivé sur la stèlagienne. Du chagrin et du courage. Mais ton compagnon nous est fermé. Il se peut que nous devions emprisonner Thomas Covenant.

— *Melenkurion !* siffla Atiaran. Vous n'oseriez pas ! Ne comprenez-vous pas ? Ne l'avez-vous pas regardé ?

Un murmure de soulagement passa parmi les aubiers. Sorenal fit un pas vers la stèlagienne et lui tendit sa main droite paume en avant, exécutant le salut traditionnel.

— Si, nous avons regardé – et écouté, dit-il sur un ton approbateur. Nous avons confiance en toi, Atiaran Trell-mie. Tu viens de prononcer un mot qu'aucun ravageur n'invoquerait pour sauver son compagnon.

Puis il la prit par le bras et l'entraîna à l'écart.

Sans Atiaran à son côté, Covenant se sentit tout à coup exposé, vulnérable. Pour la première fois, il réalisa combien il s'appuyait sur sa compagne, et comptait sur sa présence et sur son savoir – à défaut de son soutien. Mais il n'était pas d'humeur à se laisser menacer sans réagir. Il se ramassa sur lui-même, prêt à bondir, tandis que son regard balayait rapidement les sylvestres disposés autour de la pièce.

— Jehannum a prédit diverses choses, dit Llaura, mais l'une d'elles vous concerne plus particulièrement. Il nous a annoncé qu'un grand fléau arborant l'apparence de Berek Demi-Main arrivait depuis le sud. (Elle tendit un bras pâle vers Covenant ; sa voix enfla et se durcit.) Or, voici qu'un étranger au Fief se présente devant nous. Sa main droite est mutilée et il porte un anneau d'or blanc à la gauche. Je veux bien croire qu'il apporte un message aux seigneurs : celui d'une catastrophe imminente !

— Ne jugez pas sans savoir, supplia Atiaran. Souvenez-vous du serment. Vous n'êtes pas des seigneurs. Et les annonces funestes ne sont pas nécessairement des prophéties ; elles peuvent n'être que des mises en garde. Vous fiez-vous à la parole d'un ravageur ?

Baradakas haussa les épaules.

— Ce n'est pas le message que nous entendons juger, mais l'homme.

Passant une main derrière lui, il produisit une baguette de bois lisse, dépouillée de son écorce, et la présenta à plat sur ses paumes en un geste révérencieux.

— C'est du *lomillialor*.

Alors qu'il prononçait ce nom, la matière se mit à scintiller comme si son grain clair était humide de rosée.

« Par l'enfer, qu'est-ce que c'est ? », songea Covenant en tentant de se préparer à ce qui allait suivre.

Le mouvement suivant du magistère le prit tout de même par surprise. Armant son bras, Baradakas projeta l'objet vers lui. Le lépreux fit un pas sur le côté et leva sa main droite pour le rattraper. Mais il n'avait pas assez de doigts pour s'en saisir au vol, et celui-ci lui échappa et retomba sur le sol avec un cliquetis dont l'écho se répercuta comme une accusation.

Pendant quelques secondes, les occupants de la pièce demeurèrent figés, assimilant la signification de la scène dont ils venaient d'être témoins. Puis, à l'unisson, les aubiers prononcèrent leur verdict avec les intonations d'une sentence de mort.

— Le haut bois le rejette. Il n'a pas sa place dans le Fief.

10

La Célébration du printemps

D'un geste fluide, Baradakas sortit une massue de sous sa cape et se dirigea vers Covenant en la brandissant.

Celui-ci réagit instinctivement. Avant que Baradakas puisse l'atteindre, il s'accroupit et ramassa la baguette de *lomillialor* de sa main gauche. Alors que le magistère abattait son arme sur sa tête, il lui cingla le bras avec la sienne.

Dans une nuée d'étincelles blanches, le gourdin vola en éclats. Baradakas partit en arrière comme s'il avait été soufflé par une explosion.

La force de l'impact se répercuta jusque dans le coude de Covenant et toute sensation déserta momentanément ses doigts. La baguette commença à glisser. Il la fixa, bouche bée. « Que… ? »

Puis la stupéfaction muette des aubiers et la silhouette prostrée du magistère l'aidèrent à se ressaisir. « Salauds, fulmina-t-il. Ah, vous avez voulu me tester ? » Il fit passer l'objet dans sa main droite, le tenant par le milieu, comme il avait vu Baradakas le faire. Il lui sembla qu'il tentait de lui échapper ; pourtant, la matière ne vibrait même pas. Il l'agrippa un peu plus fort et foudroya les aubiers du regard, laissant transparaître dans ses yeux toute la colère que lui inspirait la façon dont ils l'avaient traité.

— Maintenant, osez répéter que cette chose me rejette, gronda-t-il.

Sorenal et Llaura encadraient Atiaran. Malliner se tenait contre le mur d'en face ; Omournil et Padrias étaient penchés sur le magistère. Tandis que Covenant les surveillait du coin de l'œil, Atiaran lui fit face et lâcha sur un ton lugubre :

— Au temps jadis, lorsque le Tueur Gris jouissait de la confiance du haut seigneur Kevin, il reçut des cadeaux sans prix : l'*orcrest* et le *lomillialor*. L'histoire raconte qu'il les perdit bientôt, mais que tant qu'ils furent en sa possession, ils ne le rejetèrent pas. Le Mépris peut revêtir l'apparence de la vérité. Et il est possible que la magie sauvage surpasse cette dernière.

« Merci bien ! fulmina Covenant par-devers lui. C'est comme ça que vous essayez de m'aider ? »

— C'est ce que raconte l'histoire, acquiesça Llaura d'une voix blanche. Mais nous ne sommes que des aubiers, pas des seigneurs. Ces questions nous dépassent. Jamais encore un test de vérité n'avait abattu un magistère du *lillianrill*. Que dit la chanson ? « Il sauvera ou condamnera la Terre. » Prions pour que notre confiance ne nous condamne pas. (Tendant une main tremblante à Covenant, elle entonna :) Salut à vous, l'Incrédule. Pardonnez nos doutes et soyez le bienvenu à la Haute Sylve.

Covenant pivota vers elle, une réplique mordante au bord des lèvres. Mais la sincérité qu'il lut dans ses yeux eut raison de sa véhémence.

— C'est bon, oublions ça, marmonna-t-il.

Llaura s'inclina, comme s'il avait accepté ses excuses, et Sorenal en fit autant. Puis tous deux reportèrent leur attention sur Baradakas, qui venait de se relever à grand-peine. Il semblait encore sonné. Il s'essuya le visage, mais assura à Omournil et Padrias qu'il était indemne. Lui aussi salua Covenant avec un mélange d'émerveillement et de consternation.

Le lépreux lui répondit d'un bref signe de tête. Sans attendre que Baradakas lui réclame la baguette, il la lui rendit – et se réjouit de s'en être débarrassé car son contact fuyant le mettait mal à l'aise.

Le magistère baissa les yeux vers le *lomillialor* et grimaça, comme si le haut bois venait d'être témoin de sa défaite. Puis il le rangea dans sa cape.

— L'Incrédule, il n'est plus nécessaire que nous restions ici, lança-t-il en souriant. Vous n'avez rien mangé et la fatigue du voyage vous accable. Accepterez-vous l'hospitalité de ma demeure ?

La proposition prit Covenant au dépourvu. Il hésita, se demandant s'il pouvait faire confiance à Baradakas. Il ne semblait ni agressif ni hostile, mais son sourire était plus complexe que les excuses de Llaura. D'un autre côté, même si le lépreux doutait de ses motivations, il serait toujours plus en sécurité avec lui seul qu'avec l'ensemble des aubiers.

— Votre invitation m'honore, répondit-il avec raideur.

Le magistère s'inclina.

— En acceptant ce qui est offert, vous honorez le donneur.

Il quêta du regard l'approbation de ses pairs ; comme ils hochaient la tête, il tourna les talons et sortit du duramen.

Covenant jeta un coup d'œil à Atiaran, mais elle s'entretenait à voix basse avec Sorenal. Sans plus attendre, il suivit Baradakas.

La nuit était désormais piquetée des lumières qui brûlaient dans les maisons des sylvestres. Covenant agrippa involontairement l'épaule de son guide.

— Ce n'est pas très loin, lui assura Baradakas d'une voix douce. Juste sur la branche du dessus. Je passerai derrière vous ; vous ne tomberez pas.

Jurant entre ses dents, Covenant empoigna l'échelle. Il voulait battre en retraite pour retrouver la sécurité du duramen, mais sa fierté l'en empêcha. Les barreaux semblaient solides ; ils adhéraient presque à ses doigts. Lorsque Baradakas lui posa une main rassurante sur le dos, il commença à grimper maladroitement.

Comme promis, il ne mit pas longtemps à atteindre le but. La maison du magistère se nichait dans une fourche à quelques enjambées du tronc. Covenant se dirigea vers l'entrée en s'accrochant au bras de son hôte et franchit le seuil avec soulagement.

Il se trouvait dans une petite habitation composée de deux pièces. Des branchages entremêlés formaient la majeure partie du plancher et des murs ; le plafond était un dôme de brindilles et de feuilles. Contre un des murs de la première salle, de gros nœuds de bois saillaient telles des chaises ; une couchette leur faisait face. Bien que tiède et douillette, l'atmosphère embaumait le dévouement à la tradition. Covenant en fut perturbé, comme si c'était un rappel que le magistère pouvait se révéler dangereux.

Pendant qu'il regardait autour de lui, Baradakas alluma les torches murales en frottant leur extrémité et en murmurant tout bas. Puis il passa dans la pièce du fond, et en rapporta un plateau chargé de tranches de pain et de fromage, de plusieurs grappes de raisin et d'un broc. Il poussa une petite table à trois pieds entre deux chaises, y déposa son fardeau et fit signe à son invité de s'asseoir.

À la vue des victuailles, Covenant réalisa qu'il était affamé. Depuis deux jours, il n'avait avalé que de l'*aliantha*. Baradakas s'inclina respectueusement devant la nourriture avant de s'installer à son tour. Suivant son exemple, Covenant se confectionna des sandwiches, et se servit généreusement en guinguet. Concentré sur sa faim, il mangea d'abord en silence – sans oublier qui était son hôte ni ce qui s'était passé entre eux.

Laissant le pichet sur la table, Baradakas débarrassa les reliefs du dîner et demanda :

— À présent, que puis-je vous offrir d'autre, l'Incrédule ?

Covenant but une grande gorgée, puis lança sur un ton désinvolte :

— Une réponse. Tout à l'heure, vous étiez prêt à me fendre le crâne. Et apparemment, le... haut bois n'a pas apprécié. Pourquoi m'avez-vous invité chez vous ?

Son interlocuteur hésita, se demandant sans doute ce qu'il devait lui révéler. Puis il repassa dans la pièce du fond, en revint avec un bâton de six pieds de long et s'assit sur la couchette. Tout en parlant, il se mit à polir le bois avec un chiffon doux.

— Les raisons sont nombreuses, Thomas Covenant. Vous aviez besoin d'un endroit où dormir ; vous détestez les hauteurs et ma maison est la plus proche du duramen. Par ailleurs, ni vous ni moi ne sommes indispensables aux délibérations des aubiers. Atiaran connaît le Fief ; elle leur dira ce qu'elle estimera nécessaire sur votre voyage. De leur côté, Sorenal et Llaura pourront, s'ils le jugent bon, la conseiller et lui fournir l'aide qu'elle réclamera.

Tout en observant les mains affairées et le regard pénétrant du magistère, Covenant eut l'impression que son test venait de reprendre et que la confrontation avec le *lomillialor* n'avait été que la première étape de sa mise à l'épreuve. Mais le guinguet avait atténué ses craintes et ses tensions, et il n'éprouvait plus d'angoisse.

— Dites-m'en davantage, réclama-t-il sur un ton ferme.

— Je voulais également vous offrir mon hospitalité à titre d'excuse. J'étais prêt à vous blesser et cette violation de mon serment de paix exige réparation. S'il s'était avéré que vous soyez un serviteur du Tueur Gris, il aurait suffi de vous capturer. En vous amochant, j'aurais pu priver les seigneurs d'une chance de vous examiner. Donc, j'ai eu tort, ainsi qu'en témoigne la réaction du *lomillialor* à mon égard. À présent, j'espère faire amende honorable.

Covenant perçut la franchise dans la voix du magistère, mais son impression d'être sondé s'amplifia au lieu de diminuer. Soutenant le regard du sylvestre, il dit :

— Vous n'avez toujours pas répondu à ma question.

— Vraiment ? répliqua Baradakas sans la moindre surprise. Y a-t-il d'autres raisons ? Que voyez-vous en moi ?

— Vous êtes encore en train de me sonder, gronda Covenant.

Le magistère acquiesça.

— C'est possible, oui. (Il se leva, calant une extrémité du bâton sur le sol pour achever de polir l'autre.) Regardez, Thomas Covenant : j'ai fabriqué ceci pour vous. Quand j'ai commencé à le sculpter, je pensais qu'il était pour moi. Maintenant, je comprends que ce n'était pas le cas. Prenez-le. Il pourra vous être utile, quand l'aide et les conseils vous feront défaut. (Lisant une interrogation dans les yeux du lépreux, il précisa :) Non, ce n'est pas du haut bois, mais il est quand même valable. Laissez-moi vous l'offrir.

Covenant secoua la tête.

— Finissez votre test.

Sans crier gare, Baradakas leva le bâton et frappa violemment le sol à ses pieds. La branche vibra comme sous le souffle d'une bourrasque, les brindilles s'agitèrent follement et la petite habitation tangua tel un frêle esquif ballotté par les vagues. Craignant que l'arbre ne soit en train de tomber, Covenant s'agrippa à la chaise. Mais la secousse s'apaisa presque immédiatement. Baradakas fixa le lépreux de ses yeux pâles et chuchota :

— Écoutez-moi, l'Incrédule. J'ai senti votre pouvoir. De mémoire de *lillianrill*, aucun magistère n'avait jamais été frappé par le haut bois. Nous sommes les amis de l'Arbre primordial. Mais à côté de vous, je suis aussi faible qu'un enfant. Je ne peux vous arracher la vérité de force. Quel que soit le résultat de l'épreuve, vous pourriez quand même être le Tueur Gris en personne, revenu consumer la vie du Fief.

Outré par cette suggestion, Covenant cracha :

— C'est ridicule !

Baradakas s'approcha de lui et plongea son regard dans le sien. Covenant frémit en sentant le magistère sonder des parties de lui qu'il voulait protéger, dissimuler à la vue de tous. « Quel rapport entre ce salaud de Turpide et moi ? se demanda-t-il amèrement. Je ne me suis pas porté volontaire pour devenir son messager ! »

Soudain, Baradakas écarquilla les yeux et tituba, comme s'il venait de contempler un pouvoir stupéfiant. Il heurta la couchette, s'y laissa tomber et, pendant un long moment, regarda ses mains trembler. Puis il dit prudemment :

— C'est vrai. Un jour, je serai peut-être assez sage pour distinguer ce qui est fiable de ce qui ne l'est pas. Pour l'instant, j'ai besoin de temps pour comprendre. Je vous fais confiance, mon ami. Au jour de la dernière épreuve, vous ne nous abandonnerez pas. Vous ne nous livrerez pas à la mort. Tenez. (De nouveau, il tendit le bâton à Covenant.) Allez-vous refuser mon cadeau ?

Le lépreux ne répondit pas tout de suite. Lui aussi tremblait et il dut se ressaisir avant d'articuler :

— Pourquoi ? Pourquoi vous fiez-vous à moi ?

Les yeux de Baradakas brillaient comme s'il était au bord des larmes, mais il déclara en souriant :

— Parce que vous connaissez la valeur de la beauté.

Covenant rumina ces paroles quelques instants, puis détourna le regard. Une honte diffuse le submergea ; il se sentait souillé, indigne de l'attitude du magistère. Il se raidit. « Continue à avancer. Survis. La confiance n'a rien à faire là-dedans. »

Brusquement, il tendit la main et prit le bâton. Il dégageait une aura de pureté ; on aurait dit qu'il avait été taillé dans le bois le plus sain, avec le plus fidèle dévouement. Covenant s'y accrocha, comme s'il pouvait lui fournir l'innocence qui lui manquait.

Peu de temps après, un large bâillement lui échappa. Il n'avait pas réalisé qu'il était si fatigué. Il tenta de réprimer sa lassitude et ne réussit qu'à bâiller de nouveau. Avec un sourire compatissant, Baradakas lui abandonna sa couche.

Covenant n'avait pas l'intention de dormir, mais dès qu'il fut allongé, le guinguet qu'il avait bu lui monta à la tête et il se sentit planer sur la brise qui agitait les frondaisons. Bientôt, il sombra dans une profonde torpeur.

Son repos ne fut perturbé que par le regard intense, interrogateur, du sylvestre et par la sensation que le *lomillialor* lui glissait entre les doigts, aussi fort qu'il l'agrippât. Quand il se réveilla le lendemain matin, ses bras lui faisaient aussi mal que s'il avait lutté avec un ange pendant son sommeil.

En ouvrant les yeux, il découvrit Atiaran, assise de l'autre côté de la pièce. Elle l'attendait.

— Venez, Thomas Covenant, lui ordonna-t-elle en se levant et en s'approchant de lui. Nous avons déjà perdu l'aube de cette journée.

Covenant l'étudia. Une ombre de fatigue voilait ses traits, et il devina qu'elle avait passé l'essentiel de la nuit à parler avec les aubiers. Mais elle semblait un peu rassérénée par ce qu'elle avait partagé et entendu, et l'éclat de son regard était presque optimiste. Peut-être avait-elle trouvé l'espoir qui lui faisait défaut jusqu'alors.

Covenant se réjouissait de tout ce qui pouvait diminuer son hostilité envers lui. Il se leva d'un bond. Malgré ses membres endoloris, il se sentait plein de vigueur, comme si l'hospitalité bienveillante de la Haute Sylve lui avait rendu ses forces. Avec des gestes énergiques, il se lava le visage, s'essuya sur une épaisse serviette de feuilles, procéda à une SVE et rajusta ses vêtements. Une miche de pain reposait sur la table ; quand il s'en coupa un morceau, il vit qu'elle était fourrée avec de la viande. Tout en mâchant son petit déjeuner, il se dirigea vers une des fenêtres.

Atiaran le rejoignit et tous deux scrutèrent le paysage en direction du nord. Au loin, la Mithil filait vers l'est. Mais ce n'était pas la seule chose qui séparait les collines septentrionales de celles que les voyageurs avaient longées depuis leur départ. Au-delà de la rivière, le sol semblait onduler dans la lumière matinale, comme si la terre coulait elle aussi sur un lit de roche peu profond et que la pierre secrète du Fief affleurait, se révélant à ceux qui pouvaient la voir. Covenant sentit que ce qu'il contemplait dépassait même l'entendement de ses nouvelles perceptions.

— C'est Andelain, souffla Atiaran sur un ton respectueux. Le magistère a bien choisi sa maison, pour bénéficier d'une telle vue. Ici, la Mithil poursuit sa course avant de remonter vers le nord, Gravin Threndor et la Sérénité. Au-delà de sa berge s'étendent les collines d'Andelain – la richesse du Fief, celle qui soigne le cœur. Ah ! Covenant, ce spectacle me redonne courage. Sorenal m'a indiqué un chemin grâce auquel mon rêve le plus cher pourrait se réaliser. Si la chance est de notre côté et si nous nous hâtons, nous verrons peut-être ce qui changera ma sottise en sagesse. Nous devons partir. Êtes-vous prêt ?

« Non, songea Covenant. Je ne suis pas prêt à attaquer la descente. » Pourtant, il acquiesça. Atiaran lui avait apporté son paquetage, qu'il ajusta sur son dos pendant qu'elle sortait de l'habitation du magistère, ignorant la douleur sourde dans ses bras. Puis il prit le bâton offert par Baradakas et se résigna à risquer sa peau sur les échelles de la Haute Sylve.

Le tronc ne se dressait qu'à trois ou quatre pas de l'entrée, mais les deux cents pieds qui séparaient Covenant du sol l'emplirent d'appréhension. Il se figea tandis que les premiers assauts du vertige entamaient sa résolution. Tandis qu'il hésitait sur le seuil, il entendit des voix juvéniles et vit des enfants courir au-dessus de sa tête. Ils se poursuivaient les uns les autres, bondissant de branche en branche avec autant d'insouciance que si nulle chute n'avait le pouvoir de les blesser.

L'instant d'après, deux d'entre eux – un garçonnet et une fillette – se laissèrent tomber devant lui. Esquivant les mains tendues de sa camarade, le gamin se réfugia derrière Covenant.

— Je suis protégé ! jubila-t-il. Va chasser quelqu'un d'autre ! Je suis protégé.

Sans réfléchir, Covenant répéta :

— Il est protégé.

La petite éclata de rire, feignit de bondir en avant et détala à la poursuite d'un autre compagnon de jeu.

Aussitôt, le bambin s'élança vers l'échelle et l'escalada prestement pour rejoindre un niveau supérieur.

Covenant prit une profonde inspiration, agrippa le bâton afin de se stabiliser et s'écarta de la porte. Titubant, il se traîna vers le tronc.

Dès qu'il eut atteint l'échelle, il se sentit mieux. Après avoir glissé le bâton sous les lanières de son ballot, il put saisir les barreaux à deux mains, et leur solidité le rassura. Il n'avait pas couvert la moitié de la distance que, déjà, les battements de son cœur s'étaient apaisés. Il ralentit, prenant le temps d'observer les gens et les maisons qu'il dépassait.

Enfin, il atteignit les ramifications les plus basses et suivit Atiaran dans l'escalier en colimaçon. Les aubiers s'étaient rassemblés au pied de l'arbre pour leur faire leurs adieux. Quand Covenant remarqua Baradakas, il brandit son présent pour lui montrer qu'il ne l'avait pas oublié et grimaça en réponse au sourire du magistère.

— Messagers, lança Llaura après une courte pause. Vous nous avez dit que le sort du Fief reposait sur vos épaules, et nous vous croyons. Cela nous chagrine de ne pas alléger votre fardeau, mais nous estimons que personne n'est apte à remplir cette mission à votre place. Nous vous avons apporté le peu d'aide que nous pouvions. Il ne nous reste plus qu'à défendre nos maisons et à prier pour vous. Nous vous souhaitons bonne route, pour le bien des habitants de Fief. Et pour le vôtre, nous vous conseillons d'arriver à temps pour la Célébration. Selon les augures, l'espoir accompagne quiconque assiste à cette fête.

« Atiaran Trell-mie, va en paix et continue à servir fidèlement. Souviens-toi du chemin que Sorenal t'a indiqué et ne t'en écarte pas. Thomas Covenant l'Incrédule, étranger au Fief, soyez fidèle à vous-même. Lorsque les ténèbres seront sur vous, souvenez-vous du bâton du magistère. Maintenant, partez.

Sur un ton aussi cérémonieux que si elle achevait un rituel, Atiaran répondit :

— Nous partons, et nous nous souviendrons de l'hospitalité, de l'aide et de l'espoir dispensés par la Haute Sylve.

Elle s'inclina, portant ses paumes à son front et écartant les bras. Covenant l'imita maladroitement. Les aubiers leur rendirent leur salut avec autant de gravité que de chaleur ; puis Atiaran s'éloigna en direction du nord, et Covenant la suivit, telle une feuille aspirée dans son sillage.

Ni elle ni lui ne regardèrent en arrière. Le repos qu'ils avaient pris dans l'accueillant village sylvestre insufflait de la vigueur à leur démarche. Chacun à sa façon avait hâte de gagner Andelain ; et ils savaient que Jehannum avait poursuivi sa route vers l'est plutôt que vers le nord. Ils progressèrent rapidement entre les collines fertiles et atteignirent la Mithil en début d'après-midi.

Ils la traversèrent à un endroit où elle était peu profonde. Avant d'entrer dans l'eau, Atiaran ôta ses sandales. Une curieuse impulsion poussa Covenant à enlever ses bottes et ses chaussettes, puis à retrousser les jambes de son pantalon. Déjà, l'odeur luxuriante des coteaux lui emplissait les narines ; elle lui donnait l'impression qu'il devait franchir la Mithil pieds nus pour se préparer – que le flot purificateur aiderait sa chair à s'harmoniser avec l'essence d'Andelain. Quand il sortit de l'onde sur la berge nord, il sentit qu'il percevait sa vitalité à travers ses plantes. À présent, même ses extrémités étaient réceptives à la santé du Fief.

Cette sensation était si délectable qu'il aurait voulu ne pas se rechausser, mais il se priva de ce plaisir pour ne pas ralentir Atiaran. Il enfila ses bottes et suivit la stèlagienne le long du chemin, très praticable, indiqué par Sorenal, et qui passait au centre d'Andelain.

Tout en marchant, il tenta d'appréhender le changement qui s'était produit depuis qu'ils avaient passé la Mithil. De manière générale, les arbres étaient plus hauts et plus larges ; les buissons d'*aliantha*, si abondants et touffus qu'ils recouvraient des pentes entières. Le parfum de l'herbe grasse embaumait l'air. Des fleurs dansaient dans la brise, aussi spontanément que si elles venaient juste de jaillir du sol. De petits animaux des bois – lapins, écureuils et blaireaux – gambadaient joyeusement, dénués de méfiance à l'égard des humains.

Mais la véritable différence transcendait les détails visibles qui composaient ce paysage. Les collines d'Andelain donnaient à Covenant une impression de vigueur plus pure que tout ce qu'il avait jamais contemplé jusqu'alors ; si bien qu'il commença à regretter d'appartenir à un monde où le fait d'être bien portant restait impalpable. Un moment, il se demanda comment il supporterait de rentrer chez lui, de se réveiller. La beauté d'Andelain eut très vite raison de ses inquiétudes. Elle était dangereuse ; non parce qu'elle était nuisible ou trompeuse, mais parce qu'elle pouvait le séduire, lui faire oublier la maladie, la SVE, le mépris et la colère. L'énergie qui coulait à flots dans ce paysage emportait ses tracas et ses peines.

Il s'étonna qu'Atiaran ne souhaite pas s'attarder dans ce cadre merveilleux. Lui-même aurait voulu s'arrêter pour admirer chaque nouvelle révélation, chaque vallée, chaque bosquet et chaque prairie ; les graver en lui de manière indélébile ; se les approprier de façon qu'aucun chagrin ne puisse jamais les lui enlever. Mais la stèlagienne marchait sans relâche, le regard rivé sur l'horizon. De toute évidence, même cet environnement pâlissait à côté de la fameuse Célébration à laquelle elle espérait assister. Covenant n'eut pas d'autre solution que de la suivre ; sa volonté ne tolérait aucun délai.

La deuxième nuit après leur départ de la Haute Sylve fut si claire que le coucher du soleil ne les força pas à stopper. Atiaran progressa donc jusque vers minuit. Après le souper, Covenant resta assis un moment, observant les cieux piquetés d'étoiles. La lune déclinante se découpait très haut au-dessus de sa tête et son croissant blanc rayonnait faiblement. Sur un ton désinvolte, il lança :

— La lune disparaîtra dans quelques jours.

Atiaran lui jeta un regard perçant, comme si elle le soupçonnait d'avoir découvert l'un de ses secrets. Mais elle ne dit rien et Covenant ne sut pas si elle avait réagi à un souvenir ou à une anticipation.

La journée du lendemain s'annonça non moins splendide. Sur les feuilles et dans l'herbe, le soleil faisait étinceler les gouttes de rosée tels des diamants. Un air aussi frais que le premier souffle de la Terre charriait le parfum de l'*aliantha*, des vermeils, des mélèzes et des pivoines. Tout cela inspirait à Covenant un sentiment proche de la béatitude et ce fut le cœur en joie qu'il suivit Atiaran vers le nord. Mais en début d'après-midi survint un incident qui assombrit son humeur et l'offensa jusqu'à la moelle.

Alors qu'il cheminait le long d'un sentier, savourant l'élasticité du sol sous ses pieds, il foula un endroit qui lui parut aussi dangereux qu'une fondrière remplie de sables mouvants. Instinctivement, il fit un bond en arrière. La sensation de menace s'évanouit aussitôt. Mais ses nerfs restèrent imprégnés de son souvenir, depuis la plante des pieds jusqu'à l'articulation de sa hanche.

Il en fut si surpris, si offensé, qu'il ne songea même pas à appeler Atiaran. Au lieu de cela, il s'approcha prudemment de l'emplacement où il avait perçu le danger et le tâta du bout de sa botte. Il ne sentit rien d'autre que la terre fertile d'Andelain. Il se pencha et, à pleines mains, palpa l'herbe dans un rayon de trois pieds – sans plus de résultat. Quelle que soit la chose qui l'avait alerté, elle semblait s'être évanouie.

Perplexe, il se remit en route. Au début, il avança d'un pas hésitant, comme s'il craignait un nouvel incident, mais autour de lui, la terre débordait de vie. Bientôt, il se mit à trottiner pour rattraper Atiaran.

À l'approche du crépuscule, il éprouva une brûlure malsaine. Cette fois, sa réaction fut plus violente : il plongea en avant comme pour échapper à une déflagration et un cri franchit ses lèvres avant qu'il puisse le retenir. Atiaran vint vers lui en courant. Elle le trouva à quatre pattes en train d'arracher l'herbe à pleines poignées.

— Par l'enfer ! jura-t-il en tapant du poing. C'était là, je le sais !

Atiaran cligna des yeux sans comprendre. Covenant se releva d'un bond et tendit un doigt accusateur vers le sol.

— Vous n'avez rien décelé ? C'était là ! Comment avez-vous pu le manquer ?

— Je n'ai pas perçu quoi que ce soit, répliqua calmement Atiaran.

Covenant frissonna et laissa retomber son bras.

— On aurait dit que je venais de marcher dans... des sables mouvants, ou de l'acide, ou... (Il se souvint du repenti assassiné.) Dans la souillure résultant d'un meurtre.

Atiaran s'agenouilla près de la place qu'il avait indiquée. Elle l'examina un moment, puis la tâta du bout des doigts.

— Il n'y a rien, dit-elle en se redressant.

— Normal, coupa Covenant sur un ton rageur. Ce n'est plus là.

— ... Mais je n'ai pas les perceptions d'un *rhadhamaerl*, poursuivit la stèlagienne. Aviez-vous déjà subi cela auparavant ?

— Une fois, en début d'après-midi, avoua Covenant.

— Ah ! soupira Atiaran. Si seulement j'étais un seigneur, je saurais quoi faire. Un fléau est à l'œuvre dans la terre, qui doit être bien redoutable, pour que même les collines d'Andelain ne soient pas immunisées contre lui. Mais il est encore récent – ou peu sûr de lui. Il ne s'attarde pas. Nous devons essayer de le distancer. Maudite faiblesse ! Chaque jour, nos efforts deviennent un peu plus vains.

Puis elle resserra sa robe autour d'elle et s'éloigna à grands pas.

Les voyageurs continuèrent à marcher jusqu'à ce que l'obscurité s'épaississe autour d'eux et que la lune ait atteint l'apogée de sa trajectoire dans le ciel.

Le lendemain, les manifestations désagréables se firent plus fréquentes. Par deux fois dans la matinée et quatre dans l'après-midi, un des pieds de Covenant fut durement repoussé. Quand Atiaran décida de faire halte pour la nuit, ses nerfs à vif le brûlaient jusqu'à la racine de ses dents. Il lui semblait que ces points contaminés étaient un affront, une insulte faite à Andelain. Les attaques le rendaient méfiant à l'égard du sol, comme si l'ombre du doute planait sur les fondations de la Terre.

Le cinquième jour après leur départ de la Haute Sylve, la fréquence du phénomène décrut, mais sa virulence ne cessa d'augmenter. Vers midi, Covenant repéra une place dont le mal ne s'évanouit pas après qu'il l'eut touché pour la première fois. Quand il reposa son pied dessus, il la sentit palpiter comme une tumeur. Les vibrations engourdirent rapidement sa jambe et se propagèrent jusqu'à ses mâchoires crispées, mais il ne recula pas. Il appela Atiaran, s'agenouilla et palpa la terre.

À son grand étonnement, il ne décela rien.

Atiaran l'imita, puis le dévisagea en fronçant les sourcils.

Lorsque Covenant se releva et foula de nouveau l'endroit contaminé, le mal était toujours là. Il lui griffait le cerveau, faisait perler de la sueur sur son front, arrachait un grognement à sa gorge. Tandis que la douleur se communiquait à ses os, il se pencha pour glisser les doigts sous sa semelle. Rien. Seuls ses pieds enduraient le fléau.

D'un geste brusque, il arracha sa botte et sa chaussette droites, puis posa sa plante nue sur le point critique. Cette fois, la surprise fut totale : il ne discernait aucune anomalie. Pourtant, ses perceptions étaient formelles : la malignité provenait du sol.

Sans réfléchir, il ôta son autre botte et son autre chaussette, les jeta rageusement au loin, puis se laissa tomber dans l'herbe et se prit la tête à deux mains.

— Je n'ai pas de sandales à vous donner, dit sévèrement Atiaran. Vous aurez besoin de chaussures avant la fin de notre voyage.

Ce fut à peine si Covenant l'entendit. Il était certain qu'il venait d'identifier un danger, une menace qui le guettait depuis des jours sans qu'il s'en soit rendu compte auparavant. « C'est ainsi que tu veux jouer, Turpide ? D'abord, mes nerfs reviennent à la vie. Ensuite, Andelain endort ma méfiance – et je jette mes bottes. C'est ça que tu veux ? Saper mes défenses une par une pour que je devienne incapable de me protéger ? C'est ainsi que tu espères me détruire ? »

— Nous devons continuer, insista Atiaran. Décidez-vous.

« Me décider ? Par l'enfer ! »

Covenant se releva.

— Ce n'est pas si facile, fulmina-t-il, les dents serrées.

Puis il s'éloigna à grands pas furieux pour récupérer ses affaires, qu'il enfila comme une armure. « Survis ! »

Pendant le reste de la journée, il évita soigneusement la moindre trace suspecte sur le sol et suivit Atiaran avec une expression fermée, luttant pour préserver son emprise sur lui-même. En début de soirée, ses efforts semblèrent porter leurs fruits. Après un dernier coup particulièrement violent, les attaques malignes cessèrent. Il ne savait pas si elles se manifesteraient à nouveau mais, pour le moment, il en était débarrassé.

Cette nuit-là, des nuages masquèrent la lune et les étoiles, et Atiaran fut forcée de dresser leur camp plus tôt que d'habitude. Pourtant, Covenant et elle ne dormirent que très peu. Une pluie fine mais tenace trempa leurs couvertures et les tint éveillés durant de longues heures, au pied du saule sous lequel ils s'étaient pelotonnés.

Le lendemain, l'aube se leva, claire et resplendissante. Atiaran l'accueillit avec excitation. La façon dont elle pressa Covenant de se dépêcher exprimait davantage de camaraderie qu'elle ne lui en avait jamais témoigné jusqu'alors. Son impatience était contagieuse et le lépreux fut ravi de la partager, parce qu'elle l'empêchait de penser à d'éventuelles futures agressions. Ils se mirent en route d'un pas guilleret.

C'était une journée parfaite pour voyager. L'air était frais, le soleil tiède et encourageant, le terrain agréablement plat, et l'herbe si élastique qu'elle semblait les pousser en avant. Covenant et Atiaran dévorèrent les lieues. Vers midi, la stèlagienne ralentit pour cueillir et manger quelques baies prodigieuses, mais ne s'arrêta pas et, à la tombée de la nuit, elle força Covenant à accélérer.

Soudain, le chemin que les aubiers lui avaient indiqué déboucha dans une large vallée. Atiaran fit halte le temps de s'orienter, puis entreprit de gravir une colline tournée vers l'est. Sa trajectoire la fit passer entre deux vermeils jumeaux, dressés à une centaine de pieds. Covenant, fatigué et essoufflé, la suivit sans poser de questions.

Atiaran trottinait allègrement, le menton levé et les cheveux flottant dans le dos, comme si elle fixait les portes étoilées du paradis. Derrière eux, le soleil s'abîma à l'horizon dans un souffle pareil à un soupir trop longtemps contenu. Devant eux, la pente semblait s'étirer jusqu'au ciel.

Quand Atiaran atteignit le sommet, elle s'arrêta brusquement, saisit Covenant par les épaules et le fit tourner sur lui-même en s'écriant joyeusement :

— Nous y sommes ! Nous sommes arrivés à temps !

Il perdit l'équilibre et s'écroula. À bout de forces, il resta allongé sur le sol, haletant et regardant sa compagne d'un air abasourdi. Mais elle ne lui prêtait aucune attention. Les yeux rivés sur l'autre versant, elle lança d'une voix enrouée par l'exaltation et la révérence :

— *Banas Nimoram !* Ah, le cœur bienheureux d'Andelain ! J'ai vécu pour assister à ce moment !

Ensorcelé par sa voix, Covenant se releva et suivit son regard comme s'il s'attendait à contempler l'âme incarnée du site.

Il ne put retenir un grognement de dépit. Il ne voyait rien qui justifiât le ravissement, rien de plus magnifique ou précieux que les précédents paysages, auxquels Atiaran n'avait pas même accordé un coup d'œil. En contrebas, l'herbe plongeait vers une large cuvette nichée au milieu des coteaux, tel un abreuvoir pour le ciel nocturne. Bien que l'éclat des étoiles ne permît pas d'en distinguer les contours, il suffisait pour voir que ni arbres, ni buissons, ni aucun relief ne venaient dénaturer le galbe lisse des parois, aussi régulières que si on les avait polies avec du papier de verre. Cette nuit-là, les astres semblaient particulièrement gais. Mais ce n'était pas suffisant pour dissiper l'épuisement qui pénétrait Covenant jusqu'à la moelle.

Atiaran sentit sa déception.

— Ne jugez pas trop vite, dit-elle en lui prenant le bras.

Elle l'entraîna vers l'arbre le plus proche du bord de la cuvette, laissa tomber son paquetage sur le sol et s'assit dos au tronc. Covenant l'imita.

— Tâchez de contrôler votre cœur fou, l'Incrédule. Nous sommes arrivés à temps pour *Banas Nimoram*, une nuit sans lune survenant au milieu du printemps. C'est un phénomène très rare, qui ne s'était encore jamais produit de mon vivant. Ne mesurez pas le Fief à l'aulne de vos propres critères. Attendez. *Banas Nimoram* marque la célébration du printemps, le plus poignant rituel de tous les trésors de la Terre. Si vous ne perturbez pas l'atmosphère par votre colère, nous assisterons à la danse des esprits d'Andelain.

De riches harmonies résonnaient dans la voix de la stèlagienne, comme si elle chantait, et même si Covenant ne comprenait pas de quoi elle parlait, il perçut la force de sa promesse. Le moment était mal choisi pour poser des questions, aussi s'installa-t-il pour attendre.

Prendre son mal en patience ne fut pas très difficile. Atiaran lui donna du pain et le reste de guinguet, et ce repas frugal dissipa partiellement sa lassitude. Comme les ténèbres s'épaississaient, il sentit que l'air ambiant l'apaisait. Quand il l'inspirait à pleins poumons, il semblait effacer ses tourments et ses craintes, mettre ses problèmes de côté et l'élever vers un état de calme espérance.

Covenant se détendit et se cala plus confortablement contre l'arbre. L'épaule d'Atiaran touchait la sienne, lui communiquant sa chaleur, comme si elle lui avait pardonné. La brise légère balaya les tourments qui occupaient le cœur de Covenant.

La première lumière scintillante cristallisa chaque détail de la nuit. Face à lui, Covenant vit une flamme pareille à celle d'une bougie, minuscule et pourtant vivace, dont les ondulations jaunes et orangées lui apparurent aussi clairement que s'il tenait le chandelier dans sa main. Il eut l'étrange certitude que la distance ne comptait pas, que si cette langue brillante avait été posée sur l'herbe devant lui, elle n'aurait pas été plus large que sa paume. Atiaran émit un sifflement et il se redressa pour mieux se concentrer.

D'un mouvement tournant et déterminé, la lueur descendit vers le fond de la cuvette. Elle était à peine à mi-chemin lorsqu'une deuxième arriva par le nord. Puis deux autres apparurent au sud et, bientôt, elles furent trop nombreuses pour que Covenant puisse les compter. Elles convergèrent de toutes les directions et certaines passèrent à moins de dix pieds des voyageurs, mais sans réagir à leur présence. Elles poursuivirent leur lente progression, comme si chacune d'elles était seule dans les collines, indépendante. Pourtant, elles fusionnèrent, créant un dôme doré qui oblitéra presque l'éclat des étoiles ; Covenant remarqua que certaines semblaient s'incliner devant d'autres et tourner autour d'eux, comme pour les saluer en chemin.

Covenant observa leur migration en retenant son souffle. Il avait l'impression d'assister en fraude à un rituel occulte non destiné à des yeux humains. Il agrippa sa gorge, comme si cette occasion de contempler la Célébration jusqu'à la fin dépendait de son silence absolu, comme s'il craignait que la moindre inspiration ne perturbe le conclave flamboyant et ne pousse les esprits, apeurés, à s'éparpiller.

Soudain, une chanson sans paroles, aiguë et scintillante, s'éleva dans le ciel. Les rotations individuelles des entités se changèrent en une danse radieuse. Chacune semblait avoir enfin trouvé sa place au sein d'un large motif en forme de roue, qui emplissait la moitié de la cuvette. Mais il n'y avait aucune lumière en son centre et elle tournait sur un pivot de ténèbres austères, qui repoussait le rayonnement des flammes.

Tandis que la mélodie se propageait dans la nuit et que la roue accomplissait plusieurs révolutions, d'autres disques concentriques se formèrent à l'intérieur. Aucun esprit ne restait longtemps au même endroit. Il bondissait de cercle en cercle sans jamais faire le moindre faux pas ni rompre l'harmonie de l'ensemble. Il semblait parfaitement seul, poursuivant sa destinée tout en préservant l'intégrité collective. Pendant que les langues de feu exécutaient leur envoûtante chorégraphie, leur intensité augmenta jusqu'à faire pâlir les étoiles dans le ciel et la nuit battit en retraite, telle une lointaine spectatrice de la Célébration.

Tant de beauté serra le cœur de Covenant ; l'émerveillement que lui inspirait la danse était presque douloureux.

Puis un nouveau changement se produisit. Covenant ne le réalisa que lorsque Atiaran lui toucha le bras. Alerté par son geste, il vit que la roue s'étirait lentement. Le noyau demeurait intact, mais le cercle qui tournait autour se déforma, tandis que les flammes disposées à l'extérieur s'approchaient des spectateurs. Bientôt, la protubérance ainsi créée désigna indubitablement Covenant.

De son côté, il perçut le chant des esprits avec plus d'acuité que jamais – une lamentation aiguë et extatique, aussi poignante qu'un hymne funèbre et aussi froide qu'une affirmation sublime, mais impersonnelle. Rempli de stupeur et de fascination, il se recroquevilla sur lui-même sans pouvoir bouger. Cycle après cycle, les entités se tendirent vers lui ; il agrippa ses genoux et se figea, le cœur gonflé par une indicible émotion.

Quand l'excroissance du cercle arriva à son niveau, chaque flamme s'inclina devant lui au passage. La danse ralentit pour que toutes puissent s'attarder quelques instants en sa compagnie. Puis son bras tendu s'embrasa soudainement, comme si les danseurs venaient de prendre une décision, et l'esprit le plus proche s'avança pour se poser sur l'alliance de Covenant.

Il frémit, s'attendant à être brûlé. Mais il n'y eut pas de douleur. Le feu s'attacha à l'anneau comme à une mèche et il sentit les harmonies de la Célébration vibrer à travers son doigt. L'esprit sautillait, apparemment excité. Lentement, sa couleur vira du jaune orangé au blanc argenté.

Lorsque sa transformation fut achevée, il s'éloigna, et un autre prit sa place. Ils se succédèrent ainsi, dansant sur l'anneau de Covenant jusqu'à ce qu'ils changent de ton et tandis que l'anxiété de leur hôte retombait, leur rythme s'accéléra. En très peu de temps, la ligne d'esprits blancs avait presque rejoint le reste de la danse. Chaque flamme se présentait rapidement, comme impatiente de connaître une apothéose – la sublimation d'elle-même dans l'or blanc.

Bientôt, les émotions de Covenant devinrent trop fortes pour lui permettre de rester assis. Il se releva vivement, tendant la main gauche pour que les entités puisse se poser dessus sans avoir à se baisser.

Atiaran se redressa à son tour. Covenant n'avait d'yeux que pour son alliance, métamorphosée, mais la stèlagienne reporta son attention sur la danse. Sursautant, elle planta ses ongles dans le bras de son compagnon.

— Non ! s'exclama-t-elle. Par les sept tabernacles ! Il ne faut pas !

Covenant s'arracha à la contemplation de sa main pour regarder de l'autre côté de la vallée.

— Là ! C'est la source du mal que vos pieds ont sentie !

Ce qu'il vit alors le frappa comme un coup en plein cœur.

Un triangle de ténèbres aussi obscur et impénétrable que le berceau de la nuit se déversait dans la cuvette depuis le nord-est, fonçant en direction de la lumière dorée. Un son pareil à celui d'une horde de pieds ensanglantés foulant l'herbe vierge se répercuta à travers la chanson des esprits. En quelques instants, la pointe du triangle fendit la roue et plongea vers son centre.

Horrifié, Covenant vit que la danse ne s'arrêtait et ne ralentissait pas. Au premier contact avec le noir, la mélodie s'évanouit comme si elle avait été anéantie par un sacrilège, ne laissant derrière elle qu'un bruit de meurtre. Mais, les flammes continuèrent à tourner, inconscientes de ce qui leur arrivait ou incapables de réagir. Lorsqu'elles coupaient la trajectoire obscure, elles disparaissaient à l'intérieur, comme si elles étaient tombées dans un abîme. Aucune ne ressortait de l'autre côté.

Les ténèbres se frayèrent ainsi un chemin à travers la Célébration.

— Ils vont mourir, gémit Atiaran. Ils ne peuvent ni stopper ni s'échapper. Ils doivent achever leur cérémonie. Ils vont y rester jusqu'au dernier – chaque esprit du Fief ! Il ne faut pas ! Aidez-les ! Covenant, aidez-les !

Il ne savait que faire. Il était paralysé par la nausée, comme s'il avait observé, à travers une brume d'engourdissement, un fou cannibale en train de lui dévorer les doigts. Il se sentait enragé mais impuissant, comme s'il avait attendu trop longtemps pour se défendre et n'avait plus de mains avec lesquelles lutter. Il tenta de saisir le couteau de Triock, mais il lui échappa.

« Comment… ? »

Furieuse, Atiaran le secoua.

— Covenant, aidez-les ! hurla-t-elle.

Puis elle se détourna et s'élança vers le fond de la vallée, à la rencontre de l'obscurité.

« Les esprits ! »

Le mouvement d'Atiaran arracha Covenant à l'immobilité. Empoignant son bâton, il dévala la pente, plié en deux pour rester sous la trajectoire des flammes. L'hystérie précipitait sa course et il rattrapa Atiaran à mi-chemin du foyer. La repoussant derrière lui, il se rua vers les ténèbres, aiguillonné par la conviction aveugle qu'il devait atteindre le centre du cercle avant les esprits.

Atiaran le suivit en criant :

— Prenez garde ! Ce sont des ur-vils, l'engeance maléfique des démondims !

Covenant était si concentré sur l'objectif que ce fut à peine s'il l'entendit. Pour avancer plus vite, il se redressa, rejetant la tête en arrière chaque fois qu'un esprit passait au niveau de ses yeux.

Dans une dernière accélération, il fit irruption au cœur de la roue et s'arrêta net. À présent, il était assez près pour voir que le triangle se composait d'une nuée de hautes silhouettes, à la peau si noire qu'aucune lueur ne s'y reflétait. Lorsque les esprits les percutaient, elles les avalaient.

Les ur-vils fonçaient vers Covenant. À la pointe de leur formation se tenait une créature solitaire, plus massive que les autres. Covenant la distinguait clairement. Elle ressemblait à un repenti, en plus grand et plus maléfique. La fente qui lui tenait lieu de bouche se refermait tel un piège chaque fois qu'une entité passait à sa portée. Lorsque Covenant lui fit face, ses narines dégoulinantes de mucus frémirent comme si elle avait senti une nouvelle proie et elle poussa une série d'aboiements pareils à des exhortations. Avides, ses semblables se pressèrent en avant.

Atiaran rejoignit Covenant et hurla dans son oreille :

— Votre main ! Regardez votre main !

Il baissa les yeux. Un esprit était toujours accroché à son alliance et continuait à danser avec abandon.

L'instant d'après, l'ur-vil de tête atteignit le noyau du cercle et s'immobilisa. Les autres se pressèrent derrière lui, mordant les entités impuissantes, refermant sur elles leurs mâchoires ruisselantes de bave.

Covenant se sentit défaillir, comme si son cœur s'était changé en sable. Mais Atiaran fulmina :

— Maintenant ! Frappez-les, maintenant !

Tremblant, il fit un pas en avant. Il ne savait pas du tout comment s'y prendre.

Aussitôt, le chef des ur-vils brandit un long couteau à la lame écarlate, duquel irradiait un pouvoir maléfique. Malgré eux, Atiaran et Covenant reculèrent. Leur adversaire arma son bras pour les atteindre.

Instinctivement, le lépreux tendit la main et lui colla la flamme sous le nez. Avec un grognement de douleur, la créature fit un bond en arrière.

Mû par une brusque intuition, Covenant toucha l'esprit du bout de son bâton. Dans un éclair, des langues de feu blanches en jaillirent, défiant la horde déchaînée. De nouveau, le chef des attaquants battit en retraite.

Mais il se ressaisit très vite et, plongeant en avant, poignarda l'entité.

Deux pouvoirs entrèrent en collision au cœur de la danse. Le couteau de l'ur-vil bouillonnait telle la lave en fusion et le bâton de Baradakas étincelait sauvagement. Le choc projeta une nuée d'étincelles dans les airs, crépitement de sang et de tonnerre mêlés.

Mais l'ur-vil était un maître. Sa puissance emplissait la cuvette d'un grondement sourd, pareil à celui d'un rocher qui s'effrite sous une pression monstrueuse.

D'un effort violent, il oblitéra le feu de Covenant.

Projetés en arrière, Atiaran et le lépreux s'écroulèrent dans l'herbe. Avec un grognement de triomphe, leurs adversaires se ramassèrent sur eux-mêmes, prêts à bondir pour les achever. Covenant vit la lame rouge s'approcher, et le fardeau de la mort s'abattit sur son esprit en un linceul.

Atiaran se redressa précipitamment et glapit :

— *Melenkurion ! Melenkurion abatha !*

Sa voix semblait bien fragile contre la force des ur-vils ; pourtant, elle les affronta sans hésiter. Elle saisit le poignet droit de leur chef et parvint à retenir son coup.

Alors, une réponse à son cri se fit entendre depuis l'ouest. Une voix métallique, pleine de fureur, tonna :

— *Melenkurion abatha ! Binas mill Banas Nimoram khabaal ! Melenkurion abatha ! Abatha Nimoram !*

Le son anéantit la panique de Covenant. Il se releva pour prêter main forte à Atiaran. Même ensemble, ils ne purent contenir l'ennemi. Celui-ci les projeta de nouveau à terre et fondit sur eux.

Il fut intercepté par une forme massive qui bondit par-dessus Atiaran et Covenant pour le ceinturer. Un moment, les deux combattants luttèrent férocement. Puis le nouveau venu arracha son couteau à l'ur-vil et le lui plongea dans le cœur.

Les autres créatures s'esclaffèrent, outrées. Covenant capta un bruit de pas légers mais précipités, semblable à la course d'une multitude d'enfants. Levant les yeux, il vit un torrent de petits animaux se déverser dans la cuvette – lapins, blaireaux, fouines, taupes, renards et quelques chiens. Avec une détermination silencieuse, ils se jetèrent sur les ur-vils.

Les esprits étaient en train de s'éparpiller. Alors que Covenant et Atiaran se relevaient, la dernière flamme quitta la vallée.

Pourtant les ur-vils restèrent, imposants, à peine indisposés par l'attaque des animaux. Dans l'obscurité qui venait de tomber, ils parurent grandir, comme si la lumière les avait diminués et forcés à serrer les rangs. À présent, ils s'écartaient les uns des autres. Dégainant des douzaines de lames écarlates, ils se mirent à massacrer leurs fragiles assaillants avec un horrible ensemble.

Avant qu'Atiaran et Covenant aient réalisé ce qui se passait, leur sauveur pivota vers eux et siffla :

— Partez ! Rejoignez la rivière, au nord. J'ai libéré les esprits. Nous allons gagner du temps pour vous permettre de vous enfuir. Sauvez-vous !

— Non, haleta Atiaran. Vous êtes le seul humain. Les bêtes ne suffiront pas. Nous devons vous aider à combattre.

— Ensemble, nous ne suffirons pas ! répliqua son interlocuteur. Oublieriez-vous votre mission ? Vous devez prévenir les seigneurs. *Vous le devez !* Il faut que Sialon paie pour cette profanation ! Filez ! Je ne pourrai pas les retenir longtemps !

Puis il fit volte-face et se jeta dans la mêlée en hurlant :

— *Melenkurion abatha !*

Atiaran se baissa pour ramasser le bâton et détala en direction du nord. Covenant l'imita, cavalant comme si les lames des ur-vils le poignardaient dans le dos. Les étoiles leur fournissaient assez de lumière. Ils gravirent la pente à toutes jambes, sans regarder derrière eux pour voir s'ils étaient poursuivis, sans se soucier des deux groupes qu'ils laissaient dans la vallée. Ils ne pensaient à rien d'autre qu'à mettre le plus de distance possible entre eux et les ur-vils.

Comme ils atteignaient l'autre versant de la colline, les bruits de massacre s'atténuèrent brusquement. Mais ils ne s'arrêtèrent pas avant qu'un cri bref, aux échos d'échec et d'agonie, résonne. Lorsqu'elle l'entendit, Atiaran tomba à genoux et courba la tête jusqu'à ce que son front touche la terre.

— Il est mort, sanglota-t-elle. L'affranchi est mort ! Malheur au Fief ! Mes chemins ne conduisent qu'à la calamité et mes choix n'entraînent que destruction ! Désormais, il n'y aura plus jamais de Célébration du printemps, et par ma faute ! (Levant la tête vers Covenant, elle gémit :) Prenez votre bâton et frappez-moi, l'Incrédule !

Covenant la fixa sans réagir. À demi assommé par le chagrin et la rage, il ne comprenait pas pourquoi elle se sentait coupable à ce point, pourquoi elle voulait s'attribuer la responsabilité de ce qui venait de se passer. Il lui prit le bâton des mains et l'aida à se relever. Hébété, il l'entraîna jusqu'à ce qu'elle ait pleuré toutes les larmes de son corps et puisse de nouveau marcher seule. Lui aussi avait envie de sangloter, mais il avait oublié comment faire et ne pouvait que continuer à avancer.

Dès qu'Atiaran se fut ressaisie, elle s'écarta de lui en une attitude pleine de rancœur. Covenant ne put rien faire pour se défendre contre l'accusation muette qui émana d'elle toute la nuit, tandis qu'ils cheminaient vers le nord.

11

Les apatrides

La nuit finit par chanceler et s'égarer dans les méandres d'une journée couverte. La transition fut si graduelle que nul n'aurait su dire où s'acheva le désert de l'obscurité et où commencèrent les cendres de la lumière. Les nuages bas semblaient gonflés de chagrin accumulé et pourtant incapables de déverser leur fardeau, comme si l'air lui-même était trop tendu pour qu'ils s'épanchent. Pendant que l'aube se levait, Covenant et Atiaran continuèrent à avancer d'un pas lourd et inégal, brisés.

Vidés de toute émotion, ils n'éprouvaient même plus de terreur. La nuit et le jour n'étaient que des déguisements, des parures différentes pour l'ombre qui planait sur le cœur du Fief. Ils ne pouvaient deviner l'étendue des dégâts qui lui avaient été causés ; seule leur peine leur permettait de l'évaluer. Au fil des heures lugubres qui suivirent la profanation de la danse des esprits, ils marchèrent hantés par ce dont ils avaient été les témoins, indifférents au reste, comme si même la faim, la soif et la fatigue s'étaient éteintes en eux.

Ce soir-là, leur corps atteignit les limites de son endurance. Ils s'abîmèrent aveuglément dans le sommeil, incapables de se soucier de leurs éventuels poursuivants. Pendant qu'ils dormaient, la tension du ciel trouva enfin une issue. Des éclairs bleus s'abattirent sur les collines ; le tonnerre gronda sa douleur trop longtemps réprimée.

Quand les voyageurs se réveillèrent, le soleil brillait au-dessus d'eux, mais leurs vêtements étaient trempés par la pluie nocturne. La lumière matinale ne put effacer les cicatrices de leurs souvenirs. Ils se redressèrent tels des cadavres animés, mangèrent des baies prodigieuses, burent l'eau d'un ruisseau et se remirent en route avec la raideur de la mort.

Pourtant, le temps, l'*aliantha* et l'air d'Andelain finirent par accomplir leur miracle de résurrection. Lentement, les pensées accablées de Covenant se dissipèrent ; l'horreur du massacre diminua dans son esprit, cédant la place à une douleur plus familière. Il entendait encore Atiaran lui lancer : « Covenant, aidez-les ! » et ce cri glaçait son sang impuissant dans ses veines.

« Les esprits, les esprits », se lamentait-il en son for intérieur. Ils étaient magnifiques et il n'avait rien pu faire pour les sauver. Pourtant, Atiaran l'en avait cru capable ; elle avait espéré qu'il donnerait la démonstration de son pouvoir. À l'instar de Léna, de Baradakas et de tous les gens qu'il avait rencontrés dans le Fief, elle le prenait pour la réincarnation de Berek

Demi-Main, le maître de la magie sauvage. Le Rogue lui avait dit qu'il la possédait, mais qu'il n'en comprendrait jamais la nature – et comment l'aurait-il pu ? Ce monde n'était pas le sien. Pourtant, les esprits avaient rendu hommage à son anneau, comme s'ils reconnaissaient son humanité perdue. Ils avaient été transformés par son contact.

Sans s'en rendre compte, Covenant répéta tout haut :

— Je les aurais sauvés, si j'avais pu.

— Vous en aviez le pouvoir.

La voix d'Atiaran était morne, atone, comme si elle ne ressentait plus ni chagrin ni colère.

— Comment ? interrogea Covenant.

— Ce n'est pas pour rien que vous portez de l'or blanc.

— Ce n'est qu'une alliance. Je la garde pour… parce que je suis lépreux. J'ignore tout du pouvoir qu'elle renferme.

Atiaran ne lui accorda pas même un coup d'œil.

— Je ne vois rien. Vous m'êtes fermé.

Covenant voulut protester, la saisir par les épaules et lui hurler : « Fermé ? Par l'enfer, regardez-moi ! Je ne suis pas Berek ! Je ne suis pas un messie ! Je suis trop malade pour ça. » Mais il n'en avait pas la force. Et il se sentait blessé – tant par les reproches d'Atiaran que par sa propre impuissance.

« Comment tout cela a-t-il pu m'arriver ? » Il rumina la question pendant un moment, puis soupira. « Évidemment. J'aurais dû m'en douter. » Il aurait dû percevoir le danger quand Atiaran avait chanté la légende de Berek ; le voir dans les collines d'Andelain, le sentir sous ses bottes. Mais il était resté sourd, aveugle et insensible. Trop occupé à avancer pour se défaire du spectre d'une folie, il avait ignoré l'autre type d'insanité vers laquelle son rêve le conduisait. Il voulait qu'il soit un héros ; il le séduisait, l'entraînait, le poussait à risquer sa vie pour sauver les esprits et le reste du Fief – de simples illusions. De ce point de vue, la seule différence entre Atiaran et le seigneur Turpide était que ce dernier voulait qu'il échoue.

« Tu ne comprendras jamais sa nature... » Et pour cause ! Une colère viscérale bouillonnait en Covenant, malgré la fatigue. Il rêvait ; c'était la réponse aux lois improbables qui régissaient le Fief comme à ses exigences impossibles à satisfaire. Il savait encore distinguer la réalité du songe ; donc, il était toujours sain d'esprit.

Il était lépreux.

Pourtant, les esprits étaient si magnifiques ! Ils avaient été massacrés...

« Je suis lépreux ! »

Tremblant, il procéda à une SVE. « Par l'enfer ! Qu'est-ce que les esprits, la magie sauvage ou Berek Demi-Main ont à voir avec moi ? » Son corps semblait indemne ; il ne voyait aucune blessure et ses vêtements étaient froissés, mais pas déchirés. En revanche, l'extrémité du bâton avait été noircie par le pouvoir des ur-vils. « Par l'enfer ! se répéta-t-il. Ils ne peuvent pas me faire ça. »

Fulminant contre sa lassitude, il allongea le pas pour rattraper Atiaran, qui l'ignora ; elle ne parut même pas s'apercevoir de sa présence. Durant toute la journée, il se garda donc bien de lui adresser la parole, redoutant sa propre réaction s'il lui donnait une occasion de l'accuser. Quand ils s'arrêtèrent ce soir-là, la froideur de la nuit lui fit regretter la perte de leurs couvertures et des ignescentes. Afin d'oublier son inconfort, il reprit le fil de ses efforts à demi abandonnés pour s'informer sur le Fief.

— Parlez-moi de… de la personne qui nous a sauvés là-bas, demanda-t-il avec raideur.

Un long silence s'écoula avant qu'Atiaran lâche :

— Demain. (Sa voix était terne, assombrie par la torpeur et la défaite.) Pour l'instant, laissez-moi tranquille.

Covenant acquiesça dans l'obscurité. L'air lui paraissait chargé, mais il pouvait le supporter plus facilement que le ton de sa compagne. Pendant quelques minutes, il demeura immobile et tendu, comme pour repousser tous les rêves qui affligeaient l'humanité. Puis il sombra dans un sommeil agité.

Le jour suivant (le neuvième depuis leur départ de la Haute Sylve), Atiaran lui parla de l'affranchi d'une voix aussi plate qu'une meule de pierre, comme si rien de ce qu'elle pouvait révéler n'avait plus la moindre importance.

— Certains membres de la Loge – seigneurs ou gardiens, adeptes de l'Épée ou du Bâton – comprennent un jour qu'ils ne peuvent pas travailler en compagnie de leurs semblables. Ils possèdent une vision personnelle, qu'ils doivent explorer dans l'isolement. Cela ne les coupe pas du peuple pour autant. Le rituel d'affranchissement les dispense de satisfaire aux exigences communes et leur donne la liberté de suivre leur chemin, avec la bénédiction des seigneurs et le respect de tous ceux qui aiment le Fief. Car les seigneurs ont découvert voici bien longtemps que le désir de solitude n'est pas forcément égoïste, s'il n'est pas tenu pour tel par ceux qui ne l'éprouvent pas.

« Beaucoup d'affranchis ne reviennent jamais. Mais des histoires courent au sujet de ceux qui n'ont pas complètement disparu. On raconte que certains sont les amis des animaux, qu'ils parlent leur langage et peuvent les appeler à l'aide en cas de besoin.

« C'est l'un de ceux-là qui nous a sauvés, dit-elle d'une voix enrouée, un de ceux qui étudient les esprits. Il connaissait davantage des sept mots que mes oreilles n'en ont jamais entendu. (Elle poussa un grognement.) C'est monstrueux qu'un homme aussi formidable ait été tué de la sorte. Si seulement ma valeur égalait la sienne... Par les sept tabernacles ! Jusqu'à présent, aucun fléau ne s'était encore attaqué aux esprits d'Andelain. Le Tueur Gris n'a jamais osé et l'on dit que même le rituel de profanation a été incapable de les affecter. À présent, mon cœur sait qu'ils ont fini de danser. (Au terme d'une pause, elle reprit :) Peu importe. Toutes les choses doivent s'achever un jour, dans la perversion et la mort. Le chagrin n'afflige que ceux qui espèrent encore. Mais cet affranchi a donné sa vie pour que vous, votre message et votre anneau parveniez jusqu'aux seigneurs. Nous mènerons cette mission à bien pour que son sacrifice n'ait pas été vain.

Elle s'abîma dans le silence et Covenant se demanda : « Est-ce la seule raison, le seul but de l'existence : venger la mort d'autrui ? » Mais il ne dit rien et peu de temps après, Atiaran reprit la parole :

— Pour en revenir aux affranchis... Certains ont percé le secret des rêves et d'autres pratiquent les arts mystérieux de la guérison, ou encore creusent la terre pour découvrir les secrets des lémures ou étudient les traditions des démondims. J'ai même entendu chuchoter que d'aucuns perpétuent la légende de Caerroil Folbois, du Garrot, en devenant des forestals. Mais c'est une idée dangereuse, ne serait-ce qu'à chuchoter.

« Je n'avais encore jamais rencontré d'affranchi. En revanche, je connais l'hymne qui accompagne le rituel d'affranchissement.

Sur un ton morne, elle récita :

> Libre
> Affranchi
> Absous
> Libre.
> Songe que les rêves deviendront réalité
> Garde les yeux fermés jusqu'à ce qu'ils voient
> Chante la prophétie silencieuse
> Et sois affranchi
> Absous
> Libre.

— Il y a une suite, mais ma faiblesse m'empêche de m'en souvenir. Il se peut que je ne chante plus jamais.

Elle serra sa robe autour de ses épaules, comme si un vent glacial la transperçait, et ne pipa mot jusqu'à la fin de la journée.

Cette nuit-là, après qu'ils eurent dressé le camp et dîné, Covenant ne parvint pas à trouver le sommeil et guetta l'apparition du croissant de la nouvelle lune. Lorsqu'il monta enfin au-dessus des collines, il remarqua qu'il était rouge – la couleur des yeux de magma de Sialon Larvae. Il baignait le paysage d'une lueur écarlate malsaine, comme si les buissons, les arbres, l'herbe et les pentes transpiraient du sang, comme si tout Andelain était torturé.

Covenant le fixa sans pouvoir fermer les yeux. Malgré son besoin de compagnie, il serra les dents, se refusant à réveiller Atiaran. Seul et frissonnant, agrippant son bâton de ses mains en sueur, il veilla jusqu'à ce que la lune se couche, puis dormit d'un sommeil vide jusqu'à l'aube.

Le quatrième jour après la danse des esprits, ce fut lui qui décida de l'allure de leur progression. Plus les heures passaient, plus il pressait le pas, comme s'il craignait que l'astre sanglant ne fût sur leurs talons.

Lorsque Atiaran et lui firent halte pour la nuit, il donna son bâton à sa compagne et lui ordonna de rester éveillée pour observer la lune. Celle-ci se leva à l'horizon, enveloppée d'une brume écarlate, tranchant les cieux sur son passage telle une faux. Son croissant était distinctement plus épais que la veille. Atiaran le regarda, raide d'appréhension, mais ne laissa échapper aucune plainte. Lorsqu'elle eut évalué sa corruption, elle lâcha d'une voix atone :

— Nous n'avons plus le temps.

Puis elle détourna le regard.

Le matin suivant, elle reprit la tête. Elle semblait avoir acquis une nouvelle résolution, une détermination qui niait la logique de la défaite. Apparemment, elle croyait avoir tout perdu, pour elle comme pour le Fief ; pourtant, la façon dont elle marchait prouvait que la douleur pouvait être un puissant aiguillon. De nouveau, Covenant fut forcé de presser le pas pour ne pas se laisser distancer.

Il accepta l'allure qu'elle lui imposait, peu désireux d'être rattrapé par des forces capables d'anéantir des esprits et de rendre l'astre nocturne écarlate. Mais il procéda scrupuleusement à une SVE et n'oublia aucune de ses précautions habituelles. S'il avait possédé une autre lame que celle du canif, il se serait rasé.

Les voyageurs passèrent la journée, une partie de la nuit et la matinée du lendemain à avancer en courant presque. Covenant endurait cette marche forcée de son mieux, mais la fatigue érodait sa résistance et affaiblissait ses muscles. Elle le faisait chanceler et, bientôt, il dut s'appuyer sur le bâton pour ne pas perdre l'équilibre. Même ainsi, il serait sans doute tombé s'il avait maintenu une telle allure dans toute autre région. Mais l'essence vivace d'Andelain le soutenait. L'air pur tapissait l'intérieur de ses poumons tel un baume ; l'herbe épaisse amortissait l'impact de ses pas dans ses articulations endolories. Des vermeils lui fournissaient leur ombre bienfaisante et l'énergie des *aliantha* explosait dans sa bouche.

Aux alentours de midi, le sixième jour, Atiaran et lui atteignirent le sommet d'une colline et aperçurent la Sérénité au pied du versant opposé.

La large rivière au flot paisible leur barrait la route comme une frontière ou une ligne d'arrivée. Sous le ciel d'azur, elle serpentait en scintillant, manifestant ainsi son enjouement. Son eau claire, propre et fraîche appelait au baptême. Covenant éprouva un irrésistible désir de s'y plonger, comme si elle pouvait le purger de sa mortalité.

Un peu plus loin à l'ouest, une sorte de yole remontait le courant. Une haute silhouette se tenait à la poupe. À l'instant où elle l'aperçut, Atiaran poussa un cri et dévala la pente en hurlant sur un ton pressant :

— Ohé ! À l'aide ! Revenez ! Revenez !

Covenant la suivit d'un pas plus modéré, sans quitter l'embarcation des yeux. La proue de celle-ci oscilla et elle pivota dans leur direction.

Atiaran agita frénétiquement les bras, lança un dernier appel et se laissa tomber sur le sol. Quand Covenant la rejoignit, elle était assise les genoux remontés contre la poitrine et ses lèvres tremblaient comme si elle allait éclater en sanglots. Elle fixait nerveusement le bateau qui approchait.

Alors que la distance se réduisait, Covenant fut surpris de constater combien le barreur était grand – environ deux fois sa taille. Et il ne voyait aucun moyen de propulsion : la barque ne possédait ni rames ni perche. Bouche bée, il la regarda glisser vers eux.

Quand elle ne fut plus qu'à trente pieds, Atiaran se redressa d'un bond et cria :

— Salut à toi, frère de roc ! Les géants d'Ondemère sont l'amitié incarnée ! Aide-nous !

L'esquif continua à se diriger vers la berge, mais son conducteur ne répondit pas et Atiaran ajouta dans un murmure, que seul Covenant put entendre :

— Je t'en supplie.

Le gaillard garda le silence. Au dernier moment, il actionna le gouvernail, pour arriver perpendiculairement au rivage. Puis, juste avant d'accoster, il se rejeta en arrière de tout son poids. La proue se souleva au-dessus de l'eau, et vint mordre le sol à quelques mètres d'Atiaran et de Covenant. L'instant d'après, le géant se tenait dans l'herbe devant eux, leur adressant le salut traditionnel.

Stupéfait, Covenant secoua la tête : l'individu mesurait au moins douze pieds. Pourtant, sa présence frappait ses perceptions de manière aussi tangible que s'il avait heurté de la pierre, confirmant que le nouveau venu n'était pas le fruit d'une quelconque hallucination.

Avec ses muscles noueux, il évoquait un chêne. Il portait un pourpoint et un pantalon de cuir, mais aucune arme visible. Une courte barbe aussi raide que du métal jaillissait de son menton. Ses petits yeux, profondément enfoncés dans leurs orbites, débordaient d'enthousiasme. Sous ses arcades sourcilières pareilles à des corniches rocheuses, son regard perçant semblait refléter ses pensées. Malgré son apparence imposante, il dégageait une impression de cordialité et d'intense bonne humeur.

— Salut à toi, sœur de roc, dit-il d'une voix de ténor qui paraissait trop douce pour sortir de sa gorge massive. De quoi as-tu besoin ? Je t'aiderai volontiers, mais je suis un légat et ma mission ne saurait souffrir que très peu de délai.

Covenant s'attendait à ce qu'Atiaran lui réponde sur-le-champ, aussi l'hésitation avec laquelle elle accueillit l'offre le perturba-t-elle. Pendant un long moment, elle se mordit les lèvres, comme si elle punissait sa chair rebelle ou se trouvait confrontée à un choix dont les options lui paraissaient également haïssables. Avec une mine honteuse, elle baissa la tête et murmura enfin :

— Où vas-tu ?

Les yeux de son interlocuteur étincelèrent et sa voix bouillonna tel un torrent jaillissant de la pierre tandis qu'il répondait :

— Ma destination ? Qui est assez sage pour connaître son propre but ? Je me dirige vers… Non, c'est trop long à expliquer. Je me rends à la Citadelle des seigneurs, comme vous autres humains l'appelez.

Toujours indécise, Atiaran demanda :

— Quel est ton nom ?

— Encore une histoire beaucoup trop longue, répliqua le géant. (Puis il répéta :) De quoi as-tu besoin ?

Mais Atiaran insista :

— Ton nom.

De nouveau, les pupilles du géant flamboyèrent.

— Les noms contiennent du pouvoir. Je ne souhaite pas que le mien soit invoqué par d'autres que mes amis.

— *Ton nom !* grogna Atiaran.

Le gaillard hésita.

— Soit, capitula-t-il. Bien que ma mission ne soit pas à prendre à la légère, je vais te répondre, pour l'amour des liens qui unissent nos deux peuples. Pour faire court, je m'appelle Salin Suilécume.

Alors, une résistance se brisa en Atiaran, comme si sa répugnance à prendre une décision avait été vaincue par la confiance du géant. Elle releva la tête, dévoilant à ses compagnons le paysage ravagé qui se tapissait au fond de ses yeux. Gravement, elle rendit son salut à Salin Suilécume.

— Qu'il en soit ainsi. Salin Suilécume, frère de roc et légat des géants, par le pouvoir de ton nom et la grande Citadelle de foi que construisirent Damelon Gigamis et ton peuple, je te charge d'emmener cet homme, Thomas Covenant l'Incrédule, étranger au Fief, jusqu'au conseil des seigneurs. Il apporte un message depuis l'observatoire de Kevin. Protège-le de ton mieux, car je ne puis aller plus loin.

« Quoi ? » Covenant en resta bouche bée. Dans sa surprise, il faillit s'exclamer : « Vous renoncez donc à votre vengeance ? » Malgré les pensées qui tourbillonnaient dans son esprit, il se contraignit au silence et attendit qu'Atiaran lui fournisse une explication.

— Tu es bien trop prompte à invoquer des noms aussi puissants, dit doucement Suilécume. J'aurais accepté ta requête même sans ça. Mais je t'implore de te joindre à nous. La Citadelle permet des rétablissements à nul autre pareil. N'as-tu point envie de les connaître ? Ceux qui t'attendent ne t'en voudraient pas de prolonger ton absence – pas s'ils te voyaient telle que je te vois en cet instant.

L'amertume tordit la bouche d'Atiaran.

— As-tu vu la nouvelle lune ? Elle est le fruit de ma dernière quête. (Sa voix se chargea de mépris pour elle-même.) C'est une mission bien futile que je te confie. J'ai déjà provoqué son échec. Depuis que je suis devenue le guide de cet homme, le meurtre et la mort ont entaché mes choix, parce que… (Elle faillit s'étrangler avec sa bile et dut déglutir avant de poursuivre :) Parce que le chemin pour lequel j'avais opté nous a conduits trop près du mont Tonnerre. Toi aussi, tu as dû passer non loin de cet endroit maudit. Tu as dû voir le mal qui y est à l'œuvre.

— Oui, je l'ai vu, acquiesça le géant.

— Au lieu de traverser les plaines centrales, nous avons longé la source de ce mal que je connaissais pertinemment, se fustigea Atiaran. Et maintenant, il est trop tard pour nous tous. Il… Le Tueur Gris est revenu. J'ai choisi ce chemin parce que j'aspirais égoïstement à l'apaisement. Qu'adviendra-t-il des seigneurs si je réclame leur aide maintenant ?

Covenant ne saisissait toujours pas. Il se tourna vers elle et étudia son visage, tentant d'y retrouver la vigueur et la détermination qui les avaient amenés jusqu'ici.

Atiaran semblait en proie à une maladie ravageuse. Ses traits s'étaient durcis et creusés ; un voile de ténèbres assombrissait ses grands yeux et ses lèvres étaient exsangues. Un pli vertical, pareil à une faille d'insondable désespoir, creusait le milieu de son front, trahissant l'immensité de la douleur qu'elle contenait par la seule force de sa volonté et la souffrance qu'elle s'infligeait en la retenant.

Alors, Covenant comprit enfin le dilemme qui la rongeait : le triple conflit entre l'aversion qu'il lui inspirait, les craintes qu'elle nourrissait pour le Fief et la consternation causée par sa propre faiblesse. Cette lutte morale consumait ses ressources et l'avait conduite au bord de l'épuisement.

La honte saisit Covenant. Sans réfléchir, il tendit la main vers Atiaran et, baissant les yeux, dit sur un ton plein de supplications contradictoires :

— N'abandonnez pas.

— Abandonner ? hoqueta la stèlagienne en se dérobant à son contact. Si c'était le cas, je vous poignarderais maintenant !

Sans crier gare, elle plongea une main dans sa robe et en sortit un couteau de pierre identique à celui que Covenant avait perdu.

— Depuis la Célébration, cracha-t-elle en le brandissant, depuis que vous avez laissé mourir les esprits, cette lame réclame votre sang à grands cris. J'aurais pu passer sur vos autres crimes, et je suis responsable des miens. Mais ça… Permettre une telle profanation !

D'un geste sauvage, elle projeta l'arme dans le sol avec tant de force que la lame s'y enfonça jusqu'au manche.

— Prenez garde ! s'exclama-t-elle. (Soudain, sa voix s'apaisa.) C'est la terre que je blesse au lieu de vous. Pas étonnant : je n'ai rien fait d'autre depuis votre arrivée dans le Fief.

« Maintenant, écoutez mes dernières paroles, l'Incrédule. Je vous laisse partir parce que cette décision me dépasse. Mon métier de sage-femme ne m'a pas préparée à faire de tels choix. Mais je ne laisserai pas mes désirs nuire à l'unique espoir du Fief, aussi ténu soit-il. Rappelez-vous que j'ai retenu ma main et respecté mon serment.

— Vraiment ? lança Covenant, mû par un curieux mélange de sympathie et de colère.

Atiaran désigna le couteau d'un doigt tremblant.

— Je ne vous ai pas blessé. Je vous ai amené ici.

— C'est vous que vous avez blessée, fit remarquer le lépreux.

— Tel est mon serment, répliqua la stèlagienne avec raideur. Adieu, Thomas Covenant. Quand vous aurez regagné votre monde sain et sauf, souvenez-vous de ce qu'est le mal.

Covenant voulut protester, mais l'émotion d'Atiaran l'en empêcha ; la force de sa résolution l'obligea au silence. Sous la contrainte de son regard, il se baissa et ramassa l'arme. Il s'attendait presque à voir du sang suinter de la terre, mais l'herbe épaisse se referma sur la coupure, la dissimulant comme une absolution. Machinalement, il testa le tranchant de la lame sur son pouce. Elle était bien aiguisée.

Quand il releva les yeux, il vit qu'Atiaran s'éloignait, gravissant le flanc de la colline avec la démarche inégale d'une handicapée. « Ce n'est pas juste ! voulut-il crier. Ayez pitié ! » Mais la douleur de sa renonciation rendait sa langue pâteuse et malhabile ; il ne pouvait pas parler. « À tout le moins, pardonnez-vous », songea-t-il. La crispation de son visage lui donnait l'impression de grimacer. « Atiaran, marmonna-t-il en son for intérieur. Pourquoi sommes-nous si incapables… ? »

La douce voix du géant interrompit ses réflexions.

— Y allons-nous ?

Covenant hocha la tête. S'arrachant à la contemplation du dos d'Atiaran, il passa le couteau à sa ceinture et se tourna vers Salin Suilécume.

Celui-ci lui fit signe d'embarquer. Lorsque Covenant eut enjambé le bastingage et se fut installé sur une traverse à la proue – seul siège à sa taille du bateau, qui mesurait près de trente pieds de long –, Salin Suilécume poussa ce dernier dans le courant et sauta à bord. Puis il gagna la large poupe plate et empoigna le gouvernail. Une vague de pouvoir enfla sous la quille. Il fit pivoter la barque et la dirigea vers le milieu de l'onde.

À peine Covenant était-il assis qu'il s'était retourné, la gorge nouée par l'échec, pour suivre du regard la progression d'Atiaran. Mais la vague emportait l'embarcation à l'allure d'un homme en train de courir et, en quelques secondes, la distance eut réduit Atiaran à une simple tache brune dans le vert insouciant d'Andelain. Au prix d'un gros effort, le lépreux obligea ses yeux à la laisser partir et à chercher plutôt la source de l'énergie qui propulsait le bateau.

Il n'en repéra aucune. L'esquif remontait le courant sans à-coups, comme s'il était tiré par des poissons. Pourtant, les nerfs de Covenant percevaient le pouvoir qui coulait sous sa quille.

— Qu'est-ce qui nous fait avancer ? demanda-t-il distraitement. Tu ne navigues pas au moteur.

Salin Suilécume se tenait face à lui, le gouvernail coincé sous le bras gauche et la main droite levée comme pour palper la brise. Il chantait, dans un langage inconnu de Covenant, une mélodie au timbre iodé et au goût de brisants. Pendant un moment, il continua comme s'il n'avait pas entendu la question. Bientôt, il changea de langue et le lépreux distingua ses paroles.

La pierre et la mer sont au cœur de la vie
Deux symboles inaltérables du monde :
La permanence au repos, et la permanence en mouvement ;
Participantes du pouvoir qui demeure.

Puis il s'interrompit et baissa ses yeux pétillants d'humour vers son passager.

— Un étranger au Fief, lâcha-t-il. Cette femme ne t'a donc rien enseigné des lois de ce monde ?

Covenant se raidit sur son siège. Le ton du géant semblait rabaisser Atiaran, dénigrer le prix qu'elle avait payé pour le conduire jusqu'à la Sérénité. Son front invincible et son regard joyeux paraissaient imperméables à toute sympathie. Mais la douleur de la stèlagienne était encore vivace dans l'esprit de Covenant. Elle avait été privée d'amour et de chaleur humaine… D'une voix chargée de colère, il répliqua :

— Cette femme est Atiaran Trell-mie, de Mithil-Stèlage, et elle a fait beaucoup mieux que m'enseigner les lois de votre monde. Elle m'a amené ici sain et sauf malgré le ravageur, le repenti assassiné, la lune sanglante et les ur-vils ; aurais-tu pu en faire autant ?

Suilécume ne répondit pas, mais une grimace joviale fendit son visage, relevant la pointe de sa barbe en un salut moqueur.

— Par l'enfer ! s'emporta Covenant. Crois-tu donc que je mens ? Je ne m'abaisserais pas à ça.

Alors, la bonne humeur du géant explosa en un rire tonitruant qui lui fit rejeter la tête en arrière. Covenant le regarda, ivre de rage. Pendant quelques secondes, il endura l'affront. Puis il se redressa brusquement et leva son bâton pour frapper Suilécume.

Celui-ci l'arrêta d'un geste apaisant.

— Doucement, l'Incrédule. Te sentirais-tu plus grand si je m'asseyais ?

— Par la damnation éternelle ! rugit Covenant.

Abattant l'instrument de toutes ses forces, il frappa le fond du bateau avec l'extrémité noircie.

La barque tangua comme si la rivière se convulsait sous le coup. Titubant, le lépreux se raccrocha à une traverse pour ne pas basculer par-dessus bord. L'instant d'après, la secousse s'évanouit, et la surface scintillante de l'eau redevint lisse et calme. Mais Covenant continua à s'agripper pendant plusieurs secondes, tandis que ses nerfs tressautaient et que l'anneau palpitait sourdement à son doigt.

« Tu es ridicule », se morigéna-t-il. Il se mit en appui sur ses pieds écartés et demeura immobile jusqu'à ce qu'il ait repris le contrôle de ses émotions. Puis il tourna son regard vers Salin Suilécume et sonda son aura. Il ne perçut pas la moindre corruption en lui ;

le géant semblait aussi sain et robuste que du granit. « Ridicule », se répéta-t-il.

— Atiaran Trell-mie mérite qu'on la respecte, insista-t-il néanmoins.

— Ah ! pardonne-moi, sourit Suilécume. Je ne voulais pas lui manquer de respect. Ta loyauté me soulage. Et je connais la valeur de ce qu'elle a accompli. (Baissant le gouvernail pour pouvoir le garder sous son bras, il s'assit dos au bastingage, de sorte que ses yeux se retrouvèrent presque au niveau de ceux de Covenant.) Il n'est personne dans le Fief, ni homme, ni géant, ni ranyhyn, qui pourrait t'amener à… à la Citadelle des seigneurs plus rapidement que moi.

« Mais toi, Thomas Covenant l'Incrédule, tu te consumes trop librement. Tout à l'heure, j'ai ri parce que tu ressemblais à un coq menaçant un ranyhyn. Tu te gaspilles.

Le lépreux contint sa colère et lança à voix basse :

— Crois-tu ? Tu juges hâtivement, géant.

Une autre cascade d'hilarité s'échappa de la gorge de Suilécume.

— C'est courageusement dit, approuva-t-il. Voilà qui est nouveau : un homme accusant un géant de précipitation. En l'occurrence, tu as raison. Mais ignores-tu que les humains nous considèrent comme un peuple désespérément lent ? J'ai été choisi comme légat parce que vos noms si courts – qui privent leur porteur de tant d'histoire, de pouvoir et de signification – me viennent plus facilement qu'à la plupart de mes semblables. Maintenant, il semble que j'en use trop facilement.

Une fois de plus, il rejeta la tête en arrière et partit d'un éclat de rire.

Covenant le foudroya du regard, comme si sa bonne humeur lui était incompréhensible. Puis il se détourna, laissa tomber son bâton dans le fond du bateau et s'assit sur la traverse face à la proue. Le comportement de Salin Suilécume avait quelque chose de contagieux, mais il résista. Il ne pouvait pas se permettre d'être victime d'une nouvelle séduction. Il avait déjà perdu bien plus de lui-même qu'il ne pourrait jamais récupérer.

« Les nerfs ne se régénèrent pas », se répéta-t-il. Ces mots étaient une litanie privée des icônes de son identité en crise. « Les géants n'existent pas. Je connais la différence. Continue à avancer, survis. » Il se mordit les lèvres, comme si la douleur pouvait l'aider à garder son équilibre, à maîtriser sa rage.

Derrière lui, Salin Suilécume recommença à fredonner tout bas. La chanson se déversait ainsi qu'une rivière dans une crique ; elle montait et se retirait telle la marée, et les vents de la haute mer soufflaient à travers ses paroles archaïques. À intervalles réguliers, celles-ci revenaient vers le refrain – « La pierre et la mer sont au cœur de la vie » –, avant de s'en éloigner à nouveau. Leur ressac rappela à Covenant combien il était fatigué et il se pelotonna pour se reposer.

La question de Suilécume le tira de son demi-sommeil.

— Es-tu un conteur, Thomas Covenant ?

— Je l'étais autrefois, répondit-il sur un ton absent.

— Et tu y as renoncé ? s'étonna le géant. C'est l'histoire la plus triste que tu pouvais me raconter en quatre mots. Mais une existence sans histoires est pareille à une mer sans sel. Comment vis-tu, désormais ?

Covenant croisa les bras sur le plat-bord et y posa le menton. Tandis que la barque remontait la rivière, Andelain s'ouvrait devant lui telle une fleur, mais il ignora ses doux paysages, préférant se concentrer sur le clapotis de l'eau autour de l'étrave. Inconsciemment, il serra le poing sur son alliance.

— Je vis.

— Encore ? s'exclama Suilécume. En deux mots, tu me brosses à nouveau un récit désolant. N'en dis pas davantage : avec un seul mot, tu me ferais pleurer.

Covenant n'entendit nulle critique dans la voix du gaillard : juste un mélange de taquinerie et de compassion. Il haussa les épaules et garda le silence.

— Ce n'est pas de chance pour moi, reprit Suilécume au bout d'un moment. Notre voyage sera long et j'espérais que tu me narrerais quelque chose pour faire passer les lieues plus vite. Mais tant pis. De toute façon, il semble que tu ne connaisses rien de très amusant. Un ravageur, un repenti et des esprits massacrés… Ça ne me surprend pas vraiment ; nos anciens ont toujours soupçonné que Pulverâme ne mourrait pas aussi facilement que l'espérait le pauvre Kevin.

« Par la pierre et la mer ! Toute cette profanation pour rien… Mais nous avons un proverbe qui réconforte nos enfants – si peu nombreux soient-ils – quand ils pleurent sur le sort de notre nation, de nos maisons et de notre peuple perdus. Nous disons : « La joie est dans les oreilles qui entendent, non dans la bouche qui parle. » Le monde abrite bien peu de faits réjouissants, et nous devons avoir l'oreille gaie pour défier le Mépris. Que le Créateur soit loué ! Le vieux Damelon Gigamis connaissait la valeur du rire. Quand nous sommes arrivés dans le Fief, nous étions trop accablés pour continuer à nous battre pour notre survie.

« La valeur du rire, pensa Covenant, morose. Ai-je vraiment ri pour toute une vie durant ce bref laps de temps ? »

— Vous autres humains êtes un peuple impatient, Thomas Covenant. Crois-tu que je radote ? Point du tout ; bien au contraire, je me dépêche d'en arriver à la conclusion de mon discours. Puisque tu as renoncé à être un conteur et puisque aucun de nous deux n'est assez enjoué pour supporter la narration de tes aventures, il semble que je doive me charger de nous distraire. Les histoires contiennent de la force et guérissent le cœur, et même les géants en ont besoin lorsqu'ils sont confrontés à une tâche telle que la mienne.

Suilécume marqua une pause et Covenant, qui ne voulait pas qu'il s'arrête – car sa voix semblait s'insinuer dans le murmure précipité de l'eau pour le changer en une psalmodie apaisante –, lança dans le silence :

— Vas-y, raconte.

— Ah ! sourit Suilécume, ce n'était donc pas si grave. Tu te remets malgré toi, Thomas Covenant. Très bien. Ouvre tes oreilles et écoute gaiement, car je ne suis pas un pourvoyeur de chagrin – même si les géants ne se dérobent pas face à la brutalité de la réalité lorsque les circonstances l'exigent. Si tu me demandais de relater ton parcours jusqu'ici, j'aurais besoin de connaître chaque détail de ton voyage avant de pouvoir m'engager dans les collines d'Andelain. Retracer les pas de quiconque est une entreprise périlleuse et souvent impossible, parce que le chemin a disparu ou le voyageur changé irrémédiablement.

« Mais tu dois comprendre, l'Incrédule, que le choix d'un récit exige mûre réflexion. Notre langue regorge d'épopées et plusieurs jours sont nécessaires pour épuiser certaines d'entre elles. Jadis, lorsque j'étais enfant, j'ai entendu trois fois de suite celle de Baghoon l'Insupportable et de Thelma Deux-Poings, qui l'apprivoisa – leurs mésaventures font rire –, et neuf jours se sont écoulés avant que je la connaisse vraiment. Cela dit, tu ne parles pas le géant et la traduction est un exercice ardu, aussi cela simplifie-t-il le problème du choix.

« L'histoire de notre vie à Ondemère, depuis que nos bateaux ont trouvé le Fief, recèle maints épisodes : le règne de Damelon Gigamis, de Loric Vilmotu et de Kevin, que l'on surnomme désormais le Dévastateur ; la construction de Pierjoie, la Citadelle révérée, « symbole d'allégeance gravé dans la pierre éternelle du temps », comme Kevin le chanta autrefois – la plus grande œuvre que les géants aient réalisée dans le Fief, un temple qui rappelle aux miens ce qui peut être accompli ; le voyage qui nous a sauvés de la profanation et les nombreuses guérisons accomplies par les nouveaux seigneurs. Mais là encore, le fait que tu sois un étranger facilite mon choix. Je vais te raconter la toute première histoire des géants d'Ondemère : la chanson des apatrides.

Covenant balaya du regard l'étendue bleue étincelante de la Sérénité et s'installa pour écouter Suilécume. Mais au lieu d'entamer immédiatement son récit, celui-ci reprit sa chanson archaïque, dévidant inlassablement la mélodie. Sous le charme de son timbre, le lépreux commença à s'assoupir. L'épuisement l'empêchait de maintenir son attention. Tout en attendant, il s'affala contre la proue tel un nageur à bout de forces.

Soudain, une modulation affûta le chant de son compagnon. L'air adopta un ton aigu, proche d'une lamentation. Bientôt, Covenant put comprendre les paroles de Suilécume.

> Nous sommes les apatrides,
> Les voyageurs perdus du monde.
> Dans notre pays au-delà de la mer du Levant
> Nous vivions, habitions et grandissions ;
> Et nous tournions nos voiles vers le vent,
> Sans prendre garde au danger de l'égarement.
> Nous sommes les apatrides.

Quittant nos maisons et nos foyers,
Les demeures de pierre sacrée sculptées par nos mains respectueuses,
Nous avons hissé nos voiles sous le vent des étoiles
Et emmené nos vies vers des rivages lointains,
Sans nous soucier du péril de la perte.
Nous sommes les apatrides,
Les voyageurs perdus du monde.
De rivages déserts en falaises vertigineuses,
De royaumes humains en domaines sylvestres des faeries,
De rêve en rêve, nous avons vogué
En souriant à l'arc-en-ciel de notre perte.
À présent, nous sommes les apatrides,
Privés de racines, d'ancêtres et de frères.
Abandonnant les mystères d'autres délices,
Nous avons hissé nos voiles pour retracer notre chemin.

Mais les vents de la vie ne nous ont pas portés dans la bonne direction
Et nous n'avons jamais retrouvé notre pays par-delà les mers.

— Par la pierre et la mer ! Connais-tu la légende de l'arc-en-ciel blessé, Thomas Covenant ? On raconte que durant le passé le plus obscur de la Terre, il n'y avait pas d'étoiles dans le ciel. La voûte céleste était un simple voile qui nous séparait de l'univers éternel du Créateur – l'endroit où il vivait avec son peuple et sa myriade d'enfants étincelants, qui dansaient sur la musique du jeu et de l'allégresse.

« Tandis que les âges se succédaient, il décida de fabriquer une nouvelle chose pour le cœur joyeux de ses enfants. Il descendit dans ses immenses forges, où il fondit, martela et façonna. Quand il eut terminé, il lança sa création mystique vers les cieux. Alors, un arc-en-ciel étendit ses bras en travers de l'univers.

« Un instant, le Créateur se réjouit. Puis il examina l'arche scintillante de plus près ; et là, très haut, il avisa une brèche. Il ignorait que son ennemi, l'esprit démoniaque de l'obscurité et de la bourbe qui rampait jusque dans les boyaux de son monde, l'avait vu à la tâche et avait craché son mépris dans le mortier de son ouvrage. Aussi l'arc-en-ciel était-il désormais souillé.

« Vexé, le Créateur se remit au travail. Las ! Pendant qu'il cherchait le moyen de réparer son œuvre, ses enfants étincelants la trouvèrent, et sa beauté les remplit d'allégresse. Ensemble, ils l'escaladèrent et gambadèrent gaiement le long de son arche, virevoltant dans ses couleurs. À son apogée, ils découvrirent la blessure. Mais ils ne la comprirent pas.

Chantant leur jubilation, ils s'y engagèrent en dansant et se retrouvèrent dans notre ciel. Cette nouvelle sphère dénuée de lumière les réjouit encore plus et ils tournoyèrent jusqu'à la faire étinceler de la félicité de leurs ébats.

« Quand ils se lassèrent de ce jeu, ils voulurent rentrer à bon port. Mais la porte s'était refermée, car entre-temps, le Créateur avait découvert la cause de la trouée et la colère avait obscurci son esprit. Sans réfléchir, il avait arraché l'arc-en-ciel des cieux. Lorsque sa fureur retomba, il s'aperçut qu'il avait enfermé ses enfants dans notre firmament. Et c'est là qu'ils restèrent, étoiles guidant les voyageurs nocturnes ; là qu'ils demeureront jusqu'à ce que le Créateur puisse débarrasser l'univers de son ennemi et trouver un moyen de les ramener chez lui.

« Il en fut de même pour nous, les apatrides. Jadis, nous vivions dans un pays rocailleux et prospérions parmi nos semblables, et lorsque nous apprîmes à naviguer sur les mers, notre fortune s'accrut encore. Mais dans l'exubérance de notre joie et de nos découvertes, nous nous laissâmes trahir par notre folie. Nous construisîmes vingt magnifiques vaisseaux, chacun aussi large qu'un de vos châteaux, et fîmes le serment de hisser les voiles et de découvrir la Terre entière. Oui, la *Terre entière*. À bord de leurs navires, deux mille géants dirent adieu à leurs frères, promettant de rapporter dans leurs histoires les multiples facettes du monde ; et ils se lancèrent dans l'infinité de leur rêve.

« D'océan en océan, de tempête en accalmie, de famine en abondance, de récifs en rivages, les nôtres naviguèrent, savourant la morsure de l'air marin qui faisait gonfler leur cœur et l'exaltation de tisser des liens avec de nouveaux peuples au cours de leur errance.

« En une demi-génération, ils perdirent trois bateaux. Une centaine d'entre eux choisirent de demeurer avec les faeries sylvestres – les Élohim – et deux cents périrent à la guerre en servant les Bhrathair, qui furent presque anéantis par les gorgones des sables. Deux autres voiliers s'échouèrent. Lorsque les premiers enfants nés pendant le voyage furent assez âgés pour devenir marins à leur tour, les mille cinq cents explorateurs restants tinrent conseil et tournèrent leurs pensées vers leur patrie – car ils avaient compris leur folie et étaient las de lutter contre les mers.

« Aussi tentèrent-ils de rentrer chez eux. Mais ils n'y parvinrent jamais. Des chemins pourtant familiers les conduisirent à des océans inconnus et vers des périls nouveaux. Des tempêtes s'acharnèrent sur eux jusqu'à ce que la résistance des haubans ait dénudé les os de leurs mains, et les vagues se dressèrent haineusement pour leur barrer la route. Cinq bâtiments furent perdus – même si l'on retrouva l'épave du premier et si les marins du deuxième furent récupérés sur l'île où la marée les avait déposés.

« Malgré la glace qui les tint dans son étau pendant de nombreuses saisons, les tuant par dizaines, malgré les bonaces qui épuisèrent leurs provisions et les firent presque mourir de faim, ils continuèrent à lutter pour survivre et revoir leur terre natale. Mais les désastres successifs effacèrent de leur mémoire tout vestige de connaissance, jusqu'à ce qu'ils ne sachent plus ni où ils étaient ni où ils devaient aller. Quand ils atteignirent le Fief, ils jetèrent l'ancre. Moins d'un millier d'entre eux débarquèrent sur le rivage rocheux d'Ondemère. Inconsolables, ils renoncèrent à l'espoir de rentrer chez eux.

« Mais l'amitié du haut seigneur Damelon les revigora. Dans sa puissante sagesse, le fils de Berek Terramis discerna des augures prometteurs et les géants, confiants en sa parole, furent rassurés. Ils firent d'Ondemère leur nouveau foyer et jurèrent fidélité aux seigneurs. Puis ils envoyèrent trois vaisseaux en quête de leur pays. Cela fait maintenant plus de trois fois mille ans que trois de leurs navires parcourent perpétuellement les mers, sans cesse relevés, au fur et à mesure que les précédents rentrent bredouilles. Et nous sommes toujours apatrides, perdus dans le labyrinthe d'un rêve délirant.

« Par la pierre et la mer ! Notre vie est longue comparée à celle des humains. Je suis né à bord d'un bateau, durant le court voyage qui nous a sauvés de la profanation, et mes arrière-grands-parents faisaient partie des premiers explorateurs. Mais nous avons si peu d'enfants… Il est rare qu'une de nos femmes en porte plus d'un. Aujourd'hui, nous ne sommes plus que cinq cents et notre vitalité décroît à chaque génération. Nous ne pouvons pas oublier.

« Dans la légende que je t'ai contée tout à l'heure, les enfants du Créateur avaient l'espoir. Après chaque averse purificatrice, leur père leur envoyait des arcs-en-ciel, comme pour leur promettre qu'un jour, il trouverait un moyen de les ramener chez eux. Si nous voulons survivre, nous devons regagner notre terre, la patrie perdue qui s'étend par-delà la mer du Levant.

Durant le récit de Suilécume, le soleil avait entamé sa descente ; au moment où le narrateur se tut, il commença à s'abîmer derrière les montagnes.

À l'ouest, les glorieuses flammes vinrent se refléter sur la Sérénité, embrasant sa surface d'une lueur orange et dorée. Dans les cieux incommensurables, leur éclat irradiait à la fois le chagrin et l'espoir, la nuit à venir et la promesse que les ténèbres se dissiperaient le lendemain – car lorsque surviendrait la véritable fin du jour, il n'y aurait pas d'illumination pour la magnifier, et rien d'autre à contempler que la pourriture et les cendres.

Dans la splendeur du couchant, Suilécume haussa de nouveau la voix et chanta sur un ton poignant :

Nous avons hissé nos voiles pour retracer notre chemin
Mais les vents de la vie ne nous ont pas portés dans la bonne direction
Et nous n'avons jamais retrouvé notre pays par-delà les mers.

Covenant se redressa et pivota vers le géant. Malgré son menton fièrement levé, des larmes scintillantes ruisselaient le long de ses joues. Tandis que le lépreux l'observait, les reflets virèrent au rouge et s'estompèrent sur son visage.

— Ris, Thomas Covenant, murmura Suilécume. Ris pour moi. La joie est dans les oreilles qui entendent.

Covenant perçut l'humble supplication qui vibrait dans sa voix et lui répondit d'un grognement. Il ne pouvait pas exaucer sa requête, car il n'y avait plus la moindre trace de rire en lui. Dégoûté par ses propres limites, il tourna ses efforts dans une autre direction.

— J'ai faim.

Un instant, les yeux de Suilécume flamboyèrent, comme si Covenant l'avait frappé. Puis le gaillard rejeta la tête en arrière et éclata de rire, s'accordant lui-même ce que son passager ne pouvait lui offrir. Sa bonne humeur semblait jaillir tout droit de son cœur et, bientôt, elle eut banni la tension et les larmes de son visage.

Quand son hilarité se fut apaisée et changée en gloussement discret, il lança :

— Thomas Covenant, je n'aime pas me précipiter, mais je crois pouvoir dire que tu es mon ami. Tu as renversé ma fierté et c'était un service à me rendre, même si je ne m'étais pas moqué de toi tout à l'heure.

« Faim ? Bien sûr que tu as faim ! C'est courageusement dit. J'aurais dû t'offrir à manger plus tôt : tu as la mine transparente d'un homme qui n'a avalé que de l'*aliantha* depuis plusieurs jours. Certains devins prétendent que les privations raffermissent l'âme ; mais moi, je dis qu'il est temps de s'y consacrer quand le corps n'a pas d'autre solution. Par chance, j'ai de la nourriture en abondance.

Il poussa une énorme besace vers Covenant et lui fit signe de l'ouvrir. Lorsque le lépreux eut défait les cordons, il découvrit du bœuf salé, du fromage, du pain rassis et plus d'une douzaine de mandarines aussi grosses que ses deux poings, ainsi qu'une outre qu'il put à peine soulever. Remettant cette difficulté à plus tard, il entreprit d'abord de se sustenter et rinça sa bouche pleine de sel avec le jus d'un fruit. Puis il reporta son attention sur l'outre.

— C'est de l'eau de roche, expliqua Suilécume. Une boisson vitale. Je devrais peut-être… Non ; plus je te regarde, mon ami, plus je vois de lassitude en toi. Bois. Ça t'aidera à récupérer.

Covenant goûta prudemment la boisson. Elle avait le goût d'un whisky léger et un parfum entêtant, mais elle était si douce qu'elle ne lui brûla pas la gorge. Il en sirota quelques gorgées et se sentit aussitôt ragaillardi.

Il reboucha l'outre, rangea les vivres dans le sac puis, avec quelque effort, le poussa vers Suilécume. L'eau de roche répandait une douce chaleur dans son estomac et il lui semblait que, dans très peu de temps, il serait prêt à écouter une autre histoire. Mais comme il s'allongeait sous les traverses de la proue, le crépuscule vira à l'obscurité cristalline et les étoiles apparurent l'une après l'autre. Avant de se rendre compte qu'il s'assoupissait, Covenant dormait déjà.

Son sommeil ne fut pas de tout repos. Il tituba, hagard, à travers des visions de lune mourante, de massacre et de chair ravagée, et se retrouva allongé dans la rue devant le pare-chocs d'une voiture de police. Un attroupement s'était formé autour de lui. Les gens avaient des yeux de silex et la bouche tordue par un rictus accusateur. Tous sans exception désignaient ses mains. Quand Covenant les leva pour les examiner, il constata qu'elles étaient couvertes d'ecchymoses violettes.

Alors deux types costauds, en blouse blanche, le soulevèrent et le déposèrent sur un brancard. Il vit qu'une ambulance attendait non loin de là. Mais les gars ne l'emmenèrent pas tout de suite jusqu'au véhicule. Ils restèrent immobiles, le portant à hauteur de taille, comme pour mieux l'exhiber.

Un policier fendit la foule, au regard chargé de mépris. Il se pencha vers Covenant et lui dit sévèrement :

— Vous étiez sur mon chemin. C'est mal. Vous devriez avoir honte.

Son haleine embaumait l'essence de rose.

Derrière lui, une voix aussi mielleuse que celle de l'avocat de Joan répéta :

— C'est mal.

Puis de concert, les personnes qui l'entouraient vomirent des caillots de sang sur la chaussée.

« Je n'y crois pas », songea Covenant.

— Il ne nous croit pas, ronronna la voix mielleuse.

Un hurlement silencieux jaillit de la foule et s'abattit sur Covenant. Incapable de se défendre, il frémit et se recroquevilla sur lui-même.

Alors, ses concitoyens entonnèrent en chœur :

— Tu es mort. Sans la communauté, tu ne peux pas vivre. La vie est dans la communauté, et elle t'a rejeté. Tu ne peux pas vivre si nul ne se soucie de toi.

Leurs voix étaient pareilles au grondement d'une avalanche. Quand elles se turent, Covenant eut l'impression que l'air s'était changé en gravats dans ses poumons.

Avec un soupir de satisfaction, la voix mielleuse ordonna :

— Emmenez-le à l'hôpital. Soignez-le. Il n'existe qu'une seule bonne réponse à la mort. Soignez-le et jetez-le dehors.

Les deux malabars le poussèrent dans l'ambulance. Avant que les portes claquent derrière lui, Covenant vit ses compatriotes se serrer la main et se féliciter, la mine radieuse. Puis le véhicule démarra. Levant les mains, il constata que les taches violacées remontaient le long de ses avant-bras. Horrifié, il les fixa en gémissant :

— Par les feux de l'enfer, par les feux de l'enfer…

Alors, une douce voix de ténor lui dit gentiment :

— N'aie pas peur. Ce n'est qu'un rêve.

Le réconfort se déploya sur lui comme une couverture. Mais il ne put le sentir avec ses doigts, et l'ambulance continua à rouler. Il agrippa le vide jusqu'à ce que la solitude fasse blanchir ses jointures.

Quand il eut l'impression que sa peine ne pouvait plus empirer, le véhicule versa sur le côté. Il tomba du brancard et bascula dans l'oubli.

12

Pierjoie

Quelque chose frottait contre sa joue gauche et l'irritation l'arracha au gouffre du sommeil. Des turbulences se succédaient sous sa tête comme si on le traînait sur un lit de cailloux. Il se fraya laborieusement un chemin jusqu'à la surface de sa conscience. Puis deux secousses rapides le firent tressaillir et l'endroit où il gisait se souleva. En se redressant, il se cogna la tête sur une traverse. Le choc se répercuta dans son crâne. Il s'assit pour regarder par-dessus le plat-bord.

Pendant qu'il dormait, le paysage avait radicalement changé. Désormais, il ne contenait plus aucune ombre, aucune ligne, aucune résonance de la richesse d'Andelain. Au nord-est, le rivage avait été remplacé par une falaise abrupte. À l'ouest s'étendait une plaine grise et nue, ravagée comme un vaste champ de bataille où les humains n'avaient pas été les uniques victimes – où le feu et le sang avaient anéanti les capacités de régénération de la terre. Seuls de maigres buissons s'accrochaient encore à la vie le long de la rivière qui se déversait dans la Sérénité, quelques centaines de pieds en amont. Le vent venu de l'est charriait une odeur de brûlé, sous laquelle se tapissait le souvenir fétide d'un crime.

Déjà, l'affluent troublait les eaux de la Sérénité ; il perturbait ses courants et souillait sa limpidité avec une boue grisâtre. Covenant dut s'accrocher pour ne pas perdre l'équilibre tandis que le roulis s'accentuait.

Suilécume maintenait la barque au centre de l'onde, à l'écart des remous qui bouillonnaient au pied de la paroi. Par-dessus son épaule, Covenant jeta un coup d'œil au géant, qui se tenait à la poupe, solidement campé sur ses pieds écartés, le gouvernail coincé sous le bras droit. Voyant que son passager le regardait, il lui lança par-dessus le fracas de l'eau :

— La Mémoriade est juste devant nous ! C'est ici que nous allons virer vers le nord pour suivre la Blanche ! La Grise descend depuis l'ouest !

Sa voix avait une tonalité stridente, comme s'il avait chanté à tue-tête pendant toute la nuit ; mais au bout d'un moment, il entonna une mélodie différente :

Car nous ne prendrons aucun repos,
Ne nous détournerons pas de notre chemin,
Ne perdrons pas la foi ni n'échouerons,
Jusqu'à ce que la Grise vire au bleu,
Et que la Rill et la Maerl
Soient aussi claires que l'ancienne Llurallin.

Les soubresauts de la Sérénité s'amplifièrent. Plaqué contre une traverse, Covenant observa l'union forcée des eaux propres et souillées. Puis Suilécume hurla :

— Encore cent lieues jusqu'à la chaîne Ouestronne – le col de la Sangarde et la source de la Llurallin –, et cent cinquante vers le sud-ouest jusqu'aux Ultimes Collines et au Garrot ! Nous ne sommes plus qu'à soixante-dix lieues de la Citadelle !

Soudain, le rugissement de la rivière enfla, étouffant la voix de Suilécume. Sans crier gare, le courant assaillit le bateau et le fit pivoter vers la droite, perpendiculairement à lui. Une gerbe d'écume gifla Covenant tandis que la barque penchait sur le côté ; instinctivement, le lépreux plongea vers la gauche.

L'instant d'après, il capta un fragment de la chanson du géant et sentit le pouvoir vibrer le long de la quille. Lentement, l'embarcation se redressa et reprit son cap initial.

Mais le désastre qu'ils venaient de frôler les avait conduits dangereusement près de la falaise. L'esquif gîta tandis que Suilécume le ramenait avec peine au centre de la Sérénité, plus au calme. Puis la sensation de pouvoir s'évanouit.

— Pardonne-moi ! cria Suilécume d'une voix éraillée par l'effort. D'habitude, je suis meilleur navigateur !

Covenant se cramponnait au plat-bord et, comme le roulis le ballottait en tous sens, il se rappela : « Il n'existe qu'une seule bonne réponse à la mort. »

« Une seule bonne réponse, songea-t-il. Et ce n'est pas celle-là. » Peut-être vaudrait-il mieux que le bateau se retourne et qu'il se noie ; qu'il ne porte pas le message du seigneur Turpide jusqu'à Pierjoie, avec sa main mutilée et son anneau d'or blanc. Il n'était pas un héros. Il ne pouvait satisfaire ce genre d'attente.

— Maintenant, déclara Suilécume, nous devons traverser la Grise pour poursuivre vers le nord. Ce n'est pas très dangereux, mais je suis fatigué et le niveau des eaux est assez haut.

Covenant se retourna pour observer son compagnon. Il voyait qu'il souffrait. Ses joues étaient creuses, comme si quelqu'un avait arraché toute cordialité de son visage, et une détermination fébrile brûlait dans ses yeux caverneux. « Fatigué ? songea Covenant. Dis plutôt épuisé. » Il tituba maladroitement de traverse en traverse jusqu'à ce qu'il ait atteint le géant. Le sommet de son crâne arrivait à peine au niveau de sa taille. Renversant la tête en arrière, il hurla :

— Je vais barrer ! Repose-toi !

Un sourire fugitif passa sur les lèvres de Suilécume.

— Merci, mon ami. Mais non, tu n'es pas prêt. Je suis assez fort. Passe-moi juste l'eau de roche.

Covenant ouvrit la besace et entoura l'outre de ses mains. Son poids et sa souplesse la rendaient difficile à manipuler, d'autant que le roulis le déséquilibrait. Il n'arrivait pas à la soulever. Au bout d'un moment, il glissa ses bras dessous et parvint à l'arracher du sac. Suilécume se pencha et la saisit par le goulot de sa main libre.

— Merci, mon ami, répéta-t-il avec une grimace pleine de lassitude.

Portant l'outre à la bouche, il négligea un instant les périls de la rivière pour boire goulûment. Puis il la reposa et dirigea le bateau vers l'embouchure de la Grise.

Une nouvelle vague de pouvoir jaillit sous la quille, faisant vibrer la coque. Comme elle percutait le courant principal de la Grise, le géant fit pivoter l'embarcation à angle droit. D'une manœuvre précise, il la guida jusqu'à la rive nord, la ramena dans le bon sens en utilisant les remous au pied de la falaise et la laissa glisser dans le flux limpide de la Blanche. Dès qu'elle eut franchi la jonction des deux rivières, le rugissement de leur collision commença à faiblir derrière elle.

Quelques secondes plus tard, les pulsations de pouvoir s'évanouirent. Avec un gros soupir, Suilécume essuya son front maculé de sueur. Ses épaules s'affaissèrent et sa tête s'inclina sur sa poitrine. Il baissa laborieusement le gouvernail et se laissa tomber sur le fond du bateau.

— Ah ! mon ami. Même les géants ne sont pas faits pour livrer de telles batailles.

Covenant recula vers le milieu de la barque et s'assit dos au plat-bord. Dans cette position, il ne pouvait pas regarder par-dessus le bastingage, mais le paysage lui importait peu pour le moment. Il avait d'autres préoccupations – dont l'état de Suilécume. Il ne comprenait pas pourquoi il semblait à bout de forces. Il tenta d'aborder la question de biais en demandant :

— C'était bien joué. Comment as-tu fait ? Tu ne m'as toujours pas dit quelle énergie nous propulse.

— Réclame-moi une autre histoire, souffla Suilécume. Celle-ci est presque aussi longue que celle du Fief. Je n'ai pas le cœur à t'enseigner le sens de la vie maintenant.

— De toute façon, tu ne connais aucun récit court, répliqua Covenant.

Le géant eut un faible sourire.

— C'est vrai, concéda-t-il. Très bien, je vais la raccourcir pour toi. Mais tu dois promettre qu'ensuite, tu me raconteras quelque chose. J'en aurai besoin, mon ami.

Covenant hocha la tête.

— Dans ce cas, mange, et je parlerai, lui intima Suilécume.

Surpris par la faim qui le tenaillait, Covenant s'attaqua au contenu de la besace. Il engloutit rapidement quelques tranches de viande et de fromage, puis apaisa sa soif avec une mandarine. Pendant qu'il se rassasiait, le géant commença d'une voix que la fatigue rendait atone :

— Le temps de Damelon Gigamis dans le Fief prit fin avant que mes ancêtres aient achevé la construction de Coercri, leur demeure à Ondemère. Ils avaient sculpté la Citadelle au cœur de la montagne avant de bâtir leurs maisons dans le domaine dont les seigneurs leur avaient concédé la jouissance, et lorsque Coercri fut enfin terminée, Loric avait succédé à son père. Alors, les miens tournèrent leur attention vers l'extérieur – vers la mer du Levant et l'amitié de la Terre.

« Les *lillianrill* comme les *rhadhamaerl* désiraient étudier les traditions des géants, et le règne du haut seigneur Loric Vilmotu fut une époque prospère pour les *lillianrill*. Afin d'accroître cette prospérité, les géants durent effectuer maints séjours à la Citadelle, la majestueuse Pierjoie. (Suilécume entonna une douce chanson, comme pour invoquer l'antique grandeur de la révérence de son peuple.) Ce fut une bonne chose, qui permit de raffermir leurs liens avec les seigneurs.

« Mais mon peuple n'a jamais aimé marcher. Aussi décida-t-il de fabriquer des bateaux pour naviguer sur les rivières qui descendent de la chaîne Ouestronne. Le problème, comme tu le sais peut-être, c'est que la faille au milieu de laquelle se dresse Gravin Threndor coupe leur trajectoire jusqu'à la mer ; et que personne ne s'aventurerait volontairement sur la Souille depuis le Vorace, le grand marécage. Les géants construisirent donc des quais sur la Sérénité, en amont de Gravin Threndor et du défilé connu sous le nom de Coupe-Gorge. Puis ils amarrèrent leurs navires là-bas et à la Citadelle, au pied des chutes Ferlées, de façon à pouvoir couvrir au moins deux cents lieues sur l'eau.

« Loric et les *lillianrill* voulurent les seconder dans cette entreprise. Rassemblant leur pouvoir, ils créèrent le vermeillan – un bois robuste qu'ils baptisèrent *lorliarill* –, et s'en servirent pour fabriquer des gouvernails et des quilles. Et les vénérables promirent que, lorsque les présages d'espoir viendraient à se réaliser, le vermeillan aiderait les miens dans leur quête.

« Assez, soupira Suilécume. Pour faire court, c'est moi qui propulse cette embarcation. (Il lâcha le gouvernail et aussitôt, la barque ralentit.) Du moins, c'est moi qui invoque la puissance du vermeillan. Il y a de la vie et du pouvoir dans la terre – dans la pierre, l'eau et le bois. Mais ils sont cachés, endormis. Pour les réveiller, il faut de la maîtrise, de la force et des chansons.

Il saisit le gouvernail, et le bateau reprit sa course.

— Voilà pourquoi je suis si las, souffla-t-il. Je n'ai eu aucun repos depuis la veille de notre rencontre.

Le ton de sa voix rappela à Covenant l'épuisement de Trell, après qu'il eut réparé le bol brisé.

— Cela fait maintenant deux jours et deux nuits que, malgré la fatigue qui m'imprègne jusqu'à la moelle, je n'ai pas autorisé le vermeillan à s'arrêter ou à ralentir. (Voyant l'expression surprise du lépreux, il confirma :) Oui, mon ami, tu as dormi pendant deux nuits et un jour. De l'ouest d'Andelain jusqu'aux abords de la Mémoriade, et durant notre traversée des plaines centrales – sur plus d'une centaine de lieues. (Il marqua une pause et conclut :) L'eau de roche produit cet effet sur les humains. Mais tu en avais bien besoin.

Un instant, Covenant garda le silence, fixant les planches de la coque comme s'il cherchait un endroit où les frapper. La bouche tordue par un rictus, il releva la tête et lança :

— Je suis donc frais et dispos. Puis-je t'aider ?

Suilécume ne répondit pas tout de suite. Derrière le contrefort de son front massif, il parut soupeser ses diverses incertitudes avant de marmonner :

— Par la pierre et la mer ! Bien sûr ! Pourtant, le simple fait que tu me poses la question prouve que tu en es incapable. La mauvaise volonté ou l'ignorance t'en empêchent.

Covenant comprit. Il entendait encore le battement des ailes noires, revoyait les esprits massacrés. « La magie sauvage ! pesta-t-il en lui-même. L'héroïsme ! C'est insupportable ! » Secouant la tête, il demanda sur un ton bourru :

— Tu veux mon anneau ?

— Si je le veux ? croassa Suilécume avec une expression indiquant qu'il pensait devoir rire, mais n'en avait pas le courage. Si je le veux ? (Sa voix chevrota douloureusement, comme s'il confessait une aberration.) N'utilise pas ce mot, mon ami. *Vouloir* est une impulsion naturelle, qui peut être satisfaite ou non sans conséquences néfastes. Demande-moi plutôt si je le convoite. Convoiter, c'est désirer une chose qu'on ne devrait pas te donner. Oui, je guigne ton pouvoir chaotique, capable de briser la paix, « une magie sauvage que l'or blanc pourra libérer ou contrôler ». Je le reconnais. Mais ne me tente pas. Le pouvoir se venge toujours de ceux qui l'ont usurpé. Je n'accepterais pas cet anneau même si tu me l'offrais.

— Mais saurais-tu t'en servir ? interrogea Covenant d'une voix sourde, étranglée par l'appréhension.

Cette fois, Suilécume éclata de rire. Sa bonne humeur n'était plus que l'ombre d'elle-même, mais elle demeurait sincère et affable.

— Ah ! c'est courageusement dit, mon ami. Ainsi la convoitise succombe-t-elle à sa propre folie. Non, je ne saurais pas. Si l'on ne peut conjurer la magie sauvage par un simple effort de volonté, j'ignore comment on doit s'y prendre. Les géants ne possèdent pas ces connaissances-là. Nous avons toujours agi par nos propres moyens, bien que nous utilisions volontiers des outils tels que le vermeillan. Ça m'apprendra à nourrir des pensées indignes. Je te demande pardon, Thomas Covenant.

Celui-ci acquiesça en silence, comme si l'on venait de lui accorder un répit inattendu. Il ne voulait pas savoir comment fonctionnait la magie sauvage ; il ne désirait même pas croire en elle. Le seul fait de la détenir était déjà bien assez dangereux. Couvrant son alliance de la main droite, il fixa Suilécume d'un air accablé.

Au bout d'un moment, la fatigue eut raison de l'hilarité du géant. Ses yeux se voilèrent et un soupir las s'échappa de ses lèvres. Il s'affaissa sur le gouvernail, comme si le rire avait sapé ses dernières forces.

— Maintenant, mon ami, j'ai besoin de ton histoire, souffla-t-il. Mon courage touche à sa fin.

« Mon histoire ? songea Covenant. Je n'en ai aucune. Je les ai toutes brûlées. » Son best-seller et son nouveau roman, si complaisants, si aveugles aux périls de la lèpre qui se tapissaient derrière chaque existence morale ou physique, et si ignorants de leur propre cécité ! Ils n'étaient que des charognards tout juste bons à être jetés aux flammes. Comme lui. Que pouvait-il bien raconter à Suilécume ?

Mais il devait continuer à avancer, agir et survivre. Il le savait déjà bien avant de succomber à son rêve. Ne l'avait-il pas appris à la léproserie, dans la putréfaction et le vomi ? « Oui, oui ! Survis ! » Pourtant, son songe exigeait qu'il manifeste du pouvoir, qu'il mette un terme au massacre. Des images se succédèrent dans son esprit tels des fragments de vertige, des morceaux de miroir brisé : Joan, la voiture de police, les yeux de magma de Sialon Larvae…

La tête lui tourna. Pour masquer sa brusque détresse, il s'écarta de Suilécume et alla s'asseoir à la proue, face au nord.

— Une histoire, lâcha-t-il d'une voix enrouée.

En fait, il en connaissait une, sous toutes ses formes sinistres et ses déguisements bariolés. Il passa les différentes versions en revue jusqu'à ce qu'il trouve la plus appropriée pour traduire ce qu'il avait besoin d'exprimer.

— Très bien. Je vais te rapporter une histoire vraie. (Afin de lutter contre le malaise, il agrippa le plat-bord.) Il y est question de choc culturel. Sais-tu ce que c'est ?

Suilécume ne répondit pas.

— Peu importe. Je vais t'expliquer. C'est ce qui se produit lorsque tu arraches un homme à son univers pour le placer dans un endroit où les… les critères qui définissent une personne sont si différents qu'il n'a aucune chance de les satisfaire. Il n'est pas fait ainsi. S'il possède une certaine adaptabilité, il peut feindre d'être quelqu'un d'autre jusqu'à ce qu'il regagne son propre monde ou s'effondrer et se laisser remodeler par les exigences de l'autre. Voilà les solutions qui s'offrent à lui.

« Je vais te donner un exemple. Pendant que j'étais à la léproserie, les médecins m'ont parlé d'un gars comme moi. Un cas classique. Il venait d'un pays lointain où la lèpre est plus répandue ; sans doute y avait-il contracté le bacille, quand il était petit. Des années plus tard, alors qu'il avait une femme et trois enfants, et qu'il habitait dans une autre contrée, les nerfs de son pied sont morts tout à coup et il a commencé à devenir aveugle.

« S'il était resté dans son pays d'origine, on aurait immédiatement identifié sa maladie. Lui, ses proches et tout ce qu'il possédait auraient été déclarés impurs. Ses biens auraient été brûlés ; ses animaux, tués ; sa famille et lui, réduits à la plus abjecte pauvreté, et envoyés dans un village peuplé de lépreux. Il y aurait passé le reste de sa vie, sans traitement et sans espoir. Une hideuse difformité aurait rongé ses bras, ses jambes et son visage, jusqu'à ce qu'il meure de gangrène.

« Tu trouves ça cruel ? Laisse-moi te raconter ce qui est réellement arrivé à ce type. Dès qu'il a compris ce qui se passait, il est allé voir son médecin. Celui-ci l'a fait admettre à la léproserie, où la progression du mal a pu être enrayée. Il a été soigné – réhabilité. On lui a enseigné la discipline qui lui permettrait d'éviter une rechute, puis on l'a renvoyé chez lui, pour qu'il mène une vie « normale » avec les siens. Génial, hein ? Le seul problème, c'est qu'il n'a jamais réussi.

« Pour commencer, ses voisins lui en ont fait voir de toutes les couleurs. Au début, ils ne savaient pas qu'il était malade ; la lèpre ne leur étant pas familière, ils ne pouvaient identifier ses symptômes. Mais la gazette locale a publié un article sur lui et, après ça, tous les habitants de sa ville ont su qu'il était *lépreux*. Ils l'ont rejeté, haï parce qu'ils ne savaient pas quoi faire de lui.

« Peu de temps après, il s'est mis à négliger son traitement. Dans son pays natal, la médecine n'était pas très avancée. Au fond de lui, il pensait que ces choses relevaient de la magie, qu'une fois sa maladie enrayée il était guéri, absous, gracié d'un sort pire qu'une exécution. Hélas ! Dès qu'il a cessé de s'occuper de lui, l'engourdissement a recommencé à se propager.

« Puis est venu le coup fatal. Il s'est rendu compte que pendant qu'il ne faisait pas attention, sa famille s'était détachée de lui. Sa femme et ses enfants ne partageaient pas ses préoccupations – loin de là. Ils voulaient se débarrasser de lui et reprendre leur vie d'avant.

« Aussi l'ont-ils renvoyé à la léproserie. Mais pendant le vol, il s'est rendu aux toilettes et s'est ouvert les veines.

Les yeux écarquillés, Covenant hoqueta. Il aurait volontiers pleuré sur ce malheureux s'il avait pu le faire sans sacrifier ses propres défenses. Au lieu de ça, il déglutit et laissa l'élan du récit l'emporter jusqu'à sa conclusion.

— Je vais te dire encore un truc sur le choc culturel. Chaque monde possède ses méthodes de suicide et il est beaucoup plus facile de recourir à celles qui ne te sont pas familières. Je ne pourrais jamais me taillader les veines. J'ai lu trop de choses là-dessus. C'est trop vivace dans mon esprit ; ça me ferait vomir. Mais je pourrais me rendre dans le pays de cet homme et boire du thé à la belladone sans éprouver la moindre nausée. Parce que je ne connais rien à ses effets. Ils ont pour moi un aspect obscur et pas tout à fait fatal.

« Donc, le pauvre reste assis dans les toilettes pendant plus d'une heure, à regarder son sang couler dans la cuvette. Il ne réagit pas avant de réaliser qu'il va mourir aussi sûrement que s'il avait bu du thé à la belladone. Alors, il tente d'ouvrir la porte, mais il est trop faible. Et il ne sait pas qu'on peut appuyer sur un bouton pour appeler à l'aide. Finalement, une hôtesse le trouve recroquevillé par terre dans une position grotesque, les doigts cassés comme s'il avait tenté de ramper sous le battant. Il…

Covenant ne put continuer. Le chagrin l'étrangla, le contraignant au silence. Pendant un moment, il resta immobile, enveloppé par la lamentation de l'eau qui filait sur les côtés de la barque. Il se sentait nauséeux ; parce qu'il voulait désespérément survivre, il ne pouvait s'abandonner à cette séduction. Puis la voix de Suilécume l'atteignit.

— Est-ce pour cela que tu as renoncé à être un conteur ?

Covenant se releva d'un bond et fit volte-face, les doigts recourbés comme des griffes.

— Votre Fief essaie de me tuer, cracha-t-il. Il… Vous êtes en train de me pousser au suicide ! L'or blanc ! Berek ! Les esprits ! Vous exigez de moi des choses que je ne peux pas vous donner. Je ne suis pas ce genre de personne, je ne vis pas dans ce type de monde. Toutes ces séductions… Enfer et damnation ! Je suis lépreux ! Ne comprends-tu pas ?

Suilécume soutint son regard brûlant sans ciller et la compassion qui débordait de ses yeux apaisa la rage de Covenant. Il voyait bien que son interlocuteur ne saisissait pas ; la *lèpre* était un mot qui ne semblait pas avoir de signification dans le Fief.

— Allons, railla-t-il. Tu devrais en rire. La joie est dans les oreilles qui entendent.

Mais, à cet instant, Suilécume prouva qu'il avait compris au moins une chose. Glissant la main dans son pourpoint, il en sortit un paquet de cuir qui, une fois déplié, se révéla être une grande feuille de peau souple.

— Tiens, dit-il. Tu en trouveras souvent sur ta route avant de quitter le Fief. C'est du *glutor*. Mes ancêtres l'ont apporté ici autrefois et… Mais une petite démonstration vaut mieux qu'un long discours.

Il déchira un coin de la feuille et le tendit à Covenant. Bien que collant des deux côtés, le morceau passa facilement de sa main à celle du lépreux.

— Tu peux avoir confiance. Pose ton anneau dessus et cache-le sous tes vêtements. Personne ne saura que tu portes un talisman de magie sauvage.

L'idée plut à Covenant. Ôtant son alliance, il la déposa sur le carré de *glutor* ; s'il ne pouvait la déloger en le secouant, il en détachait le cuir sans difficulté. Avec un hochement de tête satisfait, il ouvrit sa chemise et pressa le *glutor* sur sa poitrine. Il resta collé à son pectoral gauche sans le gêner. Rapidement, il se reboutonna. À sa grande surprise, il lui sembla sentir le poids de l'anneau sur son cœur ; mais il résolut de l'ignorer.

Suilécume replia prudemment la feuille de *glutor* et la rangea dans son pourpoint. Covenant voulut lui sourire pour exprimer sa gratitude, mais son visage n'était capable que de grimacer. Il se détourna et se rassit à la proue, afin d'observer la progression du bateau et d'assimiler ce que le géant venait de faire pour lui.

Après quelques minutes passées à ruminer, il se souvint du couteau de pierre d'Atiaran – moyen de procéder à un rituel dont il avait cruellement besoin. Il se pencha par-dessus bord pour se mouiller le visage. Sa barbe avait déjà huit jours, mais la lame affûtée glissa en douceur sur ses joues et dans son cou, et il réussit à se raser sans se couper. Pourtant, il manquait d'entraînement ; il n'avait plus l'habitude de courir ce risque et la menace du sang fit défaillir son cœur. Alors, il comprit qu'il était urgent de regagner le monde réel, de se ressaisir avant d'oublier complètement ses capacités de survie.

Plus tard ce jour-là, la pluie se mit à tomber : une bruine légère qui crépita à la surface de la rivière, brisant le miroir du ciel en une myriade de fragments. Les gouttes caressaient le visage de Covenant et imbibaient peu à peu ses vêtements ; bientôt, il fut aussi trempé que s'il s'était fait doucher. Mais il endura cette gêne en s'abîmant dans une morne rêverie, songeant à ce qu'il avait gagné et perdu en dissimulant son alliance.

La journée s'acheva enfin. L'obscurité dégoulina dans l'air comme si l'averse virait tout simplement au noir.

Au crépuscule, Covenant et Suilécume mangèrent leur souper dans un silence maussade. Le géant était presque trop faible pour se nourrir, mais avec l'aide de son compagnon, il réussit à avaler un repas décent et à boire une grande quantité d'eau de roche. Puis chacun retourna à ses ruminations. Covenant se réjouissait que les ténèbres lui épargnent le spectacle de l'épuisement de Suilécume. Répugnant à s'allonger sur les planches mouillées, il se pelotonna contre le flanc du bateau et, malgré l'humidité et le froid, tenta de se détendre.

Au bout d'un moment, Suilécume entonna d'une voix faible :

La pierre et la mer sont au cœur de la vie
Deux symboles inaltérables du monde :
La permanence au repos, et la permanence en mouvement ;
Participantes du pouvoir qui demeure.

Il semblait tirer des forces de sa chanson et, grâce à elle, il propulsait la barque à contre-courant, en direction du nord, comme si aucune lassitude ne pouvait l'arrêter.

Enfin, la pluie cessa et le plafond nuageux s'ouvrit lentement. Mais le ciel dégagé n'apporta aucun soulagement aux deux voyageurs. La lune rouge se détachait à l'horizon telle une souillure maléfique sur la tapisserie céleste. Elle changeait le terrain alentour en un paysage sanglant, plein de formes écarlates et évanescentes évoquant quelque meurtre incompréhensible. Une émanation putride suintait de sa lueur, comme si le Fief était éclairé par un fléau. Alors, le chant de Suilécume s'emplit d'une fragilité déconcertante, d'une résonance futile, et même les étoiles parurent s'écarter de la trajectoire de la lune.

L'aube fit naître une journée baignée de soleil, épargnée par toute corruption ou tout souvenir de corruption. Lorsque Covenant se redressa pour regarder autour de lui, il découvrit des montagnes droit devant, au nord. Les pics s'alignaient en direction de l'ouest, où les plus hauts d'entre eux étaient encore couronnés de neige, mais la cordillère s'achevait brusquement en un point aligné avec la Blanche. Déjà, elle semblait toute proche.

— Dix lieues, chuchota Suilécume d'une voix rauque. Une demi-journée, en tenant compte du courant.

Son apparence consterna son passager. Les yeux voilés et la lippe flasque, Suilécume avait l'air d'un cadavre. Sa barbe semblait plus grise, comme s'il avait vieilli pendant la nuit, et un filet de bave qu'il ne parvenait pas à retenir coulait au coin de sa bouche. Sur ses tempes, ses veines battaient irrégulièrement. Mais sa main sur le gouvernail était aussi solide que la pierre et la barque remontait obstinément le courant de plus en plus impétueux.

Désireux d'aider son compagnon, Covenant le rejoignit à la poupe. Il lui essuya le menton, puis porta l'outre à ses lèvres. L'ombre d'un sourire passa sur les traits de Suilécume.

— Par la pierre et la mer, souffla-t-il. Ce n'est pas facile d'être ton ami. Demande à ton prochain convoyeur de t'emmener dans le sens de l'onde. Ce genre de destination est réservé aux âmes plus fortes que la mienne.

— Sottises, bougonna Covenant. Après ce périple, on va écrire des chansons sur toi. Ne penses-tu pas que ça en vaille la peine ?

Suilécume voulut répondre, mais l'effort le fit tousser violemment et il dut se replier sur lui-même et concentrer le feu déclinant de son esprit sur sa poigne et sur la progression du bateau.

— Ça va aller, promit Covenant d'une voix douce. Tous les gens qui m'aident finissent par s'épuiser d'une façon ou d'une autre. Si j'étais poète, je relaterais tes exploits.

Maudissant son impuissance, il éplucha les mandarines qui restaient et les fit avaler à Suilécume jusqu'au dernier quartier. Le géant semblait dépossédé de tout, à l'exception du pouvoir de supporter son humour et sa dignité, comme s'ils étaient de vulgaires ornements. En l'observant, Covenant se sentit irrationnellement redevable envers lui, comme si on lui avait fait contracter, à son insu et sans son consentement, une immense dette vis-à-vis de son seul ami.

— Tous les gens qui m'aident, marmonna-t-il de nouveau.

Le prix que les habitants du Fief étaient prêts à payer pour lui l'effarait. Incapable de supporter cette idée plus longtemps, il regagna la proue et fixa les montagnes qui se rapprochaient.

— Je n'ai pas demandé ça, grommela-t-il.

« Pourquoi est-ce que j'éprouve autant de haine envers moi-même ? », s'interrogea-t-il. Pour toute réponse, il n'eut droit qu'aux halètements rauques de Suilécume.

La moitié de la matinée s'écoula ainsi, rythmée par le souffle laborieux de ce dernier. Les collines devinrent plus hautes et plus accidentées, abandonnant derrière elles les bruyères et les banians des plaines pour se couvrir d'une herbe rêche et de quelques cèdres éparpillés. Au-delà, les pics grandissaient à chaque courbe de la rivière. À présent, Covenant voyait que l'extrémité est de la cordillère descendait vers un plateau situé à deux ou trois mille pieds d'altitude. Semblable à une marche gigantesque, celui-ci s'achevait par une falaise abrupte, le long de laquelle dégringolait une chute d'eau. Un effet de la lumière sur la roche la faisait scintiller d'une lueur bleu pâle. « Les chutes Ferlées », songea Covenant. Il se sentit tout remué, comme s'il approchait d'un endroit grandiose.

La progression de l'embarcation ralentit. En serpentant autour des reliefs, la Blanche rétrécit et, de ce fait, la force du courant augmenta. De toute évidence, Suilécume avait atteint les limites de son endurance. Sa respiration torturée semblait sur le point de l'étrangler ; il ne pouvait plus propulser le bateau qu'à la vitesse d'un homme qui marche. Covenant ne voyait pas comment ils pourraient couvrir les ultimes lieues.

Il scruta les berges en quête d'un endroit où accoster. Pendant qu'il cherchait, un grondement pareil à une cavalcade parvint à ses oreilles. « Que diable… ? » Une image des ur-vils s'imposa à son esprit. Il ramassa son bâton et le serra dans son poing, s'efforçant de contrôler les battements désordonnés de son cœur.

L'instant d'après, telle une vague venant se briser sur la crête d'une colline en amont et à l'est de la barque, déboulèrent au trot une vingtaine de chevaux montés par des cavaliers. Ceux-ci étaient humains, hommes et femmes mélangés. Dès qu'ils aperçurent l'esquif, l'un d'eux poussa un cri. Ses compagnons et lui talonnèrent leurs montures, dévalant la pente au galop pour venir s'immobiliser sur la berge.

Les nouveaux arrivants ressemblaient à des guerriers. Ils portaient des bottes souples sur un pantalon noir moulant, une chemise noire sans manches recouverte par un plastron de métal doré et un bandeau jaune sur le front. Une épée courte pendait à leur ceinture ; un arc et un carquois étaient accrochés dans leur dos. En les détaillant, Covenant reconnut chez eux les traits caractéristiques des sylvestres et des stèlagiens : certains étaient grands et minces, avec le teint et les yeux clairs ; d'autres, plus trapus, musclés et bruns.

Dès que les chevaux se furent arrêtés, les cavaliers se frappèrent la poitrine de leur poing droit à l'unisson, puis tendirent le bras paume en avant pour exécuter le salut traditionnel. Un homme qui se distinguait des autres par la ligne noire dessinée en travers de son plastron cria par-dessus le rugissement de l'eau :

— Salut à toi, frère de roc ! Hospitalité, honneur et loyauté à toi et à ton peuple ! Je suis Quaan, galon de la troisième phalange de la milice !

Il marqua une pause pour leur laisser le temps de répondre. Comme ni Suilécume ni Covenant ne réagissaient, il poursuivit sur un ton plus circonspect :

— Le seigneur Mhoram nous envoie. Il a vu que des sujets importants remontaient la rivière, aujourd'hui. Nous sommes venus vous escorter jusqu'à la Citadelle.

Jetant un coup d'œil à Suilécume, Covenant comprit qu'il n'était plus en état de se soucier de ce qui se passait autour de lui. Affaissé à son poste, il semblait sourd et aveugle à tout ce qui n'était pas les manœuvres du bateau. Le lépreux reporta son attention sur la troupe.

— Aidez-nous ! implora-t-il. Mon ami est mourant !

Quaan se raidit, puis aboya un ordre. L'instant d'après, deux de ses compagnons et lui firent plonger leur monture dans la rivière. Tandis que les autres se dirigeaient vers la rive d'en face, il guida son mustang de façon à intercepter l'embarcation. L'animal nageait puissamment, comme s'il avait été entraîné à de telles tâches. Quaan atteignit bientôt le bateau. Au dernier moment, il se mit debout sur le dos de son cheval et sauta aisément par-dessus le bastingage. Sur son ordre, le mustang rebroussa aussitôt chemin vers la berge est.

L'espace d'une seconde, Quaan jaugea Covenant du regard. À son épaisse barbe noire, sa large carrure et son teint transparent, le lépreux devina que c'était un stèlagien. Puis le galon se dirigea vers Suilécume. Il le saisit par les épaules et le secoua avec force, hurlant des paroles que Covenant ne put comprendre.

Au début, le géant ne réagit pas. Il resta assis, le regard fixe et la main serrée tel un étau sur le gouvernail. Mais petit à petit, la voix de Quaan parut le pénétrer. Les tendons de son cou tremblèrent comme il levait la tête et ajustait péniblement sa vision sur son sauveur. Avec un grognement, il lâcha la barre et bascula sur le côté.

Aussitôt, la barque cessa d'avancer et se mit à dériver vers l'aval de la Blanche. Mais les deux autres cavaliers étaient déjà en position sur la rive ouest. Quaan alla se placer à la proue. Un de ses camarades lui lança l'extrémité d'une longue corde, qu'il rattrapa au vol et enroula autour d'une traverse, à laquelle elle adhéra : c'était du *glutor*. Immédiatement, le galon pivota vers la berge est. Un second filin fusa dans sa direction, qu'il attacha à l'identique. Les deux câbles se tendirent, interrompant la dérive de l'embarcation. Alors, Quaan agita le bras et les cavaliers se mirent à avancer, tirant le bateau vers l'amont.

Dès qu'il comprit ce qui se passait, Covenant se tourna vers Suilécume, qui gisait toujours là où il s'était écroulé, respirant de manière irrégulière. Il chercha un moyen de l'aider. Soulevant l'outre, il versa un peu d'eau de roche sur la tête du géant, qui recracha d'abord le liquide qui lui coulait dans la bouche, puis déglutit avidement. Il prit une inspiration sifflante et ses yeux s'entrouvrirent. Covenant porta l'outre à ses lèvres. Après avoir bu, Suilécume s'étendit de tout son long et sombra aussitôt dans un profond sommeil.

— Ça, c'est une bonne fin pour une chanson, murmura Covenant sur un ton mi-amusé, mi-soulagé. « Alors, il s'endormit. » À quoi sert d'être un héros, si tu ne restes pas éveillé assez longtemps pour recueillir les félicitations qui te sont dues, mon ami ?

Soudain, il se sentit las, comme si l'épuisement de Suilécume avait sapé ses propres forces. Poussant un soupir, il s'assit sur le bastingage pour observer leur progression sur la rivière, tandis que Quaan se dirigeait vers la poupe pour prendre le gouvernail. Pendant un moment, il ignora le regard pénétrant du galon, puis rassembla assez d'énergie pour dire :

— C'est Salin Suilécume, un… Un légat des géants d'Ondemère. Il n'a pas dormi depuis qu'il m'a pris à son bord au cœur d'Andelain, il y a trois jours.

À l'expression de Quaan, il vit que celui-ci comprenait enfin l'état de Suilécume. Alors, il reporta son attention sur le paysage environnant. Les chevaux tractaient la barque à bonne allure contre le courant de plus en plus vif de la Blanche. Les cavaliers négociaient habilement le terrain accidenté des berges, alternant leurs montures et détendant une corde ou l'autre quand cela se révélait nécessaire. Comme ils progressaient vers le nord, le sol devint plus rocailleux et l'herbe rêche céda la place aux broussailles. Des vermeils de plus en plus nombreux étendaient leurs larges branches au-dessus des collines et le soleil parait leur feuillage doré de chauds reflets. Devant Covenant, le plateau semblait désormais large de près d'une lieue et, sur le côté ouest, les montagnes se dressaient fièrement.

Vers midi, le lépreux capta le rugissement de l'énorme cascade et devina qu'ils approchaient de Pierjoie, même si des collines lui bloquaient la vue. Le grondement enfla. Bientôt, le bateau passa sous un large pont. Peu de temps après, les cavaliers franchirent une dernière courbe et l'embarcation pénétra dans le lac où venaient se jeter les chutes Ferlées.

Il était large, presque circulaire, et bordé sur sa berge ouest de vermeils et de pins. Il s'étendait au bas de la falaise – un précipice de plus de deux mille pieds à vue de nez – et l'eau bleue s'y déversait avec fracas tel le sang tumultueux des montagnes. Sa surface, pure et fraîche, évoquait un miroir nettoyé par la pluie et Covenant voyait clairement les rochers qui jonchaient ses profondeurs.

Des jacarandas noueux, ornés de délicates fleurs bleues, se massaient sur la pierre humide à la base des chutes, mais la berge est était presque entièrement dépourvue d'arbres. À cet endroit se dressaient deux longues jetées et quelques quais de taille plus modeste. Un bateau semblable à celui de Suilécume y était amarré, et des pirogues et des radeaux s'entrechoquaient doucement contre le bord. Sous la direction de Quaan, les cavaliers amenèrent l'embarcation du géant vers un des appontements, où deux membres de la phalange l'attachèrent solidement. Puis le galon réveilla Suilécume.

Il s'arracha au sommeil avec quelque difficulté. Quand il ouvrit enfin les yeux, ceux-ci étaient calmes et sereins, même s'il semblait encore très faible. Avec l'aide de Quaan et de Covenant, il se redressa et promena un regard hébété autour de lui, comme s'il se demandait où ses forces étaient passées.

Au bout d'un moment, il balbutia :

— Pardonne-moi, galon. Je suis… un peu fatigué.

— Je le vois bien, murmura Quaan. Ne t'inquiète pas. Pierjoie est toute proche.

Perplexe, Suilécume fronça les sourcils. Il avait du mal à comprendre ce qui lui arrivait. Puis il s'en souvint et une expression angoissée lui tordit les traits.

— Dépêchez des cavaliers, souffla-t-il. Rassemblez les seigneurs. Le conseil doit se réunir.

Quaan sourit.

— Les temps changent, frère de roc. Notre nouveau seigneur, Mhoram fils de Varil, est un voyant et un oracle. Il y a dix jours, il a envoyé des messagers à la Loge et au haut seigneur Prothall, dans le nord. Tous seront à la Citadelle ce soir.

— C'est une bonne chose, soupira le géant. Une ombre nous menace. De terribles catastrophes se préparent.

— C'est ce que nous avons vu, acquiesça Quaan sur un ton tendu. Mais Salin Suilécume s'est suffisamment hâté. Je vais dépêcher la nouvelle de ton courageux périple à la Citadelle. Les seigneurs te fourniront une chaise à porteurs, si tu le désires.

Suilécume secoua la tête et Quaan sauta à terre pour donner des ordres à un de ses subordonnés. Suilécume se tourna vers Covenant et eut un faible sourire.

— Par la pierre et la mer, mon ami ; ne t'avais-je pas promis de t'amener ici le plus vite possible ?

Son sourire toucha Covenant au cœur. D'une voix enrouée par l'émotion, il répondit :

— La prochaine fois, ménage-toi davantage. Je ne supporterai pas de te regarder encore... (Il ne put achever sa phrase.) Tiens-tu toujours tes promesses de cette façon ?

— Le message que tu apportes est très urgent, répliqua Suilécume. Comment aurais-je pu faire autrement ?

— Rien n'est pressé à ce point, protesta Covenant avec son approche de lépreux. Qu'aurais-tu réussi à accomplir si tu t'étais tué à la tâche ?

Pendant un moment, Suilécume garda le silence. Il posa une main sur l'épaule de Covenant et se releva en titubant. Puis, comme s'il répondait à la question de son compagnon, il lança :

— Viens. Nous devons voir Pierjoie.

Des mains secourables l'aidèrent à se hisser sur la jetée et, peu de temps après, il se tenait sur la berge du lac. Malgré son échine courbée par l'épuisement, il surplombait même les cavaliers qui n'avaient pas encore mis pied à terre. Lorsque Covenant le rejoignit, il le désigna d'un geste respectueux, comme pour rendre hommage à son importance.

— Miliciens de la troisième phalange, je vous présente mon ami Thomas Covenant l'Incrédule, porteur d'un message pour le conseil des seigneurs. Il possède maintes connaissances étranges mais ignore presque tout du Fief. Protégez-le de votre mieux, au nom de l'amitié et de sa ressemblance avec Berek Terramis, Cœur-Vaillant et père fondateur.

Quaan tendit un bras vers le lépreux, paume en avant.

— Au nom des seigneurs de la Citadelle, je vous salue. Soyez bienvenu dans le Fief ; bienvenu et fidèle.

Covenant lui rendit son geste en silence. Quelques instants plus tard, Suilécume lança :

— Allons-y. Mes yeux sont impatients de contempler l'œuvre de mes ancêtres.

Quaan acquiesça et dit quelques mots à ses subordonnés. Aussitôt, deux cavaliers s'élancèrent au galop vers l'est et deux autres encadrèrent le géant afin qu'il puisse s'appuyer sur le dos de leur cheval. Une de leurs camarades – une sylvestre blonde – offrit à Covenant de monter en croupe. Pour la première fois, il remarqua que les selles de la phalange étaient taillées dans un morceau de *glutor* non rembourré, qui descendait sur les côtés pour former les étriers. C'était comme une couverture adhérant à la fois au cavalier et à l'animal. Covenant déclina l'offre de la jeune femme. Il récupéra son bâton dans le bateau et se plaça à côté d'un des mustangs qui soutenaient Suilécume. Puis la phalange et les deux voyageurs s'ébranlèrent.

Contournant une colline, ils rejoignirent la route qui enjambait le pont. À l'est, elle longeait une corniche escarpée. L'inclinaison du terrain fit trébucher Suilécume à plusieurs reprises et il eut tout juste la force de se raccrocher aux chevaux. Mais une fois la crête franchie, il s'arrêta, leva la tête, écarta les bras et se mit à rire.

— Là, mon ami. Cela répond-il à ta question ?

Sa voix était toujours faible, mais pleine de gaieté retrouvée.

Devant eux, au-delà d'une rangée de collines basses, se dressait la Citadelle des seigneurs.

Cette vision prit Covenant par surprise et manqua lui couper le souffle. Pierjoie était un chef-d'œuvre architectural. Dans sa permanence granitique, elle lui apparaissait comme une représentation concrète de l'éternité, un accomplissement intemporel sculpté dans la pierre par le suprême talent des géants. Il dut reconnaître que Pierjoie était un nom beaucoup trop court pour la décrire.

À l'extrémité est du plateau se dressait une aiguille rocheuse, moitié aussi haute que la falaise et rattachée à celle-ci sur les premières centaines de pieds. Elle avait été creusée et changée en une tour qui gardait l'unique entrée de la Citadelle ; des cercles de fenêtres se découpaient au-dessus de ses arcs-boutants et jusqu'à sa couronne fortifiée. Mais l'essentiel de l'édifice était taillé à même la montagne, sous le plateau.

À quelque distance, la paroi avait été façonnée par les bâtisseurs de naguère afin de constituer le mur extérieur de la cité, qui – Covenant devait l'apprendre plus tard – occupait tout l'intérieur du promontoire. L'ouvrage complexe s'ornait d'une profusion de percées, de balcons, de contreforts, de saillies et de parapets : une multitude de détails apparemment chaotiques, et qui semblaient pourtant sur le point de se cristalliser en un motif cohérent. La lumière du soleil dansait sur le matériel poli et la richesse des variations de la maçonnerie submergea les sens de Covenant, l'empêchant de distinguer le motif en question.

Cependant, grâce à sa nouvelle vision, il percevait la vie qui grouillait dans la cité. Elle brillait à travers la roche comme si celle-ci était presque transparente, éclairée de l'intérieur par les forces vives de ses milliers d'habitants. Face à ce spectacle, la tête lui tourna. Même s'il observait la Citadelle de loin et pouvait l'embrasser du regard – depuis les chutes Ferlées qui rugissaient sur sa gauche jusqu'aux plaines qui s'étendaient sur sa droite –, il se sentait terrassé par elle. L'œuvre qu'il contemplait était digne d'inspirer épreuves et pèlerinages. Aussi ne fut-il pas surpris d'entendre Suilécume murmurer comme une vestale :

— Ah, Pierjoie ! La Citadelle des seigneurs ! Ici, les apatrides surmontent leur perte.

En guise de réponse, les cavaliers entonnèrent :

Pierjoie des géants, antique sentinelle,
Cœur et porte du bastion de Terramis le Sage :
Préserve les fidèles par le pouvoir de l'Épée,
Toi la souveraine des montagnes, la gardienne des âges !

La phalange poursuivit son chemin. Comme en transe, Suilécume et Covenant se dirigèrent vers le mur majestueux. La distance qui les en séparait décrut très vite, au rythme des battements de leur cœur réjoui. La route vira vers les hautes portes découpées du côté sud-est de la tour. Les battants, énormes dalles de pierre, étaient ouverts en signe de bienvenue et de paix, mais munis de gonds et d'encoches pareilles à des dents qui leur permettaient, en cas de besoin, de se refermer comme des mâchoires. L'entrée qu'ils gardaient était assez large pour que les cavaliers la franchissent de front.

En approchant de la forteresse, Covenant aperçut une oriflamme un ton plus clair que le ciel qui flottait au sommet de la tour. Un drapeau plus petit était fixé en dessous, un pennon de la couleur de la lune sanglante et des yeux de Sialon Larvae. Notant la direction du regard de Covenant, la femme qui chevauchait près de lui lança :

— Vous connaissez ces couleurs ? Le drapeau bleu est le *ferlé* du haut seigneur, l'étendard des seigneurs. Il représente leur serment, leur promesse de guider les peuples du Fief ; le rouge symbolise le péril qui nous menace actuellement. Nous ne le baisserons que lorsque tout danger sera écarté.

Covenant acquiesça sans détourner son attention. Au bout d'un moment, il la reporta sur l'entrée de Pierjoie. L'ouverture béante évoquait une caverne plongeant droit vers le cœur de la montagne ; pourtant, il distinguait de la lumière au-delà des battants.

Trois gardes se tenaient sur un contrefort, au-dessus des portes. Leur apparence intrigua le lépreux. Ils ne ressemblaient pas aux cavaliers de la milice. Ils avaient la taille et la carrure de stèlagiens, mais le visage plat et le teint mat, avec les cheveux bouclés coupés très court. Ils portaient une tunique ocre et une ceinture bleue qui paraissait taillée dans du vélin ; le bas de leurs jambes et leurs pieds étaient nus. Malgré leur posture nonchalante et l'absence de toute arme visible, il émanait d'eux une impression de vigilance et de grâce presque félines.

Lorsque la phalange arriva à portée de voix, Quaan cria :

— Salut à toi, dragon Tuvor ! Depuis quand la sangarde est-elle devenue un comité d'accueil ?

L'homme du milieu répondit d'une voix hésitante, comme s'il était peu habitué à parler le langage du Fief :

— Depuis que des géants et des porteurs de message se présentent ensemble à la Citadelle.

— Dans ce cas, répliqua Quaan sur le ton de la camaraderie, laisse-moi te les présenter. Le géant est Salin Suilécume, légat d'Ondemère auprès du conseil des seigneurs ; et l'homme, le messager, Thomas Covenant l'Incrédule, étranger au Fief. Leurs quartiers sont-ils prêts ?

— Les ordres ont été donnés, répondit le dénommé Tuvor. Bannor et Korik les attendent.

Quaan hocha la tête et le salua de la main. Puis, flanqué de ses guerriers et des deux visiteurs, il pénétra dans la gorge de pierre de la Citadelle.

13

Les vêpres

Alors que Covenant passait entre les mâchoires de pierre, sa main gauche se crispa sur son bâton. L'entrée de la forteresse formait un tunnel, qui n'était éclairé que par la lumière du soleil filtrant aux deux extrémités. Ses seules ouvertures étaient des conduits sombres taillés à même le plafond, qui devaient remplir une fonction dans la défense de la Citadelle. Les sabots des chevaux projetaient des échos contre la roche lisse, emplissant le passage d'une rumeur de guerre, et le cliquetis du bâton de Covenant se répercutait autour de lui comme si des ombres de lui-même le suivaient d'un pas hésitant.

Puis le groupe déboucha dans une cour baignée de soleil. Là, la pierre originelle avait été creusée pour amener le sol au niveau du tunnel, de sorte qu'un espace presque aussi large que la tour s'étendait entre de hauts murs abrupts. L'emplacement était plat et dallé, mais en son centre se découpait un carré de terre nue où poussait un vieux vermeil, encadré par deux petites fontaines étincelantes. Dans le fond se dressaient des portes semblables à celles de l'entrée et également ouvertes. La Citadelle ne possédait qu'un accès mais, au-dessus de la cour, des passerelles de bois disposées à intervalles réguliers reliaient la tour aux remparts crénelés. En outre, deux issues à la sortie du tunnel permettaient d'accéder à celle-ci.

Covenant leva les yeux vers l'édifice principal. Des ombres tapissaient les murs est et sud de la cour mais, en cette fin d'après-midi, les remparts brillaient encore dans l'éclat du soleil ; vue sous cet angle, Pierjoie semblait assez haute pour fournir des fondations au ciel. Un instant, l'émerveillement fit souhaiter à Covenant d'être, comme Suilécume, un héritier de la Citadelle des seigneurs, de pouvoir clamer cette grandeur comme sienne. Il voulait avoir sa place en cet endroit. Pourtant, dès que le choc initial se dissipa, il commença à résister à ce désir. Ce n'était qu'une séduction de plus et il avait déjà trop perdu de sa fragile, mais indispensable, indépendance. D'un froncement de sourcils, il verrouilla ses émotions et porta la main à son alliance. Le fait qu'elle soit cachée l'aida à recouvrer son équilibre.

En elle reposait le seul espoir qu'il pouvait imaginer, l'unique solution à son dilemme paradoxal. Du moment qu'il la dissimulait, il pourrait remettre son message aux seigneurs et satisfaire son désir de continuer à avancer, tout en esquivant les attentes dangereuses auxquelles il ne pouvait répondre. Suilécume lui avait offert une certaine liberté de choix… Et Atiaran aussi, même si elle l'avait fait involontairement. Désormais, il parviendrait peut-être à se préserver – s'il pouvait se dérober aux charmes inédits que le Fief ne manquerait pas de mettre sur sa route et si le géant ne révélait pas son secret.

— Suilécume... commença-t-il.

Il s'interrompit. Deux hommes venaient de sortir du bâtiment principal. Ils ressemblaient aux gardes postés à l'entrée. Leur visage plat, à l'expression indéchiffrable, ne présentait aucun signe de jeunesse ni de vieillesse, comme s'ils entretenaient une relation ambivalente avec le temps ; il émanait d'eux une telle impression de solidité que Covenant en oublia ce qu'il voulait dire à Suilécume. Ils se dirigèrent vers eux d'un pas égal. L'un d'eux salua Suilécume et l'autre s'approcha du lépreux ; il s'inclina légèrement et dit :

— Je suis Bannor, de la sangarde. On m'a chargé de veiller sur vous. Je vais vous conduire à vos quartiers.

Il s'exprimait maladroitement, comme si sa langue butait sur le langage du Fief mais, dans sa voix, Covenant perçut la raideur de la méfiance. Conjuguée à l'aura dure et imposante de son interlocuteur, celle-ci le mit brusquement mal à l'aise. Il jeta un coup d'œil à Suilécume, et le vit adresser à l'autre sangarde un salut plein de respect et de bonhomie.

— Salut à toi, Korik ! À la sangarde, j'apporte l'honneur et la loyauté des géants d'Ondemère. Nous vivons une période critique et, dans ces instants, nous sommes heureux de compter les sangardes parmi nos amis.

— Nous sommes la sangarde, répondit Korik sans la moindre chaleur. Tes appartements ont été préparés afin que tu puisses te reposer.

Suilécume sourit.

— Je m'en réjouis d'avance, mon ami, car je suis très fatigué.

Emboîtant le pas à Korik, il se dirigea vers une porte. Covenant voulut le suivre, mais Bannor lui barra le chemin d'un bras robuste.

— Vous devez m'accompagner, dit-il d'une voix monocorde.

— Suilécume ! appela Covenant, inquiet. Suilécume, attends-moi !

Par-dessus son épaule, le géant répliqua :

— Va avec Bannor. Sois en paix.

Il ne semblait pas conscient de l'appréhension du lépreux ; son ton n'exprimait que soulagement et reconnaissance. Visiblement, ses pensées se focalisaient sur Pierjoie et le repos à venir.

— Nous nous reverrons demain.

Et il pénétra, confiant, dans la Citadelle, sur les talons de Korik.

— Vos quartiers sont dans la tour, annonça Bannor.

— Dans la tour ? s'étonna Covenant. Pourquoi ?

Son interlocuteur haussa les épaules.

— Si vous posez la question, on vous répondra. Pour le moment, vous devez m'accompagner.

Un instant, Covenant soutint le regard direct de Bannor et, dans ses yeux, il lut de la compétence, la capacité et la détermination à exécuter les ordres. Cette vision renforça encore son anxiété. Même les yeux de Sorenal et de Baradakas, quand ils l'avaient capturé en le prenant pour un ravageur, n'exprimaient pas une exigence aussi sereine, aussi absolue. Les sylvestres s'étaient montrés durs à cause de leur gentillesse habituelle, mais le regard de Bannor ne révélait pas la moindre trace d'un quelconque serment de paix. Accablé, Covenant détourna la tête. Quand Bannor se dirigea vers un des accès menant à la tour, il le suivit avec une hésitation mêlée d'angoisse.

Le battant s'ouvrit comme ils approchaient et se referma derrière eux, sans que Covenant ait pu voir la personne ou le mécanisme qui l'avait actionné. Il donnait sur un escalier en colimaçon, que Bannor gravit d'un pas sûr. Une centaine de pieds plus haut, les deux hommes atteignirent une seconde porte. Après l'avoir franchie, Covenant se retrouva dans un dédale de couloirs, de marches et d'ouvertures qui ne tarda pas à avoir raison de son sens de l'orientation. Bannor le fit virer à intervalles irréguliers, monter ou descendre d'interminables escaliers, longer des passages d'abord larges puis de plus en plus étroits, jusqu'à ce que le lépreux estime ne plus être capable de retrouver la sortie seul. De temps en temps, il apercevait d'autres gens, essentiellement des sangardes et des guerriers, mais il n'eut l'occasion de parler à aucun d'eux.

Enfin, Bannor s'arrêta au milieu d'un couloir. D'un geste sec, il poussa un vantail dissimulé. Covenant pénétra à sa suite dans une large chambre flanquée d'un balcon. Bannor attendit pendant qu'il promenait un bref regard à la ronde, puis lâcha :

— Appelez, si vous avez besoin de quoi que ce soit.

Il sortit, refermant la porte derrière lui.

Durant quelques secondes, Covenant procéda à l'inventaire mental des meubles pour mémoriser les arêtes et les coins dangereux. La chambre contenait un lit, une commode, une baignoire, une table chargée de nourriture, plusieurs chaises – dont une sur laquelle étaient posés divers vêtements – et une tapisserie accrochée à l'un des murs. Rien de tout cela ne constituant une menace immédiate, le lépreux reporta son attention sur la porte. Elle n'avait ni poignée ni loquet ; pas moyen, pour lui, de l'ouvrir.

« Que diable… ? »

Il poussa le battant de l'épaule, le saisit par les rebords et tenta de tirer, mais ne put le faire bouger.

— Bannor ! (Dans un sursaut, sa peur grandissante se mua en colère.) Enfer et damnation ! Bannor, ouvrez-moi !

Presque aussitôt, la lourde dalle de pierre pivota vers l'intérieur. Bannor se tenait sur le seuil de la pièce, impassible.

— C'est quoi, cet endroit : une prison ? cria Covenant.

Le sangarde eut un haussement d'épaules presque imperceptible.

— Appelez-le comme vous voudrez. Vous devez rester ici jusqu'à ce que les seigneurs soient prêts à vous recevoir.

— Et que suis-je censé faire entre-temps ? Ne pas bouger et réfléchir ?

— Restaurez-vous. Lavez-vous. Reposez-vous. Comme vous voudrez.

— Je vais vous dire ce que je veux – ou plutôt, ce que je ne veux pas, tempêta Covenant. Je ne veux pas rester ici et devenir cinglé en attendant le bon plaisir de vos seigneurs. J'ai fait un long voyage pour venir leur parler. J'ai risqué ma…

Au prix d'un gros effort, il se ressaisit. Il voyait bien que ses protestations n'avaient pas le moindre effet sur le sangarde. Ravalant son indignation, il demanda sèchement :

— Pourquoi suis-je prisonnier ?

— Les messagers peuvent être des amis ou des ennemis, répondit Bannor. Rien ne nous prouve que vous n'êtes pas un serviteur de la Corruption. La sécurité des seigneurs dépend de nous. La sangarde ne vous permettra pas de les mettre en danger. Nous devons nous assurer de vos intentions avant de vous laisser circuler librement dans la Citadelle.

« Par les feux de l'enfer ! jura Covenant. Il ne manquait plus que ça. » Derrière lui, la pièce parut se remplir brusquement des sombres pensées contre lesquelles il s'était tant démené. Comment pourrait-il se défendre s'il ne continuait pas à avancer ? Mais il ne supportait pas d'exposer ses peurs à l'examen dénué de compassion du sangarde. Il se força à se détourner.

— Dites-leur que je n'aime pas attendre, lâcha-t-il froidement.

Tremblant de tout son corps, il se dirigea vers la table et saisit une flasque en pierre. Quand il entendit la porte se refermer, il porta le goulot à ses lèvres d'un geste rageur et but longuement. Puis, le délicieux goût du guinguet en bouche, il promena à la ronde un regard aiguisé, comme pour mettre les esprits qui le hantaient au défi de sortir de leur cachette et de l'attaquer.

Cette fois, la tapisserie retint son attention. Sa trame épaisse et multicolore était dominée par des rouges vifs et des bleus azur, et au bout de quelques instants, il réalisa qu'elle racontait la légende de Berek Demi-Main.

Le héros se tenait en son centre, dans une posture stylisée qui combinait l'effort et la béatitude. Autour de lui, diverses scènes narraient son histoire – sa dévotion très pure envers sa reine, la quête de pouvoir du roi, la répudiation de celui-ci par son épouse, les exploits guerriers de Berek, la perte de sa main, son désespoir sur le mont Tonnerre et la victoire des lions de feu. L'ensemble produisait un effet de salut, de rédemption conquise au bord de la ruine par la droiture – comme si la Terre elle-même était intervenue pour redresser le déséquilibre moral de la guerre.

— Par l'enfer, grogna Covenant. Suis-je vraiment obligé de supporter ça ?

Agrippant la flasque comme si c'était la seule chose solide dans la pièce, il se dirigea vers le balcon.

Il s'arrêta sous l'arche et s'affaissa contre son montant. Au-delà de la rambarde, le vide dégringolait jusqu'aux collines, trois ou quatre cents pieds plus bas. Le lépreux n'osa pas s'avancer ; déjà, le vertige lui nouait les entrailles. Mais il se força à regarder dehors assez longtemps pour se repérer.

Le balcon se découpait sur le côté est de la tour, face à une vaste plaine chichement éclairée par le soleil couchant. Au-delà de l'ombre du promontoire, des prairies bleuâtres, des champs de terre brune fraîchement retournée et des semis d'un vert tendre formaient un patchwork multicolore ; entre eux, les rubans argentés de plusieurs rivières se dévidaient vers l'est et le sud. Des villages aux maisons pelotonnées les unes contre les autres déployaient une fragile dentelle d'habitations à travers la plaine ; des bruyères violettes et des fougères grises poussaient en larges bandes vers le nord. Dans le lointain, la Blanche serpentait en direction de la Mémoriade.

Cette vision rappela à Covenant comment il était arrivé à cet endroit et ceux qu'il avait rencontrés en cours de route : Suilécume, Atiaran, les esprits d'Andelain, Baradakas, le repenti assassiné… Un tourbillon de souvenirs jaillit des collines pour l'assaillir. Atiaran lui avait attribué la faute du massacre des esprits. Pourtant, elle avait renoncé à sa juste vengeance, ravalé sa rage légitime. Il lui avait fait tant de mal…

Titubant, il battit en retraite dans la chambre et alla s'asseoir à la table. Ses mains tremblaient si fort qu'il ne pouvait pas boire à la flasque. Il la posa, serra les poings et pressa ses jointures sur la protubérance dure de l'anneau dissimulé contre son cœur. « Je refuse d'y penser. » Un froncement de sourcils déforma son front. « Je ne suis pas Berek. »

Il resta barricadé en lui-même jusqu'à ce que le nœud de son estomac se relâche. Alors, il déplia ses doigts raides. Ignorant leur impossible sensibilité, il se mit à manger.

Sur la table, il trouva un assortiment de viande froide, de fromage et de fruits, ainsi qu'une grande quantité de pain noir. Il mâcha et avala mécaniquement, telle une marionnette exécutant les ordres de sa volonté, jusqu'à ce qu'il se sente rassasié. Alors, il se déshabilla et se baigna, examinant son corps avec minutie pour s'assurer qu'il n'avait pas de nouvelles blessures. Il passa en revue les vêtements qui lui avaient été fournis et enfila une robe bleu pâle qui dissimulerait son alliance. Il se rasa méticuleusement puis, avec des gestes raides, lava ses habits dans la baignoire et les disposa sur le dos des chaises pour les faire sécher. Pendant tout ce temps, il ne cessa de se répéter tel un mantra : « Je refuse d'y penser. Je ne suis pas Berek. »

Pendant qu'il s'affairait, les ombres se déplacèrent vers l'ouest et, quand il eut terminé, il traîna un siège jusqu'au balcon pour pouvoir observer le crépuscule sans affronter la hauteur de son perchoir. Mais les ténèbres semblaient se répandre dans le vaste monde depuis la pièce obscure derrière lui, comme si elle était la source de la nuit. Très vite, l'air lui parut grouiller de charognards et il sentit l'affolement le gagner.

Les coups frappés à la porte le firent sursauter, mais il se fraya un chemin dans le noir pour y répondre.

— En… Entrez.

Dans sa confusion passagère, il tâtonna, en quête d'une poignée qui n'existait pas. Puis le battant s'ouvrit sur une vive clarté, qui l'éblouit.

Au début, il ne distingua que trois silhouettes masculines : une contre le mur, de l'autre côté du couloir, et deux sur le seuil de la chambre. Celle de gauche tenait un bâton flamboyant dans chaque main et celle de droite portait un chaudron plein d'ignescentes sous chaque bras. La lueur qui les éclairait par en dessous leur conférant un aspect menaçant, Covenant recula en clignant des yeux.

Prenant sa retraite comme un geste de bienvenue, les deux premiers visiteurs pénétrèrent dans la pièce. Derrière eux, une voix à la fois dure et douce demanda :

— Pouvons-nous entrer ? Je suis le seigneur Mhoram…

— Évidemment, coupa le plus grand de ses compagnons sur un ton éraillé. Il a besoin de clarté, pas vrai ? L'obscurité flétrit le cœur. Comment pourrait-il obtenir de la lumière sans nous laisser entrer ? S'il s'y connaissait un tant soit peu, il se débrouillerait seul, évidemment[1]. Et nous ne l'importunerons pas longtemps. Nous sommes trop occupés. Nous devons assister aux vêpres. Le haut seigneur aura peut-être des instructions spéciales à nous donner. Nous sommes déjà bien assez en retard. Parce qu'il ne sait rien, évidemment. Mais nous ne traînerons pas. Écoutez-nous bien, jeune homme. Nous ne pourrons pas nous permettre de revenir pour éclairer votre ignorance.

Pendant qu'il parlait, la vision de Covenant se précisa. Face à lui, la haute silhouette de son interlocuteur se changea en un vieillard raide comme la justice, au visage étroit orné d'une barbe qui pendait presque jusqu'à sa taille, tel un drapeau en berne. Il portait une cape de sylvestre bordée de bleu et un diadème de feuilles sur le front.

L'homme le plus proche de lui semblait à peine sorti de l'enfance. Il était vêtu d'une tunique brune de stèlagien, aux épaules brodées d'un motif bleu, et son visage glabre arborait une expression enjouée. Grimaçant, il posait sur son aîné un regard où se mêlaient l'amusement et l'affection.

Tandis que Covenant les étudiait, Mhoram dit sur un ton de reproche :

— C'est notre invité, Birinair.

1. Il s'agit d'un tic de langage du personnage. *(N.d.T.)*

Le vieillard marqua une pause, comme si ses bonnes manières lui revenaient brusquement en mémoire, et Covenant reporta son attention sur Mhoram. C'était un individu mince, qui faisait à peu près sa taille. Il portait une longue robe de la couleur du *ferlé*, ceinturée par un foulard noir. Dans sa main droite, il tenait un bâton.

Le dénommé Birinair se racla la gorge.

— D'accord, d'accord. Mais ça nous fait perdre du temps et nous sommes en retard, maugréa-t-il. Il faut préparer les vêpres. Et le conseil, évidemment. Vous êtes notre invité. Soyez le bienvenu. Je suis Birinair, magistère du *lillianrill* et hospitalier de la Citadelle. Ce garnement hilare est Thorm, ignessire du *rhadhamaerl* et également hospitalier de la Citadelle. À présent, écoutez-moi bien.

D'une démarche digne, il se dirigea vers le lit, surmonté par une torchère murale.

— Nous les fabriquons pour les jeunes ignorants de votre espèce, déclara-t-il en glissant l'extrémité enflammée d'un des bâtons dans le flambeau.

Aussitôt, la flamme mourut, mais se ralluma d'elle-même quand Birinair retira le bâton. Il coinça l'extrémité qui ne brûlait pas dans l'applique, puis traversa la pièce pour placer l'autre bâton contre le mur opposé.

Pendant qu'il s'affairait, Thorm posa un des chaudrons d'ignescentes sur la table et l'autre sur la commode près de la cuvette de toilette.

— Vous n'aurez qu'à les couvrir quand vous voudrez dormir, expliqua-t-il sur un ton léger.

Lorsqu'il eut terminé, Birinair répéta :

— L'obscurité flétrit le cœur. Méfiez-vous d'elle, invité.

— Mais la courtoisie est pareille à l'eau rafraîchissante d'un torrent de montagne, murmura Thorm avec une grimace taquine.

— En effet.

Birinair fit volte-face et sortit de la chambre. Thorm adressa un clin d'œil à Covenant et chuchota :

— Il n'est pas aussi sévère que vous pourriez le penser.

Puis il s'en alla à son tour, laissant le lépreux seul avec Mhoram. Celui-ci ferma la porte ; alors, Covenant put détailler un seigneur pour la première fois.

Mhoram esquissait un léger sourire plein d'affection, dont l'effet était contrebalancé par son regard. Ses yeux aux iris bleu-gris, pailletés d'or, semblaient voir au travers de tous les subterfuges. Pourtant, ils paraissaient dissimuler quelque chose de puissant et d'inconnu, comme si, poussé dans ses derniers retranchements, Mhoram eût été capable de surprendre le destin lui-même. L'arête de son nez, très droit, fendait son visage tel un gouvernail dirigeant le navire de ses pensées.

Covenant remarqua le bâton de Mhoram, ferré comme celui qu'il avait aperçu entre les doigts en forme de spatule de Sialon Larvae, mais contrairement à ce dernier, sa surface était vierge de tout motif sculpté. Mhoram le tint dans sa main gauche pendant que, de la droite, il adressait le salut traditionnel au lépreux. Puis il croisa les bras sur sa poitrine, calant l'instrument dans le creux de son coude. Le dessin de ses lèvres exprima tour à tour l'amusement, l'hésitation et la vigilance tandis qu'il lançait :

— Laissez-moi recommencer depuis le début. Je suis le seigneur Mhoram fils de Varil. Soyez le bienvenu à Pierjoie, Thomas Covenant l'Incrédule, porteur de message. Nous avons encore un peu de temps devant nous avant les vêpres. Aussi suis-je venu vous voir, pour plusieurs raisons. D'abord, pour vous saluer ; ensuite, pour répondre aux questions qu'un étranger au Fief ne doit pas manquer de se poser ; enfin, pour m'enquérir des intentions qui vous ont amené devant le conseil. Pardonnez-moi cette approche protocolaire, mais j'ignore comment vous honorer.

Covenant voulait répondre, mais il se sentait encore perturbé par l'obscurité ; il avait besoin de temps pour s'éclaircir les idées. Un moment, il cligna des yeux sans rien dire. Puis, afin de combler le silence, il lâcha :

— Votre sangarde ne me fait pas confiance.

Mhoram eut un sourire pincé.

— Bannor m'a rapporté que vous croyiez être prisonnier. C'est pour cela que je tenais à vous parler ce soir. Il n'est pas dans nos habitudes d'interroger nos invités avant qu'ils se soient reposés. Mais je dois vous dire quelques mots concernant la sangarde. Asseyons-nous, voulez-vous ?

Il tira une chaise et s'y installa, son bâton posé en travers des genoux.

Covenant prit place à la table sans détacher son regard de Mhoram. Quand il fut assis, le seigneur reprit :

— Thomas Covenant, je vous le dis franchement : tant qu'on ne m'aura pas prouvé le contraire, je considérerai que vous êtes un ami – ou, du moins, pas un ennemi. Vous êtes notre invité et, en tant que tel, vous avez droit à toute notre courtoisie. D'autant que nous avons prêté le serment de paix. Mais vous êtes aussi étrange à nos yeux que nous aux vôtres. Et les sangardes ont fait un vœu qui ne ressemble en rien à notre serment. Ils ont juré de servir Pierjoie et les seigneurs, et de nous préserver de toute menace avec fidélité. (Il poussa un soupir.) Être servi de la sorte, au mépris du temps et de la mort… Cela vous rend plus humble. Mais la question n'est pas là. Je dois vous dire deux choses. Livrés à eux-mêmes, les sangardes vous tueraient instantanément si vous leviez la main contre un seigneur ou un habitant de Pierjoie. Mais le conseil vous a placé sous leur protection. Plutôt que de contrevenir aux ordres – de laisser quiconque vous faire le moindre mal –, Bannor ou n'importe lequel de ses semblables donnerait sa vie pour vous. (Voyant l'expression sceptique de Covenant, Mhoram insista :) Je vous assure que c'est la pure vérité. Peut-être serait-il bon que vous interrogiez Bannor au sujet de la sangarde. Sa méfiance vous troublera moins quand vous en aurez compris les raisons. Il fait partie des haruchai, un peuple qui vivait jadis très haut dans la chaîne Ouestronne, au-delà de la passe que nous appelons désormais col de la Sangarde. Peu après l'accession de Kevin à la fonction de haut seigneur, les haruchai sont descendus dans le Fief ; ils y sont restés pour obéir à un vœu si solennel qu'il lierait même les dieux. C'était des gens au sang chaud et aux entrailles prolifiques, nés pour la bataille et les plaisirs charnels, que leur allégeance a contraints à une vie d'ascèse, de chasteté et de vieillesse.

« En vérité, Thomas Covenant, nul n'aurait pu prévoir le prix qu'ils paieraient pour leur dévouement. L'obstination avec laquelle ils se consacrent à notre service n'est pas chose innée pour eux et la seule récompense qu'ils en tirent, c'est la fierté du devoir accompli. Ajoutez à cela qu'ils ont découvert l'amertume du doute, et… (Mhoram soupira de nouveau et eut un faible sourire.) Demandez à Bannor. Je suis trop jeune pour rendre justice à leur histoire.

« Trop jeune ? pensa Covenant. Quel âge ont donc les sangardes ? » Mais il ne posa pas la question, craignant que l'histoire des haruchai ne soit aussi séductrice que celle des apatrides. Au bout d'un moment, il rassembla les fragments épars de son attention et déclara :

— Je dois parler au conseil.

Mhoram soutint son regard sans ciller.

— Les seigneurs se réuniront demain pour vous entendre, vous et Salin Suilécume. Souhaitez-vous vous exprimer dès maintenant ? (La concentration parut faire flamboyer ses yeux pailletés d'or.) Êtes-vous un ennemi, Thomas Covenant ? demanda-t-il brusquement.

Le lépreux frémit. Il sentait son interlocuteur le scruter comme si un rayon de feu brûlait son esprit.

— C'est vous le voyant et l'oracle, répliqua-t-il avec raideur. À vous de me le dire.

— Est-ce Quaan qui m'a qualifié de tel ? demanda Mhoram avec un sourire désarmant. Il est vrai que j'ai fait preuve d'une sagesse prophétique en laissant une vulgaire lune sanglante me bouleverser. Je conçois que mes pouvoirs vous stupéfient. (Puis, renonçant à se moquer de lui-même, il répéta sur un ton pénétrant :) Êtes-vous un ennemi ?

Covenant lui rendit son regard en espérant que ses propres yeux étaient durs et ne trahissaient aucun compromis. « Je refuse… songea-t-il. Je ne suis pas… »

— Je ne suis rien pour vous – du moins, pas par choix. J'ai un message à vous remettre. Bien malgré moi, j'ai été forcé de venir ici pour vous l'apporter. Et certaines choses qui me sont arrivées pendant mon voyage pourraient vous intéresser.

— Racontez-moi ça, exigea Mhoram sur un ton pressant.

Mais son expression rappela à Covenant Baradakas et Atiaran – les fois où ils lui avaient dit : « Vous m'êtes fermé. » Il percevait la santé de Mhoram, son courage dangereux, son amour puissant pour le Fief.

— Les gens n'arrêtent pas de me le demander, murmura-t-il. Ne le voyez-vous pas ?

Dans la seconde, il se répondit à lui-même. « Bien sûr que non. Que savent-ils de la lèpre ? » Puis il comprit pourquoi Mhoram lui avait posé la question. Il voulait l'entendre parler, afin que sa voix révèle sa sincérité ou sa duplicité. Ses oreilles distingueraient la vérité du mensonge.

Covenant se remémora brièvement le message de Turpide, puis se barricada contre ce souvenir.

— Non. Je préfère garder ça pour le conseil. Une fois suffit pour ce genre d'histoire. Ma langue se changera en sable si je dois la répéter.

Mhoram acquiesça, comme s'il acceptait sa décision. Mais presque aussitôt, il enchaîna :

— Votre message a-t-il un rapport avec la corruption de la lune ?

Instinctivement, Covenant jeta un coup d'œil vers le balcon.

Là, voguant au-dessus de l'horizon tel un navire aux cales grouillantes d'épidémies, se découpait l'astre sanglant. Sa lueur changeait la plaine en un paysage écarlate et spectral. D'une voix dont il ne put réprimer le tremblement, le lépreux répondit :

— Il veut nous en mettre plein la vue, c'est tout. Nous montrer ce dont il est capable.

Au fond de sa gorge, il étrangla un cri. « Par les feux de l'enfer ! Turpide, les esprits étaient impuissants ! Que feras-tu la prochaine fois : tu violeras des enfants ? »

— Ah ! grogna Mhoram, ça arrive à un très mauvais moment. (Il se leva et alla tirer un volet de bois pour masquer l'arche du balcon.) La milice compte moins de deux mille guerriers. Les sangardes ne sont que cinq cents – à peine assez pour défendre Pierjoie. Des cinq seigneurs actuels, deux sont très âgés, à la limite de leurs forces, et nul ne contrôle plus d'une fraction du premier tabernacle. Nous sommes plus faibles que n'importe quel conseil dans toute l'histoire du Fief. Ensemble, c'est tout juste si nous pouvons faire pousser des broussailles à Kurash Plenethor.

« Autrefois, nous étions plus nombreux, poursuivit-il en regagnant sa chaise. Mais durant les vingt dernières années, les meilleurs étudiants de la Loge ont presque tous opté pour le rituel d'affranchissement. De ma génération, je suis le premier qui ait satisfait aux épreuves. Hélas ! mon cœur sait que nous aurons besoin d'un pouvoir bien supérieur, à présent.

Il serra son bâton si fort que ses jointures blanchirent et, l'espace d'un moment, son regard trahit sa détresse.

— Alors, dites à vos amis de se préparer, conseilla Covenant sur un ton bourru. Vous n'allez pas apprécier mon message.

Mhoram se détendit lentement, comme s'il n'avait pas entendu l'avertissement. Un par un, ses doigts se décrispèrent, jusqu'à lâcher le bâton. Puis il eut un doux sourire.

— Thomas Covenant, il n'est pas idiot de ma part de supposer que vous n'êtes pas un ennemi. Vous possédez un couteau de *rhadhamaerl* et un bâton de *lillianrill*, avec lequel vous avez vaincu un puissant adversaire. Et je me suis entretenu avec Salin Suilécume. D'autres gens vous ont déjà fait confiance. Sans ça, vous ne seriez jamais arrivé jusqu'ici.

— Par les feux de l'enfer ! s'exclama Covenant. Vous raisonnez de travers. (Il crachait ses mots comme des pierres qu'il aurait jetées sur une fausse image de lui-même.) On m'a forcé à venir. Ce n'était pas mon idée. Depuis le début, on ne m'a jamais laissé le choix.

Du bout des doigts, il toucha sa poitrine pour se remémorer le seul choix qu'il avait pu faire.

— Vous ne vouliez pas nous apporter ce message, dit doucement Mhoram. Ainsi, vous avez une bonne raison de vous surnommer « l'Incrédule ». Peu importe. Demain, le conseil écoutera votre récit. À présent… Je crains que je ne vous aie laissé que peu l'occasion de me poser vos questions. Mais l'heure des vêpres approche. Accepteriez-vous de m'accompagner ? Si vous le désirez, nous parlerons en chemin.

Covenant acquiesça. Malgré la fatigue, il n'aspirait qu'à rester actif, à occuper son esprit. La gêne d'un interrogatoire potentiel comptait peu face à l'urgence de ses questions sur l'or blanc. Pour échapper à ses faiblesses complexes, il se leva et lança :

— Je vous suis.

Mhoram s'inclina et le précéda dans le couloir. Bannor était adossé tout près de la porte, les bras croisés sur la poitrine. Dès que les deux hommes sortirent, il s'écarta du mur pour leur emboîter le pas. Mû par une impulsion, Covenant l'intercepta, soutint son regard et lui enfonça son index rigide entre les côtes en déclarant :

— Moi non plus, je ne vous fais pas confiance.

Puis, coléreux mais satisfait, il reporta son attention sur Mhoram. Celui-ci attendait Bannor, qui était entré dans la chambre du lépreux pour y prendre une des torches. Il les rejoignit bientôt et prit place du côté gauche de Covenant. Mhoram s'engagea alors dans le couloir.

Bientôt, Covenant fut de nouveau perdu dans le dédale de la tour. Peu de temps après, les trois hommes atteignirent un passage qui semblait se terminer en cul-de-sac. Mhoram toucha la pierre nue du bout de son bâton ; le mur pivota vers l'intérieur, révélant la cour de la Citadelle en contrebas. Une passerelle reliait l'ouverture au rempart. Covenant jeta un coup d'œil au vide béant et recula.

— Oubliez ça, marmonna-t-il. Si ça ne vous fait rien, je vais rester ici. (Le sang monta à son visage comme le rouge de la honte et un filet de sueur froide coula entre ses omoplates.) Je ne suis pas doué pour les acrobaties.

Mhoram le dévisagea d'un air curieux, mais ne l'interrogea pas sur sa réaction.

— Très bien, dit-il simplement. Nous prendrons une autre route.

Soulagé, Covenant le suivit tandis qu'il rebroussait chemin dans le couloir et entamait une descente tortueuse vers l'un des accès à la base de la tour. Arrivés au niveau du sol, ils traversèrent la cour.

Puis, pour la première fois, Covenant pénétra dans l'édifice principal de la forteresse. Il était illuminé par des torches et des ignescentes. Ses murs, larges et hauts, pouvaient abriter des géants et l'intérieur était spacieux. Face à une telle quantité de granit majestueux, une telle masse de roche encadrant des passages si vastes et si bien éclairés, Covenant eut une conscience aiguë de sa petitesse et de sa fragilité de mortel. Une fois de plus, il se sentit dépassé par les bâtisseurs de Pierjoie.

Mhoram et Bannor, en revanche, ne lui paraissaient nullement petits ou fragiles. Le seigneur marchait d'un pas vif et résolu, comme si ces couloirs étaient son élément naturel, comme si son humble chair prospérait au service de cette antique grandeur. La solidité intrinsèque de Bannor semblait renforcée par son environnement, car il portait en lui quelque chose d'aussi intemporel et inébranlable que Pierjoie. Entre eux, Covenant se sentait à demi désincarné, dépourvu d'une substance essentielle. Un grondement vint buter contre ses dents serrées et ses épaules se contractèrent tandis qu'il étranglait cette impression. Il se força à se concentrer sur les détails qui l'entouraient.

Les trois hommes tournèrent dans un passage qui se dirigeait droit vers le cœur de la montagne. Son sol était ondulé, comme s'il avait été taillé de façon à respecter le grain naturel de la pierre. D'autres couloirs latéraux le traversaient à intervalles réguliers ; des hommes et des femmes en émergeaient pour rejoindre la salle centrale. Covenant supposa qu'ils se rendaient aux vêpres. Certains portaient un plastron et un bandeau de guerrier ; d'autres, des vêtements de stèlagiens ou de sylvestres. Quelques-uns lui parurent obscurément liés au *rhadhamaerl* ou au *lillianrill*, mais la majorité devait appartenir à des corps de métier plus prosaïques et néanmoins essentiels à la vie d'une cité : cuisiniers, blanchisseuses, maçons ou agriculteurs. Parmi eux, Covenant distingua quelques sangardes.

Beaucoup de gens saluèrent Mhoram de la tête et s'inclinèrent respectueusement devant lui ; il leur rendit leur salut, interpellant la plupart d'entre eux par leur prénom. Derrière lui, Bannor portait la torche et se mouvait d'une démarche aussi inflexible que s'il était seul dans la Citadelle.

Comme la foule augmentait, Mhoram se rabattit vers le mur de droite et s'arrêta devant une porte. Il l'ouvrit et, se tournant vers Bannor, lança :

— Je dois rejoindre le haut seigneur. Emmène notre invité au sanctuaire. (À l'attention de Covenant, il ajouta :) Demain à l'heure prévue, Bannor vous conduira à la closerie.

Puis il le salua et le laissa en compagnie du sangarde.

Bannor se remit en route et le lépreux le suivit en jouant des coudes. Quelques dizaines de pieds plus loin, la salle se sépara en deux couloirs qui partaient sur la gauche et sur la droite pour contourner un immense mur incurvé. Dans ce passage en forme de ceinture, les habitants de Pierjoie affluaient de toutes les directions. Des portes immenses se dressaient à intervalles réguliers, que les gens franchissaient d'un pas vif, mais sans se bousculer. Un ignessire et un magistère les flanquaient. Comme Bannor l'entraînait vers la plus proche, Covenant entendit les deux gardiens entonner :

— S'il y a du mal dans votre cœur, abandonnez-le ici. Il n'est pas de place pour lui à l'intérieur.

De temps en temps, quelqu'un tendait la main et touchait l'un des gardes comme pour lui confier un fardeau.

En arrivant à la hauteur du magistère, Bannor lui remit sa torche. Celui-ci l'éteignit en fredonnant un petit air et en refermant sa main sur la flamme, puis la lui rendit. Le sangarde pénétra dans le sanctuaire, Covenant sur ses talons.

Le lépreux se retrouva sur un balcon qui épousait la paroi interne d'une énorme cavité. Elle n'abritait aucune lampe et était éclairée par la lumière qui filtrait depuis les portes ouvertes. Ainsi Covenant put-il voir que six autres saillies, auxquelles on accédait par le même moyen, s'alignaient à la verticale au-dessus de lui. Une centaine de pieds en dessous, une estrade se dressait sur un côté du fond plat ; le reste de l'espace était occupé par des gens. Les balcons aussi étaient pleins, mais pas bondés : chaque personne présente pouvait voir la plate-forme en contrebas.

Une brusque nausée fondit sur Covenant. Il se raccrocha à la rambarde, qui lui arrivait au niveau de la poitrine. Les causes de vertige abondaient à Pierjoie ; partout où il allait, il devait affronter des falaises, des gouffres, des abîmes. Mais le contact du granit inébranlable le rassurait. Il s'y accrocha et, luttant pour ravaler sa peur, leva les yeux. Il fut vaguement surpris de découvrir que le puits n'était pas à ciel ouvert et possédait un plafond voûté. Covenant ne pouvait en distinguer les détails, mais il crut apercevoir des silhouettes géantes gravées dans la pierre.

Puis la lumière commença à baisser. Les gardiens étaient en train de refermer les portes et l'obscurité emplit progressivement l'excavation telle une nuit artificielle. Bientôt, le lieu fut scellé et le souffle des fidèles se répandit dans le noir comme un esprit agité. Les ténèbres semblaient isoler Covenant. Il se sentait aussi léger que s'il dérivait dans l'espace ; pourtant, il avait l'impression que le dôme massif le retenait, l'empêchait de s'élever en pesant sur sa nuque de tout son poids monstrueux. Involontairement, il se pencha vers Bannor et le toucha de l'épaule, comme si celui-ci pouvait lui servir d'ancre.

Soudain, une flamme apparut sur l'estrade – ou plutôt, deux : celle d'une torche *lillianrill* et d'un pot d'ignescentes. Bien que minuscules dans l'espace gigantesque, elles révélèrent Birinair et Thorm debout de part et d'autre de la plate-forme, chacun brandissant sa propre lumière. Deux silhouettes en robe bleue se tenaient derrière eux : Mhoram et une femme très âgée derrière Birinair, une femme plus jeune et un vieillard derrière Thorm. Entre ces groupes, Covenant avisa un autre homme, également vêtu d'une robe bleue. Son dos très droit et son menton fièrement dressé semblaient nier la blancheur de ses cheveux et de sa barbe. « C'est lui, devina Covenant. Le haut seigneur Prothall. »

Celui-ci leva son bâton et, du bout ferré, frappa l'estrade à trois reprises. Malgré sa posture énergique et son esprit encore vigoureux, ce fut d'une voix enrouée par l'âge qu'il annonça :

— Nous sommes réunis ici pour célébrer les vêpres de la Citadelle des seigneurs – l'antique Pierjoie, construite par les géants sur les fondations de toutes nos croyances. Soyez les bienvenus dans la force et la faiblesse, la lumière et les ténèbres, le sang, les os, le cœur, l'âme et l'esprit. Répandez la paix en vous et autour de vous. Nous dédions cette heure au service de la Terre.

Ses compagnons entonnèrent :

— Que la guérison et l'espoir soient accordés à la Terre et à tous ceux qui la servent ; à vous tous qui vous tenez devant nous, participants directs de la sagesse et du pouvoir de la terre, *lillianrill* et *rhadhamaerl*, érudits, gardiens et guerriers ; à vous tous qui vous tenez au-dessus de nous, et prenez chaque jour soin du foyer et des récoltes de la vie ; et à vous tous les absents, ranyhyn, peuple de Ra, stèlagiens et sylvestres, frères et sœurs unis dans la même foi. Nous sommes les seigneurs du Fief. Soyez bienvenus et fidèles.

Alors, ils chantèrent. Les feux des hospitaliers étaient aussi purs et ardents que le courage incorruptible. Et dans leur clarté se répercuta l'hymne des seigneurs.

Sept tabernacles d'antique Sagesse
Pour protéger le Fief et lui servir de bastion,
Et un haut seigneur pour exercer la Loi,
Préserver le noyau de la Terre contre la corruption.

Sept mots pour vaincre le mal,
Pour anéantir le lémure, son maudit séide,
Et un seigneur au cœur pur pour brandir le Bâton,
Dissimuler le Fief à la vue de l'infâme Turpide.
Sept enfers pour la foi défaillante,
Pour l'homme et le spectre qui du Fief se sont détournés,
Et un brave seigneur pour déclencher le fléau,
Empêcher les ténèbres de détruire la beauté.

Comme l'écho de leurs voix s'éteignait, Prothall reprit la parole.

— Nous sommes les nouveaux protecteurs du Fief, les adorateurs et les serviteurs du pouvoir de la terre, qui ont juré de consacrer leur existence à retrouver la Sagesse de Kevin et à guérir le Fief des ravages de la corruption – et qui se sont également engagés, à égalité avec toute autre considération ou promesse, à respecter leur serment de paix, au mépris de leurs impulsions ou de leurs désirs personnels. Car la sérénité est la seule chose que nous pouvons apporter au Fief sans le profaner une nouvelle fois.

Les gens qui se tenaient devant l'estrade répondirent à l'unisson :

— Nous ne profanerons plus jamais le Fief, même si les efforts que nous faisons pour nous contrôler flétrissent les fleurs de notre vie sur la branche. Et nous ne connaîtrons pas de repos jusqu'à ce que l'ombre de notre ancienne folie se dissipe du cœur du Fief, et que l'obscurité cède la place à la croissance et à la vie.

Et Prothall répliqua :

— Mais il n'est pas de flétrissement au service du Fief. La loyauté engendre la loyauté, tout comme la servilité perpétue l'avilissement. Si notre courage ne nous abandonne pas, si notre détermination ne flanche pas, notre savoir grandira, et la Sagesse ne succombe jamais à l'ombre. Nous sommes les nouveaux protecteurs du Fief, les adorateurs et les serviteurs du pouvoir de la terre.

Car nous ne prendrons aucun repos,
Ne nous détournerons pas de notre chemin,
Ne perdrons pas la foi ni n'échouerons,
Jusqu'à ce que la Grise vire au bleu,
Et que la Rill et la Maerl
Soient aussi claires que l'ancienne Llurallin.

L'assemblée tout entière reprit les paroles du haut seigneur et le chœur de la communauté se répercuta dans le sanctuaire, comme si la voix éraillée avait fait jaillir quelque passion souterraine dissimulée jusqu'alors.

Tant que dura la clameur, Prothall garda la tête inclinée en signe d'humilité. Mais lorsqu'elle retomba, il se redressa et écarta les bras, comme pour offrir sa poitrine à la lame d'une dénonciation.

— Ah, mes amis ! s'écria-t-il. Adorateurs et serviteurs du Fief ! Pourquoi avons-nous échoué à comprendre la Sagesse de Kevin ? Qui d'entre nous peut se vanter de posséder des connaissances supérieures à celles de nos prédécesseurs ? Nous tenons le premier tabernacle entre nos mains ; nous lisons son texte et comprenons ses mots ; pourtant, nous ne parvenons pas à percer ses secrets. Une défaillance intime, une imperfection de notre volonté nous en empêche. Je ne doute pas que nos intentions soient pures, puisque nous poursuivons le même objectif que le haut seigneur Kevin, et avant lui, Loric, Damelon et

Berek Terramis ; ni que nous soyons plus sages que lui, car jamais la folie du désespoir ne nous poussera à lever la main contre le Fief. Alors, quelle est la raison de notre échec ? Où avons-nous fait fausse route ? Pourquoi n'arrivons-nous pas à saisir ce qui nous a été donné ?

Un instant après que sa voix se fut étranglée et tue, le sanctuaire s'abîma dans un silence vibrant de sanglots contenus ; comme si les habitants de la Citadelle se reconnaissaient dans son discours, comme s'ils admettaient que cette défaite était aussi la leur.

Puis une nouvelle voix se fit entendre.

— Mon seigneur, lança audacieusement Salin Suilécume, nous n'avons pas encore dit notre dernier mot. Il est vrai que nous nous étions fixé pour mission de consolider et d'approfondir les découvertes de nos prédécesseurs. Mais notre travail ouvrira les portes de l'avenir. Nos enfants bénéficieront de nos efforts, parce que nous n'avons pas perdu courage, et que c'est, avec la foi, le plus grand legs que nous puissions faire à nos descendants. Le Fief recèle encore bien des mystères dont nous ignorons tout, qui sont porteurs d'espoir autant que de péril. Haut les cœurs, frères de roc ! Votre foi est le plus précieux de tous les trésors.

« Mais vous n'avez pas le temps ! gronda intérieurement Covenant. La foi ! Vos enfants ! Le Rogue va vous détruire. » L'image qu'il se faisait des seigneurs s'altéra radicalement. Ce n'était pas des êtres supérieurs, capables d'infléchir le cours du destin, mais des mortels, affligés de la même impuissance que lui. Turpide allait les massacrer…

Un instant, il lâcha la balustrade, comme s'il voulait hurler son message d'apocalypse à l'assemblée. Mais une fois de plus, le vertige fit voler sa résistance en éclats, jaillit hors du vide pour l'assaillir. Titubant, il recula et agrippa l'épaule de Bannor.

« … Que la limite absolue de leur espérance de vie dans le Fief… »

Il allait devoir leur lire leur arrêt de mort.

— Faites-moi sortir d'ici, haleta-t-il. Je ne peux plus le supporter.

Bannor le soutint et lui fit rebrousser chemin. Soudain, une porte s'ouvrit, libérant la clarté du passage circulaire. Covenant tomba de l'autre côté plus qu'il ne franchit le seuil. Sans un mot, Bannor ralluma sa torche en l'approchant d'un des flambeaux fixés au mur. Puis il prit le bras du lépreux pour le guider. Covenant le repoussa.

— Ne me touchez pas, bredouilla-t-il. Ne voyez-vous pas que je suis malade ?

Aucune expression ne vint animer le visage plat du sangarde. Impassible, il se détourna et entraîna Covenant à l'écart du sanctuaire.

Celui-ci le suivit, courbé en deux et se tenant l'estomac comme s'il avait la nausée. « … Que la limite absolue… » Comment pouvait-il aider ces gens alors qu'il n'arrivait pas à s'aider lui-même ? Envahi par la confusion, il se traîna jusqu'à sa chambre, et attendit sans bouger pendant que Bannor replaçait la torche là où il l'avait prise et quittait la pièce, refermant la dalle de pierre derrière lui. Alors, il se prit la tête à deux mains. Il lui semblait que des griffes invisibles lui lacéraient l'esprit. « Rien de tout cela n'est réel, gémit-il intérieurement. Pourquoi me font-ils ça ? »

Très agité, il se tourna vers la tapisserie, comme si elle contenait la réponse à ses questions. Mais sa vue ne fit qu'aggraver sa détresse, le provoquer tel un affront. « Enfer et damnation ! Berek… Crois-tu que c'est facile ? Penses-tu que le désespoir humain suffit ? Que si tu te sens assez mal, un miracle va forcément se produire pour te sauver ? Sois maudit ! Le Rogue va les détruire ! Tu n'es qu'un lépreux impur, toi aussi, et tu ne t'en rends même pas compte ! »

Ses doigts se recourbèrent et il bondit en avant, attaquant la tenture, image du noir mensonge qui recouvrait le monde et devait être taillée en pièces. L'épaisse toile refusa de se déchirer entre ses mains malhabiles, mais il parvint à la décrocher du mur. Écartant le volet, il lutta pour la traîner sur le balcon et la projeta par-dessus la balustrade. Elle tomba en tournoyant telle une feuille morte.

« Je ne suis pas Berek ! »

Le souffle court, Covenant regagna sa chambre et claqua le contrevent pour empêcher la lumière sanglante d'entrer. Puis il se débarrassa de sa robe, enfila ses sous-vêtements secs, éteignit les torches et se mit au lit. Mais le doux contact des draps propres sur sa peau ne lui apporta aucune consolation.

14

Le conseil des seigneurs

Covenant se réveilla l'esprit enveloppé par une brume diffuse, pareille au présage d'une tempête lointaine – nuages noirs bouillonnants et éclairs de feu blanc. Machinalement, il se prépara à paraître devant le conseil : il se lava, procéda à une SVE, s'habilla avec ses vêtements et se rasa de nouveau. Lorsque Bannor lui apporta un plateau de nourriture, il mangea comme si son déjeuner n'était que poussière et graviers. Puis il glissa le couteau d'Atiaran à sa ceinture, saisit son bâton de la main gauche et s'assit face à la porte pour attendre qu'on vienne le chercher.

Enfin, Bannor reparut, lui annonçant qu'il était l'heure. Pendant quelques instants, Covenant demeura immobile, fixant le sangarde sans le voir et se demandant où il trouverait le courage de continuer à avancer dans son rêve. Il avait l'impression qu'une grimace tordait ses traits, mais ne pouvait en être sûr.

« “… Que la limite absolue…” Reprends-toi. Et bouge. »

Il toucha son anneau pour se calmer, puis força ses os réticents à se lever. Foudroyant la porte du regard comme si c'était un seuil béant qui conduisait au péril, il la franchit en traînant les pieds et s'engagea dans le couloir. Suivant Bannor, il sortit de la tour, traversa la cour et s'enfonça dans les passages enchevêtrés mais brillamment éclairés de Pierjoie.

Au cœur de la montagne, Bannor s'immobilisa devant deux vantaux de bois en forme d'arche. Ils étaient fermés et encadrés par deux sangardes. Contre les murs s'alignaient des sièges de pierre, certains à échelle humaine, d'autres assez larges pour accueillir un géant. Bannor adressa un signe de tête aux sentinelles. L'une d'elles ouvrit la porte pendant que l'autre invitait les visiteurs à entrer. Bannor précéda Covenant dans la salle du conseil des seigneurs.

La closerie était une énorme pièce circulaire à demi enfoncée dans le sol. Sous son plafond voûté, des gradins occupaient les trois quarts de l'espace. La galerie sur laquelle se tenait Covenant se trouvait au niveau de la plus haute rangée de sièges, comme les deux autres accès qui se découpaient dans le mur face à lui. Sous la plus basse, il y avait encore trois niveaux. Le premier était occupé par une table de pierre en forme de croissant, qu'entouraient quantité de chaises. En dessous, du côté ouvert, s'étendait le sol plat de la closerie et, creusée au centre de celui-ci, une large fosse à ignescentes. La lueur jaunâtre des pierres de feu était renforcée par quatre grandes torches *lillianrill* fixées au mur, qui brûlaient sans dégager de fumée ni se consumer.

Tandis que Covenant descendait les marches à la suite de Bannor, il détailla les occupants de la pièce. Son regard croisa celui de Salin Suilécume, qui lui sourit joyeusement. Lui mis à part, les seigneurs étaient seuls autour de la table. Face à Covenant, au centre, siégeait Prothall. Un couple de vieillards l'encadrait ; Mhoram avait pris place à gauche de la femme et face à lui, à droite de l'homme, se trouvait une femme d'âge mûr. Quatre sangardes s'étaient positionnés un peu en retrait.

Il n'y avait que quatre autres personnes dans la closerie. Les hospitaliers Birinair et Thorm étaient assis ensemble sur les gradins, comme s'ils se complétaient l'un l'autre. Derrière eux se tenaient Tuvor et un guerrier dont le plastron s'ornait d'une double diagonale noire. Avec si peu de monde en son sein la closerie semblait presque vide, caverneuse.

Bannor guida Covenant vers une chaise disposée à même le plancher, de l'autre côté du trou aux ignescentes et face au haut seigneur. Le lépreux s'y installa avec raideur. Outre le fait que ses interlocuteurs le dominaient, il se sentait un peu trop loin d'eux ; il avait l'impression désagréable qu'il lui faudrait crier son message pour se faire entendre. Aussi fut-il surpris lorsque Prothall se leva et dit doucement :

— Thomas Covenant, soyez le bienvenu au conseil des seigneurs.

Sa voix éraillée lui parvint aussi clairement que s'ils s'étaient tenus côte à côte.

Il ne sut que répondre. D'un geste hésitant, il se frappa le cœur de son poing droit, puis tendit le bras main ouverte et paume en avant. Comme ses perceptions s'ajustaient à son nouvel environnement, il capta la présence, la personnalité et l'autorité des seigneurs. Il émanait d'eux une impression de promesses tenues, de dévouement absolu et obstiné.

Prothall soutint son regard. La rigidité de sa posture contrebalançait la blancheur de ses cheveux et de sa barbe ; de toute évidence, il était encore vigoureux. Mais ses yeux étaient usés par l'expérience de l'ascèse, d'une abnégation poussée si loin qu'elle semblait anéantir sa chair – comme s'il était vieux depuis si longtemps que, désormais, seul le pouvoir qu'il servait le préservait de la décrépitude.

Ceux qui le flanquaient n'étaient pas aussi bien conservés. Ils avaient la peau ridée, couverte de taches de vieillesse, et le cheveu rare. Ils se tenaient le dos voûté, comme s'ils luttaient contre la fatigue de leurs os pour faire la différence entre sommeil et méditation. Covenant connaissait déjà Mhoram, mais celui-ci semblait à présent plus incisif et dangereux, comme si la proximité de ses pairs affûtait ses capacités. Quant à la femme d'âge mûr, il ne l'avait pas encore rencontrée ; pourtant, elle le fixait avec une expression de défi.

— Avant que nous commencions, laissez-moi faire les présentations. Je suis Prothall fils de Dwillian, haut seigneur par le choix du conseil. À ma droite siègent Varil Tamarantha-mi et Pentil-fi, mon prédécesseur, et Osondrea fille de Sondrea. (Les deux vieillards tournèrent l'un vers l'autre leur visage marqué par le temps et échangèrent un sourire pareil à un secret.) À ma gauche, Tamarantha Varil-mie et Enesta-fie, et Mhoram fils de Varil. Vous connaissez déjà le géant d'Ondemère Salin Suilécume et avez rencontré les hospitaliers de la Citadelle. Derrière moi se trouvent

Tuvor, dragon de la sangarde, et Garth, insigne de la milice de Pierjoie. Tous ont le droit d'assister au conseil des seigneurs. Vous y opposez-vous ?

Surpris qu'on lui demande son avis, Covenant fit un signe de dénégation.

— Dans ce cas, nous pouvons commencer, murmura Prothall. Nos coutumes veulent que nous honorions ceux qui se présentent devant nous. Comment pouvons-nous le faire ?

De nouveau, Covenant secoua la tête. « Je ne veux pas qu'on m'honore. J'ai déjà commis cette erreur une fois », pensa-t-il.

Au terme d'une pause interrogatrice, Prothall conclut :

— Très bien. (Il se tourna vers Suilécume et éleva la voix.) Salut à toi et bienvenue, Salin Suilécume, géant d'Ondemère, frère de roc et héritier de la loyauté du Fief. Les apatrides sont une bénédiction pour le Fief. « La pierre et la mer sont au cœur de la vie. » Que tu sois blessé ou en pleine santé, en proie à l'affliction ou béni par la Terre, demande ou donne. Tant que nous vivrons et aurons le pouvoir de le faire, nous satisferons à tes besoins. Je suis le haut seigneur Prothall, et je parle en présence de Pierjoie elle-même.

Suilécume se leva pour lui rendre son salut.

— Salut à toi, Prothall, haut seigneur et Terramis. Je suis Salin Suilécume, légat des géants d'Ondemère auprès du conseil des seigneurs. La vérité de mon peuple sort de ma bouche et j'entends l'approbation de la pierre ancestrale sacrée, « brute et pure comme l'amitié, symbole d'allégeance et de loyauté éternelle ». L'heure est venue de prouver la force de notre foi. Par-delà les bois Titanesques, le plateau de

Sarangrave et les collines d'Andelain, j'ai apporté le nom de nos anciennes promesses... (Puis ses manières se firent moins protocolaires et il jeta un coup d'œil malicieux à Covenant.) Et l'espoir qu'on écrira une chanson sur mon voyage, comme l'a prédit mon ami Thomas Covenant. (Il rit tout bas.) Je suis un géant d'Ondemère. Deux ou trois couplets ne me suffiront pas.

Son humour soutira un gloussement à Mhoram et un léger sourire à Prothall. Mais les traits maussades d'Osondrea semblaient imperméables à toute gaieté et, apparemment, ni Varil ni Tamarantha n'avaient entendu la plaisanterie. Suilécume se rassit et Osondrea lança impatiemment :

— Quelle est ta mission ?

Suilécume se redressa sur sa chaise et ses mains caressèrent la table devant lui.

— Mes seigneurs... commença-t-il. (Il hésita.) Par la pierre et la mer ! Parler de ces choses-là m'est difficile – quoique moins qu'à la plupart de mes semblables. C'est d'ailleurs la raison pour laquelle ils m'ont choisi. Je vais donc tenter d'être bref.

« Je vous supplie de me comprendre. Ma tâche m'a été confiée au terme d'un conclave qui dura dix jours. Et croyez-moi, nous n'avons pas perdu de temps en vains bavardages. Lorsque des vies sont en jeu, les histoires doivent être racontées jusque dans leurs moindres détails. La précipitation est l'apanage du désespoir, disons-nous – et rarement un jour s'est écoulé sans que je constate qu'il y a de la vérité dans chaque proverbe. Aussi l'énoncé de ma mission contient-il beaucoup de choses que vous préféreriez sans doute ne pas entendre pour le moment. Pour me comprendre vraiment, vous devriez connaître l'histoire des géants, le périple qui nous a amenés jusqu'à vos rivages et les interactions de nos deux peuples à travers les âges. Mais je vais passer outre. Nous sommes les apatrides, âmes à la dérive, diminuées par l'appauvrissement de leur semence. Nous avons soif de retrouver notre pays natal. Pourtant, depuis l'époque de Damelon Gigamis, nous n'avons jamais perdu espoir, bien que Pulverâme lui-même se soit dressé contre nous. Nous avons exploré les mers et attendu que les augures se réalisent. (Il marqua une pause et jeta un regard pensif à Covenant, puis reprit :) Ah ! mes seigneurs, les présages sont chose étrange. Ils révèlent tant de faits, et de manière si obscure… Ce n'est pas le retour dans notre patrie que Damelon nous a prédit, mais la fin de notre chagrin, la résolution de notre tourment. Et pourtant, cela nous suffit – ou plutôt nous suffisait.

« Car tout récemment, nous avons trouvé l'espérance par nous-mêmes. Lorsque le printemps est arrivé à Ondemère, nos explorateurs sont revenus ; ils nous ont rapporté qu'à l'extrême limite de leur périple, ils avaient découvert une île bordant les océans sur lesquels nous voguions jadis. Nous n'en sommes pas encore certains, mais les prochains navigateurs pourront filer directement vers ce point et chercher une confirmation au-delà.

Prothall acquiesça, et l'acoustique parfaite de la closerie relaya jusqu'aux oreilles de Covenant le léger bruissement de sa robe.

Avec la mine de quelqu'un qui atteint le point crucial de son récit, Suilécume poursuivit :

— Mais naguère, nous avions reçu une autre assurance de la bouche de Damelon Gigamis. Au cœur de ses prédictions se nichaient ces paroles : notre exil prendrait fin lorsque notre semence recouvrerait sa puissance et que la diminution de notre progéniture s'inverserait. Ainsi l'espoir naquit-il de l'espoir ; nous savions que toute augmentation du nombre de nos enfants bien-aimés nous apporterait un regain de courage. Et de fait, la nuit du retour de nos navires, Ondulée Florissante femme d'Espar Posequille fut menée à sa couche où elle donna naissance. Ah, par la pierre et la mer, mes seigneurs ! Ma langue regimbe à vous raconter cela sans la pleine mesure de notre longue gratitude. Comment des gens aux mots si brefs peuvent-ils connaître la joie ? Donc... La fière Ondulée aux membres déliés mit au monde trois fils.

Incapable de se contenir plus longtemps, Suilécume entonna une chanson pleine du fracas des vagues et de l'odeur iodée des océans.

À sa grande surprise, Covenant vit qu'Osondrea souriait ; ses yeux humides reflétaient la lueur dorée des ignescentes, en un témoignage éloquent de la félicité de cette nouvelle.

Suilécume se ressaisit très vite. Désignant le lépreux, il lâcha :

— Je vous prie de m'excuser ; vous avez des sujets plus importants à examiner. Je dois en venir au but de ma mission. Ah ! mon ami, dit-il à Covenant, refuseras-tu encore de rire pour moi ? Je dois me rappeler que Damelon ne nous a pas promis un retour chez nous – bien que je ne puisse envisager d'autre conclusion que celle-là. Il se peut que l'existence des géants touche à son crépuscule.

— Chut, frère de roc, lui intima Tamarantha. N'attire pas le malheur sur ton peuple en proférant de telles absurdités.

Suilécume éclata d'un rire franc.

— Mille mercis, seigneur Tamarantha. Ainsi, un sage et vieux géant se fait corriger par une jeune femme. Tous mes semblables riront beaucoup quand je le leur raconterai.

Tamarantha et Varil échangèrent un sourire, puis retournèrent à leur semblant de méditation ou à leur somnolence.

Lorsqu'il eut fini de rire, Suilécume lança :

— Très bien. J'irai donc droit au but. Par la pierre et la mer ! Une telle précipitation me fait tourner la tête. (Il inspira profondément et annonça :) Je suis venu solliciter la réalisation d'offres anciennes. Le haut seigneur Loric Vilmotu nous avait promis que les seigneurs nous feraient un cadeau lorsque notre espoir serait prêt – pour améliorer nos chances de retour dans notre patrie.

— Je vois, acquiesça Osondrea. Birinair !

Au dernier rang des gradins derrière Prothall, le magistère se leva et répondit sur un ton grincheux :

— Évidemment. Je ne dormais pas. Je ne suis pas aussi âgé que j'en ai l'air, vous savez.

Avec une large grimace, Suilécume s'exclama :

— Salut à toi, Birinair, hospitalier de la Citadelle et magistère du *lillianrill*. Les *lillianrill* et les géants sont de vieux amis.

— Inutile de crier, bougonna le vieillard. Je t'entends. De vieux amis, oui, depuis l'époque de Damelon Gigamis ; il n'en a jamais été autrement.

— Birinair, coupa Osondrea, votre tradition se souvient-elle du présent promis par Loric ?

— Et pourquoi ne s'en souviendrait-elle pas ? s'indigna le vieillard. Ma mémoire est excellente. Où est mon garnement d'apprenti ? Évidemment. Le *lorliarill* – ou vermeillan, comme on l'appelle plus communément. Le bois dans lequel on taille des gouvernails et des quilles qui permettent aux navires de voguer contre vents et marées, sans jamais s'arrêter ni dévier de leur course. (Il pivota vers Thorm.) Et quoi qu'en disent les *rhadhamaerl*, il est aussi solide que la pierre. Je m'en souviens.

— Pouvez-vous faire cela ? s'enquit Osondrea.

— Faire quoi ? demanda Birinair, perplexe.

— Pouvez-vous fabriquer ces pièces en vermeillan, ou cette branche de la tradition s'est-elle perdue ? (Osondrea se tourna vers Suilécume.) De combien de vaisseaux aurez-vous besoin ?

Jetant un coup d'œil à la digne silhouette du magistère, Suilécume contint sa jubilation et répondit simplement :

— Sept. Mais cinq suffiront peut-être.

Osondrea reporta son attention sur Birinair.

— Pouvez-vous faire cela ? répéta-t-elle distinctement, mais sans irritation.

Le regard de Covenant passait d'un orateur à l'autre, comme s'ils parlaient dans une langue étrangère.

D'une poche de sa robe, le magistère tira une tablette et un stylet. Il se mit à faire des calculs en marmonnant dans sa barbe. Le grattement de sa pointe résonna dans la closerie jusqu'à ce qu'il relève la tête et lance avec raideur :

— La tradition a été préservée. Mais ça n'a pas été facile. Nous ferons de notre mieux, évidemment. Mais il nous faudra du temps. *Bodach glas*, beaucoup de temps.

— Combien ? insista Osondrea.

— Si on nous laisse travailler en paix… Quarante ans, dans le meilleur des cas. Ce n'est pas ma faute, aboya-t-il, sur la défensive. Ce n'est pas moi qui ai perdu la plus fière tradition du *lillianrill*. (Puis il se radoucit et dit à Suilécume :) Je suis désolé.

— Quarante ans ? (Le géant éclata de rire.) Ah, c'est courageusement dit, Birinair mon ami. Quarante ans ? Ça ne me paraît pas si long. (Se tournant vers Prothall, il affirma :) Mon peuple ne saurait vous remercier. Même dans notre langue, il n'existe pas de mots assez longs. Trois millénaires de loyauté ne valent pas sept gouvernails et sept quilles en vermeillan.

— Pas du tout, protesta le haut seigneur. Soixante-dix fois sept dons de vermeillan ne seraient rien comparés à la fidèle amitié des géants d'Ondemère. Seule l'idée que nous avons facilité votre retour chez vous pourra combler le vide laissé par votre départ. Et notre aide ne se concrétisera pas avant quarante ans. Nous allons nous mettre au travail sur-le-champ et il se peut que de nouvelles découvertes dans l'étude de la Sagesse de Kevin raccourcissent ce laps de temps.

— Sur-le-champ, répéta Birinair comme un écho.

Puis il se rassit.

« Quarante ans ? songea Covenant, consterné. Vous n'avez pas ces années devant vous ! »

— Question réglée ? lança Osondrea. (Elle consulta Suilécume et Prothall du regard. Comme tous deux acquiesçaient, elle se tourna vers le lépreux et dit :) Alors, passons à ce... Thomas Covenant.

Sa voix parut électriser l'atmosphère tel un grondement de tonnerre lointain.

Souriant pour atténuer la brusquerie de sa consœur, Mhoram précisa :

— Un étranger qui se fait appeler l'Incrédule.

— Et à juste titre, précisa Suilécume.

Ses paroles résonnèrent comme un signal d'alarme à travers l'agitation de Covenant. Celui-ci regarda Suilécume. Dans ses yeux caverneux et sur son front pareil à un rempart, il déchiffra le sous-entendu de son commentaire. Aussi clairement que s'il l'avait imploré à voix haute, le géant lui disait : « Révèle l'or blanc et sers-t'en pour aider le Fief. » « Impossible », lui répondit-il mentalement. L'impuissance et la colère lui brûlaient les paupières, mais son visage demeura aussi impavide qu'une dalle de marbre.

— Nous avons retrouvé la tapisserie de votre chambre, lança sèchement Osondrea. Pourquoi l'avez-vous jetée par la fenêtre ?

Sans la regarder, Covenant répondit :

— Elle m'offensait.

— Elle vous *offensait* ?

La voix du seigneur vibrait d'incrédulité et d'indignation.

— Osondrea, l'admonesta gentiment Prothall. C'est un étranger.

Osondrea ne se départit pas de son expression belliqueuse, mais garda le silence.

Un instant, personne ne bougea ni ne parla ; Covenant eut la désagréable impression que l'assemblée débattait par télépathie de la façon dont il fallait le traiter. Puis Mhoram se leva, contourna l'extrémité de la table et vint s'asseoir sur son bord intérieur, face à Osondrea. Posant son bâton en travers de ses genoux, il fixa Covenant. De nouveau, celui-ci eut l'impression qu'il pouvait lire en lui comme dans un livre ouvert. En même temps, il sentit Bannor se rapprocher de lui, comme si ce dernier craignait qu'il n'attaque Mhoram.

— Thomas Covenant, vous devez pardonner notre prudence. La lune sanglante est le signe avant-coureur d'un fléau dont nous ne soupçonnions même pas l'existence il y a quelques jours. Sans crier gare, l'épreuve la plus rude de notre temps s'est manifestée dans le ciel et nous nous sentons menacés. Pourtant, nous ne voulons pas présumer de votre culpabilité. Nous ne vous jugerons pas avant d'avoir la preuve que vos intentions sont mauvaises, si tel est bien le cas.

Mhoram dévisagea Covenant comme s'il attendait une réaction de sa part, mais celui-ci se contenta de soutenir son regard sans répondre. Au bout de quelques secondes, il reprit :

— Pour commencer, je suggère que vous nous remettiez votre message.

Covenant frémit et rentra la tête dans les épaules tel un homme harcelé par les vautours. Il ne voulait pas réciter les paroles de Turpide, se souvenir de l'observatoire de Kevin, de Mithil-Stèlage ou de quoi que ce soit d'autre. Des visions de vertige lui nouaient les entrailles. Tout était impossible. Comment conserverait-il sa raison outragée s'il pensait à de telles choses ?

Il avait porté ce message dans son esprit comme une blessure pendant trop longtemps pour le répudier à présent. Avant qu'il puisse conjurer une quelconque défense, les mots du Rogue le submergèrent comme un spasme. Sur un ton d'insondable mépris, il clama :

— Telles sont les paroles du seigneur Turpide le Rogue : « Dis au conseil des seigneurs et au haut seigneur Prothall fils de Dwillian que la limite absolue de leur espérance de vie dans le Fief est de sept fois sept années à compter de ce jour. Avant la fin de cette période, je détiendrai le contrôle de la vie et de la mort. Et pour prouver la véracité de mes propos, annonce-leur ceci : Sialon Larvae, lémure du mont Tonnerre, a retrouvé le Bâton de la Loi que Kevin perdit voilà dix fois un siècle, durant le rituel de profanation. Informe-les que la tâche qui échoit à leur génération sera de le récupérer. Sans lui, ils seront incapables de me résister pendant sept ans et ma victoire totale surviendra six fois sept ans avant la date annoncée.

« Quant à toi, vermisseau, tu ferais mieux de ne pas te dérober à ta charge. Sinon, chaque occupant humain du Fief périra avant que dix saisons se soient écoulées. Tu ne peux le comprendre, mais Sialon Larvae a le Bâton et c'est une cause de terreur en soi. Si tu ne délivres pas cette information, il montera sur le trône de la Citadelle dans deux ans. Déjà, les lémures se sont mis en marche sur son ordre, et les loups et les ur-vils répondent à l'appel du Bâton.

« Mais la guerre n'est pas le plus redoutable des dangers. Sialon s'enfonce dans les entrailles noires du mont Tonnerre – Gravin Threndor, le pic des Lions de Feu. Là, au plus profond, sont ensevelis des fléaux bien trop terribles pour qu'un quelconque mortel puisse les contrôler, qui changeraient l'univers en enfer à tout jamais. Pourtant, Sialon cherche l'un d'entre eux : la Pierre de Maleterre. S'il devient son maître, malheur aux grands comme aux humbles ! Ils souffriront mille morts jusqu'à la fin des temps.

« N'échoue pas dans ta mission, vermisseau. Tu as rencontré Sialon. As-tu envie de périr entre ses mains ? (La haine que ces paroles inspiraient à Covenant et le ton sur lequel elles avaient été prononcées firent tressaillir son cœur ; mais il n'en avait pas encore terminé.) Encore une chose. Un dernier avertissement. N'oublie pas qui tu dois redouter par-dessus tout. Jusqu'à présent, j'ai dû me contenter de tuer et de tourmenter mes proies. Désormais, mes plans sont arrêtés et j'ai commencé à les mettre en œuvre. Je ne prendrai plus de repos avant d'avoir éradiqué tout espoir sur la Terre. Penses-y, et tremble ! »

Lorsque Covenant se tut, il sentit la peur et l'aversion flamboyer dans la closerie, comme ravivées par son involontaire péroraison. « Par l'enfer ! », gémit-il en lui-même, tentant d'arracher son regard aux ténèbres dont le mépris de Turpide avait jailli. « Impur ! »

Prothall avait incliné la tête ; il agrippait son bâton comme s'il espérait en tirer du courage. Derrière lui, Tuvor et Garth étaient au garde-à-vous, prêts à bondir dès qu'ils en recevraient l'ordre. Curieusement, Varil et Tamarantha dodelinaient du chef comme s'ils s'étaient assoupis et n'avaient nullement conscience de ce qui venait d'être dit. Mais Osondrea contemplait le lépreux avec l'air choqué de quelqu'un qui vient de se faire poignarder en plein cœur. Face à elle, Mhoram se tenait très droit, le menton levé et les yeux clos, son bâton solidement calé contre le sol ; à l'endroit où le métal rencontrait la pierre dansait une flamme bleue. Suilécume s'était recroquevillé sur sa chaise, les mains crispées sur le dossier d'un siège voisin. Ses épaules tressaillaient et, soudain, le dossier se brisa.

Comme si ce bruit l'avait arrachée à son hébétude, Osondrea se couvrit le visage de ses mains et poussa un cri déchirant.

— *Melenkurion abatha !*

L'instant d'après, elle laissa retomber ses mains et recommença à fixer Covenant. Et intérieurement, il hurla : « Impur ! », comme s'il était d'accord avec elle.

— Ris, Thomas Covenant, chuchota Suilécume d'une voix rauque. Tu viens de nous annoncer la fin de toute chose. À présent, aide-nous. Ris.

— Tu n'as qu'à le faire toi-même, répliqua le lépreux sur un ton morne. « La joie est dans les oreilles qui entendent », non ? Moi, je ne peux pas.

À sa plus grande stupéfaction, Suilécume obtempéra. Il rejeta la tête en arrière et émit un son étranglé, hoquetant, qui ressemblait à des sanglots, qui peu à peu se détendit, se clarifia et prit le ton de la bonne humeur indomptable. Ce terrible effort consterna Covenant.

Tandis que le géant s'esclaffait, les seigneurs surmontèrent leur choc initial. Prothall releva lentement la tête.

— Les apatrides sont une bénédiction pour le Fief, murmura-t-il.

Mhoram s'affaissa et les flammes qui dansaient au bout de son bâton s'éteignirent. Osondrea soupira et passa les mains dans ses cheveux. De nouveau,

Covenant eut l'impression que l'assemblée fusionnait mentalement ; sans prononcer le moindre mot ni faire le moindre geste, ses membres semblaient s'étreindre et se réconforter les uns les autres.

Face à eux, seul et misérable, il attendit qu'ils l'interrogent, luttant pour se réapproprier les refus dont sa survie dépendait.

Enfin, les seigneurs reportèrent leur attention sur lui. La chair du visage de Prothall s'était affaissée, mais son regard demeurait calme et résolu.

— Maintenant, dit-il doucement, vous devez nous raconter ce qui vous est arrivé. Il nous faut savoir comment se manifestent les menaces du seigneur Turpide.

« Maintenant », songea Covenant en écho. Il se tortilla dans sa chaise, luttant contre une furieuse envie d'agripper son alliance. Des souvenirs ténébreux bruissaient à ses oreilles tels des battements d'ailes et tentaient d'enfoncer ses défenses. Tous les occupants de la closerie le dévisageaient. Crachant ses paroles, il se lança.

— Je viens de… d'ailleurs. J'ai été amené dans le Fief d'une façon que j'ignore. D'abord, j'ai rencontré Sialon Larvae, puis Turpide m'a transporté sur l'observatoire de Kevin. Ils avaient l'air de se connaître.

— Et le Bâton de la Loi ? s'enquit Prothall.

— Sialon tenait un objet sculpté, aux extrémités ferrées, comme le vôtre. J'ignore si c'était celui-là.

Covenant se força à décrire les événements survenus pendant son voyage, sans parler de lui-même ni faire aucune référence à Léna, Triock ou Baradakas. Quand il évoqua le repenti assassiné, Osondrea siffla entre ses dents, mais il n'y eut pas d'autre réaction.

Après que Covenant eut mentionné la visite d'un étranger malveillant – peut-être un ravageur – à la Haute Sylve, Mhoram lui demanda sur un ton entendu :

— Celui-ci s'est-il présenté aux sylvestres ?

— Il a dit qu'il s'appelait Jehannum.

— Ah ! Et que voulait-il ?

— Comment pourrais-je le savoir ? aboya Covenant, tentant de dissimuler son mensonge sous une bonne couche d'agressivité. Je ne connais aucun ravageur.

Mhoram hocha la tête et ne fit pas de commentaire. Le lépreux poursuivit son récit. Il relata sa traversée d'Andelain en omettant soigneusement de mentionner la corruption qui l'avait attaqué à travers ses bottes. Mais quand il en arriva à la Célébration, sa voix défaillit.

« Les esprits ! », se lamenta-t-il en silence. La rage et l'horreur de cette nuit-là étaient toujours présentes en lui, toujours vivaces dans son cœur meurtri. « "Covenant, aidez-les !" Mais comment l'aurais-je pu ? C'est de la folie ! Je ne suis pas… Je ne suis pas Berek. »

Au prix d'un effort qui lui fit mal à la gorge, comme si ses mots étaient trop coupants pour la franchir, il relata :

— La Célébration a été interrompue par des ur-vils. Nous nous sommes échappés. Certains esprits ont été sauvés par… par un affranchi, d'après Atiaran. Puis la lune a viré au rouge. Peu après, nous avons atteint la Sérénité et rencontré Suilécume. Atiaran m'a confié à lui et a décidé de rentrer chez elle. Combien de temps encore devrai-je supporter votre interrogatoire ?

Soudain, Tamarantha releva la tête.

— Qui va y aller ? demanda-t-elle, les yeux rivés sur le plafond de la closerie.

— Nous n'avons pas encore déterminé si quelqu'un irait, répliqua Prothall d'une voix douce.

— Sottises, renifla Tamarantha. (Replaçant une fine mèche de cheveux blancs derrière son oreille, elle força ses vieux os à se redresser.) Face à un enjeu si important, nous ne pouvons pas nous offrir le luxe de la prudence. Nous devons agir. Bien sûr que je lui fais confiance. Après tout, il a un bâton de magistère, n'est-ce pas ? Qui ferait un tel don sans une bonne raison ? Et regardez : une des extrémités est noircie. Il s'est battu avec – durant la Célébration, si je ne m'abuse. Ah ! les pauvres esprits. C'est abominable. (Elle fixa son époux assis face à elle, de l'autre côté de Prothall.) Viens. Nous devons nous préparer.

Le vieillard se leva péniblement. Prenant le bras de Tamarantha, ils quittèrent la closerie par une des portes situées derrière Prothall.

Après une pause respectueuse, Osondrea braqua son regard sur Covenant et demanda :

— Comment vous êtes-vous procuré ce bâton ?

— Baradakas, le magistère de la Haute Sylve, me l'a donné.

— Pourquoi ?

Le ton de son interlocutrice attisa la colère de Covenant.

— Il voulait s'excuser de sa méfiance envers moi, répondit-il d'un air entendu.

— Comment avez-vous obtenu sa confiance ?

« Enfer et damnation ! »

— J'ai réussi son maudit test de vérité.

— L'Incrédule, interrogea prudemment Mhoram, pourquoi le magistère de la Haute Sylve a-t-il éprouvé le désir de vous mettre à l'épreuve ?

De nouveau, Covenant se sentit obligé de mentir.

— Jehannum l'avait rendu nerveux.

— A-t-il également soumis Atiaran à ce test ?

— À votre avis ?

— Je pense, intervint Suilécume sur un ton ferme, qu'Atiaran Trell-mie, de Mithil-Stèlage, n'avait pas besoin de satisfaire à un quelconque examen pour prouver sa fidélité au Fief.

Cette affirmation provoqua un silence durant lequel les seigneurs s'entre-regardèrent, comme s'ils étaient arrivés dans une impasse. Puis Prothall déclara sévèrement :

— Thomas Covenant, vous êtes un étranger et nous n'avons pas eu le temps d'apprendre vos coutumes ou vos façons de faire. Mais nous ne ferons pas fi des nôtres dans le seul but de vous ménager. Il est clair que vous nous avez menti. Dans l'intérêt du Fief, vous devez répondre à nos questions. Dites-nous pourquoi Baradakas vous a soumis au test de vérité, mais ne l'a pas fait passer à Atiaran, votre compagne.

— Non.

— Dans ce cas, expliquez-nous pourquoi Atiaran Trell-mie a choisi de ne pas vous accompagner jusqu'ici. Il est très rare qu'une personne née dans le Fief n'aspire pas de tout son cœur à contempler Pierjoie de ses yeux.

— Non.

— Pourquoi refusez-vous ?

Fulminant, Covenant dévisagea ses interlocuteurs. Ils le toisaient comme des juges possédant le pouvoir de le mettre en quarantaine, de faire de lui un paria. Le lépreux voulait se défendre avec des cris et des jurons, mais les yeux pénétrants des seigneurs l'en empêchèrent. Sur leur visage, il ne voyait pas de mépris – de la colère, de la peur, de l'angoisse, de l'amour offensé pour le Fief, mais rien d'autre. Très doucement, il répondit :

— Ne comprenez-vous pas ? J'essaie d'éviter de vous raconter un mensonge encore plus gros. Si vous continuez à me harceler, nous en subirons tous les conséquences.

Durant quelques secondes, Prothall soutint son regard plein de supplication et d'agacement mêlés. Puis il poussa un soupir.

— Très bien. Vous ne nous facilitez pas la tâche. À présent, nous devons délibérer. Veuillez nous laisser. Nous vous rappellerons dans un petit moment.

Covenant se leva, se détourna et remonta les marches qui conduisaient à la grande porte par laquelle il était arrivé. Seul le bruit de ses pas sur la pierre ponctua le silence jusqu'à ce qu'il ait presque atteint la sortie. Alors, il entendit Suilécume dire, aussi clairement que si son propre cœur avait prononcé ces paroles :

— Atiaran Trell-mie te tenait responsable du massacre des esprits.

Il se figea et, affolé, attendit que le géant continue. Mais il n'ajouta rien. Tremblant de tous ses membres, Covenant franchit les portes de la closerie et alla s'asseoir maladroitement sur une des chaises disposées le long du mur. Son secret paraissait si fragile qu'il s'étonnait de le sentir encore intact en lui.

« Je ne suis pas… »

Quand il leva les yeux, Bannor se tenait devant lui. Bien que toujours aussi dénué d'expression, son visage trahissait un certain mépris.

Poussé par la colère et la frustration, le lépreux marmonna :

— Continue à avancer. Survis. (Puis il haussa la voix.) Bannor, marmonna-t-il. Mhoram a l'air de penser que nous devrions apprendre à nous connaître. Il m'a dit de vous interroger au sujet de la sangarde.

Bannor haussa les épaules, comme s'il était imperméable à toute question.

— Votre peuple, les haruchai, vit très haut dans les montagnes. Vous êtes descendus dans le Fief à l'époque où Kevin était haut seigneur, se remémora Covenant. Ça fait combien de temps, au juste ?

— C'était plusieurs siècles avant la profanation. (Le ton détaché du sangarde suggérait que les unités de temps n'avaient guère de signification pour lui.) Deux mille ans, je crois.

« Deux mille ans… » Covenant repensa aux géants et hocha la tête.

— C'est pour ça que vous n'êtes plus que cinq cents, devina-t-il. Depuis votre arrivée dans le Fief, vous vous éteignez peu à peu.

— La sangarde a toujours compté cinq cents membres, pas davantage, le détrompa Bannor. Tels sont les termes de notre vœu. Les haruchai sont plus nombreux.

Il avait prononcé ce nom avec une intonation gutturale qui convenait mieux à sa voix que le langage du Fief.

— Vraiment ? s'étonna Covenant. Où sont les autres ?

— Ils continuent à vivre dans les montagnes.

— Alors, comment… ? Vous en parlez comme si vous n'étiez pas retourné là-bas depuis longtemps. Comment faites-vous pour maintenir la sangarde au complet ? Je n'ai pas vu de…

— Quand l'un des nôtres se fait tuer, interrompit Bannor sans la moindre émotion, son corps est renvoyé à sa famille par le col de la Sangarde et un autre haruchai vient prendre sa place.

« Se fait tuer ? »

— Et vous n'êtes jamais rentré chez vous ? insista Covenant. Vous ne rendez jamais visite à votre… Êtes-vous marié ?

— Je l'ai été.

Le ton de Bannor n'avait pas changé, mais quelque chose dans son absence d'inflexion fit sentir à Covenant que la question était importante.

— Qu'est devenue votre femme ?

— Elle est morte.

Son instinct avertit le lépreux qu'il ferait mieux d'arrêter là. Fasciné par la solidité du sangarde, il poursuivit néanmoins :

— Quand ?

Sans la moindre hésitation, Bannor répondit :

— Il y a deux mille ans.

« Quoi ? » Pendant un long moment, Covenant le contempla bouche bée, chuchotant en lui-même comme s'il craignait que son interlocuteur ne l'entendît : « C'est impossible ! Impossible. » Il tenta de se ressaisir et cligna des yeux. « Deux mille ans… »

Pourtant, malgré sa stupéfaction, il était convaincu que Bannor avait dit vrai, car il paraissait incapable de proférer le moindre mensonge, fût-ce par omission. Sa voix monocorde l'emplit d'horreur, d'une compassion qui lui donna la nausée. Soudain, il saisit toute la portée de la description de Mhoram : « … Que leur allégeance a contraints à une vie d'ascèse, de chasteté et de vieillesse. » Depuis deux mille ans, autant dire, une éternité, les haruchai étaient stériles.

— Quel… croassa-t-il. Quel âge avez-vous ?

— Je suis descendu dans le Fief avec les premiers haruchai, peu de temps après que Kevin eut été nommé haut seigneur. Mes camarades et moi avons prononcé notre vœu, et juré de servir les seigneurs. Ensemble, nous avons invoqué le pouvoir de la terre afin qu'il soit témoin de notre engagement. Nous ne rentrerons chez nous que lorsque nous aurons été tués.

« "Deux mille ans." "Lorsque nous aurons été tués." C'est impossible, se répéta Covenant. Rien de tout cela n'est réel. » Dans sa confusion, il tenta de se persuader que ce qu'il entendait était, comme la sensibilité retrouvée de ses nerfs, une nouvelle preuve de l'irréalité du Fief. Mais cela ne sonnait pas comme une preuve. Il était ému, comme s'il venait d'apprendre que Bannor souffrait d'une forme rare de lèpre.

— Pourquoi ? souffla-t-il.

— Lorsque nous sommes arrivés dans le Fief, nous avons découvert des merveilles : les géants, les ranyhyn, Pierjoie, et des seigneurs si puissants qu'ils ont refusé de se battre contre nous pour ne pas nous détruire. En réponse à notre défi, ils nous ont offert des cadeaux si précieux… (Bannor s'interrompit et, pendant quelques instants, parut ruminer ses souvenirs en silence.) C'est pourquoi nous avons fait le vœu. C'était notre seul moyen d'égaler leur générosité.

Covenant se débattait avec sa compassion, tentait de réduire les révélations de Bannor à des proportions gérables.

— Est-ce votre réponse à la mort ? Est-ce ainsi que se passent les choses, dans le Fief ? Quand vous avez des problèmes, vous les résolvez en accomplissant l'impossible, comme Berek ?

— Nous avons fait le vœu. C'est la vie. La corruption est la mort.

— Mais tout de même… protesta Covenant. Deux mille ans ! Enfer et damnation ! Ce n'est pas juste. Ne pensez-vous pas en avoir déjà assez fait ?

— Vous ne pouvez pas nous corrompre, affirma Bannor, imperturbable.

— Mais je ne le veux pas. Pour ce que je m'en soucie, vous pouvez continuer à servir les seigneurs jusqu'à ce que vous pourrissiez sur pied. Je parle de votre vie, Bannor ! Combien de temps peut-on servir sans jamais se demander si ça en vaut la peine ? La fierté, ou du moins la raison, l'exige ! Par les feux de l'enfer ! (Covenant ne pouvait concevoir qu'un homme sain d'esprit n'éprouve pas de pulsions suicidaires face à la perspective d'une telle longévité.) Vous êtes humain. Vous n'êtes pas conçu pour l'immortalité.

Bannor haussa les épaules.

— Que signifie l'immortalité ? Nous sommes la sangarde. Nous ne connaissons que la vie ou la mort – le vœu ou la corruption.

Un instant s'écoula avant que Covenant se rappelle que la Corruption était le nom donné à Turpide par la sangarde. Alors, il grommela :

— Bien sûr. Je comprends. Vous vivez éternellement parce que aucune faiblesse humaine n'entache la pureté de votre loyauté. Ah ! les avantages d'une vie saine…

— Nous n'en savons rien. (Les paroles maladroites de Bannor résonnaient étrangement aux oreilles du lépreux.) Kevin nous avait sauvés. Comment aurions-nous pu deviner que la folie et le désespoir rongeaient son cœur ? Il nous a tous envoyés dans les montagnes. Nous avons protesté, mais il nous avait donné un ordre. Notre vœu nous forçait à lui obéir. Nous ne voyions aucune raison de faire autrement. Comment aurions-nous pu imaginer ce qu'il avait l'intention de faire ? Nous nous serions tenus à ses côtés pendant qu'il effectuait le rituel de profanation et l'aurions aidé ou empêché de mettre son dessein à exécution. Mais il nous avait sauvés et nous avions fait le serment de le protéger, quel qu'en soit le coût.

« Sauvés », songea douloureusement Covenant. Il percevait la cruauté du geste de Kevin, même si elle n'avait pas été intentionnelle.

— Donc, vous êtes incapables de juger si votre longévité est une bonne ou une mauvaise chose, dit-il sur un ton distant. (Il pensa : « Comment pouvez-vous le supporter ? ») Votre vœu se joue peut-être de vous.

— Il n'est aucun crime dont on puisse nous accuser, affirma Bannor.

L'espace d'un instant, son détachement parut un peu moins absolu.

— Inutile : vous vous en chargez vous-mêmes, répliqua Covenant.

Pour toute réponse, le sangarde cligna des yeux, comme si ni la culpabilité ni l'innocence n'avaient de signification face à son antique dévouement.

Quelques minutes plus tard, une des sentinelles fit signe à Covenant de regagner la closerie. Le cœur du lépreux se serra. Sa commisération pour Bannor avait sapé son courage ; il se sentait incapable d'affronter les seigneurs et de répondre à leurs attentes. Il se releva en vacillant, puis hésita. Comme Bannor lui faisait signe d'entrer, il lâcha précipitamment :

— Encore une chose. Si votre femme était toujours en vie, iriez-vous lui rendre visite et reviendriez-vous ici après ? Pourriez-vous… (Sa voix se brisa.) Pourriez-vous le supporter ?

Le sangarde soutint son regard implorant sans ciller, mais des pensées pareilles à des ombres passèrent dans ses yeux avant qu'il réponde tout bas :

— Non.

Le souffle lourd, comme s'il luttait contre la nausée, Covenant franchit le seuil en titubant et descendit les marches vers la fosse aux ignescentes.

Prothall, Mhoram, Osondrea, Suilécume, Tuvor, Garth, les deux hospitaliers et les quatre sangardes étaient toujours là où il les avait laissés. Sous la funeste interrogation de leur regard, il s'assit de nouveau face à la table, frissonnant comme si les pierres de feu dégageaient du froid plutôt que de la chaleur.

Lorsque le haut seigneur prit la parole, le chevrotement de sa voix lui parut encore plus prononcé qu'avant.

— Thomas Covenant, si nous vous avons traité de manière injuste, nous implorerons votre pardon le moment venu. Mais nous devons nous débarrasser des doutes qui nous tourmentent à votre sujet. Vous nous avez dissimulé beaucoup de choses que nous avons besoin de savoir. Toutefois, nous avons réussi à nous mettre d'accord sur un point. Voici comment nous considérons votre présence dans le Fief.

« En fouillant les entrailles du mont Tonnerre, Sialon Larvae a trouvé le Bâton de la Loi. Sans soutien extérieur, il lui aurait fallu des années pour apprendre à le contrôler. Mais Turpide le Rogue a eu vent de sa découverte et, afin de servir ses propres intérêts, a accepté d'en enseigner l'usage au lémure. De toute évidence, il ne s'en est pas emparé. Peut-être était-il trop faible pour ça – ou nourrissait-il un terrible dessein que nous ne pouvons deviner. Quoi qu'il en soit, il a poussé Sialon à utiliser sa trouvaille pour vous transporter dans le Fief. Seul le Bâton de la Loi possède un tel pouvoir et Sialon n'aurait pu ni concevoir ni exécuter ce plan sans une aide avertie. Donc, vous avez été amené ici à l'initiative du seigneur Turpide. Nous ne pouvons que prier pour que votre venue soit également l'œuvre d'autres pouvoirs plus bienveillants.

— Mais ça ne nous explique pas pourquoi, intervint Mhoram sur un ton pénétrant. Si Turpide voulait seulement nous faire porter un message, il n'avait nul besoin d'utiliser un étranger au Fief ni de vous protéger contre Sialon – comme il l'a fait en vous transportant sur l'observatoire de Kevin et probablement en envoyant son ravageur vous détourner des collines d'Andelain. Non : quelles que soient les intentions de Turpide, vous êtes votre unique guide.

Pourquoi a-t-il fait appel à vous ? Et de quelle manière pouvez-vous servir ses desseins ?

Haletant, Covenant serra les dents et ne répondit pas.

— Laissez-moi vous présenter la situation sous un autre angle, reprit Prothall. Votre récit contient des preuves indubitables que vous nous avez dit la vérité, au moins partiellement. Très peu de gens se rappellent que les ravageurs se nommaient autrefois Herem, Sheol et Jehannum. Et nous savons qu'un affranchi étudiait les esprits d'Andelain depuis de nombreuses années.

Malgré lui, Covenant se souvint du courage désespéré des animaux qui avaient aidé ce dernier à les sauver, Atiaran et lui. Il déglutit et tenta de fermer ses oreilles aux échos de leur agonie.

— En outre, enchaîna Prothall sans reprendre son souffle, une épreuve de vérité administrée par le *lomillialor* donne toujours des résultats fiables – à condition que le pouvoir du sujet ne surpasse pas celui de l'examinateur.

— Le Rogue le sait aussi, aboya Osondrea. Il pouvait connaître la présence d'un affranchi à Andelain, imaginer cette histoire et vous ordonner de nous la raconter. Si tel est le cas, les questions auxquelles vous vous êtes dérobé sont précisément celles dont la réponse nous aurait permis de vous démasquer. Pourquoi le magistère de la Haute Sylve vous a-t-il mis à l'épreuve ? Comment a-t-il procédé ? Qui avez-vous combattu avec ce bâton ? Quel instinct a poussé Atiaran Trell-mie à se détourner de vous ? Vous craignez de nous le dire, de peur que nous ne décelions l'œuvre du Rogue dans vos propos.

— Thomas Covenant, vous devez nous fournir une preuve de votre sincérité, exigea Prothall.

— Une preuve ? grommela Covenant.

— Donnez-nous une bonne raison de vous faire confiance, le pressa le vieillard. Vous venez de nous annoncer que le Fief est en danger, et nous vous croyons. Mais peut-être ne cherchez-vous qu'à nous affaiblir en détournant notre attention de la véritable menace. Nous avons besoin d'une marque intangible, l'Incrédule.

Covenant sentit l'impénétrable détermination de son rêve se refermer sur lui, lui refusant tout espoir et tout désir d'indépendance. Il lutta pour se relever et affronter la crise debout, comme un homme. En dernier recours, il lança à Suilécume :

— Dis-leur. Atiaran s'estimait responsable de ce qui est arrivé à la Célébration, parce qu'elle avait ignoré les avertissements. Dis-leur.

Il fixa le géant, comme pour le contraindre à soutenir sa dernière chance d'autonomie. Au bout de quelques instants, Suilécume obtempéra gravement.

— Mon ami Thomas Covenant dit la vérité, à sa façon. Atiaran Trell-mie avait une piètre opinion d'elle-même.

— Peu importe, répliqua sèchement Osondrea. Peut-être se sentait-elle coupable de l'avoir amené à la Célébration, de lui avoir permis… Sa douleur n'innocente pas l'étranger.

— Une preuve, Thomas Covenant, insista Prothall d'une voix sourde. Il est impératif que nous puissions vous juger. Vous devez choisir entre le Fief et celui qui le méprise.

« Covenant, aidez-les ! »

— Non, hoqueta le lépreux en pivotant vers le haut seigneur. Ce n'était pas ma faute ! Ne voyez-vous pas que c'est justement la réaction que Turpide attend de vous ?

Prothall se leva en prenant appui sur son bâton. Son pouvoir parut enfler tandis qu'il répliquait :

— Non, je ne vois pas. Vous m'êtes fermé. Vous nous demandez de nous fier à vous, mais vous refusez de prouver que c'est justifié. J'exige ce gage que vous nous refusez. Je suis Prothall fils de Dwillian, haut seigneur par le choix du conseil, et je l'exige.

Un long moment, le lépreux demeura suspendu dans les brumes de l'indécision. Son regard se posa sur la fosse aux ignescentes. « Covenant, aidez-les ! » Il se rappela le prix qu'Atiaran avait payé pour l'amener à cet endroit. « Sa douleur n'innocente pas l'étranger. » Comme en contrepoint, il entendit Bannor dire : « Deux mille ans. La vie ou la mort. Nous n'en savons rien. » Mais le visage qu'il voyait dans les pierres de feu était celui de sa femme. *Joan !* Un corps malade était-il plus important que tout le reste ?

Sans crier gare, il ouvrit sa chemise d'un geste brusque, comme s'il essayait de dénuder son cœur même. Du morceau de *glutor* collé sur sa poitrine, il arracha son alliance, l'enfila à son annulaire gauche et leva le poing en un geste de défi qui ne contenait pourtant pas la moindre provocation.

— Je ne peux pas l'utiliser, s'écria-t-il d'une voix brisée, comme si l'anneau était toujours le symbole de son mariage et non un talisman de magie sauvage. Je suis lépreux !

Un murmure stupéfait résonna à travers la closerie, soulignant un changement d'atmosphère palpable.

Garth et les hospitaliers en restèrent bouche bée. Prothall secoua la tête comme s'il se réveillait pour la première fois de sa vie. Une compréhension intuitive se répandit telle une vague sur le visage de Mhoram, qui se leva brusquement. Avec une grimace reconnaissante, Suilécume l'imita. Osondrea fit de même, mais il n'y avait pas le moindre soulagement dans ses yeux. Covenant la voyait se frayer mentalement un chemin à travers une foule de confusions et jusqu'au tréfonds du problème. Il l'imaginait penser : « Il sauvera ou condamnera, sauvera ou condamnera. » De tous les occupants de la pièce, elle seule semblait réaliser que même cette preuve ne suffisait pas.

Enfin, Prothall se ressaisit.

— Désormais, nous savons comment vous honorer, souffla-t-il. Seigneur suprême Thomas Covenant l'Incrédule, porteur d'or blanc, soyez bienvenu et fidèle. Pardonnez-nous, car nous ne nous figurions pas que votre pouvoir est la magie sauvage, qui détruit la paix ; c'est toujours chose redoutable.

Les seigneurs saluèrent Covenant comme s'ils voulaient à la fois l'implorer et se protéger contre lui. Puis ils entonnèrent en chœur :

Il y a en chaque pierre une magie sauvage
Que l'or blanc pourra libérer ou contrôler :
L'or, métal rare, non originaire du Fief,
Ni gouverné, limité ou soumis
Par la Loi avec laquelle le Fief fut créé
— Car le Fief est magnifique,
Comme le rêve de paix et d'harmonie d'une âme forte,
Et la Loi qui donna naissance au temps
Est le contrôle exercé par le créateur du Fief –,
Mais pierre d'angle, pivot, contrepoint

Au chaos dont le temps a été tiré,
Et avec lui, la Terre,
Et avec elle, ceux qui la peuplent ;
Une magie sauvage enfermée dans chaque particule de vie
Et libérée ou contrôlée par l'or,
Parce que son pouvoir est la clé de voûte
De l'arche de la vie qui enjambe et surplombe le temps,
Blanc – non couleur d'ébène, de sang ou de feuilles –,
Parce que le blanc est le ton des os,
Sculpture de chair,
Discipline de vie.
Ce pouvoir est un paradoxe
Parce qu'il ne saurait exister sans la Loi
Et que la magie sauvage n'en a pas ;
Et l'or blanc est un paradoxe
Parce qu'il parle pour les os de la vie
Mais ne contient rien du Fief ;
Et celui qui porte l'or blanc de la magie sauvage
Est un paradoxe :
Car il est tout et rien,
Héros et imbécile,
Puissant et faible.
D'un mot de vérité ou de trahison,
Il sauvera ou condamnera la Terre,
Car il est fou et sain d'esprit,
Froid et passionné,
Perdu et retrouvé.

C'était une chanson en spirale, curieusement harmonisée, sans cadence précise pour soulager ceux qui l'écoutaient. En son cœur, Covenant entendit la voix de Turpide affirmer : « Même si la magie sauvage te protège pour l'instant, tu ne comprendras jamais sa nature. Le moment venu, tu seras incapable de m'affronter. » Comme l'air s'achevait, il se demanda si sa réticence servait les manipulations du Rogue ou si elle allait à leur encontre. Il n'avait aucun moyen de le déterminer, mais il détestait et redoutait la vérité contenue dans ces paroles. Aussi brisa-t-il le silence qui succéda à l'hymne des seigneurs.

— J'ignore comment l'utiliser et je ne veux pas le savoir. Ce n'est pas pour ça que je le porte. Si vous croyez que je suis une sorte de rédemption incarnée, vous vous trompez. Je suis lépreux.

— Ah ! seigneur suprême Covenant, soupira Prothall tandis que ses pairs se rasseyaient. Encore une fois, veuillez nous pardonner. Nous saisissons beaucoup de choses, à présent : pourquoi vous avez été choisi, pourquoi le magistère Baradakas vous a traité comme il l'a fait, pourquoi Sialon Larvae a tenté de vous piéger durant la Célébration. Comprenez, à votre tour, que la révélation de cet anneau nous était nécessaire. Votre ressemblance avec Berek Demi-Main n'est pas fortuite.

« Malheureusement, nous ne pouvons vous dire comment utiliser l'or blanc ; nous maîtrisons déjà si peu de la Sagesse que nous possédons… Et même si nous détenions et contrôlions les sept tabernacles et les sept mots, la magie sauvage continuerait probablement à nous dépasser. Nous avons eu connaissance de l'or blanc par les anciennes prophéties – des augures qui, comme l'a fait remarquer Salin Suilécume, révèlent beaucoup mais expliquent peu –, mais ignorons tout de la magie sauvage. Néanmoins, les prédictions sont claires sur un point : vous êtes un homme important ; c'est pourquoi je vous nomme « seigneur suprême » et vous invite à partager toutes les délibérations du conseil jusqu'à votre départ. Nous devons vous faire confiance.

Tiraillé par ses désirs conflictuels, Covenant se mit à faire les cent pas devant la table.

— Baradakas m'a dit exactement la même chose, grogna-t-il. Par l'enfer ! Vous me terrifiez. Quand je tente de me montrer responsable, vous me mettez la pression, et quand je me dérobe… Vous ne posez pas les bonnes questions. Vous n'avez pas la moindre idée de ce qu'est un lépreux et ne songez même pas à vous en enquérir. C'est pour ça que Turpide m'a retenu. Parce que je ne peux pas… Miséricorde ! Pourquoi ne m'interrogez-vous pas sur l'endroit d'où je viens ? Il faut que je vous en parle. Mon monde d'origine oblige ses habitants à vivre selon les règles qu'il a édictées. Et elles… contredisent les vôtres.

— Quelles sont-elles ? demanda prudemment le haut seigneur.

— Votre sphère ne peut être qu'un rêve.

Dans le silence abasourdi de la closerie, Covenant grimaça, frémissant alors que des images se succédaient dans son esprit – colonnes du tribunal, vieux mendiant, capot de la voiture de police… « Un rêve, pensa-t-il fiévreusement. Un rêve ! Rien de tout cela n'est réel ! »

Puis Osondrea s'exclama :

— Comment ça ? Croyez-vous donc être endormi ?

— Oui.

Covenant se sentait affaibli par la peur ; sa révélation le privait d'un bouclier, le laissait vulnérable à toute attaque. Mais il ne pouvait pas revenir dessus. Il en avait besoin pour reconquérir une certaine honnêteté.

— Oui, répéta-t-il.

— Vraiment ! aboya Osondrea. Cela explique le massacre de la Célébration. Dites-moi, l'Incrédule : le considérez-vous comme un cauchemar, ou votre monde se délecte-t-il de ce genre de songes ?

Avant que le lépreux puisse riposter, Mhoram intervint.

— Assez, sœur Osondrea. Il se torture déjà suffisamment sans que nous en rajoutions.

Les yeux lançant des éclairs, Osondrea se tut. Au bout d'un moment, Prothall reprit la parole :

— Il se peut que les dieux fassent semblables rêves. Mais nous sommes de simples mortels. Nous ne pouvons que résister au mal ou capituler. Dans tous les cas, nous finissons par périr. Avez-vous été envoyé pour vous moquer de nous, de notre faiblesse ?

— Me *moquer* de vous ? (Covenant ne trouvait pas les mots pour répondre.) C'est tout le contraire. Turpide se moque de moi. (Comme les seigneurs le fixaient sans comprendre, il s'écria :) Je sens mon pouls battre à l'extrémité de mes doigts ! Mais c'est impossible. J'ai une maladie incurable. Je dois trouver un moyen pour ne pas devenir fou. Enfer et damnation ! Je ne veux pas perdre la tête parce qu'une émanation de mes rêves, aussi aimable et bienveillante soit-elle, me demande une chose que je ne peux lui donner.

— C'est possible, admit Prothall. (Sa voix contenait une note de tristesse et de compassion, comme si un devin vénéré venait de lui avouer sa démence.) Cependant nous vous ferons quand même confiance. Vous êtes amer, et l'amertume est un signe d'inquiétude. Par ailleurs, ce que vous dites rejoint l'ancienne prophétie. Je crains que l'heure n'approche où vous serez le dernier espoir du Fief.

— Ne comprenez-vous pas ? insista Covenant, incapable de réprimer la douleur dans sa voix. C'est ce que Turpide veut vous faire croire !

— Peut-être, acquiesça pensivement Mhoram. Peut-être. (Puis, comme s'il venait de prendre une décision, il plongea son regard dangereux dans celui du lépreux.) L'Incrédule, je dois vous demander si vous avez résisté au seigneur Turpide. Je ne parle pas de la Célébration. Quand il vous a arraché aux griffes de Sialon Larvae pour vous transporter sur l'observatoire de Kevin, vous êtes-vous opposé à lui ?

Face au tranchant de la question, Covenant se sentit tout à coup fragile, comme si Mhoram venait de sectionner une des cordes de sa résistance.

— Je ne savais pas comment faire, murmura-t-il en se laissant tomber sur sa chaise. Je ne comprenais pas ce qui m'arrivait.

— Vous êtes le seigneur suprême, dit gentiment Mhoram. Vous n'avez plus à vous asseoir en dessous de nous.

— Vous n'avez plus à vous asseoir du tout, corrigea Prothall sur un ton brusque. Nous avons beaucoup à faire. Nous devons réfléchir, enquêter et concevoir un plan ; décider le plus vite possible de la façon dont nous allons réagir à cette épreuve. Nous nous retrouverons ici ce soir. Tuvor, Garth, Birinair, Thorm, préparez-vous, ainsi que vos subordonnés. Envisagez une stratégie. Et dites à tous les habitants de la Citadelle que Thomas Covenant a été nommé seigneur suprême. Il est un étranger et notre invité. Birinair, commencez immédiatement à travailler sur les quilles et les gouvernails réclamés par les géants. Bannor, il est désormais inutile que le seigneur suprême demeure dans la tour.

Le vieillard marqua une pause et regarda autour de lui, donnant à chacun une occasion de parler. Comme personne ne la saisissait, il se détourna et quitta la closerie. Osondrea l'imita et, après avoir salué Covenant, Mhoram fit de même.

Encore sous le choc, le lépreux laissa Bannor l'entraîner dans les passages et les escaliers de la Citadelle. Il le conduisit à une suite de pièces spartiates, mais baignées par la lumière du soleil, et contenant de la nourriture et du guinguet en abondance. Dès qu'il fut sorti, Covenant s'approcha d'une des larges fenêtres et vit que ses nouveaux appartements se trouvaient sur la face nord de Pierjoie, côté plaine. L'astre était encore haut dans le ciel, mais un peu au sud de la Citadelle, si bien que la falaise était plongée dans l'ombre.

Covenant passa dans la salle à manger, où il fit un repas frugal. Puis il saisit une flasque et l'emporta dans sa chambre. Là, il trouva une ouverture en saillie, dont l'alcôve lui apparut comme un havre de paix et de tranquillité. Il s'assit sur le rebord de pierre pour observer le Fief en contrebas et penser à ce qu'il venait de faire.

Où pouvait-il bien aller ? Inutile d'être un grand sage ou un prophète pour deviner qu'il ne devait pas rester à Pierjoie. Ici, il était beaucoup trop vulnérable…

15

La quête

Ce soir-là, quand Bannor vint chercher Covenant, il le trouva encore assis sur le rebord de la baie. Dans la lumière de la torche, il semblait décharné et spectral. Ses yeux étaient cernés, ses lèvres grises et exsangues, et la peau de son front avait une teinte cireuse. Le regard rivé sur la plaine, il serrait les bras sur sa poitrine, comme pour comprimer son cœur douloureux. Lorsqu'il remarqua la présence de Bannor, il eut une grimace amère.

— Vous ne me faites toujours pas confiance, lâcha-t-il sur un ton las.

Bannor haussa les épaules.

— Nous sommes la sangarde. Nous n'avons pas l'usage de l'or blanc.

— Pas l'usage ? répéta Covenant sans comprendre.

— C'est une arme. Et celles-ci ne nous servent à rien.

— Vraiment ? Comment faites-vous pour défendre les seigneurs ?

— Nous… (Bannor hésita, comme s'il cherchait un mot capable d'exprimer sa pensée dans le langage du Fief.) Nous suffisons.

Covenant rumina ces paroles quelques instants, puis s'extirpa de l'alcôve. Debout face au sangarde, il murmura :

— Bravo.

Il ramassa son bâton et sortit.

Cette fois, il fit plus attention au chemin que Bannor empruntait et ne perdit pas son sens de l'orientation. Désormais, peut-être pourrait-il se passer de guide.

Devant les portes massives de la closerie, Bannor et lui rejoignirent Korik et Suilécume. Ce dernier salua Covenant avec un large sourire, mais quand il parla, ce fut sur un ton grave.

— Par la pierre et la mer, seigneur suprême Covenant ! Je me réjouis que tu ne m'aies pas donné tort. Je ne saisis peut-être pas toutes les ramifications de ton dilemme, mais je crois que tu as choisi la meilleure solution, dans l'intérêt du Fief et de ses habitants.

— Venant de ta part, ça me touche beaucoup, railla le lépreux. (Son sarcasme était un réflexe protecteur ; il avait déjà perdu tant de ses défenses…) Depuis combien de temps les géants sont-ils perdus ? Vous ne reconnaîtriez pas un risque s'il vous bottait l'arrière-train.

Suilécume gloussa.

— C'est courageusement dit, mon ami. Il se peut que, malgré notre âge et notre expérience, nous ne soyons pas de bons conseillers. Néanmoins, tu as apaisé mes craintes pour le Fief.

Ils pénétrèrent dans la closerie.

Elle était toujours aussi brillamment éclairée et acoustiquement parfaite, mais elle n'abritait plus les mêmes gens que la fois précédente. Varil et Tamarantha étaient absents ; en revanche, nombre de spectateurs occupaient la galerie : *rhadhamaerl, lillianrill*, guerriers et gardiens de la Sagesse. Quelques sangardes se tenaient derrière Mhoram et Osondrea ; Tuvor, Garth, Birinair et Thorm avaient repris leur place derrière Prothall.

Suilécume s'assit et indiqua à Covenant la chaise voisine de la sienne, à la table des seigneurs. Bannor et Korik s'installèrent dans les gradins inférieurs. Presque aussitôt, le silence se fit.

Un moment, Prothall demeura immobile, comme perdu dans ses pensées. Puis il se leva péniblement en s'appuyant sur son bâton et prit la parole. Sa voix siffla dans sa poitrine, mais il n'omit pas la moindre des formalités visant à honorer Suilécume et Covenant. La gaieté avec laquelle le géant répondit dissimula les efforts qu'il faisait pour être concis. De son côté, le lépreux se contenta de froncer les sourcils et de secouer la tête.

Quand il eut terminé, Prothall déclara en évitant le regard de ses pairs :

— Il est une coutume chez les nouveaux seigneurs, qui vit le jour à l'époque du haut seigneur Valiant, il y a une centaine d'années. La voici : lorsqu'un haut seigneur doute de ses capacités à pourvoir aux besoins du Fief, il peut se présenter devant le conseil et démissionner. Alors, chacun de ses pairs peut demander à lui succéder. (Au prix d'un gros effort, le vieillard enchaîna fermement :) Je renonce donc à mon poste.

Par la pierre et les racines, l'épreuve qui nous attend sera trop rude pour moi. Seigneur suprême Thomas Covenant, vous avez la permission de prendre ma place, si vous le souhaitez.

Le lépreux soutint le regard de Prothall, tentant de deviner ses intentions. Mais il ne lut aucune duplicité dans ses yeux. Doucement, il répondit :

— Vous savez bien que je n'en veux pas.

— Pourtant, je vous demande de l'accepter. Vous portez l'or blanc.

— Ce n'est pas si facile. Oubliez ça.

Au bout d'un moment, Prothall acquiesça.

— Je vois. (Il pivota vers les autres.) L'un d'entre vous souhaite-t-il me remplacer ?

— Vous êtes le haut seigneur, répliqua Mhoram.

Osondrea renchérit :

— Qui d'autre remplirait vos fonctions mieux que vous ? Ne perdons pas davantage de temps avec ces sottises.

— Très bien. (Le vieillard se redressa.) C'est donc sur ma tête que s'abattront les troubles et les malédictions à venir. Je suis le haut seigneur Prothall et, par le consentement du conseil, ma volonté prévaudra. Que nul ne craigne de me suivre ni ne soit blâmé, si je venais à échouer.

Une convulsion involontaire tordit les traits de Covenant, mais il ne dit rien. Peu de temps après, Prothall se rassit en disant :

— À présent, réfléchissons à notre stratégie.

En silence, les seigneurs communièrent par la pensée. Puis Osondrea se tourna vers Suilécume.

— Frère de roc, il est dit : « Lorsque de nombreux problèmes vous accablent, faites passer l'amitié en premier. » Pour le bien de ton peuple, tu devrais rentrer à Ondemère le plus vite possible. Les géants doivent être informés de ce qui s'est déroulé ici. Mais j'estime que la voie fluviale d'Andelain n'est plus sûre pour toi. Nous te fournirons une escorte pour t'accompagner à travers la forêt de Grimmerdhore et les plaines du Nord, jusqu'à ce que tu aies franchi la faille et le plateau de Sarangrave.

— Merci, mes seigneurs, répondit Suilécume sur un ton cérémonieux, mais ça ne sera pas nécessaire. J'ai moi-même beaucoup réfléchi à la question. Durant leur errance, mes semblables ont appris un proverbe des Bhrathair : « Celui qui attend que l'épée s'abatte sur son cou perdra certainement sa tête. » Je crois que le meilleur service que je puisse rendre aux miens, c'est de vous aider à mettre votre plan à exécution, quel qu'il soit. Je vous prie donc de m'autoriser à me joindre à vous.

Prothall sourit et acquiesça.

— Mon cœur espérait que tu nous le proposerais. Sois le bienvenu parmi nous. Face au péril, les géants d'Ondemère nous rendent plus forts et nous ne pourrons jamais assez te chanter notre gratitude. Mais tes semblables doivent être mis en garde. Nous leur enverrons un messager.

Suilécume s'inclina en retour. Puis Osondrea appela Garth. Il se leva et rapporta :

— Seigneur, j'ai fait comme vous me l'aviez ordonné. Le feu ferlé brûle désormais au sommet de Pierjoie. Les gens qui le verront avertiront leurs proches et feront passer le mot au sud, à l'est et au nord. D'ici demain matin, tous ceux qui vivent au nord de la Sérénité et à l'ouest de Grimmerdhore seront prévenus et enverront des émissaires porter la nouvelle dans les plaines centrales. Au-delà, le relais risque d'être plus lent.

« J'ai dépêché des éclaireurs vers Grimmerdhore et Andelain. Mais six jours s'écouleront avant que nous recevions une réponse de la forêt. Et bien que vous ne l'ayez pas demandé, j'ai commencé les préparatifs pour soutenir un siège. En tout, mille trois cents hommes sont déjà à l'œuvre. Vingt phalanges se tiennent prêtes à intervenir.

— Bien, approuva Osondrea. Nous vous chargeons de prévenir les géants d'Ondemère. Envoyez-leur autant de guerriers que vous jugerez nécessaire pour assurer l'arrivée de notre message à bon port.

Garth s'inclina et se rassit.

— Maintenant… (Osondrea hocha la tête, comme pour chasser de son esprit toute autre considération.) J'ai passé la journée à étudier le récit du voyage du seigneur suprême Covenant. La présence d'or blanc explique beaucoup de choses, mais maintes autres requièrent encore notre examen : la tempête venue du nord, l'oiseau à trois ailes, l'abominable attaque perpétrée contre les esprits d'Andelain, la lune sanglante… Leur signification me paraît très claire. (Elle gifla la table de la paume, comme si le son et la douleur lui étaient nécessaires pour poursuivre.) Sialon Larvae a déjà découvert le fléau qu'il cherchait : la Pierre de Maleterre ou une autre relique meurtrière. Conjuguée au Bâton de la Loi, elle lui donne assez de puissance pour bouleverser le cours des saisons.

Un grognement sourd descendit de la galerie, mais Prothall et Mhoram ne parurent guère surpris.

Pourtant, une lueur dangereuse s'intensifia dans les yeux de Mhoram, tandis qu'il réclamait d'une voix douce :

— Expliquez-vous.

— Les preuves de pouvoir sont irréfutables. Nous savons que Sialon détient le Bâton de la Loi. Mais celui-ci n'est pas un instrument neutre. Il fut taillé dans le bois de l'Arbre primordial pour servir la Terre et sa Loi. Pourtant, les événements de ces derniers jours n'ont rien de naturel. Pouvez-vous concevoir la volonté nécessaire pour corrompre le Bâton au point de lui faire pervertir fût-ce un simple oiseau ?

« Il se peut que la folie donne cette volonté à Sialon ou que le Rogue contrôle désormais l'objet. Mais réfléchissez. Donner naissance à un volatile à trois ailes est le moindre des crimes que je viens d'évoquer. À l'apogée de son ancienne puissance, le seigneur Turpide n'a jamais osé attaquer les esprits. Quant à la lune souillée… Seules les plus noires et les plus terribles prophéties font allusion à une telle calamité.

« Êtes-vous convaincus que Turpide s'est emparé du Bâton ? Réfléchissez encore. Faire disparaître tous les habitants du Fief lui demanderait moins d'effort que de profaner la lune. Nous ne pourrions pas nous défendre contre un tel pouvoir. Pourtant, il gaspille ses forces si… si futilement. Pourquoi commencerait-il par s'en prendre aux esprits au lieu de nous anéantir directement ? Et quand bien même il le posséderait, pourrait-il vraiment profaner la lune en utilisant le Bâton de la Loi, qui n'a pas été conçu pour sa main et qui résistera obstinément à son contrôle ?

« Je suis arrivée à la conclusion que si Turpide contrôlait le Bâton, il ne voudrait et ne pourrait sans doute pas faire ce qui a été fait – pas avant que nous ayons tous péri. Mais si Sialon détient toujours le Bâton, celui-ci ne peut lui suffire. Aucun lémure n'est assez redoutable pour commettre de tels crimes sans le pouvoir additionnel de la Pierre. Comme vous le savez, cette race est faible d'esprit. On peut facilement la manipuler ou la réduire en esclavage. Elle ne possède aucune tradition capable de défier les cieux. C'est pourquoi elle a servi de chair à canon aux armées de Turpide.

« Si je ne me trompe pas, le Rogue lui-même est à la merci de Sialon autant que nous. Notre sort dépend des caprices d'un lémure fou. Et j'en suis certaine, parce que nous n'avons pas encore été attaqués.

Prothall acquiesça d'un air sombre et Mhoram poursuivit le raisonnement d'Osondrea :

— Donc, Turpide compte sur nous pour le sauver et condamner les peuples du Fief. Il espère que notre réaction au message du seigneur suprême Covenant déclenchera le piège qu'il nous a tendu et le refermera sur nous. Il a feint de s'allier à Sialon pour se préserver jusqu'à ce que ses plans portent leurs fruits et lui a enseigné comment utiliser le Bâton d'une façon qui satisfera sa soif de pouvoir sans nous menacer directement. Ainsi pense-t-il s'assurer que nous lutterons pour prendre l'objet à Sialon Larvae.

— Par conséquent, s'écria Osondrea, ce serait pure folie que de tenter de nous en emparer.

— Vraiment ? contra Mhoram. Le message disait : « Sans lui, ils seront incapables de me résister pendant sept ans. » Le Rogue prédit que notre fin surviendra encore plus tôt si nous n'essayons pas, ou si nous tentons et échouons.

— Qu'a-t-il à gagner en nous prodiguant un tel avertissement, insista Osondrea, si ce n'est notre mort immédiate ? Ce message n'est qu'un leurre, un faux espoir conçu pour nous entraîner dans la folie.

En guise de réponse, Mhoram récita :

— « Sialon Larvae a le Bâton et c'est une cause de terreur en soi. Si tu ne délivres pas cette information, il montera sur le trône de la Citadelle dans deux ans. »

— La commission a été faite, remarqua Osondrea sur un ton sec. Nous sommes prévenus. Nous pouvons nous préparer. Sialon est fou et ses attaques seront perverties par sa démence. Il se peut très bien que nous ne parvenions pas à identifier sa faiblesse et à triompher de lui. Par les sept tabernacles ! Pierjoie ne tombera jamais tant que vivra la sangarde. Les géants et les ranyhyn viendront à notre aide. (Se tournant vers le haut seigneur, elle implora :) Prothall, ne vous jetez pas tête baissée dans le piège de cette quête ! C'est pure chimère. Nous succomberons face à l'ombre et le Fief périra.

— Mais si nous réussissons, si nous récupérons le Bâton de la Loi, notre existence sera prolongée, riposta Mhoram. Sans parler de la prophétie du Rogue, nous trouverons peut-être en lui assez de pouvoir pour l'emporter durant la guerre à venir. Et dans le cas contraire, nous aurons toujours gagné le temps nécessaire pour chercher d'autres moyens de nous défendre.

— Ils seront forcément inefficaces ! s'emporta Osondrea. Sialon détient à la fois le Bâton de la Loi et la Pierre de Maleterre !

— Et il ne maîtrise ni l'un ni l'autre.

— Il les maîtrise suffisamment ! Demandez aux esprits quelle est l'étendue de son contrôle, et à la lune.

— Demandez-le-moi, bougonna Covenant en se levant avec difficulté.

Un instant, il hésita, tiraillé entre sa peur de Sialon et la crainte de ce qui lui arriverait si les seigneurs ne partaient pas en quête du Bâton. Le souvenir de la malveillance qui brûlait dans les yeux rouges du lémure l'emplissait d'une vive appréhension. Mais il lui semblait qu'il commençait à comprendre la logique de son rêve. Le Bâton l'avait amené dans le Fief ; donc, il en aurait besoin pour s'en échapper. « Ma décision est prise », pensa-t-il.

— Demandez-le-moi, répéta-t-il. Ne pensez-vous pas que tout cela me concerne ?

Ses interlocuteurs ne répondirent pas et il fut forcé de leur expliquer à quoi il pensait. Dans toutes ses ruminations, il n'avait découvert qu'un seul espoir. Bien qu'il lui en coûtât, il aborda le sujet.

— D'après vous, Turpide m'a choisi. Mais sur l'observatoire de Kevin, il a parlé de moi comme si j'avais été élu par quelqu'un d'autre, son « ennemi ». À qui faisait-il allusion ?

— Je l'ignore, murmura pensivement Prothall. Plus tôt, nous avons mentionné notre espoir que d'autres forces aient contribué à votre venue dans le Fief. C'est peut-être le cas. Certaines de nos légendes les plus anciennes évoquent le Créateur de la Terre, mais nous ignorons tout sur cette entité. Nous savons juste que nous sommes mortels et que Turpide ne l'est pas. D'une façon qui nous échappe, son existence transcende les limites de la chair.

— Le Créateur, marmonna Covenant. D'accord. (Un souvenir troublant du vieillard qui l'avait abordé devant le tribunal s'imposa à son esprit.) Pourquoi m'a-t-il retenu ?

Prothall le fixa sans ciller.

— Qui peut le dire ? Peut-être pour les mêmes raisons que Turpide.

Ce paradoxe irrita le lépreux, mais il poursuivit, comme inspiré par son inhérente contradiction :

— Dans ce cas, ce... Créateur voulait lui aussi que vous entendiez le message du Rogue. Tenez-en compte.

— Là ! s'exclama Osondrea sur un ton triomphant. C'est le mensonge que j'attendais, l'appât ultime. En suscitant l'espoir d'une aide inconnue, Turpide veut s'assurer que nous entreprendrons cette folle quête.

Covenant ne détacha pas son regard du haut seigneur. Il le scruta, tentant de sonder son esprit par-delà ses prunelles ternies par l'ascèse. Prothall ne se déroba pas à son examen. Au coin de ses yeux, les rides semblaient avoir été creusées par des décennies de renoncement.

— Osondrea, lança-t-il sur un ton égal, votre réflexion a-t-elle mis au jour des signes d'espoir ?

— Vous voulez dire, des augures ? répliqua amèrement Osondrea. Je ne suis pas le seigneur Mhoram. Sinon, je demanderais à Covenant quels rêves il a fait depuis son arrivée dans le Fief. Mais je préfère les choses positives plus concrètes. Et je n'en vois qu'une : nous n'avons pas encore perdu trop de temps. Je suis persuadée qu'aucune autre combinaison de chance et de choix n'aurait pu amener Covenant ici aussi vite.

— Très bien, acquiesça Prothall.

Son regard toujours planté dans celui du lépreux s'affûta momentanément et, dans ses yeux, Covenant vit qu'il avait déjà pris sa décision. Il n'écoutait les arguments de ses pairs que pour se donner une dernière chance de trouver une solution différente. Avec un soupir, Covenant baissa la tête et s'affaissa dans sa chaise. « Comment fait-il ? Où puise-t-il tout ce courage ? Suis-je le seul lâche… ? », se demanda-t-il.

Un moment plus tard, Prothall serra sa robe bleue autour de lui et se leva.

— Mes amis, lança-t-il d'une voix enrouée, l'heure est venue de prendre une décision. Je dois choisir une stratégie pour pourvoir à notre survie et à celle du Fief. Si l'un de vous a quelque chose à dire, qu'il parle maintenant.

Personne ne pipa mot, et Prothall parut tirer dignité et stature du silence.

— Entendez donc la volonté de Prothall fils de Dwillian, haut seigneur par le choix du conseil, et puisse le Fief me pardonner si je me trompe ou échoue. En cet instant, j'engage l'avenir de la Terre.

« Osondrea, je vous charge, avec Varil et Tamarantha, d'organiser la défense du Fief. Faites tout ce que votre sagesse et votre instinct vous commanderont pour préserver la vie dont nous sommes, par notre serment, les fidèles protecteurs. Rappelez-vous que tant que Pierjoie sera debout, il y aura de l'espoir. Mais si elle tombe, les époques des seigneurs, depuis Berek Terramis jusqu'à notre génération, toucheront à leur fin ; leurs œuvres seront détruites et le Fief n'en connaîtra plus jamais de semblables.

« Mhoram et moi allons partir en quête de Sialon Larvae et du Bâton de la Loi. Nous accompagnerons le géant Salin Suilécume, le seigneur suprême Thomas Covenant, une phalange de la milice et autant de sangardes que le dragon Tuvor pourra nous en confier. Ainsi, nous ne nous porterons pas seuls et vulnérables à la rencontre du fléau, mais le gros des forces de la Citadelle demeurera pour défendre le Fief, si nous venions à échouer.

« Entendez-moi et préparez-vous. La quête débutera aux premières lueurs du jour.

— Haut seigneur ! protesta Garth en se levant brusquement. N'attendrez-vous pas que nous recevions des nouvelles de mes éclaireurs ? Vous devrez braver Grimmerdhore pour atteindre le mont Tonnerre. Si la forêt est infestée par les serviteurs de Sialon ou du Tueur Gris, vous ne serez pas en sécurité jusqu'à ce que nous connaissions les mouvements de l'ennemi.

— C'est exact, Garth, acquiesça Prothall. Mais de combien de temps cela nous retardera-t-il ?

— Six jours, haut seigneur. Alors, nous saurons quelles forces nécessite la traversée de Grimmerdhore.

Depuis quelques minutes, Mhoram fixait la fosse aux ignescentes d'un air absent, le menton dans les mains. Entendant la réponse de Garth, il s'arracha à sa contemplation pour affirmer :

— Une centaine de sangardes, ou tous les guerriers que Pierjoie pourra nous fournir. Je l'ai vu. Il y a des ur-vils à Grimmerdhore, et des loups par milliers. Ils chassent dans mes rêves.

Sa voix parut faire chuter la température à l'intérieur de la closerie, comme un vent glacial. Mais résistant à l'enchantement de sa voix, Prothall répliqua aussitôt :

— Non, Garth. Nous ne pouvons pas attendre. Le péril de Grimmerdhore est trop grand. Même Sialon Larvae doit se rendre compte que la route la plus logique pour nous est celle qui traverse la forêt et longe Andelain par le nord. Aussi partirons-nous vers le sud. Nous contournerons les collines, puis bifurquerons vers l'est à travers Morinmoss et jusqu'aux plaines de Ra avant de remonter vers Gravin Threndor. Je sais : cela semble un bien long périple, une accumulation de lieues inutiles alors que le temps presse. Mais cela nous permettra de quérir l'aide du peuple de Ra. Ainsi, les anciens adversaires du Rogue pourront se joindre à notre quête. Et peut-être prendrons-nous Sialon à contre-pied.

« Mon choix est arrêté. Nous quitterons la Citadelle demain et ferons route vers le sud. Si quelqu'un doute de la sagesse de mon plan, qu'il parle maintenant.

Même Thomas Covenant, qui doutait de tout, fut contraint au silence par la résolution et la dignité du haut seigneur.

Mhoram et Osondrea se levèrent, immédiatement imités par Suilécume. Derrière eux, les occupants des gradins en firent autant. Tous se tournèrent vers Prothall, et Osondrea haussa la voix pour lancer :

— Que Melenkurion Barreciel vous garde, haut seigneur. *Melenkurion abatha !* Préservez et triomphez. Par la semence et la pierre, puissiez-vous atteindre votre but. Ne laissez nul fléau vous aveugler ou vous détourner de votre route, nulle peur ou nulle hésitation, nul repos, nulle joie ou nulle peine adoucir l'insulte de la corruption. La lâcheté est inexcusable. Barreciel vous observe et la Terre compte sur vous. *Melenkurion abatha ! Minas mill khabaal !*

Prothall inclina la tête. Alors, ceux qui l'entouraient tendirent spontanément les bras en une bénédiction muette. Puis, lentement et sans se bousculer, les spectateurs commencèrent à quitter la closerie par la grande porte, tandis que les seigneurs sortaient par leurs accès privés.

Lorsqu'ils furent partis, Suilécume rejoignit Covenant. Bannor et Korik sur les talons, ils remontèrent les marches jusqu'à la galerie. Une fois dans le couloir, le géant hésita. Il réfléchit quelques instants, puis demanda :

— Mon ami, voudrais-tu bien répondre à une question ?

— Crois-tu qu'il me reste quelque chose à cacher ? répliqua Covenant.

— Qui peut le savoir ? Les Elohim disaient autrefois : « Le cœur chérit des secrets qui ne valent pas la peine d'être énoncés. » Ah, c'était un peuple rieur ! se rappela Suilécume. Mais…

— Non, coupa Covenant. J'ai déjà été suffisamment interrogé.

Il fit mine de se diriger vers ses appartements.

— Tu n'as pas entendu ma question, objecta Suilécume.

Le lépreux pivota vers lui.

— Inutile. Tu allais me demander ce que me reprochait Atiaran.

— Non, mon ami, glousse Suilécume. Laisse ton cœur chérir ce secret jusqu'à la fin des temps. Ma question est la suivante : quels songes as-tu faits depuis ton arrivée dans le Fief ? De quoi as-tu rêvé cette nuit-là, dans mon bateau ?

Impulsivement, Covenant lança :

— Une foule de gens de mon monde, réels, me crachaient du sang dessus. Et quelqu'un a dit : « Il n'existe qu'une seule bonne réponse à la mort. »

— Vraiment ? s'étonna Suilécume. Laquelle ?

— Il faut lui tourner le dos, répondit Covenant en s'éloignant à grandes enjambées. La rejeter.

La bonne humeur du géant résonnait encore à ses oreilles, mais il continua à marcher jusqu'à ce qu'il ne puisse plus l'entendre. Alors, il tenta de se remémorer le chemin de ses appartements. Avec l'aide de Bannor, il les retrouva et s'y enferma, prenant juste la peine d'allumer une torche avant de claquer la porte au nez du sangarde.

En son absence, quelqu'un avait tiré les volets, sans doute pour barrer l'accès de la suite à l'abominable lueur de la lune. Par pur esprit de contradiction, le lépreux en rouvrit un d'un geste rageur. Mais le paysage ensanglanté lui fit mal aux yeux et il le referma très vite. Puis il fit les cent pas un long moment, jusqu'à ce que la fatigue ait raison de lui et qu'il décide de se coucher.

Lorsque Bannor vint le réveiller, le lendemain matin, il rechigna à se lever. Il voulait continuer à dormir, comme s'il pouvait trouver l'absolution dans le sommeil. Il se rappela vaguement qu'il était sur le point d'entreprendre un voyage encore plus périlleux que celui qu'il venait d'achever et sa conscience, lasse, poussa un gémissement de protestation.

— Venez, ordonna Bannor. Si nous tardons trop, nous manquerons l'appel des ranyhyn.

— Allez en enfer, grommela Covenant. Ne dormez-vous donc jamais ?

— Non. Aucun sangarde n'a dormi depuis que les haruchai ont prononcé leur vœu.

— Quoi ?

Au prix d'un gros effort, le lépreux s'assit. Hagard, il dévisagea Bannor pendant quelques instants avant de marmonner :

— Alors, vous êtes déjà en enfer.

La voix monocorde du sangarde ne trahit aucune émotion comme il répliquait :

— Vous n'avez aucune raison de vous moquer de nous.

— Bien sûr que non, grogna Covenant en s'extirpant de ses couvertures. J'adore me faire juger par quelqu'un qui n'a même pas besoin de sommeil.

— Nous ne jugeons personne, contra Bannor. Nous sommes prudents, c'est tout. Les seigneurs comptent sur nous pour les protéger.

— Comme Kevin, qui s'est suicidé en entraînant avec lui presque tous les habitants du Fief.

Cette phrase n'avait pas plus tôt franchi ses lèvres que Covenant eut honte de lui. Il se souvint du prix que les sangardes avaient payé pour leur loyauté. Frémissant au contact de la pierre froide sous ses pieds nus, il soupira :

— Excusez-moi. C'est un réflexe de défense. Ces temps-ci, le sarcasme semble être mon unique réponse.

Puis il se hâta de se laver, de se raser et de s'habiller. Après un petit déjeuner rapide, il saisit son couteau et son bâton et, enfin, fit signe à Bannor qu'il était prêt.

Celui-ci le conduisit dans la cour centrale. Une brume nocturne planait encore dans l'air, mais les étoiles avaient disparu et le lever du soleil était imminent. Curieusement, Covenant eut l'impression de prendre part à quelque chose qui le dépassait – quelque chose de plus important que lui. C'était une étrange sensation, qu'il tenta d'étouffer tandis qu'il suivait le sangarde dans le tunnel de l'entrée, franchissait les portes de la Citadelle et sortait dans la pâleur de l'aube.

Là, près du mur sur la droite, s'était rassemblée la compagnie de la quête. Les guerriers de la troisième phalange, déjà en selle, formaient un demi-cercle autour du galon Quaan. Sur leur gauche se tenaient neuf sangardes commandés par le dragon Tuvor. À l'intérieur du demi-cercle, le lépreux avisa Prothall, Mhoram et Suilécume. Le géant portait à sa ceinture un bâton aussi haut qu'un homme et, autour de son cou, un foulard bleu ondulait dans la brise matinale. Non loin de là, trois hommes tenaient par la bride autant de chevaux sellés. Au-dessus d'eux, la façade de Pierjoie grouillait de spectateurs. Les habitants de la forteresse se pressaient sur chaque balcon, chaque terrasse et derrière chaque fenêtre. Le seigneur Osondrea faisait face à la compagnie, le menton levé, comme si elle mettait le fardeau de ses responsabilités au défi de lui faire courber l'échine.

À l'est, le soleil franchit l'horizon. Ses rayons accrochèrent le bord supérieur du plateau, où brûlait la flamme bleue de l'avertissement destiné aux peuples du Fief. Ils descendirent le long de la falaise jusqu'à éclairer le *ferlé* du haut seigneur, puis révélèrent le pennon rouge et un drapeau blanc que Covenant voyait pour la première fois. Bannor le désigna du menton et dit :

— C'est pour vous, seigneur suprême. Le symbole de l'or blanc.

Et il alla prendre sa place au sein de la sangarde.

Le silence enveloppa la troupe jusqu'à ce que la lumière du jour touche le sol, projetant son éclat doré sur les quêteurs. Dès qu'elle atteignit les pieds d'Osondrea, celle-ci se mit à parler comme si elle avait attendu ce moment avec impatience. Dissimulant la douleur sourde de son cœur sous un ton acerbe, elle lança :

— Je ne suis pas d'humeur à endurer cette cérémonie, Prothall. Appelez les ranyhyn et partez. Aucun atermoiement, aucun brave discours ne diminuera la folie de cette entreprise. Il n'est rien que vous puissiez ajouter. Je suis assez compétente pour mener à bien la tâche que vous m'avez confiée ; tant que je vivrai, les défenses du Fief ne failliront pas. Allez-y, appelez les ranyhyn.

Prothall lui sourit et Mhoram grimaça :

— Nous avons de la chance de vous avoir, Osondrea. Je ne confierais Varil mon père et Tamarantha ma mère à nulle autre que vous.

— Ne me provoquez pas ! s'écria Osondrea. Je ne suis pas d'humeur, vous m'entendez ?

— Oui, acquiesça calmement Mhoram. Et vous savez que je ne cherche pas à vous provoquer. Soyez prudente, sœur Osondrea.

— Je le suis toujours. Maintenant, partez avant que je perde patience.

Prothall adressa un signe de tête à Tuvor. Les dix sangardes pivotèrent et se déployèrent face au soleil levant. L'un après l'autre, ils portèrent une main à leur bouche et émirent un sifflement aigu qui se répercuta sur le mur de la Citadelle, puis un deuxième et un troisième, aussi poignants et solitaires qu'un cri du cœur.

En réponse au dernier, un hennissement résonna dans le lointain et un tonnerre distant se fit entendre. Tous les regards se tournèrent vers l'est. Pendant un long moment, les yeux plissés des quêteurs ne virent rien et le grondement de la terre demeura aussi désincarné qu'une manifestation mystique. Puis des silhouettes équines apparurent, se découpant contre l'orbe glorieux comme si elles venaient de se matérialiser dans le feu du ciel.

Bientôt, les ranyhyn émergèrent du contre-jour. Ils étaient dix, sauvages et fiers – de grands animaux au large poitrail et au cou robuste, possédant à la fois la délicatesse des pur-sang et la rudesse des mustangs. Leur queue et leur crinière flottaient au vent ; leurs sabots puissants martelaient le sol et leurs yeux brillaient d'intelligence. Ils étaient alezans, bais ou rouans. Ils galopaient droit vers la sangarde.

Covenant s'y connaissait suffisamment en chevaux pour voir que les ranyhyn étaient aussi différents les uns des autres que des humains, mais ils partageaient au moins une caractéristique : une étoile blanche qui se détachait sur leur front. Tandis qu'ils approchaient, l'aube étincelant sur leur dos, le lépreux songea qu'ils ressemblaient au Fief personnifié, à l'essence de la santé et du pouvoir.

Soufflant et rejetant la tête en arrière, ils s'arrêtèrent face aux sangardes. Ceux-ci s'inclinèrent profondément devant eux ; alors, ils frappèrent le sol de leurs sabots et secouèrent leur crinière, comme si ce simple témoignage de respect leur inspirait un rire affectueux. Au bout d'un moment, Tuvor s'adressa à eux.

— Salut à vous, ranyhyn, fiers arpenteurs du Fief. Chair de soleil, crinière de ciel, nous nous réjouissons que vous ayez perçu notre appel. Nous devons entreprendre un long voyage qui durera de nombreux jours. Accepterez-vous de nous porter ?

En guise de réponse, certains animaux hochèrent la tête et plusieurs autres caracolèrent tels des poulains exubérants. Puis ils s'avancèrent, chacun se dirigeant vers un sangarde et le poussant du nez, comme pour lui enjoindre de grimper sur son dos. Et bien qu'ils n'aient ni selle ni bride, les sangardes obtempérèrent. Montant à cru, ils déployèrent les ranyhyn en cercle autour de la compagnie et se placèrent près des guerriers de la phalange.

Covenant sentait que le départ était imminent et ne voulait pas laisser passer sa chance. S'approchant d'Osondrea, il lui demanda :

— Qu'est-ce que ça signifie ? D'où viennent-ils ?

Le seigneur pivota vers lui et répondit très vite, comme si elle se réjouissait de cette diversion :

— Bien sûr ; j'oubliais que vous êtes un étranger. Comment puis-je vous expliquer brièvement une chose aussi complexe ? Les ranyhyn sont des créatures libres et indomptées, originaires des plaines de Ra. Le peuple de Ra s'occupe d'eux, mais personne ne les monte jamais – à moins qu'ils n'aient choisi un cavalier. Ils sont seuls maîtres de cette décision et, une fois qu'ils l'ont prise, ils restent fidèles à leur partenaire jusque dans les flammes ou la mort.

« Rares sont les élus. Parmi les seigneurs actuels, Tamarantha a reçu la bénédiction d'une monture ranyhyn, la fougueuse Hynaril. Ni Prothall ni Mhoram n'ont encore tenté l'épreuve. Prothall n'a jamais voulu.

Mais je soupçonne que s'il a décidé de faire route vers le sud, c'est en partie pour donner à Mhoram une chance d'être sélectionné.

« Non que cela ait la moindre importance. Depuis l'époque du haut seigneur Kevin, un lien s'est développé entre les ranyhyn et la sangarde. Pour de nombreuses raisons, dont la plupart m'échappent, aucun sangarde n'a jamais été rejeté.

« Quant à la venue des ranyhyn aujourd'hui… Je ne saurais l'expliquer. Ce sont des créatures de la Terre. D'une certaine façon, chacun d'eux sait quand son cavalier va l'appeler et ne manque pas de lui répondre. Il y a dix jours, Hyrun, Brabha, Marny et les autres ont entendu l'appel que nous n'avons perçu que ce matin ; après avoir couvert plus de quatre cents lieues, ils sont arrivés ici aussi frais que la rosée. Si nous possédions une telle endurance, le Fief ne courrait pas un si grand danger.

Pendant qu'elle parlait, Prothall et Mhoram étaient montés en selle. Osondrea acheva son exposé en guidant Covenant vers le dernier mustang. Sous l'influence de sa voix, le lépreux la suivit sans hésitation. Mais quand il glissa son pied dans l'étrier de *glutor*, il éprouva une soudaine réticence. Il n'aimait pas les chevaux, n'avait pas confiance en eux. Leur force était trop dangereuse. Il recula et constata que ses mains tremblaient.

Osondrea lui jeta un regard intrigué, mais avant qu'elle puisse dire quoi que ce soit, un murmure surpris parcourut la compagnie. Levant la tête, Covenant vit approcher trois cavaliers : les seigneurs Varil et Tamarantha, et l'hospitalier Birinair. Tamarantha montait une grande jument aux yeux rieurs.

Perché sur son mustang, Prothall s'inclina et déclara :

— Je me réjouis que vous soyez venus. Nous avons besoin de votre bénédiction avant de partir, tout comme Osondrea a besoin de votre aide.

Tamarantha s'inclina en retour, mais un demi-sourire malicieux joua sur ses lèvres ridées. Elle balaya la compagnie du regard.

— Vous avez bien choisi, Prothall. (Puis elle reporta son attention sur le vieillard.) Mais vous vous méprenez sur nos intentions. Nous partons avec vous.

Prothall ouvrit la bouche pour protester.

— Évidemment, l'interrompit Birinair. Comment pourrions-nous faire autrement ? Une quête sans magistère, quelle idiotie !

— Birinair, dit Prothall sur un ton de reproche, vous avez un travail à effectuer pour les géants d'Ondemère.

Birinair gonfla les joues.

— Évidemment. Mais bien que cela me peine de l'avouer… D'autres gens s'en acquitteront mieux que moi. Ils sont plus compétents, et ce, depuis des années. Je leur ai donné les ordres nécessaires.

— Prothall, ajouta Tamarantha sur un ton pressant, ne nous refusez pas votre permission. Bien sûr, nous sommes vieux, et le voyage sera long et rude. Mais c'est la plus grande entreprise de notre temps, le seul défi que nous serons jamais capables de relever.

— Considérez-vous donc la défense de Pierjoie comme une tâche si négligeable ?

Varil sursauta comme si Prothall l'avait insulté.

— Pierjoie se rappelle que nous avons échoué à récupérer la plus infime partie de la Sagesse de Kevin.

À quoi pourrions-nous bien servir, ici ? Osondrea suffira amplement. Sans cette quête, notre existence aura été vaine.

— Non, mes seigneurs. Non, pas vaine, murmura Prothall.

Avec une expression ennuyée, il se tourna vers Mhoram, semblant solliciter son soutien. Celui-ci eut un sourire en coin.

— La vie est bien faite. Les hommes et les femmes vieillissent afin que quelqu'un soit assez sage pour éduquer les générations suivantes. Laissez-les venir.

Après quelques instants d'hésitation, Prothall capitula.

— Soit. Alors, venez, et chargez-vous de notre éducation à tous.

Covenant vit Varil et Tamarantha échanger un regard satisfait, pareil au reflet silencieux de leur mariage – une communion de leur âme. Il saisit brusquement les rênes de sa monture et se mit en selle. Son cœur anxieux battait la chamade, mais presque aussitôt, le *glutor* lui donna un sentiment de sécurité qui apaisa son agitation. Suivant l'exemple de Prothall et de Mhoram, il glissa son bâton sous sa cuisse gauche, où le cuir adhésif le maintint en place. Puis il serra les genoux contre les flancs du mustang et tenta de ne pas trop remuer.

L'homme qui tenait l'animal par la bride lui toucha le mollet pour attirer son attention.

— C'est une femelle. Elle s'appelle Dura, Dura Flanclair. Les chevaux sont rares dans le Fief. Je l'ai bien dressée, se vanta-t-il. Elle vaut facilement un ranyhyn.

Puis il baissa les yeux, comme embarrassé par sa propre exagération.

— Je ne veux pas d'un ranyhyn, répliqua Covenant sur un ton bourru.

L'homme en déduisit que Dura lui convenait et son visage s'illumina de plaisir. Il recula, portant ses paumes à son front et écartant les bras en un ample salut.

Depuis son perchoir, Covenant examina le reste de la compagnie. Il n'y avait pas de bêtes de bât, mais des sacs de provisions et d'équipement étaient fixés à chaque selle, et Birinair portait un épais fagot de baguettes de *lillianrill* derrière lui. Rien n'encombrait les sangardes ; en revanche, Suilécume avait chargé son énorme paquetage sur son épaule et semblait prêt à avancer aussi vite que n'importe quel cheval.

Prothall se dressa dans ses étriers.

— Mes amis, lança-t-il, nous devons nous mettre en route. Notre quête est urgente et l'heure de l'épreuve approche. Je n'essaierai pas de vous émouvoir avec de longs discours ni de vous lier par des serments impossibles à tenir. Je ne vous demanderai que deux choses : soyez fidèles jusqu'à la limite de vos forces et n'oubliez pas votre serment de paix. Nous chevauchons vers le danger, peut-être vers la guerre, et nous battrons si nécessaire. Mais verser le sang sous l'effet de la colère ne servira pas les intérêts du Fief. Souvenez-vous du code :

Ne meurtrissez pas quand il suffit de retenir,
Ne blessez pas quand il suffit de meurtrir,
Ne mutilez pas quand il suffit de blesser,
Et ne tuez pas quand il suffit de mutiler ;
Le plus grand guerrier n'a pas de mort sur la conscience.

Puis le haut seigneur fit pivoter sa monture vers Pierjoie. Il saisit son bâton, le fit tourner trois fois au-dessus de sa tête et le brandit vers le ciel. Une flamme bleue incandescente jaillit de son extrémité.

— Salut à toi, Pierjoie ! s'exclama le vieillard.

Et toute la population de la Citadelle répondit à l'unisson :

— Salut à vous, quêteurs !

Le cri issu d'une myriade de gorges fit trembler le cœur de Covenant et se répercuta à travers les collines, de telle sorte que l'air lui-même parut vibrer de sa puissance et de sa foi. Plusieurs ranyhyn hennirent joyeusement. Assailli par une brusque nausée, le lépreux serra les dents. Il se sentait si indigne…

Prothall fit de nouveau tourner sa monture et la lança au trot vers le bas de la pente. La compagnie se déploya vivement autour de lui. Mhoram guida Covenant vers une position derrière le haut seigneur, mais devant Varil et Tamarantha. Quatre sangardes flanquaient la troupe de chaque côté ; Quaan, Tuvor et Korik chevauchaient en tête, Birinair et la phalange fermaient la marche. À longues foulées bondissantes, Suilécume rejoignit Mhoram et Covenant, et se mit à trottiner près d'eux comme si une telle allure lui était naturelle.

Ainsi la quête pour le Bâton de la Loi partit-elle de la Citadelle dans la lumière d'un jour nouveau.

16

L'anneau ensanglanté

Les trois jours suivants furent pour Thomas Covenant un long et pénible apprentissage de l'équitation. Le *glutor* était si mince qu'il avait l'impression de monter à cru et les vertèbres saillantes de Dura menaçaient de le scier en deux. Ses genoux lui semblaient tordus et déboîtés ; ses cuisses et ses mollets tremblaient de fatigue à force de serrer les flancs de la jument ; les crampes de ses jambes gagnaient peu à peu ses reins et son cou encaissait une secousse brutale chaque fois que Dura bondissait pour franchir un obstacle. Par moments, il ne parvenait à rester en selle que parce que le cuir adhésif le retenait. La nuit, ses muscles meurtris le tourmentaient tant qu'il ne parvenait pas à dormir sans avoir bu une généreuse rasade d'eau de roche.

Aussi prêta-t-il très peu attention au paysage, au temps ou à l'humeur de ses compagnons. Épuisé par la douleur, il ignora ou rabroua tous les efforts déployés pour l'inclure dans une conversation. Une fois de plus, il fut forcé de reconnaître la nature suicidaire de son rêve, du mauvais tour que lui jouaient les ténèbres de son subconscient.

Mais la liqueur des géants et l'impossible santé du Fief œuvraient en lui malgré ses souffrances. Peu à peu, sa chair s'endurcissait pour satisfaire aux exigences du dos de Dura. Sans s'en rendre compte, il devenait meilleur cavalier. Il apprenait comment bouger avec sa monture au lieu de résister à ses mouvements. Quand il se réveilla le matin du quatrième jour, il découvrit que le mal physique ne le dominait plus.

Entre-temps, la compagnie avait laissé derrière elle la région cultivée qui entourait Pierjoie. Elle avait passé la nuit au milieu d'une plaine accidentée et, lorsque Covenant promena un regard à la ronde, ses yeux ne rencontrèrent que terrain aride et rocailleux.

Cependant, il avait retrouvé l'impression d'avancer et, avec elle, une illusion de sécurité. Comme tant d'autres choses, Pierjoie était désormais derrière lui. Lorsque Suilécume lui parla, il put lui répondre sans agressivité. Alors, le géant lança à Mhoram :

— Par la pierre et la mer, mon seigneur ! Il semble que Thomas Covenant ait choisi de rejoindre le monde des vivants. C'est sûrement l'œuvre de l'eau de roche. Salut à toi, seigneur suprême Covenant. Sais-tu, Mhoram, qu'une légende de mon peuple raconte comment ce breuvage mit jadis fin à une guerre ? Voudrais-tu l'entendre ? Je peux la boucler en une demi-journée.

— Vraiment ? gloussa Mhoram. Et une demi-journée suffira-t-elle si tu la narres en courant à nos côtés ?

Suilécume éclata de rire.

— Dans ces conditions, je peux avoir terminé d'ici demain soir. Moi, Salin Suilécume, je l'affirme.

— Je connais cette histoire, intervint Prothall. Mais selon la personne dont je la tiens, c'est le verbiage des géants qui mit fin au conflit. Lorsqu'ils eurent terminé de s'enquérir de ses causes, les combattants les écoutaient depuis si longtemps qu'ils en avaient oublié la réponse.

— Ah ! haut seigneur, s'esclaffa Suilécume, vous vous méprenez. C'est l'eau de roche.

Les guerriers qui avaient entendu cet échange éclatèrent de rire et même Prothall ne put s'empêcher de sourire, alors qu'il se détournait pour monter en selle. Bientôt, la compagnie se remit en route et Covenant reprit sa place près de Mhoram.

Il était assez détendu pour prêter l'oreille aux bruits qui l'entouraient. L'air préoccupé, les seigneurs et les sangardes ne disaient pas grand-chose ; mais par-dessus le martèlement des sabots, le lépreux captait le bavardage et les chants des miliciens. Sous le commandement de Quaan, ceux-ci semblaient confiants et presque impatients, comme s'ils avaient hâte de mettre en pratique leur entraînement à l'épée.

Un peu plus tard, Mhoram surprit Covenant en lançant sans préambule :

— Seigneur suprême, comme vous le savez, il est des questions que le conseil n'a pas eu le loisir de vous poser. Puis-je combler cette lacune maintenant ? J'aimerais en apprendre davantage sur votre monde.

— Mon monde… (Le lépreux déglutit. Il n'avait pas envie d'en parler ; aucun désir de répéter l'épreuve subie face au conseil.) Pourquoi ?

Mhoram haussa les épaules.

— Parce que plus j'en saurai sur vous, mieux je pourrai anticiper vos réactions en situation de danger. Parce que comprendre votre univers m'aidera à vous traiter de la façon appropriée. Et parce que je vous le demande en toute amitié.

La candeur dans la voix de Mhoram désarma le refus qui brûlait les lèvres de Covenant. Il devait aux seigneurs – il se devait à lui-même – un minimum d'honnêteté. Mais cette dette lui inspirait une certaine amertume et il ne voyait pas comment articuler les choses qui avaient besoin d'être dites. Instinctivement, il commença à dresser une liste : « Nous avons le cancer, l'infarctus, la tuberculose, la sclérose en plaques, les handicaps congénitaux, la lèpre… Nous avons l'alcoolisme, les maladies vénériennes, la dépendance à la drogue, le viol, le cambriolage, le meurtre, la violence domestique, le génocide… » Mais il ne put se résoudre à présenter un catalogue de maux sans fin. Au bout d'un moment, il se dressa dans ses étriers et, d'un large geste, désigna la plaine alentour.

— C'est sans doute beaucoup plus évident pour vous que pour moi, mais même si je suis un étranger au Fief, je vois que tout ceci est magnifique. C'est vivant, naturel. L'herbe qui pousse ici est jaune, maigre et sèche ; néanmoins, je me rends bien compte qu'elle est saine, parfaitement à sa place sur ce genre de terrain. Il me suffit de regarder le sol pour savoir en quelle saison nous sommes. Je décèle le printemps dans la terre.

« Dans le monde d'où je viens, nous ne voyons pas ainsi. Si vous ne connaissez pas le cycle annuel des plantes, si vous n'avez pas de point de comparaison, vous ne pouvez pas faire la différence entre le printemps et l'été. Pourtant, mon monde est magnifique, lui aussi… Du moins, ce qu'il en reste – ce que nous n'avons pas endommagé. (Des images du gîte s'imposèrent à son esprit et ce fut sur un ton coupant qu'il conclut :) Nous aussi, nous avons de la beauté. Nous appelons ça un « décor ».

— Un décor, répéta Mhoram. Ce mot m'est inconnu, mais je n'aime guère sa résonance.

Covenant se sentit étrangement ébranlé, comme s'il venait de regarder par-dessus son épaule et de s'apercevoir qu'il se tenait au bord d'un précipice.

— Il signifie que le beau est optionnel, expliqua-t-il d'une voix sourde. Qu'il est agréable à contempler, mais qu'on peut vivre sans.

— Quoi ?

Les yeux de Mhoram étincelèrent. Derrière lui, Suilécume souffla sur un ton choqué :

— Vivre sans beauté ? Ah, mon ami ! Comment résistez-vous au désespoir ?

— Je crois que nous n'y résistons pas, marmonna Covenant. Certains d'entre nous sont juste têtus.

Puis il se tut. Mhoram ne lui posa pas d'autre question, et il continua à ronger la moelle amère de ses pensées jusqu'à ce que Prothall ordonne une halte.

Comme la journée avançait, son silence parut contaminer le reste de la compagnie. Les bavardages et les chants des miliciens s'estompèrent peu à peu. Mhoram regardait Covenant de travers, mais ne faisait pas le moindre effort pour relancer la conversation et Prothall affichait une mine aussi sombre que les sangardes. Au bout d'un moment, Covenant comprit pourquoi ils étaient aussi maussades. Ce soir-là, la lune sanglante serait pleine pour la première fois.

Un frisson le parcourut. Cette nuit allait mettre les nouveaux pouvoirs de Sialon Larvae à l'épreuve. Si le lémure parvenait à maintenir son emprise sur l'astre, même dans ces conditions, les seigneurs devraient admettre que sa puissance ne possédait aucune limite discernable. Qu'elle pourrait engendrer des armées maléfiques et aurait certainement déjà produit des maraudeurs pour apaiser la soif de pillage de Sialon. Auquel cas, les quêteurs devraient se battre pour passer. Covenant se remémora en frémissant sa brève rencontre avec le lémure dans la caverne de Kiril Threndor. Et comme ses compagnons, il se laissa accabler par la perspective des révélations à venir.

Seuls Varil et Tamarantha semblaient épargnés par l'abattement général. Affaissée sur elle-même, Tamarantha somnolait, s'en remettant à sa monture pour la garder en selle. Son époux avait le dos très droit et tenait ses rênes d'une main ferme, mais sa bouche était pendante et son regard vague. Tous deux paraissaient si fragiles, comme si le moindre choc pouvait leur briser les os… Pourtant, eux seuls conservaient leur sérénité à l'approche de la nuit. Peut-être parce qu'ils ne se rendaient pas compte de ce qu'elle pouvait apporter.

Un peu avant le crépuscule, la troupe dressa le camp sur le flanc nord d'une colline, partiellement abrité contre la brise venue du sud-ouest. Le temps s'était rafraîchi comme en un regain hivernal et le cœur des voyageurs était transi. En silence, certains guerriers nourrirent et pansèrent les chevaux, tandis que d'autres préparaient un dîner frugal sur le feu que Birinair avait allumé à partir d'une de ses baguettes de *lillianrill* et d'un tas de broussailles. Les ranyhyn s'éloignèrent au galop pour passer la nuit en jeux ou en rituels secrets, laissant les mustangs se reposer, les sangardes se poster en sentinelle et le reste du groupe se pelotonner autour du feu.

Lorsque les derniers rayons du soleil s'évanouirent, un vent âpre se leva. Covenant se surprit à regretter la camaraderie qui avait égayé le début de la journée. Mais c'était un manque qu'il se sentait incapable de combler ; aussi garda-t-il le silence jusqu'à ce que Prothall se lève pour faire tomber l'appréhension collective.

Plantant son bâton dans le sol, il entonna l'hymne des vêpres de Pierjoie. Mhoram l'imita, puis Varil et Tamarantha, et bientôt, tous les miliciens furent debout, joignant leur voix vibrante à celle des seigneurs. Plantées sous le ciel austère, vingt-cinq âmes chantèrent comme des témoins :

Sept enfers pour la foi défaillante,
Pour l'homme et le spectre qui du Fief se sont détournés,
Et un brave seigneur pour déclencher le fléau,
Empêcher les ténèbres de détruire la beauté.

Quand elles eurent fini, elles se rassirent et commencèrent à parler tout bas, comme si l'air avait restauré leur courage.

Covenant n'avait pas bougé. Il fixait ses mains croisées sur ses genoux. Pourtant, il devina quand la lune se leva ; il sentit ses compagnons se raidir brusquement tandis qu'une lueur sanglante apparaissait à l'horizon. Il se mordit la lèvre et garda la tête baissée. Autour de lui, le souffle des quêteurs se fit laborieux ; les reflets rouges du feu s'intensifièrent, mais le lépreux garda les yeux rivés sur ses doigts, comme s'il étudiait le blanchissement de ses jointures.

Puis il entendit le chuchotement torturé de Mhoram.

— *Melenkurion !*

Alors, il sut que l'astre était écarlate, souillé comme si sa corruption était complète, comme si le ciel nocturne avait été poignardé en plein cœur. Il perçut sa lumière sur son visage et sa joue tressaillit de répulsion.

L'instant d'après, il capta un gémissement lointain pareil à une protestation étranglée, une désolation vibrant dans l'atmosphère glaciale. Malgré lui, il jeta un coup d'œil à travers la plaine. Il crut que ses compagnons allaient bondir pour soulager cette détresse, mais aucun d'eux ne fit le moindre geste. Le cri devait venir d'un animal, conclut-il.

Quand son regard se posa à nouveau sur ses mains, il vit que le clair de lune conférait une teinte rougeâtre à son alliance, comme si le métal avait été trempé dans le sang. Son éclat argenté luttait pour traverser la souillure écarlate, mais celle-ci semblait l'imbiber, étouffant et pervertissant peu à peu l'or blanc.

Le lépreux, horrifié, comprit instinctivement ce qui se passait. L'espace d'un battement de cœur, il demeura immobile, hurlant des avertissements futiles à sa conscience. Puis il se leva d'un bond, aussi raide qu'une marionnette dont la lune aurait tiré les ficelles, les bras plaqués le long des flancs, les poings serrés.

Derrière lui, Bannor lança :

— N'ayez crainte, seigneur suprême. Les ranyhyn nous préviendront si les loups nous menacent.

Covenant tourna la tête. Le sangarde tendit la main vers lui.

— Ne me touchez pas ! siffla-t-il en reculant.

À travers les palpitations affolées de son cœur, il remarqua que le visage de Bannor avait l'aspect d'un masque de lave. La seconde d'après, une lance de corruption lui transperça les pieds et il bascula vers le feu.

À l'instant où il heurta le sol, il se propulsa en avant, ne se souciant que de son besoin viscéral d'échapper à l'attaque. Au terme de sa chute, ses jambes s'abattirent au milieu des tisons.

Mais pendant qu'il tombait, Bannor avait bondi. Lorsqu'il entra en contact avec les flammes, le sangarde était juste derrière lui. Il lui saisit le poignet et, comme s'il ne pesait pas plus lourd qu'un enfant, le tira du feu pour le remettre sur ses pieds.

Avant même de reprendre son équilibre, Covenant se tourna vers Bannor et lui hurla à la figure :

— Ne me touchez pas !

Le sangarde le lâcha et fit un pas en arrière.

Prothall, Mhoram, Suilécume et tous les guerriers s'étaient redressés. Ils fixaient le lépreux avec un mélange de surprise, de confusion et d'indignation.

Soudain, Covenant se sentit très faible. Ses membres cédèrent sous lui ; il tomba à genoux. « Par l'enfer ! C'est Turpide qui m'a fait ça ! Il m'entraîne vers ma damnation ! », se dit-il. Il tendit un index tremblant.

— Là, haleta-t-il. C'était là. Je l'ai senti.

Les seigneurs réagirent immédiatement. Pendant que Mhoram appelait Birinair, Prothall s'avança et s'accroupit près de l'endroit que le lépreux indiquait. Marmonnant dans sa barbe, il le palpa du bout des doigts, comme un médecin tâtant une plaie. Puis Mhoram et Birinair le rejoignirent. Ce dernier le repoussa et posa l'extrémité de son bâton de *lillianrill* sur l'emplacement infecté. Le faisant tourner entre ses paumes, il se concentra sur le bois bien-aimé.

— Un instant, murmura Prothall, j'ai senti quelque chose, un souvenir dans la terre. Mais c'est passé très vite. (Il soupira.) C'était terrible.

— Terrible, répéta Birinair en écho.

Prothall et Mhoram l'observèrent tandis que ses mains se mettaient à trembler de vieillesse ou de sensibilité. Soudain, Birinair s'exclama :

— La main du Tueur ! Comment ose-t-il ?

Il recula si vivement qu'il trébucha, et serait tombé si Prothall ne l'avait pas retenu.

Un instant, les deux vieillards se fixèrent comme s'ils tentaient de se communiquer un savoir qui ne pouvait être formulé. Puis Birinair se dégagea. Regardant autour de lui comme s'il cherchait les fragments de sa dignité éparpillés à ses pieds, il maugréa :

— Je peux tenir debout tout seul. Je ne suis pas si vieux. (Il jeta un coup d'œil à Covenant et haussa la voix.) Vous croyez que je suis vieux. Évidemment. Vieux et idiot. Que je devrais me prélasser devant la cheminée au lieu de me lancer dans une quête qui dépasse mes forces. Comme si j'étais impotent. (Il tendit un doigt vers le lépreux.) Demandez-lui.

Pendant que l'attention générale était fixée sur le magistère, Covenant s'était redressé et avait fourré les mains dans ses poches pour dissimuler l'éclat de son anneau. Lorsque Birinair le désigna, il leva les yeux. Un mauvais pressentiment lui tordit les entrailles comme il se souvenait des attaques subies à Andelain et du massacre ultérieur.

— Revenez ici, seigneur suprême, ordonna Prothall.

Covenant obtempéra en grimaçant. À l'instant où son talon toucha le sol pollué, il frémit par anticipation, tenta de se prémunir contre la sensation que ce petit coin de terre était devenu instable, privé de fondations. Mais aucun mal de l'agressa. Comme dans les collines d'Andelain, celui-ci avait disparu, lui laissant l'impression qu'un vernis de solidité venait d'être répandu sur une fosse béante.

En réponse à la question muette des seigneurs, il secoua la tête. Au bout d'un moment, Mhoram lança sur un ton égal :

— Vous avez déjà ressenti cela auparavant.

— Oui, avoua Covenant au prix d'un gros effort. Plusieurs fois, à Andelain. Un peu avant que les ur-vils attaquent les esprits.

— La main du Tueur Gris vous a touché, cracha Birinair.

Mais il ne put étayer ses accusations. Ses os semblèrent se rappeler son âge et il s'affaissa en agrippant son bâton. Sur un ton de reproche dirigé vers lui-même plutôt que vers Covenant, il marmonna :

— Évidemment. Si j'étais plus jeune…

Puis il se détourna et se traîna péniblement jusqu'à sa couche.

— Pourquoi ne nous avez-vous rien dit ? s'enquit Mhoram sur un ton sévère.

Covenant se sentit tout à coup honteux, comme si son alliance était visible à travers le tissu de son pantalon. Ses épaules se voûtèrent, il enfonça ses mains dans ses poches.

— Je ne… Au début, je ne voulais pas que vous sachiez… Quelle importance me prêtent Turpide et Sialon. Ensuite, j'avais d'autres choses en tête.

Mhoram hocha la tête. Visiblement, cette explication le satisfaisait. Au bout d'un moment, le lépreux reprit :

— Je ne sais pas ce que c'est. Mais je ne le sens qu'à travers mes bottes. Je ne le perçois pas avec mes mains ou mes pieds nus.

Mhoram et Prothall échangèrent un regard surpris.

— L'Incrédule, déclara le haut seigneur, la cause de ces attaques me dépasse. Pourquoi vos bottes vous rendent-elles vulnérables à ce mal ? Je l'ignore. Mais Mhoram ou moi-même devrons désormais rester près de vous à chaque instant, pour pouvoir intervenir sans délai lorsque cela se reproduira. (Par-dessus son épaule, il appela :) Dragon Tuvor, galon Quaan, vous avez entendu ?

Quaan se mit au garde-à-vous.

— Oui, haut seigneur.

Et d'un peu plus loin, le vent nocturne apporta la voix de Tuvor :

— Il y aura une attaque. Nous avons entendu.

— Vous devrez être prêts, ajouta Mhoram d'un air sombre, et avoir le cœur solide pour affronter sans défaillir une armée d'ur-vils, de loups et de lémures.

— En effet, acquiesça Prothall. Mais toutes ces choses arriveront bien assez tôt. Pour l'instant, reposons-nous et reprenons des forces.

Lentement, les quêteurs s'éparpillèrent. Fredonnant sa chanson habituelle, Suilécume s'étendit sur le sol, un bras autour de l'outre d'eau de roche. Tandis que Tuvor organisait les tours de garde, les miliciens préparèrent leurs couches et celles des seigneurs. Covenant se sentait gêné ; il avait l'impression que ses compagnons l'étudiaient et fut content de pouvoir dissimuler son alliance sous sa couverture. Mais il mit longtemps à s'endormir : le plaid ne le protégeait pas contre les émanations glacées de son anneau et il avait trop froid pour trouver le sommeil. Jusqu'à ce qu'il s'assoupisse enfin, il entendit Suilécume fredonner et vit Prothall assis près des braises du feu. Le géant et le haut seigneur veillaient ensemble – deux vieux amis du Fief montant la garde contre une calamité imminente.

L'aube suivante fut grise et maussade. Des nuages couleur de cendre obscurcissaient le ciel et Covenant se mit en route courbé sur sa selle, comme si un poids pendait à son cou. Son alliance était redevenue normale quand la lune s'était couchée, mais la lueur écarlate brillait toujours dans son esprit et l'anneau semblait l'accabler tel un crime dénué de signification. Il sentait, sans rien pouvoir y faire, qu'il était contraint à une soumission qu'il n'aurait pas choisie de lui-même. Comme l'astre nocturne, il était victime des machinations du seigneur Turpide. Son consentement n'était pas nécessaire ; les ficelles qui le manipulaient étaient assez solides pour outrepasser toute résistance de sa part.

Il ne comprenait pas. Ses impulsions suicidaires – sa lassitude ou son désespoir de lépreux – étaient-elles si fortes ? Qu'était devenu l'instinct de survie obstiné qui lui avait permis de tenir jusqu'à présent ? Où étaient passées sa colère, sa violence ? À force de se faire traiter comme une victime, était-il désormais incapable de réagir autrement ?

À toutes ces questions, il n'avait pas de réponse. Il n'était sûr de rien, sinon de la peur qui le submergea lorsque la compagnie fit halte vers midi. Il ne voulait pas descendre du dos de Dura. Il se méfiait du sol, redoutait son contact. Il avait perdu une confiance fondamentale ; sa foi en la stabilité de la terre – si naturelle, constante et nécessaire qu'il n'en avait pas eu conscience jusqu'alors – avait été ébranlée. Le sol aveugle et silencieux était devenu une main malveillante qui voulait le frapper, lui et lui seul.

Néanmoins, il se força à mettre pied à terre. Aussitôt, la corruption le mordit à travers ses bottes. L'attaque fut si virulente que ses nerfs se rétractèrent ; ce fut tout juste s'il parvint à rester debout tandis que Prothall, Mhoram et Birinair tentaient de capter le mal qui l'avait agressé. Mais ils échouèrent lamentablement et la torture du contact reflua dès l'instant où Covenant bondit pour s'y soustraire.

Ce soir-là, durant le dîner, il fut de nouveau frappé. Quand il alla se coucher pour dissimuler son alliance à la lune, il frissonna comme s'il était fiévreux. Le matin du sixième jour, il avait le teint livide et le regard hanté. Avant de pouvoir monter en selle, il subit une nouvelle attaque.

Puis une autre durant une halte.

Et encore une à l'instant où il descendit de cheval, en fin de journée. Cette agression-là fut comme un clou supplémentaire planté dans son cercueil. Ses nerfs réagirent si violemment qu'il s'écroula. Il dut rester allongé un long moment avant de reprendre le contrôle de ses membres et, quand il se redressa enfin, il tressaillit et frémit à chaque pas. « Pathétique, pathétique », haleta-t-il en son for intérieur. Mais il n'avait plus assez de rage en lui pour maîtriser sa peur.

Le regard assombri par l'inquiétude, Suilécume lui demanda pourquoi il ne se déchaussait pas. Covenant dut réfléchir un moment avant de se souvenir de la réponse adaptée.

— Elles font partie de moi, murmura-t-il, partie du mode de vie que je dois m'imposer. Il ne me reste pas grand-chose d'autre auquel me raccrocher. Et puis, si je ne sens plus rien, comment Prothall découvrira-t-il la raison de ces attaques ?

— Ne vous sacrifiez pas pour nous, intervint Mhoram. Jamais nous ne vous demanderons une telle chose.

Pour toute réponse, Covenant haussa les épaules et alla s'asseoir près du feu.

Ce soir-là, il ne put avaler le repas préparé par les miliciens – l'idée même de la nourriture l'écœurait –, mais il mâchouilla quelques baies prodigieuses cueillies sur un buisson voisin et découvrit qu'elles avaient des vertus apaisantes. Il en mangea une poignée et répandit distraitement les graines sur le sol.

Lorsque les quêteurs eurent fini leur dîner, Mhoram vint s'asseoir près du lépreux. Sans le regarder, il lui demanda :

— Comment pouvons-nous vous aider ? En vous fabriquant un brancard pour vous éviter tout contact avec la terre ? À moins que vous ne voyiez un autre moyen… Un des récits de Suilécume vous soulagerait peut-être, suggéra-t-il. J'ai entendu les géants affirmer que le Rogue lui-même deviendrait un Terramis si l'on pouvait le forcer à écouter l'histoire de Bhagoon l'Insupportable et de Thelma Deux-Poings ; elle a un tel pouvoir de guérison !

Brusquement, Mhoram se tourna vers Covenant. Une profonde compassion se lisait sur ses traits.

— Je remarque votre douleur, seigneur suprême.

Le lépreux baissa la tête pour éviter le regard de Mhoram. Il s'assura que sa main gauche était en sécurité dans sa poche et, au bout d'un moment, dit sur un ton lointain :

— Parlez-moi du Créateur.

— Ah ! soupira Mhoram, nous ne sommes même pas certains qu'il existe. Seules nos plus anciennes légendes évoquent une telle entité. Nous connaissons le Rogue, mais pas le Créateur.

Alors, Covenant fut vaguement surpris d'entendre le seigneur Tamarantha lancer :

— Bien sûr que nous le connaissons ! Ah ! la stupidité des jeunes gens... Mhoram mon fils, tu n'es pas encore un prophète. Il te reste à apprendre le courage nécessaire.

Lentement, elle replia ses membres frêles et se leva en s'aidant de son bâton. Ses cheveux blancs et fins remuèrent autour de son visage tandis qu'elle s'avançait dans la lueur des flammes en marmonnant :

— Les oracles et les prophéties sont incompatibles. Selon la Sagesse de Kevin, seul le père fondateur était à la fois devin et prophète. Les âmes moins fortes que la sienne laissent échapper le paradoxe. Pourquoi ? je l'ignore. Mais lorsque Kevin le Dévastateur décida d'invoquer le rituel de profanation, il sauva la sangarde, les ranyhyn et les géants parce qu'il était devin. Et parce qu'il n'était pas prophète, il ne vit pas que Turpide survivrait. Il était moins fort que Berek. Bien sûr que le Créateur existe.

Elle jeta un coup d'œil à Varil, qui hocha la tête, mais Covenant ne sut pas si c'était pour confirmer ses propos ou parce qu'il était en train de s'assoupir. Puis elle leva les yeux vers le ciel nocturne piqueté d'étoiles et, d'une voix affaiblie par les ans, répéta :

— Bien sûr que le Créateur existe. Comment pourrait-il en être autrement ? Les opposés ont besoin l'un de l'autre : sans ça, la différence se perd, et seul le chaos demeure. Non, il ne saurait y avoir de mépris sans création. Mieux vaudrait demander comment le Créateur a pu l'oublier quand il a fait la Terre. Car s'il ne l'a pas oublié, c'est que la création et le mépris cohabitaient dans son être, et qu'il ne s'en rendait pas compte.

« Voici ce que nous disent les légendes. Avant le commencement du temps, le Créateur entra dans l'infinité comme un artisan dans son atelier. Puisqu'il est dans la nature de la création de viser la perfection, il se dévoua entièrement à sa tâche. Il construisit d'abord l'arche du temps, afin que son œuvre ait un endroit où exister et, comme clé de voûte, lui donna la magie sauvage, afin que le temps puisse résister au chaos et perdurer. Puis, à l'intérieur de l'arche, il forma la Terre. Pendant une éternité, il travailla, faisant et défaisant, essayant, rejetant et essayant encore, pour que son œuvre n'ait nul reproche à lui adresser quand il l'aurait achevée. Lorsque la Terre lui parut parfaite, il donna naissance à ses habitants, des êtres dont l'existence incarnerait sa quête d'idéal ; il ne manqua pas de les doter des moyens de poursuivre celle-ci eux-mêmes. Quand il eut terminé, il éprouva la fierté que seuls peuvent ressentir ceux qui créent.

« Hélas ! il ne pensait pas au mépris. Il estimait qu'un travail parfait suffisait à obtenir la perfection. Mais passé sa satisfaction initiale, il examina la Terre de plus près et fut consterné. Car profondément enfouis en elle, sans que cela ait été son intention ou son fait, grouillaient des fléaux destructeurs, des pouvoirs assez considérables pour changer sa réalisation en poussière.

« Alors, il comprit et se rappela. Peut-être réalisa-t-il que le mépris était à son côté et avait dévié sa main, ou peut-être le trouva-t-il en lui-même. Quoi qu'il en soit, le chagrin et la fierté bafouée le submergèrent. Dans sa fureur, il lutta contre le mépris et le projeta hors de l'infinité du cosmos, sur la Terre.

« Ainsi le Rogue fut-il emprisonné dans le temps. Ainsi l'œuvre du Créateur devint-elle le domaine du Rogue, un monde qu'il put tourmenter à loisir. Car la loi même du temps – le principe de pouvoir sur lequel reposait l'arche – agissait pour préserver le seigneur Turpide, comme nous l'appelons désormais. Elle stipule qu'aucun acte ne peut être défait, aucune profanation annulée : on peut leur survivre ou les réparer, mais non revenir dessus. Depuis lors, Turpide torture la Terre et le Créateur ne peut l'en empêcher, car c'est lui qui l'a envoyé ici.

« Dans son chagrin et son humilité, le Créateur vit ce qu'il avait fait. Afin que l'affliction de la Terre ne soit pas sans espoir, il chercha à aider celle-ci par des moyens indirects. Il incita le père fondateur à sculpter le Bâton de la Loi, une arme contre le mépris. Mais la Loi même de la Terre ne l'autorise pas à intervenir autrement. S'il s'avisait de faire taire Turpide, son geste détruirait le temps. Alors, le Rogue serait lâché dans l'infinité, libre de perpétrer tous les crimes qu'il désirerait.

Tamarantha fit une pause. Elle avait raconté son histoire le plus simplement possible, sans emphase ni agitation. Mais un instant, sa voix chevrotante convainquit Covenant que le sort de l'univers était en jeu, que sa propre lutte n'était qu'une facette d'un conflit beaucoup plus large. Suspendu à ses lèvres, il attendit qu'elle poursuive.

Tamarantha baissa la tête et tourna vers lui ses yeux cernés de rides.

— Ainsi, chuchota-t-elle, la plus grande épreuve que le Fief ait jamais connue se présente-t-elle à nous. La magie sauvage est là. Il suffirait d'un mot pour foudroyer notre monde en plein cœur. Ne vous méprenez pas : si nous ne parvenons pas à vous rallier à notre cause, la Terre redeviendra poussière.

Covenant ne sut pas si c'était la peur ou la vieillesse qui faisait trembler sa voix.

La lune ne tarderait pas à se lever. Il alla se coucher pour ne pas exposer l'altération de son alliance. Fourrant sa tête sous la couverture, il scruta les ténèbres et sut que l'astre venait d'apparaître dans le ciel lorsque son anneau se para d'écarlate. Le métal semblait plus profondément corrompu que deux nuits auparavant. Il capturait son regard, l'hypnotisait littéralement ; quand le lépreux finit par s'endormir, il était aussi épuisé que s'il venait de subir un interrogatoire.

Le matin suivant, il parvint à se hisser sur le dos de Dura sans se faire attaquer et poussa un soupir de soulagement.

Ce jour-là, Prothall dérogea à son habitude en n'ordonnant pas de halte vers midi. Ses raisons se dévoilèrent d'elles-mêmes à l'ensemble des quêteurs lorsqu'ils franchirent une colline et arrivèrent en vue de la Sérénité. Laissant derrière eux les plaines arides, ils firent nager leurs chevaux jusqu'à l'autre rive avant de s'arrêter pour se reposer. De nouveau, Covenant ne sentit aucune morsure lorsqu'il mit pied à terre.

Mais le reste de la journée contrasta sinistrement avec cet inexplicable répit. Quelques lieues plus loin, ils passèrent pour la première fois à proximité d'un gîte. Se souvenant de l'histoire du repenti assassiné, Prothall envoya deux sangardes en éclaireurs, au titre d'une simple vérification. Même Covenant, malgré son état, captait la négligence qui planait dans l'air. Le havre verdoyant s'était flétri et avait viré au brun. Lorsque Korik et Terrel revinrent, ils ne purent que confirmer les soupçons de la troupe : le lieu était à l'abandon.

Les seigneurs accueillirent cette nouvelle le visage fermé. Visiblement, ils s'étaient doutés que le meurtre décrit par Covenant pousserait les repentis à abandonner leur service. Plusieurs guerriers émirent des grognements surpris et chagrinés, et Suilécume serra les dents. Covenant jeta un coup d'œil à son ami et, un instant, il vit la fureur obscurcir ses traits. L'ombre passa aussitôt, mais elle avait ébranlé le lépreux. Tout à coup, il réalisait que la loyauté sans faille des géants envers le Fief était dangereuse – trop prompte à juger.

À la fin de ce septième jour de voyage, l'accablement qui pesait sur les quêteurs s'aggrava lorsque la lune colora la nuit, évoquant un désastre certain. Seul

Covenant se sentait vaguement soulagé, car le mal qui le traquait à travers la terre le laissa en paix ce soir-là.

Le lendemain, les cavaliers arrivèrent en vue d'Andelain. Leur route longeait le flanc sud-ouest des collines et, malgré la grisaille persistante du ciel, la richesse du pays scintillait devant eux tel le plus précieux joyau de la Terre. En offrant aux quêteurs le spectacle vivant de ce que le Fief avait été avant la profanation, elle les rasséréna.

Covenant avait autant besoin de cette consolation que ses camarades ; pourtant, elle lui fut refusée. Pendant le petit déjeuner, il avait de nouveau été assailli par la corruption dans le sol. Le répit de la veille semblait accroître sa virulence, concentrer sa malveillance, comme si la frustration intensifiait sa vigueur. Le lépreux en resta meurtri jusqu'à la moelle.

Il fut de nouveau touché durant une halte…

Puis dans la soirée, pendant qu'il dînait de quelques poignées d'*aliantha*. Cette fois, l'attaque fut si vicieuse qu'il s'évanouit. Quand il reprit connaissance, il gisait dans les bras de Suilécume comme un enfant. À travers la brume de son hébétude, il sentit qu'il avait des convulsions.

— Enlève tes bottes, le pressa le géant.

Covenant était trop engourdi pour réagir, mais encore assez lucide pour balbutier :

— Pourquoi ?

— Pourquoi ? Par la pierre et la mer, mon ami ! s'exclama Suilécume. Comment pourrais-je répondre à une telle question ? C'est à toi-même que tu dois la poser. Que gagnes-tu en endurant cette torture ?

— Mon identité, murmura faiblement le lépreux.

Il voulait s'abandonner dans l'étreinte du géant et dormir, mais il lutta contre ce désir et s'agita jusqu'à ce que Suilécume le pose par terre, près du feu de *lillianrill*. Un instant, il dut s'accrocher au bras de son compagnon pour ne pas tomber. Puis l'un des guerriers lui tendit son bâton et il s'appuya dessus.

— En résistant, acheva-t-il.

Mais au plus profond de son cœur, il savait qu'il ne luttait pas. Ses os lui semblaient aussi mous que si la tension était en train de les faire fondre. Ses bottes étaient devenues le symbole obsolète d'une intransigeance qu'il ne possédait plus.

Suilécume ouvrit la bouche pour protester. Mhoram l'en empêcha.

— C'est son choix, dit-il d'une voix douce.

Au bout d'un moment, Covenant sombra dans un sommeil lourd. Il ne se rendit pas compte qu'on le portait doucement jusqu'à sa couche ni que Mhoram le veillait toute la nuit, fixant la souillure écarlate de son anneau.

Pendant qu'il dormait, il fut assailli par une crise. Il se réveilla avec le sentiment qu'il avait perdu. Sa gorge était ravagée comme un champ de bataille et il gisait de nouveau prostré dans les bras de Suilécume. Autour de lui, les cavaliers s'apprêtaient à monter en selle.

Quand il vit le lépreux ouvrir les yeux, le géant se pencha vers lui et lui chuchota :

— Je préfère te porter plutôt que de te voir souffrir. Ce voyage m'est encore plus pénible que celui qui nous a conduits à la Citadelle.

Covenant centra une partie de sa conscience sur son ami. Son visage était tendu, mais pas par la fatigue. On aurait dit qu'une pression enflait dans son esprit, qui faisait saillir le rempart de son large front. Le lépreux le fixa un long moment avant de comprendre que c'était de la pitié. Le spectacle de sa douleur faisait battre les veines de Suilécume sur ses tempes.

« Les géants sont-ils tous ainsi ? » s'émerveilla-t-il.

Au prix d'un gros effort, il murmura :

— Que signifie ton nom ?

La question pouvait paraître incongrue, mais son ami répondit simplement :

— Un « suilécume » est un compas maritime.

Covenant se débattit faiblement dans l'étreinte de Suilécume, qui refusa de le lâcher ; il le serra contre sa poitrine, lui interdisant silencieusement de remettre les pieds par terre.

Mhoram intervint. D'une voix pleine de sombre détermination, il ordonna :

— Pose-le.

— Pose-moi, répéta Covenant.

Plusieurs questions se succédèrent sous les arcades sourcilières proéminentes du géant, mais il se contenta de demander :

— Pourquoi ?

— Parce que j'en ai décidé ainsi, trancha Mhoram. Nous ne partirons pas avant de comprendre ce qui arrive au seigneur suprême Covenant. Je n'ai déjà que trop repoussé ce risque. La mort se presse autour de nous. Pose-le.

Ses yeux lancèrent des éclairs.

Pourtant, Suilécume hésita jusqu'à ce qu'il voie Prothall acquiescer pour soutenir Mhoram. Alors, il redressa Covenant et le déposa sur le sol avec mille précautions. Un instant, ses mains s'attardèrent sur les épaules du lépreux comme pour le protéger. Puis il recula.

— Maintenant, seigneur suprême, donnez-moi la main. Nous allons rester ici jusqu'à ce que vous sentiez le mal, et que je le perçoive à travers vous.

Un nœud de panique se forma dans le cœur de Covenant. Il vit son reflet dans les prunelles de Mhoram, sa posture vaincue et son expression hantée par tout ce qu'il avait perdu. Alors, il comprit que si les attaques se poursuivaient, il finirait inévitablement par apprécier l'horreur et la haine qu'elles lui inspiraient. Il avait découvert une frontière dans le narcissisme de la répugnance et Mhoram lui demandait de la franchir.

— Allons, insista le seigneur en tendant sa main droite vers lui. Nous devons comprendre ce mal si nous voulons lui résister.

Par pur désespoir, Covenant l'imita. Leurs paumes se plaquèrent l'une contre l'autre et leurs pouces se crochetèrent. Sa main mutilée semblait trop faible au lépreux pour accomplir quoi que ce soit, mais celle de Mhoram était solide. Tels des frères d'armes, ils restèrent plantés là comme s'ils étaient sur le point d'affronter quelque immonde goule.

L'agression survint presque aussitôt. Covenant poussa un cri ; une violente secousse le parcourut des pieds à la tête, mais il ne se déroba pas. Au début, la main de Mhoram l'empêcha de s'écrouler. Puis le seigneur lui passa un bras sous les aisselles et le plaqua contre sa poitrine. La douleur du lépreux le frappa de plein fouet, mais il serra les dents et encaissa le choc.

L'assaut cessa aussi brusquement qu'il avait commencé. Covenant gémit et s'affaissa dans l'étreinte de Mhoram.

Celui-ci le soutint jusqu'à ce qu'il soit à nouveau capable de marcher. Alors, il s'écarta lentement. Un instant, leurs visages parurent étrangement semblables : ils avaient la même expression hantée, le même regard torturé. Mais très vite, Covenant poussa un soupir tremblant ; Mhoram redressa les épaules et la ressemblance s'évanouit.

— J'ai été idiot, souffla-t-il. J'aurais dû m'en douter. Ce mal vient de Sialon Larvae, qui déploie le pouvoir du Bâton pour vous localiser. Il perçoit votre présence au contact de vos bottes sur le sol, parce qu'elles ne ressemblent à rien de ce qui est fabriqué dans le Fief. Ainsi sait-il où vous êtes, et donc, où nous sommes.

« Si vous n'avez rien senti le jour où nous avons traversé la Sérénité, c'est probablement parce que Sialon s'attendait à ce que nous empruntions la voie fluviale ; aussi devait-il vous chercher sur l'eau plutôt que sur la terre. Mais il a compris son erreur et rectifié le tir hier.

Mhoram marqua une pause pour laisser à Covenant le temps d'assimiler ses révélations. Puis il conclut :

— Seigneur suprême, dans notre intérêt à tous – dans celui du Fief –, vous ne devez plus porter vos bottes. Sialon n'est déjà que trop bien informé de nos mouvements. Et ses serviteurs sont en liberté dans la nature.

Covenant ne répondit pas. Les paroles de Mhoram semblaient avoir sapé ses dernières forces. L'épreuve avait eu raison de lui ; avec un soupir, il s'évanouit.

Aussi ne vit-il pas avec quelle prudence les seigneurs lui ôtèrent ses bottes et ses vêtements pour les ranger dans les sacoches de selle de Dura, avec quelle tendresse ils baignèrent ses membres et lui enfilèrent une robe de brocart blanc, avec quelle tristesse ils lui enlevèrent son anneau pour le replacer sur son cœur, sous un morceau de *glutor*, avec quelle douceur Salin Suilécume le prit dans ses bras et le porta toute la journée.

Il gisait dans les ténèbres, croyant entendre la lèpre dévorer sa chair. Une odeur de mépris planait autour de lui, soulignant son impotence. Mais sur ses lèvres flottait un sourire serein, comme s'il avait enfin accepté sa propre désintégration.

Il continua à sourire quand il se réveilla, tard dans la soirée, et se retrouva allongé sous le disque nocturne sanglant. Lentement, ses lèvres s'étirèrent en une grimace, une expression de joie ou de haine. Puis la silhouette massive de Suilécume oblitéra la lune dans son champ de vision. Les paumes du géant, aussi larges que son propre visage, lui caressèrent affectueusement la tête. Au bout de quelques minutes, l'intensité douloureuse de son regard diminua ; ses traits se détendirent, glissant du tourment vers le repos. Bientôt, il sombra dans un sommeil infiniment moins périlleux.

Le lendemain, il se sentit aussi calme et aussi désinvolte que s'il n'avait plus le cœur à se soucier de son propre sort. Il était affamé. Il dévora un solide petit déjeuner et pensa même à remercier la sylvestre qui semblait s'être attribué le devoir de veiller sur lui. Il accepta sa nouvelle tenue avec un haussement d'épaules fataliste. Dans sa tête, une petite voix sarcastique lui fit remarquer qu'en fin de compte il n'avait pas eu trop de mal à se défaire de son identité et que la robe blanche flattait sa silhouette comme si elle avait été taillée sur mesure pour lui. Sans réagir, il se hissa sur le dos de Dura.

Ses compagnons l'observèrent d'un air inquiet. Il était plus faible qu'il ne l'avait pensé. Toute sa concentration lui fut nécessaire pour rester en selle, mais il parvint à ne pas tomber. Peu à peu, les autres quêteurs se convainquirent qu'il était hors de danger. Parmi eux, il chevaucha dans la douce tiédeur de l'air printanier, le long des bordures fleuries d'Andelain ; il semblait insouciant, comme au cœur d'une trêve entre des exigences irréconciliables.

17

Consumés par les flammes

Cette nuit-là, la compagnie campa dans une étroite vallée, à une demi-lieue d'Andelain. Les guerriers étaient de fort bonne humeur ; ils recouvraient leur vaillance naturelle après les tensions des jours précédents. Autour du feu, ils racontèrent des histoires et chantèrent des chansons devant un auditoire attentif. Même s'ils ne participaient pas, les seigneurs semblaient ravis de les écouter et, à plusieurs reprises, Covenant entendit Mhoram et Quaan glousser ensemble.

Quant à lui, il ne parvenait pas à partager l'allégresse des miliciens. Une lourde apathie verrouillait ses émotions et il se sentait détaché de tout ce qui se passait autour de lui. Il finit par aller se coucher avant que la dernière chanson ait été achevée.

Quelque temps plus tard, il fut réveillé par une main sur son épaule. Ouvrant les yeux, il vit Suilécume accroupi près de lui. La lune était presque couchée.

— Lève-toi, chuchota le géant. Les ranyhyn nous ont apporté des nouvelles. Des loups nous pourchassent et il se peut que des ur-vils ne soient pas loin derrière. Nous devons partir.

— Pourquoi ? Ne vont-ils pas nous suivre ?

— Terrel, Korik et un tiers de la phalange de Quaan resteront ici pour tendre une embuscade à la meute et la disperser. Dépêche-toi, seigneur suprême.

— Et alors ? insista le lépreux. Ils se regrouperont et recommenceront à nous suivre. Laisse-moi dormir.

— Mon ami, tu mets ma patience à rude épreuve, soupira Suilécume. Lève-toi, et je t'expliquerai.

Covenant s'extirpa de sa couche à contrecœur. Pendant qu'il attachait la ceinture de sa robe, enfilait ses sandales, et empoignait son bâton et son couteau, la sylvestre qui ne le lâchait pas d'une semelle replia sa couverture et la rangea dans une de ses sacoches. Puis elle lui amena Dura.

Au milieu de la fébrilité silencieuse de la compagnie, le lépreux monta en selle et laissa Suilécume l'entraîner vers le centre du camp, où les seigneurs et les sangardes étaient déjà prêts à partir. Lorsque les miliciens leur donnèrent le signal, Birinair éteignit les dernières braises du feu et grimpa avec raideur sur le dos de son mustang. Un instant plus tard, les cavaliers tournèrent bride et quittèrent la vallée, se dirigeant à la faveur des vestiges du clair de lune.

Sous les sabots de Dura, le terrain accidenté ressemblait à une masse de sang coagulé. Covenant agrippa son anneau pour le préserver de la lueur rouge. Autour de lui, l'angoisse guidait les gestes de ses compagnons, les poussant à étouffer le moindre tintement de leurs armes. Les ranyhyn étaient aussi discrets que des ombres et, sur leur large dos, les sangardes ressemblaient à des statues vigilantes et insensibles.

Puis la lune se coucha. L'obscurité soulagea les voyageurs, même si elle accrut les risques de leur fuite. La compagnie était cernée par les ranyhyn, qui la guidaient de façon à conserver les autres montures en sécurité entre eux.

Deux ou trois lieues plus loin, la tension retomba un peu. Les quêteurs n'entendaient aucun bruit de poursuite, ne percevaient nul danger. Enfin, Suilécume donna à Covenant l'explication qu'il lui avait promise.

— C'est très simple, chuchota-t-il. Après avoir dispersé les loups, Korik et Terrel traceront une piste différente de la nôtre. Ils couperont à travers Andelain et fileront droit vers Gravin Threndor, à l'est, jusqu'à ce qu'ils les aient semés. Alors, ils tourneront bride et nous rejoindront.

— Pourquoi ? interrogea Covenant à voix basse.

Ce fut Mhoram qui répondit.

— Nous doutons que Sialon puisse comprendre nos intentions.

Le lépreux ne sentait pas sa présence aussi fortement que celle de Suilécume, de sorte que sa voix lui paraissait désincarnée, comme si les ténèbres ellesmêmes s'adressaient à lui.

— Notre quête lui paraît sans doute dénuée de sens. Puisqu'il détient le Bâton de la Loi, nous serions fous de l'approcher. Si nous en avions quand même l'intention, passer par le sud serait absurde, parce que ça rallonge considérablement le chemin et que son pouvoir augmente un peu plus chaque jour. Il s'attendra à ce que nous virions vers l'est pour atteindre Gravin Threndor, ou vers le sud et la Retraite

Maudite pour nous échapper. Korik et Terrel vont faire croire à ses éclaireurs que nous avons choisi la première solution. S'il ne sait plus où nous sommes, il ne devinera pas notre objectif véritable. Il nous cherchera à Andelain et renforcera ses défenses au mont Tonnerre. Persuadé que nous nous apprêtons à l'attaquer, il en déduira que nous maîtrisons le pouvoir de l'or blanc.

Covenant réfléchit quelques instants avant de demander :

— Que fera le Rogue pendant tout ce temps ?

— Ah ! soupira Mhoram, c'est une bonne question, dans laquelle résident l'issue de notre quête et le sort du Fief. (Il garda le silence un long moment.) Dans mes rêves, je le vois rire.

Covenant frémit au souvenir de l'hilarité écrasante de Turpide.

Les cavaliers continuèrent à progresser dans le noir, se fiant à l'instinct des ranyhyn. Lorsque l'aube se leva, la vallée où ils avaient dressé le campement était loin derrière eux.

Il leur fallut quatre jours supplémentaires pour atteindre la Mithil, qui marquait la frontière méridionale d'Andelain. Pendant soixante lieues, ils poursuivirent leur chemin vers le sud-est, sans savoir ce qu'il était advenu de Korik et de son groupe. En tout, sept personnes avaient quitté la compagnie, mais sans elles, la quête semblait fragile et diminuée. L'inquiétude des seigneurs grandissait et se répercutait dans le silence qui planait entre eux tel un cercueil ouvert.

Envolée, la joie avec laquelle les guerriers avaient, jusqu'alors, contemplé Andelain. De l'aube au crépuscule, ils scrutaient l'horizon, à l'est, sans rien voir qu'un vide dont Korik, Terrel et leurs camarades tardaient à émerger. De temps en temps, Suilécume sortait des rangs pour gravir la colline la plus proche et jeter un coup d'œil de l'autre côté ; chaque fois, il revenait haletant et bredouille, et la troupe imaginait des raisons de plus en plus effrayantes pour expliquer l'absence des siens.

Il allait de soi qu'aucune meute ne comptait assez de loups pour triompher de deux sangardes montés sur des ranyhyn. Non, raisonnait la majorité des quêteurs : leurs compagnons avaient dû tomber entre les mains d'une petite armée d'ur-vils – même si Prothall déduisait que Korik et Terrel avaient peut-être parcouru des dizaines de lieues avant de trouver une rivière ou un autre moyen d'effacer leur trace. C'était un raisonnement logique, mais qui semblait bien peu convaincant sous la lueur écarlate de la lune et qui n'empêchait pas Quaan de vaquer à ses occupations avec la mort de six de ses guerriers à l'esprit.

Tous les cavaliers étaient accablés lorsqu'ils atteignirent la berge de la Mithil, au crépuscule du quatrième jour. Une éminence abrupte montait la garde sur la rive d'en face ; pour gagner Andelain, ils seraient forcés de longer sa base en file indienne ou de lutter contre le courant vif de la rivière. Prothall opta pour la première solution. Précédé par Tuvor, il entreprit de guider la compagnie sur l'étroite berge. Les quêteurs lui emboîtèrent le pas l'un après l'autre.

Sur leur gauche, la pente s'accentua presque jusqu'à la verticale, surplombant la Mithil telle une fortification. Conscients que leur formation les rendait hautement vulnérables, les cavaliers avançaient en se tordant le cou pour regarder en l'air.

Ils n'avaient pas encore dépassé la colline quand ils entendirent une voix les héler depuis le sommet. Une silhouette apparut parmi les rochers. C'était Terrel.

Ses camarades lui rendirent son salut avec soulagement. Ils se hâtèrent le long de la corniche et débouchèrent bientôt sur une large vallée, où deux ranyhyn et cinq mustangs se repaissaient d'herbe drue. Ces derniers étaient épuisés ; leurs jambes tremblaient et ils semblaient tout juste avoir la force de pâturer.

« Cinq, se répéta Covenant. J'ai dû mal compter… »

À présent, Korik descendait le flanc du coteau pour les rejoindre. Il était flanqué de cinq miliciens. Avec un cri de colère, Quaan bondit à terre et s'élança vers eux.

— Irin ! aboya-t-il. Où est Irin ? Par les sept tabernacles ! Que lui est-il arrivé ?

Korik et ses compagnons ne répondirent pas avant d'avoir atteint Prothall. Covenant songea qu'ils formaient un groupe étrangement assorti : cinq guerriers bouillants d'énervement, de courage et de chagrin, et un sangarde aussi impassible qu'un patriarche. Si Korik éprouvait la moindre émotion, positive ou négative, il n'en laissait rien paraître. Dans une main, il tenait un paquetage rebondi.

Il salua Prothall.

— Haut seigneur. Je vois que vous allez bien. Avez-vous été poursuivis ?

— Pas que nous le sachions, répondit gravement le vieillard.

Korik hocha la tête.

— Tant mieux. Il semble que nous ayons réussi.

— Racontez-nous ce qui vous est arrivé.

— Nous avons attendu les loups au campement et tenté de les éparpiller. Hélas ! C'était des *kresh*, aussi obstinés que tous ceux de leur espèce. Aussi les avons-nous entraînés vers les collines d'Andelain. Mais ils ont refusé d'y pénétrer. Pendant longtemps, nous les avons écoutés hurler et observés de loin, jusqu'à ce qu'ils se détournent et partent vers le nord. Alors, nous avons poursuivi notre chemin vers l'est.

« Le surlendemain, à l'aube, nous avons repris la direction du sud. Mais nous sommes tombés sur des maraudeurs. Ils étaient plus puissants que nous ne le soupçonnions. Parmi eux, il y avait des ur-vils, des lémures et un griffon.

Un murmure de surprise et de désespoir parcourut les rangs de la compagnie. Korik s'interrompit pour marmonner ce qui ressemblait à un long juron dans la langue gutturale des haruchai. Puis il reprit :

— Irin s'est sacrifiée pour nous permettre de nous échapper. Mais nous nous étions laissé détourner de notre chemin initial. Nous ne sommes arrivés ici que peu de temps avant vous. (Avec un frémissement de narines, il brandit son paquetage.) Ce matin, nous avons aperçu un faucon dans le ciel. Il volait bizarrement. Nous l'avons abattu.

Plongeant sa main dans le sac, il en sortit le corps de l'oiseau. Au-dessus de son bec vicieux, le volatile n'avait qu'un œil dément, serti au milieu du front. Et il irradiait la corruption. Il avait été créé par le mal pour servir ses objectifs, détourné de sa forme naturelle par un pouvoir qui osait pervertir la vie même.

Cette vision resta coincée dans la gorge de Covenant, lui donnant envie de vomir. Ce fut tout juste s'il entendit Prothall déclarer :

— C'est l'œuvre de la Pierre de Maleterre. Comment le Bâton de la Loi aurait-il pu perpétrer un tel crime, un tel outrage ? Ah ! mes amis, contemplez ce dont notre ennemi est capable. Tuer ce genre de créatures est un acte de miséricorde.

Le haut seigneur se détourna, accablé par cette nouvelle révélation.

Quaan et Birinair incinérèrent le rapace. Bientôt, les miliciens qui étaient revenus avec Korik se mirent à parler, racontant en détail leurs quatre derniers jours. L'attention générale se concentra naturellement sur le combat qui avait causé la mort d'Irin, de la phalange.

Le ranyhyn Brabha avait senti le danger le premier et averti Korik. Aussitôt, celui-ci avait donné l'ordre au groupe de se dissimuler dans un épais bosquet pour attendre l'arrivée des maraudeurs. En écoutant l'oreille collée au sol, il avait estimé qu'ils n'étaient pas plus de quinze ur-vils à pied et lémures mélangés – malheureusement pour eux, ces derniers ne possédaient pas la capacité de leurs acolytes de se déplacer silencieusement. Alors, il s'était interrogé : devait-il avant tout préserver ses compagnons, desquels dépendait la sécurité des seigneurs, ou éliminer l'ennemi ? Le devoir des sangardes consistait à protéger les seigneurs, non le Fief. Aussi Korik avait-il choisi de se battre : grâce à l'élément de surprise, il estimait que son groupe avait une bonne chance d'atteindre les deux objectifs à la fois sans subir aucune perte.

Sa décision les avait sauvés. Plus tard, ils avaient compris que, s'ils n'avaient pas attaqué, ils auraient été acculés dans le bosquet ; les hennissements de leurs chevaux, paniqués, auraient trahi leur position.

C'était la deuxième nuit après que le groupe de Korik eut quitté la compagnie. La lune était couchée ; il faisait très noir et les maraudeurs se déplaçaient sans lumière. Malgré leur vision perçante, les sangardes distinguaient à peine la silhouette de leurs adversaires. Le vent soufflait entre les deux forces, empêchant les ranyhyn de humer l'intensité du péril.

Lorsque les bandits atteignirent une zone découverte, Korik fit signe à ses camarades, qui se déployèrent derrière Terrel et lui. Les ranyhyn distancèrent aussitôt les autres montures, si bien que Korik et Terrel avaient déjà engagé la bataille quand ils entendirent les cris de terreur des mustangs. Pivotant, ils virent les miliciens luttant avec leurs chevaux contre le griffon qui planait au-dessus d'eux. La créature au corps de lion possédait des ailes robustes qui lui permettaient de voler sur de courtes distances. Elle piquait vers les cavaliers et terrifiait leurs bêtes. Korik et Terrel se précipitèrent au secours de leurs compagnons. Les maraudeurs s'élancèrent derrière eux.

Les sangardes se jetèrent sur le griffon. Mais celui-ci se maintenait en suspension dans les airs, ne présentant aucun endroit vulnérable que ses adversaires puissent atteindre sans une arme.

C'est alors que l'ennemi fondit sur le groupe. Les guerriers resserrèrent les rangs pour défendre les chevaux. Korik se mit debout sur le dos de Brabha pour bondir sur le griffon à la première occasion. Mais lorsqu'elle se présenta enfin, Irin s'interposa entre la cible et lui, brandissant la large épée qu'elle avait prise à un lémure. Le griffon la saisit dans ses serres et, tandis qu'il la taillait en pièces, elle le décapita.

L'instant d'après, une nouvelle bande de maraudeurs chargea. Les mustangs, affolés, détalèrent. Ainsi Korik et ses camarades s'enfuirent-ils, fonçant vers le nord-est, leurs agresseurs sur les talons. Le temps qu'ils réussissent à les semer, ils s'étaient enfoncés si profondément dans les collines d'Andelain qu'ils n'avaient pas pu rejoindre Prothall et les autres avant le quatrième jour depuis leur séparation.

Au crépuscule, la compagnie enfin réunie dressa le camp. Pendant que les miliciens préparaient le souper, un petit vent se mit à souffler depuis le nord. Au début, les voyageurs s'en réjouirent, car il leur apportait un peu de fraîcheur et les odeurs réconfortantes d'Andelain. Mais à l'approche du lever de la lune, il s'intensifia de manière tangible, jusqu'à trancher la vallée en deux comme une faux. Covenant percevait dans ces courants le goût de la corruption ; ce n'était pas la première fois qu'il se retrouvait confronté au phénomène. Tel un fouet, les bourrasques cinglaient de gros bancs de nuages noirs et les poussaient vers le sud.

La soirée était déjà bien entamée ; pourtant, personne ne semblait disposé à dormir. L'humeur de la compagnie s'assombrit, comme si l'environnement déployait sur elle un linceul de dépression. Chacun à un bout du camp, Suilécume et Quaan faisaient les cent pas pour chasser leur malaise. Accroupis, la plupart des guerriers tripotaient nerveusement leurs armes. Birinair attisait le feu sans réussir à apaiser son angoisse. Prothall et Mhoram se tenaient face au vent ; on eût dit qu'ils essayaient de déchiffrer ses intentions. Quant à Covenant, il était assis tête baissée, submergé par une nuée de souvenirs.

Seuls Varil et Tamarantha ne semblaient pas affectés. Bras dessus, bras dessous, ils fixaient le feu avec une expression rêveuse et la lumière des flammes dessinait de mystérieux messages sur leur front. Autour du campement, Bannor et ses camarades montaient la garde, aussi raides et inébranlables que des rochers.

Enfin, Mhoram formula à voix haute le sentiment général.

— Quelque chose de funeste est en train de se produire. Ce vent n'est pas naturel.

Sous le plafond coléreux des nuages, le clair de lune ensanglantait l'horizon, à l'est. De temps en temps, Covenant croyait apercevoir un éclat orange au milieu du rouge, mais il n'en était pas certain. Il étudia discrètement son alliance et distingua la même lueur sous l'écarlate dominant du métal. Pourtant, il ne dit rien. Il avait trop honte de l'emprise que Sialon exerçait sur lui.

L'orage tardait à éclater. Cela soufflait toujours aussi fort et l'abattement planait sur la compagnie. Finalement, les guerriers sombrèrent dans un sommeil agité, frissonnant sous la morsure de l'air, qui charriait sa moisson de détresse vers la Retraite Maudite et les Aridies.

Le lendemain matin, il n'y eut pas d'aube : la nébulosité étouffait la lumière du soleil levant. Mais la troupe fut réveillée par un changement d'atmosphère. Le vent diminua, se réchauffa et vira lentement vers l'ouest. Pour autant, il ne devint pas plus naturel – juste plus subtilement corrompu. Plusieurs guerriers s'extirpèrent de leur couverture en agrippant leur épée.

Poussés par une appréhension indéfinissable, les quêteurs avalèrent leur petit déjeuner en hâte. Le vieux Birinair fut le premier à comprendre. Alors qu'il mâchait du pain, il sursauta comme s'il venait de recevoir une gifle. Tremblant de concentration, il fixa l'horizon à l'est, puis recracha sa bouchée sur le sol.

— De la fumée ! siffla-t-il. Je la sens. Quelque chose brûle. Mais quoi ? Je sens… un arbre ! (Il poussa un gémissement.) *Un arbre !* Ah, ils ont osé !

Un instant, ses compagnons le dévisagèrent en silence. Puis Mhoram s'exclama :

— La Haute Sylve est en flammes !

Les guerriers s'apprêtèrent en hâte. D'un sifflement aigu, les sangardes appelèrent les ranyhyn. Prothall aboya des ordres que Quaan relaya à tue-tête. Certains miliciens foncèrent vers les chevaux pour les seller pendant que les autres levaient le camp. Le temps que Covenant s'habille et monte sur le dos de Dura, les quêteurs étaient déjà prêts à partir. Ils s'élancèrent vers l'est au galop, longeant la berge de la Mithil.

Très vite, les mustangs donnèrent des signes de faiblesse. Même les plus dispos n'arrivaient pas à suivre les ranyhyn et ceux qui avaient accompagné Korik à Andelain n'étaient pas encore remis de leur périple. Sans compter que le terrain accidenté gênait leur progression. Prothall, aiguillonné par l'angoisse, envoya deux sangardes en éclaireurs. Après cela, il fut forcé de réduire l'allure : il ne pouvait pas se permettre de distancer le gros de ses forces. Ce fut une chevauchée frustrante – Covenant avait l'impression d'entendre Quaan grincer des dents –, mais il n'y avait pas moyen de procéder autrement.

Vers midi, ils atteignirent le gué de la Mithil. À présent, ils voyaient de la fumée monter vers le ciel, au sud, et captaient l'odeur âcre de brûlé. Prothall ordonna une halte pour abreuver les montures. Puis les cavaliers se remirent en route, exhortant les mustangs les plus faibles à puiser dans leurs dernières ressources.

Quelques lieues plus loin, ils durent ralentir à nouveau. Les éclaireurs n'étaient pas revenus. La possibilité qu'ils soient tombés dans une embuscade assombrissait le front de Prothall et faisait étinceler ses yeux. Il mit la compagnie au pas et envoya deux autres sangardes voir de quoi il retournait.

Ces derniers parurent avant que le groupe ait couvert une lieue. Ils rapportèrent que la Haute Sylve était morte. Ses environs étaient déserts, mais des marques indiquaient que leurs deux camarades avaient poursuivi leur chemin vers le sud.

— *Melenkurion !* jura Prothall entre ses dents.

Talonnant son cheval pour le mettre au trot, il guida les quêteurs jusqu'aux restes du village sylvestre.

Un spectacle de dévastation maléfique les y attendait. Le feu avait réduit l'immense arbre à une carcasse fumante de moins d'une centaine de pieds de haut. Son tronc noirci avait été fendu de haut en bas et les deux moitiés s'inclinaient légèrement vers l'extérieur. Quelques flammes crépitaient encore au bout de ses branches racornies. Autour de sa base, des cadavres jonchaient le sol, comme si la terre abritait déjà trop de morts pour absorber la population du village. D'autres corps, intacts, formaient une ligne qui traversait la clairière et se dirigeait vers le sud.

Le long de celle-ci, quelques lémures gisaient, contorsionnés dans une position de combat. Mais près de l'arbre, Covenant n'aperçut qu'un ur-vil mort. Il était tombé sur le dos face au tronc fendu ; son squelette couleur de suie était aussi tordu que la lance métallique qu'il serrait toujours entre ses mains. Non loin de lui reposait un lourd bouclier de fer de près de dix pieds de large.

Une puanteur de chair calcinée imprégnait les bois environnants. Le souvenir des enfants noua les entrailles de Covenant. Les seigneurs semblaient abasourdis, choqués de constater que des gens sous leur protection avaient été massacrés de la sorte.

Au bout d'un moment, Tuvor reconstitua la bataille pour ses compagnons.

Les habitants de la Haute Sylve n'avaient pas eu la moindre chance.

La veille, en fin de journée, selon les estimations du dragon, une armée de lémures et d'ur-vils – la façon dont le sol avait été piétiné attestait qu'ils devaient être nombreux – avait encerclé l'arbre en prenant bien garde à demeurer hors de portée des flèches. Au lieu d'attaquer les sylvestres de front, ils avaient dépêché quelques-uns d'entre eux (probablement des ur-vils) à l'abri du bouclier. Ainsi protégés, ils avaient incendié l'arbre.

— Un feu pitoyable, intervint Birinair.

Il s'approcha du tronc et le frappa avec son bâton. Une plaque d'écorce carbonisée se détacha, révélant du bois blanc en dessous.

— Un bon feu consume tout, marmonna le vieillard. Les sylvestres ont failli en réchapper. Ce feuillu était robuste. Si les flammes avaient été un peu plus faibles, il aurait survécu. Ceux qui ont osé faire ça étaient tout juste assez forts. Ce n'était pas une question de nombre. Si seulement le magistère avait été prévenu… S'il avait su, il aurait pu préparer le bois, lui donner plus de vigueur. Et les sylvestres s'en seraient peut-être sortis. Ah, j'aurais dû être là ! Ils n'auraient jamais pu faire ça et contrer ma protection.

Une fois que le feu avait pris, expliqua Tuvor, les attaquants s'étaient contentés de tirer des flèches pour empêcher les sylvestres d'enrayer l'incendie ; et ils avaient attendu que ceux-ci, désespérés, s'enfuient. D'où la ligne de cadavres qui s'étendait vers le sud – direction que les villageois avaient choisie pour tenter une sortie. Puis, après que les flammes eurent anéanti toute possibilité de résistance, le maître des ur-vils avait fendu l'arbre pour achever de le détruire et faire tomber les survivants de ses branches.

De nouveau, Birinair prit la parole :

— Il a reçu une bonne leçon. L'imbécile ! Maître, peut-être, mais pas de son propre pouvoir. L'arbre s'est vengé de lui ; il l'a abattu. C'était du bon bois. Même à moitié consumé, il n'était pas mort. Son magistère devait être un homme courageux. Il a riposté. Et… Et avant la profanation, le *lillianrill* aurait pu sauver le peu de vie qu'il lui reste. (Le vieillard fronça les sourcils.) Mais plus maintenant. J'en suis incapable.

Un instant plus tard, ses épaules s'affaissèrent et il ramena tristement son regard vers l'arbre ravagé, comme pour implorer son pardon en silence.

Covenant ne discuta pas l'analyse de Tuvor ; l'odeur de sang et de brûlé le rendait trop malade. Mais Suilécume ne semblait pas aussi affecté que lui.

— Ce n'est pas l'œuvre de Sialon, affirma-t-il sur un ton morne. Aucun lémure ne saurait concevoir une telle stratégie : du vent et des nuages pour dissimuler les signes d'incendie, au cas où des renforts seraient proches ; un bouclier apporté par-delà une distance considérable ; aucun gaspillage de ressources. Non, c'est la main de Pulverâme que je discerne ici. Par la pierre et la mer !

Sa voix s'étrangla dans sa gorge et il se détourna, marmonnant sa chanson pour se calmer.

— Mais pourquoi ? lança Quaan, au bord de l'hystérie. Pourquoi a-t-il attaqué ce village ?

Malgré tout son courage, le galon n'avait aucune expérience de ce genre de situation. Le voir dans cet état consterna les miliciens plus jeunes et arracha Prothall à ses sombres ruminations. Répondant à l'émotion de Quaan plutôt qu'à sa question, il dit sévèrement :

— Galon Quaan, nous avons beaucoup de travail en perspective. Nos chevaux peuvent se reposer, mais pas nous. Nous devons enterrer les morts. Après l'épreuve qui a eu raison d'eux, il serait malvenu de leur dresser un bûcher funéraire. Que vos hommes s'attellent à la tâche. Qu'ils creusent des tombes au sud de la clairière. (Tendant un doigt, il indiqua un endroit dégagé, à une centaine de pieds de l'arbre.) Quant à nous, nous porterons les sylvestres jusqu'à leur dernière demeure.

Suilécume interrompit sa chanson.

— Non. Je les porterai, contra-t-il. Laissez-moi leur témoigner mon respect.

— Très bien, acquiesça Prothall. Alors, nous préparerons le repas et réfléchirons à la situation.

D'un signe de tête, il envoya Quaan faire exécuter ses ordres. Puis il se tourna vers Tuvor et lui demanda de poster des sentinelles. Le dragon fit remarquer que huit sangardes ne suffiraient pas pour couvrir tous les accès potentiels à une zone aussi large que la clairière, mais que s'il envoyait les ranyhyn patrouiller séparément dans les collines alentour, il n'aurait peut-être pas besoin de réclamer des renforts à la phalange. Il marqua une pause et s'enquit de ce qu'il devait envisager à propos des éclaireurs manquants.

— Rien. Nous allons les attendre, répondit Prothall d'un air sombre.

Tuvor hocha la tête et s'éloigna pour communiquer avec les ranyhyn, rassemblés non loin de là ; ils fixaient les corps calcinés qui entouraient l'arbre. Lorsque le dragon les rejoignit, ils se pressèrent autour de lui, comme s'ils étaient impatients de lui rendre service et, un instant plus tard, s'éparpillèrent au galop.

Les seigneurs mirent pied à terre, déballèrent les provisions et préparèrent le repas sur un petit feu de *lillianrill* allumé par Birinair. Quelques guerriers entraînèrent les mustangs à l'écart de l'arbre, dans le sens inverse du vent. Ils leur ôtèrent leur selle et les attachèrent, puis commencèrent à creuser.

Prenant bien garde à ne pas marcher sur les cadavres, Suilécume se dirigea vers le bouclier. Bien qu'il fût monstrueusement lourd, il le souleva et l'emporta au-delà du cercle de corps. Chargeant plusieurs sylvestres dessus, il l'utilisa comme une luge pour transporter les dépouilles jusqu'à leur tombe. L'émotion se lisait sur son front et ses yeux flamboyaient d'un éclat dangereux.

Covenant était le seul membre du groupe auquel Prothall n'ait assigné aucune tâche. Cela le perturbait. La puanteur des morts – Baradakas se trouvait parmi eux, songea-t-il douloureusement – ressuscita dans son esprit le souvenir de la Haute Sylve telle qu'il l'avait laissée quelques jours plus tôt : haute et fière, grouillante d'une vie joyeuse et paisible.

Il avait besoin de quelque chose pour agir.

En balayant la compagnie du regard, il remarqua que les guerriers manquaient d'outils pour creuser. Ils n'avaient apporté que peu de pelles et de pioches, et la plupart d'entre eux utilisaient leurs mains ou leur épée. Le lépreux se dirigea vers l'arbre. Quantité de branches brûlées gisaient autour du tronc et certaines d'entre elles étaient encore solides. Il se fraya un chemin parmi les cadavres et ramassa celles qu'il ne put briser sur son genou. Il les transporta un peu à l'écart, puis utilisa son couteau pour gratter l'écorce et tailler le bois en une multitude de pieux. Ses mains et sa robe blanche furent bientôt couvertes de suie, et le couteau ne cessait de glisser dans sa main mutilée, mais il s'acharna.

Quand il eut terminé, il remit les pieux aux guerriers, leur facilitant la tâche. Au lieu de tombes individuelles, ils façonnèrent des tranchées assez longues et profondes pour contenir une douzaine de corps chacune, et les creusèrent plus vite que Suilécume ne parvenait à les alimenter.

En fin d'après-midi, Prothall appela ses compagnons pour le dîner. La moitié des sylvestres avaient déjà été ensevelis. Les poumons remplis d'air âcre et les yeux meurtris par la vision de la chair torturée, aucun quêteur n'avait très faim, mais le haut seigneur insista. Covenant trouva cela étrange, jusqu'à ce qu'il avale une bouchée de nourriture. Les seigneurs avaient préparé un ragoût qui ne ressemblait à rien de ce qu'il avait déjà goûté dans le Fief. Sa saveur excita son appétit et apaisa sa détresse. C'était le premier repas qu'il prenait depuis la veille et il dévora à belles dents.

Les guerriers avaient fini de se restaurer, et le soleil était sur le point de se coucher, lorsqu'un cri lointain les fit sursauter et relever la tête. La sentinelle postée le plus au sud répondit ; un instant plus tard, les éclaireurs manquants déboulèrent dans la clairière à bride abattue. Leurs ranyhyn étaient trempés de sueur.

Avec eux, ils ramenaient une femme et un garçonnet d'environ quatre ans : des sylvestres. Ils racontèrent qu'en atteignant la clairière, ils avaient trouvé des signes indiquant que tous les habitants de la Haute Sylve n'avaient pas péri. L'ennemi ayant déjà quitté les lieux, ils n'avaient pas jugé nécessaire de prévenir le reste de la compagnie ; aussi avaient-ils décidé de se mettre en quête des survivants. Ils avaient effacé leur piste afin que les maraudeurs ne puissent pas les suivre s'ils revenaient, puis étaient partis vers le sud.

En début d'après-midi, ils avaient aperçu les rescapés qui fuyaient tête baissée, sans réfléchir ni prendre la moindre précaution. Ils semblaient blessés ; le petit garçon était si choqué qu'il ne réagissait pas, et la femme oscillait entre lucidité et incohérence. Elle avait reconnu les sangardes et n'avait pas tenté de leur échapper, mais avait été incapable de leur raconter ce qui s'était passé. Toutefois, elle leur avait révélé qu'un guérisseur affranchi vivait une ou deux lieues plus loin. Mais quand les sangardes avaient atteint sa caverne, celle-ci était déserte et ne semblait plus habitée depuis plusieurs jours. Ils avaient alors rebroussé chemin vers la Haute Sylve.

La femme et le gamin, silencieux, se tenaient devant les seigneurs. Elle agrippait la main du petit, qui paraissait sourd et aveugle à ce qui l'entourait. Il n'arrivait pas à poser son regard et ses yeux étaient étrangement sombres, comme emplis d'une boue noire.

Cette vision poignarda Covenant en plein cœur. Le garçonnet aurait pu être Robin, le fils dont il avait été dépossédé à cause de sa maladie. « Turpide ! haleta-t-il. Tu oses t'attaquer à des enfants ? »

Comme si elle partageait ses pensées, la sylvestre déclara brusquement :

— C'est Pietten fils de Sorenal. Il aime les chevaux.

— C'est vrai, acquiesça un des éclaireurs. Je l'ai fait monter devant moi et il a caressé le cou de mon ranyhyn.

Mais Covenant ne l'écoutait pas. Il dévisageait l'inconnue, dont la voix lui paraissait vaguement familière. Perplexe, il tenta de voir au travers des coupures, des brûlures, de la suie et des ecchymoses, de reconstituer ses traits. Puis il lança sur un ton hésitant :

— Llaura ?

Le soleil se couchait, mais des nuages masquaient l'horizon et un bref crépuscule virait rapidement à la nuit. L'air s'épaississait, se réchauffait et se chargeait d'humidité.

— Oui, je vous connais. Vous êtes Thomas Covenant l'Incrédule, le porteur d'or blanc. Vous ressemblez à Berek Demi-Main. Jehannum avait dit vrai. Un grand fléau s'est abattu sur nous. (Elle articulait avec un soin extrême, comme si elle tentait de faire tenir ses mots en équilibre sur le tranchant d'une épée.) Je suis Llaura fille d'Annamar, des aubiers de la Haute Sylve. Nos guetteurs ont dû être massacrés. Nous n'avons reçu aucun avertissement. Pre…

À cet instant, son aplomb l'abandonna et sa voix se mua en un gémissement rauque et répétitif. On eût dit que sa gorge s'était déconnectée de son cerveau, la laissant se débattre avec son incapacité à s'exprimer. Une concentration intense brûlait dans ses yeux et tout son corps tremblait tandis qu'elle tentait de former des mots. Seul un chapelet inarticulé sortait de ses lèvres frémissantes.

— Elle était déjà dans cet état quand nous l'avons trouvée, expliqua un des sangardes. Par moments, elle arrive à parler.

Alors, Llaura se raidit violemment et ravala son hystérie comme pour démentir ses propos.

— Je suis Llaura, répéta-t-elle. Llaura, des aubiers de la Haute Sylve. Nos guetteurs ont dû être massacrés. Je suis Llaura, je suis Llaura. Prenez garde… (De nouveau, sa voix se brisa.) Prenez… (Paniquée, elle écarquilla les yeux.) Pre… Je suis Llaura. Vous êtes les seigneurs. Vous devez…

Pendant qu'elle luttait, Covenant promena un regard à la ronde. Tous les quêteurs fixaient intensément la sylvestre, Varil et Tamarantha avaient les larmes aux yeux.

— Que quelqu'un fasse quelque chose, murmura-t-il.

Soudain, Llaura porta sa main libre à sa gorge et hurla :

— Vous devez m'entendre !

Puis elle s'effondra.

Comme ses genoux cédaient sous elle, Prothall s'avança et la retint. Avec une vigueur étonnante pour un homme de son âge, il lui agrippa les bras et la força à se redresser.

— Arrêtez, ordonna-t-il. Ne dites plus rien. Écoutez-moi, et répondez-moi par des signes de tête.

Une lueur d'espoir passa dans les prunelles de Llaura. Elle se détendit et Prothall la lâcha. Aussitôt, elle reprit la main de l'enfant.

— Bien, approuva le vieillard. (Il plongea son regard dans les yeux hantés de son interlocutrice.) Vous n'êtes pas folle. Votre esprit est clair. On vous a fait quelque chose.

Llaura acquiesça vivement. « Oui. »

— Lorsque votre peuple a tenté de s'échapper, vous avez été capturée.

« Oui. »

— Vous et Pietten.

« Oui. »

— Lui aussi, on lui a fait quelque chose.

« Oui. »

— Savez-vous ce que c'était ? s'enquit Prothall.

Llaura secoua la tête. « Non. »

— Vous a-t-on fait la même chose à tous les deux ?

« Non. »

Le vieillard se mordit la lèvre.

— Vous n'avez pas été abattus, murmura-t-il pensivement. Est-ce le vilmestre qui est responsable de votre état ?

Llaura hocha la tête en frissonnant. « Oui. »

— À cause de lui, vous êtes incapable de parler par moments.

« Non ! »

— Non ?

Prothall réfléchit quelques instants.

— Par les feux de l'enfer ! s'exclama Covenant, agacé. Dites-lui d'écrire !

Llaura fit un signe de dénégation et leva sa main libre. Elle tremblait incontrôlablement.

— Alors, vous ne pouvez pas tout dire, comprit soudain Prothall.

Llaura approuva vigoureusement.

« Oui ! »

— Il y a une chose dont vos agresseurs ne voulaient pas que vous parliez.

« Oui ! »

— Donc… (Le vieillard hésita, comme s'il avait du mal à y croire.) Ils savaient que quelqu'un vous retrouverait – nous, ou d'autres personnes arrivant trop tard pour porter secours à la Haute Sylve.

« Oui ! »

— C'est pourquoi vous avez fui en direction de Sylve-Banian et des stèlages du sud.

Llaura hocha la tête, mais ses épaules s'affaissèrent, comme si Prothall venait de passer à côté d'un point important.

— Par les sept tabernacles, murmura celui-ci en fronçant les sourcils. Ça ne va pas aller. Pour l'interroger correctement, il me faudrait du temps, et mon cœur me dit que nous en avons très peu. Qu'est-ce que ces monstres ont fait à l'enfant ? Comment pouvait-ils savoir que quelqu'un passerait par ici ? Quelles informations détient cette malheureuse – telles qu'un maître ur-vil ne souhaite pas les voir divulguées ? Non, nous devons trouver un autre moyen.

Du coin de l'œil, Covenant vit Varil et Tamarantha étendre leurs couvertures près du feu de camp. Surpris, il s'arracha à sa contemplation de Llaura pour les dévisager. Leur regard était empreint d'une étrange tristesse. Le lépreux ne comprenait pas pourquoi, mais il se rappelait qu'ils avaient su à l'avance ce que Prothall déciderait au sujet de la quête.

— Haut seigneur, lança Birinair sur un ton raide.

Sans quitter Llaura des yeux, Prothall répondit :

— Oui ?

— Ce garnement d'ignessire, Thorm, m'a offert un cadeau de *rhadhamaerl*, révéla Birinair. J'ai presque cru qu'il se moquait de moi, parce que je ne suis plus aussi jeune et aussi fou que lui. C'était de la panseglaise.

— Vous l'avez apportée ? s'enquit Prothall, intéressé.

— Si je l'ai apportée ? Évidemment. Je ne suis pas un imbécile, vous savez, bougonna le magistère. Je l'ai gardée bien humide. Thorm a voulu m'apprendre comment faire ; comme si je ne savais rien !

Maîtrisant son impatience, Prothall réclama :

— Allez la chercher, je vous prie.

Un instant plus tard, Birinair lui tendit un petit récipient plein de boue scintillante.

— Faites attention, murmura Covenant d'une voix éraillée par ses souvenirs. Ça va la faire dormir.

Prothall n'hésita pas. Dans les ténèbres que seuls éclairaient le feu de *lillianrill* et les ultimes braises de l'arbre, il préleva un peu de matière. Les particules dorées accrochèrent la lueur des flammes et brillèrent de plus belle. Tendrement, le haut seigneur étala la substance sur le front, les joues et la gorge de Llaura.

Covenant avait vaguement conscience que Mhoram s'était éloigné. Il avait rejoint ses parents et se disputait avec eux. Varil et Tamarantha s'étaient allongés sur le dos, main dans la main, et il les surplombait, comme pour empêcher une ombre de tomber sur eux. Mais ils ne se laissèrent pas troubler par ses arguments. Tandis qu'il protestait, Tamarantha dit doucement :

— C'est mieux ainsi, mon fils.

Et Varil murmura :

— Pauvre Llaura. C'est tout ce que nous pouvons faire pour elle.

Covenant promena un regard à la ronde. Les guerriers semblaient captivés par l'interrogatoire de la sylvestre, mais Suilécume balayait la clairière du regard sans jamais s'arrêter. Un mauvais pressentiment parcourut l'échine du lépreux tel un frisson glacé et il reporta son attention sur Llaura.

Le premier contact de la panseglaise ne fit qu'accroître la détresse de la jeune femme. Ses traits se crispèrent et un rictus étira ses lèvres en un cri muet. Puis une convulsion violente la secoua et la crise passa. Elle tomba à genoux et pleura de soulagement, comme si l'on venait de retirer un couteau planté dans son esprit.

Prothall s'accroupit près d'elle et l'attira dans ses bras. Sans un mot, il attendit qu'elle se ressaisisse.

Dès qu'elle eut ravalé ses larmes, elle se redressa brusquement et s'exclama :

— Fuyez ! Vous devez fuir ! C'est un traquenard ! Vous êtes piégés !

Mais son avertissement arriva trop tard. Au même moment, Tuvor, qui était parti surveiller les environs, revint en courant.

— Préparez-vous à repousser une attaque, lâcha-t-il. Nous sommes cernés. Les ranyhyn ont été coupés de nous et n'ont pas pu nous avertir. Il va y avoir une bataille. Nous avons juste le temps de nous placer en position.

Covenant mit quelques instants à digérer l'imminence de la menace. Prothall aboya des ordres ; les occupants du campement se dispersèrent. Les miliciens et les sangardes plongèrent dans les tranchées encore vides ou se dissimulèrent dans la base creuse de l'arbre.

— Laissez les chevaux, hurla Tuvor. Les ranyhyn nous rejoindront pour les protéger, s'ils le peuvent.

Prothall confia Llaura et Pietten à Suilécume, qui les plaça seuls dans une fosse et les recouvrit du bouclier métallique. Puis le haut seigneur et Mhoram sautèrent ensemble dans la tranchée située le plus au sud. Mais Covenant demeura planté où il était. Hébété, il regarda Birinair réduire le feu à de simples braises et se plaquer contre le tronc brûlé de l'arbre. Il avait besoin de temps pour comprendre ce que le maître ur-vil avait fait à Llaura. Le tourment de la sylvestre l'engourdissait, émoussait jusqu'à son instinct de survie.

D'abord, elle avait reçu des informations qui auraient pu lui permettre de sauver les seigneurs, puis on l'avait rendue incapable de les communiquer. Ses efforts mêmes pour prévenir les quêteurs avaient entraîné son échec, en garantissant que ses interlocuteurs tenteraient de la comprendre au lieu de s'éloigner sur-le-champ. Pourtant, ce qui lui avait été infligé était futile, gratuit : le piège aurait fonctionné sans cela. Dans chaque facette de son désespoir, Covenant entendait rire le seigneur Turpide.

Soudain, la main de Bannor se posa sur son épaule, le faisant sursauter. Sur un ton aussi désinvolte que s'il lui donnait l'heure, le sangarde lança :

— Venez, seigneur suprême. Vous devez vous cacher. C'est nécessaire.

« Nécessaire ? fulmina Covenant en silence. Vous rendez-vous compte de ce qu'elle a subi ? »

Mais quand il pivota, il vit Varil et Tamarantha toujours allongés près des vestiges du feu, et protégés par deux sangardes seulement.

« Quoi ? » Il en resta bouche bée. « Ils vont se faire tuer ! » Mais une autre partie de son cerveau poursuivit son raisonnement. « Je suis en train d'endurer la même chose. Exactement la même chose. »

— Ne me touchez pas, cracha-t-il à la figure de Bannor. Enfer et damnation ! Combien de fois faudra-t-il que je vous le dise ?

Sans hésitation, le sangarde le souleva et le laissa choir dans une tranchée. C'était tout juste s'il y avait assez de place pour lui : Suilécume emplissait le trou, où il s'était accroupi pour que sa tête ne dépasse pas du sol. Pourtant, Bannor se faufila à sa suite, se positionnant de manière à le protéger de ses bras.

Un silence angoissant s'abattit sur le camp. Enfin, la peur liée à l'attaque rattrapa Covenant. Son cœur fit un bond dans sa poitrine ; de la sueur dégoulina sur son front ; ses nerfs s'embrasèrent, comme si l'on venait de l'écorcher vif. La nausée emplit sa gorge tel un nuage de poussière, menaçant de l'étrangler. Il tenta de déglutir et n'y parvint pas. « Non ! haleta-t-il. Pas comme ça ! Je refuse ! Exactement la même chose, exactement la même chose qu'à Llaura. »

Un hurlement affamé déchira l'air, suivi par un piétinement précipité. Covenant risqua un coup d'œil par-dessus le bord de la fosse et vit que la clairière était cernée par des silhouettes noires aux yeux de lave. Elles se déplaçaient lentement, comme pour laisser à leurs proies une chance de contempler leur propre fin. Un peu en retrait au-dessus de leur tête, une masse sombre battait des ailes.

Covenant eut un mouvement de recul. Affolé, il observa l'attaque comme le paria qu'il était, comme s'il était coupé de la scène.

Tandis que les lémures et les ur-vils resserraient leur cercle autour de la clairière, le mur qu'ils formaient s'épaissit. À chaque pas qu'ils faisaient, les chances que la compagnie parvienne à briser leurs rangs diminuaient. Le grondement de leur approche s'intensifia ; ils piétinaient le sol comme s'ils voulaient écraser l'herbe sous leurs pieds. Le vent de leurs marmonnements souffla sur les tombes. Les lémures hoquetaient tels des fous torturés par l'amour du meurtre ; les ur-vils reniflaient avec un bruit mouillé. Derrière les autres sons, les ailes du griffon scandaient un hymne funéraire.

Les chevaux attachés poussèrent des hennissements déchirants. L'écho de leur terreur incita Covenant à se redresser, juste à temps pour voir que les assaillants ne s'intéressaient pas à eux. Le cercle s'écarta pour les dépasser sans les toucher ; quelques lémures sortirent des rangs pour les détacher et les emmener. Les mustangs, hystériques, se débattirent, mais la force des lémures eut vite raison de leur résistance.

Puis la horde arriva à moins de cent pieds des tranchées. Covenant se recroquevilla. C'était à peine s'il osait respirer. Toute la compagnie était prisonnière, impuissante.

L'instant d'après, une exclamation coléreuse se fit entendre.

— Seulement cinq ?

— Avec tous ces chevaux ?

— Nous avons été trompés !

Enragés par le faible nombre de leurs proies, près d'un tiers des assaillants rompirent les rangs et chargèrent.

Sans hésiter, les quêteurs saisirent leur chance.

Les ranyhyn hennirent. Leur appel combiné retentit dans l'air telles les notes d'une trompette. Ensemble, ils émergèrent des bois à l'est et foncèrent ventre à terre vers les mustangs captifs.

Birinair s'écarta de l'arbre fendu. Brandissant son bâton, il poussa un cri et frappa le bois brûlé de toutes ses forces. Le tronc s'embrasa instantanément, baignant les agresseurs d'une lumière aveuglante.

Prothall et Mhoram bondirent ensemble hors de leur cachette en hurlant :

— *Melenkurion !*

Leurs bâtons flamboyant du feu bleu des seigneurs, ils projetèrent leur pouvoir vers les hideuses créatures. Apeurés, les lémures et les ur-vils les plus proches reculèrent.

Miliciens et sangardes jaillirent des fosses ou s'élancèrent depuis le creux de l'arbre. Derrière eux surgit la silhouette massive de Salin Suilécume, poussant un des rares cris de guerre des géants.

Ponctuée par des hurlements de fureur et de panique, le crépitement du feu et le fracas des armes, la bataille s'engagea.

Les quêteurs étaient dix fois moins nombreux que leurs adversaires.

Depuis son abri, Covenant observa le déploiement de ses alliés. Les sangardes s'égaillèrent rapidement : deux d'entre eux se positionnèrent près de chaque seigneur, un autre rejoignit Birinair et Bannor resta devant la retraite du lépreux. De leur côté, les miliciens formèrent des groupes de cinq. Se couvrant les uns les autres, ils s'efforcèrent d'ouvrir une trouée dans la ligne des attaquants. Mhoram courait en tous sens, cherchant les commandants ennemis pour les abattre. Prothall demeura au centre de la clairière pour fournir un point de ralliement à la compagnie ; il hurlait des avertissements et des ordres aux quatre vents.

Quant à Suilécume, il se battait seul. Déchaîné, il fonçait sur les monstres, frappant avec ses poings ou ses pieds, projetant au loin ceux qui avaient le malheur de passer à sa portée et progressant à longues enjambées vers le cœur de la mêlée. Son cri se changea en un jappement aigu.

Au début, il sembla à Covenant qu'il était assez puissant pour anéantir la horde à lui seul. Mais bientôt, la force des lémures se fit douloureusement sentir. Quatre d'entre eux se jetèrent sur le géant et parvinrent à le renverser. Suilécume se releva aussitôt et se débarrassa d'eux comme de vulgaires poupées de chiffon, mais il était clair qu'il succomberait à un assaut massif.

Varil et Tamarantha n'étaient pas en meilleure posture. Ils gisaient, immobiles, près des braises du feu, tandis que quatre sangardes se démenaient pour les protéger. Certains de leurs assaillants prirent le risque de tirer des flèches, qu'ils déviièrent avec le dos de la main. Des épieux suivirent le même chemin. Puis les lémures chargèrent en brandissant des épées et des bâtons. Sans armes ni renforts, les sangardes se défendirent grâce à leurs réflexes, en décochant des coups de pied et de poing d'une précision ahurissante.

Aussi incroyable que cela semblât, un petit cercle de lémures morts ou inconscients ne tarda pas à se former autour des deux seigneurs. Mais comme Suilécume, les sangardes étaient vulnérables à une éventuelle attaque concertée. Sur l'ordre de Prothall, un groupe de miliciens fonça à leur secours.

Covenant reporta son attention sur Mhoram, qui avait engagé un étrange combat contre les ur-vils – soit une trentaine ou une quarantaine d'individus, car ils étaient beaucoup moins nombreux que les lémures. Ils avaient formé un triangle derrière le plus grand d'entre eux, leur maître. Ainsi pouvaient-ils focaliser leur pouvoir sur lui. Celui-ci maniait un cimeterre à la lame de feu, auquel Mhoram opposait son bâton enflammé. Chaque fois que leurs armes s'entrechoquaient, une pluie d'étincelles brûlantes s'abattait autour de leurs pieds.

Puis la bataille s'étira vers la tranchée de Covenant. Des silhouettes bondirent au-dessus de lui. Bannor tournoyait comme un derviche pour écarter la menace. Quelques instants plus tard, une guerrière le rejoignit.

C'était la sylvestre qui s'était fixé pour tâche de pourvoir aux moindres besoins de Covenant. Ensemble, ils luttèrent pour le maintenir en vie.

Le lépreux porta les mains à sa poitrine, comme pour protéger son anneau. Inconsciemment, ses doigts agrippèrent le métal.

À travers les jambes qui s'agitaient par-dessus sa tête, il aperçut Prothall. Utilisant son bâton étincelant comme une lance, le haut seigneur se battait contre le griffon, dont les ailes faillirent le renverser. Mais il parvint à conserver son équilibre et son feu bleu fusa vers le haut. Malheureusement, un vilmestre était juché sur le dos de la créature et parait ses attaques à l'aide d'un bâton noir.

Covenant continua à observer. Le combat prit un tour désespéré. Partout où se portait son regard, des silhouettes tombaient, se relevaient et chutaient à nouveau. Du sang l'éclaboussa. De l'autre côté de la clairière, Suilécume s'extirpa péniblement d'une masse grouillante de lémures et fut aussitôt submergé par la vague suivante. Face au griffon, Prothall vacilla et mit un genou en terre. Le triangle d'ur-vils forçait Mhoram à reculer sans lui laisser aucun répit ; les deux sangardes qui le flanquaient avaient fort à faire pour protéger ses arrières.

Covenant avait l'impression d'étouffer.

Déjà, deux guerriers étaient tombés en défendant Varil et Tamarantha. Trois lémures munis d'épieux attaquèrent simultanément un des sangardes et la vieille femme allongée derrière lui. Le sangarde réussit à briser le premier pieu d'une manchette et bondit par-dessus le deuxième pour frapper à coups de pied la tête de son porteur. Malgré sa rapidité, le troisième assaillant le saisit par le bras et le premier crocheta ses doigts autour de sa cheville. Pendant qu'ils l'immobilisaient, leur compagnon fit mine de lui plonger son arme dans le ventre.

Paralysé par l'impuissance, Covenant regarda le captif se débattre pour s'écarter de la trajectoire de la pointe acérée, mais être touché au flanc. L'instant d'après, il assenait un violent coup de genou dans l'entrejambe des lémures qui le tenaient. Ceux-ci le lâchèrent et titubèrent. Il s'écroula et roula sur lui-même. Mais le dernier de ses ennemis lui décocha un coup si brutal qu'il l'envoya voler au loin.

La voie étant dégagée, le lémure poussa un hurlement de triomphe et s'élança, brandissant son épieu à deux mains pour empaler Tamarantha.

Le danger qui la menaçait eut raison de la peur de Covenant. Sans réfléchir, il bondit hors de son abri et fonça vers elle. Elle était si fragile et si vulnérable qu'il ne put s'en empêcher.

— À terre ! hurla la sylvestre.

La soudaine apparition du lépreux au cœur de la mêlée l'avait distraite. Du coup, elle rata sa parade et la lame d'une épée lui ouvrit le côté. Covenant ne la vit pas s'effondrer. Déjà, il courait vers Tamarantha en pensant qu'il arriverait trop tard.

Le lémure abattit son arme.

Au dernier moment, le sangarde sauva sa protégée en plongeant sur elle et en arrêtant l'épieu avec son dos.

Covenant se jeta sur le lémure et tenta de le poignarder avec son couteau. Mais la lame se tordit dans sa main droite mutilée et il ne réussit qu'à lui égratigner l'omoplate. L'impact lui arracha l'objet des doigts.

Le lémure fit volte-face et, d'un revers brutal, projeta Covenant à terre. Sonné, il mit un moment à se ressaisir. Bannor lui sauva la mise en attaquant son agresseur, qui riposta, comme ragaillardi par sa victoire contre le sangarde. Il dévia les coups de Bannor, l'enveloppa de ses longs bras musclés et commença à serrer. Bannor le frappa au visage, visant ses yeux et ses oreilles, mais la créature démente se contenta de resserrer son étreinte.

Une rage primitive s'empara de Covenant. Encore à demi assommé, il tituba vers la silhouette immobile de Tamarantha et s'empara du bâton posé près d'elle. Elle n'esquissa pas le moindre geste pour l'en empêcher et il ne lui demanda pas sa permission. Pivotant, il le fit tournoyer au-dessus de sa tête et l'abattit de toutes ses forces sur le crâne du lémure.

Il y eut une explosion de pouvoir blanc et écarlate, puis le lémure tomba raide mort.

La déflagration silencieuse aveugla momentanément le lépreux. Mais il reconnut sa lueur rouge malsaine. Comme sa vision s'éclaircissait, il fixa ses mains. Son alliance. Il ne se souvenait pas de l'avoir arrachée au morceau de *glutor* collé sur sa poitrine. Pourtant, elle encerclait son annulaire gauche et battait, sous l'influence de la lune dissimulée par les nuages.

Un autre lémure se dirigea vers Covenant qui, instinctivement, frappa de nouveau. La victime s'écroula dans un éclair écarlate.

À cette vue, la fureur d'antan du lépreux rejaillit. La violence oblitéra sa raison et il hurla le nom du Rogue, comme si celui-ci se tenait devant lui. Il chargea vers le cœur de la mêlée en faisant de grands moulinets désordonnés, abattit un lémure, puis un autre, et encore un. Il ne regardait pas où il allait. Après avoir porté son cinquième coup, il tomba dans une tranchée.

Pendant un long moment, il y demeura allongé tel un mort. Quand il se redressa enfin, il tremblait de dégoût.

Au-dessus de lui, la bataille se poursuivait fiévreusement. Il ne pouvait pas juger combien d'attaquants avaient été tués ou neutralisés. Mais l'affrontement avait dû atteindre un tournant car, soudain, la compagnie changea de tactique. Prothall s'enfuit devant le griffon pour porter secours à Suilécume. Lorsque le géant se releva, dégoulinant de sang, il pivota vers la créature, tandis que le haut seigneur joignait ses forces à celles de Mhoram pour combattre les ur-vils. Bannor surplombait Covenant ; Quaan ralliait les survivants de sa phalange autour de Varil et de Tamarantha.

Un instant plus tard, les ranyhyn poussèrent un hennissement. Ayant libéré les mustangs, ils chargèrent les forces ennemies. Alors que leurs sabots et leurs dents s'abattaient sur les lémures, Prothall et Mhoram brandirent leurs bâtons enflammés d'un même geste pour bloquer une attaque du maître ur-vil. Le cimeterre brûlant éclata en une nuée de fragments de lave et le contrecoup du pouvoir eut raison de son porteur. Aussitôt, les ur-vils se déplacèrent pour combler la brèche et opposer un nouveau chef à leurs adversaires. Mais le plus fort d'entre eux avait péri et ils commencèrent à reculer.

De l'autre côté du champ de bataille, Suilécume prit le griffon par surprise, alors qu'il harcelait les guerriers déployés autour de Varil et Tamarantha. Avec un rugissement, Suilécume bondit dans les airs et l'entoura de ses bras puissants, le plaquant à terre. Tous deux roulèrent sur l'herbe humide de sang. Le cavalier du monstre fut éjecté et Quaan le décapita avant qu'il puisse lever son bâton.

Le griffon glapit sa rage et sa douleur. Il se débattit dans l'étreinte de Suilécume, tenta de l'atteindre avec ses griffes et ses crocs. Mais le géant le serrait, bandant ses muscles afin de le tuer avant qu'il se retourne et le taille en pièces.

Il y réussit. Comme il exerçait une pression furieuse, il entendit les vertèbres émettre un craquement de protestation dans le dos de la créature, qui poussa un dernier cri et mourut. Un instant, Suilécume demeura affalé près de sa carcasse, pantelant. Puis il se releva maladroitement. Son front avait été entamé jusqu'à l'os.

Cela ne l'arrêta pas. Essuyant le sang qui coulait dans ses yeux, il s'élança et se jeta de tout son long sur le triangle d'ur-vils. La formation s'écroula sous l'impact.

Les ur-vils décidèrent aussitôt de fuir. Avant que le géant puisse se relever, ils avaient déjà disparu dans les ténèbres.

Leur défection parut saper le courage dément des lémures qui n'étaient plus capables d'encaisser le feu seigneurial. La panique se répandit dans leurs rangs depuis l'extrémité des bâtons, flamboyant et explosant dans leurs cœurs soudain réduits à du bois d'allumettes.

Un cri de défaite se propagea à travers la horde. Les lémures firent volte-face et prirent leurs jambes à leur cou. Hurlant leur déconfiture, ils s'éparpillèrent à grands bonds. Leurs jointures saillantes tressautaient de façon grotesque, mais leur force et la longueur de leurs membres leur donnaient une grande vélocité. En quelques instants, le dernier d'entre eux eut quitté la clairière.

Suilécume se lança à leur poursuite. Vociférant des malédictions, il les chargea comme s'il voulait tous les pulvériser sous ses talons. L'obscurité se referma sur lui et bientôt, elle étouffa jusqu'au bruit de sa course. Mais de temps en temps, elle laissait échapper un cri étranglé quand il rattrapait un fuyard.

Tuvor demanda à Prothall s'il devait envoyer des sangardes prêter main-forte au géant, mais le haut seigneur secoua la tête.

— Nous en avons bien assez fait, soupira-t-il. Souvenez-vous du serment de paix.

Puis l'épuisement et le soulagement submergèrent les quêteurs. Pendant quelques minutes, ils observèrent un silence ponctué par leur souffle haletant et les grognements des lémures neutralisés. Personne ne bougeait ; aux oreilles de Covenant, ce silence sonnait comme une prière.

Le lépreux s'extirpa maladroitement de la tranchée. Promenant un regard voilé à la ronde, il contempla les dégâts de la bataille.

Des lémures gisaient en tas désordonnés autour du campement. Ils étaient près d'une centaine, morts, mourants ou inconscients et leur sang recouvrait le paysage telle une rosée écarlate. Covenant compta dix carcasses d'ur-vils. Cinq miliciens ne chevaucheraient plus jamais avec leur phalange et aucun guerrier survivant ne s'en était tiré indemne. Un seul sangarde avait succombé.

Avec un soupir accablé qui démentait ses paroles, Prothall commenta :

— Nous avons eu de la chance.

— De la chance ? répéta Covenant, hébété.

— Oui. (Une pointe de colère perça dans la voix chevrotante du vieillard.) Songez que nous aurions pu tous mourir. Imaginez que cette attaque ait eu lieu un soir de pleine lune. Dites-vous que pendant que Sialon concentre son attention sur nous, il ne renforce pas les défenses du mont Tonnerre. C'est un prix bien faible... (Il faillit s'étrangler.) Bien faible que nous avons payé pour notre vie et notre espoir.

Covenant ne répondit pas. Des images de violence lui faisaient tourner la tête. Les sylvestres étaient morts, les lémures, les ur-vils, la guerrière qui s'était dévouée à sa protection... Il ne connaissait même pas son nom. Suilécume avait tué – lui-même avait tué cinq – cinq...

Il tremblait de tous ses membres, mais avait besoin de parler, de se défendre. Il était malade d'horreur.

— Suilécume a raison, lâcha-t-il d'une voix rauque. C'est l'œuvre de Turpide.

Personne ne parut l'entendre. Les sangardes se dirigèrent vers les ranyhyn et revinrent avec celui de leur défunt camarade. Soulevant son corps avec douceur, ils le déposèrent sur le dos de sa monture et l'y attachèrent avec des lanières de *glutor*. Puis ils lui adressèrent un salut muet et le ranyhyn s'éloigna au galop, emportant son cavalier mort vers la chaîne Ouestronne et le col de la Sangarde, le ramenant chez lui.

— C'est Turpide qui a organisé cette attaque, insista Covenant.

Lorsque le ranyhyn eut disparu dans la nuit, certains sangardes pansèrent les blessures de leurs chevaux pendant que d'autres se postaient en sentinelles autour de la clairière. Les miliciens examinèrent les lémures et séparèrent les vivants des morts. Ceux qui étaient encore valides furent remis sur pied et chassés du campement. Les autres furent entassés sur le côté nord de l'arbre pour y être incinérés.

— Ça signifie deux choses, poursuivit Covenant en luttant pour maîtriser le tremblement de sa voix. D'abord, il veut nous donner une leçon – comme il en a donné une à Llaura, comme il continue de m'en donner une. Il nous révèle ce qu'il est en train de nous faire parce qu'il est certain que ça ne nous aidera pas. Il a l'intention de puiser dans notre désespoir.

Avec l'aide de deux guerriers, Prothall délivra Llaura et Pietten de leur fosse. La sylvestre paraissait à bout de forces ; c'était tout juste si elle tenait encore debout. Mais le garçon passa ses mains sur l'herbe imbibée de sang et se lécha les doigts.

Covenant se détourna.

— Ensuite, il veut vraiment que nous atteignions Sialon, et peu lui importe que nous succombions ou non face à lui. Il l'a poussé à nous attaquer pour qu'il ne soit pas occupé à se défendre. Donc, il doit savoir ce que nous faisons, même si Sialon l'ignore.

Prothall semblait troublé par les cris intermittents qui résonnaient dans le lointain, mais Mhoram n'y prêtait pas attention. Tandis que le reste de la compagnie vaquait à ses occupations, il alla s'agenouiller près de ses parents. Il se pencha vers eux et se raidit.

— Je suis en train de vous dire que tout cela fait partie du plan de Turpide ! s'emporta Covenant. Par les feux de l'enfer, pourquoi ne m'écoutez-vous pas ?

Mhoram se releva brusquement et lui fit face. Il se mouvait comme s'il était sur le point de lui lancer une malédiction à la tête. Mais ses yeux pleuraient des larmes de sang et ce fut en sanglotant qu'il annonça :

— Ils sont morts. Varil et Tamarantha mes parents. Mon père et ma mère. Corps et âme.

Alors, Covenant distingua les reflets bleuâtres de la mort sur leur peau ridée.

— C'est impossible ! s'exclama un guerrier. J'ai tout vu ! Aucune arme ne les a touchés. Les sangardes les ont protégés.

Prothall se dirigea hâtivement vers les vieillards. Il palpa leur cœur et leur tête, puis son dos s'affaissa et il soupira :

— Le résultat est le même.

Varil et Tamarantha souriaient.

Les guerriers s'interrompirent ; en silence, ils mirent de côté leur chagrin et leur fatigue pour s'incliner respectueusement devant Mhoram et les défunts. Celui-ci s'accroupit, et prit Varil et Tamarantha dans ses bras. Leurs os frêles étaient aussi légers que s'ils avaient perdu le poids de la mortalité. Les joues de Mhoram brillaient, mais ses épaules avaient recouvré leur fermeté.

Un épais brouillard s'était abattu sur l'esprit de Covenant. Tandis qu'il errait dans ses volutes, le vent arracha ces mots à sa gorge :

— Voulez-vous dire que nous… ? Que je… ? Tout ça pour deux cadavres ?

Mhoram n'eut pas l'air de l'entendre. Mais une grimace tordit les traits de Prothall et Quaan rejoignit le lépreux d'un bond. Le prenant par le coude, il lui chuchota à l'oreille :

— Ouvrez encore la bouche et je vous casse le bras.

— Ne me touchez pas, répliqua Covenant.

Toute agressivité avait déserté sa voix et il se soumit.

Autour de lui, les quêteurs se disposèrent comme pour un rituel. Prothall confia son bâton à l'un des guerriers ; puis il récupéra ceux des seigneurs morts et les posa telle une offrande en travers de ses bras tendus. Tenant Varil et Tamarantha debout contre lui, Mhoram pivota vers le brasier de l'arbre. Au terme d'un long silence douloureux, il se mit à chanter, à peine plus fort que le murmure d'une rivière coulant entre des berges paisibles.

La mort fauche la beauté du monde,
Elle récolte les plantes âgées
Pour en laisser pousser de nouvelles.
Sois sage, mon cœur,
Demeure en paix.
La croissance vaut mieux que la pourriture ;
J'entends la lame qui tranche la vie.
Sois sage, ma paix,
Garde ton courage.
La mort n'est qu'un passage,
Elle fait de la place et du temps pour la vie.
Il faut haïr l'agonie et le meurtre,
Mais pas la mort.
Sois sage, mon cœur,
Ne te révolte pas.
Berce ta paix et ta douleur
Et sois sage.

Lorsque Mhoram se tut, ses épaules tressautèrent, secouées de sanglots.

— Ah, Créateur ! s'exclama-t-il d'une voix brisée. Comment puis-je les honorer ? Je suis frappé en plein cœur et consumé par la tâche qui s'offre à moi.

À la lisière du cercle de lumière répandu par le feu, la ranyhyn Hynaril poussa un hennissement déchirant. Elle se cabra, laboura l'air de ses sabots, puis fit demi-tour et partit au galop vers l'est.

De nouveau, Mhoram murmura :

Sois sage, mon cœur,
Ne te révolte pas.
Berce la paix et le chagrin,
Et sois sage.

Très doucement, il déposa le corps de Varil dans l'herbe et souleva Tamarantha.

— Salut à toi ! articula-t-il d'une voix rauque.

Il cala sa mère dans la fente de l'arbre et, avant que les flammes puissent noircir sa peau ridée, plaça Varil près d'elle.

— Salut à toi ! répéta-t-il.

Le sourire complice des vieillards se détacha un moment au milieu du brasier. Puis le feu les dévora ensemble.

« Déjà morts, songea Covenant en son for intérieur. Ce sangarde s'est fait tuer pour les protéger et ils étaient déjà morts ! Oh, Mhoram ! » Dans sa confusion, le lépreux n'arrivait pas à démêler sa colère de son chagrin.

Les yeux enfin secs, Mhoram reporta son attention sur la compagnie.

— Mes amis, allez en paix. Varil et Tamarantha ne sont plus. Ils connaissaient l'instant de leur mort. Ils ont lu la fin de leur vie dans les cendres de la Haute Sylve et c'est avec joie qu'ils nous ont servis jusque dans leur dernier sommeil. Ils ont choisi de concentrer l'attaque sur eux afin que nous en réchappions. Qui oserait dire qu'ils n'ont pas été à la hauteur, qu'ils se sont dérobés face à leur plus grand défi ? Souvenez-vous du serment et préservez la paix.

Ensemble, les miliciens exécutèrent l'adieu rituel, écartant les bras comme pour découvrir leur cœur aux morts.

— Salut à vous ! cria Quaan.

Puis il entraîna ses hommes vers les cadavres des sylvestres et des lémures, pour finir d'enterrer les premiers et incinérer les seconds.

Après le départ de la phalange, Prothall dit à Mhoram :

— Tiens. Le bâton du seigneur Varil – du père au fils. Si nous survivons à cette quête et connaissons à nouveau une ère de paix, apprends à le contrôler. Il fut jadis à un haut seigneur.

Mhoram accepta son héritage en s'inclinant.

Prothall hésita, puis se tourna vers Covenant.

— Vous avez utilisé le bâton de Tamarantha. Reprenez-le. Il pourra encore vous servir. Il amplifiera le pouvoir de votre anneau bien mieux que le vôtre. Le *lillianrill* n'œuvre pas de la même façon que les seigneurs et vous êtes désormais le seigneur suprême, Thomas Covenant.

Le lépreux se souvenait du feu écarlate qui avait jailli du bois pour tuer, et tuer encore. Il secoua la tête.

— Brûlez-le.

Une lueur dangereuse passa dans le regard de Mhoram. Prothall se contenta de hausser les épaules, de porter l'instrument jusqu'au brasier et de le placer dans la fente du tronc.

Un instant, les extrémités métalliques étincelèrent comme si elles étaient faites de vert-de-gris.

— Prenez garde ! s'écria Mhoram.

Face aux projections brûlantes, les quêteurs reculèrent vivement.

Le bâton émit un craquement sonore, pareil à celui d'entraves qui se brisent. Il y eut une explosion de flammes bleues et l'arbre foudroyé s'abattit sur le sol dans une nuée de fragments, s'écroulant comme si son cœur avait enfin péri.

Un peu plus loin, Covenant entendit Birinair ricaner :

— Contemplez l'œuvre de l'Incrédule.

— Ne me touchez pas, marmonna-t-il.

Il avait peur de réfléchir. Autour de lui, les ténèbres grouillaient telles des ailes de vautour taillées dans le velours de la nuit. Des horreurs indéfinissables le traquaient. Il se sentait semblable à une goule. Il ne supportait pas la lueur ensanglantée de son alliance, détestait ce qu'il était devenu. Il promena un regard vindicatif à la ronde, comme s'il cherchait la bagarre.

Soudain, Salin Suilécume reparut.

Il émergea de l'obscurité telle une icône de massacre. Tout son corps dégoulinait de sang. La plaie de son front avait inondé son visage d'un masque sombre et humide, à travers lequel ses yeux paraissaient misérables. Des lambeaux de chair de lémure pendaient encore à ses doigts.

Pietten tendit un index vers lui et écarta les lèvres en une grimace carnassière. Aussitôt, Llaura lui prit la main et l'entraîna vers la couche que les miliciens avaient préparée pour eux.

Pleins de sollicitude, Prothall et Mhoram se portèrent à la rencontre de Suilécume, qui les contourna et se dirigea vers le feu. Avec un grognement de pierre qui se fend, il se laissa tomber à genoux devant le brasier, comme s'il voulait s'y réchauffer l'âme.

Covenant s'approcha. La douleur manifeste de Suilécume faisait monter sa colère jusqu'à l'extrême. Lui-même avait tué cinq lémures. Cinq ! Son anneau était couvert de sang !

— Alors, cria-t-il, tu t'es bien amusé ?

De l'autre côté du camp, Quaan poussa un sifflement menaçant. Prothall rejoignit Covenant et lui dit tout bas :

— Ne le tourmentez pas, je vous en prie. C'est un géant. Il est en train de subir la *caamora*, le feu du chagrin. N'y a-t-il pas déjà eu assez de souffrance, cette nuit ?

« J'ai tué cinq lémures ! », voulut hurler Covenant.

Mais Suilécume semblait hypnotisé par les flammes, incapable de l'entendre. Prostré, il s'écria d'une voix vibrante :

— Ah ! frères et sœurs, m'avez-vous observé ? Avez-vous vu ce que j'ai fait ? Oui, nous en sommes arrivés là. Géants mes semblables, je ne suis pas seul. Je vous sens en moi ; je perçois votre volonté dans la mienne. Vous n'auriez pas agi différemment ; vous auriez éprouvé la même chose que moi, vous auriez été solidaires de ma douleur. Et voilà le résultat ! Par la pierre et la mer ! Nous sommes diminués. Notre patrie perdue et notre semence affaiblie ont sapé nos forces. Demeurons-nous fidèles, néanmoins ? Ah ! géants mes semblables, et si c'était notre ténacité qui avait provoqué cette tragédie ? Regardez-moi ! Me trouvez-vous admirable ? J'empeste la haine et la mort inutile.

Un vent glacé soufflait à travers ses paroles. Rejetant la tête en arrière, il entonna une sourde psalmodie.

Son chant funèbre se poursuivit jusqu'à ce que Covenant ait envie de hurler. Il voulait étreindre Suilécume ou lui donner des coups de pied pour le faire taire. Une frénésie croissante lui picotait le bout des doigts. « Arrête-toi, gémit-il en lui-même. Je ne le supporte pas ! »

Un instant plus tard, Suilécume inclina la tête et se tut. Il resta immobile un long moment, comme s'il se préparait à quelque épreuve. Puis il demanda sur un ton monocorde :

— Qui avons-nous perdu ?

— Très peu des nôtres, répondit Prothall. Nous avons eu de la chance. Ton courage nous a bien servis.

— Qui ? répéta le géant.

Avec un soupir, Prothall nomma les cinq miliciens, le sangarde, Varil et Tamarantha.

— Par la pierre et la mer ! s'exclama Suilécume.

Ses épaules se convulsèrent et il plongea ses mains dans le feu. Les guerriers hoquetèrent ; Prothall se raidit à côté de Covenant, mais nul n'osa interférer.

La souffrance étira les traits de Suilécume. Ses yeux semblaient sur le point de jaillir de leurs orbites ; pourtant, il ne bougea pas. Il garda ses mains dans les flammes, comme si elles pouvaient le guérir ou, du moins, consumer le sang qui le maculait – effacer la souillure des vies qu'il avait fauchées, à défaut de cautériser ses plaies. Mais sa douleur se lisait sur son front. Les violentes palpitations du chagrin brisèrent la croûte de sa blessure ; du sang recommença à couler autour de ses yeux, le long de ses joues et dans sa barbe.

« Par les feux de l'enfer ! »

Haletant, Covenant s'écarta de Prothall. Il s'approcha du géant agenouillé et articula sur un ton caustique :

— Maintenant, il faudrait vraiment que quelqu'un rie de toi.

Sa tête arrivait tout juste au niveau des aisselles de Suilécume.

Le géant ne réagit pas tout de suite. Puis ses épaules s'affaissèrent. Très lentement, comme s'il répugnait à cesser de se torturer, il retira ses mains du feu. Surpris, Covenant vit qu'elles n'étaient pas brûlées, mais que le sang qui les tachait avait disparu. Elles étaient aussi propres que si elles avaient été vigoureusement frottées avec le savon de l'absolution.

La douleur raidissait encore les doigts du géant et il les fléchit péniblement avant de tourner son visage vers Covenant.

— Ne sens-tu rien ? lui demanda-t-il en le fixant droit dans les yeux.

— Sentir ? Je suis lépreux.

— Pas même pour Pietten, un enfant ? insista Suilécume.

Covenant eut envie de se suspendre au cou du géant, d'accepter sa terrible empathie comme une réponse à son dilemme. Mais il savait que ça ne suffirait pas.

— Nous aussi, nous les avons tués, croassa-t-il. *J'ai tué*... Je ne suis pas différent d'eux.

Il se détourna brusquement et s'éloigna dans les ténèbres pour dissimuler sa honte. Le champ de bataille était un endroit tout désigné pour lui ; ses narines, imprégnées de la puanteur de la mort, ne la captaient même plus. Au bout d'un moment, il trébucha et s'affala sur le sol ensanglanté, au milieu des cadavres, des tombes et des bûchers funéraires.

Des enfants ! Il était la cause de leurs hurlements et de leur agonie. Turpide avait attaqué la Haute Sylve à cause de son alliance.

— Pas encore… Je refuse…

Sa voix était vide de sanglots.

« Je ne tuerai plus jamais », pensa-t-il.

18

Les plaines de Ra

Malgré le champ de bataille – l'âcre fumée des flammes, de la chair et du pouvoir –, malgré les tranchées toutes proches où les morts étaient entassés comme des résidus carbonisés – accumulation de douleur dont seule la terre pouvait désormais avoir l'usage –, malgré son identité déchiquetée et piétinée, Covenant dormit. Pendant le reste de la nuit, les autres survivants de l'attaque s'affairèrent pour ensevelir ou incinérer les cadavres amis et ennemis, mais Covenant dormit. Une agitation inconsciente montait des profondeurs de son être comme une SVE perpétuellement reconduite, et il passa plusieurs heures à répéter dans ses rêves : « Bras gauche, de l'épaule au poignet ; main gauche, dos, paume et doigts ; bras droit ; poitrine ; ventre ; jambe gauche… »

Il s'éveilla dans la lueur blafarde d'une aube sinistre. Il se releva en frissonnant et découvrit que, durant son sommeil, ses compagnons avaient fini leur macabre labeur. Ils avaient rempli et recouvert de terre chaque tranchée, avant d'y planter de jeunes sapins dénichés par Birinair. À présent, ils gisaient affalés sur le sol, cherchant un semblant de vigueur dans les tréfonds de leur épuisement. Prothall et Mhoram étaient occupés à préparer le petit déjeuner, et les sangardes harnachaient les chevaux.

Un rictus de dégoût tordit les traits de Covenant. Lui seul n'avait pas fait sa part de travail. Il baissa les yeux vers sa robe ; le brocart était raidi et noir de sang séché. « Une tenue appropriée pour un lépreux, songea-t-il, un impur. »

Il était plus que temps pour lui de prendre une décision, de se positionner au sein de cet impossible dilemme. Appuyé sur son bâton dans l'aube sépulcrale, il sentit qu'il avait atteint le terme de son évasion. Il avait perdu la trace de ses rituels de protection, la possibilité de dissimuler son anneau, et jusqu'à ses bottes, si solides ; et il avait versé le sang. Il avait provoqué la destruction de la Haute Sylve. Trop préoccupé par sa lutte contre une forme de folie, il n'avait pas vu le délire vers lequel sa fuite l'entraînait.

Il devait continuer à avancer ; il l'avait appris à ses dépens. Mais cela lui posait toujours le même problème. Qu'il s'impliquât dans les affaires du Fief, ou non, il sombrerait dans la démence. Il devait faire un choix, trouver des fondations quelque part et s'y accrocher. Il ne pouvait ni accepter ni nier la réalité du Fief. Il avait besoin d'une réponse. Sans cela, il se retrouverait prisonnier, comme Llaura ; les ricanements triomphants du seigneur Turpide le perdraient parce qu'il avait refusé de se perdre tout seul.

Mhoram, qui remuait le contenu d'une marmite, leva les yeux et vit son expression atterrée.

— Qu'est-ce qui vous trouble de si bon matin, mon ami ? lui demanda-t-il.

Un instant, le lépreux le fixa sans répondre. Mhoram semblait avoir vieilli de vingt ou trente ans pendant la nuit. La fumée et la crasse de la bataille maculaient encore son visage, accentuant les rides sur son front et autour de ses yeux. Son regard était voilé par la fatigue. Mais le dessin de sa bouche conservait sa douceur, et sous sa robe souillée, ses mouvements étaient calmes et précis.

Le ton sur lequel il avait dit « mon ami » fit frémir Covenant. Dans sa situation, il ne pouvait pas se permettre d'être l'ami de quiconque. Il répugnait à demander pourquoi le bâton de Tamarantha était devenu si violent entre ses mains. Pour masquer son appréhension, il se détourna et se mit en quête de Suilécume.

Celui-ci était assis dos au dernier fragment éteint de la Haute Sylve. De la suie et du sang noircissaient son visage ; sa peau avait la couleur d'un nœud de bois pourri. Pourtant, elle pâlissait à côté de la blessure à son front. Des morceaux de chair déchirée pendaient sur ses arcades sourcilières et des gouttes de sang frais suintaient du bord de la plaie, telles des pensées écarlates filtrant par une fente de son crâne. L'outre d'eau de roche calée sous le bras droit, il observait Llaura, qui s'occupait de Pietten.

Covenant s'approcha de lui, mais avant qu'il puisse ouvrir la bouche, Suilécume lança :

— As-tu pensé à eux ? Sais-tu ce qu'on leur a fait ?

Ces questions projetèrent des échos ténébreux dans l'esprit de Covenant.

— Je sais ce que Llaura a subi.

— Et Pietten ? Cet enfant si jeune ?

Il haussa maladroitement les épaules.

— Réfléchis, l'Incrédule ! (La voix du géant était pleine de trouble.) Moi, je suis perdu. Tu peux sûrement le comprendre.

Au prix d'un gros effort, Covenant répondit :

— La même chose que nous. Et que Llaura. (Il marqua une pause et ajouta sur un ton mordant :) Et que les lémures.

Suilécume se rembrunit.

— Nous allons détruire ce que nous cherchons à préserver, poursuivit le lépreux. Telle est l'essence de la méthode de Turpide. Pietten est un présent de sa part – l'exemple concret de ce que nous allons infliger au Fief en tentant de le sauver. Le Rogue avait suffisamment confiance en lui pour nous l'envoyer. Et ce type de prophétie entraîne toujours son propre accomplissement.

Alors, Suilécume fixa Covenant comme s'il venait de lui lancer une malédiction. Le lépreux tenta de soutenir son regard, mais une honte subite lui fit baisser la tête. Il examina l'herbe calcinée. Certains endroits semblaient moins ravagés que d'autres, comme si le feu seigneurial avait provoqué des dommages moins irrémédiables que la puissance des ur-vils.

— Tu oublies qu'il existe une différence entre un prophète et un devin, lâcha Suilécume au bout d'un moment. Voir l'avenir, ce n'est pas la même chose que le prédire.

Covenant ne voulait pas y penser. Pour changer de sujet, il demanda :

— Pourquoi n'as-tu pas utilisé la panseglaise pour soigner ta blessure ?

Ce fut au tour du géant de baisser les yeux. Sur un ton lointain, il répondit :

— Il n'en restait plus. (Ses mains s'ouvrirent et se refermèrent en un geste d'impuissance.) Certains de nos compagnons étaient mourants. D'autres risquaient de perdre un bras ou une jambe. Et… (Sa voix se brisa.) Et j'ai pensé que je pouvais faire quelque chose pour Pietten. Ce n'est qu'un enfant, insista-t-il en levant un regard implorant vers Covenant. Mais un des lémures était en train d'agoniser et il souffrait tant !

Un nouveau filet de sang coula le long de sa joue.

— Par la pierre et la mer ! gémit-il. Je n'ai pas pu le supporter. Malgré tous les blessés qu'il devait soigner, l'hospitalier Birinair avait gardé un peu de panseglaise pour moi. Et je l'ai donnée au lémure. Pas à Pietten, au lémure. Parce qu'il souffrait.

Il renversa la tête en arrière et but une longue gorgée d'eau de roche. Puis il s'essuya le front d'un revers rageur.

Covenant scruta son visage torturé. Parce qu'il ne trouvait pas d'autres mots pour lui témoigner sa compassion, il s'enquit :

— Comment vont tes mains ?

— Mes mains ? répéta Suilécume sans comprendre. Ah ! la *caamora*. Mon ami, je suis un géant. Aucun feu ordinaire ne peut me blesser. Mais la douleur… Elle enseigne beaucoup de choses. (Ses lèvres frémirent de dégoût.) On raconte que les géants sont taillés dans le granit. Ne t'inquiète pas pour moi.

Impulsivement, Covenant répliqua :

— Dans certaines parties du monde d'où je viens, de minuscules vieilles femmes passent leurs journées à taper sur des blocs de granit avec un vulgaire marteau. Ça leur prend du temps, mais elles finissent toujours par les changer en un tas de petits morceaux.

Suilécume réfléchit brièvement avant de demander :

— Est-ce une prophétie, seigneur suprême ?

— Va savoir. Je n'en reconnaîtrais pas une si elle me tombait dessus, avoua le lépreux.

— Moi non plus.

Un faible sourire passa sur les lèvres du géant.

Peu de temps après, Mhoram annonça que le petit déjeuner était prêt. Avec des grognements mal contenus, les guerriers se redressèrent et se traînèrent vers le feu. Suilécume les imita en titubant.

La vue et l'odeur de la nourriture rappelèrent à Covenant qu'il devait prendre une décision sans tarder. Il était affamé, mais quand il tendit la main pour saisir un morceau de pain, il vit son bras couvert de cendres et de sang. Il avait tué.

L'aliment lui échappa et roula sur le sol. Ça n'allait pas du tout. Manger était une forme de soumission à la réalité physique du Fief. Il ne pouvait pas se le permettre.

« Il faut que je réfléchisse », se dit-il.

Le vide de son estomac et de son cœur le bombardait d'exigences, mais il refusa de céder. Il but une gorgée de guinguet pour s'éclaircir la gorge, puis se détourna du feu. Suilécume, Prothall et Mhoram lui jetèrent un regard interrogateur mais ne firent pas de commentaire.

Il devait se mettre à l'épreuve, découvrir une réponse qui restaurerait ses capacités de survie. Aussi résolut-il de ne rien avaler jusqu'à ce qu'il l'ait trouvée. La faim lui donnerait peut-être assez de lucidité pour résoudre la contradiction fondamentale de son dilemme.

Toutes les armes abandonnées avaient été entassées sur un côté de la clairière. Covenant s'approcha de la pile et y récupéra son couteau. Mû par une obscure impulsion, il se dirigea vers les chevaux pour voir si Dura avait été blessée. En apprenant qu'elle était indemne, il éprouva un vague soulagement. Il ne voulait en aucun cas être forcé de monter un ranyhyn.

Dès qu'ils eurent fini leur repas, les guerriers levèrent le camp. Alors que Covenant se hissait sur le dos de Dura, il entendit les sangardes pousser un sifflement aigu. Leur appel demeura suspendu dans l'air pendant quelques secondes. Puis les ranyhyn arrivèrent au galop – crinières et queues flamboyant comme si elles étaient en feu, sabots martelant le sol en rythme – neuf destriers aussi vifs et sains que le pouls du Fief. Leurs hennissements joyeux trahissaient leur excitation de rentrer bientôt chez eux, dans les plaines de Ra.

Mais les compagnons qui, ce matin-là, quittèrent la Haute Sylve anéantie ne ressentaient ni joie ni excitation. La phalange de Quaan comptait désormais six membres de moins, et les survivants, hagards de fatigue et de chagrin, semblaient porter leur ombre sur leur visage. Les montures sans cavalier qu'ils emmenaient avec eux permettaient de soulager les mustangs les plus faibles. Salin Suilécume traînait les pieds comme s'il charriait le poids des morts de la nuit. Dans le creux de son bras droit, il portait Pietten, qui s'était endormi dès le lever du soleil. Llaura était montée derrière Mhoram. Par contraste avec le dos très droit et l'expression déterminée du seigneur, elle semblait courbée et fragile, mais tous deux partageaient la même peine muette. Devant eux, Prothall chevauchait en silence, ses épaules communiquant la même volonté inflexible que celle dont Atiaran s'était servie pour faire marcher Covenant depuis Mithil-Stèlage jusqu'à la Sérénité.

Le lépreux se demanda vaguement jusqu'où il devrait suivre les choix d'autrui. Mais il laissa filer cette pensée pour examiner les sangardes, les seuls membres de la compagnie qui ne semblaient pas affectés par la bataille de la veille. Leurs tuniques étaient en lambeaux ; ils étaient aussi sales que leurs camarades ; un des leurs avait été tué et plusieurs autres blessés. Ils avaient défendu les seigneurs, surtout Varil et Tamarantha, jusqu'à la limite de leurs forces. Pourtant, aucune fatigue physique ou morale ne les accablait. Sur la droite de Covenant, Bannor montait son ranyhyn en promenant autour de lui un regard impérieux.

Les mustangs ne pouvaient avancer qu'au pas, mais malgré cette allure pitoyable, la troupe parvint au gué de la Mithil avant midi. Laissant leurs montures s'abreuver ou pâturer, les cavaliers mirent pied à terre et plongèrent dans la rivière – à l'exception des sangardes. À grand renfort de sable fin, ils se lavèrent du sang, de la poussière, de la douleur, de la mort et des ténèbres dans le large courant. La peau et les yeux parurent sous la crasse, et les écorchures qui n'avaient pas été soignées par la panseglaise se rouvrirent et se mirent à saigner. Covenant nettoya sa robe, puis frotta et gratta les taches sur ses mains, comme s'il tentait d'effacer sa culpabilité. Et pour apaiser sa faim, il but de grandes quantités d'eau.

Lorsque les guerriers eurent terminé, ils allèrent prendre des vêtements propres dans leurs sacoches de selle. Après s'être rhabillés et avoir récupéré leurs armes, ils se postèrent en sentinelles tandis que Tuvor et ses hommes se baignaient à leur tour.

Les sangardes entrèrent dans l'eau sans faire la moindre éclaboussure et se lavèrent sans un bruit. Quelques minutes plus tard, ils étaient de nouveau en selle. Pendant qu'ils procédaient à leurs ablutions, leurs ranyhyn s'étaient rafraîchis en traversant la rivière pour aller se rouler dans l'herbe d'Andelain. La compagnie était prête à reprendre la route. Au signal de Prothall, elle s'ébranla vers l'est en suivant la berge sud de la Mithil.

Le reste de la journée s'écoula agréablement pour les cavaliers et les montures. Il y avait de l'herbe douce sous les sabots des chevaux, de l'eau limpide à proximité, un parfum guilleret dans l'air et les collines d'Andelain qui semblaient palpiter de sève robuste. Mais si la vitalité de l'atmosphère rassérénait les gens du Fief, elle ne réussissait qu'à décupler la faim de Covenant. Aussi évitait-il de regarder le paysage, écartant cette vision de santé comme il avait refusé toute nourriture le matin même. Une expression sévère figeait ses traits tirés et une lueur déterminée brûlait dans ses yeux. Il suivait un double chemin : son corps abattu chevauchait Dura et conservait sa position au sein de la compagnie, mais son esprit vagabondait dans de sinistres abîmes.

« Je refuse… »

Il voulait survivre.

« Je ne suis pas… »

De temps en temps, des buissons d'*aliantha* apparaissaient devant lui, comme une invitation personnelle lancée par le Fief, mais il ne succomba pas à la tentation qu'ils incarnaient.

« Covenant, songeait-il. Thomas Covenant. Incrédule. Lépreux. Impur. » Quand les tiraillements de son estomac le faisaient vaciller, il se souvenait de l'emprise sanglante de Sialon sur son anneau et raffermissait sa résolution.

Parfois, il surprenait Llaura en train de le fixer. Elle avait la mort de la Haute Sylve dans les yeux, mais il se contentait de se raidir et continuait à avancer.

« Je ne tuerai plus jamais. »

Il avait besoin d'une autre réponse.

Ce soir-là, il constata que son alliance avait changé. Tout semblant de résistance à l'invasion écarlate s'était évaporé du métal blanc. L'anneau brillait d'une lueur uniformément rouge sous l'influence de la lune, projetant des flammes glacées sur sa main. Le matin suivant, Covenant remonta en selle comme un homme tiraillé entre deux folies contradictoires.

Vers midi, la brise apporta un avant-goût estival. L'air se fit tiède et lourd de fertilité. Les fleurs déployaient leurs pétales avec une confiance absolue et les oiseaux chantaient paresseusement. Peu à peu, la lassitude gagna Covenant, relâchant les fils de sa volonté. Seule la force de l'habitude le maintint sur le dos de Dura tandis qu'il se fermait à ces considérations superficielles. Il remarqua à peine que la rivière s'incurvait vers le nord, s'éloignant du chemin de la compagnie, ou que les collines devenaient plus abruptes. Hagard, il se laissait porter par l'atmosphère de la journée.

Cette nuit-là, il dormit d'un sommeil profond, sans rêves ; le lendemain, il chevaucha comme engourdi, sourd et aveugle à ce qui l'entourait. Une somnolence éveillée le tenait sous son emprise, tel un royaume sauvage qu'il arpentait inconsciemment. Il était en danger et ne s'en rendait pas compte. La langueur était la première étape d'une logique inexorable : la loi de la lèpre. La suivante était la gangrène, une puanteur de chair vive et pourrissante, si terrible que certains médecins ne pouvaient la supporter – une pestilence qui confirmait le rejet des lépreux, à tel point que nulle compassion et nulle tolérance ne pouvaient s'y opposer. Mais Covenant avançait dans son rêve l'esprit embrumé par le sommeil.

Quand il commença à se ressaisir – en début d'après-midi, le troisième jour après que les compagnons eurent quitté la Haute Sylve et le dix-huitième depuis leur départ de Pierjoie –, son regard se posa sur la forêt de Morinmoss en contrebas. Les quêteurs se tenaient au sommet de la dernière colline surplombant les sombres frondaisons.

Celles-ci s'étendaient telle une mer et venaient mourir au pied de l'éminence ; elles agrippaient son flanc comme si les arbres avaient planté leurs racines dans la pente et refusaient de céder le moindre pouce de terrain. Le vert foncé recouvrait le paysage jusqu'à l'horizon, au nord, à l'est et au sud. Impénétrable et menaçant, il semblait mettre le groupe au défi de le traverser.

Prothall s'immobilisa sur la crête et observa longuement Morinmoss, évaluant le temps nécessaire pour la contourner et le comparant aux obscurs dangers que recelait la végétation. Enfin, il mit pied à terre. Il balaya les cavaliers du regard et, les yeux pleins d'une colère prête à jaillir à la moindre provocation, déclara :

— Nous allons nous reposer. Puis nous traverserons Morinmoss et ne nous arrêterons pas avant d'avoir atteint l'autre côté – ce qui devrait nous prendre un jour et une nuit. Durant ce laps de temps, nous ne devrons ni tirer nos armes ni produire la moindre étincelle. M'entendez-vous ? Je veux que les épées restent dans leur fourreau, les flèches dans leur carquois, les couteaux dissimulés sous les vêtements et les pointes de lance enveloppées. Et que personne ne s'avise de faire jaillir une seule flamme. Je ne tolérerai aucune infraction à cette règle. Morinmoss est plus sauvage que Grimmerdhore et nul n'y pénètre sans anxiété. Ses arbres souffrent depuis des lustres et n'ont pas oublié leur lien avec le Garrot. Priez pour qu'ils ne nous écrasent pas malgré nos précautions.

Le vieillard marqua une pause, dévisageant chacun de ses compagnons pour s'assurer que tous l'avaient bien compris. Puis il ajouta sur un ton moins sévère :

— Il est possible qu'il y ait toujours un forestal sur place, bien que nous n'ayons plus aucune nouvelle depuis la profanation.

Plusieurs guerriers se raidirent en entendant le mot « forestal ». Mais Covenant, qui émergeait lentement de sa langueur, n'éprouva rien de la révérence craintive qu'on semblait attendre de lui. Il reposa la question à laquelle Atiaran n'avait pas su répondre.

— Vénérez-vous les arbres ?

— Vénérer ? répéta Prothall, perplexe. Le sens de ce mot m'échappe.

Covenant le fixa en silence. Un instant plus tard, le haut seigneur poursuivit :

— Voulez-vous savoir si nous respectons la forêt ? Bien entendu. Les arbres sont vivants, et le pouvoir de la terre est présent en chaque chose vivante – la pierre, l'eau et le bois. Depuis que vous êtes parmi nous, vous avez sûrement compris que nous le servons. Nous veillons sur la vie du Fief. (Il jeta un coup d'œil à Morinmoss et ajouta :) Entre la pierre et le bois, le pouvoir de la terre revêt de nombreuses formes. La première est le fondement du monde et, pour ce que nous en savons, n'a pas conscience d'elle-même. Mais le second… C'est différent.

« Jadis, dans les tréfonds les plus reculés et les plus obscurs du passé, la Forêt primordiale recouvrait presque tout le Fief : une étendue boisée ininterrompue, depuis la Mémoriade et Melenkurion Barreciel, jusqu'au plateau de Sarangrave et à Ondemère. Et elle était éveillée. Elle percevait la vie que les humains apportaient au Fief et s'en réjouissait. Lorsque ceux-ci, aveuglés par l'égoïsme, se sont mis à abattre ou à brûler les arbres pour avoir la place de se multiplier, elle a connu la douleur pour la première fois. (Prothall soupira.) Ah ! qu'il est difficile de tirer fierté de l'histoire humaine ! Avant que la nouvelle se propage, que chaque végétal comprenne le péril qui le menaçait, la vie avait été décimée sur des centaines de lieues. Selon nos estimations, ce massacre prit plus d'un millénaire. Mais pour les arbres, il dut ressembler à un meurtre foudroyant. À la fin de cette période, il ne resta dans tout le Fief que quatre sites où l'âme de la Forêt primordiale s'attardait encore et, frémissant d'une immense douleur, se résolvait à se défendre : les bois Titanesques, Grimmerdhore, Morinmoss et le Garrot. Pendant de nombreuses années, leur conscience perdura sous la protection vigilante des forestals. Ils se souvinrent des faits, et nul humain, ur-vil ou lémure qui osa y pénétrer n'en ressortit jamais.

« Cette époque est révolue. Nous ignorons si les forestals vivent encore, même s'il faudrait être idiot pour nier que Caerroil Folbois arpente toujours le Garrot. Mais la vigueur qui, jusqu'à présent, permettait aux arbres de riposter s'estompe peu à peu. Les seigneurs défendent les forêts depuis que Berek Demi-Main a brandi le Bâton de la Loi. Nous n'avons pas laissé les arbres périr. Pourtant, leur esprit agonise. Parce qu'ils sont coupés les uns des autres, leur conscience collective se meurt. Et la gloire du monde s'amoindrit. (Prothall marqua une pause attristée avant de conclure :) C'est par déférence pour les vestiges de cet esprit – et, à travers lui, pour le pouvoir de la terre – que nous demandons la permission d'entrer si nombreux dans Morinmoss. C'est par simple prudence que nous tâcherons de ne pas l'offenser. Son esprit n'est pas encore mort et elle pourrait écraser mille milliers d'hommes, si la douleur venait à la réveiller.

— Y a-t-il d'autres dangers dont nous devions nous méfier ? s'enquit Quaan. Aurons-nous besoin de nos armes ?

— Non. Les serviteurs du seigneur Turpide ont fait beaucoup de mal aux bois dans le passé. Grimmerdhore a peut-être perdu son pouvoir, mais Morinmoss n'a pas oublié. Et ce soir sera une nuit sans lune. Même Sialon Larvae n'est pas assez fou pour envoyer ses armées à Morinmoss en une telle occasion et le Rogue n'a jamais été aussi stupide.

Les cavaliers mirent pied à terre en silence. Certains miliciens pansèrent les chevaux pendant que d'autres préparaient un repas frugal. Peu de temps après, tous les membres de la compagnie s'étaient restaurés, à l'exception de Covenant. Une fois leur collation terminée, ils s'allongèrent pour se reposer avant la longue traversée.

Quand ils furent de nouveau debout et prêts à partir, Prothall s'avança vers le bord de la crête. La brise fit onduler sa robe bleue ceinturée de noir tandis qu'il brandissait son bâton et criait :

— Salut à toi, Morinmoss, forêt de la Forêt primordiale, ennemie de nos ennemis ! (Sa voix s'abîma dans l'étendue boisée sans produire aucun écho.) Nous sommes les seigneurs, ennemis de tes ennemis et étudiants du *lillianrill*. Nous haïssons la hache et les flammes qui t'ont blessée. Jamais nous n'avons apporté de lame ou de feu pour les utiliser contre toi, et jamais nous ne le ferons. Entends-nous, Morinmoss, et laisse-nous passer !

Sa supplique fut engloutie par les profondeurs de Morinmoss.

Baissant les bras, il se détourna et revint vers la compagnie. Il monta en selle et promena un dernier regard sévère à la ronde. À son signal, les quêteurs descendirent vers la lisière noueuse de Morinmoss.

Il sembla à Covenant qu'ils tombaient comme une pierre. Un instant, ils descendaient le versant de la colline au-dessus des arbres ; celui d'après, ils avaient pénétré la végétation insondable et la lumière du soleil disparaissait derrière eux, comme si une porte venait de se refermer à jamais.

Birinair prit la tête de la procession, son bâton de magistère posé sur l'encolure de son cheval. Derrière lui venait le dragon Tuvor, monté sur le ranyhyn Marny – car ces chevaux n'avaient pas à redouter l'antique courroux de Morinmoss et Marny pourrait guider Birinair, s'il venait à s'égarer. Derrière Tuvor avançaient Prothall et Mhoram, qui portait Llaura en croupe ; et derrière eux, Covenant et Suilécume. Le géant tenait toujours l'enfant endormi au creux de son bras. Quaan et ses miliciens fermaient la marche, encadrés par les sangardes.

Les arbres à l'écorce couleur d'ébène ou de cendre étaient suffisamment espacés pour que les cavaliers n'aient pas de mal à se frayer un chemin parmi eux. En revanche, ils n'étaient pas très grands. Ils se dressaient sur un tronc trapu d'à peine quinze ou vingt pieds de haut, puis étendaient des branches tombantes, lourdes d'un feuillage si touffu qu'il plongeait la compagnie dans la pénombre. Pareilles à des bras tordus, elles s'entremêlaient tant et si bien que chacun d'eux semblait s'appuyer sur ses voisins. De grands rideaux de mousse sombre, épaisse et humide en tombaient, qui cascadaient comme du sang figé dans sa chute. Elle donnait l'impression de vouloir dévier les intrus de leur route et étouffait l'impact des sabots sur le sol. Ainsi, les quêteurs avançaient sans faire plus de bruit que s'ils avaient été changés en illusion.

Covenant scruta le crépuscule perpétuel de la forêt. Aussi loin que sa vision portât dans toutes les directions, il était cerné par le foisonnement de la mousse, des ramifications et des troncs. Mais par-delà la limite de ses perceptions, il discernait autre chose ; il voyait, humait et entendait le cœur maussade de Morinmoss. En ce lieu, les végétaux ruminaient leurs funestes souvenirs : le grouillement de leur conscience, au temps où celle-ci couvrait des centaines de lieues fertiles ; le gouffre de douleur et d'incrédulité se propageant à travers eux telles les vagues d'un océan, jusqu'à faire frémir leurs feuilles les plus lointaines, quand le massacre avait commencé ; l'angoisse et la fuite éperdue des animaux privés d'abri ; la chanson cristalline du forestal, qui leur avait enseigné la vengeance, le plaisir secret et coléreux d'écraser les humains minuscules et de goûter leur sang par les racines ; la lente faiblesse qui avait anéanti jusqu'à cette ultime joie sauvage ne leur laissant que leur amertume et leur désespoir tandis que leur rage s'assoupissait malgré eux.

Covenant sentait que les arbres ne connaissaient pas les seigneurs : ceux-ci existaient depuis trop peu de temps pour qu'ils s'en souviennent. Ce n'était pas par amitié qu'ils les laissaient passer, mais par faiblesse. Leur esprit défaillant avait succombé au chagrin et s'était abîmé dans un sommeil impuissant. Çà et là, le lépreux captait le murmure de quelques spécimens encore éveillés et assoiffés de sang, mais ils étaient peu nombreux. La mortalité de Morinmoss avait lentement sapé ses forces ; désormais, elle ne pouvait plus que remâcher le passé.

Un tentacule spongieux gifla Covenant, laissant une trace humide sur sa joue. Il l'essuya d'un geste vif, comme si c'était de l'acide.

Puis le soleil se coucha à l'extérieur de la forêt et même la pénombre s'évanouit. Craignant que Birinair ne perde son chemin ou ne s'empêtre dans un rideau de verdure et ne se fasse étouffer, le lépreux se pencha en avant, ses sens en alerte. Tandis que l'obscurité imbibait l'air comme si elle dégoulinait des noirs linceuls drapés sur les branches, une lente métamorphose s'accomplit autour de lui. Une lueur argentée suinta des troncs, les recouvrit et s'intensifia jusqu'à nimber chacun d'une aura spectrale. Par chance, elle était assez forte pour éclairer le chemin des cavaliers. À travers ses motifs ondulants, la mousse découpait des trous noirs, donnant au bois un aspect malade et gangrené. Les quêteurs resserrèrent les rangs et continuèrent à avancer à travers la nuit, que seuls illuminaient le scintillement des arbres et la brûlure écarlate de l'anneau de Covenant.

Il semblait au lépreux que les végétaux étaient offensés par la corruption de son alliance. Il croyait entendre des grognements atterrés autour de lui et voir des doigts de mousse inquisiteurs se tendre vers son visage. Il plaqua les mains sur son cœur et se recroquevilla sur sa selle comme pour passer inaperçu – comme s'il portait une hache sous sa robe et redoutait que les arbres le découvrent.

Telle la douleur d'une blessure, les pulsations aiguës de la traversée finirent par se confondre et se dissoudre. Peu à peu, la pénombre enveloppa la compagnie. Covenant frissonna et regarda en lui. Ce qu'il vit le laissa muet de consternation. Sa rage était encore pleine de ténèbres, contenues dans une coupe qu'il ne pouvait ni boire ni renverser.

Il mourait de faim. C'était à peine s'il pouvait se retenir de frapper la mousse lorsque celle-ci faisait mine de l'étreindre. Il avait de plus en plus envie de hurler. Cerné par la végétation oppressante qui étouffait les bruits et contraignait les cavaliers au silence, il se sentait aussi perdu que s'il s'était égaré dans l'antique Forêt primordiale.

Les quêteurs chevauchèrent longtemps dans le crépuscule perpétuel de Morinmoss. Enfin, Birinair brandit son bâton au-dessus de sa tête et poussa un faible cri. Les mustangs comprirent ; malgré leur épuisement, ils s'élancèrent au trot près des ranyhyn au pas assuré. Un instant, les arbres parurent reculer, comme effrayés par l'audace des intrus. Puis la troupe émergea dans la lumière du soleil. Devant elle, le terrain descendait graduellement vers une rivière perpendiculaire à sa route. Birinair et Marny l'avaient conduite sans faute au gué de l'Erratique.

Avec des exclamations de soulagement, les guerriers talonnèrent leurs montures et dévalèrent la pente. Peu de temps après, les chevaux entrèrent dans l'onde en soulevant des gerbes d'éclaboussements qui douchèrent copieusement leurs cavaliers. Mais la fraîcheur apaisante de l'eau fut la bienvenue. Arrivé sur la berge opposée, Prothall ordonna une halte. La traversée de Morinmoss était terminée.

Alors, le contrecoup de leur marche forcée, sans nourriture ni repos, s'abattit lourdement sur les compagnons. Les mustangs étaient encore plus mal en point qu'eux. La tête pendante, ils frissonnaient d'épuisement sans trouver l'énergie nécessaire pour boire ni manger. Malgré les hennissements encourageants des ranyhyn, deux d'entre eux s'écroulèrent sur le flanc et les autres les entourèrent en vacillant sur leurs jambes comme des poulains nouveau-nés.

— Reposez-vous, dit Prothall d'une voix enrouée par l'anxiété. Nous n'irons pas plus loin aujourd'hui.

Il passa parmi les animaux, les caressant de ses mains ridées et fredonnant une chanson pour leur rendre des forces.

Seuls les ranyhyn et les sangardes semblaient épargnés par la fatigue. Suilécume déposa Pietten dans les bras de Llaura, puis se laissa tomber sur le dos dans l'herbe rêche. Depuis que la compagnie avait quitté la Haute Sylve, il demeurait étrangement silencieux ; il évitait de parler, comme s'il craignait que sa voix ne le trahisse. À présent, il était rattrapé par la fatigue d'un long voyage sans histoires ni rires. Covenant se demanda s'il l'entendrait encore s'esclaffer un jour.

Maussade, il tendit la main pour récupérer son bâton sur la selle de Dura et remarqua pour la première fois que sa robe était couverte de taches vertes aux endroits où la mousse l'avait touché.

Cette vision l'offensa. Les sourcils froncés, il promena un regard à la ronde. Les autres cavaliers devaient être plus doués que lui pour esquiver, car aucun d'eux ne portait la signature de la forêt – à l'exception de Mhoram, dont la tenue s'ornait de bandes sombres pareilles à des galons sur chaque épaule.

Covenant frotta brutalement les traces, mais elles étaient déjà sèches et bien incrustées. Il tourna le dos au groupe et repartit vers la rivière. Saisissant sa robe à pleines mains, il tenta d'en nettoyer les souillures.

Mais elles étaient devenues partie intégrante du tissu, indissociables de lui, et changeaient le vêtement en une carte de régions inconnues. Frustré, le lépreux frappa la surface de l'eau avec ses poings. Le courant effaça les ondulations de sa rage comme si elles n'avaient jamais existé.

Un moment, il demeura immobile et dégoulinant au milieu de la rivière. Son cœur battait laborieusement dans sa poitrine. Il lui semblait que, si sa colère ne débordait pas, il allait finir par imploser sous la pression.

« Rien de tout cela n'est réel… se dit-il, la mâchoire tremblante. Je ne le supporte pas. »

Puis il entendit une exclamation de surprise derrière lui. Quelques secondes plus tard, Mhoram l'appela :

— Covenant. Venez.

Crachant des protestations contre des offenses trop nombreuses pour qu'il puisse les énumérer, le lépreux pivota. Les quêteurs lui tournaient le dos et leur attention était focalisée sur quelque chose qu'il ne pouvait pas voir à cause de l'eau qui lui coulait dans les yeux.

— Venez, répéta Mhoram.

Covenant s'essuya la figure avec sa manche et pataugea jusqu'à la rive. Il se fraya un chemin entre les miliciens.

Une femme étrange se tenait devant Prothall et Mhoram.

Petite et menue, elle portait une tunique marron foncé qui découvrait ses bras et ses jambes. Sa peau burinée par le soleil avait la couleur de la terre. Ses longs cheveux noirs étaient attachés en queue-de-cheval par une épaisse cordelette. Un collier de fleurs jaunes atténuait la sévérité de sa mise. Malgré sa taille et sa carrure modestes, elle était fièrement campée sur ses jambes écartées, les bras croisés sur la poitrine, comme si elle pouvait refuser l'entrée des plaines de Ra à la compagnie.

Elle regarda Covenant approcher et il eut la curieuse impression qu'elle n'attendait que lui. Lorsqu'il s'arrêta près de Prothall et Mhoram, elle leva la main et lui adressa le salut traditionnel, mais avec une certaine maladresse, comme si ce n'était pas un geste naturel pour elle.

— Salut à vous, orréchal, lança-t-elle d'une voix claire. Nous connaissons l'or blanc. Nous rendons hommage et servons. Soyez le bienvenu.

Covenant s'ébroua et la fixa sans répondre. Alors, elle se tourna vers chacun de ses compagnons avec une précision rituelle.

— Salut à vous, haut seigneur Prothall. Salut à vous, seigneur Mhoram. Salut à vous, Salin Suilécume. Salut à vous, dragon Tuvor. Salut à vous, galon Quaan.

Chacun à son tour, les interpellés lui rendirent gravement son salut, comme s'ils reconnaissaient son autorité.

— Je suis l'écuyer Lithe, annonça la jeune femme. Nous vous voyons. Parlez. Les plaines de Ra ne sont pas ouvertes à tous.

Prothall s'avança. Levant son bâton à l'horizontale sur ses paumes, il le tint au niveau de son front et s'inclina profondément. Lithe eut un léger sourire et reproduisit son geste. Cette fois, son mouvement fut plus fluide.

— Vous nous connaissez. Vous venez de loin, mais vous n'êtes pas ignorants.

— Nous savons que les écuyers sont les soigneurs des ranyhyn. Vous jouissez du rang le plus élevé au sein du peuple de Ra. Et vous nous connaissez.

Prothall se tenait tout près de Lithe. La tunique brune de celle-ci et la robe bleue du haut seigneur se soulignaient l'une l'autre, comme la terre et le ciel. Lithe n'avait toujours pas souhaité la bienvenue aux quêteurs.

— Non, répliqua-t-elle. Nous ne vous connaissons pas. Vous venez de loin. Vous nous êtes inconnus.

— Pourtant, vous savez nos noms, fit remarquer Prothall.

La jeune femme haussa les épaules.

— Nous sommes prudents. Nous vous observons depuis que vous avez quitté Morinmoss. Nous vous avons entendus parler.

« Nous ? », s'étonna vaguement Covenant.

Lithe parcourut la compagnie du regard.

— Nous connaissons les Sans-Sommeil, ceux que vous appelez sangardes. (Elle ne semblait pas ravie de les voir.) Ils exposent les ranyhyn à maints périls. Mais nous servons. Ils sont les bienvenus ici.

Puis son regard se posa sur les deux mustangs effondrés et ses narines frémirent.

— Vous êtes pressés ? demanda-t-elle sur un ton impliquant qu'elle n'accepterait que peu de justifications pour leur état.

Alors, Covenant comprit pourquoi elle hésitait à accueillir les seigneurs, même si elle était sans doute au moins au courant de leur réputation. Elle ne voulait pas laisser entrer dans les plaines de Ra quiconque était capable de maltraiter des chevaux.

— Oui. Crochal vit, répondit Prothall sur un ton autoritaire.

Lithe parut troublée. Quand elle reporta son attention sur Covenant, une peur diffuse voilait ses yeux.

— Crochal, souffla-t-elle. Ennemi de la Terre et des ranyhyn. Oui. L'or blanc le connaît. L'orréchal est ici. (Sa voix se durcit subitement.) Il est venu sauver les ranyhyn de l'équarrissage.

Elle fixa Covenant comme si elle exigeait une promesse.

Mais il n'en avait aucune à lui offrir et resta planté devant elle, fulminant, trop torturé par la faim pour acquiescer, la rabrouer ou manifester la moindre honte. Perplexe, Lithe se tourna vers Prothall.

— Qui est-il ? Quel genre d'homme ?

Avec un sourire ambigu, le vieillard répondit :

— C'est le seigneur suprême Thomas Covenant l'Incrédule, porteur d'or blanc. Un étranger au Fief. Ne doutez pas de lui. Il a infléchi le cours de la bataille en notre faveur quand nous avons été attaqués par les serviteurs de Crochal – des lémures, des ur-vils et un griffon engendré par quelque abysse maléfique.

Lithe hocha la tête comme si elle n'avait pas compris le sens de ces mots.

— Alors, vous êtes réellement pressés. Aucune action contre Crochal ne saurait être retardée ou entravée. Il y a eu d'autres signes. Des bêtes féroces ont cherché à traverser notre territoire. Haut seigneur Prothall, soyez le bienvenu dans les plaines de Ra. Accompagnez-nous à Stabula. Nous devons nous y rendre de toute urgence pour tenir conseil.

— Votre accueil nous honore, répondit Prothall. Nous vous retournons cet honneur en l'acceptant. Nous atteindrons Stabula dans deux jours, si nos montures tiennent le coup.

La prudence de cette affirmation arracha un léger rire à Lithe.

— Vous vous reposerez dans l'hospitalité du peuple de Ra bien avant que le soleil soit couché deux fois. Nous ne servons pas les ranyhyn depuis le début sans avoir rien appris. (Elle haussa la voix.) Pisteurs ! Debout ! Voici une épreuve pour votre apprentissage.

Aussitôt, quatre silhouettes apparurent comme si elles venaient de jaillir du sol. Les trois hommes et la femme qui formaient un demi-cercle autour des quêteurs étaient aussi bruns et menus que Lithe, et vêtus à l'identique. Ils ne portaient pas de collier de fleurs, mais une cordelette leur ceignait la taille.

— Venez, ordonna Lithe. Il est inutile que vous pistiez ces voyageurs plus longtemps. Vous m'avez entendue leur souhaiter la bienvenue. Maintenant, veillez sur leurs chevaux et leur sécurité. Ils doivent atteindre Stabula avant demain soir.

Les interpellés s'avancèrent et Lithe les présenta à Prothall.

— Voici mes pisteurs : Thev, Hurn, Grace et Rustah. Ce sont des chasseurs. Pendant qu'ils apprennent à connaître les ranyhyn et étudient la tradition des écuyers, ils protègent les plaines contre les animaux dangereux. J'ai passé beaucoup de temps avec eux ; ils sauront s'occuper de vos mustangs.

Adressant des signes de tête courtois aux quêteurs, les pisteurs se dirigèrent droit vers ces derniers et commencèrent à les examiner.

— Maintenant, reprit Lithe, je dois y aller. La nouvelle de votre venue doit être portée à travers les plaines, afin que les valets se préparent à vous recevoir. Suivez Rustah : de mes quatre pisteurs, il est le plus formé. Salut à vous, seigneurs ! Demain soir, nous dînerons ensemble.

Sans attendre de réponse, elle pivota en direction du sud et s'élança. Elle courait à une vitesse surprenante ; en quelques instants, elle franchit le sommet d'une colline voisine et disparut à leur vue.

Mhoram se tourna vers Covenant.

— On dit qu'un écuyer peut soutenir l'allure des ranyhyn pendant un court laps de temps.

Derrière eux, Hurn marmonna :

— On le dit parce que c'est vrai.

Mhoram lui fit face. Le jeune homme se tenait immobile, comme s'il attendait une occasion de parler. Il ressemblait beaucoup à Lithe, même si ses cheveux étaient coupés plus court et son expression empreinte de froideur. Voyant qu'il avait toute l'attention de Mhoram, il annonça :

— Nous connaissons une herbe qui pourra soigner vos chevaux. Je vais aller en ramasser.

— Nous nous en remettons à votre expertise, dit aimablement le seigneur. Faites pour le mieux.

Hurn écarquilla les yeux, comme s'il ne s'était pas attendu à une telle sagesse de la part de gens qui maltraitaient leurs montures. Il hésita, puis salua maladroitement Mhoram à la façon des seigneurs. En guise de réponse, celui-ci s'inclina à la manière du peuple de Ra. Hurn grimaça. Il était sur le point de s'éloigner quand Covenant demanda brusquement :

— Pourquoi vous déplacez-vous à pied alors que vous avez tant de ranyhyn ?

Mhoram s'avança vivement pour contenir le lépreux. Mais le mal était déjà fait. Hurn fixa Covenant les yeux exorbités, comme s'il venait de proférer un blasphème. De ses doigts musclés, il arracha la cordelette qu'il portait autour de la taille et la tendit entre ses poings tel un garrot.

— Nous ne les montons pas.

— Fais attention, Hurn, murmura Rustah. L'écuyer lui a souhaité la bienvenue.

Hurn foudroya son compagnon du regard. D'un geste sec, il rattacha le lien par-dessus sa tunique. Puis il tourna le dos à la compagnie et disparut bientôt, comme si la terre l'avait englouti.

Agrippant le bras de Covenant, Mhoram dit sur un ton sévère :

— Les hommes et les femmes de Ra servent les ranyhyn. C'est leur raison de vivre. Ne les offensez pas, l'Incrédule. Ils s'emportent facilement, et ce sont les chasseurs les plus redoutables de tout le Fief. Une centaine d'entre eux pourraient se tapir à portée de voix sans que vous en repériez un seul. S'ils choisissaient de vous tuer, vous mourriez sans comprendre ce qui vous est arrivé.

Covenant perçut la force de l'avertissement. Les paroles de Mhoram semblèrent investir l'herbe alentour d'yeux attentifs et malveillants. Le lépreux se sentit exposé, comme si la carte verte de sa robe pouvait guider leurs intentions meurtrières et les concentrer sur lui. De nouveau, il se mit à trembler.

Pendant l'absence de Hurn, les autres pisteurs s'occupèrent des chevaux. À force de cajoleries, ils les persuadèrent de boire et de manger, et les apaisèrent par leurs caresses. Voyant que les animaux étaient entre de bonnes mains, les seigneurs allèrent s'entretenir avec Quaan et Tuvor ; autour d'eux, les guerriers commencèrent à préparer le repas.

Covenant maudit l'arôme de nourriture qui lui chatouillait les narines. Allongé dans l'herbe drue, il tenta d'apaiser les crampes de son estomac en fixant le ciel. La fatigue des jours précédents le rattrapa et il somnola quelque temps.

Bientôt, il fut réveillé par une nouvelle odeur qui transperça ses entrailles vides comme une lance. Elle provenait des grosses touffes de fleurs que les mustangs étaient en train de manger – les plantes curatives apportées par Hurn. Tous étaient debout et semblaient reprendre des forces à vue d'œil. La fragrance piquante suscita une étrange vision dans l'esprit de Covenant. Il se vit à quatre pattes sur le sol, mâchonnant, et ne put s'empêcher de marmonner rageusement :

— Ces maudites bêtes sont mieux nourries que nous.

Rustah eut un sourire en coin.

— Cette herbe est un poison pour les humains, révéla-t-il. C'est de l'*amanibhavam*, la plante de la santé et de la folie… Ah ! nous ne sommes pas assez forts pour elle.

Covenant le foudroya du regard et tenta d'étouffer les grognements de son estomac. Il éprouvait un désir pervers de goûter ce végétal qui excitait ses perceptions comme une chanson délectable. « Je suis vraiment tombé bien bas », songea-t-il ; et au lieu de l'*amanibhavam*, il se contenta de savourer son amertume.

Une chose était certaine : l'herbe faisait merveille sur les chevaux. Bientôt, ils furent en état de se nourrir et de s'abreuver normalement, et semblèrent assez robustes pour porter à nouveau leurs cavaliers. Les quêteurs finirent leur repas et remballèrent leurs provisions. Les pisteurs leur annoncèrent que leurs protégés étaient prêts à se remettre en route.

Peu de temps après, le groupe trottait vers le sud, les quatre chasseurs courant à petites foulées à côté. Sous les sabots des montures, le sol fertile défilait en douces ondulations, donnant aux quêteurs une impression de vitesse. Ils gravissaient et redescendaient des collines basses, longeaient d'étroites vallées et des ruisseaux, traversaient des bosquets verdoyants et de larges prairies. Le terrain était plutôt accidenté. À l'exception de l'*aliantha* et de l'*amanibhavam*, il ne se parait d'aucun buisson ni d'aucune fleur. Pourtant, les plaines semblaient bouillonner de vie, comme si les collines étaient formées par le pouls de la terre, comme si l'herbe sèche était assez riche pour sustenter quiconque serait capable de l'assimiler. Quand le soleil déclina à l'horizon, les fougères prirent une teinte violacée. Des troupeaux de nilgauts sortirent des bois pour s'abreuver dans les torrents et des corbeaux se rassemblèrent bruyamment au-dessus des arbres qui piquetaient la prairie.

Mais l'attention des cavaliers était captivée par les ranyhyn en liberté. Qu'ils galopent crins au vent, telles des bannières triomphantes, ou folâtrent joyeusement dans la lumière du crépuscule, ils étaient enveloppés d'une aura majestueuse, comme si le sol qu'ils martelaient s'enorgueillissait de les avoir créés. Ils interpellaient les destriers des sangardes avec des hennissements réjouis et ceux-ci, en guise de réponse, se mettaient à caracoler, incapables de contenir leur excitation d'être enfin revenus chez eux. Alors, ils s'éloignaient au galop, les veines gonflées d'un sang vigoureux et d'une indomptable énergie, et l'air frémissait dans leur sillage.

Bientôt, le soleil se coucha, prenant congé des plaines dans un flamboiement orange. Covenant le regarda disparaître avec une amère satisfaction. Il en avait assez de tous ces chevaux, du peuple de Ra, des sangardes, des seigneurs et de cette interminable quête. Fatigué par tant d'agitation, il n'aspirait qu'à l'obscurité et au sommeil – malgré la brûlure écarlate de son anneau, la nouvelle lune et l'horreur oppressante de la nuit.

Il fit bientôt noir, mais Rustah dit à Prothall que la compagnie ne pouvait pas encore s'arrêter. Selon lui, il y avait du danger. Des gens de son peuple avaient laissé des avertissements dans l'herbe. Les quêteurs ne seraient pas en sécurité avant d'avoir parcouru quelques lieues supplémentaires. Aussi continuèrent-ils à avancer.

Puis la lune se leva, déployant son croissant corrompu, soutirant une réaction sinistre à l'alliance de Covenant et à son âme affamée.

Rustah fit ralentir les cavaliers et leur intima le silence. Ils gravirent le flanc d'une colline le plus discrètement possible et s'immobilisèrent sous la crête. Là, les quêteurs mirent pied à terre et, laissant leurs montures sous la surveillance de trois sangardes, suivirent les pisteurs jusqu'au sommet.

Une plaine encaissée s'étendait au nord. Les pisteurs scrutèrent les ténèbres pendant un moment, puis tendirent un doigt. Luttant contre la fatigue de ses yeux et la brume écarlate, Covenant crut distinguer une tache sombre qui filait en direction du sud.

— Des *kresh*, chuchota Hurn. Des loups jaunes. Les rejetons de Crochal. Ils ont traversé le gué de l'Erratique.

— Attendez-nous ici, ordonna Rustah à voix basse. Vous serez en sécurité.

Les quatre pisteurs disparurent dans la nuit.

Les membres de la troupe s'approchèrent instinctivement les uns des autres. Le cœur battant la chamade, ils tentèrent de percer du regard la lueur rouge qui suintait des ténèbres mouvantes dans la plaine. Ils retenaient leur souffle. Même Pietten s'était redressé dans les bras de Llaura et attendait anxieusement.

Covenant apprit plus tard que la meute comptait quinze grands animaux. Leur poitrail arrivait à hauteur de taille d'homme ; ils avaient des mâchoires massives, garnies de crocs incurvés, et des yeux jaunes carnassiers. Ils suivaient en salivant d'avance la piste de deux poulains ranyhyn, que protégeaient un étalon et sa jument. D'après les légendes du peuple de Ra, le souffle des *kresh* était assez brûlant pour calciner le sol sur leur passage et ils laissaient une cicatrice boursouflée dans l'herbe partout où leur traque les conduisait. Pour l'heure, le lépreux ne voyait qu'une tache noire qui grandissait à chaque seconde.

Puis il perçut un mouvement confus et bref à l'arrière de la meute. Comme les *kresh* continuaient à avancer, il crut déceler deux ou trois masses sombres qui gisaient dans leur sillage.

La bande s'agita de nouveau, et plusieurs glapissements de surprise et de douleur brisèrent le silence. Un aboiement coléreux s'étrangla dans la gorge d'un loup. L'instant d'après, les fauves s'élancèrent en ligne droite vers la compagnie, abandonnant cinq formes prostrées derrière eux. Covenant fut certain qu'il s'agissait de *kresh* morts.

Trois autres s'écroulèrent. Cette fois, le lépreux vit trois silhouettes humaines repousser les carcasses et se lancer à la poursuite des survivants.

Les chasseurs et leurs proies disparurent dans l'ombre au pied de la colline. Des bruits de combat montèrent des ténèbres – grondements furieux, claquements de mâchoires qui avaient raté leur cible, craquements d'os brisés.

Puis le silence envahit de nouveau la nuit. L'appréhension des quêteurs s'intensifia, car ils ne distinguaient rien, l'ombre montant presque jusqu'à la crête où ils s'étaient tapis.

Soudain, ils entendirent un bruit de course précipitée qui venait vers eux.

Prothall se redressa d'un bond. Des flammes bleues jaillirent de l'extrémité de son bâton, révélant un *kresh* aux yeux brûlants de haine, qui fonçait sur lui ventre à terre.

Tuvor atteignit Prothall un instant avant Suilécume. Mais au lieu de s'arrêter pour défendre le vieillard, le géant chargea son agresseur tête baissée.

Alors, sans crier gare, Grace jaillit devant le loup, d'un mouvement aussi fluide que si elle exécutait une chorégraphie. Tout en se redressant, elle libéra sa cordelette d'un geste sec du poignet. Quand le *kresh* se jeta sur elle, elle lança la boucle autour de son cou et fit un pas de côté, pivotant pour mieux enfoncer ses pieds dans le sol. Dans son élan, l'animal se brisa instantanément l'échine. L'impact déséquilibra Grace, mais elle roula sur le flanc sans lâcher le lien et se releva en tirant pour achever sa proie, au cas où celle-ci serait encore vivante.

Les miliciens saluèrent sa performance par des murmures admiratifs. La jeune femme leur jeta un coup d'œil et eut un sourire embarrassé. Puis elle reporta son attention sur les pisteurs qui venaient de les rejoindre. Tous trois étaient indemnes. Aucun loup ne leur avait échappé.

Prothall s'inclina devant eux à la façon du peuple de Ra.

— Bien joué, les félicita-t-il.

Quand il éteignit son bâton, les ténèbres ensanglantées recouvrirent la colline. Les cavaliers rebroussèrent chemin vers leurs montures. Bannor enjamba la carcasse du *kresh*, récupéra la cordelette passée autour de son cou et la tendit entre ses poings serrés.

— C'est une bonne arme, commenta-t-il d'une voix étrangement atone. Votre peuple a accompli bien des exploits avec elle, du temps où le haut seigneur Kevin combattait ouvertement la Corruption.

Quelque chose dans son attitude rappela à Covenant que les sangardes étaient des hommes au sang chaud qui n'avaient pas connu de femme depuis plus de deux mille ans.

Mû par une obscure impulsion, Bannor banda ses muscles et la corde céda. Haussant les épaules, il laissa tomber les deux morceaux sur la bête morte, d'un geste aussi implacable qu'une prophétie. Puis, sans un regard pour Grace, il se dirigea vers le ranyhyn qui l'avait choisi.

19

Le choix de l'orréchal

Rustah informa Prothall que, selon les coutumes de son peuple, les corps des équarrisseurs de ranyhyn étaient abandonnés aux vautours. Les hommes et les femmes de Ra n'avaient aucun désir d'honorer les *kresh* ou d'insulter la terre en les ensevelissant, et un brasier funéraire aurait constitué un risque d'incendie dans les plaines. Aussi les cavaliers purent-ils se reposer dès que leurs chevaux se furent éloignés de la puanteur de mort qui planait sur la prairie. Rustah entraîna la compagnie vers le sud sur près d'une lieue, avant d'estimer qu'aucune brise nocturne ne charrierait une odeur susceptible de perturber les animaux jusque-là. Alors, les quêteurs dressèrent le camp.

Covenant dormit d'un sommeil agité, avec l'impression que la pointe d'une lance lui transperçait l'estomac. Quand l'aube se leva, il se sentait aussi épuisé que s'il avait passé la nuit à se défendre contre les attaques de la faim. Quand son nez capta à nouveau l'odeur de l'*amanibhavam*, ses yeux se mirent à larmoyer comme s'il avait reçu une gifle.

Il ne pensait pas pouvoir tenir beaucoup plus longtemps. Mais il n'avait toujours pas trouvé la réponse qu'il cherchait. Il n'avait pas reçu d'illumination et les gribouillis verts que Morinmoss avait tracés sur sa robe lui demeuraient illisibles. Pourtant, son instinct lui disait qu'il trouverait, au bout du jeûne, ce dont il avait si cruellement besoin.

Lorsque ses compagnons eurent fini leur petit déjeuner et furent prêts à se remettre en route, il grimpa péniblement sur le dos de Dura et leur emboîta le pas. Ses yeux pleuraient parfois sans raison, mais il ne s'agissait pas de larmes. Il se sentait rempli d'une passion qu'il ne pouvait pas exprimer. La lèpre ne lui autorisait pas ce genre de libération.

Par contraste avec son humeur lugubre, la journée était pleine d'allégresse, de soleil étincelant, de vent frais et d'azur dégagé. Bientôt, le reste des quêteurs succomba à l'ensorcellement des plaines. De temps à autre, des ranyhyn les dépassaient à vive allure et leur apparition rendait toujours le pas des pisteurs plus bondissant. En milieu de matinée, Grace et Thev entonnèrent un hymne joyeux.

Courez, fiers ranyhyn,
Galopez, jouez et étincelez
En toute liberté.
Vous êtes la moelle de la terre.
Nulle rêne ne vous retiendra,
Nul mors ne vous contrôlera,
Nulles griffes, nuls crocs ne vous blesseront
Sans en être punis,

Et nulle goutte de votre sang ne tombera
Sans que l'*amanibhavam* ne guérisse vos plaies.
Nous sommes le peuple de Ra, né pour servir :
Les écuyers soignent,
Les pisteurs protègent,
Les valets veillent sur lit et foyer.
Nos pieds n'emportent pas notre cœur.
Sabots d'herbe trempés,
Front d'une étoile frappé,
Poitrail de bois taillé.
Courez, majestueux ranyhyn.
Nous servons la queue du ciel,
La crinière du monde.

Entendant leur chanson, des ranyhyn vinrent gambader autour d'eux et s'éloignèrent à nouveau, d'un mouvement aussi fluide que si le sol coulait sous leurs sabots.

Dans les bras de Suilécume, Pietten s'agita et s'arracha au sommeil pour observer les magnifiques animaux, une lueur envieuse au fond de ses prunelles vides. Prothall et Mhoram paraissaient aussi détendus que s'ils se sentaient en sécurité pour la première fois depuis leur départ de Pierjoie. Le visage de Covenant était trempé.

La chaleur du soleil changeait sa douleur en hébétude. Il lui semblait que son crâne fumait – qu'il était perché sur une hauteur précaire et que des gouffres vertigineux faisaient claquer leurs mâchoires sur ses talons. Mais le *glutor* de la selle le maintenait sur le dos de Dura. Au bout d'un moment, il s'abîma dans un rêve où il dansa, sanglota et fit l'amour sur l'ordre d'un marionnettiste sardonique.

Quand il se réveilla, l'après-midi était déjà bien entamé, et des montagnes barraient l'horizon. Le groupe progressait à bonne allure. En fait, les chevaux caracolaient comme si la contrée leur donnait plus d'énergie qu'ils ne pouvaient en contenir. Covenant fixa Stabula avec le pressentiment que, là-bas, un respect injustifié pour son anneau d'or blanc pousserait les ranyhyn à le considérer comme un cavalier potentiel. C'était sûrement une des raisons pour lesquelles Prothall avait choisi de traverser les plaines de Ra : pour honorer le seigneur suprême, l'orréchal.

« Par les feux de l'enfer ! » Le lépreux tenta de s'imaginer montant un ranyhyn, mais n'y parvint pas. Plus que toute autre chose – à l'exception, peut-être, d'Andelain –, ces bêtes incarnaient la quintessence du Fief. À cause d'elles, le souvenir de Joan envahit Covenant. Son nez le picota et il serra les dents pour refouler ses larmes.

Il passa les heures suivantes à observer les montagnes. La chaîne qui s'incurvait vers le sud-ouest et le nord-est n'était pas aussi haute que celle qui surplombait Mithil-Stèlage, mais elle présentait des contours âpres et déchiquetés, comme si l'on avait cassé des pics formidables afin de les rendre plus dangereux, plus infranchissables. Covenant ignorait ce qu'il y avait derrière et ne voulait pas le savoir. Leur impénétrabilité lui procurait un obscur réconfort : il lui semblait qu'ils se dressaient entre lui et quelque chose qu'il ne supporterait pas de voir.

Petit à petit, les contreforts grandissaient devant les quêteurs. Le soleil déclinait lorsque le terrain commença à grimper sous les sabots des chevaux. Un flot de lumière orange et rose baignait le dos des cavaliers quand ils franchirent une dernière crête et débouchèrent sur un plateau, au pied d'une falaise abrupte.

Ils étaient enfin arrivés à Stabula.

À sa base, sur deux cent cinquante ou trois cents pieds de hauteur, la paroi s'inclinait fortement vers l'intérieur le long d'un large demi-ovale, découpant une caverne pareille à un bol vertical. Au fond de celle-ci, protégées contre les éléments mais toujours exposées à l'air libre, se dressaient les tentes à arceaux du peuple de Ra. L'entrée, sous le rebord de l'escarpement, était la zone commune où hommes et femmes cuisinaient sur des feux, bavardaient, dansaient et chantaient quand ils n'étaient pas dans les plaines avec les ranyhyn. L'endroit avait un aspect austère, car bien qu'il soit occupé depuis plusieurs générations, il n'était qu'une base, un point de départ pour le nomade peuple de Ra.

Une soixantaine de personnes se rassemblèrent sur le seuil pour regarder approcher la compagnie. La plupart d'entre elles étaient des valets, les adolescents et les vieillards de la tribu, ou d'autres gens qui avaient besoin d'une couche en lieu sûr. Contrairement aux pisteurs et aux écuyers, ils n'avaient pas de cordelette pour se battre.

Lithe était parmi eux. D'un pas léger, elle s'avança à la rencontre des visiteurs, flanquée de trois individus qui devaient aussi être des écuyers, supputa Covenant : comme elle, ils portaient un collier de fleurs jaunes et leur cordelette était nouée autour de leurs cheveux, plutôt qu'à leur taille.

Les quêteurs s'immobilisèrent. Prothall mit pied à terre devant Lithe et ses compagnons. Il s'inclina à la façon de leur peuple et les écuyers firent de même.

— Encore salut à vous, seigneurs venus de si loin, entonna Lithe. Salut à vous, orréchal, haut seigneur, géant et sangardes. Soyez les bienvenus dans le foyer et le lit de Stabula.

À peine s'était-elle tue que les valets s'élancèrent en souriant vers les cavaliers, auxquels ils tendirent, à leur descente de cheval, une petite guirlande de fleurs. Avec des gestes cérémonieux, ils la passèrent au poignet droit de leurs invités.

Covenant se laissa glisser à terre, où l'attendait une adolescente de seize ans tout au plus. Ses longs cheveux noirs s'étalaient sur ses épaules et ses grands yeux bruns étaient pleins de douceur. Contrairement à ses camarades, elle ne souriait pas, très impressionnée de se retrouver face à l'orréchal, le porteur d'or blanc. Elle lui enfila le bracelet végétal avec mille précautions.

Le parfum des fleurs fit vaciller Covenant et lui arracha un haut-le-cœur. C'était de l'*amanibhavam*, qui lui brûla le nez et aiguillonna sa faim dévorante. Avec une expression solennelle, la jeune fille leva les mains et toucha ses larmes, comme si elles étaient précieuses.

Derrière Covenant, les ranyhyn de la sangarde s'éloignaient au galop vers les plaines. Les pisteurs emmenaient les mustangs pour les panser et les nourrir, et d'autres membres de la tribu arrivaient depuis les quatre coins du plateau pour examiner les voyageurs. Mais le lépreux garda les yeux rivés sur son hôtesse, la dévorant du regard comme si elle était comestible. En réponse à sa question muette, elle dit timidement :

— Je suis le valet Gayl. Bientôt, j'en saurai assez pour rejoindre les rangs des pisteurs. (Elle hésita.) Je m'occuperai de vous pendant votre séjour à Stabula. (Voyant qu'il ne réagissait pas, elle ajouta très vite :) Mais d'autres me remplaceront avec joie, si vous préférez.

Covenant garda le silence un moment tandis qu'une fureur inutile se contractait en lui. Puis il rassembla ses forces pour un dernier refus.

— Je n'ai besoin de rien. Ne me touche pas.

Ces mots lui écorchèrent la gorge au passage.

Une main se posa sur son épaule. Tournant la tête, il découvrit Suilécume. Celui-ci le fixait, mais ce fut au regard chagriné de Gayl qu'il lança :

— Ne sois pas triste, petit valet. L'orréchal Covenant nous teste. Il ne pense pas ce qu'il dit.

Gayl eut un sourire plein de gratitude pour Suilécume. Avec une brusque audace, elle répliqua :

— Je ne suis pas si petite, géant. C'est toi qui es trop grand pour voir que je serai bientôt élevée au rang de pisteur.

Suilécume mit un moment à comprendre la plaisanterie. Puis sa barbe frémit et il éclata de rire. Son hilarité s'accrut, se répercutant sur la roche jusqu'à ce que toute la montagne semble partager sa bonne humeur ; celle-ci était si contagieuse que ceux qui l'entouraient s'esclaffèrent à leur tour sans savoir pourquoi.

Pendant un long moment, des bourrasques de rire cascadèrent de la bouche de Suilécume, comme s'il expulsait les débris de son âme. Covenant se détourna, incapable de supporter le poids d'une telle allégresse.

« Enfer et damnation, rumina-t-il en son for intérieur. Qu'es-tu en train de me faire ? » Il n'avait toujours pas pris de décision et touchait aux limites de sa résistance.

Lorsque Gayl offrit de le conduire à sa place pour le banquet que les valets avaient préparé en l'honneur des arrivants, il la suivit sans protester. Elle le guida jusqu'à un espace dégagé où brûlaient trois feux. La plupart des quêteurs s'y trouvaient déjà. Leurs hôtes les répartirent en trois groupes ; les sangardes furent invités à s'installer autour du feu de droite, Quaan et ses quatorze guerriers autour de celui de gauche, et Prothall, Mhoram, Suilécume, Llaura, Pietten et Covenant rejoignirent les quatre écuyers autour de celui du milieu. Le lépreux s'assit en tailleur sur le sol de pierre polie, face aux deux seigneurs et au géant. Lithe se laissa souplement tomber près de lui. Des pisteurs tout juste revenus des plaines avec l'écuyer qui leur servait de tuteur complétèrent le cercle.

La plupart des valets s'affairaient autour de foyers plus petits, dans le fond de la caverne. Mais l'un d'eux se tenait derrière chaque convive afin de le servir. Gayl fredonnait tout bas derrière Covenant, auquel la mélodie rappela une chanson qu'il avait entendue autrefois.

Il y a dans la beauté quelque chose
Qui pousse dans l'âme de l'observateur
Comme une fleur…

Sous la fumée et les odeurs de cuisine, il lui semblait capter le parfum d'herbe fraîchement coupée qui émanait de la jeune fille.

Pendant qu'il se recroquevillait sur lui-même, les derniers rayons du couchant projetèrent des ondulations orange et dorées sur le plafond de la grotte, puis le soleil disparut. La nuit se répandit ; les flammes des feux demeurèrent le seul éclairage de Stabula. L'air était plein de murmures et d'agitation. La nourriture tant redoutée par Covenant n'arriva pas tout de suite. D'abord, les pisteurs dansèrent.

Deux hommes et une femme pénétrèrent dans le cercle dont le lépreux faisait partie. Ils se mirent à virevolter, piaffant, se cabrant ou s'inclinant pour projeter sur les murs des ombres en forme de chevaux, et entonnèrent une chanson tandis que les valets scandaient un rythme complexe en battant des mains. La fluidité de leurs gestes, les brusques sursauts de leur chorégraphie, la teinte brune de leur peau donnaient l'impression qu'ils mimaient le pouls des plaines – en l'accélérant pour que des yeux humains puissent le percevoir. De temps en temps, l'un d'eux passait assez près de Covenant pour qu'il entende la chanson.

Sabots d'herbe trempés,
Front d'une étoile frappé,
Poitrail de bois taillé.
Courez, majestueux ranyhyn.
Nous servons la queue du ciel,
La crinière du monde.

Les paroles et les mouvements des danseurs semblaient exprimer un savoir secret, une vision que Covenant aurait dû partager. Mais cette idée lui répugnait ; aussi s'arracha-t-il à la contemplation des pisteurs pour reporter son attention sur les charbons ardents au cœur du cercle.

Quand le spectacle fut terminé, les valets commencèrent le service. Utilisant de larges feuilles en guise d'assiettes, ils empilèrent du ragoût et des tubercules sauvages devant leurs invités. Grâce aux herbes aromatiques qu'affectionnait le peuple de Ra, la nourriture était parfumée et savoureuse. Les quêteurs l'attaquèrent à belles dents. Pendant un long moment, on n'entendit plus que des bruits de mastication, à Stabula.

Durant le festin, Covenant resta assis les genoux remontés contre la poitrine et les épaules voûtées, telle une souche rabougrie. Il ne prenait aucun des aliments que Gayl lui offrait. Il continuait à regarder le feu ; en son centre, une des braises brûlait d'une lueur écarlate, comme son anneau pendant la nuit. Mentalement, il procéda à une sorte de SVE, étudiant chacune de ses extrémités avec la conviction qu'il allait découvrir une nouvelle tache de gangrène. Il lui semblait qu'il se flétrissait à vue d'œil.

Au bout d'un moment, les convives se remirent à bavarder. Prothall et Mhoram rendirent leurs assiettes aux valets et se tournèrent vers les écuyers. Covenant capta des bribes de leur conversation. Ils parlaient de lui – du message qu'il leur avait apporté, du rôle qu'il jouait dans la destinée du Fief. Leur bien-être apparent contrastait étrangement avec la gravité de leurs paroles.

Près d'eux, Suilécume décrivait à son voisin la malédiction qui pesait sur Llaura et Pietten.

Covenant fronça les sourcils et s'obstina à fixer le feu. Lorsque la lune se leva, il sentit la corruption irradier de son alliance. Il dissimula celle-ci sous son poing et se mit à trembler.

La voûte rocheuse semblait planer au-dessus de lui tel un rapace attendant le moment où il serait le plus vulnérable pour fondre sur son cou exposé. Il avait horriblement faim.

— Je suis en train de devenir fou, marmonna-t-il.

Gayl l'exhorta à manger, mais il ne lui répondit pas.

De l'autre côté du cercle, Prothall expliquait le but de leur quête. Les écuyers l'écoutaient d'un air perplexe, comme s'ils avaient du mal à saisir le rapport entre les plaines de Ra et des maux si lointains. Aussi le haut seigneur leur raconta-t-il ce que les ur-vils avaient fait à Andelain.

Pietten posait un regard vide sur l'entrée de la caverne ; on eût dit qu'il guettait l'apparition de la lune dans le ciel. Près de lui, Llaura s'entretenait à voix basse avec les pisteurs qui l'entouraient. Elle semblait très reconnaissante de leur hospitalité.

Tandis que Suilécume énumérait les horreurs infligées aux deux survivants de la Haute Sylve, son front se plissa sous l'effort qu'il faisait pour endiguer son émotion.

Le feu étincelait comme un seuil derrière lequel se tapissait une intolérable menace. Le dos de Covenant était raide de faiblesse, et ses yeux aussi sombres que deux puits sans fond. Les taches vertes sur sa robe épelaient un avertissement, le désignaient comme un impur.

Il arrivait à la fin de la SVE. Derrière lui se dressait l'impossibilité de croire à la réalité du Fief et, devant lui, celle de croire à son irréalité.

Soudain, Gayl le contourna et vint se planter face à lui, les mains sur les hanches et les yeux lançant des éclairs. Elle se tenait les jambes légèrement écartées, de sorte que Covenant voyait les braises entre ses cuisses.

Il leva la tête vers elle.

— Vous devez vous nourrir, le tança-t-elle. Vous êtes déjà à moitié mort.

Comme elle relevait les épaules, le tissu de sa tunique se tendit sur ses seins. Elle lui rappela Léna.

— Il ne nous a pas raconté ce qui s'est passé pendant la Célébration, était en train de dire Prothall. Il n'a pas empêché le massacre des esprits ; pourtant, nous savons qu'il a combattu les ur-vils d'une façon ou d'une autre. Sa compagne pensait qu'ils étaient tous deux responsables de la fin de la danse.

Covenant tremblait de tout son corps. « Léna, songea-t-il. Léna ? » L'obscurité se jeta sur lui. « Léna ? »

Un instant, sa vision fut obscurcie par des eaux noires et rugissantes. Il se redressa d'un bond. Il avait fait *ça* à Léna, il lui avait vraiment fait *ça ?* Repoussant Gayl, il s'avança vers le feu. « Léna ! » Il brandit son bâton comme une hache et l'abattit sur les flammes. Mais il ne pouvait pas combattre ses souvenirs ni les anéantir. Tandis que des étincelles et des braises volaient dans toutes les directions, la force de l'impact lui arracha l'objet de la main. Il lui avait fait ça ! Agitant son poing droit mutilé sous le nez de Prothall, il s'écria :

— Elle avait tort ! Je n'ai pas pu m'en empêcher ! Je suis lépreux !

« Ah, Léna, qu'ai-je fait ? »

Autour de lui, les convives se levèrent brusquement. Mhoram le rejoignit et tendit une main pour le retenir.

— Du calme, Covenant, lui intima-t-il. Qu'est-ce qui ne va pas ? Nous sommes des invités, ici.

Alors même que Covenant protestait, il comprit qu'Atiaran ne s'était pas trompée. Il s'était vu tuer pendant la bataille de la Haute Sylve et, dans sa folie, avait pensé que le meurtre était un acte nouveau pour lui, un geste sans précédent. En vérité, il était devenu un assassin dès le début de son rêve. Son instinct lui soufflait qu'il n'existait aucune différence entre ce que les ur-vils avaient fait aux esprits et ce qu'il avait infligé à Léna. Il servait le seigneur Turpide depuis son arrivée dans le Fief.

— Non ! cracha-t-il, comme si sa salive était de l'acide. Non, je ne le ferai plus ! Je m'y refuse ! Je ne serai plus jamais une victime ! Je ne me laisserai pas servir par des enfants !

Tandis qu'il tremblait de rage, son esprit hurla : « Tu l'as violée, espèce de salaud corrompu ! »

Il se sentait aussi faible que si sa brusque lucidité lui rongeait les os.

— L'Incrédule ! Qu'est-ce qui ne va pas ? s'enquit Mhoram, inquiet.

— Non, répéta Covenant. Non ! (Il voulait crier, mais sa voix lui paraissait lointaine, étranglée.) Je ne le… tolérerai pas ! Ce n'est pas juste. Je vais survivre ! Vous m'entendez ?

— Qui êtes-vous ? siffla Lithe entre ses lèvres pincées.

Elle porta la main à sa queue-de-cheval, secoua la tête et, d'un geste du poignet, libéra la cordelette, qu'elle tendit entre ses poings. Elle était prête à se battre.

Prothall lui saisit le bras. D'une voix enrouée mais vibrante d'autorité respectueuse, il implora :

— Pardonnez-lui, Lithe. Son problème vous dépasse. Il détient la magie sauvage, qui détruit la paix. Nous devons lui pardonner.

— Me pardonner ? croassa Covenant. (Ses jambes se dérobèrent sous lui, mais Bannor le retint par-derrière et il ne tomba pas.) Vous ne le pouvez pas.

— Demandez-vous à être puni ? interrogea Mhoram, surpris. Qu'avez-vous donc fait ?

— Si je demande... ? (Covenant lutta pour trouver la bonne réponse. Soudain, elle s'imposa à lui.) Non. Appelez les ranyhyn.

— Quoi ? s'écria Lithe.

Toute la tribu fit écho à son indignation.

— Les ranyhyn ! Appelez-les !

— Vous êtes fou ? Prenez garde, orréchal ! Nous sommes le peuple de Ra. Nous n'appelons pas, nous servons. Les ranyhyn viennent à nous quand ils le désirent, et ce n'est jamais la nuit.

— Appelez-les, vous dis-je ! Appelez-les !

La terrible urgence contenue dans sa voix troubla Lithe. Elle hésita, le dévisagea avec un mélange de colère et de compassion, puis tourna les talons et sortit de Stabula.

Soutenu par Bannor, Covenant l'imita en titubant. Il n'était que trop heureux de quitter la caverne, où il croyait sentir la montagne peser sur ses épaules. Les quêteurs et le reste de la tribu lui emboîtèrent le pas. La lune rouge venait d'émerger au-dessus des pics.

Arrivés dehors, ils se rangèrent sur les côtés pour dégager l'entrée de Stabula et laisser les feux de camp illuminer le plateau.

Lithe fendait la nuit en direction des plaines. Covenant s'arrêta pour la suivre des yeux. Avec une détermination qui compensait son manque de force, il dégagea son bras et s'écarta de Bannor. Un instant, il demeura immobile et seul, pareil à un galion échoué sur un récif.

Face à lui, le paysage ensanglanté s'étendait telle une mer morte dont les vagues se rapprochaient en même temps que l'astre nocturne montait dans le ciel. L'alliance de Covenant se consumait dans des flammes froides. Il avait l'impression d'être un aimant, l'axe sur lequel tournait la nuit – comme si lui et son anneau étaient la force qui attirait cette marée de corruption.

Il s'avança jusqu'au milieu du plateau. Un rideau de silence se déploya autour de lui, enveloppant les observateurs.

Lithe s'était arrêtée au bord du vide. Elle ouvrit grands les bras et poussa un cri aigu.

— *Kelenbhrabanal marushyn ! Rushyn hynyn kelenkoor rillynarunal ! Ranyhyn Kelenbhrabanal !*

Puis elle émit un sifflement strident qui se répercuta sur la falaise.

Pendant un long moment, rien ne se produisit. Lithe fit demi-tour et, le menton levé en une attitude de défi, rebroussa chemin vers Stabula à grandes enjambées. En passant près de Covenant, elle aboya :

— J'ai appelé.

La seconde d'après, elle disparut derrière lui et il affronta seul le siège de la lune.

Un grondement sourd s'éleva dans le lointain, un fracas de sabots, qui enfla comme si les collines elles-mêmes fonçaient vers Stabula. Des dizaines de ranyhyn approchaient. Covenant serra les genoux pour ne pas s'écrouler. Il lui semblait que son cœur affaibli allait cesser de battre. Vaguement, il capta le murmure perplexe des observateurs.

Puis le bord du plateau parut se soulever et une vague de ranyhyn déferla sur l'espace découvert qui séparait Stabula des collines. Une centaine de destriers galopant de front et formant un mur de chair se précipitèrent vers Covenant.

Le peuple de Ra poussa des cris de stupeur et d'admiration. Même les plus vieux des écuyers avaient rarement vu autant de ranyhyn à la fois.

Covenant sut qu'il contemplait les plus fières créatures du Fief.

Un instant, il craignit que les superbes animaux ne le piétinent. Au lieu de cela, ils virèrent vers la gauche et décrivirent une boucle jusqu'à ce qu'ils l'aient encerclé – crinière et queue flottant au vent, fronts étoilés reflétant la lumière des flammes, sabots martelant la pierre et rugissant dans ses oreilles.

À chaque révolution, les ranyhyn resserraient le cercle. Leur puissance aiguillonnait la peur de Covenant, le poussait à tourner en même temps qu'eux, comme s'il voulait leur faire face à tous. Son cœur cognait laborieusement dans sa poitrine. Il n'allait pas assez vite pour les suivre. En essayant, il trébucha, perdit l'équilibre et tomba à genoux.

L'instant d'après, il était à nouveau debout, les bras écartés et les jambes raidies contre le vertige de leur manège. Il ouvrit la bouche pour pousser un cri, que le tonnerre des sabots engloutit.

Avec lenteur, les ranyhyn passèrent au trot, puis s'arrêtèrent et pivotèrent vers Covenant. Leurs yeux roulaient dans leurs orbites et plusieurs avaient l'écume aux lèvres. Au début, le lépreux ne comprit pas leur émotion.

Une exclamation monta de la foule des observateurs. Covenant reconnut la voix de Llaura. Tournant la tête, il vit Pietten courir vers les chevaux et Llaura s'élancer derrière lui, mais trop tard pour le rattraper. L'enfant avait pris tout le monde par surprise ; jusqu'alors, les regards étaient restés rivés sur le lépreux.

Pietten atteignit le cercle de ranyhyn et se fraya un chemin entre leurs jambes nerveuses. Il semblait impossible qu'il ne se fasse pas piétiner, car leurs pieds s'agitaient sans cesse, raclant ou frappant le sol.

Soudain, Covenant aperçut une ouverture. Saisissant sa chance, il bondit vers l'enfant et l'arracha au danger. Mais sa main mutilée ne réussit pas à le tenir plus de quelques secondes. Pietten tomba et se releva d'un bond. À la grande surprise du lépreux, il se jeta sur lui et le frappa de toutes ses forces.

— Ils vous détestent, tempêta-t-il. Allez-vous-en !

Le clair de lune se déversait sur le plateau comme s'il dégoulinait des flancs de la montagne. Dans sa lueur, le petit visage de Pietten était tout défait.

Le gamin se débattit, mais Covenant le prit dans ses bras et le plaqua contre sa poitrine. L'immobilisant dans son étreinte, il leva les yeux vers les ranyhyn.

Il comprenait enfin. Jusqu'à présent, il avait été trop occupé à les éviter pour remarquer les réactions qu'il leur inspirait. Les destriers ne le menaçaient pas ; ils étaient terrifiés. Ils n'arrivaient pas à le regarder en face ; leur poitrail ruisselait d'une sueur glacée et leurs membres tremblaient. Pourtant, ils étaient venus.

Contre toute attente et toute tradition, ils se soumettaient à son choix.

Impulsivement, Covenant déplia le bras gauche et brandit son alliance sous le nez d'un étalon. Celui-ci frémit et secoua la tête comme s'il venait de voir un serpent, mais ne recula pas.

Covenant raffermit sa prise autour de Pietten, bien que celui-ci résistât de moins en moins. Les yeux écarquillés, il fixa les ranyhyn et chancela.

Sa décision était prise. Le mâle avait reconnu son anneau. Serrant Pietten sur son cœur, il cria, d'une voix aussi rauque qu'un sanglot :

— Écoutez ! Je vais faire un marché avec vous. Ne me décevez pas. Par les feux de l'enfer ! Écoutez... Je ne supporte pas... Je suis en train de tomber en morceaux – en morceaux. Je vois bien que vous avez peur de moi. Vous me prenez pour un... D'accord. Vous êtes libres. Je ne choisis aucun de vous.

Les ranyhyn l'observaient craintivement.

— Mais en retour, vous devez faire quelque chose pour moi. *Laissez-moi tranquille !* gémit-il sur un ton aigu qui sapa ses dernières forces. (Il haleta.) Vous, le Fief... Ne m'en demandez pas tant.

Il aurait pu s'arrêter là, mais il attendait autre chose en échange de sa magnanimité – quelque chose de plus important que l'acceptation de son incrédulité.

— Écoutez, écoutez... Si j'ai besoin de vous, un jour, vous viendrez. Pour que je ne sois pas obligé de jouer les héros. Ne me décevez pas.

Ses yeux saignaient des larmes, mais il ne pleurait pas.

— Et... Encore une chose. Un dernier service. Léna... (Sa voix s'étrangla.) C'est une adolescente qui vit à Mithil-Stèlage, la fille de Trell et d'Atiaran. Je veux… Je veux que l'un de vous aille la voir. Ce soir, et chaque année le soir de la dernière pleine lune avant le milieu du printemps. Vous êtes tout ce… Elle ne rêve que de vous.

Il secoua la tête pour faire tomber les larmes. Les ranyhyn le fixaient comme s'ils avaient compris ce qu'il essayait de leur dire.

— Maintenant, partez, souffla-t-il. Ayez pitié de moi.

Avec un chœur de hennissements pareil à une explosion, les chevaux sauvages se cabrèrent autour de lui en labourant l'air au-dessus de sa tête. Puis ils firent volte-face et s'éloignèrent au galop. Le clair de lune ne semblait pas les toucher. Ils franchirent la limite du plateau et la terre parut les engloutir dans son étreinte protectrice.

Presque aussitôt, Llaura rejoignit Covenant et lui prit Pietten des bras. Elle le regarda longuement, avec une expression qu'il ne put déchiffrer, puis se détourna. Il la suivit, traînant les pieds et courbant l'échine sous le fardeau de son identité morcelée. Autour de lui, il entendait les murmures des hommes et des femmes de Ra – trop abasourdis pour se sentir offensés par le moindre de ses gestes. Il était au-delà de leur atteinte ; il l'entendait dans leur voix.

— Les ranyhyn l'ont salué, chuchotaient-ils à la ronde.

Il s'en moquait. Il n'avait rien prouvé, rien résolu, et cette idée le rendait malade.

Mhoram s'avança vers lui. Si Covenant ne put soutenir son regard, il entendit l'émerveillement dans sa voix lorsque Mhoram s'exclama :

— Ah ! seigneur suprême ! Jamais aucun mortel n'avait reçu un tel hommage ! Combien sont venus dans les plaines pour s'offrir aux ranyhyn, et repartis bredouilles ? Nul ne le sait. Lorsque vint le tour de Tamarantha ma mère, cinq d'entre eux se présentèrent à elle – cinq. C'était déjà un honneur dont elle n'avait jamais rêvé. Nous n'avons pas entendu ce que vous disiez. Avez-vous refusé leurs services ?

— Oui, grogna Covenant.

« Ils me détestent », ajouta-t-il en son for intérieur.

Il dépassa Mhoram et regagna Stabula. Tanguant comme un navire à la quille brisée, il se dirigea vers le feu le plus proche. Les occupants de la caverne s'écartèrent pour le laisser passer et le suivirent des yeux avec une expression respectueuse. Mais il s'en moquait. Il attrapa le premier morceau de nourriture qui se présenta à lui. La viande glissa entre les doigts malhabiles de sa main droite ; aussi la saisit-il dans son poing gauche pour la dévorer.

Il mangea mécaniquement, remplissant sa bouche et avalant sans mâcher, ou presque. Son repas terminé, il voulut boire quelque chose pour faire glisser le tout. Il promena un regard à la ronde. Suilécume lui tendit un flacon de pierre qui paraissait minuscule dans sa grosse main. Le lépreux s'en saisit et le vida cul sec. Puis il s'affaissa et attendit que l'eau de roche fasse effet.

Cela ne prit pas longtemps. Bientôt, sa tête se remplit de brume. Il savait qu'il allait tomber comme une masse – en réalité, il n'aspirait qu'à cela –, mais avant que le sommeil l'emporte, la douleur dans sa poitrine lui fit murmurer :

— Géant, je… J'ai besoin d'amis.

— Pourquoi crois-tu ne pas en avoir ? répliqua Suilécume.

Covenant cligna des yeux et se repassa ce qu'il avait fait depuis son arrivée dans le Fief.

— Ne sois pas ridicule.

— Donc, tu penses que nous sommes réels.

— Quoi ?

— Tu nous penses capables de ne pas te pardonner. Or, qui te pardonnerait plus volontiers qu'un rêve ?

— Tu te trompes, souffla Covenant. Les songes… ne pardonnent jamais.

Puis la lumière du feu et le visage affable de Suilécume s'évanouirent, et il sombra dans une inconscience bénie.

20

Une question d'espoir

Covenant déambula dans son sommeil en frémissant, comme s'il s'attendait à y rencontrer des cauchemars. Mais il n'en croisa aucun. À travers le flux et le reflux de son errance, il lui semblait que quelqu'un l'observait de loin. Le regard posé sur lui était à la fois anxieux et bienveillant ; cela lui rappela le vieux mendiant qui lui avait fait lire un essai sur « l'interrogation fondamentale de l'éthique ».

Quand il se réveilla, Stabula était baignée par le soleil. Le plafond demeurait plongé dans la pénombre, mais la lumière qui se reflétait sur le sol semblait dissiper le poids oppressant de la pierre. Elle pénétrait assez loin dans la caverne pour signifier à Covenant que c'était le début d'un bel après-midi tiède.

Il était allongé dans le fond du village, entre les tentes. Autour de lui, tout était calme. Sur sa droite, il aperçut Salin Suilécume assis non loin de sa couche. Il referma les yeux avec l'impression d'avoir survécu à un duel. Sans savoir pourquoi, il avait le pressentiment que son marché allait fonctionner.

— Combien de temps ai-je dormi ? demanda-t-il en rouvrant les yeux, comme s'il venait de revenir d'entre les morts.

— Salut à toi, mon ami, lança le géant. Tu ridiculises mon eau de roche. Tu n'as sombré qu'une nuit et une demi-journée.

Covenant s'étira.

— Question d'entraînement. Je suis en train de devenir un expert.

— C'est un talent très rare, sourit Suilécume.

— Pas vraiment. Nous autres, lépreux, sommes plus nombreux que tu ne pourrais le croire.

Covenant s'interrompit et fronça les sourcils, comme s'il s'était surpris à violer sa promesse d'endurer son sort sans se plaindre. Pour éviter que Suilécume ne le prenne au sérieux, il ajouta sur un ton exagérément lugubre :

— Nous sommes partout.

Sa tentative d'humour ne réussit qu'à plonger son interlocuteur dans la perplexité. Au bout d'un moment, celui-ci dit prudemment :

— « Lépreux » n'est pas un nom qui te convient. Il est beaucoup trop court pour toi. Je n'en connais pas la signification, mais mes oreilles ne décèlent que cruauté en lui.

Covenant s'assit et repoussa la couverture.

— La lèpre n'est pas cruelle – pas exactement. (Saisi par une honte inexplicable, il ne put soutenir le regard de son ami.) C'est soit un accident dénué de signification, soit un juste châtiment. Si elle était cruelle, il y aurait beaucoup plus de malades.

— Comment ça ?

— Si Dieu ou une quelconque force supérieure l'utilisait pour faire souffrir les humains, elle ne serait pas si rare. Pourquoi se satisfaire de quelques milliers de victimes abjectes quand on peut en affecter des millions ?

— Un accident, murmura Suilécume. Un juste châtiment. Mon ami, je ne te comprends pas. Tu parles avec tant de hâte. Le Rogue de ton monde ne dispose peut-être que d'un pouvoir limité à opposer à ton Créateur.

— C'est possible. Mais je ne crois pas que ça fonctionne ainsi.

— Pourtant, tu as dit que les lépreux étaient partout, n'est-ce pas ?

— C'était une image. Ou une métaphore. (De nouveau, Covenant tenta de changer son sarcasme en humour.) Je n'arrive jamais à faire la différence.

Suilécume l'étudia longuement, puis demanda sur un ton prudent :

— Mon ami, essaies-tu de plaisanter ?

Covenant eut une grimace sardonique.

— Apparemment, c'est raté.

Le géant secoua la tête.

— Je ne comprends pas cet humour.

— Ne t'en fais pas. (Covenant saisit sa chance de se dérober à la conversation.) Allons chercher de quoi déjeuner. Je suis affamé.

À son grand soulagement, Suilécume éclata de rire.

— Ah, Thomas Covenant ! Te souviens-tu de notre remontée du fleuve jusqu'à la Citadelle ? Quand je suis sérieux, ça te donne toujours faim.

Il saisit un plateau de pain, de fromage et de fruits posé près de lui, ainsi qu'une flasque de guinguet, et tendit le tout à Covenant.

Tandis que Suilécume continuait à glousser, le lépreux se jeta sur la nourriture. Il mangea goulûment pendant quelques minutes avant de regarder autour de lui. Il fut surpris de constater que la caverne était remplie de fleurs. Des guirlandes et des bouquets gisaient partout, comme si chaque membre de la tribu avait fait pousser un jardin pendant son sommeil. Le blanc des pétales et le vert des feuilles atténuaient l'austérité de la roche, la recouvrant telle une robe soyeuse.

— Surpris ? grimaça Suilécume. Ces fleurs sont là pour te rendre hommage. La plupart de nos hôtes ont arpenté les plaines durant la nuit pour les cueillir. En touchant le cœur des ranyhyn, tu leur as inspiré autant de gratitude que de stupéfaction. Pour eux, c'est un miracle qu'une centaine de chevaux soient venus s'offrir à un seul homme. Ils n'échangeraient pas cette vision contre tous les trésors d'Andelain. Aussi te retournent-ils cet honneur à leur façon, si limitée soit-elle.

« Cet honneur ? », se répéta Covenant, surpris.

Le géant s'installa plus confortablement, comme s'il allait entamer un long récit.

— C'est bien triste que tu ne sois pas venu dans le Fief avant la profanation. Alors, le peuple de Ra t'aurait célébré d'une façon qui t'aurait rendu humble jusqu'à la fin de tes jours. Tout était plus beau et plus grand, à cette époque, même les seigneurs produisaient peu de choses capables d'égaler l'artisanat du peuple de Ra. Le « moellage », comme on l'appelait – *anundivian yajña*, dans la langue des vénérables. Autrement dit, la sculpture sur os. À partir des squelettes dénudés par le temps et les vautours qu'ils trouvaient dans les plaines, les hommes et les femmes de Ra créaient des figurines de vérité et de joie. Entre leurs mains, sous le pouvoir de leurs chansons, les os pliaient et devenaient malléables comme de la glaise ; en les modelant, ils tiraient du noyau blanc de la mort des emblèmes pour les vivants. Je n'ai jamais contemplé une de ces figurines, mais mes semblables en parlent souvent. Puis est venue la profanation. Les ranyhyn et le peuple de Ra ont connu la destitution, l'exil et la faim, et oublié leur art. (Suilécume se tut et, au bout d'un moment, se mit à chanter tout bas :) La pierre et la mer sont au cœur de la vie…

Un silence plein d'attention respectueuse l'enveloppait. Autour de lui, les valets s'étaient arrêtés pour l'écouter.

Peu de temps après, l'un d'eux se tourna vers l'entrée de la caverne et agita la main. Suivant la direction de son regard, Covenant vit Lithe, qui traversait le plateau à grandes enjambées. Elle était accompagnée par Mhoram, juché sur une splendide jument ranyhyn rouanne. Cette vision réjouit le lépreux. Il leva son verre et but le reste de guinguet à la santé du seigneur.

— Oui, acquiesça Suilécume, auquel son geste n'avait pas échappé. Il s'est passé beaucoup de choses, ce matin. Le haut seigneur Prothall a choisi de ne pas s'offrir. Il a dit qu'une monture moins noble conviendrait mieux à ses vieux os, comme s'il craignait d'offenser les ranyhyn. Mais il serait bon de ne pas sous-estimer sa force.

Covenant capta le sous-entendu qui coulait tel un torrent dans la voix du géant.

— Prothall va démissionner après cette quête – si tant est qu'elle aboutisse, devina-t-il.

Suilécume grimaça.

— C'est une prophétie ?

— Tu le sais aussi bien que moi. Il pense trop à son échec ; il se reproche constamment de n'avoir pas réussi à maîtriser la Sagesse de Kevin. Il croit qu'il a tout raté et persistera même s'il parvient à récupérer le Bâton de la Loi.

— C'est bien une prophétie, alors.

— Ne ris pas. (Pour Covenant, le fait que Prothall ait refusé de tenter sa chance avec les ranyhyn était lourd de signification, mais il ne savait pas comment l'expliquer.) Bref, conclut-il. Parle-moi plutôt de Mhoram.

— Ce jour, clama joyeusement Suilécume, le seigneur Mhoram fils de Varil a été choisi par Hynaril, des ranyhyn, qui portait jadis Tamarantha Varil-mie. Salut à elle ! Les chevaux sauvages se souviennent d'elle et l'honorent. Jusqu'à présent, aucun ranyhyn n'avait encore eu deux cavaliers. En vérité, c'est un âge de miracles qui commence dans les plaines de Ra.

— De miracles, hein ? marmonna Covenant.

Il n'aimait pas se souvenir de la peur avec laquelle tous ces ranyhyn lui avaient fait face. Il foudroya la flasque du regard, comme si elle le trahissait en étant vide.

Un des valets les plus proches se dirigea vers lui, un broc à la main. Covenant reconnut Gayl. La jeune fille se fraya un chemin entre les fleurs et s'immobilisa à quelques pas de lui. Remarquant qu'il l'observait, elle baissa les yeux.

— Je voudrais bien remplir votre flasque, mais je crains de vous offenser. Vous allez me prendre pour une enfant.

Covenant se raidit. Gayl l'affectait tel un reproche vivant. Pourtant, il se força à lui dire :

— Oublie ce qui s'est passé hier soir. Ce n'était pas ta faute.

Maladroitement, il lui tendit le flacon. Gayl s'approcha et le servit les mains tremblantes.

— Merci, articula Covenant.

Gayl le fixa, les yeux écarquillés. Puis le soulagement s'inscrivit sur ses traits et elle sourit.

Son sourire rappela au lépreux celui de Léna. Délibérément, comme si elle était un fardeau auquel il refusait de se dérober, il lui fit signe de s'asseoir près de lui.

Elle s'installa en tailleur au pied de sa couche. Elle rayonnait littéralement de l'honneur que l'orréchal venait de lui faire. Covenant chercha quelque chose à lui dire mais, avant de trouver, il vit Quaan entrer dans la caverne et se diriger droit vers lui.

— Nous nous inquiétions, lança le galon en le rejoignant. La vie a besoin de nourriture. Vous allez bien ?

— Bien ? (Covenant, qui avait déjà entamé la seconde flasque, avait l'impression de briller comme un ver luisant.) Ne le voyez-vous pas ? Moi, je discerne que vous êtes aussi solide qu'un chêne.

— Vous nous êtes fermé, lâcha Quaan avec une mine désapprobatrice. Ce que nous percevons n'est pas ce que vous êtes.

Cette affirmation ambiguë invitait une réplique mordante, mais Covenant se retint.

— Je me restaure, dit-il en haussant les épaules, comme s'il n'osait pas prétendre à trop de santé.

Quaan prit cette réponse pour ce qu'elle valait. Il hocha la tête, s'inclina légèrement et s'éloigna.

Gayl le suivit du regard.

— Il ne vous aime pas, souffla-t-elle, surprise par tant d'audace imbécile.

De toute évidence, l'exploit accompli par l'orréchal, la veille, l'avait élevé au même rang qu'un ranyhyn à ses yeux.

— Il a de bonnes raisons pour ça, dit platement Covenant.

Gayl hésita. Très vite, comme si elle tâtonnait en quête d'un savoir dangereux, elle demanda :

— Parce que vous êtes un… un lépreux ?

Covenant voyait que ça l'intéressait vraiment. Mais il en avait déjà bien trop révélé sur sa condition. Ce genre de paroles pouvait compromettre l'accord qu'il avait conclu.

— Non. Il me trouve antipathique, c'est tout.

Gayl se rembrunit, comme si elle entendait un mensonge complexe dans sa voix. Pendant un long moment, elle scruta le sol à ses pieds. Puis elle se leva et remplit la flasque jusqu'au goulot.

— J'avais raison, dit-elle à voix basse en se détournant. Vous me prenez pour une enfant.

Elle s'éloigna en balançant les hanches, d'une démarche à la fois crâne et craintive, comme si elle croyait risquer sa vie en traitant l'orréchal de manière si insolente.

Covenant fixa son jeune dos en s'interrogeant sur la fierté des gens dont l'existence était liée à celle des chevaux – et sur les raisons pour lesquelles il avait tant de mal à dire la vérité.

Son regard dériva vers l'entrée de Stabula. Dehors, Lithe et Mhoram se tenaient face à face dans la lumière du soleil. Tunique brune et robe bleue, ils se disputaient comme la terre et le ciel. En se concentrant, le lépreux parvint à distinguer leurs paroles.

— Je vais le faire, insistait Lithe.

— Non, écoutez-moi, protesta Mhoram. Il n'en veut pas. Vous ne réussirez qu'à le faire souffrir, et vous avec.

Depuis les profondeurs fraîches et obscures de la caverne, Covenant détailla le seigneur. Son nez lui donnait l'aspect d'un homme solide, qui ne se dérobe pas devant les faits, aussi brutaux soient-ils. S'il s'opposait à quelque chose, il y avait de grandes chances pour que cela déplaise effectivement au lépreux.

Furibonde, Lithe tourna le dos à Mhoram et traversa le village. Elle s'approcha de Covenant et le surprit en se laissant tomber à genoux devant lui. Puis elle se prosterna et, le front collé au sol, clama :

— Je suis votre servante. Vous êtes l'orréchal, maître des ranyhyn.

Covenant en resta bouche bée. Incapable de concevoir un sentiment susceptible de pousser un écuyer à s'incliner aussi bas, il mit quelques instants à comprendre ce que Lithe avait voulu dire. Il sentit son visage s'empourprer.

— Je ne veux pas de servante, protesta-t-il d'une voix rauque.

Alors, il aperçut Mhoram debout derrière Lithe, l'air mécontent. Il se reprit et ajouta plus gentiment :

— Je ne mérite pas l'honneur de votre service.

— Si ! contra Lithe sans bouger. Les ranyhyn se sont cabrés devant vous. Je l'ai vu.

Covenant était bien ennuyé. Il ne trouvait aucun moyen d'empêcher Lithe de s'humilier sans accentuer sa propre humiliation. Il avait depuis longtemps oublié le tact et la diplomatie, mais il s'était engagé à se montrer plus souple, à s'adapter aux exigences du Fief. Depuis son départ de Mithil-Stèlage, il avait eu à maintes reprises l'occasion de voir ce qui se passait quand il laissait les gens le traiter comme un personnage mythique.

— Ça ne change rien, bougonna-t-il. Je n'ai pas l'habitude qu'on me traite ainsi. Dans mon propre monde, je suis un homme sans importance. En me rendant hommage, vous me mettez mal à l'aise.

Mhoram poussa un soupir de soulagement. Lithe releva la tête et dit sur un ton abasourdi :

— Est-ce possible ? Peut-il exister un monde où vous ne comptiez pas parmi les grands ?

— Croyez-moi sur parole, grimaça Covenant en vidant la flasque d'un trait.

Lithe se redressa lentement. Elle ne semblait pas persuadée que le lépreux pense ce qu'il venait de dire.

— Il en sera comme vous le désirez, orréchal Covenant. Mais nous n'oublierons pas que les ranyhyn se sont cabrés devant vous. Si nous pouvons vous rendre le moindre service, n'hésitez pas à nous le faire savoir.

Vous pourrez nous commander en tout ce qui ne concerne pas les ranyhyn.

— Il y a bien une chose… suggéra le lépreux en fixant le plafond. Donnez un foyer à Llaura et à Pietten.

Quand il baissa les yeux vers Lithe, il vit qu'elle grimaçait.

— Llaura était un des aubiers de la Haute Sylve, s'écria-t-il, furieux, et Pietten n'est qu'un enfant ! Ils ont bien assez souffert pour mériter votre hospitalité et un peu de gentillesse !

Mhoram s'interposa.

— Suilécume a déjà parlé aux écuyers, révéla-t-il. Ils ont accepté de s'occuper de Llaura et de Pietten.

Lithe acquiesça.

— Ce ne sera pas une tâche difficile. Si les ranyhyn ne nous obligeaient pas à nous démener, nous passerions nos journées à dormir.

Sans se départir de sa grimace, elle prit congé de Covenant et ressortit dans la lumière du soleil.

Mhoram aussi souriait.

— Vous semblez en meilleure forme, seigneur suprême. Vous allez bien ?

Covenant baissa le nez vers le flacon.

— Quaan m'a demandé la même chose tout à l'heure. Comment pourrais-je le savoir ? Ces jours-ci, j'ai du mal à me souvenir de mon propre nom la moitié du temps. Je suis en état de voyager, si c'est ce qui vous intéresse.

— Tant mieux, se réjouit Mhoram. Nous devons nous remettre en route le plus tôt possible. Il est très agréable de nous reposer ici, dans la sécurité de Stabula, mais si nous voulons préserver ce genre d'endroits, nous ne pouvons pas nous permettre de nous y attarder. Je vais dire à Quaan et à Tuvor de préparer notre départ.

Avant que le seigneur puisse s'éloigner, Covenant lança :

— Dites-moi une chose. Pourquoi sommes-nous venus ici ? Vous vous êtes trouvé un ranyhyn, mais nous avons perdu quatre ou cinq jours. Nous aurions pu éviter Morinmoss.

— Voulez-vous vraiment discuter de stratégie ? Nous pensons prendre l'avantage en passant là où Sialon ne nous attend pas, et en lui laissant le temps de réagir à sa défaite à la Haute Sylve. Nous espérons qu'il enverra une armée à notre recherche. Mais si nous arrivons trop tôt, celle-ci sera toujours au mont Tonnerre.

Covenant résista à la plausibilité du scénario.

— Vous prévoyiez de venir ici longtemps avant que nous nous fassions attaquer à la Haute Sylve. Vous en aviez l'intention depuis le début. Je veux savoir pourquoi.

Mhoram soutint son regard impérieux sans ciller, mais ses traits se figèrent, comme s'il pensait que le lépreux n'allait pas apprécier la réponse.

— Quand nous avons dressé notre plan, à Pierjoie, j'ai vu le bien qui ressortirait de ce détour.

— Vous avez vu ? répéta Covenant.

— Je suis un oracle, lui rappela Mhoram. Je vois… à l'occasion.

— Et… ?

— Et cette fois, j'ai vu juste.

Covenant n'était pas prêt à explorer le sujet plus avant.

— Ça doit être amusant…

Il n'y avait pas de sarcasme dans sa voix et Mhoram laissa échapper un petit rire.

— Je préférerais voir le bien plus souvent, dit-il sans amertume. Il est si rare, à notre époque !

Comme il s'éloignait pour distribuer ses ordres à la compagnie, Suilécume commenta :

— Il y a encore de l'espoir pour toi, mon ami.

— Ben voyons, ricana Covenant. Géant, si j'étais aussi grand et aussi fort que toi, il y en aurait toujours, pour moi.

— Pourquoi ? répliqua Suilécume. Crois-tu que l'espoir soit enfant de la force ?

— Oui. Après tout, où en puiser, si ce n'est dans le pouvoir ? Et si je me trompe… Par l'enfer ! Ça veut dire que dans mon monde, un paquet de lépreux se fourrent les doigts qui leur restent dans l'œil, tenta de plaisanter Covenant.

— Comment jauges-tu le pouvoir ? interrogea le géant avec un sérieux inattendu.

— Hein ?

— Je n'aime pas la façon dont tu parles des lépreux. Quelle est la valeur de la force, si ton ennemi en possède plus que toi ?

— Tu supposes l'existence d'un adversaire. C'est un peu trop facile. Je n'aimerais rien tant que blâmer quelqu'un pour tous mes tourments. Mais ça n'est qu'une autre forme de suicide, une manière d'abdiquer la responsabilité de me maintenir en vie.

— En vie, hein ? Réfléchis encore, Thomas Covenant. Quelle est la valeur du pouvoir, s'il ne régit pas la mort ? Si tu places ton attente en quoi que ce soit d'autre, tu risques de te perdre.

— Et alors ?

— Mais le pouvoir sur la mort est une illusion. La vie ne saurait exister sans son pendant.

C'était un fait incontestable. Pourtant, Covenant ne s'était pas attendu à ce que le géant emploie un tel argument. Cela lui donnait envie de sortir de la caverne pour retrouver la lumière du jour.

— Suilécume, marmonna-t-il en se redressant, tu réfléchis trop.

Le géant le fixa avec intensité et ne répondit pas.

— D'accord, d'accord. Tu as raison, capitula Covenant. Alors, dis-moi, où peut-on puiser l'espoir ?

Suilécume se leva lentement. Sa tête touchait presque le plafond.

— Dans la foi.

— Tu fréquentes les humains depuis trop longtemps ; tu es contaminé par leur précipitation, grimaça Covenant. La « foi », c'est un mot trop court. De quoi veux-tu parler exactement ?

Le géant commença à se frayer un chemin parmi les fleurs.

— Je te parle des seigneurs. Réfléchis, mon ami. Pour eux, la foi est une façon de vivre. Ils se dévouent entièrement au service du Fief. Ils ont prêté le serment de paix – juré de ne poursuivre leur objectif que d'une certaine façon, de choisir la mort, plutôt que de succomber à la passion ravageuse qui aveugla le haut seigneur Kevin et entraîna la profanation. Crois-tu que Mhoram cédera jamais au désespoir ? Telle est l'essence de son serment. Jamais il ne désespérera ; jamais il n'assassinera, ne profanera, ne détruira. Et jamais il ne faillira, car son dévouement envers le Fief le sustentera. Le service nourrit le service.

— Ce n'est pas la même chose que l'espoir, répliqua Covenant.

Flanqué du géant, il sortit de Stabula et s'avança sur le plateau ensoleillé. Comme il baissait les yeux pour se protéger contre la vive lumière, son regard se posa sur les taches qui constellaient sa robe. Il tourna brusquement la tête vers la caverne. Dedans, les branchages s'entremêlaient aux fleurs de telle sorte qu'ils ressemblaient à des traces de mousse sur du brocart blanc.

Le lépreux bougonna.

— Tout ce qu'il faut pour éviter le désespoir, c'est une stupidité irrémédiable ou une obstination sans bornes, énonça-t-il sur un ton docte.

— Non, insista Suilécume. Les seigneurs ne sont pas stupides. Contemple le Fief.

Il écarta largement les bras, comme s'il voulait que Covenant embrasse le pays d'un horizon à l'autre.

Le regard du lépreux ne portait pas si loin, mais il scruta les plaines en clignant des paupières. Il entendit les sangardes siffler et les ranyhyn hennir en réponse à leur appel. Il remarqua l'émerveillement affectueux des valets qui émergeaient de la caverne, trop impatients pour attendre l'apparition des chevaux à l'intérieur. Au bout d'un moment, il résuma :

— En d'autres termes, l'espoir vient du pouvoir de ce que nous servons, et non de nous-mêmes. Par les feux de l'enfer, géant, tu oublies qui je suis.

— Vraiment ?

— Quoi qu'il en soit, pourquoi serais-tu expert en la matière ? Je ne vois rien qui justifie que tu désespères.

— Ah oui ? (Suilécume souriait, mais sous le rempart de son front, ses yeux étaient durs.) C'est toi qui oublies que j'ai appris à haïr. Que… Mais laissons cela. Si je te disais que je te sers, moi, Salin Suilécume, géant d'Ondemère et légat de mon peuple ?

Dans cette question, Covenant entendit des échos pareils à un craquement de poutres dans le vent, et il frémit.

— Ne parle pas comme un maudit illuminé. Dis-moi quelque chose que je puisse comprendre.

Suilécume se baissa pour lui toucher la poitrine d'un index épais. On aurait dit qu'il voulait marquer un point sur la carte de sa robe.

— L'Incrédule, tu tiens le sort du Fief entre tes mains. Pulverâme lance son attaque contre les seigneurs au moment même où notre rêve de rentrer chez nous semble enfin susceptible de se concrétiser. Dois-je t'expliquer que tu as le pouvoir de tous nous sauver ou nous condamner ?

— Par l'enfer ! s'exclama Covenant. Combien de fois devrai-je te répéter que je suis lépreux ? Cela n'est qu'une lamentable méprise. Turpide se joue de nous.

— Alors, répondit Suilécume à voix basse, pourquoi es-tu si surpris d'apprendre que j'ai réfléchi aux fondements de l'espoir ?

Covenant soutint le regard du géant. Celui-ci le fixait comme si l'espoir des apatrides était un navire en train de couler, et l'impuissance du lépreux à le sauver lui faisait mal. Mais il vint à son secours en disant :

— Ne t'inquiète pas, mon ami. Cette histoire est encore trop brève pour que quiconque puisse deviner comment elle se terminera. Tu l'as dit tout à l'heure :

j'ai passé trop de temps avec les humains. Mes semblables riraient beaucoup s'ils pouvaient me voir – un géant qui ne possède plus la patience nécessaire pour attendre la fin des choses. Les seigneurs dissimulent dans leurs manches bien des tours qui pourraient surprendre Pulverâme. Garde courage. Il se peut que toi et moi ayons déjà enduré notre part de cette terrible épreuve.

— Tu parles trop, géant, grommela Covenant.

Une fois de plus, il se sentait dépassé par l'affabilité et l'optimisme de Suilécume. Jurant entre ses dents, il se détourna et se mit en quête de ses affaires. Un brouhaha de préparatifs montait depuis les plaines et, à Stabula, les valets étaient occupés à remplir des sacoches de provisions. La compagnie serait bientôt prête à partir et Covenant ne voulait pas être à la traîne.

Il trouva son bâton, son couteau et ses vêtements de rechange soigneusement disposés sur une dalle, au milieu des fleurs. Hélant un valet rouge et essoufflé, il lui réclama de l'eau, du savon et un miroir. Un bon rasage ne serait pas du luxe et il se devait bien ça, estimait-il.

Quand il leva la tête après s'être éclaboussé le visage, Pietten se tenait devant lui, l'air grave ; dans le miroir calé contre une pierre, il vit que Llaura était derrière lui, les lèvres pincées, comme si elle se forçait à faire quelque chose qui ne lui plaisait pas. Passant une main dans ses cheveux, elle dit sur un ton sec :

— Vous avez demandé au peuple de Ra de nous recueillir.

Covenant haussa les épaules.

— Suilécume en a fait autant.

— Pourquoi ?

Dans la question de la sylvestre se bousculaient une myriade de sous-entendus. Alors, Covenant vit le souvenir d'un arbre en feu se réfléchir dans ses prunelles.

— Pensez-vous vraiment avoir une chance de vous venger de Turpide ? lui demanda-t-il prudemment. Et être capable de la saisir le cas échéant ? (Il jeta un coup d'œil à Pietten.) Laissez faire Prothall et Mhoram. Vous pouvez avoir confiance en eux.

— Évidemment, dit Llaura, comme si elle n'en avait jamais douté.

— Alors, contentez-vous de la tâche qui est déjà la vôtre. Pensez à Pietten et à ce qui va lui arriver. Nul ne sait mieux que vous combien cela risque d'être terrible. Il aura besoin de vous.

Le petit garçon étouffa un bâillement et, avec la finalité d'une sentence de mort, lâcha :

— Ils vous détestent.

— Que pourrais-je bien faire pour lui ? répliqua Llaura sur un ton de défi. L'avez-vous observé ? La nuit, il ne dort pas : il dévore la lune des yeux. Il se délecte du goût du sang. Ce n'est plus un enfant. (Elle parlait comme si Pietten ne pouvait pas l'entendre, et lui l'écoutait comme si elle récitait une formule sans importance.) Il n'est plus que trahison, incarnée dans la peau d'un gamin. Dites-moi, l'Incrédule, comment pourrais-je l'aider ?

Covenant se mouilla à nouveau le visage, puis saisit le savon et le fit mousser entre ses mains. Il sentit le regard de Llaura peser sur sa nuque tandis qu'il s'en barbouillait les joues et le menton.

— Voyez ça avec les ranyhyn, marmonna-t-il. Il a l'air de bien les aimer.

Quand Llaura le dépassa pour prendre Pietten par la main, il poussa un soupir et saisit le couteau. Il tremblait et se vit en train de se trancher la gorge. Mais la lame glissa sur sa peau aussi docilement que si elle se rappelait qu'Atiaran avait refusé de lui faire du mal.

Le temps qu'il finisse de se raser, les quêteurs s'étaient rassemblés devant l'entrée de Stabula. Il se hâta de les rejoindre, comme s'il craignait que la compagnie ne parte sans lui.

Les cavaliers ajustèrent une dernière fois leur selle et leurs sacoches. Covenant rejoignit Dura. L'état des chevaux le surprenait. Le pelage lustré, tous semblaient aussi bien nourris et reposés que s'ils étaient entre les mains expertes du peuple de Ra depuis le milieu du printemps. Certains mustangs presque morts de fatigue au sortir de Morinmoss raclaient le sol de leurs sabots et secouaient impatiemment la tête.

On aurait dit que les quêteurs avaient oublié où ils allaient. Les guerriers riaient ensemble. Le vieux Birinair faisait claquer sa langue et sermonnait les valets qui, selon lui, ne manipulaient pas les branches de *lillianrill* avec assez de précaution. Il les traitait comme des enfants gâtés, mais s'amusait trop pour réussir à le cacher derrière un masque de dignité. Assis sur le dos d'Hynaril, Mhoram affichait un large sourire. Le haut seigneur Prothall se tenait près de sa monture, l'air aussi détendu que si des années de tracas s'étaient envolées de ses épaules. Seuls les sangardes, déjà en selle, conservaient leur mine austère.

La bonne humeur générale perturba Covenant : au-delà du repos que ses compagnons venaient de prendre, il redoutait qu'elle découle partiellement de sa rencontre avec les ranyhyn. Les miliciens avaient été aussi impressionnés que le peuple de Ra et confortés dans leur désir de voir en lui un nouveau Berek. Le porteur d'or avait prouvé qu'il était quelqu'un d'important.

« Les ranyhyn étaient terrifiés ! aboya le lépreux en son for intérieur. Ils ont senti l'emprise de Turpide sur moi. » Mais il avait promis de se montrer plus souple, plus docile, en échange de sa survie. Aussi garda-t-il le silence, même s'il trouvait malhonnête de laisser ses compagnons croire qu'ils avaient raison.

Tandis que les cavaliers bavardaient et plaisantaient, Lithe vint se planter devant eux, suivie par plusieurs autres écuyers et un groupe de pisteurs.

— Les seigneurs ont réclamé l'aide du peuple de Ra dans leur lutte contre Crochal l'Équarrisseur, lança-t-elle sur un ton cérémonieux. Mais nous servons les ranyhyn. Nous ne quittons jamais les plaines. Telle est notre vie, et elle nous convient ; nous ne demandons rien d'autre jusqu'à la fin, quand toute la Terre sera comme Andelain, et qu'hommes et ranyhyn vivront en paix, sans être assaillis par les loups ou par la faim.

« Pourtant, nous devons faire notre possible pour soutenir les adversaires de Crochal. Aussi, voici ce que nous vous proposons. Je vais vous accompagner. Et mes pisteurs aussi, si tel est leur choix. Nous nous occuperons de vos chevaux pendant le voyage. Quand vous les abandonnerez pour chercher l'antre souterrain de Crochal, nous veillerons sur eux. Seigneurs, acceptez ce service comme un honneur rendu à des amis et une preuve de loyauté donnée à des alliés.

À l'unisson, les pisteurs Hurn, Thev, Grace et Rustah s'avancèrent, et se déclarèrent prêts à suivre Lithe où elle les emmènerait.

Prothall s'inclina devant la jeune femme à la manière de son peuple.

— C'est un grand service que vous nous offrez. Nous savons que votre cœur est avec les ranyhyn. En tant qu'amis, nous refuserions cet hommage, si notre besoin d'alliés n'était pas si grand. Mais le péril qui nous menace nous oblige à accepter toute aide volontaire. Soyez les bienvenus parmi nous. Vos talents de chasseurs faciliteront grandement notre voyage. Nous espérons vous honorer en retour, si nous survivons à notre quête.

— Tuez Crochal, dit Lithe. Ce sera suffisant pour nous satisfaire jusqu'à la fin de nos jours.

Elle rendit son salut à Prothall et les membres de la tribu qui s'étaient rassemblés derrière elle l'imitèrent.

Quelques minutes plus tard, les compagnons étaient en selle et prêts à partir. Guidés par Lithe et ses pisteurs, ils s'éloignèrent de Stabula au petit trot, comme s'ils avaient trouvé une source de courage intarissable dans le village du peuple de Ra.

21

Coupe-Gorge

Pleins d'assurance et de bonne humeur, ils traversèrent les plaines en direction du nord sans apercevoir aucun signe de danger sur leur chemin. Les ranyhyn galopaient dans l'herbe haute et Suilécume racontait des histoires gaies. Quaan et ses guerriers ripostaient à grands coups de boutades et de plaisanteries. Lithe et ses pisteurs les divertissaient avec des démonstrations de leurs talents de chasseurs.

Le premier soir, les quêteurs chevauchèrent très tard, au mépris de la lune souillée. Et le suivant, ils campèrent sur la rive sud du gué de l'Erratique.

Très tôt le lendemain matin, ils passèrent la rivière et virèrent vers le nord-est, en direction de Morinmoss. En milieu d'après-midi, ils atteignirent la lisière est de la forêt. Cette nuit-là, ils dormirent en bordure d'une région hostile, où personne ne vivait et où peu de voyageurs s'aventuraient. Son sol plat était raviné et noirci comme un ancien champ de bataille – une étendue autrefois riante, dont la vie avait été étouffée par les flots de sang versés. Seuls des arbres rabougris, des broussailles et quelques buissons d'*aliantha* piquetaient son étendue aride. La compagnie arrivait au sud du mont Tonnerre.

Le lendemain, Mhoram fit à Covenant le récit du lugubre désert qu'ils traversaient. Bordé, à l'est, par la faille, celui-ci courait depuis les chutes de la Cavalière jusqu'au mont Tonnerre. Jadis, il avait servi de front d'attaque naturel aux armées de Turpide : les hordes issues de la Crypte n'avaient qu'à escalader la Faille pour s'y déverser et se répandre dans les Hautes Terres. Ainsi les premières grandes batailles contre le Rogue avaient-elles eu lieu sur ce site. Au fil des âges, les défenseurs du Fief avaient lutté pour repousser Turpide et échoué parce qu'ils ne pouvaient pas bloquer tous les accès au sommet de l'immense falaise. Alors les troupes du Rogue déferlaient vers l'ouest, le long de la Mithil, et frappaient au cœur des plaines centrales. Durant la dernière guerre, avant que Kevin le Dévastateur invoque le rituel de profanation, Turpide avait progressé encore plus loin, remontant vers le nord pour affronter les seigneurs à Kurash Plenethor, désormais appelée la Mémoriade.

En présence de tant de morts anciennes, les cavaliers baissèrent la voix et ravalèrent leurs plaisanteries. Mais ils continuèrent à chanter et, à plusieurs reprises, évoquèrent la légende de Berek Demi-Main et des lions de feu. Ici, Berek s'était battu ; il avait vu tomber ses amis et perdu ses doigts. Ici, il avait connu le désespoir et s'était enfui vers les pentes de Gravin Threndor. Là-bas, il avait trouvé le pouvoir et l'amitié de la Terre. C'était un hymne réconfortant et les quêteurs reprirent le refrain ensemble comme une supplique.

Berek ! Viens à notre secours, Terramis !
La terre donne et répond à l'appel du pouvoir.
Berek ! Guéris-nous, rends-nous la lumière et l'espoir,
Purge le Fief de la mort sanglante et de ses ennemis !

Ils avaient bien besoin de ce réconfort. Le paysage qui les entourait semblait dire que la victoire de Berek était une illusion ; que son Bâton de la Loi, la lignée de seigneurs qu'il avait créée, ses œuvres et celles de ses descendants se résumaient à cette étendue de broussailles, de pierre noircie et de poussière ; que la véritable histoire du Fief était écrite ici, dans les amas de cailloux pareils à des tumulus qui se succédaient depuis les plaines de Ra jusqu'au mont Tonnerre, depuis les collines d'Andelain jusqu'à la Faille.

L'atmosphère de la région perturbait Suilécume. Il marchait d'un pas fébrile, comme s'il réprimait une furieuse envie de se mettre à courir. Il parlait sans cesse, cherchant sans doute à maintenir son moral à flot par un torrent de légendes et de chansons. Au début, les cavaliers s'en réjouirent : tel un *aliantha* spirituel, les histoires de Suilécume soulageaient leur accablement dévorant. Mais Sialon Larvae était tapi dans les catacombes du mont Tonnerre et chaque minute les rapprochait davantage de lui. Le quatrième jour après la traversée du gué de l'Erratique, Covenant eut l'impression de se noyer dans les paroles de Suilécume ; désormais, quand les guerriers chantaient, leurs voix étaient plus implorantes que confiantes – comme celle de quelqu'un qui siffle la nuit pour se rassurer.

Avec l'aide de Lithe et de ses pisteurs, Prothall indiquait à ses compagnons les meilleurs endroits où passer pour ménager leurs montures et progresser plus rapidement. Ce soir-là, longtemps après le coucher du soleil, quand la lune en phase ascendante découpa son sinistre croissant très haut dans le ciel, les quêteurs, épuisés, dressèrent le camp au bord de la Faille.

Le lendemain matin, Covenant résista à la tentation de s'approcher du gouffre. Il voulait jeter un coup d'œil aux Basses Terres, apercevoir les plaines Dévastées et le plateau de Sarangrave, les régions dont Suilécume avait tant parlé les jours précédents. Mais il n'avait aucune intention de s'exposer à un accès de vertige. Le fragile équilibre de son marché ne couvrait pas les risques inutiles. Aussi resta-t-il au camp tandis que la plupart de ses compagnons s'éloignaient pour observer le paysage en contrebas.

Un peu plus tard, alors que les cavaliers longeaient le précipice à moins d'un jet de pierre, il demanda à Mhoram de lui parler de la Faille.

— Ah ! la Faille, répéta pensivement celui-ci. Bien que cette histoire ne soit corroborée par aucun de nos plus anciens mythes, on raconte qu'elle fut créée par le sacrilège qui enfouit de monstrueux fléaux sous les racines du mont Tonnerre. Durant un cataclysme qui ébranla jusqu'à son cœur même, la Terre vomit son dégoût des maux qu'on la forçait à abriter. Son haut-le-cœur fut si violent qu'il détacha les Hautes Terres des Basses en les propulsant vers le ciel.

« Aujourd'hui, la Faille part de la cordillère Sudronne, longe la chute de la Cavalière, traverse le mont Tonnerre et s'enfonce d'au moins cinq cents lieues dans l'hiver inexploré des pics Nordrons. Sa hauteur varie d'un endroit à l'autre, mais elle coupe le Fief en deux et nous interdit d'oublier.

La voix tranchante du seigneur aiguisa l'anxiété de Covenant, qui garda soigneusement le regard braqué vers l'ouest pour s'ancrer dans le désert et contrebalancer sa peur des hauteurs.

Un peu avant midi, le temps changea. Sans crier gare, un vent âpre, hérissé d'augures ténébreux, se mit à souffler du nord. En quelques minutes, des nuages noirs et bouillonnants s'amoncelèrent. Des éclairs déchirèrent l'air ; le tonnerre gronda tels des rochers pulvérisés. Puis, se déversant des cieux hurlants, la pluie s'abattit sur les voyageurs avec une telle violence que les chevaux courbèrent l'échine sous son assaut. Les cataractes giflaient les cavaliers, les trempaient jusqu'à la moelle, les aveuglaient. Lithe envoya ses pisteurs en éclaireurs pour empêcher la compagnie de foncer tête baissée dans le vide. Prothall leva son bâton flamboyant pour guider les quêteurs. Ils resserrèrent les rangs et les sangardes positionnèrent leurs ranyhyn autour d'eux pour encaisser le plus gros de l'attaque.

Dans l'éclat blanc de la foudre, la lumière du haut seigneur paraissait si ténue, si fragile ! Les détonations se succédaient, pareilles à des explosions déclenchées par le doigt d'un fou. Covenant se recroquevillait sur le dos de Dura, frémissant comme si le ciel était de pierre et que ses roulements risquaient de le briser en mille morceaux. Il ne voyait plus les pisteurs, ne savait pas ce qui se passait autour de lui et craignait constamment de sentir sa monture basculer dans le trou. Pour ne pas se perdre, il gardait les yeux rivés sur la flamme bleue de Prothall.

La compétence des pisteurs préserva la troupe, qui poursuivit sa progression vers le mont Tonnerre. Mais son voyage ressemblait à une errance sous l'effondrement céleste. Les cavaliers parvenaient à garder le cap malgré l'acharnement de la tempête. Le vent et la pluie leur cinglaient le visage avec tant de force qu'ils leur transperçaient les yeux et leur taillaient les joues en pièces – du moins, était-ce l'impression qu'ils avaient. L'averse glacée raidissait leurs membres, les paralysait lentement telle une *rigor mortis* prématurée. Pourtant, ils s'obstinaient comme s'ils essayaient de renverser un mur de pierre avec leur front.

Ils cheminèrent ainsi pendant deux jours entiers, sourds et aveugles à tout. Ils chevauchaient jusqu'à l'épuisement, se reposaient debout, les rênes à la main et de la boue jusqu'aux genoux, mangeaient de la nourriture détrempée, à peine réchauffée sur les feux de *lillianrill* que Birinair empêchait de s'éteindre, se comptaient pour s'assurer qu'ils n'avaient perdu aucun des leurs, remontaient en selle et repartaient, jusqu'à ce que, vidés, ils fassent de nouveau halte. Parfois, il leur semblait que seule la maigre flamme bleue de Prothall les tirait en avant.

Puis Mhoram passa dans les rangs. Son visage ruisselait telle une épave jaillie des flots. Il s'approcha de chaque quêteur et, afin de couvrir le rugissement des éléments, lui hurla à l'oreille :

— Sialon – la tempête – pour nous ! Mais il – trompé ! – Le plus gros – passé – à l'ouest ! Courage ! C'est – bon présage !

Covenant était trop las et trop transi pour lui répondre. Mais il perçut le courage et la générosité dans la voix de Mhoram. Quand la compagnie se remit en route, il plissa les yeux et fixa la flamme de Prothall, comme s'il tentait de sonder un mystère.

La lutte se poursuivit, se prolongea bien au-delà des limites de l'endurance humaine. Au bout d'un certain temps, celle-ci même devint une chose abstraite. Le vacarme et la fureur de la tempête réduisaient les cavaliers à des tas de chair à vif, juste capables de se maintenir en selle. À chaque nouvelle explosion, Covenant sursautait. Il ne voulait plus rien de la vie, sinon s'allonger dans la boue. Mais le feu de Prothall brûlait toujours. Telle une chaîne, il emprisonnait les quêteurs, les entraînait de force en avant. Covenant l'assimilait au plus précieux des trésors.

Puis le groupe passa la frontière. Ce fut aussi brutal que si le mur contre lequel il s'était jeté avait soudain basculé dans la boue. En l'espace de dix battements de cœur, le vent balaya les restes de la tempête, laissant les cavaliers dégoulinants et pantelants sous le ciel ensoleillé. Derrière eux, ils entendaient le tumulte s'éloigner précipitamment. Autour d'eux gisaient les vestiges du déluge : ruisseaux débordants, mares brunâtres, bosquets inondés. Devant eux, au nord-est, se découpait l'énorme masse du mont Tonnerre – Gravin Threndor, le pic des Lions de Feu –, aussi majestueux et lugubre qu'un prolongement du cœur de la Terre.

Pendant un long moment, il les maintint sous son emprise telle une chape de silence. Plus haut que l'observatoire de Kevin, il semblait agenouillé au bord de Sarangrave, les coudes calés sur le plateau et le cou tendu au-dessus de la falaise, en une étrange attitude d'arrogance et de prière mêlées. Sa tête surplombait la Souille, qui coulait à sa base en direction de l'est, d'au moins mille deux cents pieds. Ses flancs étaient entièrement nus. Aucun arbre, aucune touffe d'herbe ne les protégeait contre les intempéries ; au lieu de cela, ils se paraient de falaises abruptes, semblables à des facettes – certaines aussi noires que l'obsidienne, d'autres grises comme les cendres d'un feu de granit. On aurait dit que leur pierre était trop riche, trop chargée de pouvoir pour nourrir une vie moins rude.

Là, au plus profond du torse caverneux de la montagne, se trouvait la destination des quêteurs : Kiril Threndor.

Dix lieues les séparaient encore du pic, mais la distance était trompeuse. Déjà, son visage rocheux balafré dominait l'horizon ; par-delà le gouffre de la Faille, il s'imposait à leur vue telle une exigence irréfutable. Le mont Tonnerre ! Ici, Berek Demi-Main avait reçu sa plus grande révélation. Ici, la quête du Bâton de la Loi espérait reconquérir l'avenir du Fief. Ici, Thomas Covenant cherchait à se libérer de l'impossibilité de son rêve. Les compagnons fixaient l'éminence vertigineuse comme si elle sondait leur cœur et leur posait des questions auxquelles ils ne pouvaient pas répondre.

Puis Quaan grimaça et lança :

— Du moins sommes-nous assez propres pour nous atteler à notre tâche.

Cette remarque incongrue brisa la transe de la troupe. Quelques miliciens éclatèrent de rire pour se soulager de la tension des derniers jours et les autres se mirent à glousser, défiant Sialon de croire que la bourrasque les avait affaiblis. Bien qu'épuisés par leur travail d'éclaireurs, les pisteurs s'esclaffèrent eux aussi, partageant un humour qu'ils ne comprenaient pas vraiment.

Seul Suilécume ne réagit pas. Son regard était rivé sur le mont Tonnerre.

Les quêteurs trouvèrent une colline relativement sèche où se reposer, se restaurer et panser leurs montures. Suilécume les suivit distraitement. Pendant que ses compagnons s'installaient, il resta à l'écart, scrutant la paroi comme s'il déchiffrait des secrets dans ses crevasses et ses anfractuosités. Doucement, il se mit à fredonner :

À présent, nous sommes les apatrides,
Privés de racines, d'ancêtres et de frères.
Abandonnant les mystères d'autres délices,
Nous avons hissé nos voiles pour retracer notre chemin.
Mais les vents de la vie ne nous ont pas portés dans la bonne direction
Et nous n'avons jamais retrouvé notre pays par-delà les mers.

Le haut seigneur prolongea la halte aussi longtemps qu'il l'osa en terrain découvert. Puis il donna le signal du départ et, pendant le reste de l'après-midi, guida les cavaliers le long de la Faille. Avant la tempête, Covenant avait appris que l'unique accès aux catacombes du mont Tonnerre passait par Coupe-Gorge, la gueule rocheuse qui engloutissait la Sérénité à l'ouest de la falaise et la recrachait quelques lieues plus loin, dans les Basses Terres, après que des remous souterrains l'avaient changée en la Souille – un torrent grisâtre chargé de la boue et des déchets de la Nécropole.

Ainsi l'espoir de Prothall reposait-il dans leur itinéraire. Le haut seigneur pensait qu'en approchant le mont Tonnerre par le sud et en pénétrant Coupe-Gorge par l'est, la compagnie atteindrait l'extrémité ouest sans se faire repérer. Cependant, il ne voulait pas prendre de risques inutiles. Gravin Threndor oblitérait dangereusement le ciel et, déjà, se penchait vers les cavaliers comme si lui aussi ployait sous la volonté de Sialon Larvae.

Exhortant les pisteurs, épuisés, à choisir le meilleur chemin possible, Prothall força la compagnie à avancer bien après le coucher du soleil. Lui-même chevauchait le dos courbé et la tête inclinée. Affronter la tempête semblait avoir sapé ses forces. Quand il parlait, c'était d'une voix chevrotante, éraillée par les ans.

Le matin suivant, le soleil se leva telle une blessure dans un ciel de cendre. De gros nuages gris se massaient dans les airs et un vent froid soufflait depuis le sommet de la montagne. De l'autre côté de la plaine, les flaques d'eau de pluie se mirent à stagner, comme si le sol refusait d'absorber autant d'humidité et préférait la laisser se putréfier en surface. Alors qu'ils s'apprêtaient à monter en selle, les quêteurs entendirent un grondement sourd, pareil à un roulement de tambour, enfoui au cœur de la roche. Ils le sentaient vibrer sous leurs pieds et jusque dans leurs genoux.

C'était le tempo d'un rassemblement, l'appel à la guerre.

Prothall réagit comme à un défi.

— *Melenkurion !* lança-t-il d'une voix forte et claire. Debout, champions du Fief ! J'entends battre la terre ! Cela annonce la plus grande bataille de notre temps !

Il se hissa sur le dos de son mustang, sa robe bleue ondulant derrière lui.

— Salut à vous, haut seigneur Prothall ! répondit le galon Quaan. Nous sommes fiers de vous suivre !

Le vieillard redressa les épaules. Son cheval remua les oreilles, leva la tête et s'avança en se pavanant. Les ranyhyn poussèrent des hennissements et la troupe emboîta fièrement le pas à Prothall, comme habitée par l'esprit des vénérables.

À travers des gravats de plus en plus denses, ils se frayèrent un chemin vers le mont Tonnerre au rythme du vrombissement continu, qui les accompagnait telle une exhalaison de mépris. Mais dès qu'ils commencèrent à gravir la pente, ils l'oublièrent pour se concentrer sur l'escalade. Les collines étaient pareilles aux plis d'un manteau de pierre que le mont Tonnerre aurait laissé tomber à ses pieds des siècles auparavant et les longer en direction de l'ouest se révéla plutôt ardu. Souvent, les cavaliers étaient forcés de mettre pied à terre pour guider leurs montures parmi des éboulis peu commodes à négocier. Le terrain rendait leur progression laborieuse, malgré les efforts déployés par les pisteurs. Le pic se penchait vers eux comme pour observer leur lutte sans importance. De son sommet soufflait un vent glacial.

À midi, Prothall fit halte dans un ravin profond qui béait sur la paroi telle une plaie. Là, les quêteurs se restaurèrent et se reposèrent. Dès qu'ils s'arrêtaient, ils entendaient le battement sous leurs pieds et le vent semblait se précipiter vers eux pour les renverser. Même assis face au soleil, ils ne pouvaient s'empêcher de frissonner – certains à cause du froid, d'autres à cause des tambours.

Dès qu'il eut fini son repas, Mhoram rejoignit Covenant et suggéra qu'ils remontent le défilé ensemble. Le lépreux, qui n'appréciait guère l'oisiveté, acquiesça avec empressement et suivit le seigneur jusqu'à une brèche. Quand il y pénétra, il découvrit une large vue d'Andelain, qui s'ouvrait devant lui.

Si haut perché, il avait l'impression de contempler la contrée depuis une fenêtre découpée à même la roche. Face à lui, les collines fertiles occupaient l'horizon. Leur beauté lui coupa le souffle. Il les balaya d'un regard avide et, l'espace de quelques secondes, le temps s'arrêta pour lui. La santé vivace d'Andelain brillait comme un champ d'étoiles malgré le ciel gris et l'environnement menaçant. Covenant répugnait à respirer, de peur de briser le charme, mais au bout d'un moment, ses poumons brûlants le rappelèrent à l'ordre.

— Voici le Fief, chuchota Mhoram. Au-dessus de nous, le sévère et puissant mont Tonnerre. Sous nos pieds, les catacombes qui recèlent les plus noirs fléaux de la Terre. Derrière nous, le champ de bataille. En contrebas, le plateau de Sarangrave. Et devant nous... l'inestimable Andelain, joyau du Fief.

Il se tenait le dos très droit et les épaules rejetées en arrière.

Covenant lui jeta un coup d'œil.

— Donc, vous m'avez amené ici pour me convaincre que tout cela vaut la peine que je me batte. (Le goût amer de la honte lui arracha une grimace.) Vous attendez quelque chose de moi : une déclaration d'allégeance avant que vous affrontiez Sialon.

Les lémures qu'il avait tués gisaient, raides et froids, dans son souvenir.

— Évidemment. Mais c'est le Fief lui-même qui vous le réclame, précisa Mhoram. (Puis, d'une voix vibrante, il ordonna :) Contemplez-le, Thomas Covenant. Ouvrez grands vos yeux et vos oreilles. Regardez et écoutez ; entendez les tambours et entendez-moi. Ceci est le cœur du Fief. Ce n'est pas le domaine du Rogue. Il désire le pouvoir des fléaux et sa place est à la Crypte. Il n'y a pas en lui assez de beauté, de profondeur ou de rigueur pour cet endroit et, quand il s'y manifestera, ce sera à travers les ur-vils ou les lémures. Le voyez-vous ?

— Oui, je le vois. (Covenant soutint le regard du seigneur sans frémir.) J'ai déjà conclu un marché – déjà fait la paix, si vous préférez. Je ne tuerai plus jamais.

— Fait la paix ? répéta Mhoram, perplexe. (La lueur dangereuse s'estompa lentement dans ses yeux.) Alors… Pardonnez-moi. En temps de troubles, certains seigneurs réagissent étrangement.

Il fit demi-tour et, dépassant Covenant, redescendit vers le fond du ravin.

Un moment, le lépreux demeura immobile devant la « fenêtre » et le suivit du regard. La référence à Kevin ne lui avait pas échappé, mais il se demandait quel lien Mhoram voyait entre celui-ci et lui. Le croyait-il capable de ce genre de désespoir ?

Marmonnant entre ses dents, il rejoignit le reste de la compagnie. Il sentit les guerriers le jauger à la dérobée, comme s'ils essayaient de deviner ce qui s'était passé entre Mhoram et lui. Peu lui importait ce qu'ils lisaient en lui.

Quand la procession se remit en route, il guida Dura vers la sortie du défilé sans se soucier des cailloux instables qui, plus d'une fois, le firent tomber à quatre pattes, et lui écorchèrent dangereusement les genoux et les mains. Il pensait à la Célébration, à la bataille de la Haute Sylve, aux enfants, à Llaura, à Pietten, à Atiaran, à l'affranchi – dont il ignorait toujours le nom –, à Léna, à Triock et à la guerrière qui était morte en le protégeant ; il tentait de se convaincre que sa décision tenait toujours, qu'il n'était pas suffisamment en colère pour recommencer à se battre.

Cet après-midi-là, les quêteurs progressèrent laborieusement, gagnant de l'altitude tandis qu'ils se frayaient un chemin vers l'ouest. À aucun moment ils n'aperçurent leur destination, même quand le soleil descendit vers l'horizon et que le rugissement de l'eau se superposa au grondement de la terre.

Peu avant le crépuscule, ils pénétrèrent dans un ravin à pic, abrité contre les éléments. Dans la paroi s'ouvrait une brèche trop étroite pour les chevaux, dont s'échappait un torrent. Confiant leurs montures aux pisteurs, ils s'y engagèrent à pied et parvinrent de l'autre côté de la montagne, au-dessus de Coupe-Gorge.

Ils ne percevaient plus les tambours, le tumulte de l'eau étouffant les sons, à l'exception de leurs cris. Les murs de pierre, hauts et abrupts, bouchaient l'horizon des deux côtés. À travers l'écume qui les recouvrait comme de la brume, les quêteurs distinguaient la gorge elle-même – le canal exigu qui comprimait la Sérénité, enflammée par la lueur du couchant. Celle-ci s'engouffrait dans le passage une lieue à l'ouest et, gagnant de la vitesse en chemin, fonçait vers les entrailles du mont comme si elle était aspirée par l'abîme. Le soleil déclinant se découpait telle une boule de sang dans le ciel plombé et sa lumière embrasait les rares arbres assez audacieux ou enracinés par le devoir pour s'accrocher aux murailles verticales. Mais à l'intérieur, tout n'était que bouillonnement et onde torturée.

Le rugissement inondait les oreilles de Covenant et la pierre humide semblait se dérober sous ses pieds. Un instant, les falaises tanguèrent autour de lui ; il sentit la gueule du mont Tonnerre s'ouvrir pour l'avaler. Puis il se ressaisit et battit en retraite à l'intérieur de la crevasse. Plaqué contre la roche, il pressa une main sur son cœur et tenta de calmer sa respiration haletante.

Il y eut un ébranlement, et il entendit les cris surpris et effrayés des miliciens, et le hurlement étranglé de Suilécume. Mais il ne bougea pas jusqu'à ce que ses genoux cessent de trembler et que ses pieds reprennent confiance. Alors seulement, il s'avança pour découvrir la source de l'agitation, la main gauche suivant la paroi et la droite prenant appui sur les épaules des quêteurs qu'il dépassait.

Un peu plus loin, Suilécume se débattait. Deux sangardes étaient suspendus à ses bras et il les cognait contre le roc en sifflant rageusement :

— Lâchez-moi ! Lâchez-moi ! Je les veux !

On aurait dit qu'il voulait se jeter dans le vide.

— Non !

D'un bond, Prothall le rejoignit. Il arrivait tout juste à la ceinture du géant. Mais les flammes du couchant semblèrent accroître sa stature et son autorité comme il tonnait :

— Frère de roc ! Reprends-toi ! Par les sept tabernacles ! Ravages-tu ?

Alors, Suilécume se débarrassa des sangardes, saisit Prothall par le devant de sa robe, le souleva de terre et le colla contre le mur.

— Si je ravage ? lui cracha-t-il à la figure. Est-ce une accusation ?

Les sangardes se redressèrent et bondirent. Mais un cri de Mhoram les arrêta net. Bien que suspendu en l'air comme une serpillière trempée, Prothall n'avait pas cillé.

— Ravages-tu ? répéta-t-il calmement.

L'espace d'un affreux instant, Suilécume resserra son étreinte comme s'il voulait broyer le vieillard dans son poing. Covenant chercha quelque chose à dire, quelque façon d'intervenir, en vain.

Derrière lui, Tuvor lança clairement :

— Un ravageur ? Dans le corps d'un géant d'Ondemère ? Impossible !

Comme empalé par cette affirmation, Suilécume partit d'une violente quinte de toux qui le plia en deux. Il reposa Prothall, puis bascula en arrière et s'écroula contre la muraille opposée. Lentement, sa rage se mua en un ricanement teinté d'hystérie.

Superposé sur le flux rugissant, ce son donna la chair de poule à Covenant. Il ne put le supporter. Poussé par un besoin impérieux de comprendre ce qui arrivait à son ami, il s'avança pour un coup d'œil en plongée.

Alors qu'il se raidissait pour lutter contre le vertige, il vit ce qui avait enflammé Suilécume. « Ah, géant ! se dit-il. Tuer… » En contrebas, une vingtaine de pieds à peine au-dessus du niveau de l'eau, une étroite corniche longeait la paroi sud. Dessus, en rythme, une armée de lémures émergeait du mont Tonnerre.

Menées par un triangle d'ur-vils, les créatures dégingandées jaillissaient de la montagne en files interminables, une lueur affamée dans leurs yeux de magma. Plusieurs milliers d'entre elles avaient déjà quitté la Nécropole et cela se poursuivait, comme si le mont Tonnerre crachait toute la vermine qu'il abritait.

« Suilécume ! » Un instant, le cœur de Covenant battit au rythme de la douleur du géant. À cause de ces monstres, un peuple entier risquait de perdre l'espoir de revoir sa patrie.

« Tuer. Est-ce la seule réponse ? »

Hagard, Covenant chercha des yeux le moyen par lequel Suilécume avait voulu atteindre les lémures. Il le trouva aisément. Un escalier grossier, presque vertical, se découpait dans la paroi sud, menant à la saillie et le long de la paroi nord, des marches grises et usées montaient jusqu'au sommet de la gorge.

Mhoram avait rejoint Covenant et sa voix lui parvint étouffée.

— C'est l'ancien regard de Coupe-Gorge. La partie du premier tabernacle qui évoque cet endroit est assez facile à comprendre. Il fut créé pour l'observation et la dissimulation des traîtres. Car c'est ici que, jadis, Turpide le Rogue révéla ses véritables intentions au haut seigneur Kevin ; ici que fut portée la première attaque de la guerre ouverte qui s'acheva par le rituel de profanation.

« Avant cela, Kevin le Dévastateur doutait déjà de Turpide sans savoir pourquoi – car le Rogue n'avait perpétré aucun méfait qu'il puisse découvrir. Parce qu'il se sentait coupable de douter de lui, il lui témoignait encore davantage de confiance. Puis, conformément aux plans du Rogue, le conseil reçut un message des démondims demandant aux seigneurs de se rendre au Creuset – le laboratoire où sont créés les ur-vils – pour y rencontrer les vilmestres, qui affirmaient détenir un pouvoir secret.

« De toute évidence, Turpide voulait que Kevin se rende au mont Tonnerre. Mais le haut seigneur se méfiait et il décida de ne pas répondre à son invitation. Puis, honteux, il se ravisa et envoya certains de ses plus puissants alliés à sa place. Ainsi une délégation de vénérables descendit-elle la Sérénité en bateau jusqu'au mont Tonnerre. Là, dans le rugissement, l'écume et la corruption de Coupe-Gorge, elle tomba dans l'embuscade tendue par les ur-vils. Ses membres furent massacrés et leurs corps jetés dans l'abysse. Alors, des armées semblables à celle-ci sortirent des catacombes et le Fief se retrouva plongé dans un conflit auquel il n'était nullement préparé.

« Des batailles meurtrières se succédèrent sans résultat. Le haut seigneur Kevin se battit bravement, mais il avait envoyé ses amis à la mort. Bientôt, il prit l'habitude de rencontrer le désespoir sous le ciel de minuit. Vous connaissez la suite.

La course précipitée de l'eau hypnotisait Covenant, lui donnait le tournis. Des gouttes d'écume perlaient sur son visage comme de la sueur. Suilécume avait voulu faire la même chose : se jeter dans la gueule tentatrice de la gorge et tomber à bras raccourcis sur les lémures.

Au prix d'un effort qui lui arracha un gémissement, le lépreux recula. S'appuyant à la paroi rocheuse, il demanda sans transition apparente :

— Rit-il toujours ?

Mhoram comprit ce qu'il voulait dire.

— Non. Il s'est assis par terre. Il fredonne la chanson des apatrides et ne réagit pas quand on lui parle.

« Suilécume ! », haleta Covenant en lui-même.

— Pourquoi avez-vous retenu les sangardes ? Il aurait pu blesser Prothall.

Mhoram se tourna vers le lépreux.

— Salin Suilécume est mon ami. Comment aurais-je pu interférer ? (Il marqua une pause, puis ajouta :) Le haut seigneur n'était pas sans défense.

— Mais un ravageur aurait pu… suggéra Covenant.

— Non, coupa Mhoram sur un ton qui n'admettait aucune réplique. Tuvor a dit vrai. Aucun ravageur n'est assez puissant pour posséder un géant.

— Mais quelque chose… Quelque chose lui fait mal, insista Covenant. Il ne croit pas à tous ces augures. Il pense que… Sialon ou quelqu'un d'autre va empêcher son peuple de rentrer chez lui.

Quand Mhoram répondit, ce fut d'une voix si basse que le lépreux fut obligé de lire sur ses lèvres grimaçantes.

— Moi aussi.

« Suilécume ! » Covenant jeta un coup d'œil au géant. Dans la pénombre, celui-ci ressemblait à un bloc de granit. Recroquevillé sur lui-même, il chantait doucement, le regard perdu dans le vide. Covenant sentit une colère empathique monter en lui. Mais il s'accrocha à son marché et la réprima. Les murailles rocheuses se penchaient vers lui comme des ailes ténébreuses et suffocantes. Les dents serrées, il dépassa Suilécume et rebroussa chemin.

Peu de temps après, la compagnie avait regagné le ravin. Les quêteurs dînèrent à la lueur d'une unique torche de *lillianrill*, puis essayèrent de dormir. Covenant avait l'impression qu'il n'y parviendrait pas. Il sentait l'armée de lémures se dévider tel un écheveau de destruction tissant la mort du Fief. Mais le bruit de l'eau le berça jusqu'à ce qu'il se détende. Il s'assoupit alors que les tambours résonnaient toujours à travers la pierre, sous lui.

Plus tard, il sursauta. La lune avait dépassé le sommet du mont Tonnerre et surplombait le défilé. Il devina que minuit était passé. Au début, il crut que l'œil sanglant, presque grand ouvert, l'avait arraché à son sommeil. Puis il réalisa que la vibration guerrière s'était évanouie. Promenant un regard à la ronde, il vit Tuvor chuchoter quelque chose à l'oreille de Prothall. L'instant d'après, le dragon commença à réveiller les guerriers.

Bientôt, tous furent debout et prêts à partir. Covenant avait passé son couteau dans la ceinture de sa robe et tenait son bâton. Birinair brandissait une baguette au bout de laquelle brûlait une petite flamme et, dans cette lumière vacillante, Prothall rejoignit Lithe, Quaan et Tuvor.

— C'est la dernière fois que nous contemplons le ciel, dit-il d'une voix affaiblie par l'âge. Les entrailles du mont Tonnerre ont fini de vomir les hordes de Sialon. Ceux d'entre nous qui en auront le courage vont descendre dans la Nécropole. Nous devons saisir cette chance d'y accéder pendant que l'attention du lémure reste concentrée sur son armée – avant qu'il se rende compte que nous ne sommes pas à l'endroit qu'il croit.

« Si certains d'entre vous veulent renoncer à notre quête, c'est le moment ou jamais. Une fois que nous serons dans les catacombes, il ne pourra plus y avoir de retraite ni de fuite en cas d'échec. Vous avez courageusement servi le Fief jusqu'à présent. Nulle honte ne pèsera sur vous si vous abandonnez maintenant.

— Allez-vous faire demi-tour, haut seigneur ? s'enquit Quaan.

— Ah ! non, soupira Prothall. C'est la plus grande épreuve de notre temps et je me suis engagé à l'affronter. Je n'ose pas me dérober.

Alors Quaan répliqua :

— Une phalange de la milice peut-elle tourner les talons quand elle a un haut seigneur pour la guider ? Jamais !

Et tous ses hommes répétèrent en chœur :

— Jamais !

Covenant se demanda où était Suilécume et ce qu'il allait faire. Pour sa part, il savait qu'il n'avait pas le choix : son instinct lui disait que seul le Bâton de la Loi – ou la mort – le libérerait de son rêve.

L'instant d'après, Lithe s'adressa à Prothall, la tête rejetée en arrière et le corps tendu comme un arc.

— J'ai donné ma parole. Mes pisteurs s'occuperont de vos chevaux et les soigneront en espérant votre retour. Mais moi… (Elle secoua ses cheveux attachés comme si elle se lançait un défi.) J'irai avec vous. Sous terre.

Prothall ouvrit la bouche pour protester. Elle l'en empêcha d'une main levée.

— Vous donnez un exemple que je me dois de suivre. Comment pourrais-je de nouveau regarder un ranyhyn dans les yeux si je ne vous avais accompagnés si loin que pour me détourner quand le péril devient trop grand ? Et puis, j'ai un pressentiment. Le peuple de Ra connaît la terre et le ciel, l'herbe et l'air. Nous ne perdons pas notre chemin dans le noir – les ranyhyn ont enseigné le sens de l'orientation à nos pieds. Il me semble que je saurai toujours revenir sur mes pas. Si vous triomphez et survivez, vous aurez peut-être besoin de moi pour ressortir... Bien que je sois très loin des plaines de Ra et de moi-même.

Les ombres dessinèrent une grimace sur le visage de Prothall, mais il répondit calmement :

— Je vous remercie, écuyer. Les hommes et les femmes de Ra sont de vaillants amis de la Terre. (Il balaya la compagnie du regard.) Venez donc. L'issue de notre quête est toute proche. Quoi qu'il puisse advenir de nous, tant qu'il restera des gens pour chanter, ils raconteront qu'en cette heure sombre, le Fief avait de dignes champions pour le défendre. À présent, soyez fidèles jusqu'à la fin.

Sans attendre de réponse, il se détourna et s'engagea dans la brèche.

Les guerriers laissèrent Covenant passer derrière les deux seigneurs, comme pour lui témoigner leur respect. Prothall et Mhoram marchaient côte à côte et, quand ils approchèrent du regard, Covenant aperçut Suilécume entre leurs épaules. Il était perché au bord de la falaise, les mains calées sur les parois de chaque côté de sa tête. Tournant le dos aux arrivants, il scrutait l'ordre. Sa silhouette massive se découpait sur le ciel vermillon.

Quand les seigneurs le rejoignirent, il dit d'une voix caverneuse :

— Je resterai ici. Je veillerai. Je vous protégerai. Moi vivant, l'armée de Sialon ne vous prendra pas au piège du mont Tonnerre. (Un instant plus tard, il ajouta :) D'ici, je ne sentirai pas la Nécropole. (Il semblait avoir contemplé les profondeurs les plus obscures de son être ; pourtant, Covenant entendit dans sa phrase suivante un vague écho de sa bonne humeur d'antan.) Les catacombes n'ont pas été faites pour des créatures aussi grandes que les géants.

— C'est un choix très sage, murmura Prothall. Nous aurons besoin de ta protection. Mais ne t'attarde pas ici après la pleine lune. Si nous ne sommes pas revenus d'ici là, nous serons perdus, et tu devras rentrer chez toi pour avertir ton peuple.

Comme en réponse à une autre voix, Suilécume entonna :

— Souvenez-vous du serment de paix. Dans le labyrinthe que vous vous apprêtez à traverser, il sera votre fil conducteur. Il vous préservera contre les desseins secrets et meurtriers de Pulverâme. Souvenez-vous-en. Il se peut que l'espoir vous trompe et vous entraîne sur une mauvaise piste. Mais la haine… La haine corrompt. J'ai été trop prompt à haïr. Je suis en train de devenir ce que j'abhorre.

— Aie un peu de respect pour la vérité, aboya Mhoram. (Son ton cinglant fit sursauter Covenant.) Tu es Salin Suilécume, des géants d'Ondemère, frère de roc des hommes du Fief. Personne ne peut te priver de ce nom.

Covenant n'avait pas entendu d'autoapitoiement dans la voix du géant : juste de la lucidité et du chagrin. Suilécume n'ajouta rien. Il demeura aussi immobile que la roche sur laquelle il s'appuyait, telle une statue érigée là pour occuper le regard.

Les seigneurs ne perdirent pas davantage de temps avec lui. Déjà, la nuit pâlissait et ils voulaient entrer dans la montagne avant le lever du jour.

Ils se mirent en position. D'abord Prothall, Birinair et deux sangardes, suivis par Tuvor. Puis Mhoram, Lithe, Bannor, Covenant et Korik. Quaan et ses quatorze guerriers, et enfin, les quatre derniers sangardes.

Ils n'étaient que vingt-neuf contre l'incommensurable puissance de Sialon Larvae.

Ils tendirent une ligne de *glutor* de Tuvor au dernier sangarde. Puis, en file indienne, ils descendirent l'escalier raide et humide qui conduisait à Coupe-Gorge.

22

Les catacombes du mont Tonnerre

La lune de Sialon emplissait la nuit d'une amertume pareille à du fiel. Sous son œil cyclopéen, l'eau se débattait au fond du passage qui l'étranglait. L'écume et la mousse humide rendaient l'escalier aussi traître qu'un marécage.

Covenant tremblait d'appréhension. Quand son tour d'entamer la descente était venu, le vertige l'avait paralysé. Bannor avait alors proposé de le porter, mais il avait trouvé en lui assez de fierté pour se remettre en mouvement. Bannor et Korik tenaient les deux extrémités de son bâton pour lui faire une rambarde. Ce qui ne l'empêchait pas de planter ses pieds sur chaque marche, comme s'il espérait les enfoncer dans la pierre.

Bientôt, la ligne de quêteurs se dévida le long de la paroi irrégulière telle une guirlande. Ils ne disposaient que de la torche de Birinair pour les guider, à mesure qu'ils s'enfonçaient dans le gouffre. Chaque degré était plus glissant que le précédent. Derrière lui, Covenant entendit un cri terrifié. Un des miliciens venait de perdre l'équilibre. Mais les sangardes qui assuraient le reste de la compagnie étaient solides et il se rétablit très vite.

La descente s'éternisait. Les pieds hésitants de Covenant provoquaient des crampes dans ses chevilles. Il tenta de plaquer ses semelles à la pierre par la seule force de sa concentration ; il agrippa son bâton jusqu'à ce que le bois semble se dérober sous ses paumes trempées de sueur. Ses genoux se mirent à trembler.

Mais Bannor et Korik le maintenaient debout et, peu à peu, la distance qui le séparait de la corniche diminuait. Au bout d'une longue minute d'angoisse, sa panique naissante s'estompa.

Puis il atteignit la saillie. Il se tenait au centre de la procession, entre la falaise et le lit du torrent. Au-dessus de lui, la fente de ciel commençait à virer au gris, mais ce frémissement d'aube ne faisait que renforcer l'obscurité de la gorge. La torche de Birinair crépitait comme si elle était perdue dans une région sauvage et inconnue.

Les quêteurs devaient hurler pour se faire entendre par-dessus le fracas du courant. Quaan aboya des ordres aux miliciens, qui vérifièrent leurs armes. Quelques gestes et deux ou trois hochements de tête suffirent à Tuvor pour distribuer ses dernières instructions aux sangardes. Covenant saisit fermement son bâton et s'assura qu'il n'avait pas perdu son couteau. Il avait la vague impression d'oublier quelque chose.

Mais avant de pouvoir chercher quoi, il fut distrait par des cris.

Face au haut seigneur Prothall, le vieux Birinair vociférait en agitant les bras. Pour une fois, il ne semblait guère se soucier de sa dignité.

— Vous ne pouvez pas faire ça ! s'époumonait-il. Songez au risque !

Prothall secoua la tête.

— Vous ne pouvez pas passer devant ! insista l'hospitalier. Laissez-moi vous remplacer !

De nouveau, Prothall refusa en silence.

— Évidemment ! tempêta Birinair, luttant pour lui communiquer sa détermination à travers le rugissement de l'eau. Vous ne devez pas le faire ! Moi, je peux ! Je connais la tradition. Évidemment ! Croyez-vous être la seule personne assez âgée pour avoir étudié ? J'ai vu les anciennes cartes. Je ne suis pas un imbécile, vous savez, même si j'ai l'air vieux et… (Sa voix se brisa.) Et inutile. Vous devez me laisser prendre la tête !

Prothall fit un gros effort pour crier sans avoir l'air en colère.

— Le temps presse ! Ne traînons pas. Birinair, mon ami, je ne peux pas me décharger de mon fardeau en vous mettant en première ligne ! C'est ma place.

— Abruti, cracha l'hospitalier, prêt à toutes les insolences pour obtenir gain de cause. Comment y verrez-vous ?

— Quoi ? sursauta Prothall.

— Oui, comment y verrez-vous ? répéta Birinair, sarcastique. Si vous nous éclairez la voie avec le feu seigneurial, vous nous mettrez tous en danger ! Sialon vous repérera avant que vous ayez atteint Ponterrier !

Enfin, Prothall comprit.

— Ah ! c'est vrai. (Ses épaules s'affaissèrent.) Votre lumière est plus discrète que la mienne. Si j'utilise mon bâton, Sialon nous sentira sûrement approcher. (Il pivota avec humeur.) Dragon Tuvor ! ordonna-t-il sur un ton sec. L'hospitalier Birinair va passer devant. Il éclairera notre chemin à ma place. Protégez-le bien. Ne le laissez pas succomber aux périls qui devraient m'échoir.

Birinair se redressa de toute sa hauteur : il avait retrouvé sa dignité. Il éteignit sa torche et la remit à un guerrier pour que celui-ci la range avec le reste de son équipement. Puis il frotta l'extrémité de son bâton et une flamme jaillit sous ses doigts. D'un geste brusque, il invita la compagnie à le suivre et se dirigea vers la gueule du mont Tonnerre à grandes enjambées.

Aussitôt, Terrel et Korik le dépassèrent pour se poster en éclaireurs une vingtaine de pieds devant lui. Deux sangardes se placèrent derrière l'hospitalier, suivis par Prothall et Mhoram marchant de front, deux autres sangardes, puis Lithe, Covenant et Bannor en file indienne. Quaan prit la tête de ses miliciens disposés en rangs de trois, laissant les deux derniers sangardes fermer la marche. Dans cette formation, la troupe longea la corniche vers l'entrée des catacombes.

Covenant leva brièvement les yeux pour jeter un ultime regard à Suilécume, mais ne le vit pas : l'obscurité était trop épaisse et le chemin accidenté exigeait toute son attention. Il pénétra dans la montagne sans lui avoir fait le moindre signe d'adieu.

Ainsi le groupe abandonna-t-il la lumière du jour – le soleil, le ciel, l'herbe et toute possibilité de retraite – pour poursuivre sa quête dans les entrailles du mont Tonnerre.

Covenant s'enfonça dans ce royaume de ténèbres comme dans un cauchemar. Il n'était pas préparé à franchir l'entrée des catacombes. Il s'en était approché sans la moindre peur, son soulagement d'avoir survécu à la descente l'ayant temporairement immunisé contre la panique. Il n'avait pas dit au revoir à Suilécume et avait oublié quelque chose, mais ces préoccupations étaient occultées par le sentiment que le pacte conclu allait le tirer de son rêve sans entamer ses capacités de survie.

Puis soudain, au-dessus de lui, le ciel fut remplacé par la masse écrasante de l'éminence rocheuse, qui semblait gronder à ses oreilles tel un tonnerre silencieux. En tête de la compagnie, la flamme de Birinair crachotait, menacée d'extinction par l'humidité ambiante. La surface de la corniche était vérolée de creux, de bosses et de cailloux qui glissaient sous les pieds. Covenant banda son attention et porta son espoir d'évasion devant lui tel un bouclier.

De bien des façons, il lui semblait que c'était sa seule protection. Les quêteurs étaient pathétiquement faibles, sans défense contre les ur-vils et les lémures qu'ils allaient affronter sur leur propre terrain. Ils avaient toutes les peines du monde à se traîner dans l'obscurité, que seule trouait la flamme de Birinair, et le lépreux était certain qu'ils ne tarderaient pas à se faire repérer. Alors, Sialon serait prévenu ; il rappellerait son armée, et que pourrait bien faire Suilécume contre des milliers de monstres ? Après qu'il aurait été éliminé, ses compagnons se feraient écraser comme une vulgaire poignée de fourmis présomptueuses. Et en cet instant de résolution ou de mort, Covenant connaîtrait la délivrance ou la défaite. Il n'imaginait pas d'autre issue.

Absorbé par ses pensées, il marchait comme s'il guettait le grondement d'une avalanche imminente.

Au bout d'un moment, il réalisa que le son du torrent se modifiait. La saillie se maintenait presque à l'horizontale, mais l'eau s'enfonçait brusquement dans les entrailles de la montagne. Emporté par son propre élan, le courant se changeait en cataracte, en cascade abyssale. Lentement, son fracas diminua derrière les quêteurs.

Désormais, il y avait moins d'humidité dans l'air pour étouffer la flamme de Birinair et masquer la texture de la paroi granitique. La caverne s'était changée en tunnel – à l'exception du gouffre béant qui s'ouvrait sur la gauche, et dans lequel le flux s'abîmait. Covenant lutta contre l'appréhension en se concentrant sur ses pieds et sur la baguette du magistère. Bientôt, il commença à capter le bruit du déplacement de la compagnie. Il se tordit le cou pour jeter un coup d'œil vers l'entrée de la gorge. Mais soit la route était moins droite qu'il ne l'avait cru, soit il avait déjà parcouru plus de distance que sa vision n'en couvrait. Derrière lui, il ne vit rien d'autre que des ténèbres aussi épaisses que celles qui se massaient devant lui.

Petit à petit, il lui sembla néanmoins que l'obscurité perdait son tranchant. Un changement d'atmosphère atténuait la noirceur d'encre des catacombes. Covenant écarquilla les yeux, tentant de préciser son impression. Personne ne parlait ; les quêteurs s'accrochaient à leur silence comme s'ils craignaient que les murs n'aient des oreilles.

Peu de temps après, Birinair s'arrêta. Covenant, Lithe et les seigneurs le rejoignirent.

— Ponterrier est juste devant nous, annonça Terrel, qui se tenait près du magistère. Korik le surveille. Il y a des sentinelles.

Il avait parlé tout bas mais, dans le contexte, sa voix parut chargée d'imprudence.

— Ah ! c'est bien ce que je redoutais, murmura Prothall. Pouvons-nous approcher ?

— La lumière de roche projette des ombres épaisses et les sentinelles sont au milieu de l'arche. Nous pouvons avancer à portée d'arc.

Mhoram appela Quaan tandis que Prothall demandait :

— Combien sont-elles ?

— Deux.

— Seulement deux ?

Terrel eut un haussement d'épaules imperceptible.

— C'est bien assez, puisqu'elles gardent l'unique accès à la Nécropole.

— Seulement deux ? répéta Prothall, comme s'il cherchait à identifier un danger invisible.

Pendant qu'il réfléchissait, Mhoram s'entretint rapidement avec Quaan. Aussitôt, celui-ci se tourna vers sa phalange et, peu de temps après, deux guerriers se dirigèrent vers Terrel, un arc à la main. C'était de grands sylvestres très minces, et dans la pâle lumière du *lillianrill*, ils semblaient à peine assez robustes pour bander leur arme.

Prothall hésita longuement, tirant sur sa barbe comme s'il tentait d'en extraire une vague impression pour l'examiner de plus près. Puis il ravala son anxiété et adressa un signe de tête à Terrel. D'un pas vif, le sangarde entraîna les deux guerriers vers le halo de nuit pâlissante.

— Faites très attention, chuchota Prothall au reste de la compagnie. Ne prenez aucun risque sans mon consentement. Mon cœur me dit qu'il y a du danger ici ; la Sagesse de Kevin le mentionne, mais je ne m'en souviens pas. Ma pauvre mémoire ! Ces connaissances sont si lointaines, si étrangères à tout ce que nous avons expérimenté depuis la profanation ! Réfléchissez et faites très attention.

Il rattrapa prudemment Birinair et la troupe suivit les deux vieillards.

La clarté augmentait. C'était une lueur rouge orangé, pareille à celle que Covenant avait observée lors de sa brève rencontre avec Sialon à Kiril Threndor. Bientôt, les quêteurs purent voir que, quelques centaines de pieds devant eux, la caverne virait brutalement vers la droite, en même temps que son plafond s'élevait, comme si une vaste chambre souterraine s'étendait après le tournant.

Avant qu'ils aient couvert la moitié de cette distance, Korik les rejoignit pour les guider en lieu sûr. Au passage, il leur désigna la position de Terrel et des deux archers. Ceux-ci avaient escaladé le mur de droite et s'étaient agenouillés sur une saillie au niveau de la courbe.

Korik entraîna le groupe jusqu'à une paroi abrupte. Là, le gouffre semblait disparaître, comme englouti par la muraille incurvée. La lumière diffuse révéla qu'il s'agissait en réalité d'un énorme rocher posé telle une porte entrouverte devant l'entrée d'une immense salle.

Terrel et ses hommes s'étaient positionnés de manière à pouvoir tirer par-dessus.

Se faufilant dans l'ombre projetée par le roc, Korik guida Prothall, Mhoram et Covenant jusqu'à son côté gauche. De là, le lépreux put jeter un coup d'œil à l'intérieur de la grotte. À cet endroit, le trou mesurait au moins cinquante pieds de large. Le seul moyen de le traverser était un pont de pierre qui occupait le centre de la caverne.

— Seulement deux, chuchota Mhoram. Mais c'est suffisant. Priez pour que nos archers visent juste. Nous n'aurons pas de seconde chance.

Au début, Covenant ne vit pas les gardes. Son regard était captivé par deux piliers de lumière de roche flamboyante qui encadraient l'arche. Bientôt, il distingua deux silhouettes sombres, si proches de la source lumineuse qu'elles étaient quasiment invisibles.

— Des ur-vils, marmonna Prothall. Par les sept tabernacles ! Il faut que je m'en souvienne ! Pourquoi ne sont-ce pas des lémures ? Pourquoi Sialon gaspille-t-il des ur-vils en leur assignant une tâche aussi simple ?

Covenant ne prêta qu'une oreille distraite aux interrogations du vieillard. La lueur réclamait toute son attention ; elle semblait posséder avec lui des affinités dont il ne pouvait deviner la nature. Il sentait des démangeaisons autour de son anneau, comme pour lui rappeler qu'il avait trahi sa promesse de chérir Joan à jamais. Il grimaça et serra le poing.

Prothall se ressaisit et, sur un ton lugubre, dit à Korik :

— Allez-y, essayez. Nous ne pouvons qu'échouer.

Sans un mot, Korik adressa un signe de tête à Terrel.

Les deux cordes d'arc se tendirent et vibrèrent ensemble.

L'instant d'après, les ur-vils avaient disparu. Covenant eut juste le temps de les voir dégringoler dans l'abîme comme deux cailloux noirs.

Le haut seigneur poussa un soupir de soulagement. Mhoram se tourna, s'inclina devant les archers pour les féliciter, puis rebroussa précipitamment chemin pour expliquer la situation au reste de la compagnie. Des murmures de joie montèrent des rangs de la phalange et la tension retomba.

— Ne baissez pas votre garde ! siffla Prothall. Le danger qui nous menace est toujours là. Je le sens.

Covenant resta planté où il était, en pleine observation. Une chose qu'il ne comprenait pas était en train de se produire.

— Seigneur suprême, s'enquit Prothall à voix basse, que voyez-vous ?

— Du pouvoir, grogna Covenant, irrité par cette interruption. Sialon en a assez pour vous ridiculiser. (Il leva son poing gauche.) Il fait jour, dehors.

Prothall fronça les sourcils et se concentra. Les lèvres pincées, il marmonna :

— Ça ne va pas du tout. Je dois me rappeler. La lumière de roche ne peut pas faire ça.

Mhoram s'approcha d'eux et, avant de savoir de quoi ils parlaient, annonça :

— Terrel nous a rejoints. Nous sommes prêts à traverser.

Prothall hocha distraitement la tête. Alors, Mhoram remarqua l'alliance de Covenant. Le lépreux l'entendit grincer des dents. Puis le seigneur tendit la main et lui prit la sienne. Pivotant, il fit signe au groupe. Les miliciens et les sangardes avancèrent. Bien que toujours perplexe, Prothall pénétra dans la grotte à la suite de Birinair. Covenant leur emboîta le pas. Précédant le haut seigneur, Tuvor et un de ses hommes se dirigèrent vers le pont afin de l'inspecter.

Covenant marchait mécaniquement, comme en transe. La lueur le tenait sous son emprise. Le métal commença à chauffer et il se demanda vaguement pourquoi le métal était écarlate plutôt que rouge orangé, comme les piliers. Il sentait se produire en lui un changement irrésistible, qu'il ne pouvait ni mesurer ni analyser. On aurait dit que son anneau brouillait ses perceptions, les faisait tourner sur leur axe pour les braquer sur des dimensions inconnues.

Tuvor et son camarade s'engagèrent sur l'arche de pierre. Malgré le danger qu'il y avait à rester à découvert, Prothall retint le reste de la troupe. Le regard rivé sur Tuvor, il tira sur sa barbe d'une main tremblante.

Petit à petit, Covenant succombait à l'enchantement. La grotte se mit à changer autour de lui. À certains endroits, les parois semblaient plus minces, presque transparentes. Quaan, Lithe et les guerriers devinrent aussi évanescents que des spectres. Prothall et Mhoram paraissaient un peu plus solides, mais le vieillard clignotait telle la flamme d'une bougie. Seuls les sangardes et l'anneau d'or blanc ne manifestaient aucun signe de transformation imminente. La propre chair de Covenant avait pris un aspect si éthéré qu'il craignait que son alliance ne traverse sa main et ne tombe par terre. Bannor se tenait près de lui, aussi tangible, implacable et dangereux que s'il pouvait, d'un simple geste, disperser son essence aux quatre vents.

Le lépreux se sentait partir à la dérive. Il tenta de se ressaisir, de serrer les poings. Mais ses doigts ne rencontrèrent que du vide.

Tuvor atteignit le sommet du pont, qui semblait sur le point de s'effondrer sous lui – il était tellement plus solide que la pierre…

Ce fut alors que Covenant la vit : une boucle d'air scintillant qui enveloppait le centre de la structure. Il ignorait ce que c'était mais savait une chose : c'était puissant.

Tuvor allait marcher droit dedans.

Avec un effort pareil à une convulsion, le lépreux tenta de se débattre, de résister au sort qui s'était emparé de lui. Son intuition lui disait que Tuvor allait se faire tuer. « Toujours lépreux ! », se lamenta-t-il. Ce n'était pas le marché qu'il avait passé ; il n'avait pas promis de garder le silence pendant que des hommes mourraient sous ses yeux. Sa colère revint à la charge. « Par les feux de l'enfer ! »

— Arrêtez ! haleta-t-il. Ne voyez-vous pas ?

Aussitôt, Prothall s'exclama :

— Tuvor ! Ne bougez pas ! (Puis il pivota vers Covenant :) Qu'y a-t-il ? Que discernez-vous ? demanda-t-il sur un ton pressant.

La violence qui bouillonnait dans les veines de Covenant restaura en partie la solidité de sa vision. Mais le haut seigneur lui apparaissait toujours dangereusement ectoplasmique. Brandissant son alliance, il cracha :

— Faites-les redescendre. Êtes-vous aveugles ? Ce n'est pas la lumière de roche. Il y a autre chose sur ce pont.

Mhoram rappela Tuvor et son compagnon. L'espace d'un instant, Prothall ne réagit pas, se bornant à dévisager Covenant d'un air terrifié. Puis il frappa le sol de son bâton et tonna :

— Des ur-vils ! Et de la lumière de roche pour servir d'ancrage. Seigneur suprême, vous avez raison ! Je suis aveugle, aveugle ! Ils veillaient sur le pouvoir !

— Un mot d'avertissement ? chuchota Mhoram, incrédule.

— Oui !

— Est-ce possible ? Sialon maîtrise-t-il complètement le Bâton de la Loi ? Contrôle-t-il une telle puissance ?

Déjà, Prothall se dirigeait vers l'arche. Par-dessus son épaule, il jeta :

— Il a eu le seigneur Turpide comme professeur. Nous ne bénéficions pas d'une telle aide.

Il s'engagea sur le passage, suivi de près par Tuvor.

De nouveau, le sort tenta d'envelopper Covenant. Mais celui-ci, désormais conscient de ce qui se passait, le maintint à distance à grand renfort de jurons. Il voyait toujours la boucle scintillante.

Prothall s'en approcha prudemment et s'immobilisa en dessous d'elle. Tenant son bâton de la main gauche, il tendit son bras droit paume en avant. Puis il toussota et se mit à chanter. Il répétait constamment les mêmes mots, dans un langage que Covenant ne comprenait pas, une langue si antique que même ses résonances étaient chenues et grisonnantes. Il fredonnait tout bas, d'une manière très intime, comme pour entrer en communion avec le mot d'avertissement.

Semblable à un voile de brume, ce dernier se révéla lentement aux yeux des compagnons. Face au haut seigneur, un vague filet rouge apparut et se solidifia. Puis il s'élargit jusqu'à former un cercle. Sans cesser de chanter, Prothall leva la main pour en mesurer la hauteur et la déplaça sur les côtés pour en jauger la configuration. Ainsi les quêteurs découvrirent-ils, par morceaux, la barrière qui s'opposait à leur traversée. Tandis que Covenant laissait la rage l'envahir pour ne pas succomber à l'enchantement, sa perception du phénomène s'estompa jusqu'à ce qu'il n'en voie pas davantage que ses compagnons.

Au bout d'un moment, Prothall baissa la main et se tut. Les lambeaux rouges disparurent. Le vieillard fit demi-tour et rebroussa chemin avec raideur, comme si seule la force de sa volonté le maintenait encore debout. Mais son regard reflétait une compréhension aiguë des risques qu'encouraient les quêteurs.

— Un mot d'avertissement, rapporta-t-il sur un ton sévère, placé là par le Bâton de la Loi pour prévenir Sialon au cas où quelqu'un ouvrirait une brèche dans ses défenses – et pour faire écrouler Ponterrier au moindre contact. C'est l'œuvre d'un grand pouvoir, tel qu'aucun seigneur n'en a détenu depuis la profanation. Même si nous pouvions le défaire, ça ne servirait à rien, car Sialon serait averti. Pourtant, une chose joue en notre faveur. Un tel rebutant ne peut être entretenu qu'au prix d'une attention constante ; sans quoi, il se décompose – hélas ! pas assez rapidement pour ce que nous voulons faire. Mais le fait que Sialon ait posté des ur-vils en sentinelles pourrait bien indiquer que son esprit est occupé ailleurs.

« Magnifique », songea Covenant, sarcastique. Ses mains le démangeaient d'une furieuse envie d'étrangler quelqu'un.

— Si le regard de Sialon n'est pas tourné vers nous, peut-être pourrons-nous plier le mot sans le briser. (Prothall prit une profonde inspiration, puis affirma :) Ça me paraît faisable. Cette barrière n'est pas aussi dangereuse qu'il y paraît. (Il se tourna vers Covenant.) Mais j'ai peur pour vous, seigneur suprême.

— Pour moi ? sursauta le lépreux, comme si l'on venait de l'accuser de quelque chose. Pourquoi ?

— Je crains que la simple proximité de votre anneau ne défasse le mot, expliqua Prothall. Donc, vous devrez passer en dernier. Même ainsi, il se peut que nous nous retrouvions prisonniers des catacombes, sans pont pour nous permettre de regagner la sortie.

« En dernier ? » Soudain, Covenant se vit bloqué sous la montagne, le gouffre béant lui barrant toute issue et interdisant l'évasion tant attendue. Il voulut protester : « Laissez-moi passer le premier. Si j'y arrive, n'importe qui pourra le faire. » Mais il comprenait la stupidité de cet argument. « Endure sans te plaindre, s'exhorta-t-il. Tiens ta part du marché. » La peur teinta sa voix d'amertume tandis qu'il répondait :

— Allons-y. Dépêchez-vous, avant que la relève se pointe.

Prothall acquiesça. Il dévisagea une dernière fois le lépreux, puis se détourna.

Mhoram et lui remontèrent sur le pont. Tuvor et Terrel les suivirent, portant des cordes de *glutor* dont ils attachèrent une extrémité autour de la taille des seigneurs et l'autre au pied du pont. Ainsi protégés contre l'effondrement de la structure, Prothall et Mhoram s'avancèrent prudemment, et s'immobilisèrent à une longueur de bras du barrage invisible. Là, ils s'agenouillèrent ensemble et se mirent à chanter.

Quand le bas du mot apparut, ils posèrent leurs bâtons sur la pierre devant eux, parallèlement au voile rouge. Puis, avec mille précautions, ils les firent rouler jusque sous le rideau de pouvoir. L'espace de quelques secondes, ils retinrent leur souffle et demeurèrent figés en une attitude de prière, comme s'ils imploraient le bois de ne pas perturber le flux d'énergie. Une étincelle de mauvais augure jaillit au cœur du scintillement. Mais les seigneurs continuèrent à chanter et, bientôt, le mot se stabilisa.

Redressant les épaules, ils attaquèrent la partie la plus délicate de la manœuvre. Ils commencèrent à soulever l'extrémité droite de leurs bâtons.

Avec un hoquet de stupeur et d'admiration, les quêteurs regardèrent le bas du mot se rétracter, ouvrant une brèche triangulaire.

Quand la pointe de celle-ci eut dépassé un pied de hauteur, les seigneurs se figèrent. Instantanément, Bannor et deux autres sangardes foncèrent vers eux en déroulant une corde. Un par un, ils gagnèrent l'autre côté de l'abîme en rampant.

Dès que Bannor eut solidement attaché l'extrémité du lien, Mhoram s'empara du bâton de Prothall pour permettre à ce dernier de se faufiler par la trouée, puis celui-ci fit de même pour permettre à son jeune compagnon de le rejoindre. Le temps que Mhoram ait repris sa position au-delà du voile rouge, Birinair était prêt à passer. Les miliciens lui succédèrent rapidement, puis Quaan et Lithe.

À leur tour, Tuvor et Terrel se glissèrent sous le mot. Alors, les derniers sangardes ceignirent la taille de Covenant avec la corde tenue par Bannor et traversèrent précipitamment le pont.

Le lépreux se retrouva seul.

Inondé de sueur froide, il prit pied sur l'arche. Il avait l'impression que la lumière de roche était braquée sur lui, comme si les piliers le fixaient. Il avança d'un pas décidé, maudissant Turpide et se maudissant lui-même d'avoir aussi peur. Il n'accorda pas un seul coup d'œil au vide : il préférait focaliser sa rage sur l'écran de pouvoir scintillant.

Tandis qu'il approchait de la brèche, son anneau se mit à battre douloureusement. Le pont parut s'amincir, comme s'il se dissolvait sous ses pieds. Le mot se fit plus vivace et recommença à dominer sa vision. Mais Covenant s'accrocha à sa rage de plus belle. « Toujours lépreux ! »

Il atteignit la trouée, s'agenouilla devant elle et leva brièvement les yeux pour regarder les seigneurs à travers le voile rouge. Leur visage ruisselait de sueur et leur voix tremblait. Crispant ses mains sur son bâton, Covenant se faufila par l'ouverture.

À l'instant où il passa, il entendit une note aiguë, pareille au gémissement d'une résistance, et une flamme rouge glaciale jaillit de son alliance.

Puis il se redressa de l'autre côté. Le pont et le mot étaient toujours intacts.

Il trébucha jusqu'au pied de la structure. Dès qu'il fut en sécurité, il arracha la corde passée autour de sa taille et se retourna – juste le temps de voir Prothall et

Mhoram récupérer leurs bâtons. Alors il sortit de la grotte et s'engagea dans le tunnel obscur qui prolongeait le chemin. Presque aussitôt, il sentit la présence de Bannor derrière lui, mais ne s'arrêta pas avant que les ténèbres soient devenues quasi impénétrables.

— Je veux être seul, marmonna-t-il, frustré. Pourquoi ne me laissez-vous pas tranquille ?

Avec l'inflexion gutturale des haruchai, Bannor répondit :

— Vous êtes le seigneur suprême Thomas Covenant. Nous sommes la sangarde. Notre devoir est de vous protéger.

Foudroyant l'inéluctable nuit du regard, Covenant songea à la vigueur surnaturelle des sangardes. Pourquoi leur chair semblait-elle moins mortelle que les entrailles rocheuses du mont Tonnerre ? Un coup d'œil à son anneau lui apprit que la lueur écarlate avait presque disparu. Il comprit qu'il était jaloux du détachement de Bannor, presque offensé par son flegme à toute épreuve. Mû par une intuition féroce, il répliqua :

— Ça ne suffit pas.

Sans le voir, il imagina le haussement d'épaules éloquent de Bannor. Il attendit dans le noir que le reste de la compagnie les rattrape.

Quand la flamme ténue de Birinair l'eut dépassé et qu'il se retrouva à sa place dans la procession, l'obscurité des catacombes se referma sur lui. Sous la pression, ses épaules se mirent à trembler, comme s'il était resté trop longtemps suspendu dans le vide, et une gangue de glace emprisonna ses pensées.

Le mot d'avertissement révélait que Turpide les attendait. Sialon ne pouvait pas l'avoir formé, et encore moins l'avoir rendu si vulnérable à l'or blanc.

Par conséquent, le piège servait les objectifs de Turpide plutôt que ceux du lémure. Peut-être était-ce une épreuve destinée à jauger la force et les ressources des seigneurs ou la vulnérabilité du lépreux. Dans tous les cas, c'était l'œuvre du Rogue. Covenant était certain que celui-ci avait planifié ce qui était arrivé aux quêteurs, anticipé leurs actes et orienté chacune de leurs décisions. Sialon était fou, ignorant et manipulé. Il ne comprenait probablement pas la moitié de ce qu'il faisait sous la direction de Turpide.

Mais, au fond de lui, Covenant savait toutes ces choses depuis le début. Elles ne le surprenaient pas. Il les considérait comme les symptômes d'une autre menace plus fondamentale : un danger qui paralysait son esprit de telle sorte que seule sa chair pouvait réagir en tremblant. C'était en rapport avec l'or blanc. S'il le percevait clairement, c'est parce qu'il était trop engourdi pour tenter de s'y soustraire. Le but du marché qu'il avait passé avec les ranyhyn était de maintenir l'impossibilité et la réalité du Fief à égale distance, de les empêcher d'entrer en collision et de lui faire perdre sa fragile prise sur la vie. Mais Turpide utilisait son alliance pour rapprocher l'une de l'autre les folies opposées auxquelles il tentait désespérément d'échapper.

Il envisagea de jeter son anneau, mais il savait qu'il n'y arriverait pas : il était trop symbolique. Et le mendiant le lui avait rendu.

Si son pacte échouait, il n'aurait plus rien pour se défendre contre les ténèbres – ni pouvoir, ni fertilité, ni raison –, hormis sa noirceur, sa violence, sa capacité à tuer. Cela conduirait à la destruction du Fief aussi sûrement que la lèpre, se rendait-il compte à présent qu'il n'avait plus la force de se voiler la face.

Son engourdissement semblait désormais total. Il n'avait conscience de rien d'autre, ne pouvait rien faire d'autre que suivre la flamme de Birinair et ruminer son incrédulité. Il se concentra sur ses pieds comme si le sol était glissant, ou comme si le magistère risquait de le conduire droit vers un abysse.

Peu à peu, le décor se modifia. Au-delà des ténèbres, la roche semblait s'ouvrir de temps à autre sur des passages latéraux et, à un moment, l'obscurité adopta une profondeur considérable. Birinair chercha longuement son chemin à travers ce qui ressemblait à un immense amphithéâtre. Quand la sensation d'espace ouvert se fut évanouie, il entraîna ses compagnons dans un couloir de pierre si bas que sa flamme touchait presque le plafond et si étroit que les quêteurs durent s'y engager en file indienne.

Puis il leur imposa une série de changements de direction, de terrain et de profondeur qui acheva de les désorienter. Au sortir du passage, ils virèrent à angle droit et descendirent une longue pente abrupte. Tandis qu'ils tournaient à droite ou à gauche, se fiant à des points de repère que seul Birinair était capable de distinguer, le noir se fit plus froid et plus répugnant, comme imprégné par l'écho des ur-vils. Des courants d'air glacials soufflaient à travers des abîmes et des tunnels invisibles qui, de chaque côté, ouvraient sur des alcôves, des passages et des cavernes dont les quêteurs eussent ignoré la présence sans le changement de timbre, la soudaine dimension environnante.

Plus ils s'enfonçaient, plus la puanteur augmentait. L'air captif semblait balayer des siècles de détritus accumulés, des hordes de morts sortis de la Crypte et des laboratoires où les fléaux de la Terre avaient été créés, jadis. Par moments, la putréfaction devenait si épaisse que Covenant la voyait dans l'air. Depuis les ouvertures latérales émanaient des sons lointains – crépitement de graviers glissant dans des failles insondables, tintements cristallins pareils à de légers coups de marteau, détonations sépulcrales étouffées ou longs soupirs d'épuisement poussés par les fondations de la montagne. On aurait dit que les ténèbres elles-mêmes marmonnaient sur le passage de la compagnie.

Au bas de la pente, ils trouvèrent un escalier taillé à flanc de falaise et bordé par un gouffre. Après cela, ils enfilèrent des tunnels sinueux, longèrent des crevasses et des corniches, contournèrent des fosses d'où s'échappaient des relents d'eau croupie, franchirent des arches grotesques, grimpèrent et naviguèrent dans le noir comme dans des limbes meurtriers et inexplorés, où seules variaient la nature et l'intensité des dangers. Covenant marchait en agrippant sa robe de la main gauche, au niveau du cœur.

À trois reprises, les quêteurs s'arrêtèrent pour avaler de la nourriture froide dans la lumière du bâton de Birinair. Chaque repas les aidait ; la vue d'autres visages et l'absorption d'une pitance tangible leur permettaient de réaffirmer leur endurance. Une fois, Quaan se força à faire une plaisanterie, mais sa voix résonna de manière si lugubre que personne n'eut le cœur de répondre. Après chaque halte, ils se remettaient bravement en route. Cependant, leur vaillance s'évaporait plus rapidement, comme si l'ombre l'inhalait avec une voracité croissante.

Plus tard, Birinair les entraîna à l'écart des tunnels froids et ventilés, dans un dédale de passages exigus où l'air chaud sentait le renfermé. Ils approchaient des catacombes principales. Pour réduire le risque qu'ils soient découverts, le magistère choisit de passer par une zone plus morte que les autres, silencieuse et abandonnée. L'atmosphère ne fit qu'accroître la tension de la compagnie, qui avançait comme si le pressentiment d'un désastre leur avait arraché des hurlements muets.

Sans son anneau, terne et froid, Covenant aurait cru que plusieurs jours s'étaient écoulés depuis leur descente dans Coupe-Gorge. Mais au bout d'un moment, l'or blanc se mit à luire ; c'était donc la nuit. Pourtant, les quêteurs continuèrent à progresser. Le sommeil était un luxe qu'ils ne pouvaient pas s'offrir : le pouvoir de Sialon atteindrait son apogée le lendemain soir.

Ils longeaient un tunnel dont les murs semblaient se dresser à l'extrême limite de la lumière vacillante de Birinair. Soudain, Terrel, qui était parti en éclaireur, rebroussa chemin et jaillit de l'obscurité devant le magistère. Prothall et Mhoram se hâtèrent de rejoindre les deux hommes, bientôt imités par Lithe et Covenant.

— Des ur-vils approchent, annonça le sangarde. Ils doivent être une cinquantaine. Ils ont vu notre lueur.

Prothall poussa un grognement. Mhoram jura. Lithe prit une inspiration sifflante et saisit sa cordelette, comme si elle était sur le point d'affronter le plus grand cauchemar du peuple de Ra.

Mais avant que quiconque puisse réagir, Birinair craqua telle une brindille sèche.

— Suivez-moi ! s'écria-t-il en pivotant et en détalant.

Deux sangardes s'élancèrent sur ses talons. Un instant, les seigneurs hésitèrent. Puis Prothall s'exclama :

— *Melenkurion !*

Il plongea à son tour dans les ténèbres, tandis que Mhoram distribuait des ordres et que la compagnie se préparait à se battre.

Covenant courut après Birinair. Il n'avait pas décelé de panique dans son cri, juste une urgence qui l'incitait à obéir. Derrière lui, il entendit les premiers bruits de combat. Mais il garda les yeux fixés sur la torche de Birinair, et s'engagea à sa suite dans un boyau bas de plafond, où l'atmosphère était quasi irrespirable.

Birinair fonçait droit devant lui. Il avait toujours un ou deux pas d'avance sur les sangardes.

Soudain, il y eut un bruit pareil à celui de la foudre. Un rideau de flammes bleues enveloppa le magistère. Brûlant et aveuglant, il bloquait le passage du sol au plafond, et rugissait comme une fournaise. Birinair était suspendu en son centre, les membres en étoile et le corps tordu par les affres de l'agonie. Près de lui, son bâton s'embrasa et se changea en cendres.

Sans hésitation, les sangardes se jetèrent sur le feu et rebondirent comme s'ils avaient heurté un mur de pierre. De nouveau, ils s'élancèrent, essayant de pousser Birinair de l'autre côté. En vain. Il resta prisonnier du piège telle une proie dans une toile d'araignée.

À cet instant, le haut seigneur les rejoignit. Il dut hurler pour se faire entendre.

— Il était à ma place ! se lamenta-t-il. Il va mourir ! Aidez Mhoram !

Prothall semblait être tombé dans un abîme de confusion. Le chaos voilait son regard. Écartant les bras, il s'avança et tenta d'étreindre Birinair. Les flammes l'envoyèrent voler en arrière. Il s'écroula et, pendant un long moment, demeura allongé face contre terre.

Derrière lui, la bataille faisait rage. Les ur-vils avaient formé un triangle et, même avec l'aide des sangardes et de la phalange, Mhoram arrivait tout juste à les contenir. La première vague d'assaut l'avait forcé à reculer de plusieurs pieds dans la galerie où Birinair était suspendu, mais il tenait bon et refusait de céder davantage de terrain. Malgré les cris de Prothall et le rugissement du feu derrière lui, il gardait le visage tourné vers ses adversaires.

Prothall se releva péniblement. Sa tête tremblait sur son cou fatigué, mais ses yeux étaient redevenus clairs. Sachant qu'il était déjà trop tard, il s'accorda quelques instants pour se ressaisir. Puis, rassemblant ses forces, il projeta son bâton vers le flamboiement bleu.

Il y eut un éclair aveuglant. Quand la vision de Covenant s'éclaircit, le bâton était prisonnier des flammes et le magistère gisait sur le sol de l'autre côté.

— Birinair ! s'écria Prothall. Mon vieil ami !

Il semblait croire qu'il pourrait l'aider s'il l'atteignait à temps. Une fois de plus, il se jeta contre la barrière enflammée et, une fois de plus, il fut violemment repoussé.

Les ur-vils harcelaient la compagnie sans relâche. Deux des miliciens de Quaan avaient déjà succombé et un autre venait de tomber, le cœur transpercé par une lance métallique. Une guerrière sortit des rangs pour frapper et eut la main tranchée. Mhoram combattait le vilmestre avec un désespoir croissant. Autour de lui, les sangardes se démenaient, mais ne trouvaient que très peu d'ouvertures dans le triangle ennemi.

Covenant observait Birinair. Le visage du magistère était intact, mais ses yeux étaient écarquillés, comme s'il était resté en vie un instant après que son âme se fut consumée. Les lambeaux de sa cape calcinée pendaient sur son corps immobile.

« Suivez-moi ! » Ce n'était pas la panique qui avait inspiré ces mots à Birinair. Non. Sa voix avait été beaucoup trop impérieuse, pleine d'échos lourds de signification. Et à présent…

« Suivez-moi ! » Covenant avait oublié quelque chose. Quelque chose d'important. Les yeux fous, il fit un pas en avant.

Derrière lui, Mhoram redoublait d'efforts. Telle la foudre, son pouvoir crépitait le long de son bâton tandis qu'il portait coup après coup au vilmestre. Affaiblies, les créatures commençaient à céder du terrain.

Covenant s'arrêta à quelques centimètres du piège incandescent. Le bâton de Prothall y était toujours suspendu à la verticale. Curieusement, le feu semblait absorber la chaleur plutôt qu'en dégager. Le lépreux se sentit gagné par le froid et l'engourdissement. Dans l'énergie éclatante, il décelait une chance d'immolation. D'évasion.

Soudain, le vilmestre poussa un rugissement et rompit la formation. Bousculant Mhoram, il s'élança dans le tunnel, vers le haut seigneur agenouillé. Les yeux de Mhoram étincelèrent, mais il ne se détourna pas de la bataille. Criant un ordre à Quaan, il frappa les ur-vils avec une détermination renouvelée.

D'un bond en arrière, Quaan se dégagea. Il se précipita vers Prothall, luttant pour saisir son arc, encocher une flèche et tirer avant que le vilmestre atteigne le vieillard.

Covenant entendit Prothall hoqueter :

— Seigneur suprême ! Prenez garde !

Mais il ne l'écouta pas. Son alliance brûlait comme si la lune souillée était pareille à la lumière de roche sur Ponterrier : un mot d'avertissement.

Il tendit la main gauche, hésita un instant, puis empoigna le bâton de Prothall.

Le pouvoir jaillit. Des flammes fusèrent de son anneau pour aller frapper le rideau bleu. Leur ronflement monta si haut dans les aigus qu'il devint inaudible. Puis il y eut une explosion silencieuse. Le sol se souleva telle la quille d'un navire qui vient de heurter un récif.

Le rideau bleu tomba en lambeaux.

Quaan arriva trop tard pour sauver Prothall, mais ce n'était pas lui que le vilmestre visait. Il bondit par-dessus sa tête pour se jeter sur Covenant. Bandant ses muscles, Quaan visa le dos de la créature et tira.

Un instant, Covenant demeura figé, pétrifié d'horreur par les ténèbres qui béaient devant lui. Un feu orange, à l'éclat ténu, courait toujours le long de sa main et de son bras gauche, mais sans le blesser, avant de s'éteindre dans une nuée d'étincelles crépitantes.

Alors le vilmestre s'écroula sur Covenant, la flèche de Quaan plantée entre les omoplates. Le lépreux se sentit basculer.

Peu de temps après, il leva les yeux, la tête pleine de brume. La seule lumière était celle du feu seigneurial de Mhoram, puis elle disparut elle aussi. Les créatures venaient de tourner les talons. Tuvor et les sangardes voulurent les poursuivre pour les empêcher de prévenir Sialon, mais Mhoram les retint.

— Laissez-les partir ! Nous sommes déjà repérés. Ça n'a plus d'importance.

Des voix hoquetèrent et grognèrent dans l'obscurité. Deux ou trois guerriers allumèrent des torches qui projetèrent d'étranges ombres sur les murs. Les quêteurs se rassemblèrent alors autour de Mhoram et se dirigèrent vers le haut seigneur.

Agenouillé par terre, Prothall serrait le corps calciné de Birinair contre lui. Il refusa toute condoléance ou marque de sympathie.

— Continuez, dit-il faiblement. Découvrez ce qu'il voulait. J'en aurai bientôt fini avec mes adieux. (Puis, en guise d'explication, il ajouta :) Il nous guidait à ma place.

Mhoram posa une main compatissante sur l'épaule du vieillard, mais le péril de leur situation ne l'autorisait pas à rester les bras ballants. Désormais, Sialon savait où ils étaient : l'énergie qu'ils venaient d'utiliser les désignait tel un doigt accusateur.

— Pourquoi ? se demanda Mhoram à voix haute. Pourquoi un tel pouvoir était-il placé ici ? Ce n'est pas l'œuvre du lémure.

Saisissant un des flambeaux, il s'enfonça dans le tunnel.

Covenant, toujours prostré sur le sol, lança, sans aucun rapport, d'une voix accablée :

— Mes vêtements. J'ai oublié mes vêtements !

Mhoram se pencha vers lui.

— Êtes-vous blessé ? s'inquiéta-t-il en l'examinant. Je ne comprends pas. Quelle importance ont vos vieilles nippes ?

Étourdi par le brouillard et par son propre engourdissement, Covenant répliqua sans réfléchir :

— Bien sûr que je suis blessé ! Toute ma vie n'est qu'une longue blessure ! Ne le voyez-vous pas ? Quand je me réveillerai dans mes vêtements, pas dans cette robe couverte de mousse, ça prouvera que j'ai rêvé. Si ça n'était pas si rassurant, je serais terrifié.

— Vous venez de maîtriser une force immense, murmura Mhoram.

— C'était un accident. C'est arrivé tout seul. Je… J'essayais de m'enfuir. De m'immoler par le feu.

Puis l'épuisement rattrapa Covenant. Il laissa retomber sa tête sur la pierre et s'endormit.

Il ne se reposa pas longtemps. L'air du tunnel était trop vicié et la compagnie s'agitait trop autour de lui. Quand il rouvrit les yeux, il vit Lithe et plusieurs guerriers préparer le repas sur un petit foyer. Une chanson tremblante au bord des lèvres et le visage ruisselant de larmes, Prothall utilisait son feu seigneurial pour cautériser le moignon de la milicienne qui avait perdu une main.

La jeune femme endura courageusement la douleur et ne s'autorisa à perdre conscience que lorsque son poignet fut bandé. Covenant détourna la tête. Il se releva maladroitement, vacilla comme s'il ne trouvait pas son équilibre et dut s'accrocher au mur. Il resta plié en deux, se tenant l'estomac de sa main libre, jusqu'à ce que Mhoram revienne accompagné par

Quaan, Korik et deux autres sangardes. Ils se dirigèrent vers le feu. Quaan portait un petit coffre de fer.

— Le feu bleu était une protection placée là par le haut seigneur Kevin, chuchota Mhoram, émerveillé. Au-delà de ce boyau s'ouvre une chambre souterraine. Nous y avons trouvé le deuxième tabernacle de la Sagesse de Kevin – sur les sept.

L'espoir illumina le visage de Prothall.

23

Kiril Threndor

Prothall saisit respectueusement la cassette et se débattit avec le double fermoir pendant quelques instants. Quand il souleva le couvercle, une lueur pâle et nacrée, pareille à un clair de lune très pur, s'échappa. Le haut seigneur plongea la main dans le tabernacle et en sortit un parchemin antique. Alors, les quêteurs découvrirent que la lumière en émanait.

Quaan et ses miliciens mirent un genou en terre et s'inclinèrent. Mhoram et Prothall se tenaient très droit, comme s'ils s'apprêtaient à être jugés par le maître de leur existence. Lithe s'arracha à sa stupéfaction pour imiter les guerriers. Seuls Covenant et les sangardes ne témoignèrent aucune révérence. Ces derniers affichaient une attitude à la fois alerte et nonchalante ; quant au lépreux, il demeurait appuyé contre le mur, essayant de reprendre le contrôle de son estomac rebelle.

Pourtant, il n'était pas aveugle à l'importance du rouleau. Il s'en approcha en biais.

— Birinair savait-il... ce que vous trouveriez ? Est-ce pour ça qu'il nous a demandé de le suivre ?

— C'est possible, répondit Mhoram sur un ton absent. (Tout son être était concentré sur la découverte, que Prothall tenait comme un talisman.) Il connaissait les anciennes cartes. Je ne doute pas qu'elles aient été placées dans le premier tabernacle pour nous guider jusqu'ici, le moment venu. Peut-être son cœur discernait-il ce qui était invisible à nos yeux.

Covenant marqua une pause, puis demanda :

— Pourquoi avez-vous laissé les ur-vils se sauver ?

Cette fois, le sérieux de sa voix n'échappa pas aux seigneurs. Prothall lui jeta un regard perçant, puis remit le parchemin dans le coffret. Quand il l'eut refermé, Mhoram répondit avec raideur :

— Notre serment nous interdit de provoquer des morts inutiles, l'Incrédule. Nous ne sommes pas venus ici pour massacrer des ur-vils. Cela risquerait de nous faire du mal plus qu'autre chose. Nous nous battons par nécessité, pas par passion ni par colère.

Mais cela non plus ne répondait pas à la question oblique de Covenant. Au prix d'un gros effort, il révéla le fond de sa pensée.

— Peu importe. Ce deuxième tabernacle double votre pouvoir, n'est-ce pas ? Grâce à lui, vous pourriez me renvoyer chez moi.

Mhoram se radoucit. Il avait perçu le besoin de réconfort et de consolation dans l'intonation du lépreux. Pourtant, il fut forcé de le détromper.

— Mon ami, vous oubliez une chose. Nous ne maîtrisons pas encore le premier. Pour l'instant, nous ne pouvons rien faire de notre trouvaille. Si nous survivons à cette quête, peut-être nous livrera-t-elle ses secrets dans les années à venir.

Il s'interrompit. Il semblait vouloir en dire plus, mais se retint jusqu'à ce que Prothall soupire :

— Raconte-lui tout. Nous ne pouvons pas nous permettre d'entretenir des illusions.

— Très bien, acquiesça Mhoram. En vérité, détenir le deuxième tabernacle en un moment pareil pourrait bien nous mettre en péril. Selon le premier, le haut seigneur Kevin avait préparé les sept dans un ordre précis. Chacun devait rester caché tant que les précédents n'étaient pas totalement assimilés. Apparemment, certains aspects de la Sagesse peuvent se révéler très dangereux pour les adeptes qui n'en maîtrisent pas d'autres. Aussi a-t-il dissimulé les tabernacles et mis en place des défenses ne pouvant être renversées qu'à l'issue de la progression des connaissances. Mais nous venons involontairement de contrecarrer son plan. Ce serait pure folie que de tenter d'utiliser notre trésor pour le moment. (Il se redressa et prit une profonde inspiration.) Néanmoins, malgré le danger qu'il présente, nous ne regrettons rien. C'est peut-être le plus grand événement de notre époque – mais pas nécessairement une bénédiction.

À voix basse, Prothall ajouta :

— Nous n'émettons ni doutes ni accusations. Comment quiconque aurait-il pu savoir ce que nous mettrions au jour ici ? Désormais, la destruction du Fief nous menace doublement. Même si nous réussissons à vaincre le seigneur Turpide, nous devrons apprendre à contrôler des pouvoirs que nous ne sommes pas prêts à contempler. Ainsi l'espoir et le découragement jaillissent-ils de la même source. Ne vous y méprenez pas : nous acceptons ce risque avec joie. Maîtriser la Sagesse de Kevin est le but de notre vie. Je vois de l'avenir pour le Fief, mais très peu pour moi.

— Même cette vision est assez obscure, fit remarquer Mhoram. Il se peut que Turpide nous ait conduits ici pour que nous soyons détruits par une force qui nous dépasse.

Prothall jeta un coup d'œil alarmé à Mhoram. Puis, lentement, il hocha la tête. Mais le bonheur apporté par la découverte du tabernacle flottait encore sur son visage. Tout le monde se souviendrait de l'époque du haut seigneur Prothall fils de Dwillian – si la compagnie survivait à la quête, naturellement. Sa résolution ainsi raffermie, le vieillard rabattit les fermoirs du coffret avec des gestes décidés et le remit à Korik, qui l'attacha sur son dos nu avec des lanières de *glutor* puis le recouvrit de sa tunique.

Covenant contemplait les ruines de son espoir éphémère et se demandait à quoi se raccrocher. Il sentait vaguement qu'il évoluait en terrain mouvant, mais était trop faible et trop fatigué pour y réfléchir. Pendant un long moment, il demeura debout contre le mur, tête baissée.

Malgré le danger, la compagnie se reposa et se restaura. Prothall jugea que ça n'était pas plus périlleux que n'importe quoi d'autre et, pendant que les sangardes veillaient, il encouragea les quêteurs à dormir un peu. Puis il s'allongea, les bras croisés sous la tête, et sombra instantanément dans un profond sommeil. Il avait l'air si calme, si serein qu'on aurait dit qu'il méditait. Suivant son exemple, les guerriers fermèrent les yeux.

Seuls Mhoram et Lithe restèrent debout. Le seigneur fixait le feu comme s'il cherchait une vision et la jeune femme était assise face à lui, le dos voûté, comme écrasée par la montagne. Covenant les observa et somnola par à-coups, jusqu'à ce que la souillure de son anneau commence à s'estomper.

Quand la lune eut disparu, Prothall se leva, frais et dispos, et réveilla ses compagnons. Dès qu'ils furent rassasiés, il éteignit le feu de camp et alluma une torche de *lillianrill.* Ses flammes vacillaient et bondissaient dangereusement dans l'air vicié, pourtant, le haut seigneur la préféra à son bâton pour s'éclairer. Bientôt, la troupe se remit en marche, abandonnant ses morts dans la chambre qui avait contenu le tabernacle. Faute de pouvoir les ensevelir, elle n'avait que cette façon de leur témoigner son respect.

De nouveau, elle s'enfonça dans les ténèbres, suivant la lumière de Prothall dans un dédale de passages obscurs et interminables. L'air se fit plus épais, plus chaud, plus mort. Même s'il arrivait parfois aux quêteurs de monter, ils cheminaient vers les entrailles du mont Tonnerre, les racines sans fond de la montagne. À chaque lieue, ils se rapprochaient des monstrueux fléaux assoupis, enfouis parmi les os de la Terre. Ils marchaient en silence, comme choqués par l'irrémédiable nuit qui les entourait, les lèvres paralysées par des sanglots contenus. Ils n'y voyaient rien et cela les affectait autant qu'un deuil.

Alors qu'ils arrivaient à proximité du cœur de la Nécropole, certains sons se firent plus forts, plus distincts : coups de marteau, grognement des fournaises, hoquets de douleur. De temps en temps, des bouffées d'air fétide et brûlant les assaillaient, pareilles aux odeurs s'échappant des grilles de ventilation d'un immense charnier. Et un nouveau bruit s'insinuait dans leur conscience : un gargouillis épais. Ils mirent longtemps à comprendre de quoi il s'agissait… avant d'en découvrir la source. Leur chemin suivait la face intérieure d'une énorme caverne aux parois illuminées par une mer orange bouillonnante. Très loin en contrebas s'étendait un lac de roche en fusion.

Après un si long périple dans l'obscurité, la vive lumière blessa les yeux des quêteurs. La chaleur âcre qui montait vers eux les frappa de plein fouet, comme si elle voulait les déloger de leur perchoir. Le bouillonnement grave faisait vibrer l'air. De grands geysers de magma jaillissaient vers le plafond, puis retombaient telles des tours s'effondrant sur elles-mêmes.

Derrière lui, Covenant entendit quelqu'un dire :

— À l'époque du haut seigneur Loric, c'est ici que les démondims se débarrassaient de leurs rejetons imparfaits. On raconte qu'ils éprouvaient vis-à-vis de leur aspect une haine qui primait sur toute autre considération. C'est ce qui les poussa à créer les ur-vils et les repentis, et à jeter les spécimens défectueux dans des fosses comme celle-ci.

Il sursauta. La tête tournée vers le mur et une main suivant la muraille, il se hâta de gagner le tunnel qui prolongeait la corniche.

Prothall choisit de faire halte au sortir de la grotte. Les quêteurs engloutirent une collation froide, puis se remirent en marche. Ils enfilèrent la galerie, virèrent deux fois, gravirent une longue pente et s'engagèrent sur une nouvelle saillie. Malgré la faille qui s'ouvrait sur sa gauche, Covenant avançait d'un pas distrait, secouant la tête de temps à autre pour s'éclaircir les idées. Des ur-vils tourbillonnaient dans son esprit telle la vision d'une haine tournée contre lui-même. Était-il condamné à s'identifier à de tels monstres ? Non. Il serra les dents. Non. Dans la lumière rémanente du magma, il commença à craindre d'avoir déjà laissé passer sa chance – tomber et en finir.

La fatigue revint à la charge. Comme la marche s'éternisait, l'attention du groupe s'émoussa peu à peu. La pleine lune approchait et, quelque part devant lui, Sialon se préparait à le recevoir. Impatient de subir cette dernière épreuve, Prothall avançait d'un pas vif. À cause de cette précipitation, un ur-vil solitaire réussit à agir par surprise.

Il s'était tapi dans une fissure de la roche. Lorsque Covenant passa devant lui, il lui bondit dessus et le percuta de plein fouet. Son visage était déformé par un rictus féroce.

La force de l'impact fit reculer le lépreux vers la faille, mais il ne perçut pas immédiatement le danger. L'ur-vil mobilisait toute son attention. Il lui saisit la main gauche à tâtons, la porta à son nez et la renifla comme s'il cherchait quelque chose. Puis il tenta de se fourrer l'annulaire de Covenant dans la bouche.

Le lépreux fit encore un pas en arrière et son pied ne rencontra que le vide. À cet instant, il prit conscience du gouffre qui béait sous lui. Il ferma instinctivement le poing pour protéger son doigt et, s'accrochant à son bâton de toute la force de sa main droite, le tendit vers Bannor.

Le sangarde le rattrapa fermement. L'espace d'une fraction de seconde, Covenant tint bon.

Mais l'ur-vil était suspendu à son bras gauche. Les trois doigts restants de Covenant glissèrent sur le bois et il plongea dans l'abysse avec la créature, qui luttait pour lui arracher son anneau.

Avant de pouvoir hurler sa terreur, il heurta une surface dure. Le choc chassa l'air de ses poumons. Il se sentit dégringoler, mais sa poitrine était comme prise dans un étau, et sa gorge si serrée qu'aucun son ne sortit de sa bouche. Pris d'un haut-le-cœur, il s'évanouit.

Le manque d'oxygène le ramena à lui. Il gisait sur le dos, au bas d'une pente abrupte. L'éboulis de schiste et de glaise provoqué par son atterrissage avait partiellement recouvert son visage. Pendant un long moment, il ne put que tousser et cracher. Ses efforts le secouèrent sans le libérer.

Avec un frisson de douleur, il roula sur le flanc et se mit à genoux. Il s'essuya la figure d'un revers de main et put enfin respirer – mais toujours pas voir. Se palpant, il découvrit que ses yeux étaient dégagés et ouverts. Pourtant, ils ne percevaient que des ténèbres absolues.

Il paniqua. Il sentait le vide l'aspirer comme s'il se noyait dans des sables mouvants. Son cœur bondissait dans sa poitrine et lui envoyait des décharges de pure terreur dans les veines. Il était prostré, abandonné, privé de lumière et de raison. Il laissa échapper un gémissement.

Alors que la première vague retombait, il parvint à l'identifier. De la peur. C'était une émotion qu'il comprenait, qui faisait partie intégrante de sa vie de lépreux. Et qui n'empêchait pas son cœur de continuer à battre malgré ses palpitations désordonnées.

Brusquement, il leva les poings et frappa le sol des deux côtés de sa tête, le martela au rythme de son pouls comme pour en faire jaillir sa raison perdue. « Non ! Non ! Je vais survivre ! », songea-t-il.

Cette affirmation le stabilisa. Survivre. Il était habitué à la peur. Il savait comment la gérer. Par la discipline. La discipline…

Il pressa ses paumes sur ses yeux et des taches de couleur dansèrent dans le noir. Il n'était pas aveugle : il voyait des ténèbres. En tombant, il avait laissé très loin au-dessus de lui l'unique lumière des catacombes. « Enfer et damnation ! »

Instinctivement, il se frotta les mains et frémit en sentant les ecchymoses qu'il venait de s'infliger.

La discipline.

Il était seul. Seul. Quelque part au fond d'une crevasse obscure, des milliers de pieds sous terre. Sans aide, sans ami, sans espoir de secours, l'air libre du dehors lui était désormais aussi inaccessible que s'il avait cessé d'exister. Toute évasion était impossible à moins… À moins qu'il ne trouve un moyen de mourir.

La soif. La faim. La perte de sang. Il énuméra diverses possibilités comme s'il effectuait une SVE. Il pourrait succomber à un fléau – ou tomber dans un précipice encore plus fatal que celui-ci. La folie. Ce serait aussi facile que la lèpre…

Des ailes ténébreuses battaient autour de sa tête et, en l'absence de tout repère visuel, leur bruissement lui donna le vertige. Machinalement, il gesticula pour se défendre. « Enfer et damnation ! Rien de tout cela n'est réel. »

Un caprice dangereux le saisit. Il s'y raccrocha comme à une vision. Oui ! Il s'assit et tira son couteau de sa ceinture. Le tenant prudemment dans sa main mutilée, il entreprit de se raser.

Sans eau ni miroir, il risquait fort de se trancher la gorge, et la lame glissait si mal sur sa peau sèche qu'il avait l'impression de remodeler son visage. Mais ce risque, cette douleur faisaient partie de lui. S'il se coupait, la blessure s'infecterait presque instantanément, avec la crasse qui maculait son visage. Cette pensée le calmait telle une démonstration de son identité.

Ainsi força-t-il le noir à battre en retraite, à rétracter ses griffes.

Quand il eut terminé, il rassembla sa volonté pour tenter d'évaluer la situation. Il voulait savoir dans quel genre d'endroit il était. À quatre pattes, il tâtonna maladroitement autour de lui.

Il avait à peine fait quelques pas qu'il trouva un corps. Sa chair était encore assez souple, mais quelque chose de visqueux recouvrait sa poitrine. Lorsque Covenant retira sa main, elle était humide et sentait le sang.

Il battit en retraite vers le bas de la pente, où il s'immobilisa, pétrifié, les genoux tremblant et les poumons expirant comme des soufflets de forge. L'ur-vil qui l'avait attaqué. Brisé par la chute. Il voulait bouger mais ne pouvait pas. Le choc de cette découverte le paralysait telle la soudaine ouverture de portes dangereuses ; il se sentait cerné par des périls innommables. Pourquoi cette créature l'avait-elle attaqué entre tous les quêteurs ? Était-elle capable de sentir l'or blanc ?

Pendant qu'il s'interrogeait, son alliance se mit à briller, entrave écarlate autour de son annulaire. Mais elle n'émettait aucune lumière, ne lui permettait même pas de voir le doigt auquel elle était passée. Tel un signal malveillant, elle le désignait aux yeux des ennemis cachés dans le noir, ne lui procurant qu'une angoisse pesante.

Covenant ne pouvait oublier ce que ce phénomène signifiait. La lune venait de se lever sur le Fief et elle était pleine.

À cette idée, il se recroquevilla. Sa gorge était aussi nouée que si on l'avait gavé de terreur avec un entonnoir. Même le sifflement incontrôlable de sa respiration semblait le désigner pour cible à des griffes et des crocs invisibles dans les ténèbres. Il était seul, vulnérable. À moins qu'il ne trouve le moyen d'utiliser le pouvoir de son anneau.

Cette idée n'avait pas plus tôt traversé son esprit qu'il la repoussa avec un sursaut de dégoût. « Non, jamais ! » Il était lépreux ; ses capacités de survie dépendaient d'une totale acceptation de son impuissance. Telle était la loi de la lèpre. Rien ne pouvait être aussi fatal pour lui – le détruire aussi douloureusement, corps et âme – qu'une illusion de pouvoir. Dans un rêve, de surcroît. Et avant de mourir, il deviendrait aussi fétide et difforme que l'homme qu'il avait rencontré à la léproserie.

« Non ! » Tout mais pas ça. Mieux valait encore se suicider tout de suite.

Il n'aurait su dire combien de temps il demeura prostré au cœur de son vertige avant d'entendre un bruit sourd, lointain, sifflant et sinistre, comme si la nuit environnante s'était mise à respirer entre ses dents. Cela le frappa en plein cœur. Petit à petit, le son se précisa. On aurait dit qu'une multitude de gorges susurraient une menace inintelligible. Covenant en eut la chair de poule.

Les monstres venaient le chercher. Ils l'avaient repéré grâce à son anneau, et ils venaient le chercher.

Une vision du repenti à la poitrine transpercée par une lance lui traversa l'esprit. Il dissimula vivement son alliance de la main droite. La seconde d'après, réalisant que c'était un geste futile, il se mit à tâtonner frénétiquement en quête d'une arme. Puis il se souvint du couteau. Il ne semblait pas assez solide pour l'aider ; pourtant, il l'agrippa de toutes ses forces et continua à farfouiller, même s'il ne savait pas trop ce qu'il espérait trouver.

Pendant un long moment, il remua les éclats de schiste sans se préoccuper du raffut qu'il faisait. Puis ses doigts se refermèrent sur son bâton. Bannor avait dû le lâcher et il était tombé près de lui.

Le murmure s'approchait. De nombreux pieds nus se traînaient sur la pierre. Ils venaient le chercher.

Le bâton ! C'était celui de Baradakas. « Lorsque les ténèbres seront sur vous, souvenez-vous du bâton du magistère. » S'il parvenait à l'allumer…

Mais comment ?

La nuit grouillait d'ennemis. Ils semblaient glisser vers lui depuis un point situé un peu plus haut.

« Comment ? », hurla Covenant en son for intérieur, tentant d'incendier l'objet par la seule force de sa volonté. « Baradakas ! »

Toujours plus près, toujours plus près. À présent, il entendait leur respiration rauque.

Le bâton avait brûlé pour lui pendant la Célébration. En tremblant, il en pressa une extrémité sur son anneau. Aussitôt, des flammes rouges fleurirent le long du bois et s'épanouirent en virant à l'orange pâle. La brusque lumière étourdit Covenant, mais il se redressa d'un bond et brandit l'instrument au-dessus de sa tête.

Il se tenait au pied d'une longue pente qui occupait la moitié du fond de la crevasse. Les fragments de schiste instables lui avaient sauvé la vie en cédant sous son poids et en le faisant rouler vers le bas. Les parois rocheuses montaient bien plus haut que ne portait l'éclat du bâton. Près de Covenant, l'ur-vil, brisé, gisait sur le dos, sa peau noire luisante de sang.

Sur sa gauche, une longue file de lémures approchait.

Une centaine de pieds les séparaient encore de lui mais, malgré la distance, il fut surpris par leur apparence. Ils ne ressemblaient en rien à ceux qu'il avait déjà rencontrés – et pas seulement à cause du costume extravagant qui leur donnait l'air de courtisans. Ils étaient physiquement différents, courbés par une vieillesse prématurée et surnaturelle. Leurs paupières fripées masquaient à demi leurs yeux rouges ; leurs longs membres étaient tordus, et leur tête affaissée sur un cou qui paraissait pourtant assez épais et solide pour la soutenir. Leurs mains tremblaient comme s'ils avaient la maladie de Parkinson. Ils empestaient la déchéance. Mais ils avançaient d'un pas déterminé, comme si on leur avait promis le doux repos de la mort dès qu'ils auraient accompli cette ultime tâche.

Surmontant sa stupeur, Covenant brandit son bâton d'un air menaçant.

— Ne me touchez pas, siffla-t-il entre ses dents. Reculez ! J'ai fait un marché…

Ils ne parurent pas l'avoir entendu mais ne l'attaquèrent pas. Arrivés à son niveau, ils se déployèrent pour l'encercler. Puis, en avançant vers lui d'un côté et en s'écartant de l'autre, ils l'entraînèrent dans la direction d'où ils étaient venus.

Dès que Covenant comprit qu'ils voulaient l'emmener quelque part sans lui faire de mal, il décida de coopérer. Il devinait où ils le conduisaient. Aussi se laissa-t-il guider maladroitement jusqu'à un escalier dans la paroi gauche du ravin. Les marches grossières étaient taillées à même la roche, mais assez larges pour que trois ou quatre créatures puissent les gravir de front. Le lépreux parvint à maîtriser son vertige en restant près du mur et en évitant de regarder en bas.

Ils grimpèrent sur plusieurs centaines de pieds avant d'atteindre une ouverture dans la roche. Les lémures y poussèrent Covenant. Il se retrouva dans un tunnel étroit, au bout duquel brillait de la lumière de roche. À présent, les monstres se montraient un peu plus pressants, comme s'ils se dépêchaient de le conduire à l'échafaud.

Puis une vague de chaleur et une puanteur atroce submergèrent Covenant. Il émergea du boyau et pénétra à Kiril Threndor.

Il reconnut les facettes irrégulières des murailles, l'odeur nauséabonde pareille à celle du soufre consumant de la chair pourrie, les entrées qui se découpaient dans la pierre, la danse de la lueur sur les stalactites. Les lémures le bousculèrent pour le faire entrer dans la grotte, puis se placèrent en ligne derrière lui, comme pour l'empêcher de s'enfuir.

Pour la seconde fois, Covenant se retrouva en présence de Sialon Larvae.

Accroupi sur une estrade au centre de la caverne, le lémure serrait le Bâton de Loi dans ses énormes mains. Ce fut grâce à cela que Covenant le reconnut. Sialon avait changé depuis leur dernière rencontre. Lorsqu'il l'aperçut, il partit d'un rire aigu. Mais sa voix était faible, rongée par l'hystérie. Très vite, il se tut, comme s'il était trop épuisé pour continuer à s'esclaffer.

Il paraissait aussi vieux que ses serviteurs – et encore plus affecté par le mystérieux fléau qui s'était abattu sur eux. Ses membres étaient tellement tordus qu'il tenait à peine debout ; de la salive dégoulinait de sa bouche molle ; il transpirait abondamment, comme s'il ne pouvait plus supporter la touffeur de son propre domaine. La façon dont il agrippait le Bâton exprimait à la fois une possessivité féroce et un désespoir profond. Seuls ses yeux n'avaient pas bougé. Dénués d'iris, ils brillaient d'une lueur rouge et semblaient bouillonner telle la lave en fusion.

Covenant éprouva pour lui un mélange de pitié et de dégoût. Mais il n'eut guère le temps de se demander ce qui lui était arrivé car, dès que celui-ci le vit, il commença à se traîner péniblement vers lui.

Grognant de douleur, il s'arrêta à quelques pas de lui, lâcha d'une main le Bâton couvert de runes et, d'un doigt tremblant, désigna l'alliance.

— À moi ! éructa-t-il d'une voix aussi torturée que ses membres. Vous avez promis. À moi. Seigneur Sialon, Bâton et anneau. (Tout en parlant, il ne cessait de regarder par-dessus son épaule, comme s'il s'adressait à un spectateur invisible.) Vous avez promis. Vous m'avez dit : « Fais ci, fais ça, n'écrase pas... Attends encore. » (Il cracha par terre.) « Tu tueras plus tard. » Vous m'avez promis l'anneau si j'obéissais. (Il s'exprimait sur le ton geignard d'un enfant malade.) Seigneur Sialon ! Le pouvoir ! À moi !

Bavant de plus belle, il fit mine de s'emparer de l'anneau.

Covenant réagit instinctivement. Dans un sursaut de dégoût, il abattit son bâton enflammé sur la main de Sialon.

Sous l'impact, le bois éclata en une nuée d'échardes, comme si la chair du lémure était plus solide que de l'acier.

Sialon poussa un hurlement étranglé et frappa rageusement le sol avec l'extrémité du Bâton de la Loi. Covenant sentit la pierre bondir sous ses pieds ; il bascula en avant et atterrit brutalement.

Sonné, il mit un moment à se ressaisir. À travers les pulsations douloureuses de ses tympans, il entendit Sialon s'exclamer :

— Tuez-le ! Donnez-moi l'anneau !

Il roula sur le dos. Malgré la sueur qui brouillait sa vision, il vit les créatures converger vers lui. Son cœur semblait paralysé et il n'arrivait pas à se redresser. Pantelant, il tenta de ramper hors de la portée de ses assaillants.

Le premier lémure le prit à la gorge, poussa un grognement et s'écroula. Un deuxième tomba et les autres reculèrent, effrayés.

— Un sangarde ! glapit l'un d'eux. Seigneur Sialon, aidez-nous !

— Imbécile ! tempêta Sialon, toussant comme s'il allait cracher ses poumons. Lâche ! Je suis le pouvoir ! Tuez-les !

Covenant se releva et s'essuya les yeux. Bannor se tenait devant lui. Sa tunique était en lambeaux, et une de ses paupières fermée par une énorme ecchymose à l'arcade sourcilière. Mais il était en appui sur la pointe des pieds, les genoux fléchis et le poids du corps en avant, prêt à bondir dans n'importe quelle direction.

Covenant fut si soulagé de le voir qu'il eut envie de l'étreindre. Après son long calvaire de solitude et de cécité, il se sentait soudain sauvé, presque racheté. Mais il masqua son émotion pour bougonner :

— Qu'est-ce qui vous a retenu si longtemps ?

Les lémures s'avancèrent lentement, craintivement, et encerclèrent les deux hommes tandis que Sialon les invectivait d'une voix rauque.

Au-dessus de leur tête, les reflets des stalactites dansaient gaiement.

Avec un flegme stupéfiant, Bannor répondit qu'il s'était mal reçu après avoir tué l'ur-vil et avait perdu connaissance. Ensuite, il n'avait pas réussi à localiser le lépreux dans le noir.

Excité par les vociférations stridentes de Sialon, un lémure chargea Covenant par-derrière. Bannor fit volte-face et le neutralisa d'un coup de pied.

— La flamme de votre bâton m'a révélé votre position. J'ai choisi de vous suivre à distance.

Bannor marqua une pause pour bondir sur deux des attaquants les plus proches, qui battirent aussitôt en retraite.

— Pour vous aider, j'ai attendu une preuve que vous n'étiez pas l'ennemi des seigneurs, reprit-il avec une honnêteté déconcertante.

Le détachement avec lequel il affrontait la mort se communiqua à Covenant, qui répliqua sans la moindre trace de rancœur :

— Vous avez bien choisi votre moment pour me tester !

— La sangarde connaît le doute. Je devais être sûr.

— Imbéciles ! s'égosilla Sialon, furieux. Vermisseaux ! Seulement deux adversaires, et vous avez peur ! Poussez-vous ! Regardez ! Le seigneur Sialon va les tuer lui-même !

Les lémures s'écartèrent et Sialon s'avança en grimaçant de douleur, le Bâton de la Loi brandi devant lui telle une hache.

Bannor bondit et lui décocha un coup de pied dans la tête.

Malgré son infirmité, Sialon Larvae débordait de pouvoir. Il ne parut pas sentir l'attaque. Fou de rage, il pointa le Bâton vers ses adversaires, comme pour les incinérer sur pied.

Bannor et Covenant ne pouvaient rien faire contre le genre de puissance dont il disposait. Pourtant, Bannor se plaça devant le lépreux pour encaisser le coup. Covenant frémit et attendit la douleur qui le libérerait.

Mais Sialon avait trop tardé, négligé d'autres dangers et laissé passer sa chance. Alors même qu'il levait le Bâton, la compagnie dirigée par Tuvor et Prothall fit irruption à Kiril Threndor.

Les quêteurs semblaient aussi mal en point que s'ils venaient juste de se colleter avec les défenses extérieures de Sialon, mais ils étaient indemnes et toujours aussi déterminés. Tandis qu'ils se déversaient dans la grotte, Prothall arrêta la main de Sialon d'un cri autoritaire. Puis, avant que les lémures puissent se regrouper, les miliciens leur tombèrent dessus et les chassèrent. En l'espace de quelques instants, Sialon se retrouva encerclé par une vingtaine de guerriers et de sangardes.

Lentement, il battit en retraite sur l'estrade et promena un regard hébété à la ronde, comme s'il ne comprenait pas ce qui lui arrivait. Ses mains continuaient à serrer farouchement le Bâton de la Loi.

Soudain, une lueur rusée flamboya dans ses yeux de magma. Tournant la tête, il jeta par-dessus son épaule :

— Tenez. Ça, c'est bien. Mieux que des promesses. Ils sont tous là, les petits seigneurs et leurs ridicules sangardes. Des humains. Prêts à se faire écraser. (Il partit d'un rire qui se changea en quinte de toux.) Écraser ! éructa-t-il quand il eut repris le contrôle de lui-même. Écraser par mon pouvoir ! (Il émit un bruit de gorge pareil à un bris d'os.) Mon pouvoir ! Les petits seigneurs. Le puissant Sialon. Mieux que des promesses.

Prothall lui fit face sans ciller. Remettant son bâton à Mhoram, il s'avança jusqu'à Sialon, flanqué par Tuvor. Il se tenait très droit et son expression était sereine. Rendus forts par des années d'abnégation, ses yeux ni ne flanchaient ni ne brûlaient. Par contraste, les orbes rouges de Sialon étaient consumés par l'expérience d'innombrables satiétés, résultat de son vorace appétit de pouvoir. Quand le haut seigneur prit la parole, son autorité se réverbéra jusque dans le chevrotement de sa voix.

— Renonce, Sialon Larvae. Écoute-moi. Le Bâton de la Loi ne t'appartient pas. Il n'a pas été conçu pour toi. Son pouvoir ne doit être utilisé que pour le bien du Fief. Donne-le-moi.

Covenant s'approcha de Prothall. Il avait l'obscure impression qu'il devait être près du Bâton.

Mais Sialon se contenta de marmonner :

— Son pouvoir ? Y renoncer ? Jamais.

Ses lèvres continuèrent à remuer sans qu'aucun son n'en sorte, comme s'il ruminait des plans secrets.

— Tu dois me le remettre, insista Prothall. Dans ton propre intérêt. Es-tu donc aveugle ? Ne vois-tu pas ce qui t'est arrivé ? Ce pouvoir ne t'est pas destiné. Il est en train de te détruire. Tu l'as détourné de son but initial. Tu t'es servi de la Pierre de Maleterre. Tous deux sont meurtriers. Le seigneur Turpide s'est joué de toi. Donne-moi le Bâton, et j'essaierai de t'aider.

Cette idée parut offenser le lémure.

— M'aider ? toussota-t-il. Imbécile ! Je suis le seigneur Sialon ! Maître ! La lune m'appartient. Le pouvoir m'appartient. Vous m'appartenez. Je peux vous écraser. Vieillard, petit seigneur. Je te laisse vivre parce que tu me fais rire. M'aider ? Non. Danse. Danse pour moi. (Il agita le Bâton d'un air menaçant.) Fais-moi rire et je te laisserai la vie.

Prothall se redressa de toute sa hauteur.

— Sialon Larvae, ordonna-t-il, lâche le Bâton.

Il fit un pas en avant.

Dans un sursaut, Sialon leva son arme.

Prothall s'élança. Mais Tuvor atteignit le lémure avant lui et saisit l'extrémité ferrée de l'instrument.

Bavant de rage, Sialon abattit la relique sur l'épaule du sangarde. Il y eut une explosion écarlate. L'espace d'un instant, la chair de Tuvor devint transparente et les quêteurs purent voir ses os se consumer telles des brindilles sèches. Puis il bascula en arrière et s'écroula dans les bras de Covenant.

Il était beaucoup trop lourd pour lui et celui-ci s'effondra sur le sol.

Prothall se jeta sur Sialon et empoigna le Bâton à deux mains. Tous deux luttèrent avec acharnement pour sa possession. C'était un combat qui semblait perdu d'avance pour Prothall car, malgré sa décrépitude, Sialon avait conservé une partie de sa force de lémure. Il était gorgé de pouvoir, et Prothall était si vieux…

Cloué sous le corps du dragon, Covenant ne pouvait rien faire.

— Aidez-le ! cria-t-il à Mhoram. Il va se faire tuer !

Mais Mhoram tourna le dos à Prothall et s'agenouilla près du lépreux pour examiner Tuvor.

— Sialon cherche à contrôler le Bâton par sa malveillance, dit-il d'une voix bourrue. Le haut seigneur connaît des chansons plus puissantes que ça.

Consterné, Covenant insista :

— Il va se faire tuer ! Vous devez l'aider !

— L'aider ? (Une lueur dangereuse brilla dans les yeux de Mhoram.) Il n'apprécierait pas, dit-il d'une voix affûtée par le chagrin et la retenue qu'il s'imposait. C'est le haut seigneur. Malgré mon serment… (L'émotion faillit l'étrangler.) Je serais capable d'*écraser* Sialon.

Dans le mot qu'avait employé Mhoram, Covenant perçut tant de désespoir que cela le contraignit au silence.

Haletant, il observa le combat que livrait Prothall. Il était horrifié par le danger, par le prix que les deux seigneurs étaient prêts à payer.

Autour de lui la bataille se généralisa. Des lémures se déversèrent dans la caverne depuis plusieurs directions. Apparemment, Sialon avait lancé un appel silencieux et ses gardes lui répondaient. Les créatures de la première vague d'assaut n'étaient pas très nombreuses, mais assez tout de même pour engager l'ensemble des quêteurs. Seul Mhoram ne se joignit pas à la mêlée. Agenouillé près de Covenant, il caressait les cheveux de Tuvor, comme hypnotisé par son agonie.

Rugissant pour se faire entendre par-dessus le fracas des armes, Quaan ordonna à ses miliciens de former un cercle défensif autour de l'estrade. Les guerriers étaient visiblement à bout de forces, mais leur robuste galon les dirigeait comme si la nécessité de protéger les seigneurs l'immunisait contre toute faiblesse.

Tandis qu'ils frappaient, paraient et ripostaient, Covenant sentit la tête lui tourner. Au-dessus de lui, Prothall et Sialon luttaient avec acharnement. Autour de lui, l'affrontement devenait plus frénétique à chaque seconde. Tuvor était en train d'expirer dans ses bras et il ne pouvait rien y faire. Il ne pouvait aider aucun d'eux. Son impuissance croissait en même temps que le danger qui les menaçait tous. Bientôt, l'arrivée de nouveaux lémures leur barrerait toute issue et réduirait leurs efforts à néant.

Il n'avait pas envisagé une telle conclusion à son marché.

Lentement, Sialon forçait Prothall à reculer.

— Danse ! fulminait-il.

Tuvor frissonna et ouvrit les yeux. Covenant reporta son attention sur lui. Les lèvres du mourant remuèrent, mais aucun son ne sortit de sa bouche.

Mhoram tenta de le réconforter.

— N'ayez crainte. Nous vaincrons ce mal, et partout où l'on respecte le dévouement, on se souviendra de votre nom et l'on vous honorera.

Le regard de Tuvor était braqué sur Covenant. Il articula un seul mot.

— Fidèlement ?

Tout son corps se tendit en une supplique muette, mais le lépreux ne savait pas s'il lui réclamait une confirmation ou une promesse.

Pourtant, il répondit. Il ne pouvait pas refuser quoi que ce soit à un sangarde ni demeurer de marbre face à une loyauté aussi absolue. Le mot se coinça dans sa gorge, mais il l'en expulsa de force.

— Oui.

Tuvor frissonna de nouveau et mourut avec un grognement étouffé, comme si la corde de son vœu venait de se rompre. Covenant le prit par les épaules et le secoua ; sans résultat.

Sur l'estrade, Sialon avait mis Prothall à genoux et lui ployait le dos en arrière pour le briser.

— Mhoram ! hurla Covenant.

Le seigneur acquiesça et se releva d'un bond. Mais il n'attaqua pas Sialon. Brandissant son bâton au-dessus de sa tête, il claironna :

— *Melenkurion abatha ! Minas mill khabaal !*

D'une extrémité à l'autre, le bois se changea en un tison incandescent.

Le pouvoir des mots fit sursauter Sialon. Il tituba en arrière et Prothall en profita pour se redresser.

D'autres lémures se précipitèrent dans la grotte. Quaan et ses miliciens furent repoussés. Enfin, Mhoram fonça à leur secours. Autour de lui, les sangardes se battaient comme des démons du vent, tournoyant et frappant à une telle vitesse que leurs adversaires se gênaient les uns les autres quand ils tentaient de contre-attaquer.

Mais les défenseurs de Sialon ne cessaient d'affluer et la compagnie commença à vaciller sous la force croissante de leur assaut.

Puis la voix de Prothall résonna par-dessus le vacarme.

— Je l'ai ! La lune est libre !

Triomphant, il brandit le Bâton de la Loi à deux mains. Sialon gisait à ses pieds, sanglotant. Entre deux hoquets désespérés, il bredouilla :

— Rends-le-moi. Je le veux !

Cette vision frappa les lémures en plein cœur. Consternés, ils reculèrent et se plaquèrent contre les murailles rocheuses.

Alors, Quaan et ses hommes pivotèrent vers le haut seigneur et poussèrent des vivats. Leurs voix étaient rauques, à la limite de la rupture, mais ils exultaient comme si Prothall venait de reconquérir l'avenir du Fief.

Pourtant, au plafond, les lumières dansantes de Kiril Threndor poursuivaient leur folle chorégraphie.

Covenant jeta un coup d'œil à son anneau. Le métal était toujours ensanglanté. Prothall avait peut-être libéré l'astre nocturne, mais pas lui.

Avant que l'écho des acclamations retombe – avant que quiconque puisse bouger –, un nouveau son déferla sur les quêteurs telle une vague, enflant jusqu'à emplir la caverne. C'était le rire de Turpide, vibrant de haine et de jubilation. Son poids méprisant les dominait, les ensevelissait sous leur impuissance ; il les paralysait, semblait les couper de leur souffle et de leurs battements de cœur.

Même Prothall s'était figé. Malgré sa victoire, il paraissait vieux et faible, et son regard était voilé, comme s'il contemplait son propre cercueil. Covenant, qui connaissait ce glapissement, était incapable de lui résister.

Mhoram s'arracha à l'accablement. Bondissant sur l'estrade, il fit tournoyer son bâton enflammé au-dessus de sa tête jusqu'à ce que l'air bourdonne et que des éclairs bleus fusent vers les stalactites.

— Montre-toi, le Rogue ! cria-t-il. Si tu es convaincu de ta supériorité, affronte-nous dès maintenant ! Ou craindrais-tu de courtiser ainsi ta perte ?

Le rire de Turpide explosa à nouveau, plus hautain et malveillant que jamais. En le défiant, Mhoram avait brisé l'enchantement qu'il faisait peser sur ses compagnons. Prothall toucha l'épaule de son jeune pair. Les guerriers agrippèrent leurs armes et adoptèrent une posture de combat derrière les deux seigneurs.

D'autres lémures pénétrèrent dans la grotte. Cette fois, ils n'attaquèrent pas. À leur vue, Sialon se redressa sur ses bras difformes. Ses yeux bouillonnaient toujours. Toussant comme s'il allait vomir son cœur, il haleta :

— Le Bâton. Vous ne savez rien. Ne pouvez pas l'utiliser. Imbéciles. Plus possible de fuir. J'ai des armées. Et la Pierre. (Au prix d'un violent effort, il se fit entendre par-dessus le ricanement de Turpide.) La Pierre de Maleterre. Pouvoir sur pouvoir. Je vous écraserai. Écraserai. (Il eut un geste faible en direction de ses gardes et hurla :) Écrasez-les !

Brandissant leurs armes, les lémures se ruèrent en avant.

24

L'appel des lions

Ils fonçaient vers les quêteurs, masse d'yeux rouges ternis par une détermination aveugle. Mais le rire désincarné de Turpide semblait les ralentir. Ils pataugeaient dedans comme à travers un marécage et leur approche laborieuse donna à la troupe le temps de réagir. Sur l'ordre de Quaan, les guerriers entourèrent Prothall et Mhoram. Les sangardes, privés de commandant, se mirent en position parmi les miliciens.

Mhoram appela Covenant. Lentement, celui-ci leva la tête. Il balaya du regard ses compagnons et leur nombre lui parut pitoyablement faible. Il tenta de se redresser, mais le cadavre de Tuvor était trop lourd pour qu'il le soulève. Même dans la mort, le dévouement massif du dragon surpassait ses forces.

Il entendit Lithe crier :

— Par ici ! Je connais le chemin !

Elle zigzaguait entre les lémures pour gagner une des entrées de Kiril Threndor. Il la regarda s'éloigner comme s'il avait déjà renoncé à la suivre. Il ne pouvait pas repousser Tuvor parce qu'il n'arrivait pas à le saisir correctement avec sa main droite – deux doigts ne suffisaient pas.

Puis Bannor l'arracha au dragon foudroyé et le poussa vers le cercle protecteur des miliciens. Covenant résista.

— Vous ne pouvez pas l'abandonner !

Bannor le força à s'abriter derrière les guerriers.

— Que faites-vous ? fulmina le lépreux. Nous devons l'emmener avec nous ! Si nous ne le renvoyons pas chez lui, il ne sera pas remplacé ! (Il se tourna vers les seigneurs.) Vous ne pouvez pas le laisser là !

Mhoram eut un rictus qui découvrit ses dents.

— Il le faut, répliqua-t-il.

Depuis l'accès qu'elle avait choisi, Lithe appela :

— Par ici ! (Elle serrait sa cordelette autour du cou d'un lémure, dont elle utilisait le corps comme bouclier.) C'est la sortie !

D'autres créatures se dirigèrent vers elle, la forçant à reculer.

En guise de réponse, Prothall alluma son bâton et chargea en le brandissant. Avec l'aide de Mhoram, il réussit à ouvrir une trouée dans les rangs ennemis. Les lémures étaient intimidés par l'éclatant feu seigneurial.

Avant que la compagnie ait gagné le tunnel, un triangle d'ur-vils déboula dans la grotte depuis un passage voisin. À leur tête se trouvait un puissant maître, aussi noir que les catacombes et muni d'un bâton de fer dégoulinant de sang ou de pouvoir.

— Courez ! s'écria Prothall.

Les quêteurs s'élancèrent.

Les ur-vils se précipitèrent pour les intercepter.

Ils ne furent pas assez rapides. Prothall et Mhoram atteignirent la galerie, firent volte-face, et se plantèrent de part et d'autre de l'entrée pour couvrir la fuite de leurs compagnons.

Un des miliciens décida alors d'aider ses camarades à s'échapper. Soudain, il se détacha de la formation et se jeta sur le triangle d'ur-vils en faisant de grands moulinets avec son épée.

Mhoram poussa un cri et s'avança pour lui prêter main-forte. Il n'en eut pas le temps. D'un revers de son arme, le maître ur-vil repoussa le milicien, qui s'écroula sur le côté. Un liquide sombre le recouvrait de la tête aux pieds et il hurlait comme s'il avait été trempé dans une cuve d'acide. Mhoram esquiva le retour de bâton de justesse et rejoignit précipitamment Prothall à l'entrée du passage.

Là, ils opposèrent leur feu au pouvoir de l'adversaire. Celui-ci les frappait sans relâche, mais ils bloquaient chacun de ses coups. Chaque fois, des jets de fluide inflammable, qui s'embrasaient avec une lueur bleue puis viraient rapidement au noir, éclaboussaient le sol et les parois alentour.

Petit à petit, la férocité des ur-vils obligeait les seigneurs à reculer dans le boyau. Quaan tenta de renverser la situation en ordonnant à ses archers de tirer sur le vilmestre. Mais leurs flèches ne servirent à rien : le sombre pouvoir des créatures les enflamma et les réduisit en cendres avant qu'elles aient touché leur cible.

Derrière le groupe, Lithe piaffait d'impatience. Elle voulait remonter vers la lumière et, à plusieurs reprises, pressa les seigneurs de rompre le combat. Mais ils ne le pouvaient pas : ils n'osaient pas tourner le dos à leurs ennemis.

Chaque impact du bâton de fer noir les repoussait en arrière. Malgré leur courage et leur détermination, ils étaient au bord de l'épuisement. Déjà, l'éclat de leur feu pâlissait et les jets de fluide viraient au noir de plus en plus rapidement. Il était clair qu'ils ne tiendraient pas beaucoup plus longtemps. Personne, dans la compagnie, ne pouvait prendre leur relève.

Soudain, Mhoram aboya :

— Arrière ! Faites place ! (Son ton était si impérieux que même les sangardes obéirent.) Covenant ! appela-t-il.

Celui-ci s'avança jusqu'à une longueur de bras de la bataille.

— Levez votre anneau !

Aiguillonné par l'urgence qu'il percevait dans la voix de Mhoram, il obtempéra. Une lueur écarlate souillait toujours le métal.

Le vilmestre fixa l'alliance comme s'il venait juste de sentir sa présence. Il reconnut l'or blanc et hésita. Même s'il ne baissa pas sa garde, les autres créatures s'immobilisèrent derrière lui.

— *Melenkurion abatha !* rugit Mhoram. Pulvérisez-les !

Covenant comprit intuitivement. Il lança son poing gauche vers le vilmestre comme pour lui décocher un éclair.

Avec des exclamations de terreur stridentes, le triangle recula.

À cet instant, les seigneurs réagirent.

— *Minas mill khabaal !* hurlèrent-ils sur des tons différents mais harmonisés.

Ils dessinèrent à l'aide de leur feu un *x* qui barra l'entrée du tunnel depuis le plafond jusqu'au sol. Les flammes bleues demeurèrent suspendues dans l'air et avant qu'elles puissent s'éteindre, Prothall y planta son bâton à la verticale. Aussitôt, un rideau de pouvoir s'interposa entre la compagnie et les ur-vils.

Les créatures poussèrent des cris de rage et bondirent. Leur maître frappa le barrage, qui ondula sous l'impact, mais ne s'écarta pas.

Prothall et Mhoram ne s'accordèrent qu'un instant pour observer la force de leurs défenses. Puis ils se détournèrent et rejoignirent leurs compagnons en courant. Haletant, Mhoram expliqua :

— Nous avons placé un rebutant à l'entrée de la galerie, mais il ne tiendra pas longtemps. Nous ne sommes pas assez forts ; nous avons dû sacrifier le bâton du haut seigneur, et les ur-vils sont féroces. Sialon les rend fous avec la Pierre de Maleterre. (Sa voix tremblait.) Nous devons sortir d'ici le plus vite possible. Nous échapper. Nous le devons ! Nous aurons œuvré en vain si nous ne portons pas le Bâton et le tabernacle en sécurité.

Lithe acquiesça.

— Venez ! Je connais l'herbe et le ciel. Je peux les retrouver.

Prothall hocha la tête, mais il était épuisé, arrivé bien au-delà des limites de son endurance. Il se mouvait avec difficulté et sa respiration était laborieuse, comme s'il avait les bronches encombrées.

— Allez-y, dit-il en s'appuyant lourdement sur le Bâton de la Loi. Courez !

Deux sangardes le prirent par les bras et l'entraînèrent au pas de course dans le passage. La compagnie se rallia autour d'eux pour suivre Lithe.

Au début, ils progressèrent rapidement. Chaque fois qu'ils tombaient sur un croisement, Lithe savait aussitôt quelle branche offrait la meilleure promesse de retour à l'air libre. Éclairée par le bâton de Mhoram, elle caracolait comme sur une piste de liberté encore tiède.

Après s'être battus avec autant d'acharnement, les quêteurs trouvaient l'épreuve reposante. Elle leur permettait de se concentrer et de ménager leurs forces. En outre, ils s'éloignaient du rire de Turpide. Bientôt, ils ne purent plus entendre ses accents moqueurs, haineux et menaçants dans leur dos et, pour une fois, accueillirent le silence avec soulagement.

Ainsi parcoururent-ils près d'une lieue avant de s'engager dans une section des catacombes où il était beaucoup plus difficile de s'orienter. Partout, ce n'était que petites grottes, dédale de boyaux et de virages en épingle. Pourtant, Lithe n'hésitait jamais. À plusieurs reprises, elle choisit des montées en pente douce.

Alors que les couloirs s'élargissaient et s'assombrissaient de nouveau, et que la flamme de Mhoram n'illuminait plus ni murs ni plafond, les catacombes devinrent hostiles. Peu à peu, le silence se modifia pour prendre la tonalité d'une embuscade. Les ténèbres semblaient dissimuler de plus en plus de choses ; aux intersections, l'obscurité brouillait l'instinct de Lithe. Celle-ci commença à douter de ses choix.

Derrière elle, Prothall avait de plus en plus de mal à soutenir l'allure. Sa respiration sifflante cédait parfois la place à des quintes de toux et même les plus épuisés de ses compagnons l'entendaient hoqueter par-dessus leurs propres halètements. Les sangardes étaient presque obligés de le porter. Ils continuèrent à s'enfoncer dans la nuit.

Soudain, ils atteignirent une caverne haute de plafond qui servait de carrefour à plusieurs tunnels. Celui situé face à eux prolongeait la direction générale qu'ils avaient suivie depuis Kiril Threndor. Lithe s'immobilisa tel un cheval dont le cavalier vient de tirer violemment sur les rênes. Perturbée par le nombre des possibilités – et par un rejet instinctif du choix le plus logique –, elle promena un regard hésitant à la ronde. Puis elle secoua la tête comme si une bride lui blessait la bouche.

— Seigneurs ! Je ne sais pas.

— Vous devez ! aboya Mhoram. Vous êtes notre seule chance ! Ce réseau ne figure pas sur les anciennes cartes. Vous nous avez conduits bien au-delà de ce que nous connaissons.

Il lui agrippa l'épaule comme pour la forcer à prendre une décision.

L'instant d'après, Prothall fut saisi par une quinte de toux plus violente que les autres et s'écroula. Un sangarde le redressa promptement en position assise. Mhoram le rejoignit d'un bond et s'agenouilla près de lui. Inquiet, il scruta son visage.

— Tâchez de vous ressaisir, marmonna-t-il. Notre rebutant doit être brisé depuis longtemps. Nous ne pouvons pas traîner.

Entre deux spasmes, le haut seigneur articula :

— Laissez-moi. Prenez le Bâton et partez. Je suis fini.

Ses paroles consternèrent les quêteurs. Covenant et les miliciens retinrent leur souffle pour entendre la réponse de Mhoram, craignant qu'il n'accepte le sacrifice du vieillard.

Mais Mhoram ne dit rien.

— Laissez-moi, répéta Prothall. Donne-moi ton bâton et je protégerai votre retraite de mon mieux. Je suis âgé. J'ai eu mon heure de gloire. Je n'ai plus rien à perdre. Prenez le Bâton et partez. (Voyant que son jeune compagnon ne réagissait toujours pas, il se fit suppliant.) Mhoram, écoute-moi. Ne laisse pas mes vieux os provoquer l'échec de notre quête.

— Je vous entends, répondit Mhoram d'une voix étouffée.

Ses épaules s'affaissèrent et il baissa la tête.

L'instant d'après, il se releva, rejeta la tête en arrière et éclata d'un rire serein, qui n'avait rien de désespéré ni de forcé. Ses compagnons en restèrent bouche bée, jusqu'à ce qu'ils comprennent que ce n'était pas une manifestation d'hystérie. Alors, sans savoir pourquoi, ils l'imitèrent et la bonne humeur souffla sur leur cœur tel un vent purificateur. Covenant regretta de ne pas pouvoir la partager avec eux.

Quand leur rire retomba et se changea en simple gloussement, Mhoram dit au haut seigneur :

— Ah ! Prothall fils de Dwillian… C'est une bonne chose que vous soyez vieux. Vous laisser ? Quel plaisir prendrai-je à raconter vos grands exploits à Osondrea si vous n'êtes pas là pour rougir et protester ?

Il secoua la tête d'un air amusé, puis revint vers Lithe, toujours plantée au milieu de la caverne.

— Écuyer Lithe, lui dit-il doucement, vous avez bien travaillé. Votre instinct est fidèle, ne l'oubliez pas. Mettez vos doutes de côté. Nous n'avons pas peur de vous suivre où votre cœur nous emmènera.

Covenant avait remarqué que Lithe non plus ne s'était pas associée à l'allégresse générale. Son regard était troublé ; son sang impétueux avait sans doute été offensé par la brusquerie de Mhoram. Pourtant, elle acquiesça d'un air grave.

— C'est une bonne chose, parce que ma tête ne fait pas confiance à mon cœur.

— Que voulez-vous dire ?

— Ma tête me dit que nous devons continuer dans la même direction. Mais mon cœur veut aller par là. (Elle indiqua un tunnel qui semblait presque rebrousser chemin vers Kiril Threndor.) Je ne sais pas, conclut-elle simplement. Tout ça est nouveau pour moi.

— Vous êtes l'écuyer Lithe, du peuple de Ra, répondit Mhoram sans hésitation. Vous avez servi les ranyhyn. Vous connaissez l'herbe et le ciel. Faites confiance à votre cœur.

Au bout d'un moment, Lithe hocha la tête.

Deux sangardes aidèrent Prothall à se relever et lui passèrent chacun un bras sous les aisselles pour le soutenir.

Les quêteurs s'engagèrent dans la galerie désignée par l'instinct de Lithe. Bientôt, celle-ci se mit à descendre, facilitant leur progression. En outre, ils étaient portés par l'espoir que leurs poursuivants ne devineraient pas ce qu'ils faisaient et ne parviendraient ni à leur barrer le chemin ni à les rattraper. Mais dans le silence et les ténèbres absolues, ils n'avaient aucune certitude. Le boyau qu'ils suivaient n'en croisait pas d'autre, mais il serpentait telle une veine rocheuse à travers la montagne. Enfin, il déboucha sur un vaste espace nu. Lithe entraîna le groupe vers l'autre extrémité et commença à gravir une paroi rocheuse escarpée.

L'ascension fut ardue. Plus ils montaient, plus la température chutait, et plus le gouffre noir qui béait en dessous d'eux semblait vouloir les happer. Le froid et les courants d'air ne réussissaient qu'à accentuer leur transpiration et leurs halètements. Seuls les sangardes ne montraient aucun signe de fatigue après ce périple souterrain et avançaient à longues enjambées souples. Covenant et les miliciens titubaient comme des infirmes.

Enfin, Mhoram ordonna une halte. Le lépreux se laissa tomber plus qu'il ne s'assit dos à la falaise. Il crut sentir la sueur geler sur son visage. La troupe se partagea le peu de boisson et de nourriture qu'il lui restait mais, dans ce lieu enseveli, rien ne semblait pouvoir la rafraîchir ou la ravigoter, comme si les ténèbres aspiraient la substance des provisions. Covenant but et mangea machinalement. Puis il ferma les yeux pour se barricader contre le vide de la nuit. En vain : il continua à le voir derrière ses paupières closes.

Un peu plus tard – le lépreux avait perdu toute notion de temps –, Mhoram siffla :

— Je les entends.

La réponse de Korik résonna tel un soupir issu d'une tombe.

— Oui. Ils nous suivent. Ils sont très nombreux.

Les quêteurs, vacillants, reprirent leur ascension. Ils avaient depuis longtemps franchi les limites de l'endurance et la pensée de l'échec imminent les affaiblissait encore. Ils ne continuaient à avancer que parce que la flamme bleue de Mhoram les entraînait, les ensorcelait, les cajolait, les inspirait et refusait de s'avouer vaincue. Focalisés sur la nécessité de la fuite, ils continuèrent à grimper.

Soudain, les courants d'air se changèrent en bourrasques. Devant eux, l'espace rétrécit brusquement et ils se retrouvèrent sur un escalier en colimaçon taillé dans la paroi d'un puits vertical. L'étroitesse des marches les força à s'y engager en file indienne. Le vent s'engouffrait dans le conduit en poussant des hurlements, comme s'il n'avait lui aussi qu'une seule hâte : fuir les catacombes. Covenant maugréa en pensant qu'il allait, une fois de plus, devoir affronter le vertige.

Les compagnons se mirent à grimper comme aspirés vers le haut. Peu à peu, le diamètre du puits diminua. L'air se déplaçait à une telle vitesse qu'ils avaient du mal à respirer. La tête leur tournait. Le conduit tanguait devant leurs yeux. Covenant tomba à genoux et continua à quatre pattes, bientôt imité par les autres.

Puis il s'écroula sur les marches et ne bougea plus. Des voix luttaient pour couvrir le rugissement du vent, mais il ne se souciait plus de ce qu'elles pouvaient dire. Il était en train de suffoquer et la seule chose qui lui faisait encore envie, c'était pleurer. Il ne se rappelait même plus ce qui, en cet instant encore, l'empêchait de mettre fin à ses tourments.

Soudain, des mains le saisirent par les épaules et le hissèrent sur une surface plus ou moins plate. Tandis qu'elles le traînaient par terre, l'atmosphère s'apaisa derrière lui.

Il entendit Quaan pousser une exclamation joyeuse bien qu'essoufflée. Au prix d'un gros effort, il leva la tête. Il gisait au fond d'une crevasse qui s'ouvrait sur la face est du mont Tonnerre. De l'autre côté d'une vaste étendue de roche grise, le soleil, rouge, se levait majestueusement.

Aux oreilles abasourdies de Covenant, les vivats étranglés de ses compagnons résonnaient comme des sanglots. Un par un, les guerriers s'extirpèrent du trou et émergèrent dans la lumière de l'aube. Lithe fit quelques bonds exultants et se laissa tomber à genoux pour embrasser le sol.

Le lépreux s'assit et jeta un coup d'œil aux seigneurs. De toute évidence, ils ne partageaient pas la jubilation des miliciens. Prothall était affalé comme un sac d'os, le Bâton de la Loi en travers de ses genoux et la tête dans les mains. Près de lui, Mhoram se tenait très raide, le regard aussi amer et lugubre qu'un paysage dévasté.

Covenant ne comprenait pas.

Puis Bannor dit :

— Nous pouvons nous défendre ici.

La réponse de Mhoram fut douce et violente à la fois.

— Comment ? Sialon connaît tous les chemins. Si nous le repoussons ici, il nous attaquera par-dessous – ou par-dessus. Il peut rassembler des milliers de lémures et d'ur-vils pour le servir.

— Alors, refermez le passage pour les retarder, lui enjoignit Bannor.

— Le haut seigneur n'a plus de bâton. Je ne peux pas créer un rebutant tout seul : je n'en ai pas le pouvoir. Me croyez-vous assez fort pour faire écrouler ces parois ? Ce n'est pas le cas, quand bien même je serais prêt à causer autant de dommages à la Terre. Nous devons fuir encore. Là…

Mhoram tendit une main tremblante vers le bas.

Covenant baissa les yeux. La crevasse débouchait sur un ravin qui balafrait le flanc du mont Tonnerre tel un coup de couteau. Le fond était jonché d'énormes rochers, et les parois, abruptes, ne permettaient pas l'escalade. Les compagnons devraient se frayer un chemin parmi les éboulis sur près d'une demi-lieue, jusqu'à l'endroit où les murailles cédaient la place à une falaise à pic. Alors, ils n'auraient pas d'autre choix que de contourner la montagne en quête d'une voie de descente.

Pourtant, Covenant ne comprenait toujours pas. La traversée du ravin s'annonçait pénible, mais elle les conduirait vers la liberté. Il sentait la chaleur du soleil sur son visage. Il se releva avec difficulté et grogna :

— Allons-y.

Mhoram lui jeta un regard douloureux. Il dit quelques mots à Quaan et à Korik, qui se dirigèrent vers le défilé.

Leur progression était mortellement lente. Pour avancer, ils devaient se faufiler dans des brèches étroites en retenant leur souffle, bondir d'un roc à l'autre ou, lorsque la distance était trop grande, descendre de celui sur lequel ils se tenaient pour escalader le suivant. Et ils étaient déjà si faibles ! Mêmes les plus robustes des guerriers avaient besoin de l'aide des sangardes. Prothall dut être porté pratiquement tout du long ; chaque fois qu'il tentait de sauter, il tombait à genoux et, bientôt, le devant de sa robe fut maculé de sang.

Alors, Covenant comprit le danger qui les menaçait. Leur lenteur risquait de leur être fatale. Si Sialon connaissait un autre moyen de sortir des catacombes, ses forces pourraient bien atteindre l'extrémité du ravin avant les quêteurs.

Le lépreux n'était pas le seul à s'en être rendu compte. Après leur soulagement initial, les guerriers avaient repris une expression soucieuse. Ils traînaient les pieds et courbaient l'échine, comme si le poids de leur expérience était accroché à leur cou. La lumière du soleil ne leur laissait pas ignorer le péril.

Telle une prophétie, leurs craintes se réalisèrent avant qu'ils aient parcouru la moitié du chemin. Un milicien poussa un cri étranglé et tendit le doigt. Un peu plus haut, une horde d'ur-vils s'extirpait de la crevasse.

Le groupe tenta d'accélérer. Les ur-vils se déversèrent sur ses traces telle une marée noire. Ils se propulsaient comme s'ils étaient montés sur ressort ou mus par l'élan de la sauvagerie. Ils gagnaient du terrain à une vitesse étourdissante.

Et ils n'étaient pas seuls. Au bout du défilé, des lémures apparurent soudain sur la crête. Dès qu'ils repérèrent les quêteurs, ils déroulèrent des cordes dans le vide pour les rejoindre.

Les compagnons étaient pris en tenaille par la horde de Sialon.

Atterrés, ils se figèrent. L'espace d'un instant, même Quaan parut oublier ses responsabilités envers la phalange ; il promena un regard hébété à la ronde et ne réagit pas. Covenant s'affaissa contre un rocher. Il avait envie de hurler que ce n'était pas juste. Il avait déjà survécu à tant d'épreuves, enduré tant de tortures, perdu tant d'êtres et de choses… Au dernier moment, son évasion se dérobait à lui. Était-ce le prix à payer pour son marché, pour son acceptation ? Si oui, il était trop élevé, surtout pour un lépreux.

— Pas étonnant qu'il nous ait laissés partir avec le Bâton, cracha-t-il d'une voix tremblante de colère. Ça fait encore plus mal maintenant. Il savait qu'on ne s'en tirerait pas.

Alors Mhoram cria des ordres sur un ton si sévère qu'il dissipa la paralysie de la troupe. Puis il s'élança et escalada un large bloc rocheux plat, plus haut que ceux qui l'entouraient.

— Il y a de la place pour nous tous ! Venez ! appela-t-il. Nous nous battrons ici !

Les autres le rejoignirent lentement, comme si le fardeau de la défaite les accablait déjà. Mhoram et les sangardes leur donnèrent un coup de main. Prothall fut le dernier à monter, soutenu par Korik et Terrel.

— Non, non, marmonnait-il dans sa barbe, mais il ne tenta pas de résister.

Lorsque les quêteurs furent rassemblés sur leur perchoir, les miliciens et les sangardes se disposèrent autour. Lithe se plaça parmi eux, la cordelette tendue entre ses mains, laissant Covenant et les deux seigneurs au centre de l'ultime rempart de la compagnie.

Les ur-vils avaient déjà couvert la moitié de la distance qui les séparait du rocher. Derrière eux, des centaines de lémures jaillissaient.

Balayant les forces adverses du regard, Mhoram dit doucement :

— Gardez courage, mes amis. Vous avez bien travaillé. Affrontons notre fin si bravement que même nos ennemis s'en souviendront. Ne désespérez pas. De nombreux revers séparent toujours le début d'une guerre de la victoire finale. Enseignons au seigneur Turpide qu'il ne triomphera pas avant d'avoir éliminé jusqu'au dernier ami du Fief.

Prothall chuchota :

— Non, non.

Pivotant vers le sommet du mont Tonnerre, il planta ses pieds dans le sol et ferma les yeux. Puis, avec des gestes lents mais résolus, il tendit le Bâton de la Loi entre ses deux poings serrés, au niveau de son cœur.

— Ça doit être possible, souffla-t-il. Par les sept tabernacles ! Il le faut ! (Ses jointures blanchirent sur le bois.) Melenkurion Barreciel, aide-moi. Je refuse cette fin.

Ses sourcils se froncèrent au-dessus de ses yeux clos, enfoncés dans leurs orbites, et il inclina la tête jusqu'à ce que sa barbe touche son torse. Une chanson sans paroles s'échappa de ses lèvres exsangues. Sa voix était si rauque et épuisée qu'elle sonna comme un hymne funèbre plutôt que comme une invocation.

Les serviteurs de Sialon fonçaient inexorablement vers la compagnie. Mhoram les regardait approcher avec un rictus d'impuissance.

Soudain, une idée lui traversa l'esprit. Les yeux flamboyants, il se tourna vers Covenant et planta son regard dans le sien.

— Il y a un moyen, murmura-t-il fiévreusement. Prothall essaye d'appeler les lions de feu. Il ne peut pas réussir ; le pouvoir du Bâton est fermé et nous ne possédons pas les connaissances nécessaires pour le déverrouiller. Mais l'or blanc peut le libérer.

Covenant frémit comme si Mhoram venait de le gifler.

« Non ! se révolta-t-il en lui-même. J'ai fait un marché ! »

Puis, dans un éclair de lucidité qui lui donna le tournis, il entrevit les plans que Turpide nourrissait à son égard, comprit ce qu'il était en train de lui faire. « Enfer et damnation ! »

C'était le coup fatal qu'il avait dissimulé sous ses machinations et ses subterfuges. Le point d'impact entre les deux folies opposées du lépreux. S'il tentait d'utiliser la magie sauvage. Si son anneau contenait du pouvoir. S'il n'en contenait pas... Covenant vacilla, assailli par une multitude de sombres visions : ses compagnons massacrés ; le Bâton de la Loi détruit ; des milliers de créatures mortes ; tout ce sang sur ses mains, sur sa tête...

— Non, haleta-t-il. Ne me demandez pas ça. J'ai promis que je ne tuerais plus jamais. Vous ne savez pas ce que j'ai fait à... À Atiaran et à... J'ai conclu un pacte pour ne plus être obligé de tuer.

Les ur-vils et les lémures arrivaient à portée de flèche. Les miliciens avaient déjà bandé leurs arcs. Les troupes de Sialon ralentirent et se ramassèrent sur elles-mêmes, comme pour bondir.

Covenant était toujours prisonnier du regard de Mhoram.

— Si vous refusez, il y aura bien plus de victimes ! Croyez-vous que Turpide se contentera de nous ? Jamais ! Il massacrera, et massacrera encore, jusqu'à ce que toute forme de vie en ce monde soit sous son emprise, et qu'il puisse la corrompre ou la broyer comme bon lui semblera. Toute forme de vie, vous m'entendez ? Même les créatures qui le servent aujourd'hui ne seront pas épargnées !

— Non, grogna Covenant. Ne voyez-vous pas ? C'est exactement ce qu'il veut. Le Bâton sera détruit, ou Sialon, ou nous… Peu importe ce qui se passera : il aura gagné. Il sera libre. Vous êtes en train de jouer son jeu.

— Peu importe ! répliqua Mhoram avec ferveur. Les morts sont morts ; seuls les vivants peuvent résister au mépris.

« Par les feux de l'enfer ! » Covenant ne trouvait aucun argument à lui opposer ; aucun marché, aucun compromis ne pouvait satisfaire son besoin. Il poussa un cri déchirant :

— Mhoram ! C'est du suicide ! Vous me demandez de devenir fou !

Le regard du seigneur demeura implacable.

— Non, l'Incrédule. Il n'est pas nécessaire que vous perdiez la raison. Il existe d'autres réponses, d'autres chansons. Vous pouvez les trouver. Pourquoi le Fief devrait-il être détruit à cause de votre douleur ? Sauvez ou condamnez ! Prenez le Bâton !

— Damnation ! (Covenant saisit son alliance et rugit :) Faites-le vous-même !

Il arracha l'anneau de son doigt et voulut le jeter à Mhoram, mais il tremblait si fort qu'il le laissa échapper. Celui-ci tomba sur la pierre et roula un peu plus loin.

Le lépreux le poursuivit. Il ne semblait pas avoir assez de doigts pour le rattraper. L'alliance passa devant les pieds de Prothall. Covenant bondit, se tordit la cheville, chuta et se cogna le front sur le rocher.

Au loin, il entendit une vibration de corde d'arc ; la bataille avait commencé. Il n'y prêta aucune attention. Il sentait qu'il s'était fêlé le crâne. Quand il releva la tête, il y voyait double.

Les taches sur sa robe se brouillèrent. Il avait perdu toute chance de déchiffrer le message cryptique de Morinmoss. Il voyait deux Mhoram en train de ramasser son anneau, deux Prothall brandissant le Bâton de la Loi et unissant leurs dernières forces pour le plier à leur volonté, deux Bannor se détournant du combat pour pivoter vers les seigneurs.

Mhoram se pencha vers Covenant et lui saisit le poignet droit avec tant de force qu'il sentit ses os frotter les uns contre les autres. La pression le força à ouvrir la main, et quand ses deux doigts furent écartés et vulnérables, Mhoram lui enfila son alliance à l'index. Elle se coinça après la première phalange.

— Je ne peux pas usurper votre place, grinça le seigneur dédoublé.

Il se releva, entraînant Covenant avec lui. Puis il lui colla ses deux visages sous le nez et siffla :

— Par les sept ! Vous craignez le pouvoir davantage que la faiblesse !

« Oui, pensa Covenant, en proie à la douleur de son poignet et de sa tête. Oui ! Je veux survivre ! »

L'air bourdonnait autour de lui. Les tirs se succédaient aussi vite que les archers pouvaient encocher leurs traits. Mais leurs réserves de projectiles étaient limitées et leurs cibles demeuraient en retrait, ne s'avançant que le temps d'attirer le feu ennemi. Les forces de Sialon n'étaient pas pressées. Les ur-vils, en particulier, devaient se réjouir à l'idée de prolonger le massacre.

Covenant fixait Mhoram tel un agonisant – ses deux bouches aux lèvres étirées sur de multiples dents et ses quatre yeux brûlants d'autorité. Parce qu'il ne voyait pas d'autre moyen de plaider sa cause, il porta sa main libre à sa ceinture, en tira son couteau et le tendit à Mhoram.

— Je préfère que vous me tuiez.

Lentement, le seigneur desserra son étreinte. La courbe de sa bouche s'adoucit ; son regard parut se tourner vers l'intérieur, et ce qu'il y vit le fit frémir. Quand il parla, ce fut d'une voix pareille à la poussière.

— Covenant, pardonnez-moi. Je m'oublie. Suilécume vous avait compris. J'aurais dû l'écouter. C'est mal de vous demander plus que vous n'êtes prêt à donner librement. Ainsi, je finis par ressembler à ce que je hais. (Il lâcha le poignet du lépreux et recula.) Mon ami, ce n'est pas votre faute. Ce fardeau est le nôtre et nous le porterons jusqu'au bout. Pardonnez-moi.

Covenant ne put répondre. Il se tenait immobile, le visage aussi crispé que s'il allait se mettre à hurler. Sa vision dédoublée lui faisait mal aux yeux. La miséricorde de Mhoram l'affectait davantage que tout argument, que toute exigence. Accablé, il se tourna vers Prothall. Ne pouvait-il trouver quelque part la force de prendre ce risque ? Le chemin de son évasion passait peut-être par là. L'horreur de la magie sauvage était peut-être le prix qu'il devrait payer pour sa liberté. Il ne voulait pas se faire tuer par les ur-vils. Quand il leva le bras, il ne put dire laquelle de ces mains était la sienne, lequel de ces deux bâtons était le vrai.

Puis la dernière flèche fusa avec une vibration sourde. Les lémures hurlèrent leur triomphe et leur cruauté. Sur l'ordre des ur-vils, ils s'avancèrent. Les guerriers tirèrent leurs épées et se préparèrent à combattre jusqu'à la mort. Les sangardes fléchirent les genoux et s'équilibrèrent sur la pointe des pieds.

Tremblant, Covenant tendit la main vers le Bâton. Mais la tête lui tournait et un tourbillon de ténèbres l'enveloppa. Il n'arrivait pas à surmonter sa peur ; il était atterré à l'idée de la vengeance que la lèpre lui infligerait pour punir une telle audace. Sa main parcourut la moitié de la distance et s'immobilisa, crispée d'impuissance.

« Ah ! geignit-il en lui-même. Aidez-moi ! »

— Nous sommes la sangarde. (La voix de Bannor était presque inaudible parmi les caquètements avides des lémures.) Nous ne pouvons autoriser cette fin.

Fermement, il saisit la main de Covenant et la plaça sur le Bâton de la Loi, entre les deux poings livides de Prothall.

Le lépreux sentit le pouvoir exploser dans sa poitrine. Une charge silencieuse, un choc inaudible, frappa le ravin comme une convulsion de la montagne. La déflagration renversa les quêteurs et fit s'étaler leurs assaillants parmi les rochers. Seul le haut seigneur conserva l'équilibre. Il leva brusquement la tête et le bâton tressaillit dans ses mains.

L'espace d'un instant, un silence absolu régna dans le ravin – absolu et si intense que les belligérants crurent avoir les tympans crevés. Dans le même instant, le ciel vira au noir au-dessus de Gravin Threndor.

Puis vint le bruit : un grondement sourd que l'on aurait dit arraché aux entrailles mêmes de la roche, suivi par de longues vagues sifflantes. Les nuages descendirent jusqu'à recouvrir le sommet du mont Tonnerre. Et d'immenses feux jaunes commencèrent à brûler sur le pic enténébré.

Pendant un moment, les compagnons et leurs agresseurs demeurèrent figés, comme s'ils avaient peur de bouger. Ils fixaient les lueurs et l'orage imminent qui les surplombait.

Soudain, les flammes jaillirent. Avec un ronflement monstrueux, elles chargèrent telles des bêtes affamées le long des flancs de l'éminence.

Hurlant de terreur, les lémures se relevèrent et s'enfuirent. Quelques-uns se jetèrent contre les parois du ravin, mais la plupart d'entre eux contournèrent le rocher des quêteurs et s'élancèrent vers la falaise, tentant de distancer les lions de feu.

Les ur-vils partirent dans l'autre sens. Avec une précipitation rageuse, ils rebroussèrent chemin vers l'entrée des catacombes.

Avant qu'ils puissent se mettre à l'abri, Sialon jaillit de la crevasse au-dessus d'eux. Trop difforme pour tenir debout, il rampait sur les coudes et les genoux. Dans son poing, il tenait une pierre verte dont irradiait une corruption intense.

— Écraser ! Écraser ! glapit-il par-dessus le tumulte.

Les ur-vils s'arrêtèrent.

Pendant que les créatures hésitaient, les quêteurs se remirent à descendre. Prothall et Covenant étaient trop épuisés pour marcher seuls ; aussi les sangardes les portaient-ils d'un rocher à l'autre ou les traînaient-ils sur le sol accidenté.

Devant eux, les lémures atteignirent l'extrémité du ravin. Certains, qui fonçaient droit devant eux sans regarder, basculèrent dans le vide. Les autres s'éparpillèrent sur la droite et sur la gauche.

Derrière le groupe, les ur-vils avaient tourné les talons et formé un triangle pour se lancer à sa poursuite. C'était tout juste s'il parvenait à conserver son avance.

Le rugissement de l'air enflammé se fit plus aigu, plus féroce. Libérés par le pouvoir du pic, des rochers dégringolèrent. Les lions de feu dévalaient la pente telle de la pierre en fusion. Ils étaient encore très loin, mais leur puissance incendiaire semblait doubler ou tripler à chacun de leurs bonds. Une bourrasque brûlante les précédait. Gravin Threndor frissonnait jusque dans ses racines.

Le fond du défilé devint un peu plus praticable comme les quêteurs approchaient de son point extrême. Covenant recommença à se déplacer seul. Avec des mouvements aussi saccadés qu'une marionnette, il prit place dans la file qui se dirigeait vers la falaise.

Ses compagnons virèrent vers le sud pour longer le précipice, mais lui fonça droit vers le vide. Quand il l'atteignit, ses jambes eurent tout juste la force de freiner. Chancelant, il baissa les yeux. L'à-pic mesurait deux mille pieds de profondeur sur au moins une demi-lieue de largeur.

Il n'y avait pas d'évasion possible. Les lions rattraperaient les quêteurs avant qu'ils puissent atteindre le bas de la montagne – bien avant.

Des gens hurlaient des avertissements futiles à Covenant, mais celui-ci les entendait à peine et les écoutait encore moins. Ce n'était pas ce genre d'évasion qu'il visait. Le gouffre ne l'effrayait pas : il ne le voyait pas assez bien pour ça.

Il avait quelque chose à faire.

Il marqua une pause pour rassembler son courage. Puis il réalisa que les sangardes essaieraient probablement de le retenir. Il voulait passer à l'action avant de leur en donner la possibilité.

Il avait besoin d'une réponse à la mort.

Ôtant son alliance, il la tint fermement dans sa main droite et arma son bras pour la jeter dans le vide. Au dernier moment, son regard se posa dessus et une brusque éruption de honte arrêta son geste. Le métal était pur. Il voyait toujours deux anneaux, mais ils étaient redevenus blancs. La corruption s'était évanouie de leur cœur.

Covenant fit volte-face et scruta le ravin en quête de Sialon. Il entendit Mhoram crier :

— Bannor ! C'est son choix !

Le sangarde se ruait vers lui. Entendant l'ordre de Mhoram, il s'immobilisa à quelques pas de Covenant. L'instant d'après, son vœu prit le dessus et il s'élança à nouveau vers le lépreux.

Covenant n'arrivait pas à stabiliser sa vision. Il aperçut les lions qui fonçaient vers le groupe. Mais un danger autrement pressant le menaçait. Le triangle d'ur-vils ne se trouvait plus qu'à trois enjambées de lui. Déjà, le maître ur-vil brandissait son bâton pour frapper.

Instinctivement, Covenant voulu s'écarter, mais il fut trop lent. Il avait à peine soulevé un pied lorsque Bannor le percuta et le projeta sur le côté.

Avec un rugissement triomphant, les ur-vils bondirent comme une seule créature et plongèrent tête la première dans le trou. Ils dégringolèrent en laissant derrière eux un sillage de hurlements féroces.

Bannor aida Covenant à se relever, puis le poussa vers le reste de la compagnie. Mais le lépreux se dégagea et fit quelques pas vers le haut de la pente. Les yeux plissés, il scruta désespérément le ravin en contrebas.

— Sialon ! Qu'est devenu Sialon ? (Il s'arrêta, tourna la tête en tout sens et enragea :) Je n'y vois rien !

Mhoram le rejoignit hâtivement et il lui répéta sa question, la lui cria au visage.

— Sialon est un peu plus loin devant vous, répondit doucement le seigneur. Le pouvoir qu'il n'a pas réussi à contrôler est en train de le détruire. Il ne sait plus ce qu'il fait. Dans quelques instants, les lions de feu le dévoreront.

Covenant lutta pour maîtriser sa voix.

— Non ! siffla-t-il entre ses dents serrées. Sialon n'est qu'une victime, comme nous. Turpide avait tout manigancé depuis le début.

Mhoram lui posa une main réconfortante sur l'épaule.

— Soyez en paix, l'Incrédule. Nous avons fait tout ce que nous pouvions. Il n'est pas nécessaire que vous vous condamniez vous-même.

Soudain, la rage de Covenant tomba en poussière. Brisé, il s'affaissa sur le sol, comme si ses os ne pouvaient plus le porter. Sa vision était en lambeaux, telles les voiles d'un vaisseau fantôme. Sans se préoccuper de ce qu'il faisait, il renfila son alliance à son annulaire gauche.

Les autres quêteurs se dirigeaient vers lui. Ils avaient renoncé à toute tentative de fuite. Ensemble, ils observèrent la progression des lions. Les nuages noirs enténébraient la montagne ; dans l'obscurité, les feux bondissants étincelaient et consumaient tout sur leur passage, telles des créatures engendrées par le soleil.

Alors qu'ils se déversaient dans le ravin, Mhoram s'arracha à sa transe.

— Appelez les ranyhyn, ordonna-t-il à Bannor. Les sangardes peuvent s'en tirer. Emportez le Bâton de la Loi et le deuxième tabernacle. Échappez-vous.

Bannor soutint son regard sans ciller et réfléchit quelques instants. Puis il secoua la tête.

— L'un de nous rapportera le Bâton et le coffret à la Citadelle. Les autres resteront.

— Pourquoi ? Nous ne pouvons pas nous enfuir. Vous devez vivre pour servir les seigneurs qui poursuivront cette guerre, déclara Mhoram.

Bannor eut un léger haussement d'épaules.

— Peut-être. Qui sait ? Le haut seigneur Kevin nous a renvoyés et nous lui avons obéi. Nous ne commettrons pas deux fois la même erreur.

— Mais votre mort ne servira pas nos objectifs ! protesta Mhoram.

— Peu importe. (Le ton du sangarde était aussi inflexible que de l'acier.) Mais vous pouvez appeler Hynaril, ajouta-t-il. Faites-le.

Mhoram soupira.

— Non, dit-il avec un faible sourire entendu. Comment pourrais-je vous abandonner ?

Covenant n'écoutait qu'à moitié. Son esprit était une épave et il fouillait parmi ses émotions échouées, en quête de quelque chose à sauver. Une partie de lui comprenait. Portant à sa bouche les deux doigts de sa main mutilée, il poussa un sifflement aigu.

Ses compagnons le fixèrent. Quaan semblait penser que l'Incrédule avait perdu la tête ; de folles suppositions défilaient dans les yeux de Mhoram. Mais Lithe jeta sa cordelette dans les airs et s'exclama :

— Les ranyhyn, crinière du monde ! Il les appelle !

— Comment ? s'exclama Quaan, abasourdi. Il a refusé leurs services !

— Ils se sont cabrés devant lui, répliqua Lithe avec un rire joyeux. Ils viendront.

Covenant avait cessé d'écouter. Quelque chose était en train de lui arriver et il se redressa maladroitement pour l'affronter. Les dimensions de son espace changeaient. Dans le paysage de sa vision brouillée, ses camarades devenaient plus solides ; ils prenaient la texture de la roche qui les entourait. Quant à la montagne, elle lui semblait désormais aussi immuable que la pierre d'angle du monde. Il sentit tomber un à un les voiles qui atténuaient ses perceptions. Alors, il contempla pour la première fois l'incommensurable pouvoir brut de Gravin Threndor. Il pâlissait à côté de lui ; sa chair perdait peu à peu toute substance. Un air aussi épais que la fumée soufflait à travers son corps, glaçant ses os. Une douleur silencieuse serra son âme.

— Que m'arrive-t-il ?

Contournant la falaise par le sud, les ranyhyn surgirent au galop. Telles des étincelles d'espoir, ils firent la course avec les lions. Les guerriers poussèrent des exclamations rauques.

— Nous sommes sauvés ! cria Mhoram. Nous avons encore le temps !

Ses compagnons et lui s'élancèrent à la rencontre des chevaux.

Covenant eut l'impression qu'on l'avait abandonné.

— Que m'arrive-t-il ? répéta-t-il faiblement, le regard rivé sur le pic, comme s'il l'interrogeait.

Mais Prothall était toujours à son côté. D'une voix douce et pourtant aussi forte que le tonnerre, il répondit :

— Sialon est mort. C'est lui qui vous avait envoûté et votre séjour parmi nous prend fin avec sa vie – car c'est ainsi que fonctionne ce genre de pouvoir.

« Adieu, l'Incrédule ! Soyez fidèle ! Vous nous avez rendu un fier service. Les ranyhyn nous préserveront. Avec le Bâton de la Loi et le deuxième tabernacle, nous se serons pas sans défense contre la corruption du Rogue. Gardez courage. Le désespoir et l'amertume ne sont pas les seules chansons du monde.

Mais Covenant hurlait de chagrin muet. Prothall, les quêteurs, les ranyhyn, les lions de feu et la montagne… Tout ce qui l'entourait devenait trop solide pour lui, submergeait ses sens et se dissolvait en une brume grise. Il tâtonna autour de lui et ne sentit rien. Le Fief avait quitté le champ de ses perceptions. C'en était trop pour lui. Il s'effondra.

25

Survivant

L'espace d'une longue convulsion, la brume grise tourbillonna autour de Covenant, puis commença à s'effilocher. Sa vision se brouilla, comme si un dieu de pierre l'avait frottée avec le pouce. Il cligna des paupières et porta une main à ses yeux, mais quelque chose de doux retint son bras.

Il était en train de se réveiller, même s'il avait plutôt l'impression de tomber dans les vapes. Peu à peu, il identifia l'endroit où il se trouvait. Il était allongé dans un lit métallique, garni de barreaux sur les côtés. Un drap blanc le recouvrait jusqu'au menton. Des rideaux l'isolaient des autres occupants de la chambre. Un néon fluorescent le fixait depuis le plafond. Une légère odeur d'éther et de désinfectant planait dans l'air.

Tous ses doigts et ses orteils étaient gourds. « Les nerfs ne se régénèrent pas. Bien sûr que non. Ils ne… »

C'était important. Il savait que c'était important mais, pour une raison obscure, il ne s'en souciait pas. Son cœur brûlait de trop d'autres émotions pour ressentir ce froid-là.

Tout ce qui comptait, c'est que Prothall, Mhoram et le reste des quêteurs aient survécu. Il s'accrocha à cette pensée comme si c'était la preuve de sa santé mentale, la démonstration que ce qui lui était arrivé, ce qu'il avait accompli, n'était pas un produit de sa folie ou de ses tendances suicidaires. Ses compagnons avaient survécu ; du moins son pacte avec les ranyhyn avait-il servi à cela. Ils avaient fait exactement ce que le Rogue attendait d'eux, mais ils avaient survécu. Du coup, il n'aurait pas à se sentir coupable de leur mort. Son incapacité à utiliser son anneau, à croire au pouvoir de l'or blanc, ne les avait pas changés en esprits. C'était sa seule consolation.

Puis il distingua deux silhouettes au pied de son lit. L'une d'elles était une femme en blanc – une infirmière. Alors qu'il tentait de focaliser sa vision sur elle, elle dit :

— Docteur, il se réveille.

Le médecin était un homme d'âge mûr, vêtu d'un costume marron. Sous ses yeux, sa chair était flasque, mais sa bouche à demi dissimulée par une épaisse moustache grise avait un pli compatissant. Il s'avança, posa une main sur le front de Covenant, puis souleva ses paupières et lui braqua une petite lumière dans les pupilles.

Au prix d'un gros effort, le lépreux se concentra sur elle. Le praticien hocha la tête et rangea la lampe.

— Monsieur Covenant ?

La gorge du lépreux était toute sèche. Il déglutit.

— Monsieur Covenant, répéta le médecin d'une voix très calme. Vous êtes à l'hôpital. On vous a amené ici après votre… rencontre avec une voiture de police. Vous êtes resté inconscient pendant quatre heures.

Covenant souleva la tête et acquiesça pour montrer qu'il comprenait.

— Bien. Je suis content que vous ayez recouvré vos esprits. À présent, je dois vous parler.

« Monsieur Covenant, l'officier de police qui conduisait affirme qu'il ne vous a pas renversé. Selon lui, il ne vous a même pas touché : vous vous êtes tout bonnement écroulé devant son véhicule. Après vous avoir examiné, je pense qu'il dit la vérité. Vous avez des écorchures sur les mains et une bosse sur le front, mais vous avez pu vous les faire en tombant. (Il hésita, puis demanda :) Vous a-t-il heurté, oui ou non ?

Covenant secoua distraitement la tête. Ça ne lui semblait pas très important.

— Je suppose que vous avez pu vous assommer contre le bitume. Mais pourquoi êtes-vous tombé ?

Cela non plus ne semblait pas très important. D'un geste vague, Covenant repoussa la question et tenta de se redresser.

Il réussit avant que le médecin puisse l'aider ou le retenir. Il n'était pas aussi faible qu'il aurait pu le craindre. L'engourdissement de ses extrémités manquait toujours de conviction ; Covenant avait l'impression qu'il se dissiperait dès que sa circulation sanguine serait parfaitement rétablie. « Les nerfs ne… »

Au bout d'un moment, il recouvra l'usage de sa voix et réclama ses vêtements.

Le médecin l'étudia de près.

— Monsieur Covenant, dit-il, je vous laisserai rentrer chez vous si c'est ce que vous désirez. Je suppose que je devrais vous garder en observation un jour ou deux. Mais je n'ai rien trouvé qui cloche chez vous, et vous devez connaître bien mieux que moi les soins que nécessite… votre état.

L'expression dégoûtée qui passa sur le visage de l'infirmière n'échappa pas à Covenant.

— Et pour être tout à fait honnête, ajouta le docteur sur un ton brusquement acide, je ne veux pas devoir me battre avec le personnel pour m'assurer qu'on s'occupe de vous. Vous sentez-vous capable de vous débrouiller seul ?

Pour toute réponse, Covenant tenta maladroitement de détacher la blouse blanche qu'il portait.

Le médecin se dirigea vers un placard et revint avec ses affaires. Covenant les examina avec autant de minutie que s'il procédait à une SVE. À cause de sa chute, elles étaient froissées et poussiéreuses ; cela mis à part, elles avaient la même apparence que la dernière fois où il les avait portées, pendant les premiers jours de la quête.

Comme si rien ne s'était jamais passé.

Une fois habillé, Covenant signa le formulaire de décharge. Sa main était si froide qu'il arrivait à peine à tenir le stylo.

Mais les quêteurs avaient accompli leur mission et survécu. Son marché avait au moins servi à cela.

Le médecin le conduisit jusqu'à la sortie en chaise roulante. Une fois sur le parking, il se mit à parler très vite, comme s'il voulait s'excuser de ne pas le garder à l'hôpital.

— Une vie de lépreux, ça doit être l'enfer. J'essaie d'imaginer, mais… Il y a des années, j'ai étudié à Heidelberg, et là-bas, j'ai admiré beaucoup d'œuvres médiévales. Surtout de l'art religieux. Vous me faites penser aux statues de la Crucifixion. Le visage et le corps du Christ sont représentés de façon si vague, si neutre que sa silhouette est impossible à reconnaître. Elle pourrait appartenir à une femme aussi bien qu'à un homme. Mais ses blessures – les trous des clous plantés dans ses mains et ses pieds, la marque de la lance qui lui a transpercé le flanc, la trace de la couronne d'épines – sont sculptées et même peintes d'une manière incroyablement réaliste. On pourrait presque croire que l'artiste crucifiait vraiment son modèle pour obtenir un tel résultat.

« Il me semble que l'existence d'un lépreux, ce doit être comme ça.

Covenant percevait la compassion du médecin mais ne pouvait pas y répondre. Il ne savait pas comment.

Au bout de quelques minutes, une ambulance arriva et le ramena au Refuge.

Il avait survécu.

Il remonta la longue allée qui conduisait à la maison comme si c'était son unique espoir.

Ici s'achève
La Malédiction du Rogue
Livre premier des
Chroniques de Thomas Covenant.

Glossaire

Acence : stèlagienne, sœur d'Atiaran
affranchis : étudiants de la Sagesse dégagés de leurs responsabilités
aliantha : baies prodigieuses
amanibhavam : herbe curative pour les chevaux, mais dangereuse pour les hommes
anundivian yajña : art de la sculpture sur os, développé puis oublié par le peuple de Ra
apatrides : surnom donné aux géants
Arbre primordial : arbre mystique dans le bois duquel fut taillé le Bâton de la Loi
Atiaran Trell-mie : stèlagienne, fille de Tiaran, épouse de Trell et mère de Léna
aubiers : dirigeants d'une sylve

baies prodigieuses : fruits nourrissants qui poussent partout dans le Fief
Banas Nimoram : Célébration du printemps
Bannor : sangarde assigné à la protection de Covenant

Baradakas : magistère de la Haute Sylve
Bâton (le) : une des branches de la Sagesse de Kevin
Bâton de la Loi : taillé par Berek dans le bois de l'Arbre primordial
Berek Demi-Main : fondateur de la dynastie des seigneurs
Bhrathair : peuple rencontré par les géants durant leur errance
Birinair : magistère et hospitalier de la Citadelle
Brabha : ranyhyn, monture de Korik

caamora : épreuve du feu que les géants s'imposent afin de combattre les tourments de l'âme
Caerroil Folbois : forestal du Garrot
Célébration : danse des esprits d'Andelain par une nuit sans lune survenant au milieu du printemps
chutes Ferlées : chutes d'eau à Pierjoie
Citadelle : lieu de séjour des seigneurs, également appelé Pierjoie
closerie : salle du conseil, à la Citadelle
Cœur du Tonnerre : caverne de pouvoir située à l'intérieur du mont Tonnerre
Cœur-Vaillant : qualificatif de Berek Demi-Main
conclave : assemblée de géants
Corruption : nom donné par la sangarde au seigneur Turpide
Créateur : ennemi légendaire du seigneur Turpide
Creuset : laboratoire de pouvoir des démondims
Crochal l'Équarrisseur : nom donné par le peuple de Ra au seigneur Turpide
Crypte : demeure du Rogue

Damelon Gigamis : fils de Berek Demi-Main, ancien haut seigneur

danse des esprits : Célébration
démondims : créatures maléfiques ayant engendré les ur-vils et les repentis
Désolation : ère de ruine qui suivit le rituel de profanation
dragon : commandant de la sangarde
Dura Flanclair : mustang femelle, monture de Thomas Covenant
duramen : lieu de réunion des sylvestres

eau de roche : liqueur fabriquée par les géants
écuyer : rang le plus élevé au sein du peuple de Ra
Élohim : peuple rencontré par les géants durant leur errance
Épée (l') : une des branches de la Sagesse de Kevin
épreuve (ou test) de vérité : détection de la sincérité utilisant le *lomillialor* ou l'*orcrest*
Espar Posequille : géant, père de triplets
esprits d'Andelain : créatures qui dansent pendant la Célébration du printemps

feu seigneurial : manifestation du pouvoir des seigneurs
feu ferlé : signal de danger à Pierjoie
Fief : territoire défini par la carte
forestal : protecteur des vestiges de la Forêt primordiale
Forêt primordiale : forêt qui recouvrait autrefois l'ensemble du Fief
frère de roc : terme d'affection entre humains et géants

galon : commandant d'une phalange
gardien de la Sagesse : professeur enseignant à la Loge
Garth : insigne de la Milice

Gayl : valet du peuple de Ra
géants : les apatrides, amis de longue date des seigneurs
gîte : lieu de repos pour les voyageurs
glutor : cuir adhésif
gorgones des sables : monstres décrits par les géants
Grace : pisteur du peuple de Ra
griffon : créature ailée à corps de lion
guérisseur : médecin
guinguet : alcool léger, très désaltérant

haruchai : peuple dont sont issus les sangardes
haut seigneur : chef du conseil des seigneurs
haut bois : bois issu de l'Arbre primordial
Herem : ravageur
hospitalier : responsable de l'accueil des visiteurs de la Citadelle
Hurn : pisteur du peuple de Ra
Hyrun : ranyhyn, monture de Terrel
Hynaril : ranyhyn, monture de Tamarantha et de Mhoram

ignescente : pierre que la tradition du feu peut faire briller
ignessire : maître de la tradition du feu
Imoiran Tomal-mie : stèlagienne
Incrédule (l') : surnom donné à Thomas Covenant
insigne : commandant de la milice
Irin : guerrière de la troisième phalange de la milice

Jehannum : ravageur

Kevin le Dévastateur : fils de Loric Vilmotu, dernier haut seigneur des vénérables
Kiril Threndor : le Cœur du Tonnerre

Korik : sangarde
kresh : loups jaunes, monstrueux et sauvages
Kurash Plenethor : région jadis appelée Pierre Rompue, et désormais connue sous le nom de la Mémoriade

lémures : créatures maléfiques qui vivent sous le mont Tonnerre
Léna : stèlagienne, fille d'Atiaran et de Trell
lillianrill : nom désignant à la fois la tradition du bois et ses maîtres
lions de feu : magma du mont Tonnerre
Lithe : écuyer du peuple de Ra
Llaura : aubier de la Haute Sylve
Loge : école située à la Mémoriade, où l'on étudie la Sagesse de Kevin
lomillialor : haut bois
Loric Vilmotu : haut seigneur, fils de Damelon Gigamis
lor-liarill : vermeillan

magistère : maître de la tradition du bois
Malliner : aubier, fils de Veinnin
Marny : ranyhyn, monture de Tuvor
melenkurion abatha : invocation ou phrase de pouvoir
Mépris : pouvoir maléfique
Mhoram : seigneur, fils de Varil
milice : armée de la Citadelle
moellage : sculpture sur os
mot d'avertissement : rebutant puissant et destructeur
Murrin Odona-mi : stèlagien

Nécropole : demeure des lémures sous le mont Tonnerre

Odona Murrin-mie : stèlagienne
Omournil : aubier, fille de Mournil
Ondulée Florissante : géante, épouse d'Espar Posequille, mère de triplets
orcrest : pierre de pouvoir
orréchal : titre donné par le peuple de Ra à Thomas Covenant
Osondrea : seigneur, fille de Sondrea

Padrias : aubier, fils de Mill
panseglaise : boue aux propriétés curatives
peuple de Ra : peuple servant les ranyhyn
père fondateur : autre nom de Berek Demi-Main
phalange : unité de la milice, composée de vingt guerriers et d'un galon
pic des Lions de Feu : mont Tonnerre
Pierjoie : Citadelle des seigneurs, située dans les montagnes
Pierre de Maleterre : source de pouvoir maléfique découverte sous le mont Tonnerre
Pierre Rompue : désormais appelée la Mémoriade
pierre de feu : ignescente
Pietten : enfant sylvestre, fils de Sorenal
pisteur : deuxième rang au sein du peuple de Ra
Ponterrier : entrée des catacombes situées sous le mont Tonnerre
premier tabernacle de la Sagesse de Kevin : savoir primordial laissé par le haut seigneur Kevin
Prothall : haut seigneur, fils de Dwillian
Pulverâme : nom donné par les géants au seigneur Turpide

Quaan : galon de la troisième phalange de la milice
quête : expédition visant à récupérer le Bâton de la Loi

ranyhyn : grands chevaux sauvages des plaines de Ra
ravageurs : Herem, Sheol et Jehannum, les trois anciens serviteurs du seigneur Turpide
rebutant : mur de pouvoir
repentis : créatures qui entretiennent les gîtes et s'opposent aux ur-vils, bien qu'elles soient également issues des démondims
rhadhamaerl : nom désignant à la fois la tradition de la pierre et ses maîtres
rituel de profanation : acte désespéré par lequel le seigneur Kevin détruisit les vénérables et propagea la ruine dans le Fief
Rogue (le) : titre donné au seigneur Turpide
Rustah : pisteur du peuple de Ra

Sagesse de Kevin : connaissance et pouvoir laissés par Kevin dans les sept tabernacles
Salin Suilécume : géant, ami de Covenant
sanctuaire : lieu où l'on dit les vêpres à Pierjoie
sangarde : corps d'élite chargé de la protection des seigneurs
Sanguinaire : nom donné par les géants au seigneur Turpide
seigneur : titre donné à toute personne maîtrisant deux branches de la Sagesse de Kevin : l'Épée et le Bâton
seigneur suprême : titre donné à Thomas Covenant
seigneur Turpide : nom donné par les seigneurs à l'ennemi du Fief
sept mots : mots de pouvoir
sept tabernacles : coffrets dans lesquels est enfermée la Sagesse de Kevin

serment de paix : serment prêté par les habitants du Fief, qui s'engagent ainsi à renoncer à toute violence inutile

Sheol : ravageur

Sialon Larvae : lémure ayant retrouvé le Bâton de la Loi

sœur de roc : terme d'affection entre humains et géants

Sorenal : aubier, fils de Thiller

stèlage : village entièrement construit en pierre

stèlagien(ne) : habitant(e) d'un stèlage

suru-pa-maerl : art consistant à créer des images avec de la pierre sans altérer celle-ci à l'aide d'outils

sylve : village dans les bois

sylvestre : habitant(e) d'une sylve

Tamarantha Varil-mie : seigneur, fille d'Enesta

Teras : stèlagienne, fille d'Annoria

Terramis : titre que Berek Demi-Main fut le premier à porter

Terrel : sangarde

Thev : pisteur du peuple de Ra

Thorm : ignessire et hospitalier de la Citadelle

Tomal : stèlagien, maître du *suru-pa-maerl*

Trell Atiaran-mi : ignessire de Mithil-Stèlage, époux d'Atiaran et père de Léna

tradition de la guerre : maîtrise de l'Épée dans la Sagesse de Kevin

Triock : stèlagien, fils de Thuler

Tueur Gris : nom donné au seigneur Turpide par les habitants des plaines

Tuvor : dragon de la sangarde

ur-vils : créatures maléfiques engendrées par les démondims

valet : rang le plus bas au sein du peuple de Ra
Valiant : ancien haut seigneur
Varil Tamarantha-mi : seigneur, ancien haut seigneur, fils de Pentil
vénérables : seigneurs antérieurs au rituel de profanation
vermeil : arbre ressemblant à un érable aux feuilles dorées
vermeillan : bois imprégné de pouvoir, tiré du vermeil
vilmestre : chef d'un groupe d'ur-vils
vils : seigneurs démondims
vœu : serment des haruchai qui donna naissance à la sangarde
Vorace (le) : nom du grand marécage

Table

1. L'Enfant doré 9
2. « Il est inutile d'espérer » 21
3. Invitation à une trahison 51
4. L'observatoire de Kevin 61
5. Mithil-Stèlage 79
6. La légende de Berek Demi-Main 95
7. Léna 123
8. L'aube du message 135
9. Jehannum 165
10. La Célébration du printemps 199
11. Les apatrides 231
12. Pierjoie 265
13. Les vêpres 295
14. Le conseil des seigneurs 325
15. La quête 363
16. L'anneau ensanglanté 389
17. Consumés par les flammes 417
18. Les plaines de Ra 465
19. Le choix de l'orréchal 499

20. Une question d'espoir 521
21. Coupe-Gorge 543
22. Les catacombes du mont Tonnerre 567
23. Kiril Threndor 597
24. L'appel des lions 623
25. Survivant 651

Glossaire 657

À paraître, la suite des

Chroniques de Thomas Covenant

de Stephen R. Donaldson :

Tome 2

La Retraite maudite

juin 2008

Achevé d'imprimer sur les presses de

BUSSIÈRE

GROUPE CPI

à Saint-Amand-Montrond (Cher)
en janvier 2008

POCKET - 12, avenue d'Italie - 75627 Paris Cedex 13

— N° d'imp. : 80068. —
Dépôt légal : février 2008.

Imprimé en France